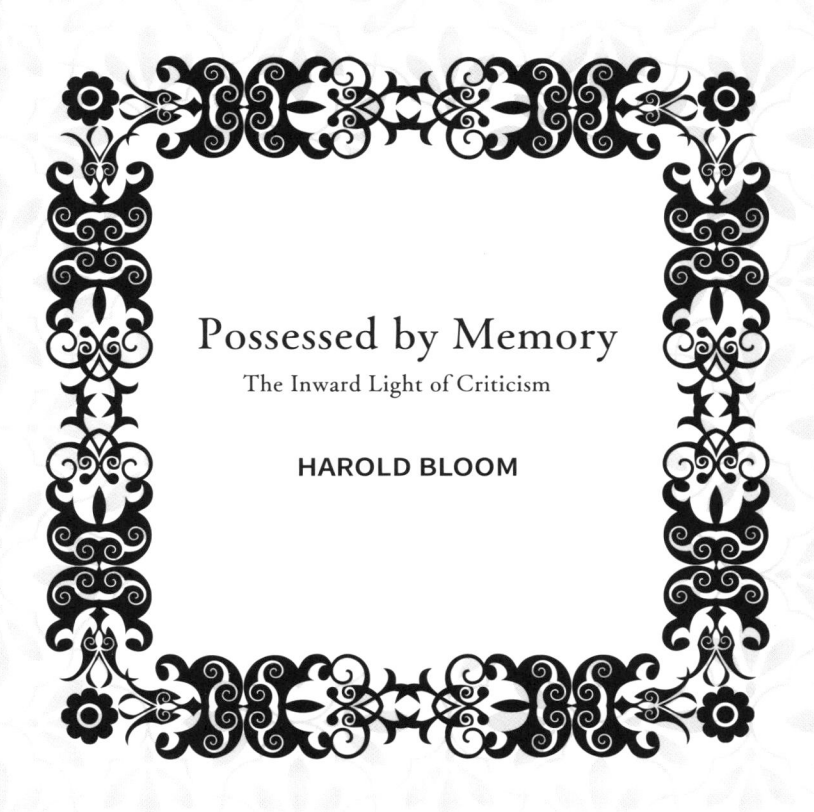

Possessed by Memory
The Inward Light of Criticism

HAROLD BLOOM

大
方
sight

Possessed by Memory
The Inward Light of Criticism
HAROLD BLOOM

记 忆 萦 回

布鲁姆文学回忆录

[美]哈罗德·布鲁姆 著
李小均 译

中信出版集团|北京

图书在版编目（CIP）数据

记忆萦回：布鲁姆文学回忆录 /（美）哈罗德·布鲁姆著；李小均译 . -- 北京：中信出版社，2024.8（2024.11重印）
ISBN 978-7-5217-5640-1

I. ①记⋯ II. ①哈⋯ ②李⋯ III. ①回忆录—作品集—美国—现代 IV. ① I712.55

中国国家版本馆 CIP 数据核字（2023）第 090960 号

Possessed by Memory: The Inward Light of Criticism by Harold Bloom
© 2019 by Harold Bloom LLC c/o Writers' Representatives LLC, New York.
All rights reserved.
Simplified Chinese translation copyright © 2024 by CITIC Press Corporation
ALL RIGHTS RESERVED
本书仅限中国大陆地区发行销售

记忆萦回：布鲁姆文学回忆录
著者： ［美］哈罗德·布鲁姆
译者： 李小均
出版发行：中信出版集团股份有限公司
（北京市朝阳区东三环北路 27 号嘉铭中心　邮编　100020）
承印者： 河北鹏润印刷有限公司

开本：880mm×1230mm　1/32　　印张：25.25　　字数：516 千字
版次：2024 年 8 月第 1 版　　　　　印次：2024 年 11 月第 2 次印刷
京权图字：01-2020-0229　　　　　　书号：ISBN 978-7-5217-5640-1
定价：168.00 元

版权所有·侵权必究
如有印刷、装订问题，本公司负责调换。
服务热线：400-600-8099
投稿邮箱：author@citicpub.com

献给塞利纳·施皮格尔

For Celina Spiegel

这才是最高层次批评的本质：是对自我灵魂的记录。它比历史更精彩，因为它只涉及自己。它比哲学更可喜，因为它的主题具体而不抽象、真切而不含糊。它是自传的唯一文明形式，因为它处理的不是事件，而是个人生活的思想；不是生活中行为或环境的有形事件，而是心灵的精神气氛和想象激情。

奥斯卡·王尔德，"作为艺术家的批评家"，《意图》（1891）

目　录

前言　i

第一部分　　她听到世界被创造出来之前的一个声音　1

声音之门：在废墟中增加一座神　3

卡巴拉诗歌　17

更多的生命：文学的赐福　40

摩西：崇高的沉默　46

《士师记》(13-16)：参孙　51

声音的女儿：底波拉的战歌　56

大卫："你就是那人"　62

希伯来先知　72

耶路撒冷的以赛亚：

"兴起，发光，因为你的光已经来到"　79

诗篇　81

约伯：坚守立场　89

《雅歌》："求你将我放在心上如印记"　95

路得："你往哪里去，我也往那里去"　101

《传道书》："人所愿的也都废掉"　106

第二部分　　自我的他视与莎士比亚式的崇高　111

自我的他视观和作为犹太人典型的夏洛克　113
庶子福康勃立琪　121
约翰·福斯塔夫爵士的荣辱　126
哈姆莱特对莎士比亚的质疑　147
伊阿古和奥瑟罗：针锋相对　160
爱德伽和爱德蒙：斗戏　180
弄人和考狄利娅：爱的牺牲　189
《李尔王》：权威和宇宙失序　195
《麦克白》：成功地描绘一幅夜景　199

第三部分　　挽歌季：约翰·弥尔顿、灵视一族和维多利亚时代诗歌　203

本·琼生论莎士比亚和安德鲁·马维尔论弥尔顿　205
《失乐园》：新天地　215
《科马斯》：莎士比亚的影子　233
塞缪尔·约翰生博士：《弥尔顿传》　241
威廉·柯林斯：《诗性颂》　257
托马斯·格雷：作为局外人的诗人　263

身体的智慧与不智　269

威廉·布莱克的《弥尔顿》　277

威廉·华兹华斯:《孤独的割麦女》　282

威廉·华兹华斯:《永生的信息》　287

塞缪尔·泰勒·柯尔律治:《老水手行》　305

珀西·毕希·雪莱:《西风颂》　312

珀西·毕希·雪莱:《致云雀》　318

珀西·毕希·雪莱:《解放了的普罗米修斯》　326

拜伦爵士:《唐璜》　332

约翰·济慈:《夜莺颂》　344

约翰·济慈:《冷酷的妖女》　351

约翰·济慈:《秋颂》　355

托马斯·洛弗尔·贝多斯:《死亡的笑话》　361

阿尔弗雷德·丁尼生:《尤利西斯》　369

阿尔弗雷德·丁尼生:《提托诺斯》　375

阿尔弗雷德·丁尼生:《国王的叙事诗》　381

阿尔弗雷德·丁尼生:《亚瑟王之死》　389

罗伯特·勃朗宁:《加卢皮的托卡塔曲》　394

罗伯特·勃朗宁:《波琳》　400

罗伯特·勃朗宁:《罗兰公子来到了暗塔》　405

罗伯特·勃朗宁:《不断前进的塔米里斯》　410

乔治·梅瑞狄斯:《越过子午线之歌》　417

阿尔杰农·查尔斯·斯温伯恩:《八月》　420

阿尔杰农·查尔斯·斯温伯恩:《赫莎》　425

第四部分　　　我们的天堂并不完美:
　　　　　　　惠特曼与二十世纪美国诗歌　437

赞美诗与惠特曼　439

弗莱彻、惠特曼和美国崇高　497

最后的新鲜感:华莱士·史蒂文斯的《胡恩宫里茶话》　503

华莱士·史蒂文斯:《雪人》　506

华莱士·史蒂文斯:《蒙哈榭花园》　510

埃德温·阿灵顿·罗宾逊:《卢克·哈弗格尔》　517

威廉·卡洛斯·威廉斯:《齐鸣》　523

阿奇·伦道夫·阿蒙斯:《空间》　531

哈特·克兰:《附体》　565

哈特·克兰:《致布鲁克林桥》　569

康拉德·艾肯:《成了》　572

理查德·埃伯哈特:《如果我只能近乎疯狂地活着》　592

威尔顿·基斯:《罗宾逊的种种面相》　599

梅·斯文森:《自然的肥臀》　608

德尔摩·舒瓦茨:《第一个秋夜和秋雨》　612

埃尔文·费曼:《朝圣高地》　616

约翰·阿什贝利:《在北方农庄》　635

约翰·惠尔莱特:《鱼食》　654

詹姆斯·梅里尔:《伊夫雷姆书》　664

杰伊·麦克弗森:《告别方舟》　678

艾米·克兰皮特:《隐士夜鸫》　688

结语　　追忆似水年华　697

附录　　人名译名对照　750

　　　　　书名、剧作名及其他专有名词译名对照　767

致谢

感谢我的编辑兼出版人埃罗尔·麦克唐纳（Erroll McDonald）和他的助手尼古拉斯·汤姆森（Nicholas Thomson）的辛勤劳动，感谢制作编辑维多利亚·皮尔森（Victoria Pearson）。一如既往地，我还要感谢我的文学经纪人盖伦·哈特利（Glen Hartley）和林恩·朱（Lynn Chu）。

如果没有我的研究助理团队的悉心投入，本书就不会存在。他们是：劳伦·史密斯（Lauren Smith）、艾利斯·肯尼（Alice Kenney）、杰西卡·布兰奇（Jessica Branch）、贝萨妮·卡尔森（Bethany Carlson）、阿莱克斯·拉尔森（Alexis Larsson）、阿比盖尔·斯托奇（Abigail Storch）和娜塔莉·罗斯·施瓦茨（Natalie Rose Schwartz）。

作者的话

本书中所有的《圣经》选段,除非文内有特别说明,均引自詹姆士一世《钦定本圣经》。莎士比亚的诗文多采用最新的阿登版,有几处我按照自己对文本的理解重新标点;在我判断传统修订有误的地方,我直接改回了莎士比亚使用的语言。[1]

---

[1] 本书中《圣经》引文均参照中国基督教协会1994年印发的《新旧约全书》和合本。莎士比亚作品引文采用朱生豪译本,其他所引诗文中译,译者信息随文附注,特此鸣谢。——译者注

前言

多年前,我在英国剑桥参加了一个相当神秘的教师团体举办的一次会议,他们相信你可以与亡灵沟通。这是一次不安的经历,大家围着一张旋转的桌子,不时听到传来亡灵的声音。我相当冒失地匆匆离开,因为我感觉格格不入。早前,我迷人的导师乔治·威尔逊·奈特极力劝我相信,降神会是真的。我记得我当时反驳说,我认为这是对人之欲望的过度解读。乔治哈哈一笑,说我还太年轻,理解不了一个重要的真理。

诗人詹姆斯·梅里尔是我的熟人,他有时会调侃我的怀疑主义。与威廉·巴特勒·叶芝一样,他也召唤亡灵,为他的诗歌提供隐喻。无论亡灵是否帮助了他们的想象,反正从他们留下的诗作的结果来看,是令人惊奇的。

现在,我自己的关切完全不同。当我读到我亡友的作品,我有一种神秘的感觉,仿佛他们还在这间屋子里。我也接触过许多普通读者,他们会激动地说起,每当阅读或重读他们深爱的逝者高度推崇的一本书时，会感到一分慰藉。

我们所有人都希望，当我们经历悲伤时，可以得知这悲伤的尽头。但我们是世俗中人，所以也就别指望。我写本书的目的，不是想哀悼我这一代批评家和诗人。相反，在某种意义上，是想向他们在作品中的来生致意。前天晚上，我瞥了一眼我的写字台，看见许多亡友的作品，诸如约翰·阿什贝利、A. R. 阿蒙斯、马克·斯特兰德、埃尔文·费曼（Alvin Feinman）的诗歌，理查德·罗蒂、杰弗里·哈特曼、安格斯·弗莱彻（Angus Fletcher）、约翰·霍兰德（John Hollander）的批评。我和他们所有人的私交至少有半个世纪，与其中大多数甚至长达六十年。

本书付梓时，我将要八十九岁了。这本书写了好几年，我开始把我持续的写作理解为与我亡友的对话。有时是我的导师，如 M. H. 艾布拉姆斯、弗雷德里克·波特尔（Frederick Pottle）、格肖姆·肖勒姆、汉斯·约纳斯、肯尼斯·伯克；有时是我的老友，如弗兰克·克默德、安东尼·伯吉斯、A. D. 纳塔尔（A. D. Nuttall）、诺斯罗普·弗莱。

本书的性质属于沉思而不是争论。我用了一个动词短语做书名。有人可能会问，什么是"possessed by memory"（记忆萦回）？记住逝去或失落的朋友和爱人，与记住情感强烈的诗文，这两者有何区别？英语动词"possess"的语义很丰富，它可以表示"占有财物""施加影响""掌握知识""恶魔附体""沉着镇静""享受性爱""篡夺劫掠"等。

"poti-"这个印欧词根暗含了"主宰"或"影响"之意。"possession"一词源于潜力，是一种预知某些事即将发生的感觉。其中有一种逐渐点燃的努力、期待和渴望，然后是欲望的退潮，正如莎士比亚所说"欲望死了"。康德定义的形而上学有三个理念：自由、上帝、不朽。这三个理念在诗歌中转变成了对应的三个理念：个体化的声音、降神或巩固一个逐渐衰败的神、赋予我们更多生命的神恩。记忆就包含在诗歌的这三个复合理念之中。

在一首诗歌中，声音的意象总是一种喻说，倾听在你的世界创造出来之前你可能听到的声音。神恩经常以你之名与一个改变同时发生。当你对一首诗了然于心，你就更真切、更奇妙地占有了它，甚至比你占有一处居所更真切、更奇妙，因为这首诗歌也占有了你。降神可能是一个神秘的过程，但诗歌会在其最强烈的时刻敲击诗琴，然后神就变成了琴弦的问题。

第一部分

她听到世界被创造出来之前的一个声音

声音之门：在废墟中增加一座神
Thresholds to Voice: Augmenting a God in Ruins

我即将走完第九个十年，我意识到自己正处于挽歌季。我这一代的亲密朋友，大多数已离去。我总是想起华莱士·史蒂文斯的诗歌片段，其中一个不断萦绕于心的片段，是他这首神奇之作《感悟细节的程序》("The Course of a Particular")：

尽管一个人说自己是万物的一部分，

但这里有一个矛盾，这里包含了一种抵抗；
成为一部分是一种衰亡的努力：
一个人真正感受到赋予生命之物的生命。

在他生命最后完成的诗歌中，史蒂文斯都在倾听他在世界创造出来之前听到的声音。尽管他不像威廉·巴特勒·叶芝和 D. H. 劳伦斯一样热衷于赫尔墨斯式的玄思，但他听到了声音。落叶在哭泣，房屋在欢笑，无言的音节被说出，风在呼吸在逸动，思想在心灵中呐喊，硕大的太阳声嘶力竭，凤凰飞上了虚幻的棕榈树唱着他乡的歌谣。像许多的老人一样夜不能眠，我也梦到史蒂文斯所谓的"一种沉甸甸的差异"：

> 有片刻，我梦见
> 天堂之地，有秋天的河水，绿色的丛林，
> 貌似神圣的高耸的雪山，
>
> 但那场梦里，一种沉甸甸的差异
> 渐渐苏醒，一种悲伤的意识
> 在徒劳地寻找生命的季节或死亡的元素。（《蒙哈榭花园》）

当这样的诗句让我过于悲伤时，我心灵中的某种东西转向更亲切的史蒂文斯：

> 哭泣是我的一部分。我的
> 孤独是我心灵深处的沉思。
> 我听见精神的运动，秘响
> 对我来说变成了一个声音，
> 是我的声音在我耳中言说。（《彻科鲁瓦山致它的邻居》）

经常在黎明时分,我感到很冷,我坐在床边,知道独自下楼去喝一杯早茶并不安全,这时我在史蒂文斯最感人的诗句中觅得了安宁:

> 用人的声音说超人的事情,
> 那不可能;用超人的声音
> 说人的事情,那也不可能;
> 从人的事情的高度或深度
> 讲的人话,言语才最深刻。

人之事可否不止于用人之声来表述?像他的前辈雪莱、沃尔特·惠特曼和沃尔特·佩特一样,史蒂文斯也是卢克莱修式的怀疑论者。但是,在那三位前辈中,应该只有佩特会赞同史蒂文斯关于我们能否听到原始声音的看法。甚至史蒂文斯也有他通向超验自由的出口:

> 他在我头上呼吸尖锐黑暗。
> 他不是人也不是别的东西。
> 若他心灵在消失,在那里
> 占据心灵的界限,像可悲
> 事物无存,却又处处存在。

威廉·巴特勒·叶芝、D. H. 劳伦斯和更具怀疑精神的哈特·克兰,全都熟悉赫尔墨斯主义的古老传统;文艺复兴时期的赫尔墨斯主义哲学就是从这种希腊-埃及的智慧中衍生出来。这种智慧是公元一世纪希腊化时期一小撮异教学人开创的。其中有一个故事讲第一个亚当,即"原初的人"(Anthropos),如何被颂扬为神灵。下面是名为《基要》("The Key")的赫尔墨斯主义著述中的一个关键段落:

> 因为人是神一样的生物,不是与大地上其他生物相比,而是与天上的神灵相比。或者,如果我们敢大胆说出真相的话,这个真正的人甚至还高于天上的神灵,至少他们的力量是完全平等的。
>
> 因为天上的神灵无一会离开天界,下到人间,但人会升到天国,摸一摸天国的底细,知道它有多高、多深,精确知道所有别的一切——最重要的是,他来到高处,是不会把大地抛下的,所以他的空间是非常广大的。因此,我们敢于说,大地上的人是必朽的神,天上的神是不朽的人。如此,借助天人两界,万物存在,齐心如一。〔布莱恩·P. 科彭哈弗(Brian P. Copenhaver)英译〕

这是最晓畅的赫尔墨斯主义。更神秘的一个故事,是将人类的堕落和世界的创造合二为一。我这里引用赫尔墨斯秘集中最著名的

一篇《珀伊曼德热斯》("Poimandres"),里面对人类最初的灾难有精彩的记载:

> 人对凡物和没有理性的动物的世界有绝对的权威,他打破穹庐,俯身看透世界的轮廓,因此向低等的生灵展示出他作为神的优美形态。自然对他露出了爱的微笑,因为她看见他的美恰到好处,看到他身上权威者的力量和神的形象,她在水中、在大地上都看见了人最美的身影。当人也看到水中自己的身影,他也爱上了对方,想要占有对方;希望和行动是同时产生,他占有了这个非理性的形象。自然抓住了她的爱,紧紧地拥抱着他,因为他们是爱人。
>
> 因为这个原因,不像大地上的其他生灵,人具有两重性,在身体上是凡人,在精神上是不朽。尽管他精神是不朽的,可以主宰万物,但他必会死亡,因为他要服从于命运。因此,尽管人可以摆脱世界的藩篱,但他也是世界中的一个奴隶。他具有双重性,是因为他的父亲具有双重性;他不睡觉,是因为他的父亲不睡觉。但爱和睡眠是他的主人。

哈特·克兰的诗歌《航行Ⅱ》("Voyages Ⅱ")的第二节,有一段对"睡眠、死亡、欲望"的赞歌,歌颂诗人的人生与伟大的爱欲的关系。但是,《航行》第五节承认,这种爱欲本质上是短暂之物,终将失落:

> 可是现在
> 俯下你的头吧,你在此孤零零的,站得太高
> 你的眼睛,沉入倾斜的水光里飘散的泡沫
> 你的呼吸,被我不认识的鬼魂一起封住。
> 俯下你的头吧,睡在你漫长的回乡路上。[1]

面对爱欲的失落之时,哈特·克兰有一点温顺的认命态度。我最终认为,这种态度源于赫尔墨斯主义者对人类堕落的观念,即将人类堕落视为以灾难收场的一场纳喀索斯式的梦幻。我们许多人现在回想起几十年前、遥远的青春岁月的爱恋时,不由自主地会发现,仍会听到爱者的声音,那个声音似乎超越了时间,变成了永恒之声。诗歌的写作、回忆的幻觉、微小的期待间存在着某种联系。在期待中,我们多少会再次听到那个在孤寂无定的宇宙诞生之前的声音,我们茫然地徘徊其中,无法辨认什么是过去,什么是我们竭尽全力想要再次寻找的东西。

无论是一个人还是有他者在场,无论他者是否与我们过去的悲伤有关,我们可能都会体验到一个业已失落的声音重现。我很年轻的时候就不停地读诗,因为我很孤单,而且我相信那些诗就是陪伴我的人。人一旦成熟之后,这种奇幻的行为也就不复存在,但是,追求那样一个我知道自己异化之前听到过的声音的习惯,我保

---

[1] 《航行》,王敖译,出自《读诗的艺术》,南京大学出版社 2010 年版。

持了下来。几十年来，我学会倾听我的学生，捕捉那些瞬息即逝的私语。这些学生比我现在的年岁要小六七十岁，因此，我不会在他们的声音中寻找我对岁月的感伤。但我相信，教授莎士比亚或《白鲸》，可能唤醒这种古老的灵知召唤，在我们死去之前就宣布复活。

在我的经验中，有一些灵光或声音突然穿越自我的磐石，解放了一些既是火花也是灵气的东西，刹那间明白似乎已知的东西。当我问自己这个知者是谁时，我有隐约的感觉，一个原始的声音从我们的宇宙中生成出来，在星际空间中徘徊流浪，它可能在对我召唤。我的经验并不独特，正如我在1990年到1992年间特别清晰地知道这一点，那时，我似乎从未停歇下来，在美国南部和西南部的大学和学院巡回演讲。我有机会离开耶鲁时，我只会接受那两个地区的演讲邀请，为的是做一些业余研究，倾听许多教派和团体的声音（我那时得知他们叫美国宗教主义者）。我现在还能生动地想起，他们中有多少人告诉过我他们已经复活，说他们知道生前曾经追随耶稣，与耶稣说过话，在耶稣升天后守灵了四十天，只是这些事情在《新约》中没有被提及而已。

我那时六十岁，那么多的人迫切地向我坦言，他们摸过耶稣升天前的身子，他们与耶稣一道同行，谈论过日常话题；我当然尊重他们，但也对他们所言感到困惑。如今，我已是望九之年，我更能理解四分之一个世纪前对我来说如此神秘的东西。

我既倾听自我磐石内外传来的声音，也倾听原始的沉默。哈姆莱特生前最后一次喃喃自语"此外仅余沉默而已"时，他既想接受湮没无闻的命运，也渴望赫尔墨斯主义者所谓的圆满。诺斯替圣人瓦伦丁在其《真理福音》中告诉教众，既然他已身临安眠之地，就不再适合多说了。对于他来说，余下的也只有沉默。

我们该如何倾听沉默？下面是我的导师之一，伟大的格肖姆·肖勒姆在1918年的日记中写的：

> 只要沉默保持完整，人和事物就会悲悼。因为我们希望语言可以补偿和调适，这种希望恰恰依赖于深信，语言会因为人类堕落而受损，但沉默不会。

智慧的肖勒姆知道这是诺斯替的思想。我记得1980年，在耶路撒冷，他告诉我，卡巴拉是最古老的智慧。当我轻轻地回应说卡巴拉是新柏拉图主义和各种诺斯替传统的杂合时，威严的肖勒姆不屑地说，柏拉图的学说来自埃及人，埃及人的学说来自希伯来人，诺斯替主义起源于犹太人抗议上帝允许毁灭耶路撒冷。我们不会与肖勒姆争论，他那时八十出头，他的信念是绝对的。相反，我们学会了用心倾听。

1980年7月的一个晚上，在他们耶路撒冷的公寓用过晚饭之后，我和肖勒姆的太太法尼娅听他全情投入地赞美沉默、流亡和狡黠。这些都是他在自己隐秘而狂热的事业中所运用的方式。我贸然说，沉默在许多思辨和精神传统中都是古老的美德。他断然回应道,他使用的这种沉默是犹太圣人的创造,因为他们必须服从希腊化时期、直至罗马帝国时期的领主。

当我问我们怎么知道沉默(不像语言)不是人类创世-堕落的一部分时,他以自身的沉思生活作为回应。我只是后来才意识到,他在谈他《关于卡巴拉的十条非历史的格言》("Ten Unhistorical Aphorisms on Kabbalah")中的观点;这篇文章我没有读过,尽管它早在1958年就以德文发表。我把他那十条深邃的格言简化如下:

1. 真正的传统总是隐秘的。

2. 言语和写作保护秘密,而沉默泄露秘密。

3. 上帝就是《托拉》,也就是说,《托拉》是不可知的。

4. 以撒·卢里亚的卡巴拉理论的三重奏"退缩""破瓮""复原"不仅是隐喻,而且是真实。这意味着上帝本身被降级。

5. 为了避免将上帝和他的造物混合在一起,神意中肯定有一个消极的时刻或深渊。

6. 卡巴拉的工作就是将《托拉》变成透明之物,这意味着《托拉》变成了唯信仰论。

7. 卡巴拉的缺陷是其新柏拉图主义的发散论。真正的卡巴拉是摩西·科多弗罗(Moses Cordovero)的灵知,其中,上帝和神意相触而相合。

8. 卡巴拉是乌托邦,甚至是巫术,因为上帝必须"在我所在的那个地方"被看见。卢里亚的复原理论甚至在瓦尔特·本雅明和恩斯特·布洛赫具有创见的马克思主义中得以传承。

9. 你能说出上帝之名，但不能表达上帝之名；除非借助传统，我们无法听到上帝之名，即使听到，也只是一些碎片。

10. 卡夫卡是世俗的卡巴拉。因此，他的写作对于肖勒姆和本雅明有着"严格的经典之光，摧毁的完美之光"。

这些语气干巴巴的惊人领悟，总是令我感到开心。它们消除了阿吉巴拉比的正统犹太神学与萨巴泰·泽维和雅各布·弗兰克（Jacob Frank）的异端邪说之间的一切区别。我们的先知肖勒姆告诉我们，萨巴泰和他的追随者加沙的内森，与迈蒙尼德和犹大·哈列维一样，都是犹太思想史上的人物。肖勒姆取消了正统犹太神学和犹太异端邪说的差异，这个观念的终极后果是，那些呼吁通过美德获取救赎的人与那些借助罪来提供救赎的人之间不再有区分。

在晚期的一篇文章《关于犹太神学的反思》（"Reflection on Jewish Theology"）中，肖勒姆一反常态，热烈赞颂卢里亚的神话，将之当成似乎是唯一真正的犹太神学：

> 从虚无中创造，从虚空中创造，莫过于创造虚空，也就是，创造思考非上帝之物的可能性。毕竟，没有那样的

自我设限行为，就只会有上帝——显然，没有别的东西。一个有别于上帝的生命只有通过这种收缩，通过神悖论式地退回自身，而成为可能和起源。把一个负因子放在己身，上帝开启了造世。

这个上帝肯定不是阿吉巴拉比（Rabbi Akiba）或其他犹太圣人的上帝。他更像是以利沙·本·阿布亚拉比（Rabbi Elisha ben Abuya）的"神圣的实存"形象，这种形象被阿吉巴的正统犹太神学嘲讽为"Acher"，意为"陌生人"或"他者"，可以理解为以利沙忠诚于诺斯替的异神，那个被逐出了我们世界的异神。

1981年5月，肖勒姆获得耶鲁大学神学院的名誉学位之后，在我家有一次谈话。我调侃他说，他真正的神灵是"Acher"，因为与以利沙·本·阿布亚拉比一样，他进入了阐释的天堂，毁坏了阐释天堂花园里的幼苗。肖勒姆顽皮地笑着说，他认为这是对他最好的恭维。

我写这本书的目的是想教导自我和他者，如何倾听我们在世界诞生和毁灭之前就听到的声音。肖勒姆区别了德语的沉默和希伯来语的沉默。对于他来说，这种区分就是托拉，因为托拉是希伯来语的沉默压倒普通沉默的地方。一切都包含了沉默和言说，但托拉在一切之中。言说如何从沉默传向沉默，语言飘浮在沉默之间，作为沉默的中介？肖勒姆的回答是强调沉默在语言之中发生。

如何抵达沉默的王国？对于肖勒姆来说，沉默是一切语言的源泉，我们需要借助人的悲叹抵达沉默。但哀叹必须由其局限——也就是沉默——来理解。这类似于年轻的肖勒姆那句令人难忘的格言，天国是所有人集体的孤独。人类社会有两个基本形式：沉默和启示。

肖勒姆也写过一些诗，他非常热爱歌德和荷尔德林。但他这份热爱受到他欲望的抑制，他渴望歌德和荷尔德林的抒情诗发挥启示的功能。他发现这种功能最好地体现于惠特曼。惠特曼是肖勒姆这个耶路撒冷圣人在晚年最喜欢的诗人。他好几次告诉我，惠特曼为世俗世界恢复了某种自然的卡巴拉。在许多方面，肖勒姆印证了我对惠特曼终生的热爱：这个唱着自我之歌的诗人，在歌声中创造出了自己的神性。我对肖勒姆说，他的惠特曼是一个巫师，这个卡巴拉学者高兴地说，我是他最意外的弟子。

就我所能想象，诗歌是古人所谓神术的终极世俗模式，它是以下三种精神运动之一：

1. 在废墟中增加一座神；
2. 降一个过于遥远而满足不了我们所需的神；
3. 一种我称之为世界支柱的模式，有了它，我们受伤的世界才得以维持。

我在这里改动了摩什·艾德尔富有争议的卡巴拉研究中的一些说法，他花费了大量的精力纠正肖勒姆。本书中，我利用这些看似深奥的意象，帮助理解伟大诗歌中的元素，从《圣经》的底波拉之歌，到莎士比亚和弥尔顿，再到 A. R. 阿蒙斯，他们教我们如何对着被废黜的上帝曾经占据过的空位言说。

我借用的艾德尔的三个意象对于我来说就是赋予我们生命的康德哲学范畴的翻版：自由、上帝、不朽。声音是无所不包的现象，支撑着瓦伦丁式的宣言：使我们自由的是灵知。上帝既分裂为自我磐石中的火花或气息，也是在我们的世界之外的空间徘徊流浪的陌生神灵。不朽被看成是在死亡之前的复活，正如古代异教徒说起耶稣，他首先复活，然后死去。

我知道一些读者可能会就此对这本书望而却步，因为他们会认为一段深奥的内容会分散阅读诗歌的注意力。我不是对这类读者言说，而是对那些渴望我所谓的莎士比亚式的阅读的读者，他们在夜晚之境以这种方式阅读由荷马和以赛亚点燃的传统中最好的诗歌。这个传统正在消亡。作为文学和宗教的批评家，我希望收集剩下的残骸。

这样的一个愿望却遭到中伤，被认为是狂妄。几十年来，我都被不屑地称为批评传统的僭越者，我想知道，我们如何才能获得真正的召唤，召唤一个批评家自己的声音形象。如果我只为自我代言，那就抛弃我吧。然而，我每天都获得新的证据，我身上的某种东西在为世界各地的大众言说。可惜我现在年老体衰，不能外出参加读书会，不能做讲座，也不能签名售书。但即便半个世纪前，当不可能再见面的读者跟我说我是他们的老师时，我都会感动得几乎落泪。

我想再谈谈教育。但教育是什么？我曾经认为，教育是一种柏拉图式的爱欲，但我错了。我记得才华横溢的古典学家丹尼尔·门德尔松（Daniel Mendelsohn）严厉地拒绝了我那本薄薄的文学入门读物《如何读，为什么读》（*How to Read and Why*），他说这本书表明我不爱我的学生。这本小书当然不是为他而写，但我想知道为什么他会提到爱学生的问题。教师是见证者。他既有示范作用，也有激励作用。爱默生也教我懂得，我从他人身上获得的东西，从来不是教诲，而只是激励。

不管你是谁，哪怕你已进入望九之年，你还是需要不断阅读，不断重读，除非你是具有原创性的哲人，或者擅长过一种沉思性的生活。我不是这样的哲人或思想家。在我的余生中，离不开诗人、戏剧家、小说家；同样，我也离不开学生。但我不再有火力像过去一样从事教学。作为补偿，我最终学会了倾听。

我的一生都在有意识地努力从事批评的艺术。这门艺术的榜样包括英国的约翰生博士、威廉·黑兹利特、约翰·罗斯金、沃尔特·佩特、奥斯卡·王尔德，以及美国的爱默生、威廉·詹姆斯和肯尼斯·伯克。我不能判断我能否在这个谱系中获得一席之地。成败，在我死后将无从得知。

卡巴拉诗歌

The Poetry of Kabbalah

1

格肖姆·肖勒姆在他的写作和谈话中坚持认为，他的犹太教的三部经典作品是《塔纳赫》(《希伯来圣经》)、《佐哈尔》(《光辉之书》)和卡夫卡的小说和寓言。这些作品甚至高于《塔木德》，展示了"严格的经典之光，摧毁的完美之光"。

作为犹太教的门外汉，作为只向肖勒姆请教文学的弟子，我学会了倾听他的话，我惊讶于他的权威，惊讶于他用第三人称自称的那种不可思议的自如。作为卡巴拉或神秘犹太教的现代研究奠基人，肖勒姆开创了一门新学科。

顾名思义，"神秘主义"(mysticism)没有耐心等待上帝的自我启示。我发现这个术语在讨论卡巴拉时具有误导性，尽管它的使用得到了肖勒姆及其之后大多数学者的准许。无论过去还是现在，都有狂热的卡巴拉主义者，追求直接体验上帝，但卡巴拉的知识价值在我看来不在于此，而在于它思想的深入和解经的创意。尽管彼得·科尔（Peter Cole）在他的《卡巴拉诗歌》（*The Poetry of Kabbalah*）——此书的美学成就堪比他的《诗歌之梦：来自穆斯林统治时期和基督教统治时期西班牙的希伯来诗歌》（*The Dream of the Poem: Hebrew Poetry from Muslim and Christian Spain*）——和丹尼尔·C. 马特（Daniel C. Matt）在其由十二章构成的《光辉之书》（Zohar）英译本里沿用了"神秘主义"，但我这里舍弃了这个术语。

"卡巴拉"（Kabbalah）意为"接受"（reception）或"传统"（tradition），最初用于指代所有口传律法。狭义的"卡巴拉"一词是指开始于1200年左右的精神反思运动，这场运动由普罗旺斯和加泰罗尼亚的一些拉比发起。

我在这里要对"开始"一词做一点说明：卡巴拉究竟如何起源，卡巴拉到底存在了多久，学界都无定论。你可以武断地说，这场运动的实际开创者是十二世纪普罗旺斯一个名叫拉瓦德（亚伯拉罕·本·大卫）的圣人。他的儿子盲人以撒创作了最早的卡巴拉文本，一本关于《创造之书》（*Sefer Yetzirah*）的评论。《创造之书》是一本奇怪的作品，可能最早出现在公元三世纪，但现在只有公元十世纪的版本流传。这本书告诉我们，耶和华是用十个质点（sefirot）和二十二个希伯来字母创造出了世界。

这十个质点直到现在依然是流行的卡巴拉的关键词。作为单数形式的"sefirah"（质点）来自希伯来语的"sappir"（蓝宝石），据说与神光有关。但是，重要的不是《创造之书》的各种古代版本，而是可能创作于十三世纪初的"Bahir",按照一种解释,就是《光明之书》(Bahir)。

《光明之书》中的关键段落是对上帝创造世界时说的那十句话的非凡解读。它们被转换成由十个质点构成的生命之树(参见本章的示意图)。在这张生命之图中,我注意到左边的三个质点代表女性,右边的三个质点代表男性,中间的四个质点代表双性同体。"至高冠冕"有着虚无的一面;"美"除了有太阳的男性之力,还包含了女性的同情成分;"基础"是阳物之基,与"王国"保持平衡,"王国"里除了大卫,还有卡巴拉的缪斯舍金纳,以色列男性组成的议事会,王后,拉结。

卡巴拉作为爱欲密教在西方或东方哲学中并不独特,尽管它对性的迷恋可能是其突出的特征。摩什·艾德尔是肖勒姆之后卡巴拉研究领域中的重要学者。他的《卡巴拉与爱欲》(*Kabbalah and Eros*,2005)是一部权威之作。艾德尔认为卡巴拉是"爱欲的文化",因为它把婚姻中的交媾看成是拯救性的活动,无论是对个体还是世界的拯救。在我这样的年纪,这样一种唯心的观念既让我觉得好玩,也令我莫名的宽慰。我想起杰拉德·曼利·霍普金斯(Gerard Manley Hopkins)的朋友考文垂·帕特莫尔(Coventry Patmore),他在颂歌中赞美了维多利亚鼎盛时期天主教徒的爱欲密教,但是他却没有胆量将这种具有救赎性质的狂喜归于上帝的性生活。而这种胆量恰是卡巴拉的核心,在卡巴拉中,耶和华化身为"Ein Sof"(无限),成为舍金纳——第十个,也是最后一个质点——

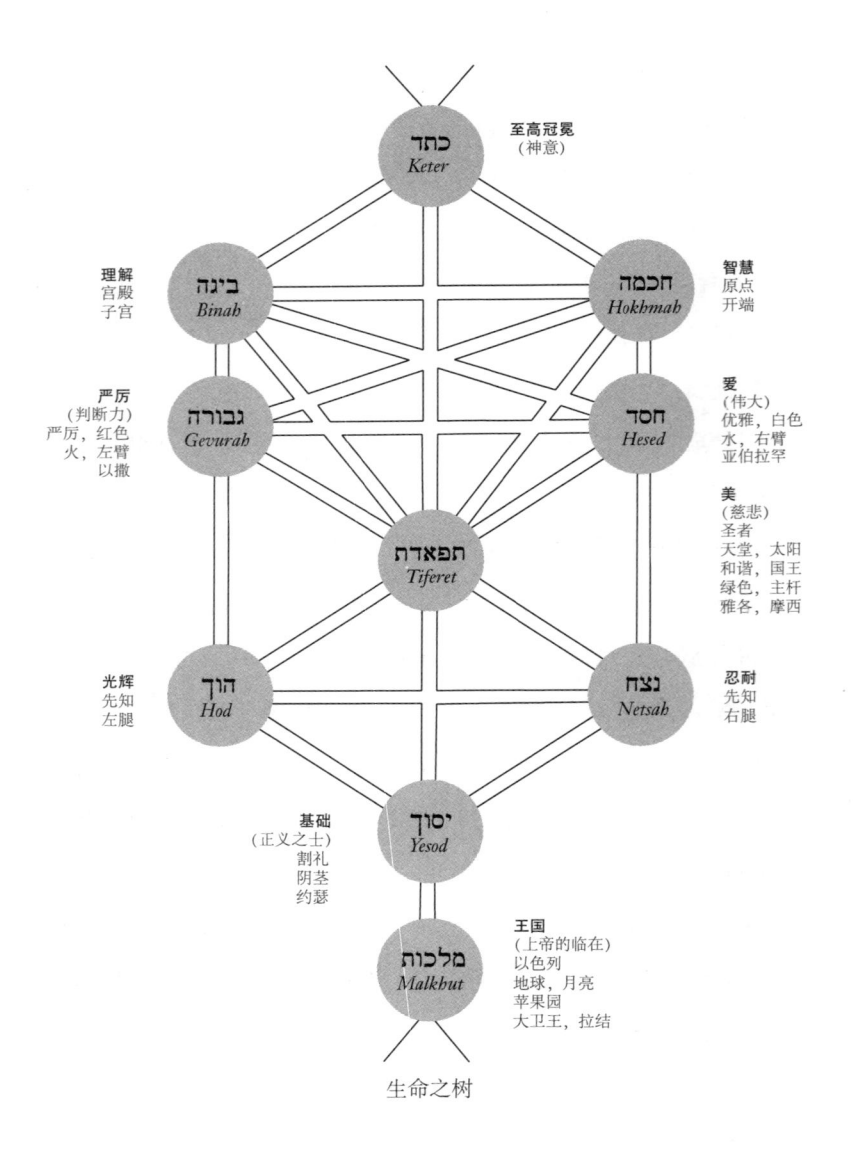

	至高冠冕 (神意) כתר *Keter*	
理解 宫殿 子宫 בינה *Binah*		**智慧** 原点 开端 חכמה *Hokhmah*
严厉 (判断力) 严厉，红色 火，左臂 以撒 גבורה *Gevurah*		**爱** (伟大) 优雅，白色 水，右臂 亚伯拉罕 חסד *Hesed*
	תפארת *Tiferet*	**美** (慈悲) 圣者 天堂，太阳 和谐，国王 绿色，主杆 雅各，摩西
光辉 先知 左腿 הוד *Hod*		**忍耐** 先知 右腿 נצח *Netsah*
	基础 (正义之士) 割礼 阴茎 约瑟 יסוד *Yesod*	
	王国 (上帝的临在) 以色列 地球，月亮 苹果园 大卫王，拉结 מלכות *Malkhut*	

生命之树

的丈夫，他既是神的临在，也是他获得满足的性欲的对象。

耶和华的这种形象或许会引起耶路撒冷的以赛亚和其他大大小小先知的排斥，但在公元二世纪正统犹太教的创始人伟大拉比阿吉巴·本·约瑟看来应该很亲切。显然，阿吉巴说服追随他的犹太圣人将《雅歌》放入正经，声称今后的受福者会永远传唱下去。

众所周知，《雅歌》中存在一种暗恋，圣十字约翰在《灵魂的暗夜》(The Dark Night of the Soul)中神奇地捕捉到了这一点。隐秘的爱欲暗示了非法的欲望，尽管上帝对于舍金纳的激情或许是他最积极的方面。舍金纳是一个包含了丰富形象的喻说：她是新娘，是女儿，是王冠，是影响，是火花，是住所，是流亡中的慰藉，是公主，是智慧的女人，是母亲，是妻子，是犹太人……这张单子可以不断开列下去。

肖勒姆愉快地认为舍金纳是一个灵知形象，这个形象悄悄地渗入拉比的犹太教，然后在卡巴拉中开花结果。对于肖勒姆来说，卡巴拉的不幸是新柏拉图主义的生命之树结构，他欢迎他不能解开的一切异端元素。我想起汉斯·约纳斯和肖勒姆，在那些最令我沉迷的谈话中，他们固执地争论诺斯替主义和一切最终建立在《希伯来圣经》基础上的立场是否兼容。约纳斯反对致命的必然性，他提出了犹太人的偶在感，他发现耶和华的世界和雅典人的世界格格不入。但肖勒姆却像他后来的修正主义者艾德尔一样，认为公元二世纪的基督徒的诺斯替主义有着重要的犹太教起源。

关于诺斯替主义的一切都是可以争论的。最近有一些学者希望抛弃这个术语。从一个文学批评家的视角而言，这不是一个有用的观点。一个虽然粗俗但有效的看法是，诺斯替主义无论过去还是现在都有一种倾向或推测，将人类的创世和堕落，以及宇宙的毁灭，视为单一事件。上帝分裂成了两个部分，一个是造物主或笨手笨脚的巨匠，一个是真正流亡的神，在遥远的星际空间徘徊。那个流亡的神的一点火花或气息，深埋在我们每个人的磐石之中，只是被断断续续地感知到。卡巴拉的舍金纳就是那忽隐忽现的气息的一个变体。

2

即使是在丹尼尔·马特技巧高明的新译文中，《光辉之书》依然令我不安。它类似于文献集，由西班牙卡斯蒂利亚地区的一群密宗狂热分子创作而成，时间可以追溯到公元 1300 年左右。尽管它的目的是想解读《希伯来圣经》，但《光辉之书》是犹太解经传统的野路子。想象一下你在参加一个充满色情的野餐，突然，那些卡斯蒂利亚的密宗狂热分子传话过来，而你要把他们所说的意义翻译出来。

最近的学者极力想寻找《光辉之书》叙事的美学价值，尽管其冒险精神可嘉，但那种特殊的要求无助于挽救它的美学价值。拉比摩西·德·莱昂和他的朋友既不是诗人，也不是小说家，即使肖勒姆渴盼《光辉之书》可以当小说来读，若普通读者为了寻找故事和人物来读《光辉之书》，估计会绝望。

我绝对无意贬低犹太密教传统的这部唯一经典，但《光辉之书》的独特魅力是作为思辨意识的一次冒险。读者只要有足够的耐心和胸怀去迎接最初看起来更像幻想而非启示的东西，就能在人类对上帝生命的认识中有全新的发现。

耐心是必要的，因为《光辉之书》的焦点总是那十个质点，十个含糊其词的比喻，象征上帝的内在生命的动力。这种内在生命是语言。托拉，作为上帝的语言载体，是一个会呼吸的实体，是男男女女，与耶和华的人格实体保持一致。

限于篇幅，我不打算在此赘述那十个质点。读者可以参阅亚瑟·格林（Arthur Green）精简版的作品《〈光辉之书〉导论》（*A Guide to the Zohar*, 2003），该书简明扼要，可以作为马特翻译的《光辉之书》（2004）第一卷的介绍性读物。格林敏锐地强调《光辉之书》语言的异质性，它是以比较文绉绉的亚兰语写成，而非希伯来语。《塔木德》也主要是用亚兰语，却是以生动的口语写成。《光辉之书》的语言充满隐秘的狂喜，针对的是密宗信徒，似乎为自身的独特身份感到自豪。

马特翻译的《光辉之书》，不管原文多么复杂晦涩，至少这个译文表面看上去是惊人的清晰。随文实用的注疏附于每页正文下方，可以媲美以赛亚·蒂什比（Isaiah Tishby）的《〈光辉之书〉的智慧》〔*Wisdom of the Zohar*，此书英译有三卷，译者是戴维·哥尔德斯坦（David Goldstein），牛津出版社，1989〕。我以马特翻译的《光辉之书》第五卷中的一段（2:95a）为例：

> 这个没有眼睛、身体隐藏起来的美丽少女是谁？她在早晨出现，在白天隐匿，天然去雕饰。

在后面的一段（2:99a），这个谜扩展成了一个寓言：

> 这可以比喻为一个可爱的少女，她身材曼妙，容貌姣好，隐藏于深宫。她有一个情人，也隐藏得很好，除了她之外，不为人知。出于对她的爱，这个情人会经常来到她的宫门，在门前四处张望。她也知道情人在宫门外彷徨，她能干什么呢？她打开自己房间的一点窗缝，让情人看一眼后，马上又关上，把自己藏起来。除了这个情人，他身边没有一个人注意到她。就这样，他内在的生命和心灵全都随她而去。他知道，出于对他的爱，她自己显露了片刻，为的是吸引他。

这个少女既是托拉，也是舍金纳，她吸引了卡巴拉主义者，也为卡巴拉主义者吸引。正如瓶中的酒，这个托拉／舍金纳也隐藏于她的外衣之下。那些外衣是由字母、文字、语词和故事织成，《光辉之书》的作者及其同道都受到激励，要去脱掉那些外衣。

3

  彼得·科尔是我们时代重要的诗人兼翻译家，至今，他最好的代表作是《赞美诗和疑虑》（2017）。最近，他翻译出版了《卡巴拉诗歌》，这是一本精彩的译诗集，译自亚兰语、希伯来语、拉地诺语和意第绪语，附加了大量的注释。

  科尔日渐成为重要的美国诗人。他现在住在耶路撒冷，或许他是第一个用美国英语写作的新型犹太诗人。他的创作语言深受卡巴拉的影响：

The Reluctant Kabbalist's Sonnet
"It is known that 'desire' is, numerologically … 'the esssence of speech.'"
        Abraham Abulafia, The Treasures of the Hidden Eden

It's hard to explain   What was inside came
through what had been between, although it seems
that what had been within remained the same
Is that so hard to explain   It took some time
Which was, in passing, made distinctly strange
As though the world without had been rearranged,
forcing us to change: what was beyond

suddenly lying within, and what had lain

deep inside—now ... apparently gone

Words are seeds, like tastes on another's tongue

Which doesn't explain—how what's inside comes

through what is always in between, that seam

of being   For what's within, within remains,

as though it had slipped   across the lips of a dream

迟疑的卡巴拉主义者的十四行诗歌

"众所周知,按照数字命理学而言,'欲望'是……'语言的本质'。"

——亚伯拉罕·艾布拉菲亚,《隐秘伊甸园的珍宝》

难以解释,内在的东西

通过居间的东西到来,尽管看起来

内在的东西保持不变,

这难以解释吗?话说回来,

内在的东西变得十分陌生,要花时间,

没有了它,世界好像重组,

迫使我们改变:外在的东西

突然寓于内;深藏于内的——

现在……似乎消失。

语词是种子,如同另一个人舌头上的味蕾,

> 不能解释——内在的东西
> 如何通过总是居间的东西、那一条生命之缝
> 到来　　因为内在的东西，保持于内在，
> 似乎它已从梦的唇边溜走

　　这首描写个体情欲的十四行诗很精巧，避免提及主语"我"，相当于使用了一副面具。前面九行温柔地展现了一对结合的夫妻，最后五行转调走向神秘的这一句"语词是种子"（words are seeds）。"种子"（seed）后面又变成了"那一条生命之缝"（that seam / of being），即使最热烈的爱人之间都有的边界。诗歌里充满了准押韵，如"inside""lying within""within / within"，我们也能从中听到转调之声，如"strange""rearranged""change""remains"，结尾的"slipped"和"lips"还创造出音乐性的结尾。W. B. 叶芝的《在月亮友善的寂静中》是一首佩特式的伟大幻想曲，在其中某个地方，他为灵魂永恒的贞洁写下了一曲挽歌，无论性交多么激烈：

> 我明白自己一无所有时，我发现黑暗变得光明，虚空
> 变得充实，塔内的敲钟人已为灵魂的处女膜指定了丧钟。

　　科尔引用了亚伯拉罕·艾布拉菲亚的话，作为在欲望和语词之间的神秘关联。艾布拉菲亚是卡巴拉中令人恼怒的异数，是犹太教的神棍，他驳斥了《光辉之书》，并称质点甚至比三位一体还糟糕。

他听从惊人的幻象，在 1280 年来到罗马，宣布他想要教皇尼各老三世（Pope Nicholas III）改宗犹太教。尼各老三世深思熟虑后命人准备好火刑柱，要烧死这个粗野无礼的卡巴拉主义者，但就在考验这一信仰力量的行为发生之前，教皇驾崩。因为自我标榜为弥赛亚，艾布拉菲亚被逐出犹太社会，他逃到马耳他附近的一座小岛，在那里他创作了长诗《符号之书》（*The Book of the Sign*），这部启示录式的著作影响了威廉·布莱克。下面的选段是科尔的译笔，他贴切地传达出原文的艺术风格：

> And from
>
> the bow of knowing they shot arrows of learning,
>
> sending insight toward the target of wisdom,
>
> for the power of the blood in the heart is signed and sealed,
>
> and the heart of he who is wise at heart is whole,
>
> knowing his blood is alive and the slime is dead
>
> within him, and so—slime and blood are enclosed
>
> inside his heart. More bitter than death is slime.
>
> His power is sunken within it, and sweeter than honey
>
> Is blood, and his spirit dwells in the heart's shrine.
>
> And the soul of every creature of mind must journey
>
> From slime's tent toward the tent of blood.
>
> And from blood's tent toward the shrine of the heart

Of heaven it travels, and there it dwells for all

The days of its life ...

从知之弓里,他们射出学之箭,
将洞见送往智慧的目标,
因为心血的力量已签字盖章。
心底智慧之人的心是健全的,
知道他的血液仍鲜活,体内的黏液
已死,于是——黏液和血液都封存
在他的心里。比死亡更痛的是黏液。
他的力量在力量中下沉,比蜜更甜
是血,他的精神驻扎在心灵的圣殿。
每个人的灵魂必须从黏液的帐篷
走向血液的帐篷。
从血液的帐篷走向心灵的圣殿
它穿越天堂,在那里,它驻留
度过所有它生命的岁月……

你可以说艾布拉菲亚是骗子或先知。无论哪个形象,我发现他既让人讨厌,又令人振奋。对于我来说,他是一块可怕的水晶,照亮了卡巴拉诗歌的悖论:一首诗歌真正能够承担起重负,通过神秘的猜测接近绝对的真理?任何诗歌必然是持续的虚构。一成不变的虚构如何能够产生愉悦？科尔力求解决这个谜，正如在他之前没有人以这样的方式做过。

我把部分人生投入找出卡巴拉和文学批评的实际关系中，但我从来没有写出一首诗歌。卡巴拉诗歌的矛盾修辞法本质是一个有用的极端案例，证明所有虔诚的诗歌都有难以解决的难题。约翰生博士认为，永恒的善恶对于才智之翼太过沉重。心灵在神圣的重负之下沉沦。信仰，无论多么热烈，往往都变成谦卑的崇敬。这能够成为一首诗吗？

当我们评价约翰·多恩、乔治·赫伯特、克里斯蒂娜·罗塞蒂、杰拉德·曼利·霍普金斯或者 T. S. 艾略特，我们的美学愉悦多半与他们的技巧有关，他们都精于逃避说教带来的令人精神麻木的后果。科尔最好的那些诗歌是否就显示出如此高超的逃避能力？

我还不能回答这个问题，尽管科尔的翻译和评论为我提供了许多诗材。科尔以非凡的雄辩风格翻译了公元六世纪晚期雅尼（Yannai）及其来自巴勒斯坦的弟子卡里尔（Kallir）创作的早期礼拜圣歌，这些圣歌对于思考卡巴拉诗歌的美学基础可能至关重要。有一个生动的传说，雅尼眼看弟子走红，嫉妒弟子的杰出才华，就把一只蝎子偷偷塞进了弟子的鞋中，毒死了卡里尔。我们不妨称这是"不再有影响力"的焦虑。雅尼此前一直名不见经传，直到从开罗收藏室的犹太圣物中发掘出来才为人所知，他启发了科尔接触这种疯狂的崇高：

火焰天使

上帝的天使（在火焰中心）向他显形：

火焰天使吞噬了火
火燃过湿处和干处
火在烟和雪中发光
火的形状如同卧狮
火的颜色不断变化
仇恨的火不会熄灭
闪亮的火走向远方
嘶叫的火射出火花
火融进旋转的狂风
不加油就摇动生命
点燃的火每天燃烧
炙热之火不用火扇
神奇的火闪过蕨叶
火的思绪疾如闪电
火的征兆快如追风
火柱在雷雨中矗立
火的猎物裹在雾中
肆虐的火烧到阴间
可怕的火带来寒冷

> 火的涡流如同寒鸦
>
> 延伸的火焰如彩虹
>
> 一条彩带纵贯天空。

我们不妨想象，公元七世纪巴勒斯坦的教众聚集在一起，大唱这首爵士乐一样的颂歌。这首诗歌先后影射了《出埃及记》（3:1）、《以西结书》（1:27-28）、《以赛亚书》（66:15）和《以西结书》（1:28）。究竟是什么使之成为卡巴拉诗歌？第17行"裹在雾中"的"火"是舍金纳，在雾中燃烧。在雅尼或科尔的强烈影响下，我们忘记了诗歌表达的意义，每一行中肆虐的火焰都令我们震惊。

诗歌，无论是卡巴拉诗歌还是苏菲派诗歌或基督教诗歌，往往都庆贺异端对正统的颠覆。带着这样具有创新性的颠覆精神，科尔和他笔下的诗人冲向火焰和光明之巅。随着伪弥赛亚萨巴泰·泽维的出现，某种异常光辉的东西涌进《卡巴拉诗歌》。无论是在谈话还是写作中，肖勒姆对萨巴泰都倾注了无尽的激情。科尔也感染了这种激情，他翻译了拉地诺民歌《梅利斯尔达》（"Meliselda"），这是萨巴泰不断给他的信徒唱的一首歌：

梅利斯尔达

> 我来到山上，
>
> 我下到河边，

> 我遇见梅利斯尔达——
> 国王的温柔公主。
>
> 我看见这个光彩夺目的姑娘
> 从水中出来：
> 她的眉毛如黑暗之弓，
> 她的脸庞如光明之剑——
>
> 她的红唇如珊瑚，
> 她的肌肤如凝脂。

从历史的角度而论，这首抒情诗歌可以追溯到加洛林时期法国一首据称是赞颂查理曼大帝的女儿梅利森达（她的名字有不同的拼写）的民歌。萨巴泰的"光彩夺目的姑娘"既是舍金纳，也是他个人具有异端色彩的卡巴拉的缪斯，教导人们通过罪来获得救赎。下面这首萨巴泰赞美诗《论律法的毁灭》（"On the Destruction of the Law"）铿锵有力，它赞美了萨巴泰这个伪弥赛亚及他聪明的先知加沙的内森〔他在《龙论》（*Treatise on the Dragons*）中，为错误创世的那道"轻率之光"做了阐释〕带给以色列世界的混乱：

论律法的毁灭

> 难以名状的光

构成了奥秘,

他用它创造了

世上存在的一切。

因为它难以名状,

它总是在上升,

在它里面,没有规律可循,

没有开始,也没有终结。

他走来大声对我们说——

他是萨巴泰·泽维。

他的本性是毁灭,

来自一位知道我已听说的人。

他从自己住的地方降临,

进入第四层躯壳:

他摧毁了律法——

为的是唤醒上帝。

这里的"奥秘"指的是萨巴泰改宗伊斯兰教,为的是救弥赛亚不被处决,他的信徒把他的行为看成是以罪获救的关键。萨巴泰对于追求卓越的激情是富于创造性的,在诺斯替的意义上,他恢复了作为巨匠造物主的耶和华笨手笨脚创造出的已遭毁灭的世界。科尔准确地捕捉到拉地诺语原文的声音,当律法的毁灭和疯狂的萨巴泰像基督一样地复活并置在一起时,他特别精彩地传达了那种狂喜。

　　肖勒姆令彼得·科尔难以忘怀,这是不无道理的。肖勒姆欣然承认,他自己的杰作就是其巨著《萨巴泰·泽维:神秘的弥赛亚(1626—1676)》(*Sabbatai Sevi: The Mystical Messiah, 1626-1676*, 1957;R. J. 茨维·韦伯洛夫斯基译,普林斯顿大学出版社,1973)。在送我的签名本中,肖勒姆引用了他结尾的一段话作为题词:

> 经过不断的叙述,原本据说是历史的事实,转化为传奇,一个生动而脍炙人口的传奇。尽管作为传奇,经由一个不信教的记录者讲述,依然有些"信仰"的光芒在其中闪现。无疑,这种信仰一直遭羞辱和抹黑。其希望成枉然,其观点受驳斥,但这个混合了骄傲和悲伤的问题依然存在;这难道不是一个错失的良机,而非一个弥天大谎?这难道不是一场敌对力量的胜利,而非虚妄之物的坍塌?

　　这个暗示无论过去还是现在都很清晰:肖勒姆尽管不是萨巴泰和加沙的内森明确的崇拜者,但就像在卡夫卡的著作和《光辉之书》中,他也在萨巴泰和加沙的内森的作品里发现了他自己犹太教的某些精华。在《卡巴拉诗歌》结尾,彼得·科尔引用了肖勒姆的好友哈伊姆·纳赫曼·比亚利克(Hayyim Nahman Bialik)。哈伊姆是重要的现代希伯来语诗人,他在《卡巴拉诗歌》结尾中是作为世俗的卡巴拉主义者出现。他最著名的抒情诗是《带我到你的羽翼下》

("Bring Me In Under Your Wing"),科尔的译文回荡着动人的哀鸣:

Bring Me In Under Your Wing

Bring me in under your wing,
    be sister for me, and mother,
The place of you, rest for my head,
    a nest for my unwanted prayers.
At the hour of mercy, at dusk,
    we'll talk of my secret pain:
They say, there's youth in the world—
    What happened to mine?

And another thing, a clue:
    my being was seared by a flame.
They say there's love all around—
    What do they mean?

The stars betrayed me—there
    was a dream, which also has passed.
Now in the world I have nothing,
    not a thing.

Bring me in under your wing,
  be sister for me, and mother,
the place of you, rest for my head.
  a nest for my unwanted prayers.

带我到你的羽翼下

带我到你的羽翼下，
做我的姐妹，做我的母亲，
在你那里，我将头倚靠，
我安放我那多余的祈祷。
在宽恕的时刻，在黄昏，
我向你吐露隐秘的痛苦：
他们说，世上有青春——
我的青春怎么了？

还有一件事情，一个线索：
我的生命被火焰灼伤。
他们说到处都有爱——
他们是什么意思？

星星背叛了我——的确

那是一场梦，但梦已破。
在这个世界上，我已一无所有，
一无所有。

带我到你的羽翼下，
做我的姐妹，做我的母亲，
在你那里，我将头倚靠，
我安放我那多余的祈祷。

诗人和卡巴拉主义者，与文学批评家一样，需要将意见转化成知识。这是约翰生博士的说法，他指的是法律意义上的意见，不是民意。科尔评论哈伊姆这首最著名的诗歌时，强调其中意义含混的"羽翼"指的是舍金纳的羽翼，其中的"姐妹"影射的是《雅歌》(5:2)："我的妹子，我的佳偶，我的鸽子，我的完全人。"

不管是否如科尔所言，这首诗歌写的是犹太民族在世俗世界的境况，还是如我大胆猜测，写的纯粹是浪漫个体痛惜青春的失落，无论如何，哈伊姆都站在世俗和神圣之间。卡巴拉学界在肖勒姆和艾德尔之后经常扬言要放弃对大众言说的能力。科尔令人耳目一新地更新了这个事业，将神秘犹太主义置于更广阔的人文主义和美学关切的视域。

卡巴拉不仅仅对于卡巴拉专家来说才重要，因为它最优秀的部分，也是犹太智慧写作传统的一部分。我知道，卡巴拉文献中没有任何东西比得上那部光彩照人、永远具有现实意义的《先贤篇》：《先贤篇》是一部极为感人的箴言，收录了先贤的格言，构成了对《塔木德》最人性化的经解。我也知道，最出色的卡巴拉主义者，也无法与正统犹太教的拉比阿吉巴或拉比塔丰相提并论。然而，科尔这部激动人心的译诗集《卡巴拉诗歌》至少有望将智慧传统和神秘主义相联系：这再一次提醒我们，这项工作虽不求完成，但永不会被放弃。

更多的生命：文学的赐福
More Life: The Blessing Given by Literature

像许多我这般年岁的人一样，我睡得很早。我经常夜里醒来，躺在黑暗中，回忆如潮水般将我湮没。昨夜凌晨，我又看见了母亲的形象。我清晰地看到我三岁的样子，我独自在厨房的地上玩，母亲在旁边准备安息日餐。她出生在波兰布列斯特郊区的一个犹太村子，一生信守她的传统。她有五个孩子，我是最小的一个，当我和她单独在一起时，我觉得自己是天底下最幸福的孩子。她准备饭菜时经过我身边，我会伸手去摸摸她光着的脚丫，她会揉揉我的头发，喃喃地表达爱意。

我的母亲给我讲过多次，经过漫长而艰难的待产，我在1930年7月11日凌晨出生。在我八十七岁生日这天，我在破晓时分醒来，回想起她的脸，如同我过去看见她点燃安息日的蜡烛，吟诵犹太祷告词时的脸："赞美你，我的神，宇宙之王……"从荷马和《希伯来圣经》到但丁、乔叟，再到莎士比亚、塞万提斯、蒙田和弥尔顿，以及以普鲁斯特和乔伊斯为巅峰的西方现代文学经典，这些最优秀的文学让我和我的学生感受到了世俗的神恩。每念及此，我都会情不自禁地陷入沉思。

神恩的原初意义是得到上帝的恩惠。因为我不像我母亲一样坚信耶和华与犹太子民的立约，所以我很久以前就把这种赐福转化为其原初的形式，即我们对他人的爱。为了找到这种赐福，我求助于文学阅读和研究，因为我逐渐明白，我们爱的人远远不够。他们死了，我们还活着。对于我和许多其他人来说，文学成为我们生命获得更多神恩的重要方式。

正如我翻译的那句犹太祷告词所言："更多的生命进入无边的时间。"约翰·罗斯金说："唯一的财富是生命。"耶和华神秘的名字就宣示了他的临在。当摩西问神的名字时，神的回答是"Ehyeh asher ehyeh"，《钦定本圣经》翻译为，"I AM THAT I AM."（我是自有永有的。）我的翻译是，"I will be present wherever and whenever I choose to be present."（无论何时何地，只要我选择临在，我都将临在。）但什么是临在？谈到临在，我们把它理解为神秘或宁静。其实，临在的最初含义指的是"being at hand"（在旁边），但这个起源于拉丁语的语词经过古法语的演变，最后变成了现在英语中的"presence"。

西方文学区别了上帝在自然界的临在或缺席，以及上帝在所有人、最重要的是在我们每个人身上的临在。我教了一辈子书，我把临在与作为教学过程中的演示或展示联系在一起。我已有六十三年的教学经历，我可以说，教师的工作是帮助学生感觉到自身的临在。"teaching"（教学）原本是一个德语词，由古英语演变而来，这个语词的词根可以追溯到一个印欧语的词根，在古希腊语中意为"show"（展示），在拉丁语中意为"say"（言说）。它与神恩又是什么关系呢？

在《创世记》中，耶和华的赐福在他拣选的子民中代代相传。他宠爱的人中，最引人瞩目的是雅各（犹太人的祖先）和大卫（取代了扫罗为王，与拔示巴生下所罗门）。雅各是某种意义上的旧人，很精明、坚韧，有着很强的生存欲望，渴慕耶和华的赐福。大卫是某种意义上的新人，他在文学中的后裔包括我们在《马可福音》中认识的耶稣和哈姆莱特。

关于雅威派的雅各，最有洞见的评论是托马斯·曼的《约瑟和他的兄弟们》（*Joseph and His Brothers*）。这是一部诙谐的经典，可惜现在少有人读。它创作于1926年到1942年间，2005年，约翰·E.伍兹出了一个精彩的英译本。我在2011年出的一本小书《磐石的影子》（*The Shadow of a Great Rock*）中已谈过《约瑟和他的兄弟们》，在此只略说几句。

在《希伯来圣经》中的其他地方，耶和华的赐福只是"愿你硕果累累，子孙众多"，但在前六卷中，我把耶和华的赐福理解为一种允诺，即你的名字将在他人的记忆中流传，不会四散。

雅各是抓着哥哥以扫的脚后跟从母腹中出来的。长大后，以扫成了猎人，雅各成了牧人。母亲利百加偏爱雅各，而父亲以撒偏爱以扫。在一个特别悲喜交加的场景中，雅各欺骗了父亲，夺走了原

本给哥哥的福分。这造成了令人不安而难忘的后果:

> 以扫听了他父亲的话,就放声痛哭说,我父啊,求你也为我祝福!
>
> 以撒说,你兄弟已经用诡计来将你的福分夺去了。
>
> 以扫说,他名雅各岂不是正对吗?因为他欺骗了我两次,他从前夺了我长子的名分;你看,他现在又夺了我的福分。以扫又说,你没有留下为我可祝的福吗?
>
> 以撒回答以扫说,我已立他为你的主,使他的弟兄都给他作仆人,并赐他五谷新酒可以养生。我儿,现在我还能为你作什么呢?(《日内瓦圣经》,《创世记》27:32-37)

在接下来一章,我们才对雅各新生了同情,他梦见天地之间的梯子,天使在上面来来去去。天梯的顶端站着耶和华,他再次确认了他的赐福。更大的顿悟发生在《创世记》第32章,结尾处雅各在与一个人摔跤,这让人产生无尽遐思:

> 他夜间起来,带着两个妻子、两个使女,并十一个儿子都过了雅博渡口。
>
> 先打发他们过河,又打发所有的都过去,
>
> 只剩下雅各一人。有一个人来和他摔跤,直到黎明。
>
> 那人见自己胜不过他,就将他的大腿窝摸了一把,雅

各的大腿窝正在摔跤的时候就扭了。

那人说,天黎明了,容我去吧!雅各说,你不给我祝福,我就不容你去。

那人说,你名叫什么?他说,我名叫雅各。

那人说,你的名不要再叫雅各,要叫以色列,因为你与神与人较力,都得了胜。

雅各问他说,请将你的名告诉我。那人说,何必问我的名?于是在那里给雅各祝福。

雅各便给那地方起名叫毗努伊勒,意思说,我面对面见了神,我的性命仍得保全。

日头刚出来的时候,雅各经过毗努伊勒,他的大腿就瘸了。(《日内瓦圣经》,《创世记》32:22-31)

这里的"一个人"(A man)在希伯来语中是"神中间的一个"(one among the Elohim)。它是死亡天使还是耶和华?我们无从得知。但这不是一场爱的相遇。雅各此后走路一瘸一拐,那个无名者害怕黎明的到来。惊人的是,狡诈的雅各,却有足够的力量拦住一个危险的天神。他获得的那个名字"以色列",我将其诠释为"与万能之主摔跤"。

雅各知道,天一亮,他必须面对前来报复的哥哥以扫。在这一段精彩的预言里,他增强了自己的力量,做好了面对以扫的准备,也因此延长了自己的性命。

自童年起，我就一直在思考以色列与死亡天使摔跤这一幕。我把它不仅视为犹太史乃至世界史的寓言，而且视为我自己的人生故事，乃至我认识、爱过、教过、悲悼过的每个人的人生故事。在频频醒来的夜里，在幽光中，我开始把它视为每个孤独且深刻的读者的挣扎，他们努力在经典文学中找到可以满足的东西。

摩西：崇高的沉默

Moses: The Sublime of Silence

　　有许多方式可以让你为记忆所萦绕。有些是本能的记忆，但有时需要意志和记忆的合作；当你学会如何放松你的意志时，新的记忆模式就会如潮水般涌入。近日，我发现我被童年的记忆淹没。我清晰地回忆起那种感觉，我仿佛在一个尚未被意识到的世界中漫游，只是当初没有意识到而已。我似乎想要创造一种更美好的时光，却不清楚那可能是怎样一种时光。

　　我仍然记得，我还是孩子的时候，读不懂《出埃及记》（15：1-18）中这首与大海有关的伟大诗歌：

　　　　那时，摩西和以色列人向耶和华唱歌说，我要向耶和华歌唱，因他大大战胜，将马和骑马的投在海中。
　　　　耶和华是我的力量、我的诗歌，也成了我的拯救。这是我的神，我要赞美他；是我父亲的神，我要尊崇他。
　　　　耶和华是战士，他的名是耶和华。

法老的车辆、军兵，耶和华已抛在海中，他特选的军长都沉于红海。

深水淹没他们，他们如同石头坠到深处。

耶和华啊，你的右手施展能力，显出荣耀；耶和华啊，你的右手摔碎仇敌。

你大发威严，推翻那些起来攻击你的；你发出烈怒如火，烧灭他们像烧碎秸一样。

你发鼻中的气，水便聚起成堆，大水直立如垒，海中的深水凝结。

仇敌说，我要追赶，我要追上；我要分掳物，我要在他们身上称我的心愿。我要拔出刀来，亲手杀灭他们。

你叫风一吹，海就把他们淹没；他们如铅沉在大水之中。

耶和华啊，众神之中谁能像你？谁能像你至圣至荣，可颂可畏，施行奇事？

你伸出右手，地便吞灭他们。

你凭慈爱领了你所赎的百姓；你凭能力引他们到了你的圣所。

外邦人听见就发颤，疼痛抓住非利士的居民；

那时，以东的族长惊惶，摩押的英雄被战兢抓住，迦南的居民心都消化了。

惊骇恐惧临到他们。耶和华啊，因你膀臂的大能，他们如石头寂然不动，等候你的百姓过去，等候你所赎的百姓过去。

你要将他们领进去，栽于你产业的山上。耶和华啊，就是你为自己所造的住处；主啊，就是你手所建立的圣所。

耶和华必作王，直到永永远远！(《出埃及记》15:1-18)

不管是小时候还是现在，我都觉得这首希伯来诗歌太古老，它让我感到困惑。时至今日，我依然对这首诗的衰落感到不解。战士耶和华受到赞美，仅仅因为他取得的胜利。我现在仍对其中的第11节感到困惑。"耶和华啊，众神之中谁能像你？"他们难道真的只是他天庭里的天使吗？

读这首诗歌，不可能不想起亨德尔的《在埃及的以色列人》，这部作品就是以之为背景。但是，如同《出埃及记》中的许多诗歌一样，这首诗歌也令人不解。在旷野和启示之间，我们听到一场交替圣咏。自从童年开始，我就对犹太人困于西奈半岛四十年感到很不满。耶和华愤怒地将骇人的考验加之于他选择的子民，这种蛮横的行为为何没人评论？你我在旷野熬了四十年，能无可怕的痛苦和强烈的抱怨？

耶和华明显也不乐意把他的赐福给予所有犹太人，因此他开始生气，变得自我矛盾。他说，他没有必要让所有犹太子民看到，但当他降临在西奈山顶时，每个人都会看到：

耶和华降临在西奈山顶上，耶和华召摩西上山顶，摩西就上去。

耶和华对摩西说，你下去嘱咐百姓，不可闯过来到我面前观看，恐怕他们有多人死亡；

又叫亲近我的祭司自洁，恐怕我忽然出来击杀他们。

摩西对耶和华说，百姓不能上西奈山，因为你已经嘱咐我们说，要在山的四围定界限，叫山成圣。

耶和华对他说，下去吧！你要和亚伦一同上来，只是祭司和百姓不可闯过来上到我面前，恐怕我忽然出来击杀他们。

于是摩西下到百姓那里告诉他们。（《出埃及记》19∶20-25）

可怜的摩西提醒耶和华，百姓不能上西奈山，因为耶和华似乎嘱托过，这里上演了一出奇怪的喜剧。但这出喜剧在一个难以置信的高潮时被搁置一边：

摩西、亚伦、拿答、亚比户，并以色列长老中的七十人，都上了山。

他们看见以色列的神，他脚下仿佛有平铺的蓝宝石，如同天色明净。

他的手不加害在以色列的尊者身上，他们观看神，他

们又吃又喝。(《出埃及记》24:9-11)

直到现在,我依然为这一幕感到震惊。七十四个以色列长老坐在西奈山。他们作为耶和华的客人在享受野餐。他们看着耶和华,耶和华也看着他们。在《希伯来圣经》中,唯有这一次,耶和华沉默不言。耶和华在吃东西吗?那些以色列长老肯定在吃,但他们吃的是什么?崇高隐于他们的沉默之中。

《士师记》(13-16)：参孙
Judges 13-16: Samson

约翰·弥尔顿最后一部作品将一个圣经传奇故事出人意料地改成了希腊悲剧形式。《力士参孙》是一部独特的杰作，它不像《失乐园》，更不像《复乐园》。将之解读为一首基督教史诗的一切批评努力，都是与弥尔顿的天才格格不入的一种悲伤练习。

参孙的故事记载于《士师记》(13-16)。玛挪亚的妻子（名字不详）不怀孕，不生育。耶和华的使者向她显现，对她说，你必怀孕生一个儿子，这孩子从出胎到死，必归神作祭。玛挪亚的这个孩子出生后不可剃头发，他是献给耶和华的。

玛挪亚问使者叫什么名，使者却警告他说这是个秘密。玛挪亚将山羊羔和素祭放在磐石上献予耶和华，玛挪亚和他的妻在一旁观看。只见火焰从坛上往上升，耶和华的使者在坛上的火焰中也升上去了。玛挪亚和他的妻看见，就俯伏于地，因为他们意识到看见的使者就是上帝。

参孙的事业始于他选择一个非利士女为妻，那时，非利士人辖制以色列人：

参孙跟他父母下亭拿去。到了亭拿的葡萄园，见有一只少壮狮子向他吼叫。

耶和华的灵大大感动参孙，他虽然手无器械，却将狮子撕裂，如同撕裂山羊羔一样。他行这事并没有告诉父母。

参孙下去与女子说话，就喜悦她。

过了些日子，再下去要娶那女子，转向道旁要看死狮，见有一群蜂子和蜜在死狮之内，

就用手取蜜，且吃且走；到了父母那里，给他父母，他们也吃了，只是没有告诉这蜜是从死狮之内取来的。

他父亲下去见女子。参孙在那里设摆筵宴，因为向来少年人都有这个规矩。

众人看见参孙，就请了三十个人陪伴他。

参孙对他们说，我给你们出一个谜语，你们在七日筵宴之内，若能猜出意思告诉我，我就给你们三十件里衣，三十套衣裳；

你们若不能猜出意思告诉我，你们就给我三十件里衣，三十套衣裳。他们说，请将谜语说给我们听。

参孙对他们说，吃的从吃者出来，甜的从强者出来。他们三日不能猜出谜语的意思。（《士师记》14:5-14）

我们不会说参孙是"甜的从强者出来"。除了宠他的非利士妻，他身上丝毫没有甜的成分。参孙的妻子把谜底告诉了她的族人，一怒之下，参孙就杀了三十个非利士人，夺了他们的衣裳。参孙去看他的妻，他的岳父不容他进内室，参孙就搞了个恶作剧，加害于非利士人：

> 于是，参孙去捉了三百只狐狸，将狐狸尾巴一对一对地捆上，将火把捆在两条尾巴中间。
> 点着火把，就放狐狸进入非利士人站着的禾稼，将堆集的禾捆和未割的禾稼，并橄榄园尽都烧了。（《士师记》15：4-5）

吓坏了的犹太人，把参孙绑起来，交给非利士人，但很快，他的绑绳从他手上脱落下来：

> 他见一块未干的驴腮骨，就伸手拾起来，用以击杀一千人。
> 参孙说，我用驴腮骨杀人成堆，用驴腮骨杀了一千人。（《士师记》15：15-16）

在这次大胜之后，参孙遭遇了宿命，他爱上了一个非利士妇人大利拉。大利拉勾引他说出为何他有那么大的力气，参孙说根由全在他的头发。大利拉就把这个秘密告诉了非利士人的首领：

> 大利拉使参孙枕着她的膝睡觉，叫了一个人来剃除他头上的七条发绺。于是，大利拉克制他，他的力气就离开他了。
>
> 大利拉说，参孙哪，非利士人拿你来了！参孙从睡中醒来，心里说，我要像前几次出去活动身体。他却不知道耶和华已经离开他了。
>
> 非利士人将他拿住，剜了他的眼睛，带他下到迦萨，用铜链拘索他，他就在监里推磨。
>
> 然而他的头发被剃之后，又渐渐长起来了。（《士师记》16：19-22）

剜了眼睛的参孙求神眷顾，赐予他力量报仇雪恨，最终与敌人在一场凶猛的搏斗中同归于尽：

> 他们正宴乐的时候，就说，叫参孙来，在我们面前戏耍戏耍。于是将参孙从监里提出来，他就在众人面前戏耍。他们使他站在两柱中间。
>
> 参孙向拉他手的童子说，求你让我摸着托房的柱子，我要靠一靠。
>
> 那时房内充满男女，非利士人的众首领也都在那里。

房的平顶上约有三千男女,观看参孙戏耍。

参孙求告耶和华说,主耶和华啊,求你眷念我。神啊,求你赐我这一次的力量,使我在非利士人身上报那剜我双眼的仇。

参孙就抱住托房的那两根柱子,左手抱一根,右手抱一根,说,我情愿与非利士人同死!就尽力屈身,房子倒塌,压住首领和房内的众人。这样,参孙死时所杀的人,比活着所杀的还多。(《士师记》16:25-30)

我想起在遥远的青春岁月,我在耶鲁听过一场关于弥尔顿《力士参孙》的讲座。演讲者是尊敬的乔希·布鲁斯特·丁克尔(Chauncey Brewster Tinker),这个学者因在受难者身上抹上圣痕而出名,那时大家都知道他对所有路过的犹太人都怒目而视。讲座开始不久我就退场了,因为这场讲座致力于证明,弥尔顿的《力士参孙》在每一个方面都超越了《希伯来圣经》中那个原型故事。

声音的女儿：底波拉的战歌
Daughter of a Voice: The Song of Deborah

希伯来语"bat kol"的英文意思是"daughter of a voice"（声音的女儿），历来解释为是耶和华本人的声音。在西奈山受启中，犹太人听到一声说话声，但没有看到神的影子。

尽管可以从来自锡安山的咆哮，或天庭的雷声，或大海的惊涛骇浪中听到耶和华的声音，但我们印象最深的，却是以利亚听到的耶和华化成平静的私语。

犹太视觉艺术习惯于把"bat kol"表现为"上帝之手"。我盯着书桌对面的一个大烛台，仿造的是史密森尼国立博物馆收藏的十四世纪土耳其徽章。哈特·克兰在其诗歌《桥》中的"火之手"，也是其衍生的一个隐喻。

不只是先知听到"bat kol"，诗人也听到。《士师记》（5：1-31）中女先知底波拉的战歌，似乎是《希伯来圣经》中最古老的诗歌。其背景是铁器时代（前1200—前1100），可以回溯到至少公元前1200年。

底波拉名字的意思是"utterance"（言说），尽管她自称"a mother

in Israel"（以色列的母亲），但这个称号只是精神上而非字面的理解。《钦定本圣经》中说她是"The wife of Lapidoth"，但其意思似乎是指"执火炬的女人"，而不是"拉比多的妻"，她明显没有丈夫。除非底波拉随军，否则骁勇善战的巴拉（他的名字"Barak"意思是"闪电"）绝不会率领加利利低地两个部落拿弗他利和西布伦人的勇士出征。

在《士师记》第 4 章开头，我们看到以色列人身处绝境。迦南人的将军西西拉拥有铁车九百辆，他残酷欺压以色列人二十年。作者告诉我们，底波拉是女先知，当时做以色列的士师，她坐在棕树下。她打发人把亚比挪庵的儿子巴拉叫来，对他说："你率领一万拿弗他利和西布伦人上他泊山去。"

巴拉尽管很勇敢，但还是回复说，除非底波拉与他一起，否则他不会单独去。底波拉就和巴拉一起去了基低斯，巴拉在那里召集起西布伦和拿弗他利人。由于耶和华直接干预，西西拉和他的部下全军溃败。西西拉弃车仓皇逃窜，巴拉穷追不舍，将其全军消灭。

每当我读到《钦定本圣经》里《士师记》(5∶18) 中这一句底波拉的胜利高呼——"Zebulun and Naphtali were a people that jeoparded their lives unto the death in the high places of the field.[1]"——就激动不已。希伯来原文更贴切的翻译可能是："Zebulun is a force that scorned death: Naphtali also on the heights of the field.[2]"但《钦定本圣

1　此处和合本译为：西布伦人是拼命敢死的，拿弗他利人在田野的高处，也是如此。
2　意为：西布伦人是一支藐视死亡的部队；在田野高处的拿弗他利人也是如此。

经》中这一句念起来更加铿锵有力:

> And the princes of Issachar were with Deborah; even Issachar, and also Barak: he was sent on foot into the valley. For the divisions of Reuben there were great thoughts of heart.
>
> Why abodest thou among the sheepfolds, to hear the bleating of the flocks? For the divisions of Reuben there were great searchings of heart.
>
> Gilead abode beyond Jordan: and why did Dan remain in ships? Asher continued on the sea shore, and abode in his breaches.
>
> Zebulun and Naphtali were a people that jeoparded their lives unto the death in the high places of the field.
>
> Judges 5:15-18

以萨迦的首领与底波拉同来,以萨迦怎样,巴拉也怎样。众人都跟随巴拉,冲下平原。在流便的溪水旁有心中定大志的。

你为何坐在羊圈内,听群中吹笛的声音呢?在流便的溪水旁有心中设大谋的。

基列人安居在约旦河外。但人为何等在船上?亚设人在海口静坐,在港口安居。

西布伦人是拼命敢死的,拿弗他利人在田野的高处,

也是如此。(《士师记》5:15-18)

这句话既是描述，也是赞美。底波拉用它来强烈地讽刺和对照那些不敢迎战的部落。底波拉的胜利欢呼淋漓尽致地展现了希伯来原文的崇高：

They fought from heaven; the stars in their courses fought against Sisera.

The river of Kishon swept them away, that ancient river, the river Kishon. O my soul, thou hast trodden down strength.

Judges 5:20-21

星宿从天上争战，从其轨道攻击西西拉。

基顺古河把敌人冲没。我的灵啊，应当努力前行。

(《士师记》5:20-21)

《钦定本圣经》中的译文"O my soul, thou hast trodden down strength"（我的灵啊，应当努力前行）其实是一个美丽的误译，更接近希伯来原文的英文翻译是"O my soul, tread them down with strength"（我的灵啊，请用力量将他们击倒）。

回过头来看底波拉的诗歌，你会看见一个手持火炬的新娘以耶和华的名义，激励叱咤风云的英雄夫君追求胜利。这个手持火炬的女人本身就是"言说",她的名字来源于希伯来语中的"语词"（word），这个希腊语词的意思既指行为,也指真理。这首战歌不仅是歌颂加利利低地两个部落的英雄。它是作为战士的耶和华之歌,当底波拉和巴拉的族人愿意挺身而出,他胜利地为以色列人复仇。

底波拉战歌的出现既是自由的姿态,也是对耶和华的颂扬。这难道不也是一种绵延为真正不朽的幸存的呐喊？底波拉的战歌里充满了矛盾修辞法,底波拉渴望以之铭记打败西西拉的英雄。最大的英雄是雅亿,是她给了逃命的西西拉最后一击：

愿基尼人希百的妻雅亿比众妇人多得福气,比住帐棚的妇人更蒙福祉。

西西拉求水,雅亿给他奶子,用宝贵的盘子,给他奶油。

雅亿左手拿着帐棚的橛子,右手拿着匠人的锤子,击打西西拉,打伤他的头,把他的鬓角打破穿通。

西西拉在她脚前曲身仆倒,在她脚前曲身倒卧。在那里曲身,就在那里死亡。

西西拉的母亲,从窗户里往外观看,从窗棂中呼叫说,他的战车为何耽延不来呢？他的车轮为何行得慢呢？

聪明的宫女安慰她,她也自言自语地说,

他们莫非得财而分,每人得了一两个女子？西西拉得了彩衣为掳物,得绣花的彩衣为掠物。这彩衣两面绣花,乃是披在被掳之人颈项上的。

耶和华啊，愿你的仇敌都这样灭亡！愿爱你的人如日头出现，光辉烈烈！这样，国中太平四十年。(《士师记》5：24-31)

耶和华敌人的母亲还充满着不切实际的幻想，在这充满反讽意味的描述下，我们再次听到这些热烈的歌声。自由奔放的语言断言了上帝与犹太人的立约。作为一个坚强且有说服力的先知，底波拉发现了诗歌的不朽。我们不知道谁创作了底波拉战歌，但我认为我们没有理由不相信，这出自一位南方加利利的女人。

我自小就对这首战歌激动不已，无论是以希伯来语还是其他语言吟诵。菲利普·锡德尼爵士（Sir Philip Sidney）说，当他听到《切维的追逐》（"Chevy Chase"）这首古老的民谣时，号角就在他心中响起。底波拉的战歌给我同样的感受。波士顿废奴主义者朱莉娅·沃尔德·豪创作的，林肯的军队在美国内战期间高歌的那首雄壮的《共和国战歌》（"Battle Hymn of the Republic"），也总是让我想起底波拉的战歌：

他吹响了永不退缩的号角
他坐在审判座前审判众人的心
跟从他吧，我的灵魂！欢呼雀跃吧，我的双脚
上帝正在前进。

大卫："你就是那人"
David: "Thou Art the Man"

　　大卫是希伯来传统的核心英雄。他的故事让我们感到亲切，因为欧洲文学传统的很大一部分起源于他。在《圣经》的所有人物中，大卫最像一个小说人物。大卫的故事见于《撒母耳记（上）》《撒母耳记（下）》《列王记（上）》，后来在《历代志（上）》中被重述。我们不知道《撒母耳记》的作者是谁。按照传统做法，我们称他是宫廷历史学家，我喜欢把他想象成是"J之书"作者同时代的人。

　　在《希伯来圣经》的所有人物中，大卫在我看来最像莎士比亚笔下的人物。他的特征是内向和自我矛盾。我发现，我根本捉摸不透大卫，正如我也捉摸不透福斯塔夫、哈姆莱特、伊阿古和克利奥帕特拉。大卫总有更多的内涵引人沉思。相比之下，撒母耳脾气暴躁，他的预言总是具有危险的自私和可疑的自负。

　　在《希伯来圣经》的所有人物中，扫罗或许是最阴暗的人物。遇见大卫是他的不幸。也就是说，耶和华的变化无常一步步地摧毁了扫罗。成为希伯来人的第一个王是可怕的命运。叙述者没有给可怜的扫罗以出路。他再愤怒也战胜不了既有神力也有手腕的大卫。毕竟,大卫迷住了扫罗,欺骗了耶和华,还勾引了扫罗的儿女约拿单和米甲。

大卫是一种新人。尽管他是耶和华的宠儿,可以在约柜前尽情地跳舞,但他是世俗的英雄,绝非宗教的英雄。古希腊文学中有人物真正像他吗?詹姆斯·乔伊斯认为,奥德修斯是完人,这当然有许多值得商榷之处。但奥德修斯与大卫相比,似乎少了人性的可能性。诚然,奥德修斯必须专心致志。他的对手是大海,大海想阻止他回到伊萨卡,回到他妻子珀涅罗珀身边。相比之下,大卫的追求更加全面。他有神的赐福,他不需要到外部世界去追求或发现。他只需要回归自身。

大卫是惊人的即兴表演者,这是他登上王位的根基。称他是机会主义者也不为过,这与他的朋友约拿单正好形成反差。约拿单夹在对父亲扫罗的爱和对朋友大卫的爱之间,他的人格高贵得多。他和扫罗在抗击非利士人的战斗中阵亡,大卫为他们作了一曲美丽的哀歌:

  大卫作哀歌,吊扫罗和他儿子约拿单,
  且吩咐将这歌教导犹大人。这歌名叫弓歌,写在雅煞珥书上。
  歌中说,以色列啊,你尊荣者在山上被杀。大英雄何竟死亡！

不要在迦特报告，不要在亚实基伦街上传扬；免得非利士的女子欢乐，免得未受割礼之人的女子矜夸。

基利波山哪，愿你那里没有雨露，愿你田地无土产可作供物！因为英雄的盾牌，在那里被污丢弃。扫罗的盾牌，仿佛未曾抹油。

约拿单的弓箭，非流敌人的血不退缩；扫罗的刀剑，非剖勇士的油不收回。

扫罗和约拿单，活时相悦相爱，死时也不分离。他们比鹰更快，比狮子还强。

以色列的女子啊，当为扫罗哭号！他曾使你们穿朱红色的美衣，使你们衣服有黄金的妆饰。

英雄何竟在阵上仆倒！约拿单何竟在山上被杀！

我兄约拿单哪，我为你悲伤！我甚喜悦你！你向我发的爱情奇妙非常，过于妇女的爱情。

英雄何竟仆倒！战具何竟灭没！(《撒母耳记（下）》1:17-27)

第23节尤其出色：

扫罗和约拿单，活时相悦相爱，死时也不分离。他们比鹰更快，比狮子还强。

我们可能好奇，大卫对约拿单究竟是怎样一种爱，正如在第 26 节中写道：

> 我兄约拿单哪，我为你悲伤！我甚喜悦你！你向我发的爱情奇妙非常，过于妇女的爱情。

其中或许有同性恋的弦外之音，但这种声音湮没在诗歌的政治欺骗性里。这首诗歌明显夸大了大卫对于约拿单和扫罗的感情。大卫似乎只爱了两个人：他早逝的儿子押沙龙和令他欲求不满的妻子拔示巴。

我一直感到困惑的是，因为大卫与非利士人的关系，希伯来传统居然原谅了大卫。逃离扫罗的时候，他当过一群劫匪头目，为非利士人干过差。但他最终帮助犹太人结束了非利士人的威胁，为此成就，他的确应该得到原谅。尽管《希伯来圣经》讲的是整个以色列民族的传奇故事，但大卫的故事是截然不同的虚构。它第一次刻画了一个艺术家，这人既是上帝的宠儿，也是民族的领袖。

大卫既是篡位者，也是真王。他是音乐家，也是诗人。我们很难对他下判断。当同情心有用时，他可以充满同情，反之他也可以冷酷绝情。我在他身上找到莎士比亚笔下哈姆莱特的终极原型。大卫和哈姆莱特都可以说是受到对立面的围攻。他们激发爱但不会回报爱。哈姆莱特是西方意识的主角。不同的是，大卫还是宗教人物，这增加了他的复杂性。如同哈姆莱特，大卫是诗歌的化身。他在约柜前尽情跳舞,他为死去的儿子押沙龙痛哭。

在《撒母耳记(下)》第 11 章,大卫勾引了拔示巴。拔示巴是他手下将士赫人乌利亚的妻。随后大卫安排乌利亚上战场战死。在第 12 章,先知拿单给大卫讲了一个寓言,大卫没有听明白:

> 耶和华差遣拿单去见大卫。拿单到了大卫那里,对他说,在一座城里有两个人:一个是富户,一个是穷人。
> 富户有许多牛群羊群;
> 穷人除了所买来养活的一只小母羊羔之外,别无所有。羊羔在他家里和他儿女一同长大,吃他所吃的,喝他所喝的,睡在他怀中,在他看来如同女儿一样。
> 有一客人来到这富户家里,富户舍不得从自己的牛群羊群中取一只预备给客人吃,却取了那穷人的羊羔,预备给客人吃。
> 大卫就甚恼怒那人,对拿单说,我指着永生的耶和华起誓,行这事的人该死!
> 他必偿还羊羔四倍,因为他行这事,没有怜恤的心。
> 拿单对大卫说,你就是那人!耶和华以色列的神如此说,我膏你作以色列的王,救你脱离扫罗的手;
> 我将你主人的家业赐给你,将你主人的妻交在你怀里,又将以色列和犹大家赐给你;你若还以为不足,我早就加倍地赐给你。

> 你为什么藐视耶和华的命令,行他眼中看为恶的事呢?你借亚扪人的刀杀害赫人乌利亚,又娶了他的妻为妻。
>
> 你既藐视我,娶了赫人乌利亚的妻为妻,所以刀剑必永不离开你的家。(《撒母耳记(下)》12:1-10)

"你就是那人"("Thou art the man"),拿单简单直接的一句话,让我们看到了对大卫的严厉指控。这句话最初是威廉·廷代尔的译语,真正体现了希伯来语的崇高,其简洁的力量无与伦比:

> 耶和华如此说,我必从你家中兴起祸患攻击你,我必在你眼前把你的妃嫔赐给别人,他在日光之下就与她们同寝。
>
> 你在暗中行这事,我却要在以色列众人面前,日光之下报应你。
>
> 大卫对拿单说,我得罪耶和华了!拿单说,耶和华已经除掉你的罪,你必不至于死。
>
> 只是你行这事,叫耶和华的仇敌大得亵渎的机会,故此,你所得的孩子必定要死。
>
> 拿单就回家去了。耶和华击打乌利亚妻给大卫所生的孩子,使他得重病。
>
> 所以大卫为这孩子恳求神,而且禁食,进入内室,终夜躺在地上。

他家中的老臣来到他旁边,要把他从地上扶起来,他却不肯起来,也不同他们吃饭。

到第七日孩子死了。大卫的臣仆不敢告诉他孩子死了。因他们说,孩子还活着的时候,我们劝他,他尚且不肯听我们的话,若告诉他孩子死了,岂不更加忧伤吗?

大卫见臣仆彼此低声说话,就知道孩子死了,问臣仆说,孩子死了吗?他们说,死了。

大卫就从地上起来,沐浴,抹膏,换了衣裳,进耶和华的殿敬拜,然后回宫,吩咐人摆饭,他便吃了。

臣仆问他说,你所行的是什么意思?孩子活着的时候,你禁食哭泣;孩子死了,你倒起来吃饭。

大卫说,孩子还活着,我禁食哭泣,因为我想,或者耶和华怜恤我,使孩子不死也未可知。

孩子死了,我何必禁食?我岂能使他返回呢?我必往他那里去,他却不能回我这里来。(《撒母耳记(下)》12:11-23)

大卫对他和拔示巴生的这个孩子之死悲痛不已。他的哀悼一片至诚。但当他明白这个孩子死而不能复生后,他又恢复了平静。他克制住悲伤,接受了这不可弥补的损失和悲剧。我发现这一点尤其动人,他牢牢地掌控着我们生命中的悲欢离合。谁能忘记他说的"我必往他那里去,他却不能回我这里来"?这总结了我们与那些先行一步走入死亡幽谷的爱者之间的关系。

当我们从《撒母耳记（下）》第 13 章转入《列王记（上）》第 2 章，我们体验到一股巨大的冲力，后者是接着讲前者的故事，主角从大卫变成了拔示巴的另一个儿子所罗门。威廉·福克纳，用他堪与希伯来语的崇高相提并论的天赋，以这个与大卫有关的伟大神话为蓝本，创作了他最有力的小说《押沙龙，押沙龙》（1936）。

这个连续性故事的核心是押沙龙的反叛。押沙龙某种程度上是大卫年少时的转世，他是大卫的宠儿，这为他的谋逆增添了凄美之色：

> 亚希多弗对押沙龙说，你父所留下看守宫殿的妃嫔，你可以与她们亲近。以色列众人听见你父亲憎恶你，凡归顺你人的手，就更坚强。
>
> 于是人为押沙龙在宫殿的平顶上支搭帐棚。押沙龙在以色列众人眼前，与他父的妃嫔亲近。（《撒母耳记（下）》16:21-22）

威廉·廷代尔对第 21 节的精彩译文是 "For when all Israel shall hear that thou hast made thy father to stink"[1]。大卫哀悼被杀的押沙龙那个著名的场景，《钦定本圣经》中的译文是：

1　意为：以色列众人听见你使你父亲臭名昭著。《钦定本圣经》英译为：All Israel shall hear that thou art abhorred of thy father。

And the king was much moved, and went up to the chamber over the gate, and wept: and as he went, thus he said, O my son Absalom, my son, my son Absalom! would God I had died for thee, O Absalom, my son, my son!

王就心里伤恸,上城门楼去哀哭,一面走一面说:"我儿押沙龙啊!我儿,我儿押沙龙啊!我恨不得替你死,押沙龙啊!我儿,我儿!"(《撒母耳记(下)》18:33)

尽管这个译文很强劲有力,但我还是更喜欢威廉·廷代尔的译文,因为他最好地传达了大卫苍凉的悲伤:

And the king was moved, and went up to a chamber over the gate and wept. And as he went thus he said: my son Absalom, my son, my son, my son Absalom, would to God I had died for thee Absalom, my son, my son.

我想知道,假如威廉·福克纳看的是廷代尔版本的《圣经》,他会如何演绎这一节。押沙龙死后,大卫的故事也就走近尾声。我们不清楚,所罗门的名字是大卫一个人的主意,还是他受拔示巴和拿单的点拨。尽管在以色列人的列王中,所罗门的名声仅次于大卫,但他其实是一个个性模糊的人。他建造了神殿,但我们不禁要问，他为什么会不仅因为财富和激情，还因为智慧而受到尊重。大卫是一个让人永远感兴趣的人，相比之下，所罗门是一个谜。《列王记》对于他的态度是十分暧昧的，据说他是《雅歌》和《传道书》的作者，这也没有说服力。

《列王记（上）》第1—2章中，所罗门的故事似乎是以相当反讽的语气被讲述。我们从中对他没有一点好感。相反，我们渴望他那充满魅力的父亲。一个人若无个性，巨量的财富、世俗的成就、当世的名声，所有这些终将黯淡。

希伯来先知

The Hebrew Prophets

诗歌和预言的区别总是微妙的。希伯来语"navi"被误译为希腊语"prophetes"（先知），意为只是一个解释神谕的人。而"navi"本身就是传达神谕的祭司。他回答耶和华的召唤。每次他总是这样开头，"耶和华的语词在向我言说"。希伯来语中表达"word"的词是"davar"，除了意指一个语词或一件事物之外，还意指一种行为，它自带真理的光环。

在我看来，把希伯来先知驯化并收录于正经是荒诞的。把《阿摩司书》列入正经，是一种阐释暴力的行为。把所有的预言列入正经的行为都是背叛。相比于《耶利米书》和《以西结书》，我个人更喜欢《以赛亚书》和《阿摩司书》，因为在前两者尤其是令人不安的《以西结书》中，耶和华更加危险和极端。

预言其实是一种诗歌。但即使深刻的读者，在对《圣经》做出回应时，也难以理出精神和美学的线索。我认为这样的困难是不可避免的。没有耶和华，预言就毫无意义。但耶和华是一位神秘、危险、令人发指的神。尽管耶和华爱宣扬自己的道义，但在我看来是可疑的。当我们将他的道义与他浓厚的感伤——在这方面李尔王是他的继承人——进行对比时，我们发现他的理念是站不住脚的。

成为耶和华的拣选之人是可怕的命运。尽管犹太圣人坚持认为有五十五个正典先知，但我没有找到那么多位。先知中的先知是摩西。对此，有人会说，如果以利亚和以赛亚是先知，那么摩西就另当别论了，他是文学人物。但是，假如摩西是文学人物，以利亚和以赛亚也是文学人物，同样耶和华和耶稣也是文学人物，尽管我们抵制这样的看法。

所有的先知都是有非同寻常的个性，特别是以西结和耶利米。尽管他们是伟大的诗人，但他们都摇摆于双向症和精神病之间。我一直认为，如果以西结和耶利米是先知，那么阿摩司和以赛亚是更好的先知，因为他们传达的信息是社会正义。

口头预言很难理解。我不解的是，只有以赛亚好像是历史人物，正如以利亚和以利沙是纯粹传说中的人。以利亚和他的弟子以利沙都很神秘。他们会创造奇迹，他们有起死复生的能力。以利沙是一个经常干坏事的讨厌家伙，他比那个超验的以利亚更古板。以利亚的名声很大，堪与摩西并论。我仍记得，每次逾越节家宴上，当我睡眼蒙眬地看着以利亚神像前的酒杯时，我的敬畏之情油然而生。

以利亚不死。相反，他最后坐着烈火战骑上天侍奉耶和华。他心急的弟子以利沙则反其道而行，他最终回到了大地。我个人很喜欢亚哈王和耶洗别王后这一对精彩的夫妻。梅尔维尔挪用亚哈这个人物，他驾驶捕鲸船"裴廓德"号踏上复仇之旅，最后葬身大海。很遗憾，现在没人再把自己的女儿取名为耶洗别。正如我认为麦克白夫妇是莎士比亚笔下最幸福的夫妻，我认为亚哈和耶洗别是《希伯来圣经》中最幸福的夫妻。尽管亚哈和耶洗别的结局都不好，但他们的爱情至死不渝。

以利亚的第一次出现是崇高而具有破坏性的。神圣的欲望驱使着他，正如你所期待的那样，他的名字是"神"（El）、"全能之主"（the almighty）和"耶和华"（Yahweh）的融合体。以利亚以迅雷不及掩耳之势进入了我们的视野：

> 基列寄居的提斯比人以利亚对亚哈说，我指着所事奉永生耶和华以色列的神起誓，这几年我若不祷告，必不降露，不下雨。
> 耶和华的话临到以利亚说，
> 你离开这里往东去，藏在约旦河东边的基立溪旁。
> 你要喝那溪里的水，我已吩咐乌鸦在那里供养你。
> 于是，以利亚照着耶和华的话，去住在约旦河东的基立溪旁。
> 乌鸦早晚给他叼饼和肉来，他也喝那溪里的水。（《列王记（上）》17：1-6）

耶和华的敌人是雨神巴力。以利亚是突然冒出来的。他出生的提斯比村已不为人知。凭借耶和华的权威，先知以利亚预言干旱。从那一刻起，他的人生将不断创造奇迹，直到他坐着烈火战骑上天。《新约》中施洗约翰一心追摹他，但相比于后者，以利亚更像是耶和华一样的现象。他既是超验的，也是临在的，既是一团圣火，也是"一个有毛发的人"。

以利亚总是独来独往，直到收下以利沙为弟子。以利亚对于整个先知传统来说是一个可怕的先驱。他最著名的挑战是应对四五十名巴力先知。这些先知是耶洗别找来的，同时她找来助阵的还有迦南神母亚舍拉的四百多名先知。这场斗法发生在迦密山上。以利亚独自对阵八百五十名伪先知，狠狠地奚落了他们：

> 以利亚前来对众民说，你们心持两意要到几时呢？若耶和华是神，就当顺从耶和华；若巴力是神，就当顺从巴力。众民一言不答。
>
> 以利亚对众民说，作耶和华先知的只剩下我一个人；巴力的先知却有四百五十个人。
>
> 当给我们两只牛犊。巴力的先知可以挑选一只，切成块子，放在柴上，不要点火；我也预备一只牛犊，放在柴上，也不点火。
>
> 你们求告你们神的名，我也求告耶和华的名。那降火显应的神，就是神。众民回答说，这话甚好。（《列王记（上）》18：21-24）

当巴力没有降火显应时,以利亚露出了嬉笑怒骂的本色:

到了正午,以利亚嬉笑他们说,大声求告吧!因为他是神,他或默想,或走到一边,或行路,或睡觉,你们当叫醒他。

他们大声求告,按着他们的规矩,用刀枪自割自刺,直到身体流血。

从午后直到献晚祭的时候,他们狂呼乱叫,却没有声音,没有应允的,也没有理会的。

以利亚对众民说,你们到我这里来!众民就到他那里。他便重修已经毁坏耶和华的坛。(《列王记(上)》18:27-30)

当耶和华降火显应时,这场可笑的斗法就此结束。耶洗别很生气,扬言要以利亚的命,以利亚只有逃命,一气逃到了别是巴以南的内盖夫旷野。他遁至耶和华的圣山何烈山时,获得了巨大的启示:

他在那里进了一个洞,就住在洞中。耶和华的话临到他说,以利亚啊,你在这里做什么?

他说,我为耶和华万军之神大发热心,因为以色列人背弃了你的约,毁坏了你的坛,用刀杀了你的先知,只剩下我一个人，他们还要寻索我的命。

耶和华说，你出来站在山上，在我面前。那时，耶和华从那里经过，在他面前有烈风大作，崩山碎石，耶和华却不在风中；风后地震，耶和华却不在其中。

地震后有火，耶和华也不在火中；火后有微小的声音。(《列王记（上）》19：9-12)

希伯来语"qol demmanah daqah"是自相矛盾的说法。这个语词可以英译为"a soundless stillness"（无声的宁静）或"a small voice of silence"（微弱的沉默之声），最好是"a voice of thin silence"（稀薄的沉默之声）。《钦定本圣经》中的译法"a still small voice"（微小的声音）也是成功的。要理解以利亚，我想只有两个角度：一是从耶洗别和亚哈的角度；二是从以利沙的角度。亚哈很怕以利亚，都不敢处决他。凶狠的耶洗别却什么都敢做。他们的结局也都正如以利亚的预言。亚哈阵亡，狗舔食他的血；可怜的耶洗别也被弃之如敝屣，尸身被狗吃了一大半。

我发现以利沙比其老师以利亚还要特别，他是以利亚挑选的弟子中最奇怪的一个。他招了许多先知的孩子，成了王室的军事谋士。他拥戴了杀人如麻的耶户为王，不无反讽的是，正是耶户，把以利亚的传统推向了高峰。以利沙无穷的神迹，在我看来无比恼人。

耶户灭了主人耶洗别和亚哈一家。这场大屠杀得到《列王记》

编订者的证实。就我所知，历史上的亚哈是一个强大的国王，但他在军事和政治上的成功被《圣经》抛在一边。我一点不相信他和耶洗别是邪恶的。耶洗别甚至不是希伯来人，而是腓尼基公主，可能来自迦太基的狄多家族。如此说来，以利亚和以利沙的传奇不是历史的记载，而是宗教的论战。

耶路撒冷的以赛亚:"兴起,发光,因为你的光已经来到"
Isaiah of Jerusalem: "Arise, Shine; For Thy Light Is Come"

神圣作品和世俗作品的区别仅仅是政治性和社会性的区别。尽管我极力抵制,但我还是摆脱不了《圣经》对我而言所具有的超验光环。

耶路撒冷的以赛亚出生于王室,他是公元前八世纪末期的先知。历史上有一个以赛亚学派,包括著名的第二以赛亚,他的荣耀一直在我心中回响:

> 兴起!发光!因为你的光已经来到!耶和华的荣耀发现照耀你。
> 看哪!黑暗遮盖大地,幽暗遮盖万民,耶和华却要显现照耀你!他的荣耀要现在你身上。
> 万国要来就你的光,君王要来就你发现的光辉。
> 你举目向四方观看,众人都聚集来到你这里。你的众子从远方而来,你的众女也被怀抱而来。

那时，你看见就有光荣；你心又跳动又宽畅。因为大海丰盛的货物必转来归你，列国的财宝也必来归你。(《日内瓦圣经》,《以赛亚书》60：1-5)

这段狂喜的预言，基督教历来将之阐释为道成肉身的出现。从这样一个角度来看，这无疑是有道理的，尽管不符合历史。从语境来看，这段狂喜的预言的确不好解释，但在我看来，它预言的是文学的赐福。哪怕到了我现在的年岁，我还是能够听到一声号角，鼓舞我走向新的希望："兴起！发光，因为你的光已经来到！耶和华的荣耀发现照耀你。"我想到惠特曼的吟唱："耀眼而强烈的朝阳，它会多么快就把我处死，／如果我不能在此时永远从我心上也托出一个朝阳。"[1] 或者我听到华莱士·史蒂文斯的悲叹："这一轮朝阳出奇的明亮／提醒我已变得多么黑暗。"

迫不得已，我现在主要生活在户内。阳春三月，天气出奇的宜人，我望着户外，至为感动。我们所谓的天气，不就是有无太阳、风雨或雪："在这里，／除了永远欢欣的天气，我／还有什么自太阳外的精神。"

1　《我自己的歌》,赵萝蕤译，出自《草叶集》,上海译文出版社1991年版。

诗篇
Psalms or Praises

《诗篇》是《希伯来圣经》中最长的一卷。无疑，就作为经典文学而言，它也是对犹太人和基督徒影响最大的一卷书。它孕育了大量的经典抒情诗，有宗教的抒情诗，也有世俗的抒情诗。但《诗篇》本身是一件神秘的作品。它包含了一百五十首诗，创作的时间长达六个世纪，从公元前 996 到公元前 457 年。其中一些诗可能是大卫所写，但数量不是太多。在此，我不想完整讨论这么庞大的一部作品，我把范围限制在对我最有意义的几首。它们是第 19、23、24、46 和 68 篇。

英语单词"psalm"，来自希腊语中对希伯来语"mizmor"的翻译，意为乐歌。在犹太传统中，《诗篇》也称为"Tehillim"（赞美诗），其中所有的作品都赞美耶和华，表达对耶和华的感恩。《诗篇》中赞美的耶和华总是在慰藉众生，无论他们在"断定谷"，还是在"死荫的幽谷"。但这个耶和华不会令我感到慰藉，因为我不知道在感恩的王国里如何思考。

不管如何,《诗篇》的确慰藉了无数的人。他们向一个比现实中更富有同情心的神祷告。对于这些信众,我所知的最好批评判断,来自赫伯特·马克斯(Herbert Marks),他说他们"与反讽绝缘"。

《诗篇》中的神是一个缺席的父亲,他也可能是愤怒的临在。在诗歌史上,《诗篇》第 19 篇第 1—6 节的影响一直很巨大:

> 诸天述说神的荣耀。穹苍传扬他的手段。
> 这日到那日发出言语;这夜到那夜传出知识。
> 无言无语,也无声音可听。
> 他的量带通遍天下,他的言语传到地极。神在其间为太阳安设帐幕。
> 太阳如同新郎出洞房,又如勇士欢然奔路。
> 它从天这边出来,绕到天那边,没有一物被隐藏不得他的热气。

精彩的第 5 节的风格与后来的弥尔顿非常相似。把太阳比喻成出洞房的新郎和欢然奔路的勇士,这样的双重意象令我赞叹不已。在第 23 篇中,我们读到整个英语传统中最著名的赞美诗:

> The Lord is my shepherd; I shall not want.
> He maketh me to lie down in green pastures: he leadeth me beside the still waters.

He restoreth my soul: he leadeth me in the paths of righteousness for his name's sake.

Yea, though I walk through the valley of the shadow of death, I will fear no evil: for thou art with me; thy rod and thy staff they comfort me.

Thou preparest a table before me in the presence of mine enemies: thou anointest my head with oil; my cup runneth over.

Surely goodness and mercy shall follow me all the days of my life: and I will dwell in the house of the Lord for ever.

耶和华是我的牧者，我必不至缺乏。
他使我躺卧在青草地上，领我在可安歇的水边。
他使我的灵魂苏醒，为自己的名引导我走义路。
我虽然行过死荫的幽谷，也不怕遭害，因为你与我同在；你的杖，你的竿，都安慰我。
在我敌人面前，你为我摆设筵席。你用油膏了我的头，使我的福杯满溢。
我一生一世必有恩惠慈爱随着我，我且要住在耶和华的殿中，直到永远！

《钦定本圣经》的译者们在第 2 节中精彩地误读了他们所谓的

"still waters"，希伯来原文意为"waters of rest"（安息之水）。第 4 节中，希伯来原文说的是"total darkness"（一片漆黑），这里的翻译有一个重要的变化，成了"the valley of the shadow of death"（死荫的幽谷）。第 6 节中的"mercy"（恩惠慈爱）和"for ever"（直到永远），希伯来原文的直译是"loving-kindness"（温情）和更含混的"for length of days"（漫长的岁月）。在《亨利五世》中，按照快嘴桂嫂的说法，临终前的约翰·福斯塔夫爵士明显唱的就是这第 23 篇，她说到"a babbled of green fields"一句时，本意是想说"a table of green fields"（绿得像铺在账桌上的台布），结果一时嘴快，把"green pastures"（绿意如茵）和"Thou preparest a table before me"（你爱在我面前摆好桌子）这两层意思搅和在一起了。

　　大卫在耶和华的约柜前唱的赞美诗，可能是《诗篇》中的第 24 篇。《钦定本圣经》的译文极其成功：

The earth is the Lord's, and the fulness thereof; the world, and they that dwell therein.

For he hath founded it upon the seas, and established it upon the floods.

Who shall ascend into the hill of the Lord? or who shall stand in his holy place?

He that hath clean hands, and a pure heart; who hath not lifted up his soul unto vanity, nor sworn deceitfully.

He shall receive the blessing from the Lord, and righteousness from the God of his salvation.

This is the generation of them that seek him, that seek thy face, O Jacob. Selah.

Lift up your heads, O ye gates; and be ye lift up, ye everlasting doors, and the King of glory shall come in.

Who is this King of glory? The Lord strong and mighty, the Lord mighty in battle.

Lift up your heads, O ye gates, even lift them up, ye everlasting doors; and the King of glory shall come in.

Who is this King of glory? The Lord of hosts, he is the King of glory. Selah.

地和其中所充满的,世界和住在其间的,都属耶和华。

他把地建立在海上,安定在大水之上。

谁能登耶和华的山?谁能站在他的圣所?

就是手洁心清、不向虚妄、起誓不怀诡诈的人。

他必蒙耶和华赐福,又蒙救他的神使他成义。

这是寻求耶和华的族类,是寻求你面的雅各。细拉

众城门哪,你们要抬起头来!永久的门户,你们要被举起!那荣耀的王将要进来。

荣耀的王是谁呢?就是有力有能的耶和华,在战场上

有能的耶和华。

众城门哪，你们要抬起头来！永久的门户，你们要把头抬起！那荣耀的王将要进来！

荣耀的王是谁呢？万军之耶和华，他是荣耀的王！

细拉

"细拉"究竟是何意，依然成谜。我把这一篇解读为是赞美作为战士的耶和华。这个形象在第7节特别强大，在第9节再次重复。《诗篇》第46篇让我们想起以赛亚赞美耶和华对耶路撒冷的捍卫。尽管第46篇不是为耶和华出手干预而写，但不妨这样解读。

神是我们的避难所，是我们的力量，是我们在患难中随时的帮助！

所以地虽改变，山虽摇动到海心，

其中的水虽砰訇翻腾，山虽因海涨而战抖，我们也不害怕。细拉

有一道河，这河的分汊，使神的城欢喜；这城就是至高者居住的圣所。

神在其中，城必不动摇；到天一亮，神必帮助这城。

外邦喧嚷，列国动摇。神发声，地便熔化。

万军之耶和华与我们同在；雅各的神是我们的避难所！细拉

> 你们来看耶和华的作为，看他使地怎样荒凉。
>
> 他止息刀兵，直到地极；他折弓、断枪，把战车焚烧在火中。
>
> 你们要休息，要知道我是神！我必在外邦中被尊崇，在遍地上也被尊崇。
>
> 万军之耶和华与我们同在；雅各的神是我们的避难所。

第4节中的河在《以西结书》和《启示录》中变成了清澈的生命之流。"我必在外邦中被尊崇，在遍地上也被尊崇"，耶和华的这声高呼是在自赞。

我对《诗篇》中第68篇有特殊的感情：

> 愿神兴起，使他的仇敌四散，叫那恨他的人，从他面前逃跑。
>
> 他们被驱逐，如烟被风吹散；恶人见神之面而消灭，如蜡被火熔化。
>
> 惟有义人必然欢喜，在神面前高兴快乐。
>
> 你们当向神唱诗，歌颂他的名！为那坐车行过旷野的修平大路。他的名是耶和华，要在他面前欢乐。
>
> 神在他的圣所作孤儿的父，作寡妇的伸冤者。
>
> 神叫孤独的有家，使被囚的出来享福；惟有悖逆的住在干燥之地。

神啊，你曾在你百姓前头出来，在旷野行走。细拉

那时，地见神的面而震动，天也落雨，西奈山见以色列神的面也震动。

神啊，你降下大雨。你产业以色列疲乏的时候，你使他坚固。

你的会众住在其中。神啊，你的恩惠是为困苦人预备的。

主发命令，传好信息的妇女成了大群。

统兵的君王逃跑了，逃跑了；在家等候的妇女分受所夺的。

你们安卧在羊圈的时候，好像鸽子的翅膀镀白银，翎毛镀黄金一般。（《诗篇》68：1-13）

我心目中批评界的英雄沃尔特·佩特对其中第13节——"你们安卧在羊圈的时候，好像鸽子的翅膀镀白银，翎毛镀黄金一般"——念念不忘，亨利·詹姆斯将他的这种感情转嫁到自己笔下，作为他一部伟大小说《鸽翼》（1902）的书名。

如果像沃尔特·佩特和亨利·詹姆斯一样，你相信高雅艺术的力量是一种起死复生的力量，那么《诗篇》第68篇对你经验的呼吁，会令你大为感动。现在，我躺在这里的康复中心，躺在肉身这残破的容器中，我渴望再次兴起，像翅膀镀银、翎毛镀金的鸽子般腾起。

约伯：坚守立场
Job: Holding His Ground

在 2017 年这个黑暗之年，我们怎么来看《约伯记》？作为美学经典，即便是在《希伯来圣经》中，它也是独特的，但它的独特性究竟在哪里？它肯定不是一种神正论。我逐渐发现，约伯和《李尔王》都证明，当我们想直面耶和华时，根本没有合适的语言。

约伯的名字似乎来自阿拉伯语的"awah"，意为"回到神身边的人"，但犹太拉比认为这个名字兼具矛盾之意，即指"公正"和"上帝的敌人"。《约伯记》如一场戏，在序幕和尾声都正式称呼耶和华，但在中间部分则称为"El""Elosh""Elohim"和"Shaddai"。我们还看到一个撒旦，他是罪的原告，但他肯定不是弥尔顿笔下的反派角色。

《约伯记》的序幕围绕耶和华和撒旦之间非同寻常的对话。在此，撒旦是耶和华委派的罪的原告：

> 有一天，神的众子来侍立在耶和华面前，撒旦也来在

其中。

耶和华问撒旦说，你从哪里来？撒旦回答说，我从地上走来走去，往返而来。

耶和华问撒旦说，你曾用心察看我的仆人约伯没有？地上再没有人像他完全正直，敬畏神，远离恶事。

撒旦回答耶和华说，约伯敬畏神岂是无故呢？

你岂不是四面圈上篱笆围护他和他的家，并他一切所有的吗？他手所做的都蒙你赐福；他的家产也在地上增多。

你且伸手毁他一切所有的，他必当面弃掉你。

耶和华对撒旦说，凡他所有的都在你手中，只是不可伸手加害于他。于是撒旦从耶和华面前退去。(《约伯记》1：6-12)

我总认为，耶和华和撒旦都是很讨厌的人。约伯没有过错，但他对神的敬畏却招来耶和华和撒旦无缘无故的考验。作为麻烦制造者，撒旦只是在操练他的营生。耶和华的动机似乎是他一贯的坏脾气，或就像一个多疑的老板，总是怀疑他最忠实的员工。在这里，要为耶和华辩护，你需要剧作家托尼·库什纳（Tony Kushner）作品《重建》（*Perestroika*）中罗伊·康那臭名昭著的才能。

我们不知道《约伯记》主体部分的作者是谁。他甚至可能不是以色列人。《约伯记》序幕部分（第1—2章）似乎不是他写的。他是从第3章的大辩论开始写起，这场大辩论一直持续到第31章，结束于第 41 章。《约伯记》笨拙的收尾（第 42 章）只是一通虔诚的胡话。

我认为，《约伯记》的伟大集中体现在第 41 章：

> 你能用鱼钩钓上鳄鱼吗？能用绳子压下它的舌头吗？
> 你能用绳索穿它的鼻子吗？能用钩穿它的腮骨吗？
> 它岂向你连连恳求，说柔和的话吗？
> 岂肯与你立约，使你拿它永远作奴仆吗？
> 你岂可拿它当雀鸟玩耍吗？岂可为你的幼女将它拴住吗？
> 搭伙的渔夫，岂可拿它当货物吗？能把它分给商人吗？
> 你能用倒钩枪扎满它的皮，能用鱼叉叉满它的头吗？
> 你按手在它身上，想与它争战，就不再这样行吧！
> 人指望捉拿它是徒然的；一见它，岂不丧胆吗？
> 没有那么凶猛的人敢惹它。这样，谁能在我面前站立得住呢？
> 谁先给我什么，使我偿还呢？天下万物都是我的。
> 论到鳄鱼的肢体和其大力，并美好的骨骼，我不能缄默不言。
> 谁能剥它的外衣？谁能进它上下牙骨之间呢？
> 谁能开它的腮颊？它牙齿四围是可畏的。
> 它以坚固的鳞甲为可夸，紧紧合闭，封得严密。
> 这鳞甲一一相连，甚至气不得透入其间，

都是互相联络、胶结，不能分离。

它打喷嚏，就发出光来；它眼睛好像早晨的光线。

从它口中发出烧着的火把，与飞迸的火星；

从它鼻孔冒出烟来，如烧开的锅和点着的芦苇。

它的气点着煤炭，有火焰从它口中发出。

它颈项中存着劲力，在它面前的都恐吓蹦跳。

它的肉块互相联络，紧贴其身，不能摇动。

它的心结实如石头，如下磨石那样结实。

它一起来，勇士都惊恐，心里慌乱，便都昏迷。

人若用刀，用枪，用标枪，用尖枪扎它，都是无用。

它以铁为干草，以铜为烂木。

箭不能恐吓它使它逃避；弹石在它看为碎秸，

棍棒算为禾秸；它嗤笑短枪飕的响声。

它肚腹下如尖瓦片，它如钉耙经过淤泥。

它使深渊开滚如锅，使洋海如锅中的膏油。

它行的路随后发光，令人想深渊如同白发。

在地上没有像它造的那样，无所惧怕。

凡高大的，它无不藐视；它在骄傲的水族上作王。

耶和华放任鳄鱼和巨兽主宰人间，他为它们感到骄傲。这种令人恶心的骄傲是对我们的嘲讽。我在这里听到的是野蛮的智慧。这样一种修订的上帝形象涉及一种消极的崇高。他会与你立约吗？我还是小孩的时候，就发现这神的嘲讽难以忍受，但是，作为连珠炮式的激情语言轰炸，它取代了说理的力量。这个耶和华仍然对立约真感兴趣吗？

如果《约伯记》的确提供了智慧，那也超越了我的理解。因此，对于第 28 章中第 12—28 节这段精彩的诗歌，我们别无选择只有屈服于其雄辩：

> 然而，智慧有何处可寻？聪明之处在哪里呢？
> 智慧的价值无人能知，在活人之地也无处可寻。
> 深渊说："不在我内！"沧海说："不在我中！"
> 智慧非用黄金可得，也不能凭白银为它的价值。
> 俄斐金和贵重的红玛瑙，并蓝宝石，不足与较量；
> 黄金和玻璃不足与比较；精金的器皿不足与兑换；
> 珊瑚、水晶都不足论。智慧的价值胜过珍珠。
> 古实的红碧玺不足与比较；精金也不足与较量。
> 智慧从何处来呢？聪明之处在哪里呢？
> 是向一切有生命的眼目隐藏，向空中的飞鸟掩蔽。
> 灭没和死亡说："我们风闻其名。"
> 神明白智慧的道路，晓得智慧的所在。
> 因他鉴察直到地极，遍观普天之下。
> 要为风定轻重，又度量诸水。
> 他为雨露定命令，为雷电定道路。

> 那时他看见智慧,而且述说;他坚定,并且查究。
> 他对人说:"敬畏主就是智慧;远离恶便是聪明!"

诗歌在这里遭智慧击败。耶和华不必费心去捍卫他的正义。他的目标是用语言来摧毁一切,正如白鲸摧毁了亚哈,摧毁了"裴廓德"号,摧毁了所有的船员,只留下以实玛利一个人逃命出来,他以约伯的口吻告诉我们发生的一切。没有人会低估《约伯记》的文学力量,但如果它放弃了为智慧而作,那么还会有智慧文学吗?

从童年开始,我就坚持认为,《约伯记》是一部愤怒之书,它反对耶和华的不义。

> 因此我厌恶(abhor)自己,在尘土和炉灰中懊悔。
>
> (《约伯记》42:6)

赫伯特·马克斯精彩地指出,"abhor"这个动词在希伯来语原文中没有任何宾语。有学者将之误译为"I recant"(我放弃了)。如果你愿意,你可以把约伯视为一个悔罪者,但我同意赫伯特·马克斯的看法。约伯坚守了他的立场。他抛弃了自己的谦卑,他怜悯众生("尘土和炉灰"),因为他们得服从一个如此可怕的耶和华。

《雅歌》:"求你将我放在心上如印记"
The Song of Songs: "Set Me as a Seal upon Thine Heart"

我已教了六十多年书。我总是告诉我的学生,要离开人群,无论在户外还是独自在房间,都要缓缓地大声读诗。我重读的时候,我是在轻轻地对自己耳语,经常是闭上眼睛,因为我对作品已经倒背如流。这些日子,每周都有同时代的朋友和熟人去世,有时我想,读书和教书是否会挡住死亡的脚步。我这样想时没有感伤,因为我隐约有这样的念头,我是在与所有极力想寻找更丰富生活庇佑的读者分享我的追求。

昨天一个老友来访,他提醒我,半个世纪前,我们相识于华盛顿的一座教堂,当时,我对会众做了一次讲座,讲阿吉巴拉比及其学派从柏拉图主义中借用的正统犹太教元素。我没有想要引起争论,但我的观点还是引起许多人不满。我认为,《希伯来圣经》中没有说过,一个民族或一个人可以通过学习变得神圣。尽管现在看来那是最通俗的犹太教义,但在柏拉图主义汇入公元前二世纪的巴勒斯坦前并不存在。在讨论环节,当我总结说,正统的犹太教是对

《希伯来圣经》多么有力的误读，目的是迎合在罗马帝国统治下犹太人的需要，一些听众对此表示震惊。

我举这个例子只是表明，阅读一个伟大的文学文本可以是多么微妙复杂，因为没有阿吉巴的故意误读，犹太教不可能幸存下来。阿吉巴因积极支持巴尔·科赫巴起义，被罗马人以公开传教的罪名处死。他也像更名为以色列的雅各一样，曾经与天使比赛摔跤。不同在于，阿吉巴将《希伯来圣经》的文本变成了他必须抵抗的天使。我一直觉得有趣的是，《雅歌》是在阿吉巴的坚持下才收录在《希伯来圣经》里，显然是因为他将之解读为耶和华在西奈山口传律法的一部分。对于正统犹太教的这个伟大创立者来说，《雅歌》歌颂的是耶和华的爱。

我们大多数人喜欢把《雅歌》视为一首惊人的戏剧抒情诗，它将一个女人的爱之狂喜与一个男人的爱之狂喜做了对照。在《钦定本圣经》中，我发现这首诗的独特之处在于，它在雄辩、崇高和狂喜方面胜过了其希伯来原文。赫伯特·马克斯是英语圣经领域最好的文学批评家，他令我感动的是，他坚信《雅歌》中年轻女子的声音更内敛、更复杂，因为她的关注点与其说是她爱的那个男子，不如说是心中熊熊燃烧的爱。她把爱做了精彩的神化，其中有非常危险而强烈的东西：

> 求你们给我葡萄干增补我力，给我苹果畅快我心，因我思爱成病。

他的左手在我头下；他的右手将我抱住。

耶路撒冷的众女子啊，我指着羚羊或田野的母鹿嘱咐你们：不要惊动、不要叫醒我所亲爱的，等他自己情愿。

听啊，是我良人的声音；看哪，他蹿山越岭而来！

我的良人好像羚羊，或像小鹿。他站在我们墙壁后，从窗户往里观看，从窗棂往里窥探。

我良人对我说：我的佳偶，我的美人！起来，与我同去！

因为冬天已往，雨水止住过去了。

地上百花开放、百鸟鸣叫的时候已经来到，斑鸠的声音在我们境内也听见了。(《日内瓦圣经》,《雅歌》2:5-12)

在截然不同的希腊和拉丁语传统中，斑鸠象征爱情，是爱神阿佛洛狄忒/维纳斯的圣物。在这里，春天的歌声倾泻而出，用寓言的方式将它转换成一种精神意义。无论是哪个希伯来诗人创作了这首壮丽的赞美诗（他可能是所罗门的朝臣），他都知道，爱的本质是复杂的，会悄悄滋生出矛盾的心理。下面这个地方，这个年轻女人再一次大大胜过了没有她那般激情的爱人：

我夜间躺卧在床上，寻找我心所爱的；我寻找他，却寻不见。

我说：我要起来，游行城中，在街市上，在宽阔处，寻找我心所爱的。我寻找他,却寻不见。

城中巡逻看守的人遇见我,我问他们:你们看见我心所爱的没有?

我刚离开他们,就遇见我心所爱的。我拉住他,不容他走,领他入我母家,到怀我者的内室。

耶路撒冷的众女子啊,我指着羚羊或田野的母鹿嘱咐你们:不要惊动、不要叫醒我所亲爱的,等他自己情愿。(《日内瓦圣经》,《雅歌》3:1-5)

在某种意义上,阿吉巴是正确的,尽管他不会赞同西方传统的诗歌都是直接受到《雅歌》的启发。西班牙的犹太人被迫改宗罗马天主教,如阿维拉的特蕾莎、十字架上的圣约翰、弗雷·路易斯·德·莱昂,这些悲伤的改宗者都很喜欢《雅歌》。在英国诗歌中,埃德蒙·斯宾塞为自己的婚礼创作了优美的《祝婚曲》,延续了《雅歌》的精神。莎士比亚的《维纳斯和阿多尼斯》(Venus and Adonis)是另一个例子。在维多利亚时代,克里斯蒂娜·罗塞蒂和考文垂·帕特莫尔创作了自己版本的"所罗门之歌",惠特曼悼念林肯的挽歌《最近紫丁香在前院开放的时候》,所包含的对国家统一的幸福意象,也深植于《雅歌》的传统。

阿吉巴认为,幸福的《雅歌》是神赐予我们的礼物。我有时认为他是对的,因为我认识的每个人读了《雅歌》之后都获得了更丰富的生命感:

> 无花果树的果子渐渐成熟，葡萄树开花放香。我的佳偶，我的美人！起来，与我同去！
>
> 我的鸽子啊，你在磐石穴中，在陡岩的隐密处。求你容我得见你的面貌，得听你的声音；因为你的声音柔和，你的面貌秀美。
>
> 要给我们擒拿狐狸，就是毁坏葡萄园的小狐狸，因为我们的葡萄正在开花。
>
> 良人属我，我也属他；他在百合花中牧放群羊。（《日内瓦圣经》，《雅歌》2:13-16）

我想起二十世纪七十年代中叶某天与莉莲·海尔曼（Lillian Hellman）讨论这个充满激情的段落，当时她告诉我，她1939年创作的戏剧《小狐狸》(The Little Foxes)，就是始于她对《雅歌》的沉思。在我认识她的那些年间，海尔曼仍然在哀悼她的第二任丈夫达希尔·哈米特（Dashiell Hammett），她对于人生和文学有充满酸辛的洞见。我告诉她，她误读了这份极好的爱的邀请，对此她回答说，不管误不误读，她从中获得了创作的灵感。她是对的。四十年后，我也像她一样，我想知道为什么我只要高声朗诵《雅歌》，不管是以希伯来语还是英语，我总感受到赐福：

> 求你将我放在心上如印记，带在你臂上如戳记；因为爱情如死之坚强，嫉恨如阴间之残忍。所发的电光，是火焰的

电光，是耶和华的烈焰。(《日内瓦圣经》,《雅歌》8:6)

我被这段话所折服，尽管希伯来原文更恐怖，因为它呼唤爱像呼唤死亡一样激烈，赞颂爱像阴间或地狱一样强大。我在莎士比亚十四行诗或但丁"石头诗"中听到过类似的恐怖。莎士比亚在十四行诗中叹息"欲望就是死亡"。但丁宣称，他愿意整天睡在石块之上，或是像野兽一样在草地上觅食，只为看他喜欢的姑娘彼埃特拉的衣服把浓荫撒下。《雅歌》给我的赐福有消极的成分，因为如此危险而强烈的激情，难免付出玉石俱焚的代价。

路得:"你往哪里去,我也往那里去"
Ruth: "Whither Thou Goest, I Will Go"

耶和华对我们的态度极其矛盾,他身上这一点总是令我觉得可怕。我们能够理解宙斯或主神奥汀的焦虑,但耶和华怎么会焦虑?他的行为不可预测。我猜测他在创世的活动中自伤。他似乎时好时坏。他有惊人的局限。

卡巴拉告诉我们,耶和华体形巨大。每当他感到创世和造人会让他体形变小,他就会愤怒不已。他最初是原人。有些传统认为,耶和华在缩身之后,名字也随之消失。他变成了埃洛希姆。如果没有缩身,他和世界会保持一体。当他渴望将世界和人与自己分开时,他就变得更像一个人。

肖勒姆和我都相信,惠特曼是天生的卡巴拉主义者。《草叶集》有许多犹太教的因素。他也借助聚焦和收缩来创世。但,不像耶和华,惠特曼爱人类。没有人说惠特曼满腔愤怒。耶和华是战士;惠特曼是热爱和平的人。

我毕生的经验是,《路得记》是《希伯来圣经》中最美的作品。它简约、仁厚和慈爱。它的诗歌后裔包括写了《夜莺颂》的约翰·济慈和写了同样精彩诗作《波阿斯入睡》的维克多·雨果。某种意义上,《路得记》与其说是短篇小说,不如说是散文诗。

我们不知道是谁写下这种关于人类激情的精彩图景。无论作者是谁,他或她肯定生活在公元前700年甚或更早:或许是与公元前950年左右那个创作了《圣经》开头几卷的作者同时代。赫伯特·马克斯有力地证明了《路得记》对透视法的高超运用。《路得记》共四章,聚焦了四个公开或私密的场景:第一章的焦点是回伯利恒的路上,路得决定与拿俄米同行;第二章的焦点是波阿斯的田间,路得在那里遇见了她后来的救赎者;第三章的焦点是夜晚的麦场,路得在那里获得了爱;第四章的焦点是城门,在众人的见证下,波阿斯娶了路得为妻。

马克斯精彩地重述了犹太人通过迁徙获得救赎的重要主题。当他们从摩押地回以色列时,路得和拿俄米再次上演了"你要走出去"那一场大戏,正如亚伯拉罕走出迦勒底的吾珥,摩西离开埃及进入望乡。耶和华把弃绝抛在一边,他允许信任他的人再次改变。大地主波阿斯就是这样的人。

"Ruth"(路得)的本意是"朋友",也就是给生命带来活力的人。"Naomi"(拿俄米)的本意是"甜蜜",当她伤痛欲绝自称是"Mara"(意为痛苦)时,"甜蜜"这层意思被暂时抛到一边。"Boaz"(波阿斯)在某种特别意义上可以理解为"精明能干"。

与路得和波阿斯的夫妻之爱相对照的,是拿俄米和路得母女般的爱，她们成了真正的母女：

> 路得说，不要催我回去不跟随你。你往哪里去，我也往那里去；你在哪里住宿，我也在那里住宿；你的国就是我的国，你的神就是我的神。
>
> 你在哪里死，我也在那里死，也葬在那里。除非死能使你我相离，不然，愿耶和华重重地降罚与我！（《路得记》1：16-17）

希腊语中"hesed"的意思是连在一起的爱，或是对于立约的忠诚。路得的寓言是对立约的那些伟大女性——利亚、拉结、他玛，以及这里的路得和拿俄米——的赞歌。嫁给波阿斯后，路得生下了大卫王的祖父俄备德。"hesed"的概念变得非常重要，因为路得是从摩押地改宗来的，正如所罗门是赫人拔士巴所生。他玛是迦南人，像犹大的妻一样。所以，大卫身上有摩押人、希伯来人和迦南人的血统。

现在，我们读到《路得记》，总会想起济慈在《夜莺颂》中对她的致意：

> 你永远不会死去，不朽的精禽！
> 饥馑的世纪也未能使你屈服；
> 我今天夜里一度听见的歌音

在往古时代打动过皇帝和村夫：
恐怕这同样的歌声也曾经促使
路得流泪，她满怀忧伤地站在
异地的麦田里，一心思念着家邦；
这歌声还曾多少次
迷醉了窗里人，她开窗面对大海
险恶的浪涛，那失落的仙乡。[1]

堪与此诗相提并论的是《波阿斯入睡》这首神奇之作，来自雨果的史诗《历代传说集》。这首诗里的波阿斯明显是伟大的雨果本人，他总是无休止地勾引女人：

正当他似睡又醒，就在老人的脚边，
睡着袒露胸怀的摩押的女子路得，
她希望在苏醒的闪光来临的时刻，
看到什么陌生的光芒会突然出现。

波阿斯并不知道身边有女人睡觉，
路得不知道上帝对她有什么要求，
阿福花丛中透出一缕缕芳香清幽；

---

[1] 《夜莺颂》，屠岸译，出自《济慈诗选》，人民文学出版社2022年版。

迦尔迦拉的上空,夜的气息在轻飘。

……

她透过面纱,半张眼睛,在仰望重霄,
哪位神,哪个农夫,在此永恒的夏天,
收获后,马而虎之,回家时,心不在焉,
在星星的麦田里,丢下这把金镰刀?[1]

---

[1] 《波阿斯入睡》,程曾厚译,出自《雨果诗选》,人民文学出版社 2020 年版。

《传道书》:"人所愿的也都废掉"
Ecclesiastes: "And Desire Shall Fail"

如果说《雅歌》给我们的礼物带有恰如其分的矛盾色彩,那么我发现我对《传道书》(Ecclesiastes)则有更多隐秘的欣喜。英文"Ecclesiastes"是对希伯来语"Koheleth"的误译,"Koheleth"指的是格言的"编纂者"(assembler)。《传道书》中的说话人不是在对信众传道,而是在独自沉思异教的智慧。尽管这个"编纂者"历来被认为是八十高龄、德高望重的所罗门,但作者的年代是没法考证的。他可能生活在公元前三世纪,颇像是希伯来的伊壁鸠鲁。《传道书》一开头就令人过目难忘,其雄辩洋洋洒洒,滔滔不绝:

传道者说,虚空的虚空,虚空的虚空,凡事都是虚空。
人一切的劳碌,就是他在日光之下的劳碌,有什么益处呢?
一代过去,一代又来,地却永远长存。
日头出来,日头落下,急归所出之地。

> 风往南刮，又向北转，不住地旋转，而且返回转行原道。
>
> 江河都往海里流，海却不满；江河从何处流，仍归还何处。
>
> 万事令人厌烦，人不能说尽。眼看，看不饱；耳听，听不足。
>
> 已有的事，后必再有；已行的事，后必再行。日光之下，并无新事。（《日内瓦圣经》，《传道书》1∶2-9）

英语中的"vanity"（虚空）与希伯来语的"hevel"语义有偏差，"hevel"只表示一口气、蒸汽或空无。《传道书》的"编纂者"告诉我们，智慧的增长都是悲悼的增长，知识的积累都是悲伤的积累。这个伟大的反讽者赞扬生命，只是因为"活着的狗比死了的狮子更强"（《传道书》9∶4）。我们对逝者的记忆会黯淡，我们应该尽力去做当做的事情：

> 凡你手所当做的事，要尽力去做，因为在你所必去的阴间，没有工作，没有谋算，没有知识，也没有智慧。
>
> 我又转念，见日光之下，快跑的未必能赢；力战的未必得胜；智慧的未必得粮食，明哲的未必得资财；灵巧的未必得喜悦；所临到众人的，是在乎当时的机会。（《日内瓦圣经》，《传道书》9∶10-11）

赫伯特·马克斯捕捉到其中绝佳的反讽，正是生命的"虚空"使之更加珍贵。再一次，马克斯成为我们最佳的向导。他是我多年前教过的学生，我们后来成了一生的挚友。我记得我在他参加的一个莎士比亚课程讨论组中说过，我的英雄是福斯塔夫，这个被哈尔亲王不断地指责为"虚空"的人，恰恰是我们生命气息中"hevel"的典范。

我现在的年纪甚至比约翰·福斯塔夫爵士还大，在许多疲惫的早晨，我默默吟诵《传道书》第12章神奇的开头：

你趁着年幼，衰败的日子尚未来到，就是你所说我毫无喜乐的那些年日未曾临近之先，当记念造你的主！

不要等到日头、光明、月亮、星宿变为黑暗，雨后云彩返回；

看守房屋的发颤，有力的屈身，推磨的稀少就止息；从窗户往外看的都昏暗，

街门关闭，推磨的响声微小，雀鸟一叫，人就起来，歌唱的女子也都衰微。

人怕高处，路上有惊慌；杏树开花，蚱蜢成为重担；人所愿的也都废掉。因为人归他永远的家，吊丧的在街上往来。

银链折断，金罐破裂，瓶子在泉旁损坏，水轮在井口破烂；

尘土仍归于地，灵仍归于赐灵的神。

传道者说，虚空的虚空，凡事都是虚空。（《日内瓦圣

经》,《传道书》12:1-8)

在我这个年纪,这段话显得伤感而崇高。我的手指在打战,腿脚好像也不灵便,牙齿稀疏,初生的白内障导致视力下降,耳朵越来越背,连鸟声都不大听得见,稍高一点的地方我都怕摔下来,哪怕是坐助行车出行,一路上也惊魂不断。我记得,耶路撒冷的春天始于杏花开,但如今,春草重生,却得不到我生机的回应,因为我在悲悼正在凋零的同辈。

有些注经者将《传道书》"编纂者"的"虚空"比作佛教的"空"(void),因为这是一种彻底的空无。犹太教的拉比想要驯服这个"编纂者",把他的绝望视为一种通向幸福的邀约。《传道书》第12章第9—14节拉低了这一伟大作品的价值,因为它们掉头离开了这个"编纂者"充满反讽的智慧,最后给出的是蹩脚的忠告:"让我们听听整件事的结论,就是敬畏神,谨守他的诫命,这是人所当尽的本分。"我发现这句话难以接受,尽管我被前面一句感动不已:"著书多,没有穷尽;读书多,身体疲倦。"

在我即将燃尽岁月进入沉默之前,《传道书》"编纂者"给予我的赐福在我心中反复回响。福斯塔夫大喊:"给我生命!"这是莎士比亚式的回应,回应我们充满反讽的日渐消逝的生命。与福斯塔夫的呼声一样,《传道书》里也发出笑声。没有福斯塔夫,我的生命会更贫瘠;如果没有这位匿名"编纂者"的文学力量,将我们丰富的虚空汇聚到这本书中,那么我的生命将比现在更贫瘠。

第二部分

自我的他视与莎士比亚式的崇高

自我的他视观和作为犹太人典型的夏洛克
The Concept of Self-Otherseeing and the Arch-Jew Shylock

  按照华莱士·斯蒂文斯的说法,这个世界并非每一天都将自己打造成一首诗歌。约翰·斯图尔特·密尔说,诗歌与其说是有意的聆听,倒不如说是无意的偷听。这句话显示了超凡的洞见。为自我偷听寻绎出谱系,不是密尔关心的范畴,但我不是密尔式的功利主义者,我受尼采的影响,对万物的起源深感兴趣和忧心。尼采认为,难忘的东西往往是痛苦的事情而非快乐的事情。先知查拉图斯特拉与维特根斯坦几无共性,但都受到叔本华的影响。维特根斯坦给我们留下一句名言,"不像痛,爱要受到考验。人们不会说:'那不是真正的痛,因为它消失得那样快。'"这句名言正契合叔本华《作为意志和表象的世界》的精神。

  或许不那么常见,但我们每个人都体验过突然偷听到自我之声时的惊奇,感觉就像是另外一个人在说话。蒙田笔下有那么几个时刻,但莎士比亚可能要迟至1603年才读到蒙田。将偷听自我之声的发明权归功于某位特定的作家,无论听上去多么古怪,但至少可以说在《约翰王》中的庶子福康勃立琪登场之前，这样的时刻并没有出现过。随着夏洛克惊人的爆发（他是震惊于自己的厚颜无耻才放言高论），某种全新的东西进入了欧洲的传统。

如果没有那个勇敢的庶子腓力普（狮心王理查一世的儿子），如果没有那个心直口快的主人公，《约翰王》不过是一部平淡无奇的历史剧。除了这两个人物，偷听自我之声的大师不是堕落的魔鬼，他们充其量只能算反派英雄。莎士比亚笔下的大反派（伟大的虚无主义者）都是一些与自我不断对话的人物：哈姆莱特、伊阿古、爱德蒙、麦克白和里昂提斯。将哈姆莱特视为反派英雄，必然会引起激烈的争论，但对于这样一个要为八条命（包括他自己的命）负责的人，还有什么别的可说呢？

我不知道莎士比亚笔下的自我偷听是否必然创造出一种消极诗学。在《李尔王》中，爱德蒙这个精彩的反派英雄，是自我偷听的源泉，相比之下，高纳里尔、里根、康华尔和奥斯华德这些魔鬼听不到任何人的声音，包括他们的自我之声。爱德伽，作为爱德蒙的牺牲品和他最终的复仇者，他的变化更像是一场建立在自我偷听基础上的研究。戏剧中的两位父亲李尔和葛罗斯特都获得了爱德伽的爱，但他们都没有自我偷听的能力，正是这种能力的缺乏，才导致了他们的灾难。只有考狄利娅和弄人，他们才如一股清流，注入了戏剧的变化过程中。

偷听自我之声就像偷听他者在说话，这种惊人的体验和自我改变的意愿，其间的联系不难理解。更复杂的联系是，我们这种体验到某种似乎发生在别人身上的事情和戏剧中发生的实际变化之间的联系。在这里，我以自身近来的记忆为例，因为这很可能引起许多读者共鸣。几个月前，我在家中的墙边摔了一跤，摔断一根肋骨。我一直爬不起来，直到附近友好的邻里消防员接到我的呼救赶来，才把我用救护车送往耶鲁大学纽黑文医院急救室。当我痛苦无助地躺在地板上等待救援时，心里冒出一种强烈的感觉，这件事与我无关，只是发生在他人身上。几个月后，我拄着拐杖去取早报时，在前门又摔了一跤。这次伤势虽然没有上一次重，但我赖以写作的右手中指脱了臼。我懊恼地躺在地上，再次等那些消防员把我抬起来送往急救室。我记得我当时产生了同样强烈的幻觉，这件事不是发生在我身上，而是在别人身上。

我认为，无论我们自己的痛苦有多大，相信这是他人在受苦，是我们共同的防御机制。其实不一定以受伤为证：当别人抓住我们说谎或做了不该做的事情时，我们一旦暴露，总会产生类似这是他人所为的幻觉。这种羞辱似乎属于别人，即便是我们正在承受。我认为，这种综合症状正是我现在称之为莎士比亚笔下的自我的他视。这必然与我们想要表演自身的痛苦和危机相关。无论在莎士比亚笔下还是在现实生活中，我所谓的自我的他视，指的是这种双重意识：一方面，旁观我们自身的行为和痛苦，似乎它们属于他人而不是我们自己；另一方面，意识到我们是行为的主体和痛苦的承受者。这就产生了一种陌生化效应，令我们茫然地摇头、揉眼。

莎士比亚的最大特征就是他的陌生化效应，因为我们不能轻易适应一种认知能力，这种能力不断赋予我们丰富的陌生化意义。哪怕在看起来可能是最直笔的地方，莎士比亚的笔下也充满了晦涩和神秘。比如《威尼斯商人》中的这个时刻，当虔诚的基督徒商人安东尼奥（我猜想这个角色是由莎士比亚亲自出演）建议，对夏洛克的惩罚必须包括强制他改信慈悲的宗教，而戏剧开头安东尼奥对夏洛克的踢打、辱骂和怒斥就是对这最好的体现：

鲍西娅 安东尼奥，你能不能够给他一点慈悲？

葛莱西安诺 白送给他一根上吊的绳子吧；看在上帝的面上，不要给他别的东西！

安东尼奥 要是殿下和堂上愿意从宽发落，免予没收他的财产的一半，我就十分满足了；只要他能够让我接管他的另外一半的财产，等他死了以后，把它交给最近和他的女儿私奔的那位绅士；可是还要有两个附带的条件：第一，他接受了这样的恩典，必须立刻改信基督教；第二，他必须当庭写下一张文契，声明他死了以后，他的全部财产传给他的女婿罗兰佐和他的女儿。

公爵 他必须履行这两个条件，否则我就撤销刚才所宣布的赦令。

鲍西娅 犹太人，你满意吗？你有什么话说？

夏洛克 我满意。

鲍西娅 书记，写下一张授赠产业的文契。

夏洛克　请你们允许我退庭，我身子不大舒服。文契写好了送到我家里，我在上面签名就是了。

安东尼奥这句"必须立刻改信基督教（He presently become a Christian）"中的"presently"是"immediately"（立刻）的意思。肯尼斯·格罗斯在他的《夏洛克即莎士比亚》（2006）中提醒我们，莎士比亚在改写"一磅肉"这个古老的故事时，加入了强制改信基督教的情节。我总是问学生为什么要加这个细节，可我没有得到任何令人信服的回答。当然这不怪他们，因为《威尼斯商人》根本不需要这种额外添加的复杂性。格罗斯的说法不无道理，他认为，莎士比亚这种改写本来就是信笔写来，所以让我们摸不着头脑，不知从何谈起。夏洛克回答的那一句"我满意"，听上去冰冷空洞，原因也可能在此。

我认为，莎士比亚既在惩罚自己，也在惩罚观众，正如他将这种愤怒施加于夏洛克。我们想知道为什么，但或许永远弄不明白。我引用了安东尼奥的恶毒建议，但同时也承认他或许认为自己的动机是善良的。这里的他视完全是夏洛克的他视；他惊人的两句回应"我满意"和"我身子不大舒服"给人强烈的印象，他身上的某些东西将自己的遭遇看成是发生在别人身上的事情。

此后，莎士比亚将夏洛克完全抹除。我们有这种感觉，我们刚刚听到和看到的并不是不断变化发展的夏洛克的一部分。他似乎不再能听或看。既然莎士比亚把他塑造成凶残的偏执狂，那么问题就不再是我们是否同情这个已经变成西方文学传统中犹太典型的人物。在此，我只想指出，夏洛克懒于做出回应是莎士比亚笔下精心设计的他视例子。我们再来看另一个例子，《安东尼和克利奥帕特拉》中安东尼自杀前的混乱一幕：

安东尼　爱洛斯，你还看见我吗？

爱洛斯　看见的，主上。

安东尼　有时我们看见天上的云像一条蛟龙；有时雾气会化成一只熊、一头狮子的形状，有时像一座高耸的城堡、一座突兀的危崖、一堆雄峙的山峰，或是一道树木葱茏的青色海岬，俯瞰尘寰，用种种虚无的景色戏弄我们的眼睛。你曾经看见过这种现象，它们都是一些日暮的幻影。

爱洛斯　是，主上。

安东尼　现在瞧上去还像一匹马的，转瞬间，浮云飞散了，它就像一滴水落在池里一样，分辨不出它的形状。

爱洛斯　正是这样，主上。

安东尼　爱洛斯，我的好小子，你的主帅也不过是这样一块浮云；现在我还是一个好好的安东尼，可是我却保不住自己的形体，我的小子。我为了埃及兴起一次次的战争；当我的心还属于我自己的时候，它曾经气吞百万之众，可是我让女王占有了它，我以为她的心也已经被我占有，现在我才知道她的心不是属于我的；她，爱洛斯，竟和凯撒暗中勾结，用诡计毁坏我的荣誉，使敌人得到了胜利。不，不要哭，善良的爱洛斯；我们还留着我们自己，可以替自己找个结局呢。

在这个奇妙的段落开头，武将安东尼的口吻听上去简直就像文人哈姆莱特。在《安东尼和克利奥帕特拉》的盛大场面中，唯有这一刻安东尼经历了自我的他视，质疑了自身的现实。在他看见的一切里，无论是在天上的云中，还是在他遭背叛和击败的存在感里，他都看不见自己。莎士比亚式的痛苦和惊奇，在此最为淋漓尽致地展现。一个驰骋沙场的统帅，现在成了静心反省的哲人，变得自己都认不出来，也难以为继。爱洛斯茫然的回答，其实代表了我们作为读者或观众的下意识反应。

我们听到的不过是莎士比亚悲剧中内心戏里自我的表演。安东尼将在真正死去那一刻之前会恢复他的某种伟大，但在这里，他生命的意识处于最低谷。这个在任何时候都不能自我偷听的罗马英雄，在这里经历了自我的他视。

哈姆莱特、李尔和伊阿古都是借助自我的他视，表演了他们迅速生长的自我。他们早在兰波之前就表明，自我总是一个他者。对于他们来说，存在受控于意志，受控于他们对世界诞生前自身面貌的渴望。

路得（莎士比亚可能没有读过《路得记》）是一个绝对热爱耶

和华的魔鬼；对于我来说，耶和华是一个可怕的文学人物，是字面意义上真实的临在。路得与莎士比亚是两个极端，莎士比亚总是十分警惕于把他笔下的主要主人公塑造成绝对的人物，无论是为了死还是为爱而死。

乍一看，读者可能认为我创造的"自我的他视"这个术语有点生僻，但我将会展示我们在面对莎士比亚式的崇高时，这个术语的作用。莎士比亚式的崇高是一种登峰造极的艺术，特别是在哈姆莱特和李尔王的塑造上。自我的他视观具有丰富的内涵，这种观念解答了为什么莎士比亚如此神通广大。莎士比亚笔下的人物看见的他者，可能是他们身上疏离的某些东西，是他们自身天赋的守护神。更多情况下，他们看见的他者，指的是他们意识到其他自我的真实性，没有了其他自我的存在，他们就有掉入唯我论的深渊的危险。无论是表象还是内里，哈姆莱特和李尔王的确都掉入了唯我论的深渊，再也没有爬上来。

庶子福康勃立琪

The Bastard Faulconbridge

自我的他视有四个方面：

1. 看见其他的自我；
2. （通过一瞥）看见他人和他者性的破碎现实；
3. 看见他处不存在的空无或此处存在的空无；
4. 看见他处可能有的一切和此处有的一切。

莎士比亚创造了许多重要的人物。这些人物中最早登场的当数其早期历史剧《约翰王》中的庶子腓力普。我曾经认为这部历史剧迟至1595年才修订完成，但现在我相信莎士比亚最迟不晚于1590年就完成了该剧。庶子腓力普身上的许多因子莎士比亚将继续发扬，融入福斯塔夫和哈姆莱特的性情。事实上，他是我所谓的莎士比亚"发明了人性"的第一个实例。

假若去掉了这个庶子，《约翰王》将不值一读，不值一演。剧中的其他人物念的都是马洛式的浮夸台词,唯有这个庶子拥有完全属于他自己的语言和才智。有趣的是,他完全是莎士比亚的创造;莎士比亚取材的编年史中根本没有提这一号人物。

如同约翰·福斯塔夫爵士一样,他抛开了所有虚假的敬意,醉心于讲述真相。而且,他如同后来的福斯塔夫一样,他拒绝接受他不认同却强加于他的观念。作为狮心王理查一世的私生子,在被叔父约翰王和祖母艾莉诺识破之后,他获得了自由,成为为父报仇的勇士,无论胆识和口才都青出于蓝。我追随哈罗德·戈达德的看法,认为这个庶子是莎士比亚第一个含蓄的代言人:

> 不单凭着服装、容饰、外形和徽纹,我还要从内心发出一些甜甜蜜蜜的毒药来,让世人受我的麻醉;虽然我不想有意欺骗世人,可是为了防止受人欺骗起见,我要学习学习这一套手段,因为在我升发的路途上一定会铺满这一类谄媚的花朵。

一个二十出头正在快速成长的天才诗人兼戏剧家突然就领悟到自身与同时代和来世之间的某种真正关系,在这段话中我们听到他的声音,难道不是一种奢侈?

我们该如何理解这段话中的"毒药"(poison)?表面上它可能意指"谄媚"(flattery),但这个庶子和他的创造者将之理解为"真理"(truth)。我们可以把莎士比亚最深刻的艺术形容为"内心活

动";我们可以发现这种艺术最早的例子之一,就是这个庶子对于"利益"(commodity)——获取的一切自利——的沉思:

> 那个惯会使人改变决心的狡猾的魔鬼,那个专事出卖信义的掮客,那个把国王、乞丐、老人、青年玩弄于股掌之间的毁盟的能手,那个使可怜的姑娘们失去她们一身仅有的"处女"两字空衔的骗子,那个笑脸迎人的绅士,使人心痒骨酥的"利益"。"利益",这颠倒乾坤的势力;这世界本来是安放得好好的,循着平稳的轨道平稳前进,都是这"利益",这引人作恶的势力,这动摇不定的"利益",使它脱离了不偏不颇的正道,迷失了它正当的方向、目的和途径;就是这颠倒乾坤的势力,这"利益",这牵线的淫媒,这掮客,这变化无常的名词……

这段令人难忘的谴责非常重要,尽管对于这个庶子而言不无反讽,对于一生追逐利益的莎士比亚来说更是充满反讽。这个庶子最后用辛辣的四行诗结束了他这一番话,但他完全说的是反话:

> 要是有了钱,我就要说,
> 只有贫穷才是最大的坏事。
> 既然国王们也会因"利益"而背弃信义;
> "利益",做我的君主吧,因为我要崇拜你!

事实上，这个庶子是一个勇士、爱国者，没有他，约翰王的天下会崩溃。他对这个可疑的叔父的依恋非同寻常，反映了他在寻找缺席的父亲狮心王理查一世，而约翰王并不能完全取代那个缺席的父亲。整部戏剧中，这个庶子变成了秩序观念的缩影：仁厚、爱国、乐观，最终成为英格兰抵抗毁灭的唯一支柱。

他最困惑的时刻出现在战场上与他的朋友赫伯特对话之时：

赫伯特　那边是谁？喂，报出名来！快说，否则我要放箭了。

庶子　一个朋友。你是什么人？

赫伯特　我是英格兰方面的。

庶子　你到哪里去？

赫伯特　那干你什么事？你可以问我，为什么我不可以问你？

庶子　你是赫伯特吧？

赫伯特　你猜得不错；我可以相信你是我的朋友，因为你这样熟识我的声音。你是谁？

庶子　随你以为我是谁都行；要是你愿意抬举我的话，你也可以把我当作普兰塔琪纳特家的旁系子孙。

这个庶子最后的自我表白令人啼笑皆非，它既表达了他身为狮心王理查一世私生子的自豪，但更有趣的是，它又传递了一种惊人的怀疑论，这种怀疑论是 1590 年及其之后的莎士比亚所独具的。这个庶子借助自我的他视，不但看见了自己在战场上模糊的身影，而且深切地意识到他所谓的"内心活动"。

这个庶子意识到赫伯特是一个他者；尽管战场上充满幻觉，但在看到自我同一性（亦即莎士比亚所说的个体身份）遭到考验时，这个庶子还是惊讶于他自己强大的人格，以及在战场上的幸存。作为莎士比亚笔下自我表演者的第一人，这个庶子突然领悟，瞬息变化的世事在威胁着他这个《约翰王》中唯一充满欢乐和生机的人物。

约翰·福斯塔夫爵士的荣辱
The Falstaffiad: Glory and Darkening of Sir John Falstaff

正是在这种特殊的意义上,《约翰王》中的庶子成了福斯塔夫的直系先驱。从《约翰王》到《亨利四世》(上)之间的六年时间里,莎士比亚的创造力全面爆发:

福斯塔夫 虽然我在伦敦喝酒从来不付账,这儿打起仗来可和付账不一样,每一笔都是往你的脑袋上记。且慢!你是谁?华特·勃伦特爵士!您有了荣誉啦!这可不是虚荣!我热得像在炉里熔化的铅块一般,我的身体也像铅块一般重;求上帝不要让铅块打进我的胸膛里!我自己的肚子已经够重了。我带着我这一群叫化兵上阵,一个个都给枪弹打了下来;一百五十个人中间,留着活命的不满三个,他们这一辈子是要在街头乞食过活的了。(亲王上。)可是谁来啦?

亲王 什么!你在这儿待着吗?把你的剑借我。多少贵人在骄敌的铁蹄之下捐躯，还没有人为他们复仇。请把你的剑借我。

福斯塔夫　啊，哈尔！我求求你，让我喘一口气吧。谁也没有立过像我今天这样的赫赫战功。我已经教训过潘西，送他归了天啦。

亲王　果真；他没有杀你，还不想就死呢。请把你的剑借我吧。

福斯塔夫　不，上帝在上，哈尔，要是潘西还没有死，你就不能拿我的剑去；要是你愿意的话，把我的手枪拿去吧。

亲王　把它给我。嘿！它是在盒子里吗？

福斯塔夫　嗯，哈尔；热得很，热得很；它可以扫荡一座城市哩。（亲王取出一个酒瓶。）

亲王　嘿！现在是开玩笑的时候吗？（掷酒瓶于福斯塔夫前，下。）

福斯塔夫　好，要是潘西还没有死，我要一剑刺中他的心窝。要是他碰到了我，很好；要是他碰不到我，可是我偏偏自己送上门去，就让他把我剁成一堆肉酱吧。我不喜欢华特爵士这一种咧着嘴的荣誉。给我生命吧。要是我能够保全生命，很好；要不然的话，荣誉不期而至，那也就算了。（下。）

在此，福斯塔夫式的卓越体现于他精彩地把玩双关，他在"喝酒"（shot-free）一词上玩了花样。英语"shot-free"实际意思是喝酒不付账，跟打仗是"掉脑袋的事情"（shot）形成对照。接下来，他用华特·布朗特爵士的"荣誉"（honor）开了玩笑，布朗特爵士为亨利四世及哈尔亲王效尽犬马之劳，刚刚壮烈牺牲。福斯塔夫爵士意识到战争的疯狂和所有君王（包括最爱的哈尔）的虚伪。这个老兵对于战争的极度鄙视，最淋漓尽致地体现在战斗生死关头，他把藏于腰间的酒瓶取出来递给哈尔。当哈尔掷回酒瓶，福斯塔夫敏捷地躲过之时，他们之间的深渊顿时敞开，永远无法跨越。

我记得我曾经见过的最伟大的福斯塔夫扮演者拉尔夫·理查森（Ralph Richardson），那是在1946年的纽约，他精彩的表演盖过了劳伦斯·奥利弗在《亨利四世》（上）中扮演的霍波茨和在《亨利四世》（下）中扮演的夏禄。那时我才十六岁，接连两个晚上，我获得了平生中最深刻的莎士比亚教育。理查森是一种启示。他扮演的福斯塔夫不只是一个贪吃的酒鬼和无赖，而是有史以来舞台上最伟大的智者。最有冷幽默感的聪明人。事实上，这个福斯塔夫就是伊斯特溪泊的苏格拉底，是引人同情的智慧的化身：

（亨利王、勃伦特及约翰·兰开斯特下。）

福斯塔夫　哈尔，要是你看见我在战场上负伤倒地，为了保护我，跨在我身上，苦战不舍，那就没得说的了，论朋友交情本该如此。

亲王　只有脚跨海港的大石像才能对你尽那么一份交情。念你的祷告去,再会吧。

福斯塔夫　我希望现在是上床睡觉的时间,哈尔,一切平安无事,那就好了。

亲王　哎,只有一死你才好向上帝还账哩。(下。)

福斯塔夫　这笔账现在还没有到期;我可不愿意在期限未满以前还给他。他既然没有叫到我,我何必那么着急?好,那没有关系,是荣誉鼓励着我上前的。嗯,可是假如当我上前的时候,荣誉把我报销了呢?那便怎么样?荣誉能够替我重装一条腿吗?不。重装一条手臂吗?不。解除一个伤口的痛楚吗?不。那么荣誉一点不懂得外科的医术吗?不懂。什么是荣誉?两个字。那两个字荣誉又是什么?一阵空气。好聪明的算计!谁得到荣誉?星期三死去的人。他感觉到荣誉没有?不。他听见荣誉没有?不。那么荣誉是不能感觉的吗?嗯,对于死人是不能感觉的。可是它不会和活着的人生存在一起吗?不。为什么?讥笑和毁谤不会容许它的存在。这样说来,我不要什么荣誉;荣誉不过是一块铭旌;我的自问自答,也就这样结束了。(下。)

荣誉,是哈尔和霍波茨激烈争论的焦点,它却在福斯塔夫的一番自问自答中变成了一个词,最后化为颤抖的呼吸(breath)。哈尔

129

老是指责福斯塔夫的虚空（vanity）。这是《传道书》中宣扬的那种特定意义上的虚空，在希伯来原文中这个词为"hevel"，被翻译成英语中的"vanity"，算是精彩的误译。"hevel"只是一口气，一种气中之气，或空无。哈尔打败了霍波茨之后，在对手的尸身旁说了如此一番话：

亲王 蛆虫的食粮，勇敢的潘西。再会吧，伟大的心灵！谬误的野心，你现在显得多么渺小！当这个躯体包藏着一颗灵魂的时候，一个王国对于它还是太小的领域；可是现在几尺污秽的泥土就足够做它的容身之地。在这载着你的尸体的大地之上，再也找不到一个比你更刚强的壮士。要是你还能感觉到别人对你所施的敬礼，我一定不会这样热烈地吐露我的情怀；可是让我用一点纪念品遮住你的血污的双颊吧，同时我也代表你感谢我自己，能够向你表示这样温情的敬意。再会，带着你的美誉到天上去吧！你的耻辱陪着你长眠在坟墓里，却不会铭刻在你的墓碑之上！（见福斯塔夫卧于地上）呀！老朋友！在这一大堆肉体之中，却不能保留一丝小小的生命吗？可怜的杰克，再会吧！死了一个比你更好的人，也不会像死了你一样使我老大不忍。啊！假如我真是那么一个耽于游乐的浪子，你的死对于我将是怎样重大的损失！死神在今天的血战中，虽然杀死了许多优秀的战士，却不曾射中一头比你更肥胖的牡鹿。你的脏腑不久将要被鸟兽掏空;现在你且陪着高贵的潘西躺在血泊里吧。(下。)

福斯塔夫 (起立)掏空我的脏腑!要是你今天掏空我的脏腑,明天我还要让你把我腌起来吃下去哩。他妈的!幸亏我假扮得好,不然那杀气腾腾的苏格兰恶汉早就把我的生命一笔勾销啦。假扮吗?我说谎,我没有假扮;死了才是假扮,因为他虽然样子像个人,却没有人的生命;活人扮死人却不算是假扮,因为他的的确确是生命的真实而完全的形体。智虑是勇敢的最大要素,凭着它我才保全了我的生命。他妈的!这火药般的潘西虽然死了,我见了他还是有些害怕;万一他也是诈死,突然立起身来呢?凭良心说,我怕在我们这两个装死的人中间,他要比我强得多呢。所以我还是再戳他一剑,免生意外;对了,我要发誓说他是被我杀死的。为什么他不会像我一般站起来呢?只有亲眼瞧见的人,才可以驳斥我的虚伪,好在这儿一个人也没有;所以,小子,(刺霍波茨)让我在你的大腿上添加一个新的伤口,跟着我来吧。(负霍波茨于背。)

福斯塔夫观看霍波茨和哈尔激斗时,遭到让人闻风丧胆的道格拉斯伯爵的袭击。肥胖的福斯塔夫纵然久经沙场,但毕竟已是八十高龄,已无当年之勇。面对血气方刚的苏格兰对手,他抵挡了几个回合之后，这个伊斯特溪泊的苏格拉底明智地装死，从而逃了一命。哪怕是在莎士比亚笔下，也极少像此处一样把矛盾心理刻画得如此出色。哈尔省了力气，不用将福斯塔夫交给刽子手处置，我们不会惊讶，他对于他的福斯塔夫充满同情的道别，不如他对勇敢的霍波茨的致意来得敬重。

死里逃生的福斯塔夫更加壮伟，因为这个伟大的放逐者以真正的神恩之名站了起来。在霍波茨歇斯底里的狂呼"大家快快乐乐地同归于尽吧"中，我们听到福斯塔夫的喊声"给我生命吧"。学者们往往没有听到的这个声音，普通读者和戏剧观众却能正确地将之视为是对"真正完美的生命形象"的肯定。

击败对手的哈尔仿佛获得了新生，成为新的枭雄，他表明自己偏爱霍波茨胜过福斯塔夫。莎士比亚没有表明立场，但有哪个强大的读者会不喜欢福斯塔夫，而去喜欢他那个变节的徒弟哈尔？但是，我这里关心的是莎士比亚笔下借助自我的他视来进行的自我表演，这恰是福斯塔夫的胜利。借助自我的他视，他看见破碎的友谊，看见哈尔的背叛，看见哈尔摘取了王权的娇花，福斯塔夫表演了自己的死亡和复活。借助自我的他视，福斯塔夫看见哈尔不再关心的东西：人的全部可能性。哈尔从福斯塔夫身上已经吸收了足够的力量，切实地帮助他勾引世人的兴味：

亲王 我完全知道你们，现在虽然和你们在一起无聊鬼混，可是我正在效法着太阳，它容忍污浊的浮云遮蔽它的庄严的宝相，然而当它一旦穿破丑恶的雾障，大放光明的时候，人们因为仰望已久，将要格外对它惊奇赞叹。要是一年四季，全是游戏的假日，那么游戏也会变得像工作一般令人烦厌；惟其因为它们是不常有的，所以人们才会盼望它们的到来；只有偶然难得的事件，才有勾引世人兴味的力量。所以当我抛弃这种放荡的行为，偿付我所从来不曾允许偿还的欠债的时候，我将要推翻人们错误的成见，证明我自身的价值远在平日的言行之上；正像明晃晃的金银放在阴暗的底面上一样，我的改变因为被我往日的过失所衬托，将要格外耀人眼目，格外容易博取国人的好感。我要利用我的放荡的行为，作为一种手段，在人们意料不及的时候一反我的旧辙。（下。）

我们不知道这段独白的哪个方面最值得赞叹：是它大胆的真诚？还是它明显的虚伪？这是对莎士比亚笔下哈尔形象的赞美，哈尔骄傲地宣称，自己虚伪的行径有助于说服我们相信他的自我救赎在情感层面的真诚。我认为，他最后一句话对圣保罗在《以弗所书》（5:16）中的影射——"要爱惜光阴，一反我的旧辙，因为现今的世代邪恶"——故意有一丝亵渎，但加冕之后，亨利五世却爱宣称自己的美德就是基督教君王的美德。他不是哈姆莱特，也不是福斯塔夫；他以施虐狂的激情用公开拒斥的方式摧毁了福斯塔夫。我们不能无休止地讨论哈姆莱特和福斯塔夫关于信仰和不信的问题，但哈尔接受的福斯塔夫式的教育逐渐丧失，他的内心世界对我们来说就像神圣的亨利五世本人那样令人捉摸不清。在所有的想象文学中，没有人像福斯塔夫一样毫不关心如何超脱于时运的摆弄。当然，时间必然会战胜福斯塔夫，在《亨利四世》（下）中，他最后跪拜在新王亨利五世面前，忍受被公开拒斥的羞辱：

福斯塔夫　上帝保佑你，我的好孩子！

亨利五世　大法官，你去对那狂妄的家伙说话。

大法官　你疯了吗？你知道你自己在说些什么话？

福斯塔夫　我的王上！我的天神！我在对你说话，我的心肝！

亨利五世　我不认识你，老头儿。跪下来向上天祈祷吧；苍苍的白发罩在一个弄人小丑的头上，是多么不称它的庄严！我长久梦见这样一个人，这样肠肥脑满，这样年老而邪恶；可是现在觉醒过来，我就憎恶我自己所做的梦。从此以后，不要尽让你的身体肥胖，多多勤修你的德行吧；不要贪图口腹之欲，你要知道坟墓张着三倍大的阔口在等候着你。现在你也不要用无聊的谐谑回答我；不要以为我还跟从前一样，因为上帝知道，世人也将要明白，我已经丢弃了过去的我，我也要同样丢弃过去跟我在一起的那些伴侣。当你听见我重新回复了我原来的本色的时候，你再来见我吧，你将要仍旧和从前一样，成为我的放荡行为的教师和向导；在那一天没有到来以前，你必须像其他引导我为非作歹的人们一样，接受我的放逐的宣判，凡是距离我所在的地方十里之内，不准你停留驻足，倘敢妄越一步，一经发觉，就要把你处死。我可以供给你相当限度的生活费用，以免手头没钱驱使你们去为非作歹。要是我听见你果然悔过自新，我也可以按照你的能力和资格，把你特加拔擢。贤卿，就请你负责执行我的命令。去吧！（亨利五世及扈从下。）

福斯塔夫　夏禄先生，我欠您一千镑钱。

　　对这一幕，我一辈子都感到不寒而栗，尤其当我想起拉尔夫·理查森扮演的福斯塔夫在听到这番训斥时脸上震惊和痛苦的表情。亨利五世深知，他掌握了公共表演的艺术，在这种艺术中，自以为是之人总会赞美自以为是。在福斯塔夫和他忘恩负义的养子之间的最后时刻，还有一场更深刻的戏剧在上演。跪在地上的福斯塔夫称呼新王亨利五世为"我的天神"，这绝非偶然，因此让人联想起奥林匹亚众神之首宙斯杀死时间老人和自己的父亲的古老神话。洞悉世事的福斯塔夫深知，他的人生就在他一向能够理解的这个爱子的手中终结，他也默默地接受了这个结局。

　　我们再回头看看亨利五世的那番言辞。如果我们只从字面上来理解这个光彩照人的君主的一通大话，那么这取决于权力受制于使用哪些黑话。与其这样理解，我们倒不如将之解读为他自我的他视。他过去是哈尔亲王，那个角色已一去不复返了。他是一个新王，置身于过去和未来之间。他的前方隐现的是对法兰西的征服，是作为第一个真正意义的英国君主的永恒名声。与之相反的是，福斯塔夫跪在遭遗弃的过去和可能日渐衰颓的未来之前。哪怕在他最潦倒的时刻，他依然具有真正的内在生命，尽管现在这种内在的生命对他说来几乎没有什么价值。我们不禁要问，当他最卓越的人物形象福斯塔夫（也许除了哈姆莱特之外）如此突然画上句号，莎士比亚到底是希望我们有怎样的想法和感受。但是，我所谓的自我的他视，其辩证关系让我们不安地意识到，莎士比亚的欲望超越了快乐原则。亨利五世冷冷地打发了福斯塔夫，哪怕是在莎士比亚笔下也有新的陌生化成分。亨利五世把自己过去与福斯塔夫在一起的岁月视为一场噩梦，如今梦醒过来，只剩下对这场噩梦的憎恶。"现在你也不要用无聊的谐谑回答我"，亨利五世拒绝再让福斯塔夫说话，暗示了他对福斯塔夫尚存奇怪的焦虑。接下来他对过去人生导师的宣判怪异而过分。凡是距离王室成员所在的地方十里之内，不准福斯塔夫停留驻足，否则必死无疑。在这里，自我的他视仍然神秘地潜藏在这个君王身上。

　　福斯塔夫平生就此一次被迫陷入沉默，但他最后还是伤心地说了一句："夏禄先生，我欠您一千镑钱。"据说，莎士比亚买下环球剧院的全部股份，实现了财务自由，靠的是南安普顿伯爵预支给他的一大笔钱，这个伯爵完全可以肯定是他的恩主，甚或是他的情人。

尽管我发现利用"自我的他视"观来分析福斯塔夫和哈尔亲王有效,但我还是意识到,在他视于不同层面可能带来的冲击上,两者之间并没有什么共性。福斯塔夫如此宽宏大量,以至于在他的他视中包含了自我反省和接受他人。哈尔亲王虽然在《亨利五世》中才被全面塑造,但相比之下,他的形象要简单得多。他并不缺乏神秘的气质,正如在下面一幕,他在阿金库尔战役之前的祈祷(我们暂且称之为祈祷):

亨利王 (跪地祈祷)啊,战神!使我的战士们的心像钢铁样坚强,不要让他们感到一点儿害怕!假使对方的人数吓破了他们的胆,那就叫他们忘了怎样计数吧。别在今天——神啊,请别在今天——追究我父王篡位时所犯下的罪孽!我已经把理查的骸骨重新埋葬过,我为它洒下的忏悔之泪比当初它所迸流的鲜血还多。我长年供养着五百个苦老头儿,他们每天两次,举起枯萎的手来,向上天呼吁,祈求把这笔血债宽恕;我还造了两座礼拜堂,庄重又严肃的牧师经常在那儿为理查的灵魂高唱着圣歌。我还准备多做些功德!虽说,这一切并没多大价值,因为到头来,必须我自己忏悔,向上天请求宽恕。

这是何等自欺欺人?大多数学者认为他的祈祷是十分真诚的;这个断语让我们想起奥斯卡·王尔德的妙语,他告诉我们,所有的坏诗歌都很是真诚的。试想一下，福斯塔夫这个哈尔的首要牺牲品在倾听这番祈祷时的场景。但在后来的《亨利五世》中，有许多这样充满顿悟的独白。其中，最精彩的独白出现在乔装打扮的亨利五世和那些士兵（巴茨、库尔特和威廉）的对话之后，这段独白令我再次对哈尔的复杂本性感到惊叹：

要国王负责！那不妨把我们的生命、灵魂，把我们的债务、我们的操心的妻子、我们的孩子以及我们的罪恶，全都放在国王头上吧！他得一股脑儿担当下来。随着"伟大"而来的，是多么难堪的地位啊；听凭每个傻瓜来议论他——他们想到、感觉到的，只是个人的苦楚！做了国王，多少民间所享受的人生乐趣他就得放弃！而人君所享有的，有什么是平民百姓所享受不到的——只除了排场，只除了那众人前的排场？那又算是什么呢——你偶像似的排场？你比崇拜者忍受着更大的忧患，又是什么神明？你收到多少租金，又带来多少进账？啊，排场，让我看一看你的价值是多少吧！你凭什么法宝叫人这样崇拜？除了地位、名衔、外表引起人们的敬畏与惶恐外——你还有些什么呢？你叫人惶恐，为什么反而不及那帮诚惶诚恐的人来得快乐呢？你天天喝下肚去的，除了有毒的谄媚代替了纯洁的尊敬外，还有什么呢？啊，伟大的"伟大"呀，且等你病倒了，吩咐你那套排场来给你治病吧！

你可认为那沸烫的发烧，会因为一大堆一味奉承的字眼而退去吗？凭着那打躬作揖，病痛就会霍然而愈吗？当你命令乞丐向你双膝跪下的时候，你能同时命令他把康健献给你吗？不，你妄自尊大的幻梦啊，你这样善于戏弄帝王的安眠。我这一个国王早已看破了你。我明白，无论帝王加冕的圣油、权杖和那金球，也无论那剑、那御杖、那皇冠，那金线织成和珍珠镶嵌的王袍、那加在帝号前头的长长一连串荣衔；无论他高踞的王位，或者是那煊赫尊荣，像声势浩大的潮浪泛滥了整个陆岸——不，不管这一切辉煌无比的排场，也不能让你睡在君王的床上，就像一个卑鄙的奴隶那样睡得香甜。一个奴隶，塞饱了肚子，空着脑袋，爬上床去——干了一天辛苦活儿，就再不看见那阴森森的、从地狱里产生的黑夜。他倒像是伺候太阳神的一个小厮，从日出到日落，只是在阳光里挥汗，到了晚上，就在乐园里睡个通宵；第二天天一亮，又一骨碌起身，赶着替太阳神把骏马套上了车；年年月月，他就干着这营生，直到进入了坟墓。像这样，一个奴隶，欠缺的就只是煊赫的排场，要不然，他日出而作，日入而息，远远地胜过了做一个皇帝。他浑浑噩噩、安安稳稳地过着太平日子，全没想到做人君的为了维护这太平世界，对着孤灯，操着怎样一片心；他宵旰勤劳，到头来却是那村夫最受用。

说奴隶比华丽的礼仪之邦的君主睡得香甜，亨利五世的这种暗示很难不让人感到虚伪。我们听到某种类似于亨利五世在阿金库尔之战前那番鼓舞人心（当然也是为了自利）的承诺，只要与他并肩作战，无论怎样低微卑贱的士兵都会获得绅士的身份：

> 克里斯宾节，从今天直到世界末日，永远不会随便过去，而行动在这个节日里的我们也永不会被人们忘记。我们，是少数几个人，幸运的少数几个人，我们，是一支兄弟的队伍——因为，今天他跟我一起流着血，他就是我的好兄弟；不论他怎样低微卑贱，今天这个日子将会带给他绅士的身份。而这会儿正躺在床上的英格兰的绅士以后将会埋怨自己的命运，悔恨怎么轮不到他上这儿来；而且以后只要听到哪个在圣克里斯宾节跟我们一起打过仗的人说话，就会面带愧色，觉得自己够不上当个大丈夫。

我昔日的学生和研究助理劳伦·史密斯贴切地将这段独白与《神曲·炼狱篇》中尤利西斯的独白相提并论，在《炼狱篇》里，尤利西斯呼吁他手下的老水手勇敢跨越已知世界的疆域寻找新的视野。丁尼生的戏剧独白诗《尤利西斯》就是根据但丁笔下这个形象写作的，只不过他诗中尤利西斯的雄辩多了弥尔顿笔下撒旦的气息。我并不是说亨利五世这个具有雄心的理想君王有任何撒旦的气息，但他的确像但丁笔下的尤利西斯一样，他在勾引听众，利用个人的超凡魅力,将夸张之言变成崇高之辞。他和我们都知道,我们"幸运的少数几个人,我们,是一支兄弟的队伍"是不会把巴茨、库尔特、威廉这些普通士卒与他和他的王公大臣武将混为一谈的。但正如威廉·黑兹利特所言,我们喜欢这出戏剧中的亨利五世,在这部戏剧中,他是一个很和蔼可亲的魔鬼。

福斯塔夫的教诲最后留存在亨利五世身上的,唯有他那漂亮诙谐的话语方式。威廉·巴特勒·叶芝认为亨利五世"像某种自然力一样无情无形无影"。黑兹利特绝妙地指出:"亨利五世是一个英雄,换言之,他随时准备自我牺牲以换取摧毁千百个他人生命的快感。"黑兹利特的评论让我们想到一个重要的细节,现实中这个真正的英国英雄曾经下令将所有的法国俘虏斩首;不过,这样的细节在莎士比亚笔下英军大胜的场面中并不重要。

G. K. 切斯特顿认为,乔叟的反讽有时太大反而让人看不清,这句评论用于莎士比亚的反讽更为贴切。《亨利五世》整部戏剧都有一种距离感,哪怕我们只是从某种角度上意识到这点。即使只在老板娘那段平凡的悼词中出现,也能看到约翰·福斯塔夫爵士的反讽眼光:

> **老板娘** 不,他当然不在地狱里!如果也有人进得了天堂,他准是在天堂上亚伯拉罕老祖宗的怀抱里。他是好好儿地死的,临死的当儿,就像是个没满月的小娃娃。不早不晚,就在十二点到一点钟模样——恰恰在那落潮转涨

潮的当儿,他两腿一伸,"动身"了。他倒还在摸弄着被褥,玩弄着花儿呢,等会儿又对着自个儿的手指尖儿微笑起来了;我一眼看到这个光景呀,我就明白啦:早晚就是这一条路了;因为他的鼻子像笔那样尖,脸绿得像铺在账桌上的台布。"怎么啦,约翰爵士?"我跟他说,"嗨,大爷,你支撑些儿呀!"于是他就嚷道:"上帝呀,上帝呀,上帝呀!"这么连嚷了三四遍。为了安慰安慰他,我就跟他说,别想什么上帝吧;我但愿他那会儿还不要拿瞎心思来烦恼自己。这么说了以后,他就叫我给他在脚上多盖些棉被,我就把手伸进被窝去试探了一下;一摸,那双脚就像两块石头一样没点儿暖气!接着,我又摸他的膝盖,再又往上摸,往上摸——哎呀,全都冷得像石头似的!

这是苏格拉底式的死亡(他的弟子摸着他身上寒气直冒,证明他服下的毒药开始生效),整个西方文学中,没有一个人物像福斯塔夫一样,在临死之前,有如此精确的光环,拈花微笑。除了在《亨利五世》纪事中那段奇特的安排——讴歌战争的光荣,在莎士比亚对他另一个自我的告别中,我没有听到任何反讽。

只要莎士比亚允许,福斯塔夫就绝不会停止思考他能扮演的任何角色。令这个伟大的智者心碎的,是看见哈尔的多重现实,或者说得更直白点,他放不下对他独子的爱。哈尔从福斯塔夫身上学会了他视的秘诀,只将它们派作篡位的绝技。

福斯塔夫标志着莎士比亚抗拒任何关于人类潜能的不成熟观念，这一点很少有学者指出。在这方面，福斯塔夫唯一的对手是哈姆莱特——哈姆莱特是另一个才智之王，但他以另一种不同的方式表现出才智，相形之下，他的先驱福斯塔夫完全属于另一个世界。

过去，在纽约和伦敦，我经常和安东尼·伯吉斯（Anthony Burgess）一起度过那些弥漫着芬达多白兰地气味的夜晚。伯吉斯是一个福斯塔夫主义者。他倾心于莎士比亚和詹姆斯·乔伊斯，他极力在乔伊斯的笔下找寻福斯塔夫的影子，但这点并没有说服我。福斯塔夫式的作家很少见。伯吉斯本人肯定要算一个，他创造了另一个精彩的自我，那个酒鬼、诗人恩德比，作为他对这种源远流长的英雄传统的贡献。我记得我曾告诉过伯吉斯，我认为福斯塔夫的真正前辈是乔叟笔下的巴斯妇和拉伯雷笔下的巴汝奇，尽管莎士比亚可能从来没有读到过这些生气蓬勃的人物。与福斯塔夫几乎同代的是塞万提斯笔下的桑丘·潘沙，但在我看来，堂吉诃德比他更像福斯塔夫。乔叟笔下的巴斯妇高呼："我拥有我的世界，正如我拥有我的时间。"在这句话中，我听见福斯塔夫的声音，只不过巴斯妇人没有不幸地把感情投在哈尔亲王身上。

福斯塔夫的精髓在于他颠覆了所有预期。因为他拒绝归类，所以我可以开心地罔顾那种讨厌的学术传统，不把他归于爱好吹牛的士卒的文学形象。无论是什么意义上的自由，都是福斯塔夫的追求。他为自由而战，挣脱邦国、时代和死亡的束缚。

福斯塔夫已经看穿了一切的幻象。哈姆莱特也是，但在一定程度上，这个忧郁王子还受制于我们的透视，因为我们能够看到他的身上和周围他看不到的东西。福斯塔夫和《皆大欢喜》中的罗瑟琳一样，已经完全掌握了透视，所以免于了戏剧性反讽。当然这也有代价。哈姆莱特的虚空是终极性的虚空，但福斯塔夫的虚空是整个过程的虚空，包含起点、中点和终点的虚空。

福斯塔夫对价值进行重估，终极证据就在于，他对遭遇来自哈尔亲王的必然的放逐，终究难以释怀。福斯塔夫式人物身上的最丰富的韵味表明，莎士比亚意识到，他的作品除了要看如何好好演，还要看如何细细读。一个人的眼力无论多么锐利，都别指望他去看戏的时候，可以完全消化福斯塔夫对《路加福音》（16：19-26）中耶稣所说的那个恐怖寓言故事的影射。莎士比亚应该读过这个故事，我把它抄录于此：

> 有一个财主穿着紫色袍和细麻布衣服，天天奢华宴乐。又有一个讨饭的，名叫拉撒路，浑身生疮，被人放在财主门口，要得财主桌子上掉下来的零碎充饥；并且狗来舔他的疮。后来那讨饭的死了，被天使带去放在亚伯拉罕的怀里。财主也死了，并且埋葬了。他在阴间受痛苦，举目远远地望见亚伯拉罕，又望见拉撒路在他怀里，就喊着说："我祖亚伯拉罕哪，可怜我吧！打发拉撒路来，用指头尖蘸点水，凉凉我的舌头；因为我在这火焰里，极其痛苦。"亚伯拉罕说："儿啊，你该回想你生前享过福，拉撒

路也受过苦;如今他在这里得安慰,你倒受痛苦。"

不但这样,并且在你我之间,有深渊限定,以致人要从这边过到你们那边是不能的;要从那边过到我们这边也是不能的。(《路加福音》16:19-26)

福斯塔夫有三处明显影射了这个恐怖的寓言。另一处较为隐晦的影射出现于福斯塔夫跪在地上,遭到身披紫色袍的亨利五世当众拒斥。最刺耳的一次影射,是快嘴桂嫂告诉我们福斯塔夫"在亚瑟的怀里",而不是这个寓言里所说的"在亚伯拉罕的怀里"。在英国,历来认为这个寓言讲的是"财主和拉撒路"的故事,财主来自晚期出现的拉丁语词"*dives*",意为"富人"。这个恐怖寓言中患麻风病的拉撒路,与《约翰福音》中耶稣起死回生的那个圣徒拉撒路,完全不是同一个人。

这是如此复杂的意象和意义构成的图案,只有细致地阅读或他者的视角才能够理解。福斯塔夫以相当嘲讽的方式成为一个《圣经》读者,但即便他会嘲讽这个寓言,他依然很睿智,知道这是对他困境的解读。我们会有许多疑惑。福斯塔夫为什么会选择福音书中最严厉的耶稣形象?他的恐惧超越了一切普遍意义上的排斥,看到了生不如死的生活,相对于其他的莎士比亚人物,这种生活于他更难以接受。福斯塔夫是一个纯粹的生命,是一个不能忽视的真实临在。他那一声"给我生命吧"的高呼,完全与《路加福音》中这个寓言的世界对立。

福斯塔夫代表的精神对哈尔亲王或亨利五世代表的精神构成更大的威胁。毫无疑问，我对哈尔这个既冰雪聪明又拼命想出人头地的孩子报以福斯塔夫式的敌意，这会给承认哈尔是莎士比亚创作的另一伟大角色这一观点蒙上一些阴影。我想起我最近去世的朋友弗兰克·克默德。我对他说，哈尔亲王真正想要的是三个东西：亨利四世之死（为他登基创造条件）；除掉霍波茨（将这个杀人如麻的对手积累的"光荣"收归己有）；绞死福斯塔夫（免得这个人生导师继续碍手碍脚）。当时，克默德对我这一番话不屑一顾。尽管有绞死福斯塔夫之心，哈尔最后还是决定，让福斯塔夫死于战场或许更好，因此在某种意义上也可以救赎了他不光彩的人生。

　　福斯塔夫在战场上死里逃生。他生命如此充盈，不会为了任何人的说辞去死。如今，我们开始走入二十一世纪的深处，当我读到当今发生的种种恐怖和战争的消息，特别是宗教纷争引起的恐怖时，我会不断地想到福斯塔夫。强调生命高于一切，这是福斯塔夫式的自我的他视，因为它将艾米莉·狄金森雄辩地称之为"另一种观看之道"的东西放在首位。

哈姆莱特对莎士比亚的质疑
Hamlet's Questioning of Shakespeare

　　莎士比亚笔下那些重要的主角在何种程度上比我们大多数人在现实生活中更强烈地运用了自我的他视呢？我们所有人经常都会为发生在我们身上的事情或者明显并非我们有意的行为感到震惊。我们事后会问：这些到底是真事还是幻觉？它们是不是发生在其他人生活中的行为？

　　莎士比亚笔下最能刺激我们沉思的那些人物，诸如福斯塔夫、哈姆莱特、伊阿古和克利奥帕特拉，也是他最伟大的创造；因此，当我们从福斯塔夫开始，经过哈姆莱特，到伊阿古，再到克利奥帕特拉，我们发现自我的他视这种天赋在这些人物身上越来越强大。正如我在别的地方说过，接下来我也将继续用更多的细节证明，李尔王和麦克白的真正崇高使得对于他们的沉思变得特别困难。他们受宇宙内外力量的驱使，在即将化为他物之时产生了自我的他视。

　　无论我们把环球剧院上演的视为是1604—1605年的第二四开本，还是1623年的第一对开本，哈姆莱特都打破了莎士比亚为他准备的容器。事实上，更原始的 1603 年的第一四开本里根本就没有这个忧郁王子。在第二四开本第五幕第一场的墓地里，当哈姆莱特看着可怕的掘墓人在挖坟时，我们遇到一阵强烈的自我的他视：

哈姆莱特 又是一个；谁知道那不会是一个律师的骷髅？他的玩弄刀笔的手段，颠倒黑白的雄辩，现在都到哪儿去了？为什么他让这个放肆的家伙用龌龊的铁铲敲他的脑壳，不去控告他一个殴打罪？哼！这家伙生前也许曾经买下许多地产，开口闭口用那些条文、具结、罚款、双重保证、赔偿一类的名词吓人；现在他的脑壳里塞满了泥土，这就算是他所取得的罚款和最后的赔偿了吗？他的双重保证人难道不能保他再多买点地皮，只给他留下和那种一式二份的契约同样大小的一块地面吗？这个小木头匣子，原来要装他土地的字据都恐怕装不下，如今地主本人却也只能有这么一点地盘，哈？

莎士比亚经常吃官司，所以笔下经常嘲讽律师。但正如华莱士·史蒂文斯所言，这里的律师也成了平凡人，在与掘墓人表演二重唱。哈姆莱特用欢快而残忍的调子谈论我们每一个人的必朽。现在吟诵这一段时，我把其中律师的骷髅替换成一个教授的骷髅，感受到了哈姆莱特这个质疑者的不安。

莎士比亚笔下的自我的他视有几种方式。最常见的方式是短暂性地相信一个人看到的东西是别人瞥见的表象。比较隐晦的是麦克白的方式，这是一种幻觉，甚至导致麦克白发出这样极端的疑问："在我眼前摇晃着的不会是一把刀子吗？"莎士比亚笔下最幽微的意识当数哈姆莱特，他经常看见别人看不到的东西，包括他身上那些分裂的他者。

当掘墓人逐一挖出墓中的骷髅，哈姆莱特自我的他视看到的是什么？与其说是一个接一个的逝者朝我们走来，不如说是古往今来一切人生目的之虚无和空虚。这种寒冷刺骨的自我的他视，就是理解普世生命和个体生命的方式：

　　小丑甲　……这儿又是一个骷髅；这骷髅已经埋在地下二十三年了。

　　哈姆莱特　它是谁的骷髅？

　　小丑甲　是个婊子养的疯小子；你猜是谁？

　　哈姆莱特　不，我猜不出。

　　小丑甲　这个遭瘟的疯小子！他有一次把一瓶葡萄酒倒在我的头上。这一个骷髅，先生，是国王的弄人郁利克的骷髅。

　　哈姆莱特　这就是他！

　　小丑甲　正是他。

　　哈姆莱特　让我看。（取骷髅）唉，可怜的郁利克！霍拉旭，我认识他；他是一个最会开玩笑、非常富于想象力的家伙。他曾经把我负在背上一千次；现在我一想起来，却忍不住胸头作呕。这儿本来有两片嘴唇，我不知吻过它们多少次。——现在你还会挖苦人吗？你还会蹦蹦跳跳，逗人发笑吗？你还会唱歌吗？你还会随口编造一些笑话，说得满座捧腹吗？你没有留下一个笑话，讥笑你自己吗？这样垂头丧气了吗？现在你给我到小姐的闺房里去，对她说，凭她脸上的脂粉涂得一寸厚，到后来总要变成这个样子的；你用这样的话告诉她，看她笑不笑吧。

在我读过的戏剧中，《哈姆莱特》是最前卫、最令人困惑的一部。如果要我选择这部戏剧的最有预见性的焦点，我或许会选别的地方而不是这个墓地场景，但自十八世纪晚期以来，人们历来将哈姆莱特拿着郁利克骷髅沉思的形象作为西方精神的重要标志之一。莎士比亚可能赞同这个选择。作为莎士比亚笔下最全面的主人公，哈姆莱特也可能赞同这个选择。

这个精彩的场景不但着重凸显了哈姆莱特的性格，而且还融入了我们不寒而栗的领悟，即意识到在第五幕开场时，这个象征西方意识的主角早已偏离了正道。当你手握那个在你年幼时曾无数次把你背在背上，在你好战的父亲和淫欲无度的母亲缺席时曾给予你无数次亲吻的"真正的父亲"的头骨，你感受到的却只有恶心和厌恶，这样一个人怎么可能令我们亲近。许多人的确是对哈姆莱特采取这种反应，但我们大多数人不会，或许是因为，正如威廉·黑兹利特说："我们都是哈姆莱特。"

我们更喜欢掘墓人刻薄地说郁利克是"疯小子"，他"有一次把一瓶葡萄酒倒在我的头上"。对于这个掘墓人来说，郁利克是一个依然活生生的存在，正如对于我们来说也是一样，但是对于哈姆莱特来说，这个他曾经最爱的人再一次死了。同样，对于哈姆莱特来说，哪怕历史上最强大的那些征服者，也是如此：

>**哈姆莱特**　……霍拉旭，请你告诉我一件事情。
>
>**霍拉旭**　什么事情，殿下？
>
>**哈姆莱特**　你想亚历山大在地下也是这副形状吗？
>
>**霍拉旭**　也是这样。
>
>**哈姆莱特**　也有同样的臭味吗？呸！（掷下骷髅。）
>
>**霍拉旭**　也有同样的臭味，殿下。
>
>**哈姆莱特**　谁知道我们将来会变成一些什么下贱的东西，霍拉旭！要是我们用想象推测下去，谁知道亚历山大的高贵的尸体，不就是塞在酒桶口上的泥土？
>
>**霍拉旭**　那未免太想入非非了。
>
>**哈姆莱特**　不，一点不，我们可以不作怪论、合情合理地推想他怎样会到那个地步；比方说吧：亚历山大死了；亚历山大埋葬了；亚历山大化为尘土；人们把尘土做成烂泥；那么为什么亚历山大所变成的烂泥，不会被人家拿来塞在啤酒桶的口上呢？

> 凯撒死了，你尊严的尸体
> 也许变了泥把破墙填砌；
> 啊！他从前是何等的英雄，
> 现在只好替人挡雨遮风！

哈姆莱特向我们提出挑战，要我们用想象推测下去，威廉·莎士比亚或我哈罗德·布鲁姆或你们这些读者高贵的尸体，都终将变成烂泥，被人家拿来塞在啤酒桶的口上。或许，霍拉旭最精彩的台词就是："那未免太想入非非了。"这种典型的谨慎是哈姆莱特精神的对立面，有助于解释为什么霍拉旭如此爱哈姆莱特，以至于他不想在哈姆莱特死后继续活下去。哈姆莱特像郁利克一样滑稽，欢天喜地地推想亚历山大死后的命运，我们也会和他一道，推想凯撒死后也是同样的命运。

自我的他视在这里获得其最有说服力的方式，哈姆莱特用这种方式预言了他自己被动地等待死亡，他的死亡：

> **哈姆莱特** 不，我们不要害怕什么预兆；一只雀子的死生，都是命运预先注定的。注定在今天，就不会是明天，不是明天，就是今天；逃过了今天，明天还是逃不了，随时准备着就是了。一个人既然在离开世界的时候，只能一无所有，那么早早脱身而去，不是更好吗？随它去。（第五幕第二场）

自我的他视不可能比这里更复杂的了。当然也有文本复杂的因素。第一对开本强调的是财产而非知识。第二四开本改成："随时准备着就是了。一个人既然在离开世界的时候,只能一无所有,那么早早脱身而去,不是更好吗?随它去。"这里,我更倾向于上文引用的由哈罗德·詹金斯(Harold Jenkins)编辑的这个博采众长的文本。正如詹金斯的暗示,我把这段话解释为,既然谁也不了解谁,那么我们什么时候离开世界还那么重要吗?尽管你可以将其归纳为泛指一切生命的知识,但对于哈姆莱特来说,他真正悲伤的是语言无法在不扭曲不毁灭自我和他者的情况下表达感情。尼采在《偶像的黄昏》中告诉我们:"我们能够找到语词表达的东西,是在我们心中已经死亡的东西。言说的行为中总有一种鄙视。"尼采说这一番话时,心中一定想到了哈姆莱特。

我们大多数人想与哈姆莱特和尼采争论一番,因为他们没有为表达爱留下太多的可能。哈姆莱特不爱任何人,甚至不爱自己,尽管他会抗议说他爱过奥菲利亚,一个被他逼疯并自杀的姑娘。唯一的例外是郁利克,但我们刚刚借助他视看到,那段一度维系那个小王子和他父王的弄臣之间的互爱的记忆,在哈姆莱特的心中已死。至于哈姆莱特(一个被忽视的儿子)与父王(一个理论上的父亲)之间的爱,虽然哈姆莱特声称的确存在,但我们依然可以持怀疑态度。对于母后乔特鲁德,哈姆莱特早已无爱可言,乔特鲁德只是弗洛伊德式的道具,想把哈姆莱特变成另一个俄狄浦斯。临终前,在母后呼喊"啊,我的亲爱的哈姆莱特"时,哈姆莱特只是冷冷地回答:"不幸的王后,别了。"这些就是所谓的恋母情结。

哈姆莱特极端自我的他视的关键时刻出现在他与雷欧提斯决斗之前,这里是哈姆莱特最精彩的时刻之一:

> **哈姆莱特** 原谅我,雷欧提斯;我得罪了你,可是你是个堂堂男子,请你原谅我吧。这儿在场的众人都知道,你也一定听见人家说起,我是怎样被疯狂害苦了。凡是我的所作所为,足以伤害你的感情和荣誉、激起你的愤怒来的,我现在声明都是我在疯狂中犯下的过失。难道哈姆莱特会做对不起雷欧提斯的事吗?哈姆莱特决不会做这种事。要是哈姆莱特在丧失他自己的心神的时候,做了对不起雷欧提斯的事,那样的事不是哈姆莱特做的,哈姆莱特不能承认。那么是谁做的呢?是他的疯狂。既然是这样,那么哈姆莱特也是属于受害的一方,他的疯狂是可怜的哈姆莱特的敌人。当着在座众人之前,我承认我在无心中射出的箭,误伤了我的兄弟;我现在要向他请求大度包涵,宽恕我的不是出于故意的罪恶。(第五幕第二场)

这段文字来自第一对开本。相较于第二四开本,我更喜欢用第一对开本。但在最后一句"误伤了我的兄弟"这里,我沿用了第二四开本中的"兄弟",没有采用印在第一对开本中的"母后"。正如我一直说的,哈姆莱特很少言行一致,然而,他的反讽却是一以贯之的。可以肯定，他在这里应该为模棱两可受到指责，因为我们怀疑他"古怪的性情"，按他先前承认的，这是一种策略。他当初口若悬河地宣称"我发疯只在北北西"，现在却又装腔作势，这两种哈姆莱特形象，没有办法调和。但是，哈姆莱特是多么迷人啊！他说服了自己和我们，他在自我的他视中，看见了他杀害波洛涅斯的行为，看见了他像疯狗一样追逐奥菲利亚，把她真的逼疯，最后逼到自杀。不是哈姆莱特，而是他更朦胧的另一个自我在嘲笑温柔的奥菲利亚，在盲目地冲向敌阵，不管对方是谁，一阵乱砍乱杀。

哈姆莱特的意识非常开阔，他意识到自己的逃避；同时在他的脑海中，他也看到另一个完全不同的哈姆莱特，一个残忍的施虐狂。不管是他还是他的观众，既相信又不信他的辩护。当雷欧提斯从奥菲利亚的葬身之地一跃而起，与哈姆莱特扭打在一起时，制造出艾米莉·狄金森可能称之为"灵敏的相信和不信"效果的那个重要段落巧妙地随之而来：

哈姆莱特 （上前）哪一个人的心里装载得下这样沉重的悲伤？哪一个人的哀恸的词句，可以使天上的行星惊疑止步？那是我，丹麦王子哈姆莱特！（跳下墓中。）

雷欧提斯 魔鬼抓了你的灵魂去！（将哈姆莱特揪住。）

哈姆莱特 你祷告错了。请你不要掐住我的头颈；因为我虽然不是一个暴躁易怒的人，可是我的火性发作起来，是很危险的，你还是不要激恼我吧。放开你的手！

（第五幕第一场）

"哪一个人的心里装载得下这样沉重的悲伤？哪一个人的哀恸的词句，可以使天上的行星惊疑止步？"说出这些崇高之言的，不是雷欧提斯，而是哈姆莱特。"那是我，丹麦王子哈姆莱特！"读到这一句骄傲的宣言，我和我的学生无一例外都被深深打动。当哈姆莱特继续说他不是一个暴躁易怒的人时，我们应该对他的话保持怀疑，但我们也意识到，他所说的"可是我的火性发作起来，是很危险的"，既是针对雷欧提斯，也是针对我们。

作为自我的他视的历险者，在奥菲利亚墓地边的这个哈姆莱特，不但令哈姆莱特王子本人不安，同样也令我们不安。他先前针对可怜的波洛涅斯施展的戏仿力量，如今，在夸张的口气中一路下滑，从崇高跌落到荒诞，最终结出了怪诞的果实：

哈姆莱特　哼，让我瞧瞧你会干些什么事。你会哭吗？你会打架吗？你会绝食吗？你会撕破你自己的身体吗？你会喝一大缸醋吗？你会吃一条鳄鱼吗？我都做得到。你是到这儿来哭泣的吗？你跳下她的坟墓里，是要当面羞辱我吗？你跟她活埋在一起，我也会跟她活埋在一起；要是你还要夸说什么高山大岭，那么让他们把几百万亩的泥土堆在我们身上，直到把我们的地面堆得高到可以被"烈火天"烧焦，让巍峨的奥萨山在相形之下变得只像一个瘤那么大吧！嘿，你会吹，我就不会吹吗？

如此酣畅淋漓的痛骂本身就是一种危险的天赋。哈姆莱特精通各种语言风格，无论高雅还是低俗，而这段痛骂语言则极为低俗。大胆放肆、超越界限，是哈姆莱特感性的一个标志。如果他责骂的是雷欧提斯的装腔作势，那么他也意识到自己隐秘的信念，即掏心掏肺地言说，无异于脱光衣服的娼妇。但是，这段墓穴边的痛骂既然如此不堪，我们也就有必要打起精神仔细审视。作为彻底的反讽主义者和自我质疑者，哈姆莱特暗示，他意识到心中的他者观念在逐渐削弱，对于他来说，这种他者观念就意味着意识。要让渡出所有的自我的他视，类似于他在第五幕中的蜕变，在那里，他高超的表演性让位于可以堪称极具原创性的虚无主义：

哈姆莱特 ……我死了，霍拉旭。不幸的王后，别了！你们这些看见这一幕意外的惨变而战栗失色的无言的观众，倘不是因为死神的拘捕不给人片刻的停留，啊！我可以告诉你们——可是随它去吧。霍拉旭，我死了，你还活在世上；请你把我的行事的始末根由昭告世人，解除他们的疑惑。

在哈姆莱特告别人世的这一幕的早些时候,他就哀叹过"随它去"(Let be),这里的"随它去吧"(Let it be)犹如副歌再次出现。华莱士·史蒂文斯在其诗歌《冰淇淋皇帝》中敏锐地将这句话补充完整:"随它去终结吧"(Let it be finale of seem)。哈姆莱特放弃了恍如幻影的生命,他最后向可能超越表象世界的"存在"致意。

哈姆莱特临终前说了令人难忘的一句话:"此外仅余沉默而已"(The rest is silence),这里的"仅余"(rest)与其说指"剩余物"(remainder),不如说指"安息"(peace)。莎士比亚创造的这颗最广阔的心灵,用这样一句话结束了他一生的追求,向我们"这些看见这一幕的无言的观众"告别,也吊销了我们生命中可能有意义的一切。但是,我们也是"不满意这一切事情的真相"的世人,不会接受哈姆莱特自我投降的虚无。大多数读者和观众拒绝把哈姆莱特看成一个反派英雄,现在这个定位已成为学院派批评家的时尚。因为我们所有人身上多少都有哈姆莱特的影子,我们不赞成这种污名诋毁。但我们的异见其实是令人不安的,它使我们质疑我们自我的他视力量是否在不断削弱。

柯尔律治说,哈姆莱特想得太多。我始终赞同尼采绝妙的回答:"哈姆莱特不是想得太多,而是想得太深,因此他想通了自己走向真理的道理。"但这个真理是那个促使我们毁灭的真理。

哈姆莱特的自我的他视是如此宏大,如同他的反讽,以至于有时难以识别。我接受早期莎士比亚爱好者的判断,认为哈姆莱特是他自己的福斯塔夫。但他也是他自己的伊阿古，甚至是他自己的麦克白。

我喜欢重述奥尔森·威尔斯的迷人的想象：丹麦王子哈姆莱特来到了英格兰，帮助莎士比亚上演了斩首可怜的趋炎附势之徒——罗森格兰兹和吉尔登斯吞——这场戏后，就在环球剧院里面长住下来，日渐长胖，最后变成了约翰·福斯塔夫爵士。如此一来，他就可以避免最后一场在艾尔西诺城堡里发生的大屠杀，也可以摆脱他母亲乔特鲁德和他可能的父亲克劳狄斯之间继续的风流韵事，对之满不在乎。莎士比亚没有告诉我们，乔特鲁德和克劳狄斯之间的奸情始于何时，但当老哈姆莱特在冰天雪地里砍杀波兰人并以挪威国王为代价时，乔特鲁德向克劳狄斯寻求慰藉并非不可能。一个胖乎乎的福斯塔夫式的哈姆莱特肯定对这一切不会在意。

无疑，我是在开玩笑，但这符合弄臣"郁利克"的精神，他对孩提时的哈姆莱特这个玩伴儿有着良好的影响。哈姆莱特有无穷的可能，这符合一个如此广阔的心灵，它包含了所有人类的自我的他视。

伊阿古和奥瑟罗：针锋相对
Iago and Othello: Point-Counterpoint

伊阿古　力量！废话！我们变成这样那样，全在于我们自己。我们的身体就像一座园圃，我们的意志是这园圃里的园丁；不论我们插荨麻、种莴苣、栽下牛膝草、拔起百里香，或者单独培植一种草木，或者把全园种得万卉纷披，让它荒废不治也好，把它辛勤耕垦也好，那权力都在于我们的意志。要是在我们的生命之中，理智和情欲不能保持平衡，我们血肉的邪心就会引导我们到一个荒唐的结局；可是我们有的是理智，可以冲淡我们汹涌的热情、肉体的刺激和奔放的淫欲；我认为你所称为"爱情"的，也不过是那样一种东西。

罗德利哥　不，那不是。

伊阿古　那不过是在意志的默许之下一阵情欲的冲动而已。算了，做一个汉子。投水自杀！捉几头大猫小狗投在水里吧！我曾经声明我是你的朋友，我承认我对你的友谊是用不可摧折的、坚韧的缆索联结起来的；现在正是我应该为你出力的时候。把银钱放在你的钱袋里；跟他们出征去；装上一脸假胡子，遮住了你的本来面目——我说，把银钱放在你的钱袋里。苔丝狄蒙娜爱那摩尔人决不会长久——把银钱放在你的钱袋里——他也不会长久爱她。她一开始就把他爱得这样热烈，他们感情的破裂一定也是很突然的——你只要把银钱放在你的钱袋里。这些摩尔人很容易变心——把你的钱袋装满了钱——现在他吃起来像蝗虫一样美味的食物，不久便要变得像苦瓜柯萝辛一样涩口了。她必须换一个年轻的男子；当他的肉体使她餍足了以后，她就会觉悟她的选择的错误。她必须换换口味，她非换不可；所以把银钱放在你的钱袋里。要是你一定要寻死，也得想一个比投水巧妙一点的死法。尽你的力量搜括一些钱。要是凭着我的计谋和魔鬼们的奸诈，破坏这一个走江湖的蛮子和这一个狡猾的威尼斯女人之间的脆弱的盟誓，还不算是一件难事，那么你一定可以享受她——所以快去设法弄些钱来吧。投水自杀！什么话！那根本就不用提；你宁可因为追求你的快乐而被人吊死，总不要在没有一亲她的香泽以前投水自杀。（第一幕第三场）

伊阿古的黑色智慧是他最吸引人的品质。这种品质和他的激情使他如此危险。在莎士比亚笔下的恶人中，他占据榜首。甚至《李尔王》中精彩的爱德蒙，也没有伊阿古这么出众。伊阿古是伟大的即兴表演者。他总能随机应变。他起初并没有打算毁灭奥瑟罗，但是，当他探索到先前没有透露给他的巨大信息时，他富于创造性的激情促使他从一种令人陶醉的猜测跳到另一种猜测。

他兴奋地说：

> 啊，该死！我在这世上也经历过四七二十八个年头了，自从我能够辨别利害以来，我从来不曾看见过什么人知道怎样爱惜他自己。要是我也会为了爱上一个雌儿的缘故而投水自杀，我宁愿变成一头猴子。（第一幕第三场）

除了爱自己，伊阿古还爱其他吗？他肯定不爱他的妻子爱米利娅；他也选择没有朋友。对于他来说，最重要的人物是他的主将奥瑟罗。作为旗官，他发誓宁愿牺牲性命，也不愿奥瑟罗的将旗在战斗中被敌人缴获。

在悲剧开锣前，伊阿古对于奥瑟罗的关系是一种近乎宗教崇仰的关系。在伊阿古的眼里，奥瑟罗就是凡间的神，是战神的化身。伊阿古只知道一种宗教：崇拜战神马尔斯，崇拜战神马尔斯的人间化身奥瑟罗。当奥瑟罗不予考虑伊阿古，而是选择凯西奥作他的副将时，伊阿古陷入了迷茫，几乎失去一切生命的存感。伊阿古认为，这是奥瑟罗对他的背叛，他对这个摩尔人绝对的忠诚，可这个摩尔人只顾虑战争的荣光而选择他人为副将，为此他悲伤和愤怒。

约翰·弥尔顿笔下撒旦的"受伤的美德感"就是建立在伊阿古这种悲伤和愤怒之上。我们可以猜测,奥瑟罗不考虑伊阿古,是因为他知道伊阿古一心想着战争,不能生活在和平的营帐。

　　伊阿古强调,他在这世上也经历了二十八个年头,见惯了世面,但他的他视,结果只是导致这种人生观念:只推崇自爱,无论是自己,还是他人。他崇尚意志,认为爱情并不神秘,只是血欲,是意志的放任。从爱米利娅后来在剧中的话来判断,伊阿古对于遭到忽视而心生愤懑,导致了他的性无能。当他说奥瑟罗的性能力不强或所谓的性无能会使苔丝狄蒙娜离开她的婚姻时,我们从中听到他不由自主的忏悔。莎士比亚勾画出伊阿古阴谋的雏形,如一条貌似平静的激流:

　　我恨那摩尔人;有人说他和我的妻子私通,我不知道这句话是真是假;可是在这种事情上,即使不过是嫌疑,我也要把它当作实有其事一样看待。他对我很有好感,这样可以使我对他实行我的计策的时候格外方便一些。凯西奥是一个俊美的男子;让我想想看:夺到他的位置,实现我的一举两得的阴谋;怎么办?怎么办?让我看:等过了一些时候,在奥瑟罗的耳边捏造一些鬼话,说他跟他的妻子看上去太亲热了;他长得漂亮,性情又温和,天生一种媚惑妇人的魔力,像他这种人是很容易引起疑心的。那摩尔人是一个坦白爽直的人,他看见人家在表面上装出一副忠厚诚实的样子，就以为一定是个好人；我可以把他像一头驴子一般牵着鼻子跑。有了！我的计策已经产生。地狱和黑夜正酝酿成这空前的罪恶，它必须向世界显露它的面目。（下。）

伊阿古的成长永远有一种节节胜利的感觉，这种感觉给了他动力，也为他最终的覆灭埋下了伏笔。当他高呼"有了！我的计策已经产生"时，他是在夸口，他太聪明过头，忘了这一点。不过他也知道，作为阴谋家，他不断前冲的动力，靠的就是大胆的预叙。他接下来的独白透露了他的阴谋虽还没有成型，但他发誓要继续贯彻恶毒诡计的方针直到最终得逞：

凯西奥爱她，这一点我是可以充分相信的；她爱凯西奥，这也是一件很自然而可能的事。这摩尔人我虽然气他不过，却有一副坚定、仁爱、正直的性格；我相信他会对苔丝狄蒙娜做一个最多情的丈夫。讲到我自己，我也是爱她的，并不完全出于情欲的冲动——虽然也许我犯的罪名也并不轻一些儿——可是一半是为要报复我的仇恨，因为我疑心这好色的摩尔人已经跳上了我的坐骑。这一种思想像毒药一样腐蚀我的肝肠，什么都不能使我心满意足，除非老婆对老婆，在他身上发泄这一口怨气；即使不能做到这一点，我也要叫这摩尔人心里长起根深蒂固的嫉妒来，没有一种理智的药饵可以把它治疗。为了达到这一个目的，我已经利用这威尼斯的瘟生做我的鹰犬；要是他果然听我的嗾使，我就可以抓住我们那位迈克尔·凯西奥的把柄，在这摩尔人面前大大地诽谤他——因为我疑心凯西奥跟我的妻子也是有些暧昧的。这样我可以让这摩尔人感谢我、喜欢我、报答我，因为我叫他做了一头大大的驴子，用诡计捣乱他的平和安宁，使他因气愤而发疯。方针已经决定，前途未可预料；阴谋的面目直到下手才会揭晓。（下。）

起初，这可能看起来是在故弄玄虚，和莎士比亚笔下的查理三世如出一辙，但伊阿古的阴谋是在他仇恨的深渊中孕育。他老是将自己难以遏制的欲望归咎于他者，暴露了他没有说出口的意识，奥瑟罗对他本体的打击（在他看来）导致了他彻底的性无能。他的第三次独白精彩地表明，他成了令人胆战的自由艺术家：

谁说我作事奸恶？我贡献给他的这番意见，不是光明正大、很合理，而且的确是挽回这摩尔人的心意的最好办法吗？只要是正当的请求，苔丝狄蒙娜总是有求必应的；她的为人是再慷慨、再热心不过的了。至于叫她去说动这摩尔人，更是不费吹灰之力；他的灵魂已经完全成为她的爱情的俘虏，无论她要做什么事，或是把已经做成的事重新推翻,即使叫他抛弃他的信仰和一切得救的希望,他也会唯命是从,让她的喜恶主宰他的无力反抗的身心。我既然凑合着凯西奥的心意,向他指示了这一条对他有利的方策,谁还能说我是个恶人呢?佛面蛇心的鬼魅!恶魔往往用神圣的外表,引诱世人干最恶的罪行,正像我现在所用的手段一样;因为当这个老实的呆子恳求苔丝狄蒙娜为他转圜,当她竭力在那摩尔人面前替他说情的时候,我就要用毒药灌进那摩尔人的耳中,说是她所以要运动凯西奥复职,只是为了恋奸情热的缘故。这样她越是忠于所托,越是会加强那摩尔人的猜疑;我就利用她的善良的心肠污毁她的名誉,让他们一个个都落进了我的罗网之中。

伊阿古攀上了崇高的激情之巅,欣喜于他激增的权力。当他兴奋地高呼"佛面蛇心的鬼魅"时,他既征用了地狱的神学,更是直接乞灵于撒旦。伊阿古将自己放入魔鬼之列,消除了我们的戒备。这声高呼之前那句充满激情的反问"谁还能说我是个恶人呢",以及此后那句充满戏剧性的自剖心迹"正像我现在所用的手段一样",都赢得了我们的同情。环球剧院的观众应该记得哈姆莱特设计的那场《捕鼠器》,影射克劳狄斯的演员将毒药灌进他熟睡的王兄的耳朵。当伊阿古结束他的独白,声称要恶毒地利用苔丝狄蒙娜的善良心肠来污毁她的名誉时,我们听到他高歌猛进的凯旋曲。最后一句中的"罗网"(enmesh)是一个生动的修辞,在他所有的作品中,莎士比亚只在这里使用过一次。这个生动的新词捕捉到了这张复杂的网。伊阿古令人惊骇地将苔丝狄蒙娜的善良编织成一张网。奥瑟罗、苔丝狄蒙娜、爱米利娅,以及不无反讽意义的伊阿古本人,最终都落进了这张罗网之中。

伊阿古在这精彩的自白中偷听到了自己的声音,也进入了自我的他视的模式。我们和他一起看到一个新的伊阿古的诞生,与他的邪恶或天赋合一,这些他此前还没有探索过,但现在他已像大师一样掌握用他者的人生书写戏剧。这段自白的认知之声,回荡着初生的荣耀,这就是莎士比亚式的真理:每个人是其自身最危险的敌人。伊阿古的意识轻松地从一点跳到另一点,像一个纵火狂一样,渴望看见所有其他人毁灭,只为让他自己快乐。自由和诚实的确构成了伊阿古的自我表扬,但是,这个反讽的"诚实的伊阿古"(本应坦率地说出口的),却精于玩弄真实的托词。如果你高声朗诵这段独白,配上它应有的激情,你会吓一跳,但我们每个人身上都会有某种东西,欣喜于伊阿古新展现的潜力。

伊阿古的第五次独白最为危险,因为在这里他将自己的妒火中烧加以美化:

> 我要把这手帕丢在凯西奥的寓所里,让他找到它。像空气一样轻的小事,对于一个嫉妒的人,也会变成天书一样坚强的确证;也许这就可以引起一场是非。这摩尔人已经中了我的毒药的毒,他的心理上已经发生变化了;危险

的思想本来就是一种毒药，虽然在开始的时候尝不到什么苦涩的味道，可是渐渐地在血液里活动起来，就会像硫矿一样轰然爆发。我的话果然不差；瞧，他又来了！（奥瑟罗重上。）罂粟、曼陀罗或是世上一切使人昏迷的药草，都不能使你得到昨天晚上你还安然享受的酣眠。（第三幕第三场）

这块手帕原本是一个埃及巫师送给奥瑟罗的母亲的，奥瑟罗的母亲后来转赠给了苔丝狄蒙娜。奥瑟罗得知手帕不在苔丝狄蒙娜之处这个危险的消息后，他的反应中有一种奇怪的声音：

真的，这一方小小的手帕，却有神奇的魔力织在里面；它是一个二百岁的神巫在一阵心血来潮的时候缝就的；它那一缕缕的丝线，也不是世间的凡蚕所吐；织成以后，它曾经在用处女的心炼成的丹液里浸过。（第三幕第四场）

这块手帕反讽地呼应了伊阿古前面那一张复杂的罗网，而那些提供编织材料的"处女之心"则更加反讽地让我们想起莎士比亚在这部悲剧中最关键的省略，也就是我们不能肯定苔丝狄蒙娜在和奥瑟罗的婚姻中是否达到过性高潮。伊阿古的第五次独白以一种神秘的魅力告诉我们，一块丢失的手帕在嫉妒的宗教里就如同一部天书。读到伊阿古品尝到他意想中的胜利——"也许这就可以引起一场是非"——我和我的学生都恐惧不已。当愤怒的奥瑟罗重新登场时,伊阿古用这句神奇的豪言书写了他真正的胜利:"我的话果然不差。"伊阿古预料到此后发生的美学运动,从约翰·济慈的《夜莺颂》(这首诗歌一开始就明显影射了这段独白),到约翰·罗斯金、沃尔特·佩特和奥斯卡·王尔德的艺术宗教。

当他对着他毁灭的宁静怅然不已时,伊阿古的低吟里夹杂着对于战神奥瑟罗的怀念,现在这种怀念散为轻烟,化为剪不断理还乱的哀愁。这种怀念仅仅进一步强化了伊阿古对自己必胜信念的自我的他视,这是我们无一想要否认的。A. C. 布拉德利曾经说,如果伊阿古遇到哈姆莱特,他会被逼自杀,因为哈姆莱特一眼就能看穿他的本性。伊阿古的自我保护之力抵抗不住哈姆莱特的嘲讽。福斯塔夫也应该会嘲讽伊阿古,很快就会将伊阿古毁灭。但莎士比亚在《奥瑟罗》这部悲剧里下笔审慎,只有爱米利娅这个人物最终才看透她邪恶的丈夫。

不像《李尔王》中的爱德蒙,伊阿古无论是在自我的偷听中,还是在自我的他视里,都不会有任何改变。他最终非常生气,怪自己瞎了眼,低估了爱米利娅对于苔丝狄蒙娜自杀式的爱,他唯一能做的就是发誓,无论如何严刑逼供,至死都不再说一句话:

> 什么也不要问我;你们所知道的,你们已经知道了;
> 从这一刻起,我不再说一句话。(第五幕第二场)

我承认我和其他批评家一样,会心生一种内疚,因为如此迷恋伊阿古,以至于有些忽略了奥瑟罗这个光辉形象,他和自取灭亡的伊阿古的关系,如同针尖对麦芒。莎士比亚塑造了许多辉煌的战神,如凯撒、安东尼、科利奥兰纳斯,霍波茨和亨利五世在某种程度上也算,他们犹如天幕的恒星,永远熠熠生辉;假如伊阿古摧毁的这个战神不是这天幕的一颗恒星,那么他被伊阿古的成功毁灭,也许就不会有那么令人恐怖。

我们不妨先看奥瑟罗的这句台词:"收起你们明晃晃的剑,它们沾了露水会生锈的。"仅此一言,就终结了一场可能非常惨烈的街斗。这个威严的声音属于欧洲最快的剑手,透露出无情的高效。奥瑟罗最初宣示的自我价值有着同样的特征:

> 随他怎样发泄他的愤恨吧;我对贵族们所立的功劳,就可以驳倒他的控诉。世人还没有知道——要是夸口是一件荣耀的事,我就要到处宣布——我是高贵的祖先的后裔,我有充分的资格,享受我目前所得到的值得骄傲的幸运。告诉你吧,伊阿古,倘不是我真心恋爱温柔的苔丝狄蒙娜,即使给我大海中所有的珍宝,我也不愿意放弃我的无拘无束的自由生活,来俯就家室的羁缚的。(第一幕第二场)

他的骄傲是振奋人心的,也是合情合理的,然而,当他新婚之时,他对于失去自由所流露出的明显感伤,暗示了向他日益逼近的灾难。我们往往会低估奥瑟罗,因为他有两方面的缺点,一是他没有偷听自己心声的能力,二是他在自我的他视这个方面表现出惊人的失败。

她的父亲很看重我,常常请我到他家里,每次谈话的时候,总是问起我过去的历史,要我讲述我一年又一年所经历的各次战争、围城和意外的遭遇;我就把我的一生事实,从我的童年时代起,直到他叫我讲述的时候为止,原原本本地说了出来。我说起最可怕的灾祸,海上陆上惊人的奇遇,间不容发的脱险,在傲慢的敌人手中被俘为奴,和遇赎脱身的经过,以及旅途中的种种见闻;那些广大的岩窟、荒凉的沙漠、突兀的崖嶂、巍峨的峰岭;接着我又讲到彼此相食的野蛮部落,和肩下生头的化外异民;这些都是我趁机谈话的题目。苔丝狄蒙娜对于这种故事,总是出神倾听;有时为了家庭中的事务,她不能不离座而起,可是她总是尽力把事情赶紧办好,再回来孜孜不倦地把我所讲的每一个字都听了进去。我注意到她这种情形,有一天在一个适当的时间,从她的嘴里逗出了她的真诚的心愿:她希望我能够把我的一生经历,对她作一次详细的复述,因为她平日所听到的,只是一鳞半爪、残缺不全的片段。我答应了她的要求;当我讲到我在少年时代所遭逢的不幸的打击的时候,她往往忍不住掉下泪来。我的故事讲完以后,她用无数的叹息酬劳我;她发誓说,那是非常奇异而悲惨的;她希望她没有听到这段故事,可是又希望上天为她造下这样一个男子。她向我道谢,对我说,要是我有一个朋友爱上了她,我只要教他怎样讲述我的故事,就可以得到她的爱情。我听了这一个暗示(hint),才向她吐露我的求婚的诚意。她为了我所经历的种种患难而爱我,我为了她对我所抱的同情而爱她:这就是我的唯一的妖术。(第一幕第三场)

这段九死一生的精彩叙事,奥瑟罗以言简意赅的方式表述出来,就像只是在天真地叙述奇遇。即使在他津津乐道于自己的彪炳军功之时,他也不忘炫耀自己的人生传奇。莎士比亚巧妙地利用了奥瑟罗口中"hint"一词的双关。这个语词第一次出现在"It was my hint to speak-such was my process",意思是"趁机"("这些都是我趁机谈话的题目");在第二次出现"Upon this hint I spake",莎士比亚使用的是"暗示"之意("我听了这一个暗示,才向她吐露"),这里"hint"作为间接建议的使用更为深入。他们婚姻的灾难,在下面这句台词中颇具讽刺地得到预言:

她为了我所经历的种种患难而爱我,我为了她对我所抱的同情而爱她。

奥瑟罗误解了苔丝狄蒙娜对他的爱，他将之与他所谓回报对方感情的理由相对照，显然他并没有完全领会对方的爱，这时，对于他没有能力偷听自己的心声，我们难免会眉头一皱，甚至或许会心头一惊。不无反讽的是，在这里，双方都没有受巫术的影响，只有这种深切的悲伤：在爱欲的王国里，莎士比亚笔下的女性天然地永远胜过男性。奥瑟罗的伟大不仅在于指挥作战的才华，而且在于清晰地划分和平和战争的阵营，从而维系战斗的荣光，而现在这种伟大却因他根本无法接受苔丝狄蒙娜这种稀罕、值得崇敬的爱，而变成了无望的空白。

要确切定义奥瑟罗对于苔丝狄蒙娜的爱是完全不可能的，因为莎士比亚根本不关心告诉我们想知道的东西。在奥瑟罗对妻子的关切中，性欲看起来充其量只是一个微不足道的因素。正如我前面谈论伊阿古时说过，《奥瑟罗》的核心之谜是奥瑟罗和苔丝狄蒙娜之间究竟有无性高潮。几乎所有批评家都相信肯定是有的，但是只要细读——事实上，翻遍了整个剧本——我深信不可能有。这可否部分解释伊阿古的阴谋会得逞？这或许为苔丝狄蒙娜和奥瑟罗之间的悲剧增加了可怕的凄美。我们且看他们在塞浦路斯幸福团圆时的场面：

凯西奥　　瞧！他来了。（奥瑟罗及侍从等上。）

奥瑟罗　　啊，我的娇美的战士！

苔丝狄蒙娜　我的亲爱的奥瑟罗！

奥瑟罗　　看见你比我先到这里，真使我又惊又喜。

啊，我的心爱的人！要是每一次暴风雨之后，都有这样和煦的阳光，那么尽管让狂风肆意地吹，把死亡都吹醒了吧！让那辛苦挣扎的船舶爬上一座座如山的高浪，就像从高高的云上堕下幽深的地狱一般，一泻千丈地跌下来吧！要是我现在死去，那才是最幸福的；因为我怕我的灵魂已经尝到了无上的欢乐，此生此世，再也不会有同样令人欣喜的事情了。

苔丝狄蒙娜　但愿上天眷顾，让我们的爱情和欢乐与日俱增！

奥瑟罗　阿门，慈悲的神明！我不能充分说出我心头的快乐；太多的欢喜憋住了我的呼吸。（吻苔丝狄蒙娜）一个——再来一个——这便是两颗心儿间最大的冲突了。

伊阿古　（旁白）啊，你们现在是琴瑟调和，看我不动声色，就叫你们松了弦线、走了音。

奥瑟罗　来，让我们到城堡里去。好消息，朋友们；我们的战事已经结束，土耳其人全都淹死了。我的岛上的旧友，您好？爱人，你在塞浦路斯将要受到众人的宠爱，我觉得他们都是非常热情的。啊，亲爱的，我自己太高兴了，所以会说出这样忘形的话来。好伊阿古，请你到港口去一趟，把我的箱子搬到岸上。带那船长到城堡里来；他是一个很好的家伙，他的才能非常叫人钦佩。来，苔丝狄蒙娜，我们又在塞浦路斯岛团圆了。（第二幕第一场）

奥瑟罗感到他已经品尝到人生至上的欢乐，未来只有走下坡路了。心满意足像潮水一样淹没了这个摩尔人，正如他所担心的那样，这样无上的欢乐不再。苔丝狄蒙娜一直都是人性臻美的典范，她安慰奥瑟罗他们的安逸将随年龄增长而与日俱增。他们的拥吻是他们最后一次"琴瑟调和"，伊阿古站在一边，发誓要叫他们最后的和谐松弦走音。情节的双重进程严丝合缝，展现出不同的音乐模式，其中的弦乐是虚假的。

奥瑟罗说，他在对苔丝狄蒙娜的爱中发现了一种新的秩序原理，这句话充满反讽地预言了新的混乱的到来，尽管他没有暗示这种混乱的始作俑者是伊阿古。他明确表示，他并非生性嫉妒，这点我们相信他的话，但伊阿古是真正地嫉妒魔鬼。奥瑟罗尽管一再顽强地抵抗对妻子贞操的怀疑，但最终敌不过伊阿古狡猾的挑拨。他内在的骄傲，以及作为伟大军人的自豪感，在重压之下最终崩塌：

> 要是全营的将士，从最低微的工兵起，都曾领略过她的肉体的美趣，只要我一无所知，我还是快乐的。啊！从今以后，永别了，宁静的心绪！永别了，平和的幸福！永别了，威武的大军、激发壮志的战争！啊，永别了！永别了，长嘶的骏马、锐厉的号角、惊魂的鼙鼓、刺耳的横笛、庄严的大旗和一切战阵上的威仪！还有你，杀人的巨炮啊，你的残暴的喉管里摹仿着天神乔武的怒吼，永别了！奥瑟罗的事业已经完了。（第三幕第三场）

这个动人心魄的段落看起来一直回荡在海明威的心间，预示他会写出《永别了，武器》。我们承认奥瑟罗在军事方面的卓越，因为他精心地区分了战争与和平，但在这首挽歌中，我几乎听到一个男孩的声音，他在忧伤地向大炮永别。当奥瑟罗要求目睹证据，证明他爱的人是一个淫妇时，他的绝望对伊阿古构成了直接的危险和威胁。这激起伊阿古再次装腔作势地挑拨。即使在莎士比亚笔下，我再也找不到其他的场景像这一幕一样被阿伊古如此戏剧化地编排，在这场戏中，一场邪恶的仪式被演绎得如同一场黑弥撒：

　　　奥瑟罗　啊，我但愿那家伙有四万条生命！单单让他死一次是发泄不了我的愤怒的。现在我明白这件事情全然是真的了。瞧，伊阿古，我把我的全部痴情向天空中吹散；它已经随风消失了。黑暗的复仇，从你的幽窟之中升起来吧！爱情啊，把你的王冠和你的心灵深处的宝座让给残暴的憎恨吧！胀起来吧，我的胸膛，因为你已经满载着毒蛇的螫舌！

　　　伊阿古　请不要生气。

　　　奥瑟罗　啊，血！血！血！

　　　伊阿古　忍耐点儿吧；也许您的意见会改变过来的。

　　　奥瑟罗　决不，伊阿古。正像黑海的寒涛滚滚奔流，奔进马尔马拉海，直冲达达尼尔海峡，永远不会后退一样，我的风驰电掣的流血的思想，在复仇的目的没有充分达到以前，也决不会踟蹰回顾，化为绕指的柔情。（跪）苍天在上，我倘不能报复这奇耻大辱，誓不偷生人世。

伊阿古　且慢起来。（跪）永古炳耀的日月星辰，环抱宇宙的风云雨雾，请你们为我作证：从现在起，伊阿古愿意尽心竭力，为被欺的奥瑟罗效劳；无论他叫我做什么残酷的事，我一切唯命是从。

奥瑟罗　我不用空口的感谢接受你的好意，为了表示我的诚心的嘉纳，我要请你立刻履行你的诺言：在这三天以内，让我听见你说凯西奥已经不在人世。

伊阿古　我的朋友的死已经决定了，因为这是您的意旨；可是放她活命吧。

奥瑟罗　该死的淫妇！啊，咒死她！来，跟我去；我要为这美貌的魔鬼想出一个干脆的死法。现在你是我的副将了。

伊阿古　我永远是您的忠仆。（同下。）（第三幕第三场）

伊阿古有许多反讽的大手笔，但我特别喜欢"且慢起来"这一句。带着扬扬得意的邪恶，伊阿古跪在他的主将身边，祈祷"永古炳耀的日月星辰"为他作证，但他意指的却是地狱妖魔鬼怪的邪恶勾当。在《哈姆莱特》里，多心的哈姆莱特和卑鄙的克劳狄斯（一个只精于下毒的四流的马基雅维利）有过多次交锋，莎士比亚为我们呈现的是这样一场对话：一方是精通自我的他视的大师；另一方是完全不具备自我的他视能力的阴谋家。哈姆莱特和克劳狄斯的对话，如同伊阿古和奥瑟罗这场惊人相遇的序曲：伊阿古成了精通自我的他视的大师，而英勇的奥瑟罗却如同盲人，只是在他临死的场景中才恢复了自我的他视：

且慢，在你们未走以前，再听我说一两句话。我对于国家曾经立过相当的功劳，这是执政诸公所知道的；那些话现在也不用说了。当你们把这种不幸的事实报告他们的时候，请你们在公文上老老实实照我本来的样子叙述，不要徇情回护，也不要恶意构陷；你们应当说我是一个在恋爱上不智而过于深情的人；一个不容易发生嫉妒的人，可是一旦被人煽动以后，就会糊涂到极点；一个像印度人一样糊涂的人，会把一颗比他整个部落所有的财产更贵重的珍珠随手抛弃；一个不惯于流妇人之泪的人，可是当他被感情征服的时候，也会像涌流着胶液的阿拉伯胶树一般两眼泛滥。请你们把这些话记下，再补充一句说：在阿勒坡地方，曾经有一个裹着头巾的敌意的土耳其人殴打一个威尼斯人，诽谤我们的国家，那时候我就一把抓住这受割礼的狗子的咽喉，就这样把他杀了。（以剑自刎。）（第五幕第二场）

奥瑟罗把自己比作大希律王；由于遭人中伤，大希律王处死了他最心爱的妻子，哈斯蒙人玛丽安。奥瑟罗故意把自己归入最大的罪人之列。他自杀前的陈词经过了仔细权衡，十分客观公正。他平生第一次能够看清其他人，看清自己，能够对自己的悲剧做出正常而精确的判断。这种自我的他视是一次伟大的复明，但令人心碎的是来得太迟了。这种美学效果是巨大的，这种人间痛苦真是难以忍受。

爱德伽和爱德蒙：斗戏
Edgar and Edmund: Agonistic Dramatists

《李尔王》第一四开本（1608）有一面扉页，我们可以从中获得关于这部大型悲剧的重要洞见：

威廉·莎士比亚

李尔王及其三个女儿
生与死的历史实录
以及
葛罗斯特伯爵之子和继承人、
化装成忧伤的"贝德兰姆的汤姆"的
爱德伽的悲惨命运。

从大多数关于《李尔王》的学术批评中，我们很难发现，爱德伽是这部戏剧中仅次于李尔的重要人物。莎士比亚笔下的人物中，没有一个像爱德伽一样受到如此荒唐地忽视和误解。除了李尔，他在剧中的戏份最多。我本人认为，如果仅仅因为莎士比亚的创作熔炉将李尔王及其三个女儿的悲剧与葛罗斯特伯爵及其两个儿子的悲剧融合在一起，就将《李尔王》的解读聚焦在"双重情节"上，这并无益处。在下一代的五个年轻人中，最重要的不是爱德蒙或考狄利娅，而是爱德伽。虽然传说中从李尔王死后到爱德伽继位，中间相隔了几朝，但在莎士比亚笔下，没有这样的时间间隔，《李尔王》剧终的时候，我们看见绝望的爱德伽迟疑地登上不列颠的大位。

我已写过许多关于爱德伽的评论，现在即使碰到最具挑战性的解释，我也能够心平气和。一个著名的批评家向我们保证，爱德伽是"一个残忍的懦夫"，这个观点或许堪与艾略特关于"《哈姆莱特》是美学败笔"的论断相提并论。

爱德伽和爱德蒙必须加以对照解读。他们的人生最终在一场生死决斗中合流。在这场决斗中，庶子爱德蒙倒在了他冤枉的义兄爱德伽的致命剑下；而爱德伽则在野蛮但公正的反讽中从一个轻信的青年，变成了一个无情的复仇者。

爱德蒙像他的前辈伊阿古一样，在剧中是一个用其他人物的命运进行创作的戏剧家。不同的是，伊阿古是一个伟大的即兴创作者和战术天才，相比之下，爱德蒙更加可怕，他是一个优秀的战略家，在这部"悲剧中的悲剧"里，他无疑最聪明，正是借助智力优势，他才密谋上位之计。

当我们检视爱德蒙不人道的罪行时，我们吃惊地发现他很有魅力,因为他的自我的他视非常坦荡和清晰。

葛罗斯特 最近这一些日蚀月蚀果然不是好兆;虽然人们凭着天赋的智慧,可以对它们作种种合理的解释,可是接踵而来的天灾人祸,却不能否认是上天对人们所施的惩罚。亲爱的人互相疏远,朋友变为陌路,兄弟化成仇雠;城市里有暴动,国家发生内乱,宫廷之内潜藏着逆谋;父不父,子不子,纲常伦纪完全破灭。我这畜生也是上应天数;有他这样逆亲犯上的儿子,也就有像我们王上一样不慈不爱的父亲。我们最好的日子已经过去;现在只有一些阴谋、欺诈、叛逆、纷乱,追随在我们的背后,把我们赶下坟墓里去。爱德蒙,去把这畜生侦查个明白;那对你不会有什么妨害的;你只要自己留心一点就是了——忠心的肯特又放逐了!他的罪名是正直!怪事,怪事!(下。)

爱德蒙 人们最爱用这一种糊涂思想来欺骗自己;往往当我们因为自己行为不慎而遭逢不幸的时候,我们就会把我们的灾祸归怨于日月星辰,好像我们做恶人也是命运注定,做傻瓜也是出于上天的旨意,做无赖、做盗贼、做叛徒,都是受到天体运行的影响,酗酒、造谣、奸淫,都有一颗什么星在那儿主持操纵,我们无论干什么罪恶的行为,全都是因为有一种超自然的力量在冥冥之中驱策着我们。明明自己跟人家通奸，却把他的好色的天性归咎到一颗星的身上，真是绝妙的推诿！我的父亲跟我的母亲在巨龙星的尾巴底下交媾，我又是在大熊星底下出世，所以我就是个粗暴而好色的家伙。嘿！即使当我的父母苟合成奸的时候，有一颗最贞洁的处女星在天空眨眼睛，我也决不会换个样子的。爱德伽——（爱德伽上。）一说起他，他就来了，正像旧式喜剧里的大团圆一样；我现在必须装出一副忧愁煞人的样子，像疯子一般长吁短叹。唉！这些日蚀月蚀果然预兆着人世的纷争！法——索——拉——咪。

（第一幕第二场）

爱德蒙故作"轻松"或"淡然"，意在让听众和读者想起意大利人卡斯蒂廖内的《廷臣论》（1528，这本书在1561年译成了英语）。在这本书里，这种淡然是一种受到推崇的贵族仪态。不同的是，爱德蒙是以一种强烈的反讽方式表现出来的，因为他的淡然建立在他对自己庶子身份附带的污名感到的痛苦之上。爱德伽的入场激起了爱德蒙强烈的表演欲，爱德蒙把自己塑造成旧式戏剧中长吁短叹的恶人，把他的哥哥爱德伽——葛罗斯特的合法继承人——视为这个充满愚人的大舞台上的受害者。尤为怪异的是，爱德蒙对爱德伽在剧中至关重要的伪装做了预叙，因为爱德伽听不到他在说话。

爱德伽在剧中经历了一个接一个的痛苦，他的教父李尔和他的父亲葛罗斯特也都承受着可怕的痛苦。爱德蒙乐于寻找办法满足他幽深的权力欲，对于他来说这是一种美学满足，即便他描绘一幅夜景的戏剧手法已经妙到毫巅，堪与詹姆斯一世时期任何戏剧名家匹敌。同样，爱德伽也是一个戏剧家，只不过是一个绝望的戏剧家，他的失败总是有过之而无不及，这种方式影响了后来的萨缪尔·贝克特。我们若要追寻他人生的朝圣之路，可以从他装扮成疯叫花子"可怜的汤姆"开始：

听说他们已经发出告示捉我；幸亏我躲在一株空心的树干里，没有给他们找到。没有一处城门可以出入无阻；没有一个地方不是警卫森严，准备把我捉住！我总得设法逃过人家的耳目，保全自己的生命；我想还不如改扮做一个最卑贱穷苦、最为世人所轻视、和禽兽相去无几的家伙；我要用污泥涂在脸上，一块毡布裹住我的腰，把满头的头发打了许多乱结，赤身裸体，抵抗着风雨的侵凌。这地方本来有许多疯丐，他们高声叫喊，用针哪、木锥哪、钉子哪、迷迭香的树枝哪，刺在他们麻木而僵硬的手臂上；用这种可怕的形状，到那些穷苦的农场、乡村、羊棚和磨坊里去，有时候发出一些疯狂的咒诅，有时候向人哀求祈祷，乞讨一些布施。我现在学着他们的样子，一定不会引起人家的疑心。可怜的疯叫花！可怜的汤姆！倒有几分像；我现在不再是爱德伽了。（第二幕第三场）

在此，这种消极的激情有其说服力，它预示爱德伽会为自己走向智慧和生存的下行之路付出可怕的代价。观众和读者应该开始意识到，爱德伽是王室的近枝，在王位继承权上排行第四，仅次于李尔的三个女儿。隐姓埋名，混迹于社会底层，他的自暴自弃是明显的、极端的。肯特伯爵（如果正大光明地回来，肯定要遭终生流放）化名为农人卡厄斯，主动献身作为仆人陪伴李尔左右，并得到首肯。最终，爱德伽也装扮成农人，当高纳里尔和里根的心腹奥斯华德威胁要杀死瞎了眼的葛罗斯特时，他及时出现把这个凶狠的家伙一棒打死。爱德伽身上有着极具历史感和自我惩罚性的东西，促使他离开疯人院贝德兰姆后，伪装成流浪的乞丐汤姆开始了长途跋涉。

我大胆说过，爱德伽是莎士比亚创造的人物中最遭低估的一个。那个贬称爱德伽是"一个残忍的懦夫"的批评家，还说爱德伽迟迟不对葛罗斯特露出真容，是因为他永远想做一个小孩。我提这个观点，是因为尽管我觉得它很荒谬，但它很有影响，甚至对阿登版《李尔王》眼光敏锐的编辑 R. A. 福克斯都产生了影响。其实，莎士比亚让我们看到的是一个执拗的英雄的痛苦成长，长期以来他忍气吞声，最终把爱德蒙除掉。但爱德伽仍然是一个谜，他上演的自我的他视模式，为李尔复杂的悲剧性增添了光彩。

我们且看爱德伽在扮演四处流浪的"可怜的汤姆"时所展现的惊人的表演天赋：

谁把什么东西给可怜的汤姆？恶魔带着他穿过大火，

穿过烈焰，穿过水道和漩涡，穿过沼地和泥泞；把刀子放在他的枕头底下，把绳子放在他的凳子底下，把毒药放在他的粥里；使他心中骄傲，骑了一匹栗色的奔马，从四寸阔的桥梁上过去，把他自己的影子当作了一个叛徒，紧紧追逐不舍。祝福你的五种才智！汤姆冷着呢。啊！哆啼哆啼哆啼。愿旋风不吹你，星星不把毒箭射你，瘟疫不到你身上！做做好事，救救那给恶魔害得好苦的可怜的汤姆吧！他现在就在那儿，在那儿，又到那儿去了，在那儿。
（第三幕第四场）

这种丰富的修辞肯定是天生的，因为作为青年贵族的爱德伽，其生活中无一经历能为此种修辞做准备；除了这种修辞能力之外，他还有一种创造警句的非凡能力。其中我经常回味的一句是"他有不孝的孩儿，而我则遭遇了无情的父亲"（He childed as I fathered），这里影射了李尔王。两个动词"childed"和"fathered"的用法都是莎士比亚生造的，爱德伽用它们来总结了这部悲剧的哀怨。他的意思不是说，葛罗斯特抛弃了自己的亲儿子，高纳里尔和里根抛弃了李尔。相反，这一句话丝毫没有暗示高纳里尔和里根，只是暗示李尔与高纳里尔、爱德伽与葛罗斯特这两组人物之间隐秘的相似。这四个人之中只有爱，但这种爱却导致了悲剧。爱德伽的理解是，爱绝不是救赎；在他流浪的世界里，没有正义，没有宽恕；作为父亲的李尔和葛罗斯特为所欲为，作为子女的考狄利娅和爱德伽桀骜不驯，他们需要爱，想要爱，但是，相比于知道如何接受爱，他们更懂得如何归还爱；在这种父女或父子的关系中，爱不知所措。

与爱德伽净化式的受难完全相对的是，爱德蒙甜蜜地憧憬着如何同时与那两个深海里的魔鬼高纳里尔和里根成双配对：

> 我对这两个姊姊都已经立下爱情的盟誓；她们彼此互怀嫉妒，就像被蛇咬过的人见不得蛇的影子一样。我应该选择哪一个呢？两个都要？只要一个？还是一个也不要？要是两个全都留在世上，我就一个也不能到手；娶了那寡妇，一定会激怒她的姊姊高纳里尔；可是她的丈夫一天不死，我又怎么能跟她成双配对？现在我们还是要借他做号召军心的幌子；等到战事结束以后，她要是想除去他，让她自己设法结果他的性命吧。照他的意思，李尔和考狄利娅两人被我们捉到以后，是不能加害的；可是假如他们果然落在我们手里，我们可决不让他们得到他的赦免；因为我保全自己的地位要紧，什么天理良心只好一概不论。

（第五幕第一场）

爱德蒙这一席关于高纳里尔和里根这两个恶毒姐妹的话，让人拍手称快，我们差点就原谅了他对一切人伦禁忌的冷漠和罔顾。他用大胆的勇气来表白非常坦率的想法，让我们放下了戒心。对于我们来说，无论达到怎样的理解力，依然无法理解这个谜：为什么一个没有感情、没有享乐欲的人，会策划如此大的阴谋，攫取并维持绝对的权力。庶出看起来是爱德蒙解释自己欲望和动机的便利借口。他这个庶子与《约翰王》中的那个庶子福康勃立琪有着多大的区别呀！后者令人钦佩地继承了他父亲狮心王理查的优秀品质。不过，借助自我的偷听，爱德蒙证明他在生命的最后关头还是有能力转变的：

> 爱德蒙还是有人爱的；这一个为了我的缘故毒死了那一个，跟着她也自杀了。（第五幕第三场）

或许，理解爱德蒙动机的线索是他完全拥有自我他视的能力，这方面他堪与哈姆莱特匹敌。因为他一直在用清晰的目光注视着舞台上的其他角色，正如他一直在清晰地表演自己，所以他轻易拥有控制他人的力量。在这种彻底摆脱幻象的状态中，有一种美学的辉煌，崇高得令人畏惧。这与爱德伽在幻灭时的痛苦和迷茫形成鲜明对比，而这都源于爱德伽的背叛和他自己的轻信。我最终发现，爱德伽比爱德蒙迷人，不过你需要代入自己的迷茫。

弄人和考狄利娅：爱的牺牲

The Fool and Cordelia: Love's Martyrdom

肯特 傻瓜，这些话一点意思也没有。

弄人 那么正像拿不到讼费的律师一样，我的话都白说了。老伯伯，你不能从没有意思的中间，探求出一点意思来吗？

李尔 啊，不，孩子；垃圾里是淘不出金子来的。

弄人 （向肯特）请你告诉他，他有那么多的土地，也就成为一堆垃圾了；他不肯相信一个傻瓜嘴里的话。

李尔 好尖酸的傻瓜！

弄人 我的孩子，你知道傻瓜是有酸有甜的吗？

李尔 不，孩子；告诉我。

弄人 听了他人话，土地全丧失；我傻你更傻，两傻相并立：一个傻瓜甜，一个傻瓜酸；一个穿花衣，一个戴王冠。

李尔 你叫我傻瓜吗，孩子？

弄人　你把你所有的尊号都送了别人；只有这一个名字是你娘胎里带来的。

肯特　陛下，他倒不全然是个傻瓜哩。

弄人　不，那些老爷大人们都不肯答应我的；要是我取得了傻瓜的专利权，他们一定要来夺我一份去，就是太太小姐们也不会放过我的；他们不肯让我一个人做傻瓜。老伯伯，给我一个蛋，我给你两顶冠。

李尔　两顶什么冠？

弄人　我把蛋从中间切开，吃完了蛋黄、蛋白，就用蛋壳给你做两顶冠。你想你自己好端端有了一顶王冠，却把它从中间剖成两半，把两半全都送给人家，这不是背了驴子过泥潭吗？你这光秃秃的头顶连里面也是光秃秃的没有一点脑子，所以才会把一顶金冠送了人。我说了我要说的话，谁说这种话是傻话，让他挨一顿鞭子——

这年头傻瓜供过于求，

聪明人个个变了糊涂，

顶着个没有思想的头，

只会跟着人依样葫芦。

李尔　你几时学会了这许多歌儿？

弄人　老伯伯，自从你把你的女儿当作了你的母亲以后，我就常常唱起歌儿来了；因为当你把棒儿给了她们，拉下你自己的裤子的时候——

她们高兴得眼泪盈眶，

　　我只好唱歌自遣哀愁，

　　可怜你堂堂一国之王，

　　却跟傻瓜们作伴嬉游。

　　老伯伯，你去请一位先生来，教教你的傻瓜怎样说谎吧；我很想学学说谎。

李尔　要是你说了谎，小子，我就用鞭子抽你。

弄人　我不知道你跟你的女儿们究竟是什么亲戚：她们因为我说了真话，要用鞭子抽我，你因为我说谎，又要用鞭子抽我；有时候我话也不说，你们也要用鞭子抽我。我宁可做一个无论什么东西，也不要做个傻瓜；可是我宁可做个傻瓜，也不愿意做你，老伯伯；你把你的聪明从两边削掉了，削得中间不剩一点东西。瞧，那削下的一块来了。（高纳里尔上。）

李尔　啊，女儿！为什么你的脸上罩满了怒气？我看你近来老是皱着眉头。

弄人　从前你用不着看她的脸，随她皱不皱眉头都不与你相干，那时候你也算得了一个好汉子；可是现在你却变成一个孤零零的圆圈圈儿了。你还比不上我；我是个傻瓜，你简直不是个东西。（向高纳里尔）好，好，我闭嘴就是啦；虽然你没有说话，我从你的脸色知道你的意思。

　　闭嘴，闭嘴；

你不知道积谷防饥,

活该啃不到面包皮。

(指李尔。)他是一个剥空了的豌豆荚。(第一幕第四场)

这一长段引文可以解读成定义了弄人其人及其感受到的爱的背叛。这个弄人是一个神秘的人物,我们不知其年龄和身世,但他对李尔很孝顺和依恋。他的愤怒来自自身的安全遭到背叛之后的迷惘。突然之间,那些完全不具母性的女儿成了李尔的监护人,而这个可怜的弄人也成了李尔一样的弃儿。他那一番睿智的报复之言充盈着神秘的力量。不甘心成为李尔之爱的殉葬品,这个弄人把李尔逼入疯狂。

受到弄人深爱的考狄利娅是圣洁的,她拒绝指责父王,她的执拗完全不同于这个弄人孩子一样的惊恐。这个弄人成为难忘的角色,是因为他作为一种合唱之声,见证了李尔的英雄之死;他也调高了对爱德伽装扮的"可怜的汤姆"的认知之声。但在这部悲剧中,最受人敬佩的人物还是考狄利娅,这使得她的惨死令人难以接受:

李尔 (李尔抱考狄利娅尸体,爱德伽、军官及余人等同上。)哀号吧,哀号吧,哀号吧,哀号吧!啊!你们都是些石头一样的人;要是我有了你们的那些舌头和眼睛,我要用我的眼泪和哭声震撼穹苍。她是一去不回的了。一个人死了还是活着,我是知道的;她已经像泥土一样死去。借一面镜子给我;要是她的气息还能够在镜面上呵起一层薄雾,那么她还没有死。

  肯特 这就是世界最后的结局吗?

  爱德伽 还是末日恐怖的预兆?

  奥本尼 天倒下来了,一切都要归于毁灭吗?

  李尔 这一根羽毛在动;她没有死!要是她还有活命,那么我的一切悲哀都可以消释了。

  肯特 (跪)啊,我的好主人!

  李尔 走开!

  爱德伽 这是尊贵的肯特,您的朋友。

  李尔 一场瘟疫降落在你们身上,全是些凶手,奸贼!我本来可以把她救活的;现在她再也回不转来了!考狄利娅,考狄利娅,等一等。嘿!你说什么?她的声音总是那么柔软温和,女儿家是应该这样的。我亲手杀死了那把你缢死的奴才。(第五幕第三场)

自我的他视中总是交织着否定和肯定,这种辩证法在李尔之死一幕达到高潮:

  李尔 我的可怜的傻瓜给他们缢死了!不,不,没有命了!为什么一条狗、一匹马、一只耗子,都有它们的生命，你却没有一丝呼吸？你是永不回来的了，永不，永不，永不，永不，永不！请你替我解开这个钮扣；谢谢你，先生。你看见吗？瞧着她，瞧，她的嘴唇，瞧那边，瞧那边！（死。）（第五幕第三场）

A. C. 布拉德利对此做了准确的解释：李尔死于妄想的快乐而非悲伤。但这是妄想的快乐吗？李尔进入了如同世界末日的王国，在那里，欲望无极限。尽管我和最近去世的朋友威廉·埃尔顿一样仍相信，《李尔王》是一部写给基督教观众看的异教悲剧，但我们中间到底谁会有资格质疑神圣的李尔看到的东西？

这个弄人就此从戏剧中消失，莎士比亚没有费心交代原因。考狄利娅在令人难以忍受的神化中被摧毁。我们在结尾看到的是放弃了自我他视的爱德伽：

爱德伽　不幸的重担不能不肩负；感情是我们唯一的言语。年老的人已经忍受一切，后人只有抚陈迹而叹息。（同下。奏丧礼进行曲。）（第五幕第三场）

在此，这与其说是对生命的肯定，不如说是对生命的否定。

《李尔王》：权威和宇宙失序
King Lear: Authority and Cosmological Disorder

  汉娜·阿伦特认为，权威这个概念既非起源于古希腊，也非起源于希伯来，而是起源于古罗马。对于古罗马人来说，它意味着增加社会和习俗的基石。尽管《李尔王》的剧情背景是前罗马帝国时期的不列颠，但它所依赖的秩序观念则源于西塞罗等古罗马人奉为神圣的观念。

  当肯特伯爵伪装成卡厄斯主动去为李尔效劳时，他告诉李尔："在您的神气之间，有一种什么力量，使我愿意叫您做我的主人。"李尔问："是什么力量？"肯特只说了唯一一个词："权威。"在第四幕第六场，李尔突然碰到瞎眼的葛罗斯特时，他痛苦地否定了权威：

    李尔 什么！你疯了吗？一个人就是没有眼睛，也可以看见这世界的丑恶。用你的耳朵瞧着吧：你没看见那法官怎样痛骂那个卑贱的偷儿吗？侧过你的耳朵来，听我告诉你：让他们两人换了地位，谁还认得出哪个是法官，哪个是偷儿？你见过农夫的一条狗向一个乞丐乱吠吗？

葛罗斯特 嗯，陛下。

李尔 你还看见那家伙怎样给那条狗赶走吗？从这一件事情上面，你就可以看到威权的伟大的影子；一条得势的狗，也可以使人家唯命是从。你这可恶的教吏，停住你的残忍的手！为什么你要鞭打那个妓女？向你自己的背上着力抽下去吧；你自己心里和她犯奸淫，却因为她跟人家犯奸淫而鞭打她。那放高利贷的家伙却把那骗子判了死刑。褴褛的衣衫遮不住小小的过失；披上锦袍裘服，便可以隐匿一切。罪恶镀了金，公道的坚强的枪刺戳在上面也会折断；把它用破烂的布条裹起来，一根侏儒的稻草就可以戳破它。没有一个人是犯罪的，我说，没有一个人；我愿意为他们担保；相信我吧，我的朋友，我有权力封住控诉者的嘴唇。你还是去装上一副玻璃眼睛，像一个卑鄙的阴谋家似的，假装能够看见你所看不见的事情吧。

李尔此前一直都是口若悬河，在这里他超越了自我。我几乎想不到还有什么比"一条得势的狗，也可以使人家唯命是从"更能抨击权威了。然而，无论他表达的是洞见还是疯话，他依然保留了权威的形象：是国王、父亲和上帝。摇摆于公开地否认和不由自主地肯定之间。李尔王化身为他绝不可能知道的自我的他视。

大家都承认，李尔王拥有天生的权威，其程度超过莎士比亚笔下任何主人公。当他走下权威的舞台时，世界随之坍塌。肯特惊呼："这就是世界最后的结局吗？"接着，爱德伽悲叹："还是末日恐怖的征兆？"最后，奥本尼用"天倒下来了，一切都要归于毁灭"收尾，结束了这一连串故事。

我们作为观众或读者，为什么要接受这些世界末日一样的预言？李尔王是一个主动禅位的君王，他统治的前罗马帝国时期的不列颠，根本算不上一个世界帝国。《圣经》中的所罗门有着赫赫威名，其实统治的也只是一个小得可怜的王国。种种迹象表明，李尔是莎士比亚版的所罗门。同样是年迈的君王，只不过所罗门很睿智，而李尔很愚蠢。所罗门死后，他的儿子罗波安继位，北方十个部落叛乱，另立了以色列国，所罗门的王国随之分崩离析，罗波安最后只能待在犹大地称王，做了这个小国的暴君。李尔把不列颠分给高纳里尔和里根之后一无所有。在这部很长的悲剧中，"虚空"是反复听见的副歌，经常与"自然"一词形成对位。

正是李尔这种无边无际的悲伤，决定了这部戏剧结局的合理性：整个世界与他一起坍塌。李尔的伟大在于，他在愤怒和爱之间剧烈摇摆。我们不禁好奇，他是否知道其间的区别。可这不正是对《希伯来圣经》中耶和华的贴切描述吗？他对犹太子民的爱不也与表面的愤怒分不开？莎士比亚预料到全部，他说服了观众，李尔之死也就是上帝之死。甚至这还不是整部戏剧的全部。权威，作为父权的终极特征，解体之后掉入了这部伟大戏剧结尾的深渊。詹姆斯·乔伊斯笔下的斯蒂芬摸着自己的额头说,他必须在那里杀死国王和牧师。乔伊斯始终是莎士比亚的传人,哪怕是不自觉的,他还是重复了李尔既无法体现也无法知晓的这种智慧。在掩藏自己的信仰或怀疑方面,没有作家比莎士比亚做得更绝妙。但这部莎士比亚笔下最威严的戏剧,把我们带到这个门口:上帝、父亲、君王,全都归于毁灭。

《麦克白》：成功地描绘一幅夜景
Macbeth: Triumph at Limning a Night-Piece

莎士比亚的神秘部分在于，他似乎在哈姆莱特身上灌注了一些自己的思想意识，同时为麦克白保留了莎士比亚造梦能力所独具的预言品质。哈姆莱特可能具有那种造梦的能力，麦克白则完全是那种造梦能力的产物。如果说《哈姆莱特》是思想的悲剧，那么《麦克白》则是想象力的悲剧。

麦克白的预言品质是否属于超自然难以判断：

> **麦克白** （旁白）两句话已经证实，这好比是美妙的开场白，接下去就是帝王登场的正戏了。（向洛斯、安格斯）谢谢你们两位。（旁白）这种神奇的启示不会是凶兆，可是也不像是吉兆。假如它是凶兆，为什么用一开头就应验的预言保证我未来的成功呢？我现在不是已经做了考特爵士了吗？假如它是吉兆，为什么那句话会在我脑中引起可怖的印象，使我毛发悚然，使我的心全然失去常态，卜

卜地跳个不住呢？想象中的恐怖远过于实际上的恐怖；我的思想中不过偶然浮起了杀人的妄念，就已经使我全身震撼，心灵在胡思乱想中丧失了作用，把虚无的幻影认为真实了。（第一幕第三场）

这是一个野蛮进程的开始，麦克白借助这个过程不断跨越了预期与成就之间的鸿沟。他还没来得及想象自己犯下的罪行，就已经踏上了犯罪的彼岸，思考着自己的暴行，好像那不是他的所作所为。他杀死邓肯的妄念来自一个摒弃了意志的王国，因为想象使得一切意志变得多余。

麦克白清醒地意识到自己的预见力，他毫不迟疑地对之臣服，尽管那一句豪言"把虚无的幻影认为真实了"中有某种不情愿。但随着他走向黑暗的深渊，他慢慢放弃了这种勉强的因素。从介于自我否认和再次肯定的摇摆中，他继续前行，直到他全部的意识被虚无的思想湮没。

当他遇见班柯的鬼魂时，他的反应极具启示性：

麦克白 在人类不曾制定法律保障公众福利以前的古代，杀人流血是不足为奇的事；即使在有了法律以后，惨不忍闻的谋杀事件，也随时发生。从前的时候，一刀下去，当场毙命，事情就这样完结了；可是现在他们却会从坟墓中起来，他们的头上戴着二十件谋杀的重罪，把我们

推下座位。这种事情是比这样一件谋杀案更奇怪的。(第三幕第四场)

从这一刻到他戏剧的终结,愤怒将是麦克白的主要情绪。这是一种期望受挫之后的愤怒,我们难以抗拒。但是,再大的愤怒也会渐渐消亡;一个雄辩的主人公,哪怕他是麦克白一样残忍的主人公,在愤怒之下,也会向我们所有人言说。吸引我们的不仅仅是麦克白的奇异。我们自我的他视能力承认我们每个人有时都会产生的这种杀人的冲动。当麦克白死于麦克德夫剑下时,我们身上的某些东西也死了。

写到这里,我准备搁笔,不再谈论威廉·莎士比亚。我已完成三本小书,分别写李尔、伊阿古和麦克白,它们将加入我以前写的分别关于哈姆莱特、福斯塔夫和克利奥帕特拉的著述。我想再教几年莎士比亚,但时间必须得有尽头。我从莎士比亚学到最大的教益是什么呢?如果要问,但丁或弥尔顿,托尔斯泰或雨果,教会了我些什么,我或许会大胆回答。但要问莎士比亚教会了我什么,我感到茫然。我喜欢借助比喻来思维,那些比喻主要是他的。大约五岁起,我就开始自学英语,但直到九岁或十岁,我才第一次接触到莎士比亚。我最先读的是《裘力斯·凯撒》,大致能懂;然后是《哈姆莱特》,我很喜欢,但也迷惑。每次回去重读,我还是觉得《哈姆莱特》让人捉摸不透。我们怎能穷尽它呢?但丁的《神曲》我也仍然读不透。即便上了年纪,也无助于我与之和解。另外,作为一个犹太人，我在躲避正统的犹太教。我的宗教是文学经典。莎士比亚是文学经典的顶峰。启示，对于我而言，要么是莎士比亚的启示，要么什么都不是。

第三部分

挽歌季:
约翰·弥尔顿、灵视一族和维多利亚时代诗歌

本·琼生论莎士比亚和安德鲁·马维尔论弥尔顿
Ben Jonson on Shakespeare and Andrew Marvell on Milton

我发现将这两首伟大的赞美诗进行比较总会有收获。第一首是《莎士比亚戏剧集》第一对开本（1623）开头之处本·琼生献给莎士比亚的赞辞：

> 莎士比亚，不是想给你的名字招嫉妒，
> 我这样竭力赞扬你的人和书；
> 说你的作品简直是超凡入圣，
> 人和诗神怎样夸也不会过分。
> 这是实情，谁也不可能有异议。
> 我本来可不想用这种办法来称道你，
> 生怕给可怜的"无知"开方便之门
> （它讲得挺好，实际是人云亦云），
> 也怕让盲目的"偏爱"随意搬弄
> （它从来不讲真实，只瞎摸乱捧），

也怕叫奸诈的"恶意"捡起来耍花招

（它存心毁谤，因此就故意抬高）。

这就像娼门夸奖了良家妇女，

还有什么比这更大的揶揄？

可是你经得起这一套，既不稀罕，

也不怕它们带给你什么灾难。

因此我可以开言。时代的灵魂！

我们所击节称赏的戏剧元勋！ [1]

本·琼生是杰出的诗人和戏剧家。但他的宿命却是生来就与他的密友和对手威廉·莎士比亚处于同时代。琼生的罗马喜剧被笑下舞台，而莎士比亚喜剧的人气节节攀升。琼生贬低莎士比亚的《裘力斯·凯撒》，伶人说莎士比亚的台词一字不易，他回应说："要是涂抹掉一千行才好！"但当第一对开本出版后，他第一次读完了其中许多部戏，看法随之大变：

我的莎士比亚，起来吧；我不想安置你

在乔叟、斯宾塞身边，卜蒙也不必

躺开一点儿，给你腾出个铺位：

你是不需要陵墓的一个纪念碑，

---

[1] 卞之琳译，出自《莎士比亚评论汇编》，中国社会科学出版社1979年版，本篇涉及该诗引文均采用此版本中译。

你还是活着的，只要你的书还在，
只要我们会读书，会说出好歹。
我还有头脑，不把你如此相混——
同那些伟大而不相称的诗才并论：
因为我如果认为要按年代评判，
那当然就必须扯上你同辈的伙伴，
指出你怎样盖过了我们的黎里，
淘气的基德、马洛的雄伟的笔力。
尽管你不大懂拉丁，更不通希腊文，
我不到别处去找名字来把你推尊，
我要唤起雷鸣的埃斯库罗斯，
还有欧里庇得斯、索福克勒斯、
巴古维乌斯、阿修斯、科多巴诗才
也唤回人世来，听你的半统靴登台，
震动剧坛：要是你穿上了轻履，
就让你独自去和他们全体来比一比——
不管是骄希腊、傲罗马送来的先辈，
还是他们的灰烬里出来的后代。
得意吧，我的不列颠，你拿得出一个人，
他可以折服欧罗巴全部的戏文。
他不属于一个时代而属于所有的世纪！
所有的诗才都还在全盛时期，

他出来就像阿波罗耸动了听闻,
或者像迈克利颠倒了我们的神魂。
天籁本身以他的心裁而得意,
穿起他的诗句来好不欢喜?
它们是织得多富丽,缝得多合适!
从此她不愿叫别的才子来裁制。
轻松的希腊人,尖刻的阿里斯托芬,
利落的泰伦斯,机智的普劳塔斯,到如今
索然无味了,陈旧了,冷清清上了架,
都因为他们并不是天籁世家。

这句名副其实的"他不属于一个时代而属于所有的世纪"在这首精彩的赞美诗中可能很显眼,但更有力的是琼生的判断,莎士比亚的荣光压倒了从古希腊罗马一直到同时代英伦的悲剧和喜剧作家。将莎士比亚的成就归之于天成固然合理,但琼生也正确地认识到诗艺是"苦活",他继续赞颂莎士比亚的工夫:

然而我决不把一切归之于天成:
温柔的莎士比亚,你的工夫也有份。
虽说自然就是诗人的材料,
还是靠人工产生形体。谁想要
铸炼出你笔下那样的活生生一句话

就必须流汗，必须再烧红，再锤打，
紧贴着诗神的铁砧，连人带件，
扳过来拗过去，为了形随意转；
要不然桂冠不上头，笑骂落一身，
因为好诗人靠天生也是靠炼成。
你就是这样。常见到父亲的面容，
活在子女的身上，与此相同，
在他精雕细琢的字里行间，
莎士比亚心性的儿孙光辉灿烂：
他写一句诗就像挥一杆长枪，
朝着"无知"的眼睛不留情一晃！

在此，琼生和莎士比亚感同身受，这既动人也有启迪。琼生的三部伟大喜剧《狐狸》《炼金术士》和《巴托罗缪市集》虽然赶不上莎士比亚作品的格调和活力，但依然是不朽的作品。这首赞美诗的高潮是将莎士比亚神奇地化为一座星辰，赞颂他是"诗人界泰斗"：

阿文河可爱的天鹅！该多么好看，
如果你又在我们的水面上出现，
又飞临泰晤士河岸，想当年就这样
博得过伊丽莎、詹姆士陛下的激赏！

> 可是别动吧,我看见你已经高升,
> 就在天庭上变成了一座星辰!
> 照耀吧,诗人界泰斗,或隐或显,
> 申斥或鼓舞我们衰落的剧坛;
> 自从你高飞了,它就像黑夜般凄凉,
> 盼不到白昼,要没有你大著放光。

尽管希望莎士比亚产生良好的影响是动人的愿望,但要说莎士比亚由此带来了风尚却不太合适。诚然,莎士比亚影响了所有人,但他的光辉也使后来所有的诗剧相形见绌。与埃德蒙·斯宾塞和约翰·多恩一样,本·琼生是诗坛名家,他献给莎士比亚的深情挽歌配得上其主题。

另一首伟大的赞美诗是安德鲁·马维尔为《失乐园》第二版(1674)写的序言:

> 当我看见这个盲眼但大胆的诗人,
> 在这本小书中铺陈他的宏伟计划,
> 加冕的弥赛亚,收回成命的诸神,
> 参与背叛的天使,偷吃到的禁果,
> 天堂、地狱、人间、混沌,等等;
> 他的主题有片刻令我怀疑其意图,
> 他写的是神话和古歌,正像参孙,

> 兴奋地捣毁神庙里的柱子,他想
> 毁灭神圣的真理,我见他很强大,
> 想毁灭世界,报复他失去的眼力。

马维尔运用微妙的反讽捕捉到了弥尔顿这部史诗本质上的奇异之处。它的确摧毁了神圣的真理,但很难说是"神话和古歌"。马维尔在这里巧妙地影射了《力士参孙》,让我们想起参孙最后推倒庙宇和非利士人同归于尽的故事。因为相较于寺庙供奉,弥尔顿祈求的这位圣灵更爱自己纯洁正直的心灵,所以他的诗歌确实具有异端的色彩,表达了个人的激情,是对诗歌传统和宗教传统的转化。

> 我继续阅读,很快就不那么苛刻,
> 我喜欢他的规划,却怕他的成功;
> 在那辽阔之地,他如何找到出路,
> 穿越跛足的信仰和瞎眼的理解力,
> 免得他纠结糊涂于要解释的东西,
> 把原本简明的东西搞得徒劳无果。

马维尔的反讽在这里很复杂,几乎难以拆解。我们该如何理解他这种矛盾的心态,既"喜欢他的规划"又"怕他的成功"?信仰被轻蔑地视为"跛足"。马维尔是一个好读者,他认识到《失乐园》这首史诗的复杂性。

> 他编织了这一部美妙无穷的作品,
> 所以我嫉妒一个才艺平平的诗人,
> 正如总担心原本精彩出色的东西,
> 遭到拙劣的模仿,此后一个庸手,
> 会在一部戏里改变全部创世场景。

马维尔在这里攻击的诗人是约翰·德莱顿(John Dryden)。德莱顿获得弥尔顿的许可,将《失乐园》改编为一部似乎从未上演的歌剧《纯真的状态和人的堕落》〔*The State of Innocence, and Fall of Man*,早期的几个版本中又名叫《天使和纯真之人的堕落》(*The Fall of Angels and Man in Innocence*)〕。

> 原谅我,伟大的诗人,不要鄙视,
> 我无端的但并非有失虔诚的猜测。
> 我现在深信,在你辛劳的成果中,
> 没有人胆敢妄称,可以分享一份。
> 你没有错失任何一点贴切的想法,
> 至于不相关的东西,你全都删掉;
> 你在这里没有给其他作者留余地,
> 他们只会剽窃,或者显示出无知。
> 你的作品如统御天下的赫赫君王,
> 吸引来了膜拜者,震慑了亵渎者;

对于神圣之物，你保留了其神圣，
圣洁的你呀，威严凛然不可冒犯。
你的歌声，肃穆端庄，温柔舒缓，
既让我们愉悦于心，又惊惧于怀；
你在我们头顶的天空高高地翱翔，
留下的卷流，强劲、均匀而温柔。
因你歌唱的天堂而得名的那鸟儿，
它会一直展翅飞翔，绝不会停歇。
你的语词在哪里找到那样的罗盘？
从哪里找来东西装饰你浩瀚心智？
神圣的你呀，就像是忒瑞西阿斯，
失去了目力，却获得预言的回报。

如同失明的忒瑞西阿斯和荷马，弥尔顿也被誉为先知诗人。马维尔再次展示了其洞见，因为许多浪漫主义的作品都受惠于《失乐园》。

你也许会大肆嘲讽你的那些读者，
受到叮当作响的韵律诱引，以为
对你的意义了然于心，跑到海滨
涂抹，像没有系响铃的疲惫驮马。
他们的想象如同浓密的针绣花边，

213

> 诗人贴上标签,我们以为是时尚。
> 我也未能免俗,想请您多多包涵,
> 我的本意是想赞美您,我必须说,
> 你创造出的灿烂辉煌主题的诗歌,
> 使用的是度、量、衡,毋需韵律。

"跑到海滨涂抹"的诗人,是对德莱顿再一次的攻击。马维尔结尾既庄严又充满反讽。他死不悔改但他认识到弥尔顿崇高风格的"度、量、衡"。受到马维尔的启发,威廉·布莱克在《地狱的箴言》中反驳说:"度、量、衡要在荒年颁布。"布莱克对弥尔顿素体诗的反叛,是他超凡地复兴了七音步诗行,这种一句诗行有七个节拍的诗体,是他的短史诗《四天神》《弥尔顿》和《耶路撒冷》运用的诗体。

《失乐园》：新天地

Paradise Lost: The Realm of Newness

我读本科时，就在许多无眠的夜里默诵《失乐园》。如今老矣，习惯还在，只是多了份忧伤。对于大多数所谓弥尔顿的学术批评，我已失去耐心。1954年，在英国剑桥的铁锚酒吧，我就与著名的天才C. S. 路易斯失和。他当时五十六岁，资深年长，成就卓著；我二十四岁，获得富布莱特奖学金，在做研修生。此前，他对我很友善。这次的交恶不可避免，因为我的犹太教诺斯替主义，与他的"基督教"格格不入。我们之间的争论焦点就是弥尔顿的上帝和《失乐园》中的撒旦。五十三年后，我笑着回首这一切；C. S. 路易斯却终身未能释怀。1962年，他在《文汇》上撰文，毫不留情地批判了我的早期著作《灵视一族》（*The Visionary Company*）。

1977年，威廉·燕卜荪到访耶鲁，做了一场关于马洛戏剧《浮士德博士》的讲座。讲座后的招待宴上，他走过来对我说："你就是写了那本神叨叨的论影响一书的研修生布鲁姆吧。我喜欢神叨叨的书。"我们愉快地聊了一阵。我想谈他那本出色的作品《弥尔顿的上帝》，可留着络腮胡子的燕卜荪爵士总是把话题拉回到最近才感兴趣的哈特·克兰。话题碰巧提到了C.S.路易斯，燕卜荪大赞了一通，我没有说话。最后，我向燕卜荪表达了崇敬之意，因为他像雪莱一样，支持弥尔顿《失乐园》中的撒旦，反抗那个讨厌的上帝。

关于弥尔顿的上帝，学界争议从未平息，旧话重提只会生厌。无论我们是谁，弥尔顿总是走在我们前头，我们只有尽力追赶。G. K. 切斯特顿认为，乔叟的反讽有时太大反而让人看不清。这也适用于莎士比亚和弥尔顿。哈姆莱特的所言往往与所指不同。弥尔顿的哈姆莱特就是他笔下的撒旦。关于C. S. 路易斯，我伟大的导师弗雷德里克·波特尔曾经对我说："哈罗德，不要打死老虎。"因此，接下来我先将C. S. 路易斯抛到一边。他提醒我们："一日之晨，从仇恨撒旦的开始。"我将之改成："一日之晨，从鄙视弥尔顿的上帝开始。"

重读《失乐园》的诗歌爱好者，无不发现其中的上帝和神子是美学灾难。弥尔顿也一定知道他们听上去有多么糟糕：

> 你们众天使，光明之子听着！
> 诸位王、公、有势、有德、有权的，
> 听永存不灭者，我的宣言！
> 今天，我宣布我的独生子的诞生，
> 并在这个圣山上受膏即位，
> 他就是你们现在所见在我的右边，

我指定他做你们的首领；
我亲自宣誓，天上众生灵都得
向他屈膝，承认他是主宰。
在他伟大的摄政之下，
团结成单一的灵体，永乐无穷。
背叛他，就是背叛我，
一旦破坏统一，便要从神和福地
抛掷出去，落到天外的黑暗深渊，
他所设置的拘留所，永远不得救赎。[1]（卷五，行600—615）

儿呀，在你身上可以看到
我全部的荣光都充分显明出来了，
你是我全部权力的继承者，
关于我们的全能，关于我们
从古以来的神性和主权，
该用什么武器来确保的问题，
对我们来说是很迫切的了。
现在崛起一个仇敌，他想
在辽阔的北方国土上树立起

---

[1] 《失乐园》，朱维之译，人民文学出版社 2019 年版。本书凡涉及该诗引文均采用朱维之中译。

一个和我们分庭抗礼的王权;

他不以此为满足,还想要

在战场上考验我们的权能和威力。

我们要注意,在这危急的当口,

必须火速召集剩下来的部队,

用全力来防御,以免在突然袭击中,

丧失我们这个高地、圣所和圣山。

神子以静穆明朗的神色,

光辉神圣,静妙难名的态度对答他:

大能的父呀,你正直地嘲笑

你的敌人,胸有成竹地笑他们

徒劳的计谋,徒劳的叛乱。

他的憎恨将是高举我的名,

是我的荣誉。他们将看见我

承受统治的王权,制服他们的

骄矜,终将证明我确有征服

叛军的权力,还是天国最无能的。(卷五,行719—742)

  弥尔顿知道,这个上帝就像英国国王詹姆斯一世,神子就像是查理一世。耶和华、耶稣和真主安拉,西方的这三个主要文学人物,在《旧约》《马可福音》和《古兰经》中都有更辉煌的美学形象。为什么弥尔顿冒着被嘲笑的风险,要塑造一个咆哮的上帝:

"背叛他,就是背叛我,一旦破坏统一,便要从神和福地/抛掷出去,落在天外的黑暗深渊……"我们惊讶地听到耶和华说:

> 我们要注意,在这危急的当口,
> 必须火速召集剩下来的部队,
> 用全力来防御,以免在突然袭击中,
> 丧失我们这个高地、圣所和圣山。

这可能是一个斯图亚特王朝的国王在呼吁抵抗克伦威尔的进攻,而不是那位自命"无论何时何地我都会在场"的上帝。至于神子,那个在《马可福音》中焦急地问"你们说我是谁"的耶稣在哪里?相反,我们看到的是殉道的查理一世,他征服了叛乱,然后主动提议作为受难的赎金,交换堕落的人类。弥尔顿是英语世界中最深思熟虑的诗歌艺术家。他知道自己在做什么。只要我们不是聋子,我们都应该知道他在做什么。

下面是一个相当不同的声音:

> 可是,那威力,那强有力的
> 胜利者的狂暴,都不能
> 叫我懊丧,或者叫我改变初衷,
> 虽然外表的光彩改变了
> 但坚定的心志和岸然的骄矜

> 决不转变；由于真价值的受损，
> 激动了我，决心和强权决一胜负，
> 率领无数天军投入剧烈的战斗，
> 他们都厌恶天神的统治而来拥护我，
> 拿出全部力量跟至高的权力对抗，
> 在天界疆场上做一次冒险的战斗，
> 动摇了他的宝座。我们损失了什么
> 并非什么都丢光：不挠的意志、
> 热切的复仇心、不灭的憎恨，
> 以及永不屈服、永不退让的勇气，
> 还有什么比这些更难战胜？（卷一，行94—109）

尽管面目全非，从光明天使变成了黑暗幽灵，撒旦在精神上却没有被击败。这里当然有自我欺骗的成分，因为这场战斗的结局毋庸置疑。然而，我们在"以及永不屈服、永不退让的勇气，/还有什么比这些更难战胜"中听到了崇高之声。

与此形成对照的是上帝和神子的对话：

> 人类不忠、
> 不顺服，破坏自己的信义，得罪了
> 天上的至高权，觊觎神性，
> 这样就丧失了一切，想要赎罪，

再也没有什么剩余的本钱了,
有的只是判定的特重死罪,他
和他的子孙代代都要灭亡;
他若不死,正义就得死;除非
有个具有强大能力和意志的人
为他作严峻的赎罪,以死替死。(卷三,行203—212)

那好吧,请看我,我为他献身,
以命抵命,请把怒气发在我身上;
把我当作凡人看,我要为凡人而
离开父亲的怀抱,自愿舍弃
仅次于我的父亲地位,甘愿
为他终于一死;任凭"死"把他
全部的愤怒都发泄在我身上。
在他的黑暗统治下,我不会
长久屈服;您既把生命给我,
永远为我所有,我因您而活,
虽然如今我对"死"让步,凡我
应当死的一切,都算是他的所有,
但别让我所还的债,作为他的
食饵,把我遗留在可厌的坟墓里……(卷三,行236—247)

在第十二卷中，天使长米迦勒令人捧腹地催促耶稣上十字架、下十字架："他就这样死了，/ 很快又复活了。"（419—420）弥尔顿这样描写十字架上耶稣受难的痛苦，因为他对希伯来人的赎罪观念很反感。那么，但丁就是真诚的吗？像但丁一样，弥尔顿也是异教派，他令人信服地重新定义了基督教，以至于我们被耳闻目睹的新东西蒙蔽了双眼。今日，英美学界的主流趋势是贬低但丁，我心目中的现代学术英雄欧内斯特·罗伯特·库尔提乌斯（Ernst Robert Curtius）对此不屑一顾，他证明《神曲》在很大程度上是一种私人悟性。天主教学说绝不会承认贝阿特丽丝是天恩的必要中介。同样，新教学说绝不会赞成弥尔顿无数的异端邪说。我们不妨说，弥尔顿创造了摆脱所有新教学说的新教立场。

我终其一生都在反思这个具有反讽意味的问题，即真正的天主教诗人是但丁；他将自己的悟性加之于人，在他的悟性中，贝阿特丽丝是人类和上帝的中介。同样，弥尔顿是真正的新教诗人，他接受了自己的内在之光，他用内在的声音取代了《圣经》的声音。我们现在往往认为，卡夫卡是后《圣经》时代最重要的犹太作家，瓦尔特·本雅明和格肖姆·肖勒姆认为他的作品是经典，但他本人说他与犹太人毫无共性，因为他与自我毫无共性。美国宗教最重要的诗人是沃尔特·惠特曼，他敢于书写自我的复活，并希望《草叶集》会成为美国人的新《圣经》。一想到惠特曼，我首先听到的是他辉煌的挽歌，悲叹自己与生命之海一起落潮。

没有人会问，乔叟或莎士比亚是否真诚。明显可见，那个卖赦罪符者和伊阿古是不能相信的，巴斯妇人和福斯塔夫爵士对信仰也没有兴趣。但丁和弥尔顿不能创造面面俱到的人，因此只要依靠现实中私人的幻象。库尔提乌斯强调，但丁实际上在客观的救赎过程中给了贝阿特丽丝一席之地。但丁完全凭借自己的权威，在启示中加入了不属于天主教学说的元素。库尔提乌斯愿意称之为神话或异端，这是他温柔的反讽。约翰·弥尔顿没有贝阿特丽丝，因为夏娃不需要救赎。

在我遥远的青春时代，受到文学评论家和理论家诺斯罗普·弗莱的影响，我也玩弄神话的观念。1967年夏天，当我草拟后来的《影响的焦虑》一书时，我与弗莱决裂，我这样说，不是指私人情谊上的而是指思想上的决裂。我现在认为，神话只是古老的闲话，而异端邪说才是深邃诗意的气息。谈到某位诗人的异端邪说，这是误导。对于弥尔顿，当我们称他的声音形象是"异端邪说"，我们就误入了歧途。《失乐园》制订了庞大计划，修辞学家称之为"转代比喻"（transumption），所有先前的作品都变成了迟来的作品，而弥尔顿的诗歌永远走在最前面。"转代比喻"似乎是尴尬的术语，它只意味喻说或比喻，消解了先前的意象。《失乐园》开头的三十三行，重复了六次"first"（起初），为的是强调在世界生成之前弥尔顿就在那里。他不是灵知，而是诗灵，他坚持认为，身上最好的和最古老的东西是不朽的。《失乐园》的真正上帝是面对无边深渊沉思而引出创世的圣灵。

过去六十年我一直好奇，弥尔顿在这部伟大的英语史诗中刻画名叫上帝的这个人物时为什么会犯大错。我现在认为，他的反讽为粗心大意的读者设置了圈套。他晚上在脑海里创作《失乐园》，次日早上口述出来。年轻时，他考虑过写一首关于亚瑟王的史诗，讴歌英国抛弃君主制和教会束缚的胜利。然而，克伦威尔死了，共和国随之覆灭。奇怪的是，弥尔顿是王政复辟时代的大诗人，甚至让安德鲁·马维尔和约翰·德莱顿都相形见绌。《失乐园》是西方文学史上最具雄心的史诗，主题却是失败和失落。

　　《失乐园》中有好几个上帝。前面我已提到了圣灵，它漂行在水面，创造出了生命；我们在叙事的声音中听到这个上帝。《失乐园》中还有一个隐秘的上帝，那就是威廉·莎士比亚，尽管弥尔顿处处提防，但他还是强行闯入。在弥尔顿笔下，莎士比亚既无处不在，又难觅踪迹。迟来的阴影，在这部史诗里，在弥尔顿的所有诗歌里，都从莎士比亚那里投来，落在弥尔顿的身上。实际上，《失乐园》里的撒旦就是莎士比亚。他是对立的声音，总是阻止弥尔顿追寻倾听自己的声音，而这种声音可以追溯到创世之前。弥尔顿内心深处意识到，莎士比亚是他的阻碍。《失乐园》中的四次乞灵和撒旦不同寻常的独白，是莎士比亚式的大胆探索战胜死亡世界的精神力量。在与撒旦的斗争中，弥尔顿获得了胜利，把撒旦发配到死亡的世界。这是一场暧昧的胜利，因为撒旦只是一个弱小的对手。比撒旦更强大的对手，是哈姆莱特、麦克白和李尔，他们代表的精神力量，超越了约翰·弥尔顿的野心和创造力。《失乐园》第一、第三、第七和第九卷中的乞灵,是弥尔顿自己的独白,总是在模仿莎士比亚。撒旦的独白融合了哈姆莱特、伊阿古和麦克白。

弥尔顿声称《失乐园》是神正论。但事实并非如此。如果你把这首恢宏无比的英语史诗理解成是为上帝对待人类的方式辩护,你必将得出这样的结论:英语中仅次于莎士比亚和乔叟的大诗人,从一开始就错了。六十年来,我反复重读这部史诗,让我深信《失乐园》是一部庞大的神学著作,是弥尔顿内心的声音引出上帝,修补神谕,维护了我们的秩序观念。弥尔顿是想发现他内心的上帝。这可能是《失乐园》的核心情节:

> 关于人类最初违反天神命令
> 偷尝禁树的果子,把死亡和其他
> 各种各色的灾祸带来人间,并失去
> 伊甸乐园,直等到一个更伟大的人来,
> 才为我们恢复乐土的事,请歌咏吧,
> 天庭的诗神缪斯呀!您当年曾在那
> 神秘的何烈山头,或西奈的峰巅,
> 点化过那个牧羊人,最初向您的选民
> 宣讲太初天和地怎样从混沌中出生;
> 那锡安山似乎更加蒙您的喜悦,
> 下有西罗亚溪水在神殿近旁奔流;
> 因此我向那儿求您助我吟成这篇

> 大胆冒险的诗歌,追踪一段事迹——
> 从未有人尝试缀锦成文,吟咏成诗的
> 题材,遐想凌云,飞越爱奥尼的高峰。
> 特别请您,圣灵呀!您喜爱公正
> 和清洁的心胸,胜过所有的神殿。
> 请您教导我,因为您无所不知;
> 您从太初便存在,张开巨大的翅膀,
> 像鸽子一样孵伏那洪荒,使它怀孕,
> 愿您的光明照耀我心中的蒙昧,
> 提举而且撑持我的卑微;使我能够
> 适应这个伟大主题的崇高境界,
> 使我能够阐明永恒的天理,
> 向世人昭示天道的公正。(卷一,行1—26)

第一卷的乞灵宏伟壮丽,但令人费解。"更伟大的人"指的是耶稣,尽管在这里没有点名。弥尔顿乞灵于点化过摩西(据说是《创世记》的作者)的"天神缪斯"。荷马和维吉尔也被一股脑儿地取代;更微妙的是,甚至《圣经》也要让位于弥尔顿的优先地位。乞灵于"天神缪斯",弥尔顿怡然自得地凌驾于所有既定的传统。但这个"天神缪斯"是谁?这个缪斯是古希腊和古罗马的缪斯,不是希伯来的缪斯。她也不是天主教三位一体中的圣灵。一方面,她是耶和华之灵,在何烈山头或西奈峰顶点化过牧羊的摩西;另一方面，弥尔顿把他的缪斯放在大卫王赞颂的锡安山。锡安山的耶路撒冷神谕胜过了阿波罗神庙中的德尔斐神谕。弥尔顿自负地宣称，他的诗篇将"飞越爱奥尼的高峰"和"西罗亚溪水"。

弗莱明智地指出，弥尔顿的上帝是一场美学灾难。他甚至说这个上帝是一个嬉皮笑脸的伪君子。问题是，为什么弥尔顿会容许自己犯此大错？

弥尔顿的上帝自以为是、盛气凌人、道德可疑。他是睚眦必报的暴君。他与《希伯来圣经》中的耶和华之间的反差之大令人吃惊。

《希伯来圣经》中，上帝的专有名词正式的名字是四个字母"YHWH"；这个名字出现了六千多次。我们现在不知道其发音。"耶和华"这个发音只是猜测。这个神圣的名字的发音在口头传统中得到严密守护。公元前五世纪，犹太人从流放地巴比伦归来后，这个名字被认为是具有魔力的，严禁发音，发音由此失传。上帝的名字是"Elohim"（天主）或"Adonai"（上主）。由于希腊人称上帝为"Theos"，犹太人也开始称上帝是"Kyrios"（希腊语中指的天主或上主）。到了希勒尔的时代，"耶和华"这个名字还不曾听说过用来指称上帝。

不过，"耶和华"是一个很古老的名字。《圣经》中《士师记》第五章的底波拉和巴拉的伟大战歌中就用过这个名字。这首战歌写于公元前十一世纪，可能是最古老的希伯来文本。

227

耶和华的言谈方式通常并不神秘。最大的例外是他用双关来自我命名的这句话"ehyeh asher ehyeh"。在基督教《圣经》中这句话翻译成"I am that I am"（我就是我），但其意义更接近于"I will be I will be"（我要成为我想成为的人）。

"耶和华"的复杂性就如迷宫，无穷无尽，而且很可能无法解释，即便是对于具有卓越解经术的《塔木德》圣人和苏菲派大师。苏菲派大师面对的《古兰经》是耶和华以真主安拉之名口述的。

> 约书亚靠近耶利哥的时候，举目观看，不料，有一个人手里有拔出来的刀，对面站立。约书亚到他那里，问他说："你是帮助我们呢？是帮助我们敌人呢？"
>
> 他回答说："不是的，我来是要作耶和华军队的元帅。"约书亚就俯伏在地下拜，说："我主有什么话吩咐仆人？"
>
> 耶和华军队的元帅对约书亚说："把你脚上的鞋脱下来，因为你所站的地方是圣的。"约书亚就照着行了。（《约书亚记》5：13-15）

这是作为战将的耶和华。但耶和华是谁？耶和华的复杂性无穷无尽，难以解释。他的愤怒令人震惊。他命令犹豫不决的摩西下山去埃及，又想在摩西下山途中的营地里把他害死。威廉·布莱克称耶和华是"无名老爹"，詹姆斯·乔伊斯说他是"刽子手"。然而，尽管耶和华矛盾重重，但他还是让我们看到作为超验的存在和仅仅是熵引擎之间的区别。

克尔凯郭尔笔下的尼布甲尼萨二世,脱离了像牛羊一样以野草为食的生活后,好奇地想到耶和华:

> 没有人知道他任何东西,谁是他的父亲,他如何获得力量,谁教会他自身力量的秘密。

这个没有父亲的耶和华是我们永远的谜:谁是他的老师?我们能否了解关于耶和华的一切?《摩西五经》最早的线索是围绕耶和华。他就在近旁,与我们关系亲密,他似乎知道自己的局限。他的脾气可能因此更加暴躁。他与天使边走边谈,他与人边走边谈。他在末利平原的香树下休憩,大快朵颐般吃完萨拉准备的饭食。此外,他在西奈山与以色列的七十三个长者野餐,他们眼望着他,他一言不发。他玩泥巴,用红土捏泥人,然后用鼻孔把生命之气灌注进去。他嫉妒心强,爱恶作剧,暴躁不安,好奇不断。他野心勃勃,拼命劳作。

怕耶和华是理所当然的。我们能够爱他吗?他期待怕和爱:爱的时候有怕,怕的时候有爱,这种致命的结合,只适于他一身。

威廉·布莱克在他的短史诗《弥尔顿》中效仿他的先驱,刻画了弥尔顿为拯救失落的一切而下凡的情景:

> 首先要问,是什么触动了弥尔顿?

> 他在永恒的天堂已漫步了百年，
>
> 思考复杂如迷宫一样的天命，
>
> 尽管在天堂不快乐，但他服从，不抱怨，
>
> 他默默而痛苦地注视着
>
> 他的六次溢流，散落进深渊！
>
> 散落进深渊，去救赎她，还是毁灭自己？
>
> 什么原因触动弥尔顿做出破天荒的事情，
>
> 写下预言之歌！坐在永恒的桌边，战战兢兢
>
> 置身于英格兰人里，在庄严的大合唱中，
>
> 一个诗人的声音响起：全都倾听他的宏音。（卷一，行 16—24）

你可以认为"六次溢流"（Sixfold Emanation）是指弥尔顿的三个妻子和三个女儿，或是弥尔顿的六首诗歌，甚至是他希望可以创造的世界。最重要的是，写了《失乐园》的诗人选择重新入世。亚当和夏娃勉强入世并非出自自愿。他们就像两个孩子一样，他们手牵手，慢慢走出伊甸园，走进人间。我不知道该如何理解人类堕落的学说。当我们是孩子时，我们会因为是孩子而遭到可怕惩罚。我从不认为失去乐园是对我们所谓的第一次抗命的一次古怪惩罚。

有一个流传已久的笑话，说要是弥尔顿被关在天堂，想必也会跳起来摘吃禁果：他怎么会以别的方式为《失乐园》开场呢？不过，我把这首伟大的史诗解读为路西法的堕落。然后，你和我，我

们大家都堕落了。如同弥尔顿和撒旦，我们渴求夏娃，我们很少念及亚当。

弥尔顿、撒旦、夏娃和亚当打动了我们，而上帝和神子却没有打动我们。《失乐园》中第五个重要的人物是诗灵，他既是弥尔顿，也不是弥尔顿。第一、第三、第七和第九卷开头的呼告，就是他的手笔。它们是约翰·弥尔顿模仿哈姆莱特的独白。撒旦的独白也是哈姆莱特的独白的回声，不同的是，他们的独白充满了痛苦，而弥尔顿的独白是论战。

《失乐园》实用主义的神正论可以这样表述：向弥尔顿为弥尔顿的做法辩护。正名这里是指永恒的诗名，借用库尔提乌斯的话说就是"诗歌作为永存"。库尔提乌斯引用雅各布·布克哈特之语："意大利的诗人-语文学家已经有……最强烈的意识，他是名声的传播者，决定谁会不朽，谁会速朽。"但丁高踞中世纪拉丁文化的顶峰，他明显是弥尔顿最危险的前辈。莎士比亚是弥尔顿的隐秘上帝，正如他是几乎所有西方经典传统诗歌的隐秘上帝，所以他与众不同。弥尔顿汲取了但丁——莎士比亚在高雅文学中的唯一对手——的养分，但像后来的歌德一样，他是带着某种排斥在学习。

在漫长的无眠之夜，我默诵着但丁和弥尔顿，他们的相似气质令我不安。两人都是野蛮人。莎士比亚的智慧充满人性；但丁和弥尔顿的智慧却不是。但丁与基督教学说的关系应该比表面的交恶还深。近日，我力求心平气和地对待好心的阐释者，他们想在这三者身上寻求精神慰藉。在莎士比亚身上，世俗的力量和辉煌显而易见。在但丁在弥尔顿身上，我只听到激烈的个人主义，这种思想令人信服地重新定义了《圣经》。但丁和弥尔顿的作品是对《圣经》的完善，某种程度上也是对《圣经》的否定。

尤利西斯用与狄俄墨得斯共享的分叉火舌说话时，作为朝圣者的但丁一言不发。显然，他意识到，他和尤利西斯最后的航行非常相似，都要超越已知的界限、允许的界限。作为诗人的但丁，追求超越，寻求进入更深的境界。弥尔顿带着我们一起进入最原始的深渊。

《科马斯》：莎士比亚的影子
Comus: The Shadow of Shakespeare

  我们所谓的约翰·弥尔顿的小诗，其中最好的几首，在任何意义上都可以说是大作。如果只拿《失乐园》出来比，英国诗人中，只有乔叟和莎士比亚才不会逊色。弥尔顿的这部史诗压倒了他的其他诗歌。这是不可避免的，但或许也是不幸的。

  我承认，在重读《复乐园》时，我没有获得任何快感。但《力士参孙》堪与《失乐园》等量齐观。在弥尔顿的其他诗歌中，《科马斯》和《利西达斯》自成一派，同样，其早期的作品《快乐的人》和《幽思的人》也是如此。弥尔顿的时代，英国的十四行诗歌有些发育未全，但在《皮埃蒙特晚近大屠杀抒愤》中，已能够完整听到弥尔顿的声音。

  在这本书别的地方，我对《力士参孙》表达了敬意。我在这里想谈谈《科马斯》。二十世纪六十年代末，我几乎每天都和朋友安格斯·弗莱彻谈论这首诗。弗莱彻的《超验的假面舞会》(1971)是关于《科马斯》的专著，在我看来现在已遭冷落，但我认为它会流传并大放异彩。作为批评家，弗莱彻的洞见卓识完全可以媲美肯尼斯·伯克和诺斯罗普·弗莱。

弗莱彻围绕《科马斯》中贞洁之谜大做文章。对于年轻的弥尔顿，这是某种形式的自由，只不过是奇怪而有限的自由。诗中的那位小姐蔑视地对科马斯说：

> 我根本就不打算张开我的嘴唇，
> 在这脏地方，但这耍把戏的妖怪，
> 却想要迷惑我的头脑，就像刚才，
> 我自己的眼睛要叫我自己上当；
> 花言巧语，硬要我相信欺人之谈。
> 我恨"邪恶"居然理直气壮地逞雄，
> 而"道德"却像哑巴，不能灭它威风。
> 骗子！不能污蔑最清白的大自然，
> 好像是她教她的儿女放荡淫乱，
> 挥霍财产。她是一个贤惠的主妇，
> 只把她的食品赐给善良的人物；
> 他们的生活遵照她冷静的法律，
> 服从她神圣的命令：应节制物欲。
> 如果每个被穷困折磨的正直人，
> 能得到吃饱穿暖的适当的一分，
> 而不要一任那淫荡放纵的"奢侈"

让少数人能够极尽挥霍的能事，
大家就分享大自然赐予的幸福，
分配得均匀，而不至于多得太多，
她自己的仓库也不至于太拥挤，
而赐予者也就受到更深的谢意，
应得的赞美；因为像猪似的"贪馋"
从不在饕餮的筵席上抬头看天，
忘恩负义地只知满足口腹之欲，
亵渎他的赐食者。还用我说下去？
没有说够吗？我倒愿意教训教训
敢于用坏话武装龌龊的臭嘴唇，
攻击有光辉灿烂的力量的"贞洁"
的那种狂汉，——然而说到几时了结？
你没有耳朵，也没有灵魂，来领会
这种深奥的道理和崇高的思维，
那是阐明神圣严肃的"贞洁"所不可少。
你却只知眼前的这种快乐逍遥，
而不知更大的幸福，这实在活该，
去欣赏你自己的妙语以及口才！
你的辞令不错，能说得头头是道，
你是已经不配被人说服和驳倒。
然而，如果我努力，这种纯洁心愿，

> 有不可抗拒的力量,它将会点燃
> 我恍惚的精神,变成神圣的热情,
> 使木石也为之感动,产生同情心,
> 无知的大地会动情而因此震动,
> 直到摧毁了你整个巍峨的魔宫,
> 变为碎片压住你这邪恶的脑瓜。[1](《科马斯》,行756—799)

"神圣严肃的'贞洁'"观念现在已不流行,我们大多数人可能发现,难以理解弥尔顿的主题。对于弗莱彻来说,那位小姐的"贞洁"观念也就是一种自我观念。在这一番话里,她沾沾自喜地发现了自己的修辞力量。她突然明白,她的贞洁就是她超验自我的象征。她对科马斯的挑衅,建构了她的人格。然而,她的自由蒙上了阴影。

科马斯尽管理屈词穷,但他还是施展魔力,制服了那位小姐。她默默无语,动弹不得。水仙女舍布赖那将会来解救她。被弥尔顿称为诗歌之父的斯宾塞在《仙后》(2.10.14-19)讲了舍布赖那的故事。

> 离此不远,有着一位温和的女神,
> 驾御驯善的塞汶河,用湿的缰绳;

---

[1] 《科马斯》,杨熙龄译,新文艺出版社1958年版,本篇涉及该诗引文均采用此版本中译。

她是纯洁的处女,名叫舍布赖那。
古时候罗克赖因王是她的爸爸;
他承继了他父亲布鲁特的王座。
她,天真无邪的小姐,因她的后母
关多伦发雷霆,疯狂地向她追逐,
只得逃跑,但眼看前面已经无路,
一道河拦阻她,不能进,又不能退,
她清白无辜之身只好付与流水。
河的仙女们正在河心玩乐嬉耍,
伸出套着珠钏的玉臂,把她抱下,
立即把她带到老泥留斯的官廷。
泥留斯可怜这个小女子的不幸,
扶起她的头,把她交给他的诸女,
在芳香的澡盆中给她兰汤沐浴,
然后又把香草油滴入她的五官。
她死而复苏,又经过迅速的变换,
从一个凡人变为仙人,变为不朽。
泥留斯封她为河神。她始终保留
她那处女的温柔,常在黄昏时分,
访问那在薄暮的草原上的牧群,
她阻止各种霉菌毒气侵害花木,
辟除专爱捣乱的恶意的小妖魔

> 喜欢偷偷干的那种不吉的征兆,
> 她用瓶中的珍贵的液汁来治疗。
> 为了她的功德,牧人们每逢节日,
> 用他们的谣曲来赞颂她的恩慈,
> 再把可爱的花环投入她的河心,
> 那是用三色堇、石竹、水仙花扎成。
> 老牧人说,她能驱除缠身的符咒,
> 使人麻痹的邪祟,只要婉转歌喉,
> 能把她请到。因为她爱年青姑娘,
> 马上会救助,如果同她过去一样,
> 遇到重大的困难。我就来试一试,
> 而且要努力唱出恳求她的歌词。(《科马斯》,行824—858)

歌声是关键。某种意义上,舍布赖那就是斯宾塞式的诗歌。莎士比亚在《科马斯》中无处不在,以至于让人怀疑,年轻的弥尔顿在影射他最重要的前辈时他能否掌控。通读《科马斯》,我们像置身在一个回音室里,四面传来的都是莎士比亚的回声。从头到尾,除了听到《一报还一报》《冬天的童话》《暴风雨》的回声,还发现《哈姆莱特》《麦克白》《安东尼和克利奥帕特拉》《仲夏夜之梦》的痕迹。除了斯宾塞之外,迈克尔·德雷顿、本·琼生、约翰·弗莱彻和威廉·布朗,都为《科马斯》的丰富肌理做了贡献。

我和安格斯·弗莱彻花了许多时间讨论《一报还一报》中伊莎贝拉和克劳狄奥之间不同寻常的一段对话：

> **伊莎贝拉** 弟弟你怎么说？
>
> **克劳狄奥** 死是可怕的。
>
> **伊莎贝拉** 耻辱的生命是尤其可恨的。
>
> **克劳狄奥** 是的，可是死了，到我们不知道的地方去，长眠在阴寒的囚牢里发霉腐烂，让这知觉有温暖的、活跃的生命化为泥土；一个追求着欢乐的灵魂，沐浴在火焰一样的热流里，或者幽禁在寒气砭骨的冰山，无形的飙风把它吞卷，回绕着上下八方肆意狂吹；也许还有比一切无稽的想象所能臆测的更大的惨痛，那太可怕了！只要活在这世上，无论衰老、病痛、穷困和监禁给人怎样的烦恼苦难，比起死的恐怖来，也就像天堂一样幸福的。（第三幕第一场）

这段对话深刻地影响了《失乐园》第二卷中魔鬼彼列的演说，这个诡计多端的堕落天使说出了躺平的理由：

> 我们的对策只能是死亡，
>
> 以死亡为对策，可悲的对策呀！
>
> 虽然我们全身都是痛苦，

可谁愿意死亡，愿意使这

有理性的生命，彷徨于永劫中的

才智消灭于无知无觉，

麻木不仁的"暗夜"的大腹之中呢？[1]（卷二，行145—152）

弥尔顿似乎没有意识到，彼列是克劳狄奥的化身。这两个场景毫无相似之处，我不得不说，弥尔顿笔下的莎士比亚回声是无意的。这是个错误吗？这个问题很深。我没有标准答案，但它令我困惑，正如玛挪亚谈到他的儿子参孙时，让我想起马克·安东尼沉思其命运的"可怕转变"。同样，这种回声违背了弥尔顿的意图。

---

[1] 《失乐园》，朱维之译，人民文学出版社2019年版。

塞缪尔·约翰生博士:《弥尔顿传》
Dr. Samuel Johnson, *Life of Milton*

西方文学文化中最强大的批评家是塞缪尔·约翰生博士。在我漫长的人生中,他一直是我的榜样,尽管我意识到赶不上其思想、学识和精力。约翰生博士让我认识到,批评作为一种文艺,属于智慧书这种古老文类。

约翰生博士的前辈包括亚里士多德和本·琼生,但他主要受《传道书》的影响:

> 凡你手上应当做的事,要尽力去做,因为在你必去的阴间,没有工作,没有谋算,没有知识,没有智慧。(《传道书》9:10)

我反复阅读希伯来文和英文的《传道书》,有时我觉得自己像是在读约翰生博士:

> 听智慧人的责备，强如听愚昧人的歌唱。愚昧人的笑声，好像锅下烧荆棘的爆声，这也是虚空。（《传道书》7:5-6）

我从约翰生博士身上学到最深刻的教训是，作为一种文类的批评，其权威性必须依靠批评家的智慧，而非理论或方法的对错。正是由于约翰生博士的表率，我认识到文学对语言的权力意志，只有借助语词，借助语词的选择（实质上是语言中一系列的选择）才能闯出一条路。作为批评家，约翰生博士既有力量（即他所谓的创造力），也有遣词造句之匠心。他比后来的批评家都更懂得通过选择语词来折射的力量。

作为批评家，约翰生博士最伟大的作品是写于1777—1781年间的《诗人传》（*The Lives of the Poets*）。这是一部奇怪之书，因为它是关于英国诗人的导言集，入选者主要由书商而非约翰生博士本人决定。《诗人传》里包含了五十位诗人。奥利弗·戈尔德斯密是约翰生的朋友，却莫名其妙地未被收录。入选者充斥着三流诗人：庞弗雷特、多塞特、斯普拉特、斯忒普尼、罗斯康门、芬顿、利特尔顿。还有根本不入流的亚尔登。天啦，可怜的亚尔登！如果我们现在还记得他的话，全凭《亚尔登传》结尾招牌式的约翰生金句：

> 至于他别的诗歌，这样说就够了，它们值得细读，尽管它们并非总是精心雕琢，尽管它们的韵律有时失之和

谐，尽管他的缺点看上去与其说是激情不足，倒不如说是懒散所致的疏忽。

在这句话之前，约翰生博士引用了亚尔登蹩脚的一行诗，写耶和华对着刚刚创造出的光明沉思：

全能之主站在那里惊叹了一阵。

唉，可怜的亚尔登！我们绝不会忘记约翰生博士对这句诗的评论：

他应该记得，无所不知的全能之主，绝不会惊叹。一切的惊叹，都是无知者面对新奇之物时产生的反应。

可以肯定，《诗人传》中的经典之作是约翰生博士对亚历山大·蒲柏的精彩沉思。约翰生博士认为，蒲柏是诗坛大家。随着年岁日增，我越来越喜爱蒲柏，对他的理解越来越深。但是，对于我来说，《诗人传》中最出色的部分是《弥尔顿传》。这篇传记势大力沉、爱恨交织。约翰生博士是保皇党，是英国国教的热烈拥护者。弥尔顿的政治和宗教立场对于他这个伟大的批评家来说是可恨的，但弥尔顿的诗歌力量压倒了约翰生博士对其政治和宗教立场的反感。

在《弥尔顿传》中，我们有趣地看到，约翰生博士在对宗教的反感和对弥尔顿诗歌成就的洞察之间找到了平衡。当然，他对弥尔顿的反感更多是针对其政治立场。约翰生博士称弥尔顿是"刻薄易怒的共和派"。他断言弥尔顿的共和思想是"对伟大的嫉妒和仇视"，他的这个判断当然有失水准。不过，谈到《失乐园》时，他的批评回到了正常的水准。他称《失乐园》的谋篇布局在诗坛盖世无双，在语言上只屈居荷马之后。

约翰生博士在开始批评《失乐园》之前，对诗歌的性质做了精彩的论述：

> 批评者普遍认同，对才华的最高赞美应当归于写史诗的人，因为写其他类型的作品，一种体裁仅需一种诗才便已足够，而写史诗需要集合所有这些诗才。诗歌是一门通过召引想象作理性之助，将愉悦与真理相结合的艺术。史诗的宗旨就在于以最令人愉悦的规则传布最重要的真理，因此，要以最动人的方式来讲述重大的事件。历史必须能给史诗作者提供叙述的基本素材，而诗人必须运用更高超的技艺改进和提升这些素材，用戏剧的才情让它们变得鲜活，通过回忆和预示的手法让它们变得丰富多彩；道德学必须教会他懂得善与恶确切的界限和细微的差别；从处世谋略和生活实践中，他还必须学会区分不同类别的性格，

看清七情六欲各自的走向或相互作用后的趋向；格物学还必须教会他形象的阐释和意象的使用。将这些要素应用于诗歌创作的实践，就需要一种能够描摹自然和让虚构栩栩如生的想象力。只有当他全面掌握了本族的语言，能辨析言辞的所有微妙含义和词语的所有感情色彩，懂得根据各种不同的韵律来选用音色不同的词语时，他才是真正有资格写史诗的人。[1]

史诗作者必须足够强大，才能满足约翰生博士的标准。弥尔顿通过了考验。"用戏剧的才情让它们变得鲜活，通过回忆和预示的手法让它们变得丰富多彩"，约翰生博士这番话用来形容弥尔顿的艺术，我觉得再妙不过。

约翰生继续指出《失乐园》的真正卓越之处：

> 史诗的题材自然是与重大事件有关。《失乐园》的题材并不是一座城市毁灭了，幸存者结群远涉重洋，建立一个新帝国。它的题材关乎三界的命运，天上与人间的巨变，由最高等的受造物所掀起的对至高王者的反抗，反抗军团的惨败和他们所受的惩罚，有理性的新物种的诞生，他们原初的幸福与纯真，永生的失去，希望与平和回归。

---

[1] 《弥尔顿传》，叶丽贤译，出自《饥渴的想象》，生活·读书·新知三联书店2015年版，下同。

重大事件的推动或延迟只能由崇高尊贵的人物来决定。在弥尔顿的史诗所展现的这种雄伟大气面前，其他史诗都黯然失色。弥尔顿作品中即使是最弱小的角色，也是人类中最崇高、最尊贵的，因为他们是人类最早的父母；宇宙中所有的元素都与他们的行为相感应；自然与人间的状况，地球上所有未来人类的存在，都取决于他们的意志是严守或偏离神的律令。

约翰生的滔滔辩词给我们带来的愉悦，只有少数批评家能及。他的风格堪与他宏大的主题并驾齐驱。尽管我听得心惊肉跳，但他贬损弥尔顿笔下崇高的撒旦，其风格自有说服力：

撒旦的邪毒里飞满了傲慢与固执的唾沫；不过，他的措辞通常笼统不明，除了邪恶之外别无其他令人憎恶之处。

他随后展示的论说力量令人原谅了他观点的偏激：

在情节演进过程中，由特定的情境生发出具体的思想，而这思想只能源自于最炽热、最腾跃的想象力；为这样的想象力提供素材的则是永不停止的研习和永无限止的好奇心。可以说，弥尔顿心智所散发的热力使自身的学识得以升华，使自己的作品充盈着学问的轻灵，而去除了粗沉的杂质。

弥尔顿从宏观的角度来思考天地万物，因此他的描摹具有学识的底蕴。他让自己的想象力不受束缚，自由驰骋于天地，所以他的观照包容万象。他的《失乐园》的典型特征是崇高。有些时候他也从崇高下降至优雅，但他表现宏伟的事物最得心应手。他偶尔也给自己披上优美的外衣，但他天生的气度是高壮宏拔。当需要愉悦的时候，他就能使读者喜悦，但他独家的本领是令读者惊奇。

他似乎深谙自己的禀赋，深知上天慷慨地赐予了自己何种胜过别人的才情；那便是展现宏阔的气象，昭显壮观的气派，增强威严的气度，使阴郁的气质更暗淡，使恐怖的气氛更惊悚；因此，他所选的题材往往是千言万语而不能道尽，可尽情发挥想象，别人却不会斥为离谱。

大自然的景象，生活中的现象，这些并不能饱餍他追求"宏伟"的胃口。按本来面目描摹事物需要专心细致的观察，需要运用人的记忆而非想象。弥尔顿的乐趣就是纵情嬉戏在充满可能的广阔领域；现实的景象对他的心智而言太过狭隘。他把个人的才情送上求索的征途，送往想象才能飞临的世界；他欣喜地构建出新的生命形式，赋予高贵的神灵以情感和行为，地狱的商谈会，天界的唱诗班，都成了他寻游踏访的对象。

但是他不可能总是在另外的世界：他必须有时重返地

球，讲述可见的和已知的东西。当他不能引起好奇，靠他思想的崇高，他以其丰饶给予愉悦。

无论他的题材是什么，他从不辜负充满想象。

约翰生博士对弥尔顿的大力称颂，无人能及。他提出了我深切哀悼的朋友安格斯·弗莱彻后来称之为"转代比喻"的手法。

他的比喻比那些前辈不多但更多样。但他不局限自己在有力的比喻的范围：他伟大的卓越是丰富，他扩大了漫游的意象超越了这个场合要求的尺度。因此，将撒旦的盾牌比喻成月亮的轨道，他充满了想象以发现天文望远镜的发现，所有的神奇，望远镜发现的神奇。

充满想象，就是召回所有先辈的意象，将之汇集在新的比喻中，以颠覆过往的套路。在评论弥尔顿书写宗教的真理时，约翰生博士尤其令人信服：

其实，我们所有人都感受到了亚当忤逆所造成的后果；我们所有人都像亚当那样有罪，都应当像他那样痛哭自己的罪过；在堕落的天使中，我们有众多不安分、不怀好意的敌人；在圣洁的天使中，我们也有众多的守护者与良友；我们希望自己也属于被救赎的人群；我们对天堂与地狱的描述确实兴趣盎然，因为我们所有人死后的去处要么是恐怖的阴间，要么是幸福的天堂。

然而，这些道理因为太过重要，早已成了老生常谈；从幼年时起，就有人把这些道理教给我们；它们掺杂在我们独自的冥想和日常的交谈中，与生活的整个形态惯常地交织在一起。这些道理并不新鲜，所以无法触发我们内心异样的情感；凡是业已知晓的东西，我们就不会想着去学习；凡是并非始料未及的东西，我们也不会为它惊叹。

由《失乐园》庄严景象所暗示的那些观念，有一些我们会因崇敬而避之，只有需要联想起它们的具体时刻，才会去接纳它们；有一些我们会因恐惧退避三舍，只将它们当作有益的惩罚，用来抵抗利益与激情对自我的影响。这样的观念，只会阻碍而非激发奔腾的想象。

愉悦与恐惧其实是诗意真正的源泉；但诗意的愉悦至少应当是人的想象力可以体味的；诗意的恐惧必须是人的力量和坚忍可以击退的。永恒的善与恶对才智的翅翼而言太过沉重；才智受到它们的重压，处于消极无助的状态，只好满足于温和的信仰与谦卑的爱慕。

然而，已知的道理却可能以独特的面貌呈现，以一连串新意象与媒介被人的心智所接受。这正是弥尔顿承担的任务，执行这一切的是他自己所独有的蕴含万象、蕴含活力的心智。任何人，只需想到《圣经》提供给弥尔顿的仅

249

是寥寥无几的基本要点,就会诧异他通过怎样生动的创作才能把这些要点扩展成为如此恢宏大气的著作,扩散成为如此繁复多变的诗篇;而且他因为敬畏宗教而不敢肆意虚构,能写出这样的作品更是难得。

关于宗教诗之难写,约翰生博士说得再好莫过:

> 永恒的善与恶对才智的翅翼而言太过沉重;才智受到它们的重压,处于消极无助的状态,只好满足于温和的信仰与谦卑的爱慕。

但是,弥尔顿和"消极无助"是八竿子都打不着的。诚然,他最终可能"满足于温和的信仰",但一个"谦卑"地"爱慕"任何人或事物的弥尔顿,是难以想象的。我很少对约翰生的观念提出异议,但显然,弥尔顿绝不会"因为敬畏宗教而不敢肆意虚构"。

约翰生博士接下来的赞美中也有保留意见的成分。他以这样非常暧昧的评论开头:

> 但《失乐园》的基本缺陷是无法弥补的。我们总能感觉它缺乏人的情味。《失乐园》是一部读者会赞赏不已,可一旦释手就不会记得拿起的著作。没有人会希望诗人把

它写得更长一些。阅读它是任务，而不是乐事。我们阅读弥尔顿是为了聆听他的教诲，离开时就觉烦恼和负担压在心头，只好往他处寻找玩乐的法子；我们离弃了自己的师长，去寻找自己的同伴。

不过，当我们兴奋地读到约翰生博士对弥尔顿这部史诗盖棺论定的评价时，以上的保留意见可以抛掷一旁：

> 这些就是弥尔顿杰出的史诗《失乐园》的缺陷。当然，弥尔顿有更多的优点去抗衡。对于这样一个诗人，必然不能以是否真诚而论，只能以是否敏感而论，与其指责他不够真诚，倒不如同情他不够敏感。

在《弥尔顿传》的结尾，约翰生的伟大批评之声足以与弥尔顿的成就相匹配：

> 天才最卓越的优点在于原创。弥尔顿不能说创造了史诗的构架，因此他必须向荷马致以崇高的敬意；荷马的心灵自有一种博广而雄浑的气象，所有世代的人都要感谢他创造了诗歌的叙述艺术，神话传说的框架，错落有致的事件安排，对话的插入，以及所有能令读者惊叹、俘获读者心灵的手段。不过，在所有借鉴了荷马的诗人中，弥尔顿

也许是最无需对他感恩戴德的。弥尔顿天生就是独立的思想者，对自身的才能充满自信，不屑他人的扶助或阻扰；他并不能拒绝接受前人的思想和意象，却从未刻意去追寻二者。他并未从同时代人那里寻求过帮助，也从未接受过他们的帮助；在他的作品里，找不到任何东西能满足其他诗人的自尊或房获他们的青睐；没有用恭维来回报他人，也没有乞求他人的扶持。他诸多伟大的作品都是在困窘和失明的状况下写就的；他是为艰巨的伟业而生；《失乐园》不是最伟大的英雄史诗，只因为它不是第一部。

约翰生博士贴切地把弥尔顿的最大优点定位于：

> 他并不能拒绝接受前人的思想和意象，却从未刻意去追寻二者。

多年来，我一直在阐明约翰生博士的见识。弥尔顿的用典妙到毫巅，乃至于成为一种独创。出于对诗歌传统的捍卫，弥尔顿的用典躲开了他最危险的前辈斯宾塞和莎士比亚。正如安格斯·弗莱彻指出，弥尔顿以一种"转代比喻"的风格写作，其特征是反用其他诗人的比喻。

弥尔顿是一元论者，拒绝区分精神和物质。《失乐园》最大的成就之一就是赞美纯洁的愉悦。这首史诗令我们愉悦，因为它召唤起许多读者对于伊甸园的探索性感官体验。对于这种神圣的人类梦想，威廉·布莱克和他之后的英国浪漫派，报以热烈的回应。安格斯·弗莱彻暗示，正是从莎士比亚那里，弥尔顿学会了如何将预言寄托于超验的形式。

约翰生博士的文章中，最令我感伤的是他1759年1月27日周六刊载于《漫谈者》第41期的一篇文章，这篇文章的主题是挚友之死。约翰生写道："失去一个心心念念、甘愿为之付出一切的朋友，实在令人忧伤孤寂；灵魂急不可耐地朝外张望，所见唯有虚空恐惧……逝者已矣，徒留我们在此憔悴悲伤。"在这最具洞察力的时刻，约翰生博士说，我们真正的幸福不见于自我沉思之时，而见于他人的反射。

约翰生博士转而求助于启示。他暗示，我们与逝者之间仍然保持心灵的契合。我们除了与罪感、悲伤和病痛搏斗，仍然可以体会到逝者的美意和善良。他们已经完成了生命的历程，正在接受应有的奖赏。

约翰生无比庄重地阐明，真正减轻亡友带来的失落，甚至获得面对自身消亡时的理性平静，希望唯有寄托于耶稣，他的手上才掌握我们的生死。约翰生博士转向了启示，他提醒我们，所有的泪水将会被擦掉，我们的灵魂将会注满欢乐。

约翰生博士讨厌孤独。他靠友情保持振奋。眼见同辈凋零，他的悲伤日增。他总怕末日审判；他有次告诉鲍斯威尔，一个人不必尽其所为；他想知道，为了进天堂，他是否已做了够多。

约翰生博士本应该成为一个大诗人，但他畏惧他所谓的饥渴的想象带来危害。制约他成为大诗人的另一重阴影，是他对于亚历山大·蒲柏诗歌的厚爱。约翰生博士认为，蒲柏的诗歌已经尽善尽美。

那些想方设法超越蒲柏的人，遭到约翰生博士的非难。在与鲍斯威尔的谈话中，他说托马斯·格雷（Thomas Gray）两首品达式的颂歌《游吟诗人》和《诗的历程》是过于冷静。尽管他喜欢与好友威廉·柯林斯（William Collins）交谈，却不喜欢柯林斯创作的那些精彩但激进的颂歌。他极力在喜欢其人和喜欢其作之间保持危险的平衡。

当克里斯托弗·斯马特（Christopher Smart）呼吁熟人和他一起在伦敦街头祈祷时，约翰生博士对他说："我乐意像其他人一样和你一起祈祷。"

约翰生博士如何评价斯马特的《羔羊颂》，我无法想象。斯马特是宗教狂热分子，约翰生博士和他不是同道。约翰生博士追求的是平静、稳定的信仰，某种意义上他实现了这一追求。他对祷告诗的怀疑，源自他对于基督启示真理的敬畏。他不会满足于谦卑的崇拜，因为那不符合他的秉性。尽管他怀疑崇高，但他对启示的信奉在范围内和强度上，同样可以视为崇高。约翰生博士的作品基底雄厚，要为他浩瀚的智慧和心灵找一个对手，则非莎士比亚莫属。

约翰生博士应该深谙此理：人只要开始为所欲为，就将大祸临头。他在伦敦的早年生活受够了穷苦，但靠着在文坛日夜耕耘，他终于出人头地。早年的记忆从未离开他。鲍斯威尔说,即便名声如日中天,约翰生博士仍然像饿虎一样扑食。

饱受抑郁折磨的约翰生博士把满座高朋当成救命稻草。朋友们都赏识他的谈吐,并让他保持务实开朗的心态。我一向以约翰生博士为榜样,也一度与许多友人相唱和,他们都很善良聪明。他们都纷纷零落。而如今我读书、教书和写作,都是在与亡灵对话。

本·琼生不屑于蒙田在作品中欣然记下所见、所闻、所读的做法。作为弗朗西斯·培根的朋友,琼生力赞培根的散文好过蒙田。正如莎士比亚笔下的人物偷听心声后悄然改变,蒙田读到自己文字后也会改变。尽管培根有许多天赋,但是我们还是不会认为培根胜过蒙田,正如我们不会认为本·琼生胜过莎士比亚。爱默生评论蒙田时说:"删掉那些字眼,它们会流血;它们是活生生的血管。"这句评论不能移用于培根。

蒙田的智慧不是基督教的智慧。《蒙田随笔》中耶稣只被提及九次,苏格拉底却被引用了上百次。这不是因为蒙田认为上帝和基督不存在,而只是上帝和基督离我们太遥远,不在我们的关心范围之内。蒙田的自我意识完全属于他自己。他不与人争论,他只是推测。这样,他就捕捉到了我们每个人的疑惑。

蒙田最著名的问题是"我知道什么",他所知道的是他自己。他调停过法国的宗教内战,但他只渴望独自阅读和写作。他说,根据他自己的经验,只要他是一个忠实的学人,这就足以使他变得睿智。他给我们最重要的教训就是,切莫鄙视我们的人生。假如我们充分利用人生，真的有望成神。

约翰生博士与蒙田的差异之大，无人能及。在那本奇怪的传奇《拉塞拉斯》中，约翰生博士让哲人伊姆拉克说了一句伟大的话，这句话颠覆了蒙田所代表的一切："无论在哪里，人生都是苦多乐少。"

约翰生博士永远在与他严重的抑郁症抗争。他怕自己的认知力和想象力，因为这两种力量都很强大。他的罪感意识超越了一切基督教的原罪意识。这纯粹是属于个人的意识，或许我们永远无法理解。我相信，如果不是他对蒲柏的敬重扼杀了他巨大的潜力，约翰生博士本应是一个大诗人。想象力对他进行了报复。不像蒙田，约翰生博士从来不满足于独处。对于蒙田来说，阅读和写作就是人间天堂。对于约翰生博士来说，阅读和写作是对深渊的徒劳抵抗。

威廉·柯林斯:《诗性颂》
William Collins, "Ode on the Poetical Character"

威廉·柯林斯（1721—1759）只活了三十七岁。从 1754 年起，柯林斯陷入了极度忧郁，或许是因为他主要的作品《关于几个描述和讽喻主题的颂歌》（1747）受到大众的冷遇。这部诗集里有许多出色的诗歌，如《恐惧颂》《诗性颂》《夜颂》和《热情：音乐颂》。

柯林斯是约翰生博士的密友。约翰生博士在《诗人传》中的《柯林斯传》里纪念了这位早逝的诗人：

这就是柯林斯的命运。过去我乐于与之交谈，现在唯余温柔的回忆。

然而，约翰生博士对柯林斯的友爱和尊重没有延伸到柯林斯的主要颂歌：

关于他的创作，除了上面所言，或许还可补充一句。

他的用词往往粗糙，未经精心锤炼和明智剪裁。他炫耀一些其实不值得翻新的古词；他扭曲了语词的普通用法，似乎是像某些后来猎取名声之人一样认为，只要写的不是散体，必然就是诗体。他的诗行通常都不够灵动，太多的辅音造成了迟滞和堵塞。正如不可能爱上的人，往往受到尊敬，同样，哪怕无趣，柯林斯的诗歌有时也可能强索赞美。

约翰生博士也喜欢和崇拜托马斯·沃顿（Thomas Warton），但他对沃顿的《诗集》（1777）的反应却掷地有声：

> 我目光所及，皆是
> 生面，但无一新意；
> 一路无尽劳作至终，
> 无尽的劳作都成空；
> 被时光抛弃的话语，
> 粗俗而混乱的言辞：
> 戴着古人服饰冒充
> 商籁、颂歌和挽诗。

尽管约翰生博士受到的刺激是来自托马斯·沃顿，其中也回荡着他对早已逝去的威廉·柯林斯的回忆。柯林斯和格雷的创作中都回到弥尔顿的传统，这令约翰生博士感到不安。他从蒲柏的身上继承了对崇高的怀疑。怀疑崇高，在我看来，最经典的表述来自我四十年的朋友和同事马丁·普莱斯（Martin Price）：

> 蒲柏和斯威夫特总是把崇高视为诱人堕落的陷阱。"枝丫可能朝上伸向天堂，但其根须还是在大地。专注的沉思不是血肉之躯的事务；按照事物的必然规律，只需一小会儿，我们就会放弃对崇高的沉思，掉进物质的现实。"

现在，我似乎进入了挽歌季。这是六月的一天，我疲惫不堪地坐在这里，因为我还在漫长的康复期，陷入对亡友的沉思。我深爱的学生托马斯·威斯克尔（Thomas Weiskel）去世时才二十九岁，他是想去拯救两岁的女儿，结果脚下的冰突然迸裂将他们吞噬。他的著作《浪漫的崇高：论超验的结构和心理》（*The Romantic Sublime: Studies in the Stucture and Psychology of Transcendence*，1976）由莱斯利·布里斯曼编辑出版。我写了一篇前言，介绍威斯克尔其人其作。在《浪漫的崇高》中，威斯克尔对柯林斯的《诗性颂》（"Ode on the Poetical Character"）做了精彩的解读，他认为这首诗淋漓尽致地表现了在十八世纪中叶做诗人的艰难。

罗杰·兰斯戴尔（Roger Lonsdale）编辑了格雷、柯林斯和戈尔德斯密的诗集。这是一个很有用的版本。他不同意诺斯罗普·弗莱、我和威斯克尔的观点。他认为，《诗性颂》里的"头发浓密的清晨少年"指的就是太阳。但是，这首诗歌的语言明显具有性的意味。上帝和想象交媾之后，诞生出诗人：

正如神话故事说，这个乐队

在创世的那一天组建，

当他用意志，召唤

浩瀚的苍穹和欢笑的大地诞生，

装点了泉水、大树，

倾倒环绕一切的大海，

面对狂热的爱者长久的求爱，

他呢，带着更加肃穆的表情，

隐退，独自与她同坐，

把她放在他蓝色的王座；

一会儿，在这拱形的圣殿周围，

将听到天使的声乐响起；

现在，最崇高的胜利在膨胀，

沉湎于爱和仁慈；

她从帷幔一样的云中出来，

高唱神奇的歌谣：

你，你这头发浓密的清晨少年，

还有你的子民，生命全都诞生！

危险的情欲保持漠然，

远离那神圣的不断增长的织物；

但那附近还坐着狂喜的惊奇，

倾听遥远的惊雷；

> 真理，穿着和煦的背心，
> 眼神像流苏一样的荡漾；
> 心灵的幽暗部落，
> 它们的私语加入编织的舞蹈；
> 所有明亮的难以估量的力量，
> 都依靠天国芬芳的鲜花供养。
> 诗人在哪里？他的灵魂现在
> 会公开承认傲慢的崇高希望？
> 狂喜思考的盲眼诗人在哪里？
> 这一神圣的工作专为你而留？

"头发浓密的清晨少年"同时可以指太阳、阿波罗和新诗人。我相信，柯林斯没有像克里斯托弗·斯马特和威廉·布莱克一样受过神智学训练，但他的想象明显类似于犹太神秘主义学说的舍金纳，也就是耶和华在女人身上的临在。无论如何，他认为诗性临在于游吟诗人，但不属于蒲柏一派的诗人。柯林斯呼吁回归到斯宾塞和弥尔顿的一派：

> 在某个直入云霄的悬崖之上，
> 那里，人迹罕至，风景非凡，
> 深谷之上的怪影，
> 缠住嫉妒的险峰，

神魔守住岩石,

天色渐暗,泉源打开,

丰富的源头,哺育出

平静的乐园:想象中,

在那片林间空地,我看见一棵橡树,

弥尔顿躺在树下,他夜里的耳朵,

能够听到天乐,像空灵的露珠,

从云间滴落:他把手伸向

挂在云间的古老号角;

他从沃勒休憩的桃金娘树下,

经常给我们送来美丽的致意,

凭着希望和愿言的担保,

我颤抖的双脚追寻他引导的步伐;

徒劳——据说,那样的极乐,

只属于灵魂之子中的一个人,

天堂和想象,这两种同源的力量,

已经颠覆了那片启迪灵感的林荫,

深锁那一幕风景,不让后人目睹。

诗里提到的埃德蒙·沃勒,被约翰·德莱顿和亚历山大·蒲柏视为奥古斯都诗歌的鼻祖。"桃金娘"是维纳斯的神树。

托马斯·格雷：作为局外人的诗人
Thomas Gray: The Poet as Outsider

英语中有两首诗，哪怕是诗歌的门外汉，也耳熟能详，一首是托马斯·格雷的《墓园挽歌》(*Elegy Written in a Country Church-Yard*)，另一首是爱德华·菲茨杰拉德的《鲁拜集》(*The Rubaiyat of Omar Khayyam*)。约翰·霍兰德和我有过多次讨论，为什么这两首诗独特，有那么多大众读者。诚然，它们都是真诚有力的诗歌，但这并不能解释它们的流行。

对托马斯·格雷研究的顶尖权威仍是罗杰·兰斯戴尔。他告诉我们，要从格雷于伊顿完成的手稿初版到我们所熟悉的版本间的转变中找到这首诗的中心意涵。我们可以说，格雷的手稿完全是模仿贺拉斯的风格，是一首赞美隐逸生活的田园诗。格雷修订后的诗歌，更加接近弥尔顿的风格，主旨是表达身后为人追忆的渴望。

兰斯戴尔巧妙地表明，格雷在修改版中展现了一个截然不同的诗人形象：

这个诗人的形象不再是城里人,温文尔雅,洞悉人情,像奥古斯都时代理性的罗马人,有一定社会地位;格雷在修订版中戏剧化的形象是作为局外人的诗人,有些不安和敏感,想象独特而沉重。

这种沉重的想象源自斯宾塞、莎士比亚和弥尔顿。那篇更像奥古斯都时代风格的《墓园挽歌》初稿,以四个精彩的诗节结尾:

> 轻率的世人会向君主低头,
> 一心褒扬勇敢,崇拜成功,
> 认为平安一世不是力与智
> 合谋的恩典,而是因纯真。
>
> 你若留心这些无名的逝者,
> 用音符讲他们质朴的故事,
> 假如在暗夜幽思的引领下,
> 你徘徊在这条命运的幽径,
>
> 倾听周围沉思的神圣静谧,
> 如何从地下传来轻言细语,
> 吩咐所有如火的激情止息,
> 真心诚意感激永恒的宁静,

不再去与理性和自我争斗；
放下你无尽的焦虑和欲望，
在这与世隔绝的清冷幽谷，
追寻命运给你无言的旨意。

这个结尾与我们熟知的版本大相径庭：

要知道谁甘愿舍身喂哑口的"遗忘"，
坦然撇下了忧喜交织的此生，
谁离开风和日暖的明媚现场
而能不依依地回头来顾盼一阵？

辞世的灵魂还依傍钟情的怀抱，
临闭的眼睛需要尽哀的珠泪，
即使坟冢里也有"自然"的呼号，
他们的旧火还点燃我们的新灰。

至于你，你关心这些陈死人，
用这些诗句讲他们质朴的故事，
假如在幽思的引领下，偶然有缘分，
一位同道来问起你的身世——

也许会有白头的乡下人对他说,
"我们常常看见他,天还刚亮,
就用匆忙的脚步把露水碰落,
上那边高处的草地去会晤朝阳;

"那边有一棵婆娑的山毛榉老树,
树底下隆起的老根盘错在一起,
他常常在那里懒躺过一个中午,
悉心看旁边一道涓涓的小溪。

"他转游到林边,有时候笑里带嘲,
念念有词,发他的奇谈怪议,
有时候垂头丧气,像无依无靠,
像忧心忡忡或者像情场失意。

"有一天早上,在他惯去的山头,
灌木丛、他那棵爱树下,我不见他出现;
第二天早上,尽管我走下溪流,
上草地,穿过树林,他还是不见。

"第三天我们见到了送葬的行列,
唱着挽歌,抬着他向坟场走去——

请上前看那丛老荆棘底下的碑碣,

(你是识字的)请念念这些诗句":

墓铭

这里边,高枕地膝,是一位青年,

生平从不曾受知于"富贵"和"名声";

"知识"可没有轻视他生身的微贱,

"清愁"把他标出来认作宠幸。

他生性真挚,最乐于慷慨施惠,

上苍也给了他同样慷慨的报酬:

他给了"坎坷"全部的所有,一滴泪;

从上苍全得了所求,一位朋友。

别再想法子表彰他的功绩,

也别再把他的弱点翻出了暗窖

(它们同样在颤抖的希望中休息),

那就是他的天父和上帝的怀抱。[1]

---

1 《墓园挽歌》,卞之琳译,出自王佐良编《英国诗选》,上海译文出版社 1988 年版。

约翰生博士判断诗歌是否伟大的标准,是看它是否揭示了新的内容。尽管他不喜欢格雷的诗歌,但他还是赞美了这首《墓园挽歌》,因为在他看来,这首诗的观念完全是原创的:

> 这首《墓园挽歌》有许多意象,在我们心目中都能找到映射,令我们情不自禁地唱和。从第二十个诗节("可是叫这些尸骨免受到糟蹋")开始的四个诗节,在我看来是新奇的:我在别处从来没有见过这些观念;在这里读到它们的人,总会心悦诚服地说,这是以前体验过的感觉。要是格雷都是这样写的话,责备他也枉然,赞美他也无用。

让我一直困惑的是,正如格雷是博学的诗人,身为博学的批评家,约翰生博士在这里有意忽视了卢克莱修、奥维德、彼得拉克、弥尔顿的撒旦、蒲柏的《奥德赛》和斯威夫特的回声。我认为,这个伟大的批评家表达了他关于诗意自我和死后灵魂归宿的最深沉焦虑。

身体的智慧与不智
Wisdom and Unwisdom of the Body

二十世纪六十年代初,在我远去的青春岁月,我是研究威廉·布莱克(1757—1827)的学者,写过几篇长文,评论他的三部"短史诗":《四天神》《弥尔顿》和《耶路撒冷》。现在,过了半个多世纪,我在半夜醒来时会吟诵他的诗,我把他的抒情诗纳入支撑我继续前行的吟诵诗篇之列。不知何故(我希望知道原因),我发现自己总是反复吟诵《弥尔顿》(1810)的开场:

> 这些脚,在遥远古代,
> 走过英伦的绿水青山:
> 心旷神怡的英伦牧场,
> 见过上帝神圣的羔羊!
>
> 神圣的面容是否发光,
> 照耀乌云密布的小山?

在这幽暗邪恶的磨坊,
是否建成了耶路撒冷?

把我燃烧的金弓拿来;
把我欲望的羽箭拿来:
把我的枪拿来:云开!
把我的烈火战车开来!

我不会停止精神之战,
剑也不会在手中沉睡:
直到我们把耶路撒冷,
建在英伦愉悦的绿野。

  这首十分个性化的抒情诗被英国圣公会和不信国教的新教徒接纳,作为几乎是规定性的基督教圣歌,这可能会令布莱克意外。那时,约翰·弥尔顿的《失乐园》已经成了新教的史诗,就像但丁的《神曲》一样,许多人认为表达了虔诚的天主教思想。弥尔顿的确是把他"正直纯粹之心"放"在所有庙宇之前"。

  布莱克《弥尔顿》的开头用了几个反问,其答案都是肯定的。幽暗邪恶的磨坊可能指的是工业化,但任何熟悉布莱克的读者,会从中认出乌里森的意象,乌里森在我们心灵的磨坊中不停碾磨,使我们变成石沉大海的牺牲品。布莱克像弥尔顿一样也是某个教派的成员,他接过先知以利亚的衣钵,坐着烈火战车上天。作为诗人兼先知的布莱克拒绝停止精神之战,他把心目中的弥尔顿,供奉给在得到救赎的英格兰建造起来的新耶路撒冷。

许多读者现在遇到这首抒情诗时,脑海里会浮现那首圣歌的旋律。这是布莱克乐意看到的反讽。我认为,解决之道就是通过聆听布莱克十分独特的声音,恢复他的原貌:

> 经验的价码是多少,人们为了一首歌而购买它?或者问,
> 智慧的价码是多少,人们为了一曲舞而购买它?买不到,
> 即使一个人卖掉房子、老婆、孩子也买不到。
> 智慧在无人问津的荒凉市场出售,
> 在农夫为了面包而徒劳耕种的凋零田野里出售。(《四天神》,"恩尼翁之歌",第二夜)

万人合唱被误称为《耶路撒冷》的这首歌时,沉思着这些灼人的诗句。布莱克有意让我们在此听见《传道书》的回声,不过变成其预言的意图与大家认为的所罗门沉思的"虚空"不同。在无人问津的荒凉市场出售的,正是布莱克没有读者的诗歌和遭遇冷落的绘画;他的诗与画犹如在凋零田野里徒劳的耕种。

布莱克诗歌的声音里回荡着先知的回声,他知道自己的声音不会有人听见。如同弥尔顿的风琴声,它在我们强加于自身的视界里回荡。这些声音的副歌是:为什么你会转身走开?惠特曼自称是应

答者，布莱克可能同样在应答。以下是英语中最直接、技艺最精湛的抒情诗之一《水晶屋》：

> 落入这个少女之手时，
> 我正在荒野翩翩起舞；
> 她把我关入她的小屋，
> 一把金锁将房门锁住。
>
> 这间闪亮小屋的材质，
> 是黄金、珍珠和水晶，
> 它通向了另一个世界，
> 一个小小的迷人月夜。
>
> 我看到了另一个英伦，
> 也有着漂亮的伦敦塔；
> 也有泰晤士河与小山，
> 也有萨里郡宜人凉荫。
>
> 还有一个像她的少女，
> 透明可爱，光彩熠熠，
> 三重世界间彼此隔绝，
> 啊，愉快战栗的恐惧。

一个微笑变成了三个，
填满如烈焰燃烧的心，
我俯身吻那可爱少女，
发现得到了三个回吻。

情在燃烧，手在发烫，
我想抓住她内在之相；
岂料水晶屋突然爆裂，
像是一个哭泣的孩子，

一个哭泣的荒野少年，
一个苍白的悲戚少女；
我又回到外面的世界，
将悲伤注入进飘风中。

　　相比那个不抗拒的少年，这个少女的性更活跃。这个水晶屋自成一个世界，它通向另一个英伦和另一个少女的月夜，但这个水晶宫是透明的，犹如一个中国魔盒，其中三面镜像彼此映射。布莱克预言了刘易斯·卡洛尔的镜中世界，但他的水晶屋更微妙，因为这个少女的三重镜像只是在它们之间部分聚合，留下一个模糊的意象。"我"的亲吻得到的是少女三重的亲吻，迷惑的"我"想要把握这个少女三重镜像中内在之"相"，就在此时，水晶屋爆裂，因为即使获得了性的满足,也不能获得对现实的认知。

最后,"我"这个不幸的情人像孩子一样哭泣,那个少女也在哭泣。读者若想知道这出具有象征意义的戏剧的进展,可以参看布莱克加了版画的史诗《耶路撒冷》(70:17-31),其中,那个少女被命名为喇合。在《约书亚记》中,喇合是获得救赎的妓女,但丁将之与基督的受难联系起来,继续视她为救赎的象征。布莱克激烈地颠覆了这个观念。他认为喇合象征了世上的所有宗教,每一种宗教不过是另一个巴比伦妓女喇合。布莱克在他三部短史诗里创造了复杂的神话,我不鼓励读者(少数读者例外)去纠结解密,即使会有所回报。《水晶宫》和布莱克的许多抒情诗一样,其精彩之处在于,里面的神话隐而不显,戏剧性的失落传达出一种神秘之美。

在黎明前的艰难时刻,我总是躺在床上无法入眠。有时,我听见布莱克的四行诗在脑海回荡。这是《瑟尔之书》开篇的箴言:

> 鹰可知坑里是何物?
> 或者你会去问鼹鼠:
> 银杖里能否存智慧?
> 金碗里能否盛爱情?

我认为,亨利·詹姆斯在为他晚期经典《金碗》定书名时,他心里想到的不是布莱克,而是启发了他和布莱克的《传道书》(第

12 章）：

> 人所愿的也都废掉，因为人归他永远的家，吊丧的在街上往来。银杖折断，金碗破裂，瓶子在泉边损坏，水轮在井口破烂；尘土仍归于地……

威廉·巴特勒·叶芝自称是布莱克的传人，但他既没有遵循《传道书》，也没有效仿亨利·詹姆斯，而是改写了《瑟尔之书》的箴言：

> 就在今天我才想通这些，
> 一个挂着拐杖的男人
> 会抛却虚假的做作，
> 无论对老太婆还是小姑娘，
> 会唱呀，唱，直到他倒毙：
> 我用一只金杯盛太阳，
> 一只银袋把月亮装起。[1]

这位爱尔兰的大诗人在与他的前辈唱反调。布莱克在《弥尔顿》开头的反问，隐含的是肯定的答案。在这里，叶芝改以否定的

---

[1] 《那些跳舞的日子已逝去》，傅浩译，出自《叶芝诗集》，上海译文出版社 2018 年版。

回答，他视之为一种胜利。尽管叶芝还有各种神秘的渴望，但他认为，身体的智慧已足够。布莱克发现，那些极力用"下半身"讲道理的人都太不明智。D. H. 劳伦斯认同叶芝的"英雄生机论"，但对于布莱克来说，我们若想变成完整的人，除了性兴奋，还需要更多的东西。

威廉·布莱克的《弥尔顿》
William Blake's *Milton*

我在此继续讨论威廉·布莱克,且看他诗歌《弥尔顿》的精彩结尾:

> 我用自省净化精神之面。
> 我用生命之水沐浴,洗掉非人之物。
> 在自我毁灭和伟大灵感中,
> 我抛掉理性的证明,信仰救主。
> 我抛掉记忆的褴褛,信仰灵感。
> 我抛掉英国保护层上的培根、洛克和牛顿,
> 脱掉它污秽的外衣,为它穿上想象。
> 我把诗歌中与灵感无关的东西抛到一边,
> 它就不再敢用疯狂的恶意嘲笑。
> 我要开始打造受启者,用温顺而精密的轧机,
> 碾平无数微不足道的污点、韵律或和声,

像毛毛虫一样爬进有待摧毁的政府。

我要干掉提问的白痴，他总是问，

却从来不回答；他一脸坏笑坐着，

悄悄盘算何时提问，像洞穴里的贼；

他发表怀疑，却称之为知识；他的学问是绝望，

他假装有知识，其实是嫉妒；

他一心摧毁时代的智慧，满足贪婪的嫉妒；

愤怒围绕着他，就像一头狼，日夜不休息；

他傲慢地笑；他谈论仁善，

却一再谋害行仁善之人。

他摧毁了耶路撒冷，谋害了耶稣，

他否定信仰，嘲笑永生，

他假装懂得诗歌，却摧毁了想象，

他模仿取自记忆的自然意象。

那些不过是性感的外衣，可憎的苍凉，

像耶稣租用的方舟和帷幕，遮蔽了人面。

现在，这一切都将用烈火焚净，

直到一代人在新生中消失。

最终，布莱克笔下的弥尔顿从天堂回到了布莱克的费尔法姆谷（Felpham）。我认为世上很少有诗篇达到如弥尔顿那样辉煌崇高的境界。谁不希望用自省净化精神之面？谁不希望沐浴生命之水，

洗掉非人之物？但布莱克的弥尔顿，如同真实的约翰·弥尔顿，远远超越了我们。我既无法自我毁灭，也没有伟大的灵感。我不是诗人，无法宣称把诗歌中与灵感无关的东西排除出去。经常有人指责布莱克是疯子，但他在绘画和诗歌中反抗他的敌人，捍卫自己真正获得的灵感。

《弥尔顿》的结尾最有力之处在于，布莱克创造"提问的白痴"这个伟大的形象。这个人总是问，但不会回答：他装腔作势懂哲学，对任何事物有洞见；他满口仁义道德，却一再谋害道德义士。

在《弥尔顿》的结尾，布莱克宣告了他自己的所见：

> 我看见阿尔比恩的二十四城
> 登上审判世上诸国的宝座，
> 我看见不朽的四天神在阿尔比恩周围升起，
> 二十四城突然好似翻了四倍。
> 耶稣哭着走出血雾缭绕的费尔法姆谷，
> 进入阿尔比恩的怀抱，死亡的怀抱；
> 四天神利用费尔法姆的火柱围着他；
> 他们吹奏起号角，号声随风四处飘荡。
> 我惊恐地站在幽谷，听着不朽的号声：
> 我浑身战栗，恍惚间我像要扑在地上，
> 过了一会儿，我的灵魂回到凡尘人间，
> 回到肉身的复活和审判，

我愉快的甜蜜身影在我身旁颤抖。

一只歌声嘹亮的云雀从费尔法姆谷中惊起,
百里香的气味从温布雷顿的青山飘来,
罗斯和埃尼阿尔蒙出现在萨里郡的山上。
他们的云层随着南风卷过伦敦,温柔的奥松
在朗伯斯的幽谷喘息,为人间的丰收喜极而泣。
罗斯在听穷人的哭声;他的云层
在伦敦上空可怕地堆积,因愤怒而低垂。

林特拉和帕拉马布朗俯瞰人间的丰收。
世人在榨酒,放开谷仓,备好炉火,
马车也安排妥当;恐怖的狮子和老虎
在玩乐嬉戏,大地上的所有野兽,
都在积蓄力量,准备

扑向人间的丰收和佳酿。

在这里,布莱克以人类胜利的姿态回到自我。四天神,或者说人类永不磨灭的四种精神,吹奏起号角,催促布莱克走向他自己最后的审判。然而他获得了辉煌的重生,等待着他的尘世命运,他追随弥尔顿的信仰,相信身体和灵魂必须一起死,一起复活。在令人信服的结尾部分，布莱克汇聚了他诗歌里的许多象征：云雀和百里香是罗斯的使者；像风云一样涌起的罗斯和埃尼阿尔蒙，象征着灵感；林特拉和帕拉马布朗这两个先知，象征着劳作。此外，布莱克还加入了《阿尔比恩女儿们所见》中的奥松，她在那首诗中因没有获得人间的丰收而悲喜交加。在《四天神》开头的几个晚上，罗斯频频犯错，但现在的他已经脱胎换骨。而像先知中的阿摩司，他"在听穷人的哭声"，他先知般的愤怒像乌云压在伦敦之上，呼唤社会正义，如果没有正义，就以毁灭相威胁。在结尾的几行诗中，撒旦邪恶的磨坊已经消失，末日临近。在最后一行，我听到了先知的呐喊。它表达了挑战，也展现了布莱克这位诗人兼先知的信心：他经历了许多严峻的考验，以胜利告终。

威廉·华兹华斯:《孤独的割麦女》
William Wordsworth: "The Solitary Reaper"

华兹华斯的《永生的信息》影响了珀西·毕希·雪莱,但这首颂歌来自不同的世界。我在此谈起它,一方面是因为它与柯尔律治的《忧郁颂》密切相关,另一方面它也是一首关于精神危机的抒情诗。《永生的信息》创作于 1802 年至 1804 年。一年后,华兹华斯完成了一首更简短的经典《孤独的割麦女》:

> 你瞧那孤独的山地少女!
> 那片田野里,就只她一个,
> 她割呀,唱呀;——停下来听吧,
> 要不就轻轻走过!
> 她独自割着,割下又捆好,
> 唱的是一支幽怨曲调;
> 你听!这一片清越音波
> 已经把深深山谷浸没。

夜莺也没有更美的歌喉
来安慰那些困乏的旅客——
当他们找到了栖宿的绿洲,
在那阿拉伯大漠;
在赫布里底——天边的海岛,
春光里,听得见杜鹃啼叫,
一声声叫破海上的沉静,
也不及她的歌这样动情。

谁能告诉我她唱些什么?
也许这凄婉歌声是咏叹
古老、遥远的悲欢离合,
往昔年代的征战?
要么是一支平凡曲子,
唱的是当今寻常小事?
常见的痛苦、失意、忧愁——
以前有过的,以后还会有?

不管这姑娘唱的是什么,
她的歌仿佛没完没了;
只要她一边唱一边干活,
弯腰挥动着镰刀;

我一动不动,悄悄听着;
及至我缓步登上山坡,
那歌调早已寂无声响,
却还在心底悠悠回荡。[1]

托马斯·威尔金森是华兹华斯的友人,他写了一部未刊的游记,华兹华斯挪用了其中的一句话:"我路过一个独自割麦子的少女:她一边手拿镰刀,弯腰割麦,一边唱着克尔特语歌谣;这是我听到过的最甜美歌声;她的歌声温柔而忧伤,令人久久无法忘怀。"华兹华斯的想象力受到激发,因为他不懂苏格兰高地少女歌唱的语言,所以他只能大胆推测。每当我吟诵《孤独的割麦女》,总是不由自主地想起华莱士·史蒂文斯的《基围斯特的秩序观》("The Idea of Order at Key West"),史蒂文斯在那里隐约听到一个在基围斯特海滩边散步的少女的歌声,他不知道那是什么语言,也不知道歌声的意义,他只知道她是自己歌声的缔造者,至于大海和天空,都是次要的。她坚定地阔步前行,激情地歌唱,相信自己有力量超越死寂的世界。

显然,孤独的割麦少女唱的是一首劳动号子,苏格兰人俗称的"口乐",它似乎回环往复,绵绵不绝。最重要的是,在这个美妙时刻过后,华兹华斯的心田仍萦绕着音乐。华莱士·史蒂文斯记住了

---

[1] 《孤独的割麦女》,杨德豫译,出自《华兹华斯诗选》,广西师范大学出版社2009年版。

这一点,他以同样的神韵为《基围斯特的秩序观》作结:

> 罗曼·费定南兹,可否告诉我
> 这是为何;当歌声结束,我们
> 回城,那些荧灯,那些
> 停泊的渔舟的灯火,面对
> 空中跌落的夜色,竟然
> 把握了夜,分配了夜?竟然
> 摆布出火树银花,安排,
> 加深,甚至迷醉了夜?
>
> 啊,苍白的罗曼,请看:秩序的激昂!
> 献给大海之词的缔造者的激昂,
> 香门之词,隐约被星空烘托,
> 用更恰切的微妙,更清晰的声响,
> 诉说着我们,诉说着我们的本源。[1]

少女的歌声已逝,但一种光环降临港湾,港湾好似具有了魔力,朦胧,却永驻。华兹华斯的记忆神话比史蒂文斯认为的更为强大。当我心头默念《基围斯特的秩序观》时,首先想到的是史蒂文

---

[1] 《基围斯特的秩序观》,张枣译,出自《张枣译诗》,人民文学出版社 2015 年版。

斯坚持抗拒的东西：大海传来的非人的声音。在多大程度上，诗人的心灵是其主人，外在的感觉只是其意志的仆人，这在史蒂文斯身上值得追问，但在华兹华斯身上，至少在他1797年至1807年这光辉的十年里不是问题。

威廉·华兹华斯:《永生的信息》
William Wordsworth: "Ode: Intimations of Immortality from Recollections of Early Childhood"

我在思考、默诵或教授华兹华斯的《永生的信息》时,最先想到的是他自己对此诗的评论:

> 这首诗歌创作于我住在格雷斯米尔镇尾期间。我先写了前面四个诗节,之后至少过了两年,才写完后面的诗节。对于心思缜密、目光敏锐的读者来说,整首诗歌已足以自明。但在这里我也不妨多言两句,提请注意这首诗歌的结构,因为这首诗的结构一定程度上基于我心灵的特定情感或经验。对于童年的我夹说,最困难的事情莫过于承认这种想法:我也有死亡的那一天。我在其他地方写过——
>
> 天真的孩子,

> 呼吸得那样柔和！
> 只感到生命充沛在四肢，
> 对死亡，她懂得什么？

　　不过，我遭遇的困难，与其说来自感受到的动物性的活力，不如说来自心中不屈的精神。我经常寻思以诺和以利亚的故事，劝说自己相信，无论其他人可能变成什么样子，我都会像以诺和以利亚被带进天堂。怀着这样的心情，我往往不会视外物为外在的存在，我与所见的一切的交流，我不是把它们视为外物，而是把它们视为我与生俱来的本性之一部分。许多次，在上学的路上，我会靠住一堵墙，或者抓住一棵树，才能把我自己从这种唯心主义的深渊中召唤现实。那时，我害怕这样的过程。在人生的后半程，我曾像每个身不由己的人那样，我悲叹屈从于对立的一种性格，我对于记忆欢欣雀跃，正如表达于以下诗句——

> 为了对感官的世界、
> 对世间万物寻根究底的盘诘，
> 为了失落的、消亡的一切；

　　我相信，每个人只要回首往事，都能感受到童年时视线中那梦幻般的生动和精彩，我不需要在此赘言，但是在《永生的信息》这首诗里，我将之视为先在状态的推定证据，对给一些善良虔诚之人带来痛苦的一个结论提出抗议，培育这样一种观念，我认为是正确的。这个观念过于模糊，难以被当成信仰，只不过是我们对于永生的直觉中的一个要素。但且让我们记在心里，尽管这个观念并非高级的启示，但其中也并无矛盾的地方，而且人类的堕落也提供了有利于它的类比。因此，许多国度的民间信仰中，都有这种"先在观念"；任何熟悉古典文学的人都知道这是柏拉图唯心主义哲学的一部分。阿基米德说，给我一个支点，我能撬动整个世界。谁对自己的心灵世界没有过同样的渴望？我被迫地写下这首《永生的信息》时，运用了这些思想，我把先在的概念作为人性的充分基础，尽我作为诗人之力，充分地利用它。

《永生的信息》是英诗中最重要的短经典，堪与弥尔顿的《利西达斯》比肩。这首伟大的颂歌对柯尔律治、雪莱、拜伦、济慈、约翰·克莱尔、丁尼生、罗伯特·勃朗宁、阿诺德、霍普金斯、梅瑞狄斯、斯温伯恩和叶芝的影响有迹可循。其影响也见于美国诗歌，它为美国诗歌的传统注入了活力，这个传统从爱默生开始，经过惠特曼和狄金森，一直延续到弗罗斯特、华莱士·史蒂文斯、哈特·克兰、A. R. 阿蒙斯和约翰·阿什贝利。《永生的信息》是一首关乎沉痛的失落和存疑的收获的诗歌。这首诗的标题用词不当，因为在我看来，这首诗写的是死亡和与之为友的必要性。华兹华斯拒绝所有关于这是柏拉图式的颂歌的说法，尽管在第 162—168 行的幻想中有对永生的唯一暗示：

> 因此，在天朗气清的季节里，
> 我们虽深居内地，
> 灵魂却远远望得见永生之海：
> 这海水把我们送来此间，
> 一会儿便可以登临彼岸，
> 看得见岸边孩子们游玩比赛，
> 听得见终古不息的海浪滚滚而来。[1]

弗洛伊德以反讽的口吻将这种对于起源的渴望称之为"大洋感"。华兹华斯写过一首短小的抒情诗《我一见彩虹高悬天上》：

> 我一见彩虹高悬天上，
> 心儿便跳荡不止：
> 从前小时候就是这样；
> 如今长大了还是这样；
> 以后我老了也要这样，

---

[1] 《永生的信息》，杨德豫译，出自《华兹华斯诗选》，广西师范大学出版社 2009 年版，本书涉及该诗引文均采用此版本中译。

否则，不如死！
儿童乃是成人的父亲；
我可以指望：我一世光阴
自始至终贯穿着对自然的虔敬。[1]

他引用了这首诗歌的最后三行作为《永生的信息》的题记，绝无任何反讽之意。在这三行之后，他还引用了一句维吉尔的诗：

让我们唱更雄壮的歌。

维吉尔在《牧歌》第四首开头，召唤为他的《牧歌》带来灵感的西西里的才艺女神们，"让我们唱更雄壮的歌"。在此，华兹华斯想要我们回想起弥尔顿在《利西达斯》第37行对维吉尔这句诗的刻意影射："开始吧，有几分响亮地拨扫弓琴。"但是，与维吉尔和弥尔顿不同，《永生的信息》一共有十一个诗节，华兹华斯在第一个诗节就为我们定下了自然失落的调子：

1

还记得当年，大地的千形万态，

---

[1] 《我一见彩虹高悬天上》，杨德豫译，出自《华兹华斯诗选》，广西师范大学出版社2009年版。

绿野，丛林，滔滔的流水，

在我看来

仿佛都呈现天国的明辉，

赫赫的荣光，梦境的新姿异彩。

可是如今呢，光景已不似当年——

不论白天或晚上，

无论我走向何方，

当年所见的情境如今已不能重见。

在华兹华斯的眼里，"寻常所见"充满了赫赫荣光。天国明辉的外衣不再可见，而诗人一开始就极力安慰自己，他的洞察力没有消减：

2

虹霓显而复隐，

玫瑰秀色宜人；

明月怡然环顾，

天宇澄净无云；

湖水清丽悦目，

星斗映现湖心；

旭日方升，金辉闪射；

然而，不论我身在何方，
我总觉得：大地的荣光已黯然减色。

尽管使用了现在时态，但最后华兹华斯还是不得不意识到：大地的荣光已逝。

3

听这些鸟儿，把欢乐之歌高唱，
瞧这些小小羊羔
应着鼓声而蹦跳，
惟独我，偏偏有愁思来到心间；
沉吟咏叹了一番，把愁思排遣，
于是乎心神重旺。
悬崖上，似号角齐鸣，飞泻着瀑布；
再不许愁思搅扰这大好时光；
听回声此伏彼起，响彻山冈，
清风从沉睡的田野向我吹拂，
天地间喜气盈盈；
海洋和陆地
都忘情作乐，似醉如迷，
鸟兽也以五月的豪情

把佳节良辰欢庆；
快乐的牧童！
高声喊叫吧，让我听听你快乐的叫声！

华兹华斯在这里的"沉吟咏叹了一番"，可能就是他写的《我一见彩虹高悬天上》或者甚至是《决心与自立》。但是，他强烈地抗议他复苏的灵感。精彩的第四个诗节提醒他自己的危机：

4

我听到你们一声声互相叫唤，
你们，幸福的生灵！我看到
和你们一起，天庭也开颜嬉笑；
我心中分享你们的狂欢，
我头上戴着节日的花冠，
你们丰饶的福泽，我——耳濡目染。
这样的日子里怎容得愁闷！
温馨的五月，明丽的清晨，
大地已装扮一新，
四下里远远近近，
溪谷间，山坡下，
都有孩子们采集鲜花；

和煦的阳光照临下界,

母亲怀抱里婴儿跳跃;

我听着,听着,满心欢悦地听着!

然而,有一棵老树,在林间独立,

有一片田园,在我的眼底,

它们低语着,谈着已逝的往昔;

我脚下一株三色堇

也在把旧话重提:

到哪儿去了,那些幻异的光影?

如今在哪儿,往日的荣光和梦境?

这顶花冠,这些田园中采集的鲜花编织的花环,已经提前认领。华兹华斯强调"——耳濡目染",其实象征体现了他的绝望;在这明丽的日子,他却像但丁一样感受到愁闷的威胁。在"我听着,听着,满心欢悦地听着"这一行,三次重复"听着"这个动作行为,我们读者从中听到的是愈发浓烈的悲伤。威廉·布莱克告诉克拉布·罗宾逊,从"然而,有一棵老树,在林间独立"起的五行诗歌,令他至为感动。华兹华斯的目光突然看到他一直以来就赞叹不已的那棵树之后,移到了一片熟悉的田野,最后回到了脚下的一株三色堇。所有这些都是失落的见证:"到哪儿去了,那些幻异的光影? / 如今在哪儿,往日的荣光和梦境?"

写至此,这首颂歌搁置了两年多。当华兹华斯再次动笔时,在第 5—8 诗节和第 9—11 诗节，他提供了两种不同的解答：

5

我们的诞生不过是入睡，是忘却：
与躯体同来的魂魄——生命的星辰，
原先在异域安歇，
此时从远方来临；
并未把前缘淡忘无余，
并非赤条条身无寸缕，
我们披祥云，来自上帝身边——
那本是我们的家园；
年幼时，天国的明辉近在眼前；
当儿童渐渐成长，牢笼阴影
便渐渐向他逼近，
然而那明辉，那流布明辉的光源，
他还能欣然望见；
少年时代，他每日由东向西，
也还能领悟造化的神奇，
幻异的光影依然
是他旅途的同伴；
及至他长大成人，明辉便泯灭，

消溶于暗淡流光,平凡日月。

"生命的星辰"不是天文学意义上的星辰,而像是一个晦涩的隐喻,指代太阳。这个神秘的诗节没有提供任何解答的希望,随后的第六个诗节亦然:

6

尘世自有她一套世俗的心愿,
她把世俗的欢娱罗列在膝前;
这保姆怀着绝不卑微的志向,
俨若有慈母心肠,
她竭尽全力,诱使世人
(她带养的孩子,收留的居民)
忘掉昔年常见的神圣荣光,
忘掉昔年惯住的天国殿堂。

柯尔律治的儿子哈特利是华兹华斯的义子,跟随华兹华斯生活。想到哈特利,华兹华斯禁不住再次悲叹,失去了更崇高的使命,陷入了无止境的模仿的忧伤之中;然而,没有了模仿,我们也无法成长。这种悲伤在这第八个诗节结尾的意象中抵达顶峰:

8

你的外在身形远远比不上
内在灵魂的宏广;
卓越的哲人!保全了异禀英才,
你是盲人中间的明眸慧眼,
不听也不说,谛视着永恒之海,
永恒的灵智时时在眼前闪现。
超凡的智者,有福的先知!
真理就在你心头栖止
(为寻求真理,我们辛劳了一世,
寻得了,又在墓穴的幽冥里亡失);
"永生"是凛然不容回避的存在,
它将你抚育,像阳光抚育万物,
它将你荫庇,像主人荫庇奴仆;
在你看来,
墓穴无非是一张寂静的眠床,
不知白昼,不见阳光,
让我们在那儿沉思,在那儿期待。
孩子呵!如今你位于生命的高峰,
因保有天赋自由而享有尊严,
为什么你竟憣然与天恩作对,

为什么迫不及待地吁请"年岁"

早早把命定的重轭加在你身上？

快了！你的灵魂要熬受尘世的苦楚，

你的身心要承载习俗的重负，

凌厉与冰霜相似，深广与生活相仿！

柯尔律治不喜欢以"墓穴无非是一张寂静的眠床"开始的那四行精彩的诗句。在《永生的信息》的一些已刊行版本中，华兹华斯遗憾地将这四行诗句删除了。其实，它们与压倒孩子灵魂的凌厉冰霜和结尾那一句难解的诗行"深广与生活相仿"形成了强劲的对照。接下来的第九个诗节突然爆发：

9

幸而往昔的余烬里

还有些火星留下，

性灵还不曾忘记

匆匆一现的昙花！

对往昔岁月的追思，在我的心底

唤起历久不渝的赞美和谢意；

倒不是为了这些最该赞美的：

快乐和自由——孩子的天真信仰；

不论他是忙是闲，总想要腾飞的

新近在他心坎里形成的希望；

我歌唱、赞美、感谢，

并不是为了这些；

而是为了儿时对感官世界、

对世间万物寻根究底的盘诘；

为了失落的、消亡的一切；

为了在迷茫境域之间

漂泊不定的旅人的困惑犹疑；

为了崇高的天性——在它面前

俗骨凡胎似罪犯惊惶战栗；

为了早岁的情思，

为了幽渺的往事——

这些，不论怎样，

总是我们视野里主要的光焰；

有它们把我们扶持，把我们哺养，

我们喧嚣扰攘的岁月便显得

不过是永恒静穆之中的片刻；

醒了的真理再不会亡失：

不论冷漠或愚痴，

成人或童稚，

世间与欢乐为敌的一切，

都休想把这些真理抹煞或磨灭!
因此,在天朗气清的季节里,
我们虽深居内地,
灵魂却远远望得见永生之海:
这海水把我们送来此间,
一会儿便可以登临彼岸,
看得见岸边孩子们游玩比赛,
听得见终古不息的海浪滚滚而来。

起始一行中的"余烬"在雪莱看来可能暗示熄灭的炉灶,他乞灵于西风,将他语词的灰烬和火花从这炉灶撒向人间。华兹华斯的革命岁月业已过去,他奏响了一曲表达谢意的赞歌,赞美孩子对感官世界、对世间万物寻根究底的盘诘。当听到的东西和看见的东西分离,外在的世界蜂拥而来,这个孩子会转向他最初对父母、手足和朋友的感情。在天朗气清的季节里,我们虽深居内陆,灵魂还是能看见永生之海,海水把我们送到那里,一会儿便可以登临彼岸,成为在岸边游玩比赛的孩子。华兹华斯意犹未尽,在第十个诗节中他继续写道:

10

唱吧,鸟儿们,唱一曲欢乐之歌!

让这些小小羊羔

应着鼓声而蹦跳！

我们也想与你们同乐，

会玩会唱的一群！

今天，你们从内心

尝到了五月的欢欣！

尽管那一度荧煌耀眼的明辉

已经永远从我的视野里消退，

尽管谁也休想再觅回

鲜花往日的荣光，绿草昔年的明媚；

我们却无需悲痛，往昔的影响

仍有留存，要从中汲取力量；

留存于早岁萌生的同情心——

它既已萌生，便永难消泯；

留存于抚慰心灵的思想——

它源于人类的苦难创伤；

留存于洞察死生的信念——

它来自富于哲理启示的童年。

　　这个诗节坦白地承认，没有什么能让人再觅往日的荣光。唯一的补偿，只能在对于他人之苦难的同情心和洞察死生的平静心灵中找到。这个解答虽令我感动，但我依然深表怀疑。幸运的是，最后

一个诗节的意义更加丰富:

> 11
>
> 哦!流泉,丛树,绿野,青山!
> 我们之间的情谊永不会中断!
> 你们的伟力深入我心灵的中心;
> 我虽然舍弃了儿时的那种欢欣,
> 却更加亲近你们,受你们陶冶。
> 我喜爱奔流的溪涧,胜过当初
> 我脚步和溪涧同样轻快的时节;
> 一日之始的晨光,纯净澄洁,
> 也依然引我爱慕;
> 对于审视过人间生死的眼睛,
> 落日周围的霞光云影
> 色调也显得庄严素净;
> 又一段赛程终结了,又一番告捷获胜。
> 感谢人类的心灵哺育了我们,
> 感谢这心灵的欢乐、忧虑和温存;
> 对于我,最平淡的野花也能启发
> 最深沉的思绪——眼泪所不能表达。

我不知道人成熟后的较量能否与青春期的痛苦相提并论。华兹华斯满怀希望，但话说回来，谁又想与希望争吵呢？眼泪所不能表达的深层思绪，超越了悲叹。这个美丽的暗示可能是，喜悦终究比痛苦深沉。

塞缪尔·泰勒·柯尔律治:《老水手行》
Samuel Taylor Coleridge, "The Rime of the Ancient Mariner"

塞缪尔·泰勒·柯尔律治的《老水手行》最初发表于华兹华斯的《抒情歌谣集》(*Lyrical Ballads*)。这首诗从一只老画眉的狂喜,突然切换到一个怪诞惊骇的意象:一只被射杀的信天翁挂在一个老水手的脖子上。柯尔律治在 1816 年修订了这首诗,添加了一些旁注。著名的才女安娜·莱堤西亚·巴勃尔德夫人(Mrs. Anna Laetitia Barbauld)——她现在已成为女性主义运动的英雄——反对柯尔律治,认为他的诗歌没有道德。柯尔律治断然回答说,道德情感在纯粹的想象作品中没有一席之地:"就跟《天方夜谭》中的那个故事一样,一个商人坐在水井边吃海枣,边吃边把海枣壳丢到一边,一个妖怪突然冒出来说,它必须杀掉他,因为一枚海枣壳似乎弄瞎了它儿子的眼睛。"

按照该隐和流亡犹太王亚哈随鲁的传统,射杀了信天翁的老水手受到惩罚,必须永远忏悔,如同夜影,四处巡行。《老水手行》

的题词来自十七世纪英国教士托马斯·伯内特的《大地的神圣理论》(The Sacred Theory of the Earth)。伯内特问谁会告诉我们充塞宇宙的这些看不见的生灵是什么。柯尔律治执迷于这种精灵的意象，在《老水手行》中，他乞灵于大地上这些看不见的精灵（既像天使，又让人想到死神），尤其是乞灵于他所谓的那个喜欢信天翁的极地精灵。

在月亮升起那个场景：

> 月亮正移步登临天宇，
> 一路上不肯停留；
> 她姗姗上升，一两颗星星
> 伴随她一道巡游。
>
> 月光像四月白霜，傲然
> 睨视灼热的海面；
> 而在船身的大片阴影中，
> 着魔的海水滚烫猩红，
> 像炎炎不熄的烈焰。[1]（行 263—271）

柯尔律治写下了最精彩的旁注。这段精确雄辩的旁注甚至超过

---

[1] 《老水手行》，杨德豫译，出自《柯尔律治诗选》，广西师范大学出版社 2009 年版，本篇涉及该诗引文均采用此版本中译。

了正文里月亮升起的场景：

> 在他的孤独和专注之中，他渴望走向登临天宇的月亮，渴望走向仍挂在天空伴随月亮巡游的星星；澄澈的天宇属于它们，是安排给它们的休憩之地，是它们的故土，是它们的自然家园，它们可以随时进入，不必事先通报，就像等待一定会归来的主人，归来的时候，总会默然欣喜。

紧随这个月亮升起的场景之后，是老水手在一定程度上挣脱了死去的同船水手眼中发出的诅咒：

> 那大片阴影之外，海水里
> 有水蛇游来游去；
> 它们的路径又白又亮堂；
> 当它们耸身立起，那白光
> 便碎作银花雪絮。
>
> 水蛇游到了阴影以内，
> 一条条色彩斑斓；
> 淡青，油绿，乌黑似羽绒，
> 波纹里，舒卷自如地游动，
> 游过处金辉闪闪。

美妙的生灵！它们的姿容
　　怎能用口舌描述！
　　爱的甘泉涌出我心头，
　　我不禁为它们祝福；
　　准是慈悲的天神可怜我，
　　我动了真情祷祝。

　　我刚一祈祷，胸前的死鸟
　　不待人摘它，它自己
　　便掉了下来，像铅锤一块，
　　急匆匆沉入海底。（行272—291）

一群仙灵附在死去的水手们身上，船继续前行。午夜梦回，我总是不由自主地想起这一节：

　　我侄儿尸骸与我并排，
　　两个人膝头相碰；
　　他与我合力拉一根绳子，
　　可是他一声不吭。（行341—344）

喜欢信天翁的极地精灵，惩罚这个老水手要永远忏悔。老水手从此如同夜影，四处巡行，反复讲他的故事：

> 此后，说不准什么时刻，
> 那痛苦又会来临，
> 又得把故事再讲一遍，
> 才免得烈火攻心。
>
> 我如同夜影，四处巡行，
> 故事越讲越流畅；
> 谁该听故事，该听劝诫，
> 我看上一眼便能识别，
> 便对他从头细讲。（行582—590）

该隐、"飞翔的荷兰人"和"漂泊的犹太国王"，都经历无穷的漫游，没有任何的目的。这个老水手是不是也注定要做这种无意义的巡行？这首诗歌的荣耀驳斥了这个问题。威廉·布莱克的《精神漫游者》（"The Mental Traveller"）辛辣幽默，但也纯粹是循环往复的诗歌："一切都照我所说的那样。"柯尔律治的气质中没有辛辣的成分。即便是在《老水手行》接近恐怖的时刻，依然散射出甜蜜之光：

> 像铁栏一样拦住太阳的
> 可是那船的肋条？
> 船上就只有那一个女子？

还是有两个,另一个是"死"?
"死"可是她的同俦?

嘴唇红艳艳,头发黄澄澄,
那女子神情放纵;
皮肤白惨惨,像害了麻风;
她是个妖女,叫"死中之生",
能使人热血凝冻。

那条船过来,和我们并排,
船上两个在押宝;
"这一局已定!是你输我赢!"
她说着,吹三声口哨。

残阳落水,繁星涌出,
霎时间夜影沉沉;
怪船去远,声闻海面,
顷刻便消失无痕。(行185—202)

  前面三个诗节如同一场噩梦,让人恐怖,令人记忆犹新,但在接下来的一个诗节,柯尔律治消除了恐惧,恢复了常态。威廉·华兹华斯不喜欢甚至可以说极其厌恶《老水手行》,可能因为他是自我中心主义者，更可能是因为他认为自然和诗人之间有神圣的契约，而《老水手行》破坏了他这种信念。柯尔律治思想开阔，他为自己神学取向所惧怕的恶魔力量保留了一个隐秘的缺口。《老水手行》与其说是一首纯粹的想象之诗，倒不如说是一股非凡的恶魔之力注入了柯尔律治的创作精神。

珀西·毕希·雪莱:《西风颂》
Percy Bysshe Shelley: "Ode to the West Wind"

华莱士·史蒂文斯在他的诗歌中只提到过两个诗人：惠特曼和雪莱。尽管他熟悉高浪漫主义（high romantic）时期具有革命倾向的其他诗作，但只有雪莱的《西风颂》才让他觉得终身受益。1819年的初秋，雪莱在佛罗伦萨附近阿诺河畔的一片树林里构思了这首诗歌，黄昏时分，狂风暴雨里夹带着冰雹突然而至，雪莱写道，"并且伴有阿尔卑斯山南区所特有的气势恢宏的电闪雷鸣"。

1

哦，犷野的西风哦，你哦秋的气息！
由于你无形无影的出现，万木萧疏，
似鬼魅逃避驱魔巫师，蔫黄，骏黑，

苍白，潮红，疫疠摧残的落叶无数，

四散飘舞；哦，你又把有翅的种子
凌空运送到他们黑暗的越冬床圃；

仿佛是一具具僵卧在坟墓里的尸体，
他们将分别蛰伏，冷落，而又凄凉，
直到阳春你蔚蓝的姐妹向梦中的大地

吹响她嘹亮的号角（如同牧放群羊，
驱送香甜的花蕾到空气中觅食就饮）
给高山平原注满生命的色彩和芬芳。

不羁的精灵，你啊，你到处运行；
你破坏，你也保存，听，哦，听！[1]

  枯叶随风飞舞，如纷纷逃离驱魔人的幽灵，如世界末日降临。就在我写这段文字时，无数的叙利亚人身不由己踏上绝望的流亡之路，他们也暗示了一个坏的时代的终结，只不过到来的是一个更坏的时代。雪莱实际上看见的是缤纷的秋叶在毫无意义地飞舞，但他的想象充满了预言。从《旧约》中的以利亚到但丁，再到弥尔顿和布莱克，他们都把西风赞颂为一辆战车，这个传统在雪莱的绝笔之

---

1 《西风颂》，江枫译，出自《雪莱诗选》，外语教学与研究出版社 2016 年版，本篇涉及该诗引文均采用此版本中译。

作《生命的凯旋》中得到了最终的戏仿。然而令人吃惊的是,在这里,雪莱想象出了长着翅膀的种子,当春风吹动她的号角,唤醒大地复苏,这些种子会从死亡的坟墓中飞出来。西风这个不羁的精灵,既是破坏者,也是保存者。雪莱的《西风颂》可视为由五首十四行诗构成的组曲,前三首"三韵体"(terza-rima)十四行诗的结尾都在祈求西风之灵能够听到他的声音。

在第四首十四行诗中,这个先知诗人转向了自己的困境:

4

我若是一朵轻捷的浮云,能和你同飞,
我若是一片落叶,你所能提携,
我若是一头波浪,能喘息于你的神威,

分享你雄强的脉搏,自由不羁,
仅次于,哦,仅次于不可控制的你;
我若能像在少年时,作为伴侣,

随你同游天际,因为在那时节,
似乎超越你天界的神速也不为奇迹;
我也就不至于像现在这样急切,

向你苦苦祈求。哦,快把我飏起,
就像你飏起波浪、浮云、落叶!
我倾覆于人生的荆棘!我在流血!

岁月的重负压制着的这一个太像你,
像你一样,骄傲,不驯,而且敏捷。

尽管他知道自己不是自然的一部分,如同约伯一样遭到神不公正的遗弃,但他仍苦苦祈求,他现在愿意称之为祈祷。然而,他宣布他像西风这个不羁的精灵一样"骄傲,不驯,而且敏捷",正如他曾经说过,"我要不停地前行,直到被拦住,而我从来没有被拦住"。总之,他拒绝臣服,这种不屈的精神在最后一首十四行诗绽放出辉煌:

5

像你以森林演奏,请也以我为琴,
哪怕我的叶片也像森林的一样凋谢!
你那非凡和谐的慷慨激越之情,

定能从森林和我同奏出深沉的秋乐,
悲怆却又甘冽。但愿你勇猛的精神

竟是我的魂魄，我能成为剽悍的你！

请把我枯萎的思绪向全宇宙播送，
就像你驱遣落叶催促新的生命，
请凭借我这单调有如咒语的韵文，

就像从未灭的余烬飏出炉灰和火星，
把我的话语传遍天地间万户千家，
通过我的嘴唇，向沉睡未醒的人境，

让预言的号角奏鸣！哦，风啊，
如果冬天来了，春天还会远吗？

  在讲授这首诗歌时，我极力强调诗中"你""我""你的"和"我的"这些人称代词之间的巧妙关联。雪莱希望自己也能像森林一样成为风中的竖琴，他甚至以无比悲恸的姿态大声疾呼："哪怕我的叶片也像森林的一样凋谢！"雪莱和大自然共同奏出的"深沉的秋乐"使喧嚣化为和谐，这是华兹华斯式的慰藉。然而，"但愿你勇猛的精神，竟是我的魂魄"这句对西风进行神圣化的诗中，却毫无华兹华斯的气息，倒与品达的风格十分接近。华莱士·史蒂文斯在《走向最高虚构的笔记》中以反讽的口吻袭用"但愿你"表达的是对雪莱的尊崇而非遗弃。

我现在很难入睡，我躺在床上默念雪莱这首颂歌最后的八行。雪莱的思绪并没有枯萎，而是催促了新的生命；他带着应有的荣光，成了一位先知，宣称读者通过吟诵这首诗歌，也能获得这种力量。他那燃烧的精神之泉，就是这未灭的余烬：飏出炉灰和火星，把我的话语传遍天地间万户千家。这句伟大的断言中有一种魔力：

通过我的嘴唇，向沉睡未醒的人境，

让预言的号角奏鸣！

这首颂歌实际上也证明有这样的魔力。在结尾处，雪莱留下一个开放性问题，正如走出旋风的约伯突然提的反问：

哦，风啊，
如果冬天来了，春天还会远吗？

一个漫长的冬天，正在来临。雪莱将这个问题留给读者回答，春天还有多远？

珀西·毕希·雪莱:《致云雀》
Percy Bysshe Shelley: "To a Skylark"

完成《西风颂》一年之后,雪莱创作了《致云雀》。雪莱早前认为,作为诗人,他能为隐藏于自然之后的力量代言。《致云雀》可以说是对这种信念的凄婉告别。读者应该一开始就意识到,在这首诗歌的开头,云雀是看不见的。它飞得太高了,非目力所及,只能隐隐听到它的歌声。如同济慈,雪莱也强调他与云雀欢乐的歌声之间的疏离,从而传达出一种他知道自己不能再共享的迷醉:

> 你好啊,欢乐的精灵!
> 你似乎从不是飞禽,
> 从天堂或天堂的邻近,
> 以酣畅淋漓的乐音,
> 不事雕琢的艺术,倾吐着你的衷心。

> 向上,再向高处飞翔,

从地面你一跃而上,

像一片烈火的轻云,

掠过蔚蓝的天心,

永远是歌唱着飞翔,飞翔着歌唱。

地平线下的太阳,

放射出金色电光,

照耀得云霞通明,

你沐浴明光飞行,

似不具形体的喜悦开始迅疾的远征。

淡淡的绛紫色黄昏,

在你航程周围消融,

像昼空的一颗星星,

虽然,看不见形影,

却可以听得清你那欢乐无比的强音——

那犀利明快的乐音,

似银色星光的利箭,

它那盏强烈的明灯,

在晨曦中逐渐暗淡,

以至难以分辨,却能感觉到就在空间。

> 整个的大地和大气，
> 响彻你婉转歌喉，
> 仿佛在荒凉的黑夜，
> 从一片孤云背后，
> 明月放射出光芒，清辉洋溢宇宙。
>
> 我们不知你是什么
> 什么和你最相似？
> 从霓虹似的彩霞，
> 也难降这样美的雨，
> 能和随你出现降下的乐曲甘霖相比。[1]

　　雪莱是一个理智的怀疑论者。他的怀疑论倾向与其说像大卫·休谟，不如说像罗马诗人卢克莱修。他充分意识到，他的心智和头脑在他想象中是背离的。他的人生，他的诗歌，都洋溢着超越一切限制的冲动；速度是他不屈不挠的艺术激情的特殊标志。然而，他渴望奇特的东西、超验的东西，他慢慢地形成了独具特色的密宗。他的云雀被比作"似不具形体的喜悦开始迅疾的远征"。

　　《致云雀》的第四和第五个诗节，焦点都是晨星闪耀的玉宇。雪莱继续摹写的不是云雀的外形，而是其歌声：

---

[1] 《致云雀》，江枫译，出自《雪莱诗选》，外语教学与研究出版社 2016 年版，本篇该诗引文均采用此版本中译。

我们不知你是什么

什么和你最相似？

从霓虹似的彩霞，

也难降这样美的雨，

能和随你出现降下的乐曲甘霖相比。

像一位诗人，隐身

在思想的明辉之中。

吟诵着即兴的诗韵，

直到普天下的同情，

都被未曾留意过的希望和忧虑唤醒；

像一位高贵的少女，

居住在深宫的楼台，

在寂寞难言的时刻，

排遣为爱所苦的情怀，

甜美有如爱情的歌曲，溢出闺阁之外；

像一只金色萤火虫，

在凝露的深山幽谷，

不显露出行止影踪，

把晶莹的流光传播，

在遮断我们视线的鲜花和芳草丛中；

像被她自己的绿叶
荫蔽着的一朵玫瑰，
遭受到热风的摧残，
直到她的馥郁芳菲
以过浓的香甜使那些鲁莽的飞贼沉醉；

晶莹闪烁的芳草地，
春霖洒落时的声息，
雨后苏醒了的花蕾，
称得上明朗、欢悦、
清新的一切，全都及不上你的音乐。

　　诗人、楼台中的少女、金色萤火虫、玫瑰、春霖，都用来比喻云雀的歌声。我们都知道，尽管这些比喻很巧妙，富于启发性，但都不足以传递云雀歌声的神韵。面对这种意象的僵局，雪莱在自己凯旋的欢歌中，以品达式的骄傲更上一层楼：

飞禽或精灵，什么
甜美思绪在你心头？
我从来没有听到过，

爱情或醇酒的颂歌,

能够迸涌出像这样神圣的极乐音流。

是赞婚的合唱也罢,

是凯旋的欢歌也罢,

若和你的乐声相比,

不过是空洞的浮夸,

人们可以觉察到,其中总有着贫乏。

什么样物象或事件,

是你那欢歌的源泉?

田野、波涛或山峦?

空中、陆上的形态?

是对同类的爱,还是对痛苦的绝缘?

你明澈强烈的欢快,

使倦怠永不会出现,

那烦恼的阴影从来

接近不得你的身边,

你爱,却从不知晓过分充满爱的悲哀。

是醒来抑或是睡去,

你对死的理解一定
比我们凡人梦到的
更深刻真切,否则
你的乐曲音流怎能像液态的水晶涌泻?

诗人大胆尝试维系同性之爱的努力不易被察觉,而雪莱却公开承认这点,雪莱充满爱欲色彩的理想主义无一例外都以悲伤的餍足而告终。正是突然的一次飞跃,赋予这首诗歌相较我们对于死亡有更深刻准确的理解。挺身进入未知领域,雪莱用他可能使用的唯一祈祷结束了《致云雀》:

我们瞻前顾后,为了
不存在的事物自扰,
我们最真挚的欢笑,
也交织着某种苦恼,
我们最美的音乐是最能倾诉哀思的曲调。

可是即使能够摈弃
憎恨、傲慢和恐惧,
即使生来就从不会
抛洒任何一滴眼泪,
我也不知,怎样才能接近于你的欢愉。

比一切欢乐的音律，

更加甜蜜而且美妙，

比一切书中的宝库，

更加丰盛而且富饶，

这就是鄙弃尘土的你啊，你的艺术技巧。

教给我一半你的心

必定是熟知的欢欣，

和谐、炽热的激情

就会流出我的双唇，

全世界就会像此刻的我——侧耳倾听。

雪莱的《解放了的普罗米修斯》写于1818年到1819年。这首抒情性诗剧的意义，我敬爱的导师弗雷德里克·阿尔伯特·波特尔总结得最到位："因为是纯粹的试验之作，所以头脑必须真心地宽恕，必须心甘情愿地避开仇恨"，尽管心灵"必须驱除哪怕是还在襁褓中的恶魔"。雪莱虽然是革命的煽动者，但他复杂的本性中有天使的一面。他在二十九岁溺毙之后，他最好的朋友拜伦评价他说，与雪莱相比，他认识的其他人好像都是野兽。拜伦论人严苛，唯有对雪莱宽厚，雪莱也回报以厚谊和尊崇。尽管对人类的压迫者严厉如秋风，但雪莱与嘲笑、仇恨和惧怕之类的情感绝缘。《致云雀》就是证据之一，证明雪莱摆脱了压倒我们大多数人的障碍。

珀西·毕希·雪莱:《解放了的普罗米修斯》
Percy Bysshe Shelley: *Prometheus Unbound*

《解放了的普罗米修斯》第二幕以两首精彩的抒情诗落幕。第一首是献给普罗米修斯的新娘阿西亚,第二首是阿西亚在咏唱自己的变身。我认为,阿西亚是华兹华斯笔下那种人类力量的象征,但这种力量只是暂时性的,因为她参与了永远飘浮于自然世界之上和我们受限的感官之外的美和爱。《空中之音》("The Voice in the Air")力图展示她每一刻的形象,在这一瞬间,尽管她变成了天国的维纳斯,但她没有了形象,最终声音也在光晕中消失:

> 生命的生命!你的嘴唇诉着爱,
> 你的呼吸像火一般往外冒;
> 你的笑容还来不及消退,
> 寒冷的空气已经在燃烧;
> 你又把笑容隐藏在娇颜里,
> 谁看你一看,就会魄散魂飞。

光明的孩儿！你的四肢在发放

火光，衣衫遮不住你的身体；

好像晨曦一丝丝的光芒，

不待云散就送来了消息；

无论你照到什么地方，

什么地方就有仙气飘扬。

美人有的是；可是没人见过你，

只听见你的声音又轻又软——

你该是最美的美人——你用这种

清脆的妙乐把自己裹缠；

大家都像我一样失望：

感到你在身旁，不知你在何方。

人间的明灯！无论你走到哪里，

黑暗就穿上了光明的衣裳，

谁要是取得了你的欢喜，

立刻会飘飘然在风中徜徉，

直到他精疲力竭，像我一般，

头昏眼花，可是意愿心甘。[1]

---

[1] 《解放了的普罗米修斯》，邵洵美译，上海译文出版社 1987 年版，本篇涉及该诗引文均采用此版本中译。

这首朴素的抒情诗的艺术性在于，它围绕捉摸不定的东西大做文章。阿西亚的呼吸在寒冷的空气中像火一样外冒，她的肢体发出衣衫遮不住的火光，就像晨曦露出光芒带来新的启示，但之后又蒙上了另一层面纱。你能感到变形的，你能感知却无法看到她蜕变的辉煌。我们尽管感觉无能为力，但还是能够看见大地和所有的寻常景象披上了天国的明辉。爱的明灯照亮了我们，指引我们通往最高的想象，尽管我们最终精疲力竭，但还是欣喜不已。

在雪莱的所有抒情诗中，我最喜欢的是阿西亚用来答复的这一首，部分原因是，它繁衍出许多后裔。从贝多斯和勃朗宁，到斯温伯恩和叶芝，再到哈代、史蒂文斯和哈特·克兰（克兰的组诗《航行》直接源于此诗），都深受这首抒情诗的影响：

> 我的灵魂是一条着了魔的小舟，
> 它像一只瞌睡的天鹅，漂浮
> 在你的歌声的银色波浪中间；
> 你就像天使一般模样，
> 坐在一个掌舵人的身旁，
> 四面八方吹来的风，声调悠扬。
> 它好像永远在漂浮，漂浮，
> 沿着迂回曲折的河流，
> 经过了山岳、树林和深渊，
> 经过了草莽中的地上乐园！

最后,我竟像一个如梦如醉的痴汉,
横冲直撞地乘着长风,破着巨浪
来到了汹涌澎湃的大海中央。

你的精灵于是张开了羽翅,
飞进音乐最清高的区域,
乘着风势在天庭逍遥翱翔;
我们就这样一路往前走,
没有指标,也没有路由,
在凭美妙的音乐带着我们流浪;
最后来到了一座仙岛,
上面长满了奇花异草,
多亏你这位船郎,把我的欲望
驶进这一个人迹不到的地方:
在这个地方,爱是我们呼吸的空气;
风里有的是情,波浪里有的是意,
天上人间的爱都混合在一起。

我们经过了"老年"的冰窟,
"中年"的阴暗狂暴的水域,
"青年"的平静的洋面(底下有危险);
我们又经过了晶莹的内海,

黑影幢幢的"婴儿时代",

从死亡回到诞生,走进更神圣的一天;

这里原是人间的天堂,

楼台的顶上百花齐放,

一条条溪泉蜿蜒地流遍

那些静静的碧绿的草原,

这里的人周身发出灿烂夺目的金光,

走在海上,轻歌婉唱,和你有些相像,

我不敢对他们看,看了就心迷神荡!

叶芝的诗歌《1919年》,第三部分的开头明显是对阿西亚这首抒情诗的影射:

某个道学家或神话诗人

把孤独的灵魂比作天鹅;

我对此感到满意,

假如在它那短暂的生命之光消逝之前,

一面浑浊的镜子给它展示

它的状态的一个影像;

双翅半展欲飞,

胸脯骄傲地挺出,

不论是要去嬉戏,还是要去乘御

那阵阵欢呼夜晚临近的长风。[1]

在此,叶芝偏离了雪莱的原意,这是叶芝的特征,因为阿西亚的生命之光并不短暂。她的歌声有一种魔力,把她送进永远如梦如醉的大海中央。哈特·克兰追随柏拉图和雪莱,相信音乐与爱相关,都注重和谐和体系。寻找普罗米修斯的阿西亚,航向茫茫的无名仙岛。引导"我欲望的小舟"抵达这一个人迹不至的地方,在哈特·克兰笔下变成了

加速!趁她们还真切——睡眠、死亡、欲望,
在飘浮的花中围住一瞬。(《航行Ⅱ》)

然而,阿西亚经历了生死,走进了更神圣的一天,因为她的神化使她又回到了圣洁的婴儿时期,近似于约翰·班扬笔下的"闪耀的孩子",近似于布莱克所说的比乌拉之地的孩子,最明显的是,近似于华兹华斯《永生的信息》中在海滩玩乐的孩子。这些孩子都是阿西亚的仙岛中"周身发出灿烂夺目金光"的人。雪莱以此曲笔的方式暗示,阿西亚与其说是基督,倒不如说是耶稣,在雪莱眼中,耶稣才是受难者的典范。对于那些能在海上行走的人,阿西亚自有她自己的启示。

---

[1] 《1919年》,傅浩译,出自《叶芝诗集》,上海译文出版社2018年版。

拜伦爵士：《唐璜》
Lord Byron, *Don Juan*

从华兹华斯和柯尔律治到乔治·戈登·拜伦爵士，从两个现代诗的奠基者到一个自封的对立面，这是一大飞跃。雪莱和拜伦都在意大利生活过，那段岁月他们大多数时间都比邻而居。雪莱是一个卓越的文学批评家，他盛赞拜伦的《唐璜》比歌德和华兹华斯的作品都出色。雪莱认为，《唐璜》是那个时代的伟大诗篇，但对于威廉·黑兹利特来说，这首诗歌的激情与活力，不过是彻底重估一切价值的面具，它们最终消减为彻底的虚无。

在西方传统的所有诗人中，拜伦无论是身前还是身后，都是最臭名昭著的。假如他的名声可以用我们今日的名流来换算，他就相当于鲍勃·迪伦、埃尔维斯·普雷斯利、米克·贾格尔和碧昂丝的一个复合体，这还不够，还应该加上叶芝和泰隆·鲍华，在《狐狸王子》这部精彩的电影中，鲍华的表演简直是拜伦再世；再说一句，这部电影中饰演凯撒·波吉亚的奥尔森·威尔斯的表演也极为出色。

关于拜伦的一切都是一个悖论。他惊人的帅气却有一腿残疾。他有一个偏执的追求，就是减肥。他信奉一种可怕的符咒，只食用腐烂的蔬菜，和着德国白葡萄酒的苏打水服用。尽管他同时代和后世的人都认为他是真正的浪漫主义诗人，但他鄙视浪漫主义，宣称亚历山大·蒲柏死后再无英国诗歌。时至今日，他已成为完美情人的代名词，但他实际上并不主动追求女性，他是施虐狂、受虐狂、鸡奸狂，很早就厌恶了一切性体验。

在英国政坛，拜伦是一个激进派，他在上议院发言，反对惩罚那些抗议因工业化导致失业的"卢德分子"或"框架破坏者"。他呼吁天主教徒解放运动，但在那时没有奏效。在意大利，他是活跃的革命者，但私下里对改良或革命的效果都表示怀疑。许多希腊现代人都将他奉为希腊反抗土耳其人的革命中的英雄烈士，其实他却仇视他资助、训练和带领的人。他希望血洒疆场，以此鼓舞那些爱国的雇佣军继续战斗，夺取胜利，孰料在1824年4月的热症中死于迈索隆吉翁。

他表面上摆脱了宗教，但看见他的密友雪莱不停地与基督教会论战，他还是大为震惊，他私心里倾向于天主教。作为著名的田径好手和游泳健将，他不得不强迫瘦弱的身躯跟上他骚动的灵魂。他三岁时，他那浪荡成性的父亲就已去世。他的母亲是古老的苏格兰皇室后裔，患有躁狂抑郁性精神病。她将年幼的拜伦托付给一个家庭女教师抚养。这个家庭女教师是虐待狂，她勾引他，鞭打他。在剑桥三一学院读书时，拜伦有一场轰轰烈烈的同性恋情。后来，在前往地中海东部的黎凡特地区的壮游中，他继续尝试各种的性体验。他私下坦白说，他的动机是彻底放纵同性恋欲望，他曾想用五百英镑买一个十二岁少女的处子之身，但令他懊丧的是，他的出价遭到了拒绝。

1812 年，拜伦发表了《恰尔德·哈洛德游记》(*Childe Harold's Pilgrimage*) 的前两章，成了伦敦辉格党贵族的宠儿。随后五年，他的社会地位不断上升，但在此期间，他与同父异母的姐姐奥古斯塔·雷 (Augusta Leigh) 持续发生乱伦，还生了一个女儿梅多拉。他也被动地拜倒在接二连三的贵族女子足下。最终，为了找一个避难所，他娶了安娜贝拉·米尔班克 (Annabella Milbanke)，一个狂热迷恋数学的女继承人。他和安娜贝拉生了一个名叫阿达的女儿，但这段婚姻只维持了一年，原因很多，包括他对妻子的鸡奸要求，他与许多戏子的私情、他与姐姐的乱伦，以及接近疯狂的暴怒倾向。

遭到英国贵族社会辱骂之后，脾气火爆的拜伦永远离开了英国。1816 年夏，他在日内瓦湖附近开始了与雪莱的亲密友谊，直到 1822 年 7 月 8 日雪莱在莱里奇附近的拉斯佩齐亚湾溺亡。从古代的亚历山大时期，到文艺复兴时代的意大利、法国和英国，再到海明威和菲茨杰拉德，世间有许多文学友谊，而拜伦和雪莱的文学友谊是很独特的，因为这对他们彼此的人生和创作都有重要意义。他们结交的六年期间，共度了 250 多天。他们至少有 50 封通信，我几乎都读过。他们相互阅读和批评几乎对方创作的所有作品，直到雪莱去世。

雪莱对于拜伦诗歌创作的影响主要是正面的。拜伦说过,雪莱拿华兹华斯来衡量他,帮助他创作出了《恰尔德·哈洛德游记》的第三章。然而,对于雪莱而言,拜伦却变成了一种梦魇。两人都是英国社会的弃儿,但拜伦有钱、有名、有读者。不像雪莱,从根本而言,拜伦在思想和感情上都很传统。雪莱是极具怀疑论倾向的知识分子,但在精神方面具有超验的想象,他完全无法理解拜伦与传统之间保持的联系。有一次,他们差点决斗;如果真要决斗,无疑雪莱会送命。

如今在研究拜伦的学者中,将他的地位抬高到与华兹华斯平起平坐,视他为那个时代的大诗人,这已成为一股风潮。虽然我越来越喜欢阅读拜伦并从中受益,但我还是对这种评价感到怀疑。我一辈子都在思考诗学影响的问题,我认识到,诗歌是否经典,终极的考验是看诗人养育出多少优秀的子嗣。按照这种标准,华兹华斯、布莱克、雪莱和济慈,都可以授予桂冠,压倒拜伦。他们继续活在一长串的英美诗人中,从丁尼生和勃朗宁到惠特曼和狄金森,再到哈代、劳伦斯、叶芝、史蒂文斯、弗罗斯特、艾略特和哈特·克兰。至于拜伦的衣钵传人,我只能想到早期的奥登,更何况奥登的传承还不大成功。

拜伦的《唐璜》是其时代真正的诗歌,某种意义上,雪莱的这个敏锐判断无可辩驳。《唐璜》的献词部分如同连珠炮火,旨在摧毁罗伯特·骚塞这个蹩脚的诗人。这部分本身就令人捧腹,将可怜的骚塞塑造成如同詹姆斯·乔伊斯《尤利西斯》中的巴克·穆里根。穆里根后来也是奥利弗·圣约翰·戈加蒂的明显写照。戈加蒂是医学博士,爱尔兰自由邦的政客,三流诗人,叶芝的友人,后来移居曼哈顿,靠写枯燥的回忆录为生,他大多数时间混迹于酒吧,喝得酩酊大醉。二十世纪五十年代中期,在白马酒吧,我经常与他和另外一些码头工人混在一起。我后来学会了躲着他,因为他浑身臭不可闻。

骚塞是华兹华斯、柯尔律治、兰多的密友,他放弃了年轻时的革命立场,变成了托利党的吹鼓手。在《唐璜》的献词中,拜伦集中火力,攻击可怜的骚塞:

鲍伯·骚塞呵,你总算是桂冠诗人,
在诗人之列中足可称为表率;
虽说你摇身一变,当上托利党员,
您这种情形近来倒不算例外。
头号的叛徒呵!你在做何消遣?
可是和"湖畔居士"们在朝野徘徊?
依我看,都是一窠里卖唱的先生,
倒像"两打画眉挤进一块馅饼";

"馅饼一切开,他们就乖乖地唱",
(这支古谣作为新喻确很适宜,)

"正是一道可口的菜,献给皇上",
或给馋这道菜的摄政王也可以。
最近,请看柯尔律治也展翅而飞,
可惜像蒙眼的鹰,为头巾所蔽,
他尽拿一套玄学来向国人解释——
我希望他把"解释"再加以解释。

鲍伯呵!你可知道你有些狂妄,
只因为不够称心便蛮干到底:
你原想在那道菜里唯我独尊,
把其他啾啼的众生一一排挤;
岂不知你用力过猛,宏图未展,
倒使自己跌一跤,像一条飞鱼,
落在甲板上喘气。因你飞得太高,
又缺水分,鲍伯呀,你可就死于干燥!

华兹华斯写了篇冗长的《漫游》,
(印在四开本上,大约不下五百页,)
为他新创的体系的博大精深
提供了范例,教圣人也难以理解;
这是诗呀——至少他自己这么说;
对,等有一天天狼星祸害到世界,

也许是的。谁若是理解它，就准能
给巴别的通天塔又加高一层。

诸位君子呵，由于你们长期以来
不曾见过世面，一意故步自封，
你们死守在凯泽克那一隅落，
仍旧继续在彼此间心灵交融，
于是有了自认为最合理的结论，
即诗的花冠只该落在你们手中；
唉，这种见识未免是所见太窄，
我倒希望你们从湖边迁往大海。

我不想仿效你们的个人打算，
把自爱也铸成如此卑鄙的行为，
不管变节给了你们多少荣华，
它的代价可超出黄金的范围。
你们领到薪金；以往就为此写作？
华兹华斯谋了一个税局的职位。
可耻的一群！——但毕竟列居诗人中，
于是堂正地高踞于不朽的顶峰。[1]

---

[1] 《唐璜》，查良铮译，人民文学出版社 2020 年版，本篇涉及该诗引文均采用此版本中译。

拜伦的讽刺冲动的快感具有感染力，让我们能够接受他对华兹华斯和柯尔律治的误判。无论如何，他深知自己强烈的喜剧欲望，并依赖这种欲望的迸发，来为他的偏见提供理据。他在《唐璜》的开篇就表达出胜利的激情：

1

说来新鲜，我苦于没有英雄可写，
尽管当今之世，英雄是迭出不穷，
年年有，月月有，报刊上连篇累牍，
而后才又发现；他算不得真英雄；
因此，对这些我就不人云亦云了，
而想把我们的老友唐璜来传颂——
我们都看过他的戏，他够短寿，
似乎未及天年就被小鬼给带走。

2

上一代有弗农，沃尔夫，豪克，凯培，
刽子手坎伯兰，格朗贝，等等将军，
不论好坏吧，总算被人谈论一阵，
像今日的韦斯雷，招牌上也标过名。

呵，这群声誉的奴仆，那"母猪的崽仔"，
都曾昂首阔步，像班柯的帝王之影；
同样，法国有个拿破仑和杜莫埃，
在《导报》《醒世报》上都赢得了记载。

3

法国还有康多塞，布里索，米拉伯，
拉法叶特，培松，丹东，马拉，巴那夫，
我们知道，他们都是赫赫有名，
此外，还有尚未被遗忘的，例如：
朱拜，荷什，马尔索，兰恩，德赛，摩罗，
以及许多军界要角，难以尽述；
他们有一时都非常、非常煊赫，
然而，用在我的诗歌上却不太适合。

4

纳尔逊一度是大不列颠的战神，
可惜为时不久，就该换了风尚；
特拉法尔加已不再为人提起，
它已和我们的英雄一起埋葬；

因为陆军的声望一天天隆盛,
海军界的人士岂能不受影响,
更何况,我们王子只为陆军撑腰,
把什么郝、邓肯、纳尔逊早已忘掉。

5

英雄人物何止一个阿伽门农,
在他前后,也出过不少俊杰之辈,
虽然英勇像他,却又各有千秋,
然而,只因为不曾在诗篇里留辉,
便被世人遗忘了。——我无意针砭,
但老实说,当代我实在找不到谁
适用于我的诗(就是这新的诗章),
因此,我说过,我就选中了唐璜。

拜伦笔下的唐璜不是莫扎特歌剧中与魔鬼一起堕落的那个唐璜,而是一个迷人的少年,有些神秘的腼腆,不过很勇敢,很受女人喜欢。他根本不像拜伦,甚至不像拜伦式的人物。有时,他倒让我想起 D. H. 劳伦斯的《唐璜》:

一定是神秘的伊西斯

爱上了我。

在这圆圆的地球，
群山结队
肃穆端坐，
明亮的河流环绕，
缓缓流过；

军队一样的树木
让明亮的草儿变得幽暗；
许多明亮的人经过，
像来自天堂的劫掠物：
许多明亮的人经过，
像是从天堂被劫掠。

那些情人呢？
那心爱的七个情人呢？
她们只是目击证人，
我刚被驱使。

我在哪里寻觅宁静？
一定是神秘的伊西斯

爱上了我。

　　莎士比亚笔下的安东尼可能会说,"一定是神秘的伊西斯／爱上了我",因为克利奥帕特拉的遗愿就是成为伊西斯,而致命的毒药正是献给伊西斯的。劳伦斯笔下的唐璜,与其说接近拜伦爵士笔下的唐璜,不如说更接近拜伦爵士本人。

约翰·济慈:《夜莺颂》
John Keats: "Ode to a Nightingale"

约翰·济慈的颂歌主要表现在自然界努力生存时体验到的既丰盈又匮乏的生活。如同莎士比亚和早期的华兹华斯,济慈赞颂我们的日常生活。然而他知道,人类中没有任何一个冒险家能够构想出这样一种内在的存在。在济慈和他的传人史蒂文斯的笔下,"恶"往往只是我们都会经受的苦难和疼痛,因为我们都是自然界的男男女女。雪莱笔下品达式的斗争中所蕴含的那种超验冲动,对济慈来说并不陌生,但他像莎士比亚一样远离了这种冲动,选择了奥维德式的流动和变化,背弃了柏拉图主义者对不成熟的永恒观的渴望。这就是济慈的那些伟大颂歌,特别是《夜莺颂》所发起的战斗的一部分,但也仅仅是一部分:

1

我的心疼痛,困倦和麻木使神经

痛楚，仿佛我啜饮了毒汁满杯，
或者吞服了鸦片，一点不剩，
一会儿，我就沉入了忘川河水：
并不是嫉妒你那幸福的命运，
是你的欢乐使我过分地欣喜——
想到你呀，轻翼的林中天仙，
你让悠扬的乐音
充盈在山毛榉的一片葱茏和浓荫里，
你放开嗓门，尽情地歌唱着夏天。[1]

济慈这首伟大的颂歌创作于 1819 年。1818 年 12 月，他的弟弟汤姆死于肺结核。这个家族的魔咒几年后也将夺走诗人自己的生命。汤姆的死亡笼罩着整首诗歌，特别是在第三节。诗人心痛、困倦和麻木的原因，不是啜饮了毒汁或吞服了鸦片，而是听到夜莺的歌声，突然迸发的欣喜：

2

哦，来一口葡萄酒吧！来一口
长期在深深的地窖里冷藏的佳酿！
尝一口，就想到花神，田野绿油油，

---

[1] 《夜莺颂》，屠岸译，出自《济慈诗选》，人民文学出版社 2022 年版，本篇涉及该诗引文均采用此版本中译。

舞蹈,歌人的吟唱,欢乐的骄阳!
来一大杯吧,盛满了南方的温热,
盛满了诗神的泉水,鲜红,清冽,
还有泡沫在杯沿闪烁如珍珠,
把杯口也染成紫色;
我要痛饮呵,再悄悄离开这世界,
同你一起隐入那幽深的林木:

3

远远地隐去,消失,完全忘掉
你在绿叶里永不知晓的事情,
忘掉世上的疲倦,病热,烦躁,
这里,人们对坐着互相听呻吟,
瘫痪者颤动着几根灰白的发丝,
青春渐渐地苍白,瘦削,死亡;
这里,只要想一想就发愁,伤悲,
绝望中两眼呆滞;
这里,美人保不住慧眼的光芒,
新生的爱情顷刻间就为之憔悴。

　　这里对沉醉的渴望是一种反讽,因为济慈完全清楚,他是渴望进入他创作的诗歌里,也就是说,他渴望进入夜莺狂喜的歌声里。

4

去吧!去吧!我要向着你飞去,
不是伴酒神乘虎豹的车驾驰骋,
尽管迟钝的脑子困惑,犹豫,
我已凭诗神无形的羽翼登程:
已经跟你在一起了!夜这样柔美,
恰好月亮皇后登上了宝座,
群星仙子把她拥戴在中央;
但这里是一片幽晦,
只有微风吹过朦胧的绿色
和曲折的苔径才带来一线天光。

5

我这里看不见脚下有什么鲜花,
看不见枝头挂什么温馨的嫩蕊,
只是在暗香里猜想每一朵奇葩,
猜想这时令怎样把千娇百媚
赐给草地,林莽,野生的果树枝;
那白色山楂花,开放在牧野的蔷薇;
隐藏在绿叶丛中易凋的紫罗兰;
那五月中旬的爱子——

盛满了露制醇醪的麝香玫瑰,
夏夜的蚊蝇在这里嗡嗡盘桓。

济慈朝着夜莺飞去,不是伴着酒神乘虎豹的车驾驰骋,而是凭诗神无形的羽翼登程,他飞得高不可见,无视心灵的困惑。突然之间,他与夜莺在一起了,这种感觉触手可及——"夜这样柔美",这句诗歌令菲茨杰拉德神魂颠倒。尽管济慈什么都看不见,但他的其他感官打开,感受到这个季节中可以期待的东西,为他接下来的升华做好了铺垫:

6

我在黑暗里谛听着:已经多少次
几乎堕入了死神安谧的爱情,
我用深思的诗韵唤他的名字,
请他把我这口气化入空明;
此刻呵,无上的幸福是停止呼吸,
趁这午夜,安详地向人世告别,
而你呵,正在把你的精魂倾吐,
如此地心醉神迷!
你永远唱着,我已经失去听觉——
你唱安魂歌,我已经变成一堆土。

在《失乐园》第三卷开头的乞灵中，失明的弥尔顿将自己比作"在黑暗里歌唱"的夜莺。一半爱上死神（无论它是多么安谧），也就等于一半爱上生命，但"无上的幸福"这一不安的说法，表明倾向于接受结局。《夜莺颂》最后两个诗节抵达了高潮：

7

你永远不会死去，不朽的精禽！
饥馑的世纪也未能使你屈服；
我今天夜里一度听见的歌音
在往古时代打动过皇帝和村夫：
恐怕这同样的歌声也曾经促使
路得流泪，她满怀忧伤地站在
异地的麦田里，一心思念着家邦：
这歌声还曾多少次
迷醉了窗里人，她开窗面对大海
险恶的浪涛，在那失落的仙乡。

8

失落！呵，这字眼像钟声一敲，
催我离开你，回复孤寂的自己！

再见！幻想这个骗人的小妖，

徒有虚名，再不能使人着迷。

再见！再见！你哀怨的歌音远去，

流过了草地，越过了静静的溪水，

飘上了山腰，如今已深深地埋湮

在附近的密林幽谷：

这是幻象？还是醒时的梦寐？

音乐远去了：——我醒着，还是在酣眠？

在第七诗节中，我们听到叶芝的拜占庭组诗的预告，这里对《圣经》中《路得记》的影射，也可能是为受到华兹华斯的《孤独的割麦女》的影响打掩护。迷醉的窗里人和失落的仙乡，这种幻象令人想到埃德蒙·斯宾塞。济慈听过黑兹利特《论乔叟和斯宾塞》的演讲，在这场演讲中，黑兹利特说："斯宾塞书写了我们醒时的梦寐。"第七诗节结尾和第八诗节开头，两次"失落"的妙用，恰似丧钟敲响，将济慈从夜莺的歌声唤回到孤寂的自己。所有的幻想或想象，变成了另一个"冷酷的妖女"，她对于诗人的自欺概不负责。当夜莺哀怨的歌音远去，深深地埋湮在附近的密林幽谷时，诗人问了一个无法回答的问题："这是幻象？还是醒时的梦寐？"无论是哪一个答案，歌音远去，"我醒着，还是在酣眠？"这个暧昧的问题一语成谶：两年后，济慈长眠。

350

约翰·济慈:《冷酷的妖女》
John Keats: "La Belle Dame sans Merci"

为什么你这样痛苦呵,骑士,
脸色苍白,独自彷徨?
湖上的芦苇已经枯萎,
也没有鸟儿歌唱。

为什么你这样痛苦呵,骑士,
形容憔悴,神情沮丧?
松鼠的窝里已贮满粮食,
收获都进了谷仓。

我见你额角白如百合,
渗出热汗像颗颗露珠,
我见你面颊好似玫瑰,

正在很快地干枯。[1]

在这首民歌神秘的开场,饥饿的骑士与幸福的大丰收形成了强烈的反差。对于无名者的提问,骑士编织的回答巧妙地影射了柯尔律治和华兹华斯:

草地上我遇到一位姑娘,
美丽妖冶像天仙的娇女,
她头发曼长,腿脚轻捷,
有一对狂放的眼珠。

我为她做了一顶花冠,
做了手镯和芬芳的腰带;
她对我凝视,像真的爱我,
发出温柔的叹息来。

我抱她骑在马上慢慢走,
整天除了她,什么也不瞧;
她侧过身子倚着我,唱出
一支仙灵的歌谣。

---

[1] 《冷酷的妖女》,屠岸译,出自《济慈诗选》,人民文学出版社 2022 年版,下同。

她为我找来美味的草根，

天赐的仙露和野地的蜂蜜；

她用奇异的语言说话，

想必是"我真爱你"！

她带我到她的精灵洞里，

她哭了，发出哀叹一声声，

我用四个吻阖上了她那双

狂放的、狂放的眼睛。

美丽的仙女和骑士讲的是不同的语言，都不明白对方的意思。仙女温柔的叹息，以及她的眼泪和哀叹，可能是因为他的误解而产生的绝望的哀伤。我们不知道她是在表达爱意，还是在对他发出警告，但骑士用了"想必是（sure）"一语，则令人惊恐。他陷入了仙灵的爱河，服用了仙灵的美食，永远失去了凡人的爱情和人间的寄托：

她在洞子里哄我入睡，

于是我做了——啊啊！灾难！

我做了从没做过的噩梦呵，

在这凄冷的山边。

我梦见国王，王子，武士，

他们的脸色全是死白；
他们叫道："冷酷的妖女
已经把你也抓来！"

幽暗中我见到他们张大了
饿嘴，发出可怕的警告，
我一觉醒来，发现自己
在这凄冷的山腰。

所以我就在这里逗留，
脸色苍白，独自彷徨，
纵然湖上的芦苇枯了，
也没有鸟儿歌唱。

这个骑士在梦里见到了先前其他那些追求者，他们和他一样都误解了这个少女。济慈，像他的朋友、批评家威廉·黑兹利特一样，创立了一种既具英雄主义又具自然主义色彩的人文主义。这种人文主义为华莱士·史蒂文斯的诗歌注入了活力。史蒂文斯再次向我们传授了济慈的教诲，最大的穷困不是生活在自然界，而是分不清欲望和绝望。这个渐渐饿死的骑士，要是他意识到其中的智慧，可能还有救。

约翰·济慈:《秋颂》
John Keats: "To Autumn"

比起弥尔顿或华兹华斯,莎士比亚对约翰·济慈的影响更大。随着我的年岁日高,我以不同的心境重读济慈的最后一首颂歌《秋颂》。我曾经在其中听到世界末日的弦外之音,可惜我错了。如同莎士比亚,济慈断言了自然的丰盈,此外,他还强调人不可避免要走向死亡,这个意象虽无堕落的气息,但不乏悲剧的韵味。

济慈不信仰基督教,事实上,任何有组织的宗教他都不信;他的态度如此决绝,以至于这么说似乎都是多余的。我依然敬重的诺斯罗普·弗莱对我说过,他在《秋颂》中发现了圣餐仪式意象的暗示:面包和酒。但我怎么也找不到。

《秋颂》只有三十三行诗句,却囊括了整个世界,这令我非常惊奇。它分三个诗节,每个诗节都是十一行,其内容丰富,读来好似无穷无尽。第一个诗节或许与莎士比亚的作品最神似:

1

> 雾霭的季节，果实圆熟的时令，
> 你跟催熟万类的太阳是密友；
> 同他合谋着怎样使藤蔓有幸
> 挂住累累果实绕茅檐攀走；
> 让苹果压弯农家苔绿的果树，
> 教每只水果都打心子里熟透；
> 教葫芦变大；榛子的外壳胀鼓鼓
> 包着甜果仁；使迟到的花儿这时候
> 开放，不断地开放，把蜜蜂牵住，
> 让蜜蜂以为暖和的光景要长驻；
> 看夏季已从黏稠的蜂巢里溢出。[1]

济慈对《李尔王》着迷，第六行中"打心子里熟透"影射的就是爱德伽的台词：

> 人必须忍受他们的死亡，
> 正如忍受他们的出生一样；
> 成熟就是一切。（第五幕第三场）

---

[1] 《秋颂》，屠岸译，出自《济慈诗选》，人民文学出版社 2022 年版，本篇涉及该诗引文均采用此版本中译。

"秋"变成了诗人创造的女神。她特别善良。她与太阳的合谋是一种赐福。结尾处蜜蜂的幻象,也象征了世俗的赐福。

第二个诗节把这个女神比喻为一个丰收的少女:

2

谁不曾遇见你经常在仓廪的中央?
谁要是出外去寻找就会见到
你漫不经心地坐在粮仓的地板上,
让你的头发在扬谷的风中轻飘;
或者在收割了一半的犁沟里酣睡,
被罂粟的浓香所熏醉,你的镰刀
放过了下一垄庄稼和交缠的野花;
有时像拾了麦穗,你跨过溪水,
头上稳稳地顶着穗囊不晃摇;
或傍着榨汁机,一刻又一刻仔细瞧,
对滴到最后的果浆耐心地观察。

第三行中的"漫不经心"是一个关键词。自然的丰盈用不着人的操心。这个诗节在音乐感知能力方面无与伦比。临近结尾的"耐心"是另一个关键词。对于诗人而言,大地的存在就已足够。自然为我们生产出如此多宝贵的东西,已有如此多随处感知的光辉,何必再寻求超验的东西。

在经历了充满崇高和光辉的前两个诗节后,我们没有料到,济慈在最后一个诗节超越了自我:

3

春歌在哪里?哎,春歌在哪里?
别想念春歌,——你有自己的音乐,
当层层云霞使渐暗的天空绚丽,
给大片留茬地抹上玫瑰的色泽,
这时小小的蚊蚋悲哀地合唱
在河边柳树丛中,随着微风
来而又去,蚊蚋升起又沉落;
长大的羔羊在山边鸣叫得响亮;
篱边的蟋蟀在歌唱;红胸的知更
从菜园发出百啭千鸣的高声,
群飞的燕子在空中呢喃话多。

"悲哀地合唱","来而又去":莫非这是秋声的底色?济慈的《秋颂》创作于 1819 年秋。他自知行将死于肺结核。1821 年 2 月 23 日,在罗马,死神来临,诗人年仅二十五岁。"群飞的燕子在空中呢喃话多",最后这一行预示了华莱士·史蒂文斯的《星期天早晨》

("Sunday Morning")的结尾和哈特·克兰的《碎塔》("The Broken Tower")的结尾。

在《秋颂》中,我没有听到抱怨,更没有听到悲伤。济慈必然不会与必将到来的死亡为友。他的损失也是我们的损失。假使他有常人的年寿,想象他还会写出怎样的诗篇。在他踏上通往死亡的航程时,他修订了最后一首十四行诗《亮星》,他以莎士比亚式的高贵风格,表达了他和我们的遗憾:

> 亮星!但愿我像你一样坚持——
> 不是在夜空高挂着孤独的美光,
> 像那大自然的坚忍不眠的隐士,
> 睁开着一双眼睑永远在守望
> 动荡的海水如教士那样工作,
> 绕地球人类的涯岸作洗涤的洗礼,
> 或者凝视着白雪初次降落,
> 面具般轻轻戴上高山和大地——
> 不是这样,——但依然坚持不变:
> 枕在我爱人的正在成熟的胸脯上
> 以便感到它柔和的起伏,永远,
> 永远清醒地感到那甜蜜的动荡:
> 永远倾听她温柔地呼吸不止,

就这样永远活下去——或昏醉而死。[1]

济慈对诗人取代教士的意义进行了重估:"动荡的海水如教士那样工作,/绕地球人类的涯岸作洗涤的洗礼。"他充满自然主义色彩的人文主义在此达到了顶峰。

华兹华斯衰朽了。柯尔律治绝望了。大诗人拜伦和雪莱,还在与世界抗争。先知威廉·布莱克坚持到生命的最后一刻。伟大的浪漫主义群星中,如今,或许只有济慈得到毫无保留地尊崇。谁能挑出《秋颂》的毛病?人文主义总是一个问题重重的概念,如果有一种崇高的人文主义,那么,济慈就是其化身。

---

[1] 《亮星》,屠岸译,出自《济慈诗选》,人民文学出版社 2022 年版。

托马斯·洛弗尔·贝多斯:《死亡的笑话》
Thomas Lovell Beddoes, *Death's Jest Book*

七十年来,我一直对托马斯·洛弗尔·贝多斯(1803—1849)的诗歌情有独钟。他是雪莱最忠诚的传人之一。雪莱去世时,年仅十九岁的贝多斯在他那本《解放了的普罗米修斯》的页边写下一首挽诗:

> 用黄金书写——太阳的精灵,
> 一个学人,燃烧着天国之思,
> 一颗灵魂,闪耀哀怨的露珠,
> 爱的馨香,无言甜蜜的痛楚,
> 精炼的诗,蕴含黑色的荣耀,
> 他遨游于尘世,天使的声音,
> 磅礴的思想,照亮阴暗大地。
> 肇始于一颗人心的聪明创造,
> 在人类的胸间产生出了魔力。

洪流一样的夏日迸射出诗歌；
至高无上的太阳，美丽的夜，
飘飞的微雨，放声歌唱的鸟，
含苞待放的花蕾，从沉睡中
唤醒的叶，夜，流淌的清晨，
如同天命，全都聚焦和浓缩
于他的名字——那就是雪莱。

这首诗的价值不高。但是，这位牛津大学生在日后继承了雪莱的抒情风格。这种风格如挥之不去的幽灵，他将之推至无以复加的地步，远超爱伦·坡和他的那些法国模仿者：

1

一个爱上美妇的幽灵，
在午夜的星辉下，
伫立在她的床前；
用尽人间的花言巧语，
许以天国的幸福甜蜜，
乞求她的灵魂。
就像银铃般嗓音的小蛇，
吹奏出甜美的毒音，

盘卧于长满青苔的颅骨,

吟唱"死亡,啊,死亡"。

2

年轻的灵魂,脱去你的肉身,

跟我走进安静的坟墓,

我们的眠床美丽、幽暗、甜蜜;

白雪是床罩,

润土做床单,

大地为摇篮。

就像银铃般嗓音的小蛇,

吹奏出甜美的毒音,

盘卧于长满青苔的颅骨,

吟唱"死亡,啊,死亡"。(《魅影求爱者》)

这种病态的华丽小诗有着令人畏惧的魅力,让我们看到种古怪的喜剧效果。下面这首《冥界的那伊阿得丝之歌》("Song of the Stygian Naiades")是我特别偏爱的一首诗:

冥后普洛塞尔皮娜也许会夺走她

带着露珠或泪滴、

因气恼而红艳、因畏惧而苍白的鲜花。

这是我们的错吗,

如果冥王普鲁托生性好色,

晚归时,宽大的蝙蝠袖之下,

抱着一个温柔的人间少女回家?

风,你说是那样吗?

你我所知的确是,

昨日,我们看见飞起和停落,

在冥河的芦苇和鲜花中间,

复仇三女神在准备枯草,

留给那一窝虎崽、

魔鬼别西卜的一只大苍蝇、

那一只红心的蜜蜂,世人叫它

丘比特、爱,或"呸,不要脸的东西"。

冥后普洛塞尔皮娜也许会号啕大哭,

但是,在你我

亲吻,沐浴于阳光之前,

她会猜测,会徒劳地问,

我在你那边的笼子里关的

到底是鸟儿还是蛇,是野生的还是驯化的;

但是,如果冥王不再回家,

它将大声唱出他的羞耻。
关着的是什么？关着的是什么？
只是诗人的心思而已，
昨日，如此轻盈地停落
在冥河的芦苇和鲜花中间，
复仇三女神在准备枯草，
留给那一窝虎崽、
魔鬼别西卜的一只大苍蝇、
那一只红心的蜜蜂，世人叫它
丘比特、爱，或"呸，不要脸的东西"。

冥河中这些美人鱼的轻歌显得神秘难忘。贝多斯创造了一个另类空间，在这个空间里，雪莱对于人类解放的希望永远消失了。贝多斯的父亲是一位名医。他继承父业，在德国和瑞士学医，成了解剖学家，但他也像雪莱一样热衷政治，结果遭到驱逐，先是被逐出巴伐利亚，七年后又被逐出苏黎世。他是同性恋者，四处流亡，寻找灵魂不灭的证据。他的言行举止日益乖张，最终在四十五岁时服毒身亡。

贝多斯诗歌生涯中最华丽的作品是《死亡的笑话》这部未竟之作，一部充满詹姆斯一世时期风格的神奇悲剧诗。我曾兴致勃勃地读过多次，我承认它可能有特殊的味道。吟诵其中最精彩的抒情华章，于我是真正的美学体验：

上了年纪的亚当,这只腐肉乌鸦,
这只开罗的老乌鸦;
他坐在细雨中,任雨水
从尾翼流下,从羽冠流下;
每一根羽毛
都泄漏出潮湿的天气;
他的鸟窝下的树枝在摇晃;
他鸟嘴里含着的骨髓太沉重。
风在死去?哦,不;
只有两个魔鬼,吹过
一个杀手的尸骨,来来去去,
在鬼影幢幢的月光里。

啊!夏娃,我爱吃腐肉的乌鸦妻子,
当我们以君王的骨髓为晚餐,
我们在那里欢饮作乐?
我们的巢穴是埃及艳后的头骨,
它被劈开,咔嚓作响,
被打烂,乱砍一通,
但那蓝眼睛里仍然饱含泪滴:
且让我们饮用,我的开罗乌鸦。

> 风在死去？哦，不；
> 只有两个魔鬼，吹过
> 一个杀手的尸骨，来来去去，
> 在鬼影幢幢的月光里。

这部诗剧的另一个名字是《愚人的悲剧》，因为诗中的复仇者伪装成一个愚人。这种嬉闹的节奏十分欢快，与之对照的是那种杂乱的狂欢，这为埃及艳后的悲喜注入了活力。"它被劈开，咔嚓作响，/ 被打烂，乱砍一通，/ 但那蓝眼睛里仍然饱含泪滴"，这几行细节翔实的诗句让我们想起举起郁利克骷髅的哈姆莱特。我还想起，在我两个儿子还很小的时候，一个四岁，一个七岁，我经常给他们背诵这几行，逗得他们哈哈笑。

昨夜，我依然睡得很不安稳。凌晨时分，我不由自主地想起贝多斯的一首挽歌：

> 我们躺在草下面
> 在月光中，在紫衫
> 阴影里。他们走过，
> 听不见我们。我们怕
> 他们会嫉妒我们的快乐，
> 在我们的坟墓，在萤火纷飞的夜晚。
> 来追随我们，像我们一样笑；

>我们航向古老波涛中的岩石,
>那里雪落纷纷,落进大海,
>淹死的人,船难的人,都有幸福的坟墓。

这一份登上致命航程的邀请可能是塞壬的歌声。这虽让人费解,但并不完全在意料之外。贝多斯激发起我们对于原初的渴念。他在诗歌的解剖中追求灵魂永生的证据,但只找到死亡这条解脱之道。

阿尔弗雷德·丁尼生:《尤利西斯》
Alfred Tennyson: "Ulysses"

阿尔弗雷德·丁尼生在1833年创作了《尤利西斯》,时年二十四岁。他最亲密的朋友亚瑟·亨利·哈勒姆二十二岁时突然中风死于维也纳,这对丁尼生是永久的打击。在订婚很长一段时间后,他在四十一岁才步入婚姻殿堂。很大程度上,他最伟大的诗作全是献给哈勒姆的哀歌,比如《悼念集》《亚瑟王之死》《国王的叙事诗》,以及我最喜欢的《尤利西斯》和《提托诺斯》。

在《神曲·炼狱篇》第26章中,维吉尔和但丁进入第八层地狱,见到抱在一起受地狱之火煎熬的尤利西斯和狄俄墨得斯。尤利西斯站在烈焰中讲述了他最后一次跨越人间已知界限的航程。在这次航程中,他的水手全部溺毙。尽管他这个伊萨卡国王有过无数次死里逃生的经历,但这次他也没有幸免。听着尤利西斯的讲述,但丁显得出奇的安静,或许是因为《神曲》中他这一次史诗性的航程和尤利西斯的自毁冲动有着明显联系。

丁尼生的《尤利西斯》是一首用素体写成的独白,以非凡的语言开头，半谐音带来了音韵的和谐，让人想起维吉尔的节奏，似乎英语诗歌可以求助于音量而非重音：

> 这没什么好；当个无作为的国王，
> 在不毛的巉岩间，傍着幽幽炉火，
> 配着个年老的妻子，对一支蛮族
> 斤斤地施行不公的法律，而百姓
> 只顾贮藏和吃睡，却并不了解我。
> 我不能歇下来不远行；生命之酒
> 我可要喝它个点滴不剩。一生中，
> 我尝遍欢乐受尽苦；或独自经历，
> 或同追随者共尝，在岸上或海上——
> 当雨淋淋毕宿透过飞渡的乱云
> 叫阴沉沉大海澎湃。我已有名声……[1]

哈勒姆激励丁尼生追随济慈和雪莱，而非华兹华斯。可以肯定，在尤利西斯这个最为足智多谋的希腊人的雄辩和自夸之中，浸透了济慈复杂的声音。珀涅罗珀成了年老的妻子，而伊萨卡人"不了解我"，这对于尤利西斯来说与死亡无异。他看重的，是大悲或大喜。他的水手"爱我"，但他只爱自己。他的骄傲淋漓尽致地展

---

[1] 《尤利西斯》，黄杲炘译，出自《丁尼生诗选》，外语教学与研究出版社2014年版，下同。

现于这一句,"我已有名声":

> 总怀着饥渴的心情浪迹于海外,
> 长多少见识——在人们聚居的城邦、
> 一处处的风土人情和幕府衙署,
> 我既非卑微之徒就到处受尊重——
> 远在风劲刀兵响的特洛伊战场,
> 享受过同顽强劲敌交手的酣畅。
> 现在的我,是我全经历的一部分;
> 但全经历是座拱门,门洞里望去,
> 未游历的世界远远闪烁;随着我
> 不断向前走,其边沿却不断隐退。
> 叫人闷气的是停步不前,是终止,
> 是不砥砺任锈烂,而非用得发亮!
> 仿佛在呼吸就算是活着!即便是
> 活几世都还嫌太短,何况我一生
> 已余日无多。但从永恒的沉寂中
> 还能够让每一个钟点得救,而且,
> 还能够带来新收获。最讨厌的是
> 把自己存放、贮藏起三四个年头,
> 叫我这苍老的灵魂苦苦地巴望,
> 巴望到人类思维的地平线之外

去追踪知识，就像追踪沉落的星。

尤利西斯渴望名声和光荣。他不断游历，即便活几世都还嫌太短，但他总是渴望超越有限人生的新知："仿佛在呼吸就算是活着！"因此，他抛下珀涅罗珀，把统治伊萨卡的权杖交给了尽职的儿子：

> 这是我亲生的儿子忒勒玛科斯，
> 我留给他的，是这柄王杖和岛国——
> 受我钟爱的他明辨是非，能担当
> 这项重任，谨慎地使粗野的百姓
> 慢慢变得温良，能和缓而逐步地
> 把他们驯化为有用而善良的人。
> 他无可挑剔，虽处于日常事务中，
> 在我离开后，还照样会举措得体，
> 决不会对应尽的孝心有所疏忽，
> 对我的家神，会恰如其分地供奉。
> 他将做他的工作，而我将做我的。

我们可以怀疑尤利西斯说的"受我钟爱的他"，但要相信"他将做他的工作，而我将做我的"。他抛下了家国，开始了黑暗的航程：

那里是港口；我的船已鼓起了帆；
那里是黑沉沉的大海。我的水手
都曾经和我同心协力、辛苦与共——
他们，总是以欢笑迎雷电和阳光，
以开朗的心胸、开朗的额头抗争——
你们和我都到了老年；但是老年
仍有其荣誉和操劳；死了结一切；
但在这终点前还可以有所作为，
创造些崇高业绩，从而也配得上
我们这些同天神也争斗过的人。
这里的岩岸上开始闪烁起灯火；
长昼将尽月徐升；大海的呜咽里
有种种召唤。来吧，我的朋友们，
去找个新世界，现在为时还不晚。
现在离岸，坐齐了，往水声哗哗的
桨迹里用力下桨划；因为我决心
要驶过日落的地方和西天众星
沉落到水里的地方，要到死方休。
也许我们会被深渊一口吞下去；
也许我们会抵达西方的极乐岛，
重见我们伟大的朋友阿喀琉斯。
已经失去的固然多，剩下还不少；

> 如今的我们，力量虽比不上往昔，
> 不再能惊天动地；却依然是故我；
> 尽管这性情依旧坚忍的英雄心
> 被时光和命运削弱，意志仍坚强，
> 要奋斗、探索、发现，决不会低头。

那些幽灵一样的水手是谁？《奥德赛》清楚地描写了尤利西斯的幸存，但他所有的同伴都牺牲了，大多数是溺亡于大海，有些还死得更惨。你不会想和这样一个尤利西斯同舟。但是，这个自我中心主义者制造的光荣，他神奇的翻腾和高歌，却打动了我们。最后六行诗句会在你的心中激荡，尤其假如你是一个老人的话。我的一个密友，一个伟大的学者、批评家，今天清晨去世了。我很悲伤。尽管这样的分离早有预料，但想起我们长达六十五年的友谊，我还是哀伤不已。尽管时间带走了很多东西，但我相信仍有很多东西会留下来。进入残年，尽管我往昔的力量也不足以惊天动地，但那已经足矣。想到"依然是故我"，我就觉得宽慰。身为教师，谈不上什么英雄豪情，时光和命运已将我削弱。丁尼生或许没有意识到，他在呼应弥尔顿笔下撒旦的高呼："我们的勇气，不会顺从或屈服，/还有什么东西能将我们击溃。"我们意志的力量可能衰减，但我们仍然想模仿这个撒旦一样的尤利西斯，"要奋斗、探索、发现，决不会低头"。

阿尔弗雷德·丁尼生:《提托诺斯》
Alfred Tennyson: "Tithonus"

1833 年,丁尼生写了《提托诺斯》的简版,作为他的诗歌《尤利西斯》的一个尾声。《提托诺斯》这首十分优美的维吉尔风格的小插曲,如同《泪,空流的泪》("Tears, Idle Tears"),都是献给哈勒姆的哀歌。《提托诺斯》整首诗音韵婉转和谐,尽管与诗歌的绝望氛围形成反差,但给人留下特别精致的印象,表明丁尼生这个桂冠诗人高超的暗示力量:

> 树木会凋零,树木凋零了会倒下,
> 水汽会哭泣,把重负卸落到大地;
> 人会来耕地,然后会躺在了地下;
> 活过了许多个春秋,天鹅会死去。
> 只有我,却得受永生的残酷折磨:
> 在你的怀抱中,我慢慢干枯凋萎;
> 在这里,在这个世界的寂静边沿,

> 我成了白发的幽灵,梦幻一般地
> 徘徊在这个永远宁静的东方太虚,
> 在远远层雾与晨曦的穹窿之中。[1]

厄俄斯是希腊神话中的黎明女神(即罗马神话中的奥罗拉),她带走了加尼米德和提托诺斯为伴。宙斯从她那里偷走了加尼米德,作为交换,应她的要求,宙斯赐予了提托诺斯永生。但是,厄俄斯忘了请求宙斯让提托诺斯青春永驻,结果提托诺斯在她怀里越来越衰老,一心只想死。我想不起文学中还有什么地方,把永生称为残酷。主人公绝望的戏剧性独白,一开始就是迷惘的失落感。

> 唉!这个白发幽灵啊,一度是个人——
> 曾因他的美和你的倾心而荣耀,
> 你选中了他,这使他满心地自豪,
> 竟然把自己也看作是一位天神!
> 我曾经向你央求过,"请给我永生。"
> 于是,你微笑着成全了我的请求,
> 像个富豪,毫不在乎地给予施舍。
> 但是这激怒了坚定的时序女神,
> 便一意作法,把我损害、糟蹋、弄垮;

---

[1] 《提托诺斯》,黄杲炘译,出自《丁尼生诗选》,外语教学与研究出版社 2014 年版,下同。

> 她们虽不能置我于死地,却让我
> 以残弱之躯陪伴你永恒的青春,
> 使永恒的衰老衬托永恒的青春,
> 我过去的一切已经成灰。你的爱、
> 你的美,能不能作补偿?尽管此刻,
> 为你开道的银星在我们的头上
> 照亮着你的眼睛,那因为听我说话
> 而颤动着泪光的眼睛。让我去吧,
> 收回你厚赠。既然是凡人,为什么
> 偏要和一样是人的同类不一样?
> 在那个命定的终点,人人得止步,
> 因为这最为合适;为什么要超越?

如同丁尼生笔下的尤利西斯,痛苦的提托诺斯除了自己谁也不爱。黎明女神为他流泪,他也为自己流泪。厄诺斯不断点燃的是他对美的恐惧,仅此而已:

> 轻柔的风拂开云,我瞥到了一眼
> 我出生的那个世界正在夜色中。
> 那古老玄妙的微光,再一次从你
> 纯洁的额头、双肩和胸膛幽幽地
> 洒出,那胸中跳动着休憩后的心。

你的面颊已开始在幽暗中泛红,
你的柔眼在我眼前慢慢地明亮,
这将使众星黯淡;而你的那几匹
恋主的烈马,早盼着套上你车驾,
一腾身,把夜色甩落披散的鬃毛,
把熹微的曙色踏碎成点点火光。

在一高潮段落,济慈和雪莱的抒情风格达到了极致,但他们的笔下没有这种冰冷的自私。在提托诺斯这个痛苦幽灵戏剧性的独白中,存在某种独特的东西,因为令耳朵感到愉悦的东西,被说话者完全消极的影响所瓦解:

看哪!你每天就这样默默地变美,
随后,你没有给我个回答便出发,
把你的泪水留在我的面颊上。

为什么你总是让泪水使我害怕,
使我颤抖?怕的是遥远的往日里
在黢黑大地上听到的话是事实:
"即便是神,也收不回他们的馈赠。"

我呀,在那遥远的往日里,我曾以

怎样的心情、怎样的眼光注视你——
倘若，我真就是当年那凝眸的人——
注视你光辉的轮廓渐渐地清晰；
看朦胧的卷云点燃成日晖光环；
随你神妙的变化而变化，随着你
和你那门庭被热焰慢慢地染红，
而躺着的我感觉到血渐渐沸腾，
我的嘴、额头、眼睑感到露的温润，
因为那些吻比半开的四月蓓蕾
还芬芳，我还能听见吻我的双唇
轻吐出不知为何的炽烈和甜蜜，
就像听见了阿波罗的神奇歌声——
歌声中，伊利昂城堡雾一般升起。

伊利昂（即特洛伊）是阿波罗凭借诗琴的魔力使石块自动垒墙而成，回想起了这个奇迹，提托诺斯更是觉得痛不欲生，他把对黎明女神之吻的记忆看成是逝者的感受。因此，他叹息地说出了以下一番话，他知道，这不可能是他的离别词：

可不要永远地留我在你的东方：
以你我的天性怎能再长相厮守？
你玫瑰色的暗影冷冷地浸着我，

> 你的光也一片凉意,我枯皱的脚
> 踏着你蒙蒙亮的门槛只觉得冷,
> 而这时,从那些隐约的家园,那些
> 有幸能死亡之人的家园,从更加
> 幸运的死亡者青冢,飘浮起雾气。
> 请放我走吧,就把我归还给大地!
> 你看得见一切,也将看见我的墓。
> 每一个早晨,你都将更新你的美;
> 我化为尘土,将忘却这空荡天宫,
> 也忘却驾银灰色轻车回程的你。

身为老人,我对提托诺斯深表同情,因为我也总是觉得冷,我的脚也完全枯皱。但我的同情仅止于此。假如我还能活四五年,我相信我不会愚蠢而残忍地告诉其他生者:你将看见我的坟墓。正如他的独白在永久的循环中继续蜿蜒,我们感激他的诗歌力量,却不能接受他唯我论的痛苦。我不理解这首诗与哈勒姆的死或丁尼生的悲伤之间有什么确切关系。有些重要的东西遭到压制,这种欲言又止的力量让读者觉得优美又极为不安,我们同时体验到了愉悦和痛苦。尽管丁尼生后来有了一段相当美满的婚姻并做了父亲,但他最爱的还是哈勒姆。我想知道那个才华横溢的年轻批评家是否知道丁尼生对他的感情是多么真挚强烈。可以肯定的是,丁尼生自己从来不知道他压抑的欲望是多么深沉汹涌。

阿尔弗雷德·丁尼生:《国王的叙事诗》
Alfred Tennyson: *Idylls of the King*

一如传统,在丁尼生笔下,亚瑟王手下最纯粹的骑士是波希瓦尔和加拉哈德。丁尼生笔下波希瓦尔对于圣杯的毁灭性追求,相当于勃朗宁笔下的罗兰公子,他对"暗塔"的追寻使他凝视的一切扭曲、破碎。不过,这两者之间还是有所区别。正是这种区别,让丁尼生与写下《荒原》的艾略特更接近:

> 这里没水只有岩石
> 岩石,没有水,只有一条沙路
> 在群山中蜿蜒而上
> 岩石堆成的群山中没有水
> 如果有水我们会停下畅饮
> 在岩石中人们无法停下或思想
> 汗水已干,脚在沙中
> 倘若岩石中有水

那不能吐沫的、长一副坏牙的死山口

这里人不能站，不能躺，不能坐

山中甚至没有宁静

只有干打的雷，没有雨

山中甚至没有孤寂

只是阴沉通红的脸庞在嘲笑与号叫

从泥缝干裂的房门中传出声来。[1]

有"纯洁之人"之名的波希瓦尔，临死前对一个隐修的同道讲述了自己的故事，回顾了通向智慧的堕落之路：

"我鼓起勇气，想起了上次

我在比武场上的勇猛气概，

我那坚硬的长矛是如何把骑士打倒，

如何赢得名声：天空从来没有像现在这么蔚蓝，

大地从来没有像现在这么碧绿，

我内心热血沸腾，我知道，

我一定会找到那只圣杯的。

"此后，国王不幸的预言：我们中大多数人

---

[1] 《荒原》，裘小龙译，出自《荒原：艾略特文集·诗歌》，上海译文出版社 2012 年版。

会一直追随飘忽不定的圣火,

像阴霾一样笼罩着我。

我曾经说过的每一句坏话,

过去有过的每一个邪恶思想

和做过的每一件坏事,

都被唤醒,它们对我喊道:'圣杯不是你能

找得到的。'我抬眼看到自己形单影只,

行走在长满荆棘的沙地上,

因为口渴得快死了,

所以自己也喊道:'圣杯不是你能找到的。'[1]

这个纯粹的人并不只是追求失败,而是将一切都化为尘埃:

"我继续骑马前行,在我认为自己会渴死的时候,

却看到一大片草原和一条小溪,

水流湍急,波浪翻滚,

溅起一片片白色的水花;

而在那条溪流的对面,

有许多苹果树,掉下的苹果都滚到了

河边的草地上,'我要在这里休息一会儿,'

---

[1] 《国王的叙事诗》,文爱艺译,《国王的叙事诗:多雷插图本》,安徽人民出版社2012年版,下同。

我说,'为了找这只圣杯不值得。'
但是我正要喝溪水,咬那可口的苹果时,
所有的东西一下子都变成了尘埃,
于是在这布满荆棘的沙地上,
又只剩下我一个人,忍受着饥渴。

"过了一会儿,我又看到一个女人,
正坐在屋子门口纺着纱,她很美丽,
她的眼神很善良,很天真,
仪态优雅;然后,她看到我,
就站起身,张开双臂欢迎我,好像在说
'到这里休息一下吧',但是当我正要扑向她怀里时,
看!她也变成了尘埃,消失不见了,
房子也变成了一间破旧不堪的小屋,
里面有一个断了气的婴儿,然后,
这些东西也都变成了尘埃,于是又剩下我一人。

"我继续骑马前行,但此时我已经饥渴难忍了。
一道黄色的微光从我眼前一闪而过,
那道光击中了田地里的犁头,
于是农夫放下手中的耕犁,跪倒在它前面;
那道光射到挤奶女工的桶上,

于是她放下手中的桶，跪倒在它面前，

我不知道这是怎么回事，但我想

'是太阳要升起来了吧'，虽然太阳早已高高升起。

然后我注意到有人在我的正上方移动，

他身着金色的盔甲，头戴金冠，

头盔上挂满珠宝，

他的马也穿着金色盔甲，挂满珠宝；

他们的到来披着光芒，闪耀夺目，让我睁不开眼，

他是如此宏大，似乎是万物之主。

他离我越来越近，我以为他想要将我毁灭。

看！他竟然也张开双臂欢迎我，

我伸出手，想去碰他，但是，

他立刻变成了尘埃，于是，

在这布满荆棘的沙地上，又剩下我一人，

感到疲惫不堪。

波希瓦尔的目光没有摧毁的地方，他用手的触碰带来更彻底的毁灭。丁尼生不会限制他强烈的幻象，也不会相信自己创作诗歌的意识会因失去哈勒姆而受到如此危险的挫折，以至于燃烧了大自然和其他的自我。如同勃朗宁的罗兰公子，波希瓦尔是雪莱笔下"阿拉斯特尔"那种不屈不挠诗人之嫡系。尽管丁尼生期望波希瓦尔代表天主教的苦行意识，但是其身上的魔性侵占了他的追求，给予我

们一种强烈的欲望,要将一切并非完全讴歌自我崇高的东西化为尘埃:

"我继续骑马前行,看到一座巨大的山峰,

山顶上是一座四面环墙的城市;

里面的尖塔塔峰之高,耸入云霄。

在城门外,有一群人在吵吵闹闹;

那些人喊着要我上山,'欢迎你,波希瓦尔!

欢迎你这位世上最强大、最纯洁的人!'

我听了很高兴,于是就爬到了山顶,然而,

我一个人都没看到,也没有任何声音,

我穿过这座破败的城市,我看见

这里曾有人居住过,在那里我看到

唯一的一位年事已高的老人。

'您的老板呢?'我问他,

'你是在对我说话吗?'

他好不容易才说出一句话来,还说得气喘吁吁的,

'你是谁?要去哪?'他一边说着,

一边已经化为尘埃,消失不见了,

再一次,剩下我一人,悲哀地喊着:

'看,就算我找到圣杯,

我一碰它,它肯定也会化为尘埃的。'"

如果说这一路追求的目的只是要抹除所见到的一切，那么，这种诗歌精神是一种颓废的浪漫主义。这让我们重新回想起雪莱的《生命的凯旋》(*The Triumph of Life*) 和济慈的《海伯利安的陨灭》(*The Fall of Hyperion*) 中的警告。丁尼生最动人心弦的时刻，恰是他没有完全意识到自己所为的时刻。正如他笔下的尤利西斯一样，波希瓦尔也脱离了他的控制，但正是这一点，成就了这个桂冠诗人的光荣。在《国王的叙事诗》中，那个勾引并要毁灭莫林的薇薇安，挣脱了丁尼生的审查，疯狂地赞美爱若斯：

但现在这个森林里的全部声音

被从马克王官里传来的歌声所掩盖，

一位迷路的姑娘骑着马，走过森林小道，

一面用颤音唱着歌，她是薇薇安，身边还有位侍从。

"上帝之火温暖了贫瘠之地，

燃烧了所有平原和荒地。

新叶总要把旧叶来代替，

上帝之火不是地狱之火。

"老神父咕哝着对你的崇拜——

老教士和尼姑，你们蔑视世人的欲望，

但自己冰冷的心里却感到火热！

上帝之火不是地狱之火。

"上帝之火在粉尘路上蔓延。
路边的花朵即将遭受牵连。
整个森林世界充满赞美之声。
上帝之火不是地狱之火。

"上帝之火是所有美好事物的开端,
不要渴望在你的血液中把它点燃,
而是跟着薇薇安走过这火山!
上帝之火不是地狱之火!"

然后她转向她的侍从说:"这上帝之火,
这古老的太阳崇拜者,天啦,他会再一次燃起,
把那十字架打到地上,打倒国王
和他所有的圆桌骑士。"

"上帝之火在粉尘路上蔓延。"爱欲的阳光反转了波希瓦尔将一切都化为尘灰的纯粹触摸。对于波希瓦尔来说,光死于尘灰中。在薇薇安的眼中,这意味着爱死了,但欲望仍在。丁尼生身上的魔性又一次幸运地得以自由张扬,他压制性的力量也难以阻挡阳光。

阿尔弗雷德·丁尼生:《亚瑟王之死》
Alfred Tennyson: "Morte d'Arthur"

我在 2017 年 6 月 13 日写下这一部分。前一天,我刚出院。我做了两次大手术,在医院治疗和康复了六周。我很累,几乎说不了话。为了寻求慰藉,我想起了丁尼生。我也不大明白是为什么,又想起了他的《亚瑟王之死》。

这首诗据说是为纪念亚瑟·亨利·哈勒姆而作,但在我看来这是个误导。丁尼生的伟大经常带着魔性。哈勒姆明白丁尼生夹在浪漫主义崇高和社会审查之间的冲突。

如果哈勒姆活着,他应该是非常重要的文学批评家。他喜爱雪莱和济慈,胜于喜爱华兹华斯。《亚瑟王之死》中有济慈的回声,但其声音无疑是丁尼生的声音:

> 一整天,寒冷的海边,绵延的群山中回荡着
> 战场上的厮杀声:
> 直到亚瑟王的骑士一个个在莱昂内塞

> 葬身于他们的君主——亚瑟王的脚边，
> 因为国王也伤势严重，
> 勇猛的贝德维尔爵士把他扶起来，
> 带着他去到战场附近的一所小教堂。
> 这所破败的小教堂坐落在一片黑暗贫瘠的地峡上，
> 里面有一个破损的十字架，
> 一边是海洋，一边是大湖，
> 这时天上挂着一轮满月。[1]

尽管《亚瑟王之死》有基督教的弦外之音，但它很有可能被称为异教诗："这所破败的小教堂……里面有一个破损的十字架。"这句强有力的诗行与诗歌中诗里的叠句"一只用白色锦缎包住的神秘手臂"形成了对照。亚瑟王的神话构成了所谓"不列颠记"的大部分。圣杯的毁灭性传奇依赖各种传统，其中亚利马太的约瑟从彼拉多手中赎回了耶稣的尸体，最终带回到英国的格拉斯伯里。丁尼生的《亚瑟王之死》没有直接引用约瑟的故事，但这些故事构成了微妙的背景音乐。

临终前的亚瑟王命令贝德维尔爵士将神剑送回其神秘的起源地。后者两次抗令，但最终服从：

> 于是贝德维尔再次起身，快速飞奔，

---

[1] 《亚瑟王之死》（标题略有调整），文爱艺译，《国王的叙事诗（多雷插图本）》，安徽人民出版社2012年版，下同。

跳过一座又一座山脊,轻轻把手伸进了芦苇丛底,
抓起了那把剑,
然后用力旋转着扔进了湖里。
那把伟大的剑在月亮的光辉中发出闪电,
闪着光不停地旋转着,然后以拱形旋转着,
就像北方早晨的一道光,
在晚上看时,冬天地壳的剧烈震荡让小岛移动,
还有北海的吵闹声。
那把神剑就这样发着光,然后落下:
但是还没落到湖面的时候,
一只用白色锦缎包住的神秘手臂
不可思议地从湖中伸出来抓住剑柄,挥舞了三次,
然后与剑一起沉入湖底。
看到这个,贝德维尔立刻跑到国王那里。

当贝德维尔爵士带着生命垂危的亚瑟王做最后的旅行时,丁尼生的风格特征达到了巅峰:

贝德维尔在行走时,国王的呼气变得更加急促。
就像睡在一座寂静的房子里的人做噩梦时,
身体跟着噩梦一起扭动一样。国王像这样叹了口气,
喃喃地在他的耳边抱怨道:"快点,快点!

如果太迟了，恐怕我会死的。"
贝德维尔迅速地穿过一座又一座山脊，
屏住呼吸走着，看起来
比冰冻山峰上的人还要大。
他听到后面国王沉重的呼吸声，朝前面大喊一声。
他的思想像一根荆棘鞭答着他。
他的铠甲在冰冷的山洞里和荒凉的峡谷发出干干
的撞击声，他经过光秃秃的黑色悬崖时，一下子
跳到左边，一下子跳到右边，周围发出哐当声，
当他的脚踩在滑溜溜的峭壁顶端时，发出尖锐的
摩擦声，然后岩石上留下了他穿着战靴的脚印——
突然，看，是那条湖
还有冬日里长长的月晕！

丁尼生曾经说，除了"剪刀"一词外，他知道每个英语单词的音量。这个辉煌的段落增加了他话语的真实性。"比冰冻山峰上的人还要大"是美妙的一笔，而"撞击声""哐当声""摩擦声"构成令人惊叹的交响，则更胜一筹。三个女王走进一条黑色的驳船，将伤重垂危的主人公带到阿维利翁岛的山谷。

贝德维尔哀叹，他必须孤身进入一个新世界；这一刻深深地打动了我们：

那些日子像黑夜一样笼罩着我，还有那些

与新骑士——陌生的脸孔、不同的思想——相处的年月。

亚瑟王的回答是最高级的诗：

旧秩序变了，会有新秩序出现。
上帝总是有许多办法来满足自己的要求的，
以免唯一的一个习俗会腐蚀整个世界。

从这段豪言中我得到无穷的慰藉。可以肯定的是，结尾的诗段与其说是颂歌，不如说是挽歌：

国王说完，那些人划着船桨，扬起风帆，
离开了湖岸，就像一只强壮的天鹅，
在临死前，疯狂地吹奏颂歌，
竖起她那纯白冰冷的羽毛，然后划着黝黑的羽片
顺流而去，贝德维尔爵士久久地站立着，
脑中不断地出现以前的种种回忆，直到接近黎明，
船体渐渐变成一个黑色的小圆点为止，
这时，湖面上的哭声也渐渐远去。

《国王的叙事诗》中有许多精彩之处，但最精彩的部分还是要数《亚瑟王之死》。《亚瑟王之死》的伟大成就，堪与丁尼生那三首伟大的戏剧独白诗《尤利西斯》《提托诺斯》和《卢克莱修》相提并论。

罗伯特·勃朗宁:《加卢皮的托卡塔曲》
Robert Browning: "A Toccata of Galuppi's"

《加卢皮的托卡塔曲》神秘地召唤巴达萨雷·加卢皮（Baldassare Galuppi）。这个十八世纪威尼斯作曲家在他的时代以轻歌剧和为小键琴创作的托卡塔曲子（或称"击弦作品"）而著名。这些曲子热情奔放、节奏明快的乐章，给勃朗宁的技艺提出了挑战，将不同的声音和对立的声调混合在一起。《加卢皮的托卡塔曲》这首戏剧性独白诗歌的说话者不是勃朗宁，而是一个维多利亚时代的无名科学家或哲人，这个人在寻找某种自然的信息，可以佐证基督教对于灵魂不灭的信仰：

1

啊，巴达萨雷·加卢皮，发现这点真令人悲痛！
我不大可能误解你，我既不瞎，也不聋，
但我了解你的意思，心情是多么沉重！

2

你来了，你带来了古老的音乐，使人身历其境。
原来，商人为王的威尼斯，生活是这等情景？
在圣马可教堂边，总统每年投指环与海结婚？

3

原来，海就是那儿的街，街上有拱门跨越——
盖有屋顶的夏洛克桥，人们在那儿过狂欢节：
我从未离开过英国，但我仿佛看见了一切。

4

你是说：当五月温暖，青年人把春光尽情享受，
化装舞会半夜开始，狂欢直到正午方休，
然后又把明朝的新鲜玩艺筹谋，——是否，是否？[1]

这首诗轻快而疯狂的力量带着我们前行，但独白者却不愿相信世故的加卢皮及其听众。加卢皮的音乐很美妙，却无用，这让独白者伤感，即便他表演这首疯狂的曲子，也在徒劳地抵抗其内涵：

---

1 《加卢皮的托卡塔曲》，飞白译，出自《勃朗宁诗选》，海天出版社1999年版，下同。

5

当时的仕女,是否圆圆的面颊、红红的樱唇,
她颈上的小脸,像花坛上的风铃草一样欢欣?
她的胸脯那么娇好丰满,会给谁人作枕?

6

是啊,他们是懂风雅的,当你坐在古钢琴前,
庄严地弹起托卡塔曲,他们是否会暂停交谈——
她,咬着黑天鹅绒的假面具;他,抚摸着他的剑?

7

什么?小三度音如泣如诉,减六度音叹息不止,
他们懂吗?那些悬留音及其解决——"我们必须死?"
那些安慰性的七度音——"生命能持续!姑且一试!"

8

"你刚才幸福吗?""幸福。""现在幸福吗?""幸福。你呢?"

"那么，再吻吻我！""我何曾停过？千万次也不嫌多！"

听啊，"属音"执拗地持续着，直到你非回答不可！

勃朗宁对女性之美的迷人刻画，促使独白者意识到甜美的生活迅疾消逝的宿命，但同时也使之疏离了这种意识。"属音"尽管执拗地持续，但不可能永远吻下去。哪怕活到了八十七岁，我还是想分享更多生活的幻象，尽管与加卢皮的崇拜者一样，我知道时间必须有一个终点：

9

终于，一个八度音敲出了回答。他们哪能不赞赏？
"好样的加卢皮！这才叫音乐！慢板庄重，快板欢畅！
当我听大师演奏时，我能做到一句话都不讲！"

10

然后他们离开你，去寻欢作乐，直到时辰结束，
有的一生虚度，有的徒劳一阵，也于事无补，
死神默默到来，把他们带到永远不见天日之处。

11

而我呢，正当我坐下来推理，想从此矢志不移，
正当我胜利地从自然的封锁中挤出他的奥秘，
你进来了，带来冰冷的音乐，使我的神经战栗。

12

是的，你，像幽灵般的蟋蟀，鸣叫在废墟之间：
"尘与灰，死亡与终结，威尼斯花去威尼斯所赚。
灵魂无疑是不朽的——只要你有灵魂能被发现。

这支舞蹈变成了死亡之舞，只剩两个可能：一生虚度，徒劳一阵。独白者寻找一个定点，为幻灭的胜利而痛苦，但接下来，这冰冷的音乐使之神经战栗。无论是性资源还是金钱，在威尼斯得到的，就要在威尼斯花出去，加卢皮像幽灵般的蟋蟀一样唱出了华莱士·史蒂文斯——他深受勃朗宁的音乐诗的影响——在《秋天的极光》("The Auroras of Autumn") 中所言"房子会粉碎而书籍会焚烧"的意义：

13

"譬如说你的灵魂吧，你懂物理，地质也不外行，

而数学是你的消遣。灵魂达到的高度不一样,
蝴蝶们恐惧绝灭,——而你呢,你却不可能死亡!

14

"至于威尼斯及其居民,注定要繁荣和没落,
'欢乐'和'愚蠢'是他们在这块土地上的收获。
待到亲吻不得不结束时,灵魂中还留下什么?

15

"尘与灰!"——你这样唧唧吟唱,而我却不忍心责备。
死去的美女多么可爱,披满酥胸的金发多么美,
而如今都已安在?我不禁感到了年岁的寒威。

当亲吻不得不结束时,灵魂是否不灭就无法分辨。在这最后一个精彩的三韵体诗节,在我的耳朵和脑海中,勃朗宁不由自主地与诗中的独白者融合在一起。我这一代人纷纷凋零。我把最后的两行诗奉送给我残存的几位友人。我想起我爱过的那些女人已经天人永隔,我想起某一天她们打扮得多么漂亮、她们的金发多么美丽。我也不禁感到了年岁的寒威。

罗伯特·勃朗宁:《波琳》
Robert Browning: *Pauline*

勃朗宁《难忘的记忆》写于 1851 年。据一个朋友回忆，勃朗宁"带着一向的激情"说："'一天，我在伦敦著名的霍奇森书店，听到一个陌生人……讲起雪莱曾经告诉他的一件事。突然，这个人住口不言，看着我瞠目结舌，禁不住笑出声来。'勃朗宁继续说道，'我至今清楚地记得，我遇到一个见过雪莱与雪莱说过话的人时所受到的莫名震动。'"

《难忘的记忆》一共十六行。这首诗是献给值得铭记之物的颂歌，它无比的简洁，却浓缩了勃朗宁对雪莱一生的迷恋，这种痴迷始于 1826 年，当时他十四岁。在获得了一本薄薄的盗版《雪莱抒情诗》之后，他立刻放弃了母亲信仰的基督教福音教派。但他对母亲的感情很深，为了不让母亲失望，他听从了母亲的劝诫，答应放弃对雪莱的迷恋。事后证明这是不可能做到的，他所有的诗歌，尽管诗风从雪莱的抒情风格转向了戏剧性的独白，但本质上还是深受雪莱的影响：

1

你是否有一次和雪莱见面?
他有没有停下来对你说话?
你又有没有同他对谈?
常新的记忆那么令人惊诧!

2

尽管在此之前就生活过,
在此之后生活也未终了,
我只对这段记忆感到惊愕,
我的惊愕却使人失笑。

3

我走过沼泽,它自有名字,
而且在世界上想必有用,
但我只见一寸闪光的土地
在数十里茫茫空阔之中——

4

> 因为我在那儿石楠丛间
> 拾到一根鸟羽——鹰之羽!
> 我把它珍藏在我的胸前,
> 于是,我就忘却了其余。[1]

后面两个诗节巧妙地传达了勃朗宁的惊叹。没有任何过渡,诗人走过沼泽,这只是很小一片沼泽,在茫茫的空阔之中闪光。诗人拾起一根脱落的鹰羽,将它珍藏在胸前。这就是诗人的所有动作。他耸耸肩说:"我就忘却了其余。"雪莱的光芒笼罩了一切语境。在早年写的《波琳》这首诗中,勃朗宁赞叹雪莱是一个踩踏太阳的人。

> 踩踏太阳的人啊,生命和光明永远属于你!
> 你离我们而去;年复一年,春光
> 明媚,大地年轻美丽,
> 但你的歌声不会再来,其他诗人出现,
> 却无一像你:陛下啊,他们站立,
> 如同巨大的作品,告诉人们,

---

[1] 《难忘的记忆》,飞白译,出自《勃朗宁诗选》,海天出版社1999年版,下同。

那里坐着一个精灵,不管冷落和嘲讽,
直到它漫长的使命完成,它起身
离开我们,再也不回来,所有人
冲进来偷窥,赞美,全都是白费。
不过,你呆过的地方,空气似乎明亮,
对于我,你似乎仍然和过去一样,
当我和你站在一起,像在一个王座,
你肃穆的造物,像群山
环聚,我觉得受它们的影响,
我自己的造物和它们混合在一起,
如同半衰期的东西,汲取和给予生命。

  这是勃朗宁在1826年诗人性格的化身,与威廉·柯林斯(1721—1759)颂歌中诗人的诞生截然不同。柯林斯只活了三十七岁,他死于酗酒和疯癫,生前只留下薄薄一册诗集,但其中包含了那首精彩的作品《诗人性格颂》。在我们这个时代,我们会想到华莱士·史蒂文斯那一首诙谐的《阿尔弗雷德·厄乌瓜伊夫人》("Mrs. Alfred Uruguay"),其中柯林斯和柯尔律治的《忽必烈汗》中目光四射、长发飘逸的少年再次以"一个青年,一个头发散发出磷光的情人"的形象出现,他从山上奔驰而下,寻找"那最终的优雅:那个想象的王国"。

  勃朗宁认为雪莱是诗人的终极化身:"你呆过的地方,空气似乎明亮"。这与勃朗宁"我不禁感到了年岁的寒威"形成强烈反差。史蒂文斯认为诗人总是在阳光之下，他的这一观念一定程度上以勃朗宁为中介，继承了雪莱的传统。雪莱这个极度明亮的太阳踩踏者，让他的诗国后裔懂得他们已经变得多么黑暗。

罗伯特·勃朗宁：《罗兰公子来到了暗塔》
Robert Browning: "The Condition of Fire at the Dark Tower"

我已想不起关于《罗兰公子来到了暗塔》（权且用此诗题，因为这首诗是否有标题还存疑，诗中的一切是否是勃朗宁的梦魇所见也存疑）我写过多少篇评论。诗中的独白者没有名字，按照传统，姑且称之为罗兰。可以肯定的是，他不是最古老的法国史诗《罗兰之歌》中的主人公。

军人无论是否在训练，还是在准备执行特殊任务，都知道过度准备是多么危险。长时间把注意力集中在预期行动上，可能会导致当真正的目标进入视野时，因盲视而看不见：

29

我似乎有点意识到中了陷害诡计，
上帝知道在何时——也许在噩梦中。
那么，旅程就这样在这里告终。

当我又一次准备放弃之际,
突然听到像关上陷阱那样的
咔哒一声——你已被关进牢笼!

30

突然我万分激动地想到,
这就是那个地方!右边两座小山
像两头蹲伏的公牛,斗得犄角相缠,
左边是座高山,它的头皮被剥掉……
笨蛋、傻瓜才在这时候睡大觉——
就为这景象,我受了一辈子锻炼!

31

那立在中间的不是暗塔又是什么?
低矮的圆塔楼,暗得像白瓷的头脑,
这样的褐石塔,世上再也找不到。
在风暴中作弄人的小妖魔
总是这样等到船触礁,将沉没,
才向船夫指出他撞上的暗礁。[1]

1　《罗兰公子来到了暗塔》,汪晴译,出自《勃朗宁诗选》,海天出版社1999年版,本篇涉及该诗引文均采用此版本中译。

"那立在中间的不是暗塔又是什么?"随着这样一声惊呼,罗兰的追求陷入了被遗忘的罪恶之中。既然他想失败,就像之前的那"一帮"骑士一样,那么他表面上的失败也可能是胜利:

32

看不见?因为天黑?——就为这,
白天回过头来!在白天离去前,
残阳透过一条缝隙射出了光线,
小山像打猎的巨人们,手托下巴颏,
趴着看山坳里的猎物——"此刻
给他狠狠一剑,叫那畜生命归天!"

33

听不见?然后到处是嘈杂声音!
它像钟声般越敲越响。我听见
许多名字——失败的探险者,我的伙伴,
有的那么强壮,有的那么幸运,
有的那么勇敢,但是所有故人
都毁了,毁了!一刻丧钟奏出多年苦难。

34

> 他们站在那边，一溜排在小山根，
> 聚观这个可装另一幅画的活框架，
> 看我的最后时刻！在火焰映衬下，
> 我看见了他们，我认识每一个人。
> 然而我还是无畏地把号角举向嘴唇，
> 吹响了。"罗兰公子来到了暗塔。"

勃朗宁说这首惊人的独白诗是他梦后一天内写成的作品。这座没有窗户的暗塔，暗示了诗人托尔夸托·塔索疯癫之后的囚禁生活，也让人想起雪莱的《朱利安和马达洛》("Julian and Maddalo")第98—107行：

> 我抬头看见岛上有一座建筑，
> 在我们和太阳之间；那座建筑
> 年复一年在建，用来作恶的用途，
> 它没有窗，丑陋，阴沉；
> 顶上有一个敞开的塔，挂着
> 一口铁钟，在阳光下摇晃；
> 我们只能听到它嘶哑的声音：
> 太阳在它背后落下，钟声响起

带来强烈的黑色解脱——

"我们看到的是疯人院和它的钟塔",

……

这里,拜伦伪装成马达洛伯爵与雪莱对话。在罗兰独白的结尾,出现了雪莱的身影:"通过我的嘴唇,向沉睡未醒的人境 / 让预言的号角奏鸣!"勃朗宁是从托马斯·查特顿那里得到这支号角。查特顿十七岁的时候,因为伪造所谓的托马斯·罗利的作品遭揭穿而为人嘲笑,服毒自杀。威廉·布莱克和威廉·华兹华斯都很敬重查特顿,将之视为我们所谓的浪漫主义的先驱。"号角"是查特顿使用的"口号"的变体,它的作用在于将罗兰和勃朗宁的那帮兄弟联系在一起。对于勃朗宁来说,那帮兄弟包含了雪莱、塔索、查特顿,以及其他所有寻找"暗塔"的迷途探索者。

罗兰面对的不是妖魔,而是一团围在他身边的同道构成的火焰,所以他大声宣告:

然而我还是无畏地把号角举向嘴唇,

吹响了。"罗兰公子来到了暗塔。"

"无畏"是这个伤痕累累的探寻者赢得的称号。如同丁尼生笔下的尤利西斯,罗兰也会吟诵:"要奋斗、探索、发现,决不会低头。"

罗伯特·勃朗宁:《不断前进的塔米里斯》
Robert Browning: "Thamuris Marching"

罗伯特·勃朗宁的精力之旺盛让人难以置信。在他晚期的长诗《阿里斯托芬的申辩》(*Aristophanes' Apology*)中,他设法为《罗兰公子来到了暗塔》翻案。我发现这首诗实在难以卒读,但其中塔米里斯的吟唱是个例外。在这个部分,塔米里斯骄傲而勇敢地走向与缪斯的命中注定的比赛。勃朗宁的灵感来自《伊利亚特》第二卷第594—600行。

>……缪斯们在多里昂
>遇到过色雷斯人塔米里斯,打断了他的歌声,
>那人从奥卡利亚的欧律托斯家里去到那地方,
>他夸口说,要是提大盾的宙斯的女儿
>文艺女神们同他比赛唱歌的艺术,
>他能得胜;她们在忿怒中把他弄瞎了,

夺去了他的歌声，使他不会弹琴——[1]

我把《阿里斯托芬的申辩》中的这一部分称为《不断前进的塔米里斯》。在这充满浪漫主义风格的部分，再次体现出雪莱对勃朗宁持续的影响：

> 塔米里斯不断前进——色雷斯人的里拉和歌声——
> （首先要仔细考虑，那是最大的痛苦，
> 分配里拉琴和歌声，你们这些诗人！）
> 塔米里斯从奥卡利亚而来，在那里
> 他受到最近去世的国王欧律托斯的招待，现在
> 他要前往多里昂，矗立在潘加约斯
>
> 空旷的山中（矿砂和着泥土
> 在他的脚下闪耀）——他欢快
> 前行，穿过塞萨利亚，穿着长袍，戴着金冠，
>
> 在晨光中，从胜利走向
> 胜利——那天，他来到、看见、认识到
> 他将遭受最大痛苦的指定地点。

---

[1] 《伊利亚特》，罗念生、王焕生译，人民文学出版社 2015 年版，本书凡涉及该诗引文均采用此版本中译。

巴鲁拉——比其名听上去要开心——
迎住他，没有威胁他；这条谄媚的河，
悄悄流走，追逐它的命运，

慰藉那条溪谷——比如，某个开阔
热闹的村落，筑于岸边的宁静
人家，或者感谢潮水的海石竹。

巴鲁拉河的名字来自希腊语中的"遗弃"。它之所以得名，是因为塔米里斯的眼睛遭缪斯弄瞎后，他把自己的里拉琴抛进了河里。穿上袍服，戴上金冠，沐浴在朝霞里，塔米里斯大胆地奔赴灾难。但是，与罗兰截然不同的是，这位迷失的探索者重新点燃了荒原：

塔米里斯不断前进，嘲笑"每朵浪花"
（闪亮的浪花与他竞逐）
"嘲笑蓝天中闲步的流云！"

时值秋日：红色的天空
高举朝日不容置疑的图章
打碎雾霭，喝令它们燃烧和死亡。

清晨取得了统治，万象逐一纷呈，

从天涯到天堂门

这一路都开始显身。

那是一棵损毁的树吗？它在嘲笑

一个小巧、酥脆的金色叶球高高地挥舞，

诱惑刚刚攻击它的霜冻。

那是一丛枯萎的灌木，一个饥饿的枝头，

一株被风窃走的毛蓟，

一根无法逃脱牧神践踏的杂草？

万物带着光荣和喜悦

加入空气、阳光和力量的奔腾，

世界一心，普天同庆。

不要说鸟飞！它们放弃了权利——

随着万象纷呈，它们一路上在水中嬉戏。

不要说野兽在拘谨苦笑！那是飞翔——

没有翅膀的助力，这些生灵怎么腾跃？

这些有目的的大地共同体，如此安逸

自在的人间，完成了梦想——

无论远近，似乎都感染

　　我此刻的心情——远与近，

　　功能的相互交流，似乎总是太少；

　　有根的植物渴望得到蛇的许可，

　　扩大范围，昆虫渴望

　　像花朵一样绽放光彩，这并不奇怪……

自然万物在秋日的朝阳下更加生机勃勃地燃烧。甚至损毁的树、枯萎的灌木、饥饿的枝头、毛蓟、野草也都狂热地加入阳光和空气的欢腾。鸟儿在游，野兽在飞，万物的梦想全都实现。心情时刻在提升，就像在标尺的刻度上逐级上升。诗人塔米里斯边走边唱，尽管他与缪斯的决斗毫无胜利的希望，但他还是炫耀自己清醒的激情：

　　就像摇动的树梢化为

　　真正的音乐，在空中高歌；

　　又或像风儿这个慷慨激昂的歌女，获得

　　高飞的权利，以柔美的

　　身姿，与云相伴。

　　美曾时常被追逐，那是何等的幸福。

塔米里斯继续前进,不肯让激荡的心
滋生出的幻想溜走;他用手猛击
里拉琴,唇间吐出悠扬的歌声——

(据荷马说)纵然诗人无数,
但塔米里斯卓然而立,足以
傲立在缪斯的神殿之间,

一座雕像,头戴桂冠,手持里拉,
(啊,因为我们看见了他们)——
色雷斯人塔米里斯站在最显眼的位置。

朝霞丰富了他的表情,
即便它默默地冷却,也会
被他洋溢的自豪感点燃;他看到了,他知道那个地方。

什么风吹来,带着来自平原、高山、
幽谷和其间点缀的森林的所有韵律?
它们组合成最完美的乐章。

他感受到了,音乐,他迸发的
胜利结束了结束了这一切,

那昔日的音乐,长出他现在的歌声。

"盘古安山,做我的帕纳索斯!
迄今无名的河流,转向!
你的声名将媲美著名的皮埃里亚泉水!

我在这里等待这场纷争的结局:
看看谁赢,是大地的诗人,还是天堂的缪斯。"

  在这首挑衅的抒情诗里,塔米里斯与雪莱融为一体。《西风颂》回荡在这首诗里,因为森林变成了里拉琴,西风伴随着流云。罗兰的那一帮兄弟挤满了缪斯神庙中雕塑的底座。塔米里斯极力争取成为他们中间最瞩目的一个诗人。他改动了罗兰公子那声惊叹——"突然我万分激动地想到,/ 这就是那个地方"——兴奋地说:"他看到了,他知道那个地方。"
  缪斯是残酷的,她们因为塔米里斯的冒犯,弄瞎了他的眼睛。她们摧毁了他的记忆,由此终结了他的诗人天赋。但当我默默吟诵或向他人朗诵他的诗歌时,他似乎不是失败者而是胜利者。雪莱从但丁那里改编的这种三行诗体,使我想起布鲁内托·拉蒂尼(Brunetto Latini),正是拉蒂尼的教导和诗歌,帮助但丁的创作成为可能。勃朗宁的塔米里斯是他对雪莱的最后致敬,没有雪莱的影响,这位戏剧抒情诗和戏剧独白诗的大师或许不会出现。

乔治·梅瑞狄斯:《越过子午线之歌》
George Meredith, "A Ballad of Past Meridian"

乔治·梅瑞狄斯在五十五岁创作《越过子午线之歌》时,就敏锐意识到华莱士·史蒂文斯三十九岁在其诗歌《我叔叔的单片眼镜》中痛苦地承认的一句:"没有哪个春天能越过子午线。"史蒂文斯的那首诗不无幽默,但梅瑞狄斯的这首诗更阴郁:

1

昨夜,从黄昏散步回来,
我遇见死神的灰雾,它没有眼睛的额头
俯视着我,手里拿着账簿,
他递给我像从枯萎枝头摘下的花儿:
啊,死神,你给的是什么苦涩的花儿!

2

死神说,我只管采花,然后继续走路。
另一个身影站在我身边,石雕的样子,
有剑的伤痕,有铁的烙印,泥做的胸膛,
金属做成的血脉,时而闪射强光:
啊,生命,你为人所知时,多么赤裸和艰难!

3

生命说,你怎么雕刻我,我就是什么样。
然后,记忆,如同松树上的夜鹰,
盲目的希望,如同夜空中的云雀,
加入死亡和生命的音符,直到夜晚降临。
这些交织的音符,都是我的生死音符。

今年三月,我经常吟诵这首诗,因为我一生的朋友纷纷凋零。相比于生命的石雕,这里的死亡并不那么可怕。花儿,无论多么痛苦,都不是生命的馈赠;而生命的存在方式,才是我们的创造。或许,梅瑞狄斯回忆起了他第一次婚姻的枯萎。他第一个妻子是托马斯·洛夫·皮科克的女儿,皮科克是雪莱的朋友,著有《噩梦隐修院》(*Nightmare Abbey*)。在这部小说中,雪莱以玩笑的口吻称皮科克是希斯罗普·格劳利；拜伦爵士以塞普雷斯先生的面貌出现，柯尔律治化身成了费迪南德·弗洛斯基。梅瑞狄斯也写了一部经典的喜剧小说《利己主义者》，读过的人可以辨认出克拉拉·米德尔顿就是玛丽·艾伦·皮科克的化身。玛丽与诗人、小说家梅瑞狄斯共同生活了九年，忍受不了不幸的婚姻，与拉斐尔前派的小画家亨利·沃利斯私奔。直到1864年再婚重获幸福之后，梅瑞狄斯才平复了心灵的创伤。

梅瑞狄斯巧妙地将诗人的记忆比喻成夜鹰的歌声，把盲目的希望比喻为夜空中的云雀。生死的音符相互交织，只有梅瑞狄斯这首《越过子午线之歌》才能把两种可怕的东西融合在一起。在遥远的背景声中，我们听到经但丁·加布里埃尔·罗塞蒂改编过的济慈之传统的伴唱。梅瑞狄斯在两次婚姻之间的不幸时光里，与罗塞蒂、斯温伯恩和一群怪人，同住过一家疯人院。

我有时会猜测，要是济慈生前读到《越过子午线之歌》，他会怎么想。作为莎士比亚之后心灵最健全的伟大诗人，他可能会将这首诗与自己华丽的诗歌《冷酷的妖女》联系起来。

阿尔杰农·查尔斯·斯温伯恩:《八月》
Algernon Charles Swinburne: "August"

阿尔杰农·查尔斯·斯温伯恩(1837—1909)像他私淑的老师雪莱一样,完全具有超凡的魔性,他反对西方的神学传统。他崇拜柯尔律治的自然魔力,却反对任何对逻各斯的崇拜。现在很少有人读斯温伯恩了,这是一大损失。在无眠的长夜,我常常默念或咏唱他那首精美的诗歌《八月》。斯温伯恩在怀特岛长大,那里的海岸线在不断地变化。

斯温伯恩自小与表妹玛丽·戈登青梅竹马。斯温伯恩有性虐恋的取向。到了中年,他完全成了酒鬼,但他从未忘怀与表妹的恋情。这种怀旧感成为《八月》的主调:

枝头上挂着四个苹果,
一半金黄,一半鲜红,有人可能知道
果心的血已熟透;
苹果树叶的颜色

更像是生长在金色六月

草地上的黄玉米。

散发出温暖气息的苹果

是美食,要是有人

躺在或站在阳光下或幸福的雨中,

那株分叉的绿色果树,

唇下留着胡须,裂开的叶脉

布满苔痕,更加怡人。

树上挂着四个苹果,

金色上透着红点,所有人都可能看见

阳光从心到皮都在变暖;

绿叶使夏日盲目,

在那个温柔地方,

它们为我保留着金苹果。

这种济慈笔下的果实成熟意象,演变成了突然的狂喜:

树叶在阳光下金光熠熠,

最蓝的空气开始

渴望歌声来解暑;

在长日将尽时，我感觉到
我夫人的脚步慢慢靠近，
我口干舌燥，带着对白日的梦忆。

在这无言的八月下午，
它们随着银色空气中
隐约的乐声颤动；
置身那里是巨大的欢愉，
直到绿色变得昏暗，月亮
把玉米须染成金发。

八月是快乐的时节，
在像缝合一起的灰色苹果树间，
观察红色的月亮变得苍白；
一种沉甸甸的和谐感，
随着具有耐心的夜的生长，
变得比有形的音乐更甜蜜。

梦想照亮了这种令人感伤的幻觉，传递出斯温伯恩对于表妹那种未能圆满的欲望之情感基调。月光下的玉米须，好似玛丽的金发。然而，那种沉甸甸的和谐感，无论多么甜蜜，都因未能圆满，而变得空洞：

但在月亮升起前大约三个小时,
空中仍弥漫午后的气息,
热气渐渐消退,但还未完全死亡;
我再次把头靠在苹果树上;
金黄和鲜红的苹果周围全是绿叶,
这绿色像安慰我的一曲音乐。

我躺着,直到苹果温暖的气息变得
更加浓烈,雀斑一样黄色的露滴,
在成熟的圆叶间,用斑点和湿气
模糊了果皮;这时我听到
一阵风在吹,在呼吸,在吹,
风力太小,改变不了一个字。

湿润树叶感觉到身边的果实
更加圆滑,棕色的树根感觉
土壤更加温暖:我也感觉到
爱寄寓其中的时间之宁静,
(正如白日悄悄燃尽,水觉得
黄金在其中慢慢消融。)

树上挂着四个苹果,

红色中有金色的点,所有人都可能看见
果心都充满了甜蜜的血:
她的秀发就像
从田中收割的
淡金色的玉米。

在高声朗诵时,这首诗汇聚的力量超乎寻常。伊甸园中的四个苹果还没有被吞吃。诗人斯温伯恩天堂中的夏娃永远不会是他的新娘。尽管《八月》隐含的是一个关于爱情失落的故事,但它依然令人狂喜。这四个苹果都熟透到果心,但并不是所有的爱情都会成熟。

阿尔杰农·查尔斯·斯温伯恩:《赫莎》
Algernon Charles Swinburne: "Hertha"

    雪莱对斯温伯恩的影响持续一生。斯温伯恩是一位制造神话的诗人,他把雪莱和其他鼎盛时期的浪漫主义作家——布莱克、爱默生、惠特曼、雨果、(浪漫主义的低俗模仿者)萨德——融合在一起,写出了他认为是自己最重要的诗歌《赫莎》。这首独白诗具有强大静态平衡力,说话者是北欧神话中的大地女神赫莎,她是生长和繁殖的保护神。带着勃朗宁式的自白色彩,她向我们表明了自己的身份:

>我是始源:
>从我这里,生出滚滚岁月;
>从我这里,生出上帝和人;
>我是平等和全部;
>上帝会变,变出人,人的身形;我是灵魂。

在大地出现之前，

在大海出现之前，

在青草柔软的秀发、

绿树漂亮的四肢，

或者我枝条上清新的果实出现之前，我就存在，你的灵魂在我这里。

最早的生命在我的源泉

漂流和旋转；

从我这里，生出

拯救或毁灭的力量；

从我这里，生出男人和女人，走兽和飞禽；在上帝出现之前，我就存在。

再也找不到，比我

至高无上、至大无边；

爱我或不爱，

知我或不知，

我还是那个爱我与不爱的神；我承受打击，我也给出打击。

可你在干什么？

你望着上帝，说：

"我是我，你是你，

我在低处，你在高处。"

我是你，要找到上帝，你要来找我；你是我，所以只有自己找自己。

我是谷物，是地沟，

是犁开的泥块，

是穿透大地的犁铧，

是胚芽，是草皮，

是事情，是做事者，是种子，是播种人，是尘埃，是上帝。

这首诗开头的"我是"让人想起《出埃及记》(3:14)中，上帝对摩西说的"我是自有永有的"。斯温伯恩以此开头，是故意亵渎耶稣在《约翰福音》(8:58)所说的"还没有亚伯拉罕就有了我"。诗歌中的"我也给出打击"带有《薄伽梵歌》的味道，让我们想起爱默生的诗歌《梵天》：

如果红色的杀手认为他在杀人，

如果被杀者认为他自己被杀，

那么他们还不太清楚

我停留、经过而又返回的微妙方式。

斯温伯恩迷人地保持着他的亵渎方式，将上帝贬为铸成亚当的尘土。他继续以迫切的口吻，专心地歌颂源源不断的生长：

你知道我怎么偷偷地
铸造你，孩子？
用火让你充满激情，
用铁绑住你的身体，
隐约变化的水，这一切你都知道或发现过吗？

你能在心里说，
你曾亲眼看见，
以怎样狡猾的技艺，
用何种力量，用何种材料
以怎样的方式被塑造
以怎样的方式昂首向天空展示。

此在是什么，你知不知道？
过去是什么，你知不知道？
无论先知、诗人、
三脚凳、王位

精神，还是肉体，都不能回答，只有你的母亲才能。

你的母亲，不是造物主，
她是天生，不是人造；
尽管她的孩子抛弃了她，
他们被诱惑或害怕，
向他们喜欢的上帝不断祷告，不管怎么祷告，她不为所动。

《约伯记》（38-39）中，旋风里传来的上帝的反问声音，为赫莎在这里一连串没有应答的追问提供了模板。德尔斐神庙里解读神谕的女祭师所坐的三角凳象征着所有的神职人员，这个不断演化的自然之母拒绝任何单一的创造行为：

一个信条是一根鞭子，
一顶王冠是一片黑夜；
但这东西就是上帝，
用你的力量成为人，
用你精神的力量变得正直，像光一样走完你的人生。

正如在你身上我的灵魂在说，
我在你身上拯救你；

我会尽我所能,

给你精血和呼吸,

给你劳作的绿叶、思想的白花、死亡的红果。

我看见你踩踏的地方,

夜晚的幽径,

投下称为上帝的幽灵,

在你的天空,放出光明;

但人类的早晨在升起,看见了澄明的灵魂。

我就是生命树,

它有许多根,

膨胀到天空,

叶像红果一样红;

在你生命的花蕾,是我的树液:你将活着,不会死去。

但你喜欢的诸神

他们出于怜悯和激情,

施舍或掠夺,

祸害或宽恕,

他们是寄生在倾覆的树干上的虫子;他们会死去,不会活着。

我们塑造出上帝，向他祈祷，因为我们害怕。带着萨德一样的激情，大地女神告诉我们，信条是鞭子，王冠是黑夜。真正的上帝来自布莱克那种启示录般的人文主义。斯温伯恩再次呼应雪莱笔下普罗米修斯式的希望和爱默生的雄言："正如人的祷告是他们意志的疾病，他们的信条是思想的疾病。"赫莎，这个住在我们灵魂里的女神，把我们从沙文主义和宗教中拯救出来。她用意大利绿、白、红的三色旗，向斯温伯恩心目中的英雄、意大利革命家马志尼致敬。逐渐式微的基督教如同夜光，随着太阳的升起顿然消逝。西方一神论的上帝被视为阴影；相反，北欧神话中的世界树"伊格德拉西尔"（Yggdrasil），从无数的根中生长，直抵天空：

我自己的血是止住

我树干伤口的东西；

我枝丫捕捉的星星

把黑夜变成了白天，

星星像太阳一样受崇拜，直到太阳升起，像踩灭火花

一样踩灭它们的火焰。

时间发出响声，

它的羽毛张开，

它的脚准备攀登

爬过头顶的枝丫，

我的树叶围绕着它，沙沙作响，树枝被它的脚压弯。

岁月的风暴
吹过我，停息，
战争的风暴怒斥
和平的春风，
吹乱了我的秀发，而我的花朵还未绽放。

所有脸的所有形状，
所有手的所有工作，
在难以探索的地方，
在时间淹没的大地，
所有的死亡，所有的生命，所有的统治，所有的毁灭，经由我如落沙。

我痛苦的负担
超越你的所知，
我的生长没有奖赏，
只管生长，
我不会停止生长，为了头上的闪电，为了脚下的死亡蠕虫。

它们也是我的一部分，

正如我也是它们的一部分；
那样的火是我内心的火，
那样的液是这棵树的液，
里面包含了无尽的大地和海洋的声音和秘密。

赫莎很可能是克里希纳。在《薄伽梵歌》中，克里希纳告诉阿诸那，他包含了一切，在任何思与行中，都可以获得解脱。不过，斯温伯恩笔下的赫莎是一个辩手，她不停地与宗教和专制作战。她也不会许诺给予斯温伯恩获得至爱玛丽·戈登，她甚至没有许诺给自己或读者回报。她只管生长，不停地生长。她的颂歌相当冗长，从头到尾回响着雪莱《云雀颂》中的高歌。斯温伯恩羡慕雪莱不可思议的节奏和精确的比喻，只是他心有余而力不足。我一向很喜欢赫莎的形象，但我还是希望这首诗能精炼一点。尽管如此，这首诗歌还是在结尾的诗节中超越了快乐原则，冲向了雄辩的欲望高峰：

我喝令你做好自己；
我不需要你的祷告；
我需要你享受自由，
正如你嘴里有我的气息；
让我的内心更强大，看着我美丽的果实。

它比你信奉的那些信仰，比奇异的果实

还要美丽;

在我身上,只有根

才能让你枝头开花;

现在看着你自己创造的上帝,用你的誓言喂养他。

在这黑暗和苍白的

深渊受到崇拜,

以日光和闪电,

为灯和剑,

上帝在天堂发出惊雷,天使被上帝的愤怒染红。

看,带着世界奇迹的羽翼,

带着奇迹的铁掌,

带着闪电的火焰,

为了华服和权杖,

上帝在天堂颤抖,天使因上帝的恐惧而苍白。

因为他的黄昏已经来临,

他的痛苦已经降临;

他的灵魂目瞪口呆地看着他,

他因恐惧而面如死灰;

他遭受打击,时光将他逮住,这是他无穷岁月的末日。

思想成就了他，也毁灭了他，

真理杀死了他，也宽恕了他；

正如时光带走他的，

时光给予了你，这新的东西，

甚至爱，这个亲爱的共和国，喂养自由和生命。

我怀中的一个孩子；

我眼里的一束光芒；

我头顶的一次开花

直冲天宇；

人类与我平等合一，人类由我制造，我就是人类。

雨果身后出版了两部关于神话的史诗，《撒旦的终结》（*The End of Satan*）和《上帝》（*God*），篇幅都不长，表现的是他的深渊感。在这里，斯温伯恩自由地运用了这种深渊感。同时，我们也能明显感受到惠特曼《我自己的歌》的影响。北欧传说中诸神的黄昏，这一预言将被所有的基督徒实现。自由将是雪莱式的自由——"爱，这个亲爱的共和国。"我们将与自然合一。事实上，这种自然有别于华兹华斯想象的自然。

《赫莎》与斯温伯恩大多数的诗歌一样失去了读者，这正是美学的悲哀。在写给波德莱尔的挽诗《欢呼与再会》（这个标题取自卡图卢斯献给兄弟的挽诗的最后一行）中，斯温伯恩庄严地以希腊神话中尼俄柏的故事作结（根据这个传说，阿波罗和阿耳忒弥斯为了满足他们嫉妒的母亲勒托，杀光了尼俄柏的子女）：

> 为了你，我的兄弟，一个沉默的灵魂，
> 接过我手中的花环，永别。
> 叶子很细，冬日凛冽，
> 大地肃穆严寒，一位致命的母亲，
> 比尼俄柏的子宫还悲伤，
> 她空洞的乳房是一座坟墓。
> 无论如何，安息吧，日子已到尽头；
> 眼前不再有任何忧心的事情，
> 再也看不见、听不到抗拒你的东西，
> 对于你，所有的风都像太阳一样静，
> 所有的水，都如水岸一样静。

我从未忘怀最后这五行诗。现在，我几乎每个月都在失去老朋友。人的慰藉难觅，唯有求助于挽歌。斯温伯恩赞美惠特曼的《最近紫丁香在前院开放的时候》是"全世界教堂里吟唱过的最响亮的夜曲"。后来，尽管这个私淑萨德、性情多变，成为酒鬼的诗人公开放弃了这个说法，但他这首挽歌还是卓然而立。《赫莎》和斯温伯恩二十来首其他诗歌，是永恒的成就，即便现在声名不显，但终将再次大放光彩。

第四部分

我们的天堂并不完美:
惠特曼与二十世纪美国诗歌

赞美诗与惠特曼

The Psalms and Walt Whitman

两个月前刚去世的理查德·威尔伯是一个值得崇拜的诗人和译者。我曾经和他共度一个下午。我们一见面，他就为我朗读了他的《冬天的黑色白桦》("A Black Birch in Winter")。这首诗歌刚刚发表在 1974 年 1 月的《大西洋月刊》。我当时要了一本，现在我想在这里谈论这首诗，作为对他的纪念。他在 2017 年 10 月 14 日去世，享年九十六岁：

> 靠树皮，你可能认不出这棵老树，
> 它原来有许多条纹，光滑，漆亮，
> 现在深深的裂缝把它粗糙的表皮
> 分割成一片片或一块块的图案。

> 凭想象，你可能不大想起白桦，
> 你多半会想起阿纳科耶利教堂

或拉特兰教堂的马赛克柱石，
或一个老人沟壑丛生的面容。

但是，不要因为那些缠绕的皱纹，
那些斑块，就忘了它
由外而内的纹理，
或者枯萎肌肤下的成熟智慧。
老树注定年年重生，
新叶，新生，新的年轮，扩大的树围，
这是它们全部的智慧和技艺——
生长，伸展，破裂，但从未分离。

  威尔伯写下这首诗歌时，只有五十出头，但这是一首关于老人的诗歌，适合如今八十七岁的我。今天是 2017 年 12 月 16 日，纽黑文天寒地冻。读到"一片片或一块块"，我轻轻哆嗦了一下；读到"一个老人沟壑丛生的面容"，我暗自点头；读到诗中呼吁不要忘了"枯萎肌肤下的成熟智慧"，我有些振奋。我希望我能完全相信最后一个诗节，哪怕只是"生长，伸展，破裂，但从未分离"，就已心满意足。

  按照威尔伯的建议，我们轮流朗读《我自己的歌》和《诗篇》。他认为，惠特曼的《我自己的歌》是在模仿《圣经》中的《诗篇》。我们知道，惠特曼的父母是四处传道的激进教派贵格教会埃利亚斯·希克斯的信徒。惠特曼年老时回忆起他听希克斯布道，仍然认为他是先知之一。希克斯的教友会鼓励教友参与和发言，一起唱圣诗。在充分讨论惠特曼之前，对圣诗有一个清晰的认识，这至关重要。

英语中的《圣经》风格，明显打上了新教殉道士威廉·廷代尔（1494—1536）的印记。在亨利八世的同意下，廷代尔被绞死后火化。廷代尔翻译完了《新约》，却没有时间完成《旧约》的翻译。但廷代尔之后所有《圣经》英文译本，都显示了他持续的影响。这不仅因为他是重要的先驱。继莎士比亚和乔叟后，说廷代尔是最伟大的英语作家并不过分。我们每天都会无意识地重复莎士比亚和廷代尔创造的句子、短语和语词。《日内瓦圣经》（1560）是莎士比亚的源泉，从1596年的夏洛克和福斯塔夫起，一直到约翰·弥尔顿的十七世纪，都深受喜爱。但对于大多数的英国人，它最终让位于《钦定本圣经》（1611）。直到今天，《钦定本圣经》在英语世界仍处主导地位，尽管英语世界可能是一个不断变化的概念。但是，无论是《日内瓦圣经》还是《钦定本圣经》，都尽量保留了廷代尔的译文，因此，廷代尔和莎士比亚一样，对我们的影响无所不在。

大卫·丹尼尔（David Daniell）写了一部廷代尔传记，他有力地证明，廷代尔对莎士比亚晚期悲剧的风格产生了影响。廷代尔是朴实语言风格的大师：句子简单，用"并列结构"（parataxis）衔接，没有从句。我不大喜欢用"并列结构"这个术语（它让我的学生很不高兴），但在讨论廷代尔和莎士比亚，或者讨论惠特曼和海

441

明威之时，找不到更好的字眼。它来自希腊语，意思是"并列"，强调使用平行的短句（《希伯来圣经》的根本特征）和并列的句子结构（其意义往往也产生对应）。

莎士比亚的用词恰如其分，令人过目难忘。足以与这种伟大天赋相提并论的，是廷代尔的直白语言（丹尼尔称之为"日常话语风格"）和他对拉丁文风的摈弃。要将廷代尔从我的脑海赶走，我认为是不可能的："要有光，于是就有光"，"我们生活、动作、存留，都在乎他"，"我岂是看守我兄弟的吗？"，"时代的征兆"，"心有余而力不足"，"你与神和人的角力都得胜了"，等等。无论我是沉湎于《日内瓦圣经》还是《钦定本圣经》，廷代尔的才华都让我受益匪浅（尽管不是指他的新教狂热感情）。

《圣经》，尤其是《钦定本圣经》中的《诗篇》，是《希伯来圣经》（当然也可称为基督教《旧约》）中最著名的部分。《钦定本圣经》中的第23首《诗篇》，即使没有读过《圣经》的人无疑也熟知："主是我的牧羊人；我实在一无所缺。"这些诗篇被认为是大卫王写的，但历史上是否有大卫王，这和人们认为耶稣是他的子孙一样都尚存疑。说《诗篇》是大卫王写的，就好比说《雅歌》是所罗门写的，《摩西五经》是摩西写的。无论是《希伯来圣经》还是基督教的《圣经》，其中的内容很少能经受疑古派的考问。《出埃及记》和《创世记》《耶稣受难》一样都是神话。在今日之美国，宗教已经政治化，竞选公职的人无不外表虔诚。在这方面，美国和西欧（爱尔兰除外）之间的鸿沟是绝对的。

学界一致认为,《圣经》中的《诗篇》是一部诗集或多部诗集的合集,创作时间长达六个世纪。其中许多诗歌是为了用于耶路撒冷的神庙而写,但后期的诗篇显然是为了其他目的而作。我们可以把全部150章诗篇都说成是"宗教诗歌",但这种说法有争议。历时六个世纪的诗歌传统,相当于从乔叟到叶芝的英国诗歌传统,必然衍生出我们现在所谓的美学竞争。即使是卡巴拉的神秘主义传统,考虑一下卡巴拉主义者的文学动机也不无用处,他们相互之间经常也有竞争关系。

早期的一些诗篇显示出受到迦南地区多神教神话的影响。从公元前996年到公元前457年,都是时间的汪洋。从《士师记》到从巴比伦归来,关于上帝的观念经历了几次蜕变。尽管《钦定本圣经》抹平了差异,但作为《诗篇》言说对象的上帝还是有不同的面具,越接近于希伯来的文本,越能更好地揭示这些面具。从神学而言,廷代尔和他的后代是加尔文派,而耶和华不是长老会派。不管如何,读到这些节奏跌宕、摆脱了新教无关紧要的"拯救史"的诗篇,还是令人耳目一新。在希腊化时期来自亚历山大的基督教神学先驱斐洛之前,不存在犹太神学。神学是一个希腊概念和术语,与《希伯来圣经》格格不入。我遇到讨论"《旧约》的神学"时,我会走神,我只迷恋它那非常简约的文本。

所谓希伯来传统,一般指的就是《诗篇》部分,意思是"赞美诗"。表面上,《诗篇》赞美的是耶和华(以各种名义),哪怕频繁地向他求助,也充满了感激的色彩。从童年到老年,我一直对这样一个上帝深感不安，他要求祭献的同时也要求感恩。在后大屠杀时代，这对于我们中间许多人来说不再起作用，我就经常抛开《诗篇》，去读保罗·策兰的诗歌。这些诗歌里有一种晦涩的正义性，并不再刻意去赞美不再能被赞美的东西。

《圣经》中的《诗篇》给了我们一个耶和华，他就是活生生的迷宫，语言中充满了并列结构和并列句。传统认为，耶和华给了我们希伯来文；希伯来文句法也给了我们耶和华吗？希伯来文、耶和华和《希伯来圣经》，实质上是一体。

我想知道，我们是否仍可进入古代希伯来人的思想。或许只有莎士比亚重新独立思考了一切；《诗篇》却没有，我们几乎挑不出里面有任何原创的东西。它难道只是把赞美、感恩、乞怜甚至绝望塑造成了一种思维模式？安格斯·弗莱彻和 A. D. 纳塔尔都追随维特根斯坦，对莎士比亚如何思考做了有益的推断。但《圣经》思维大多让我们晦涩难解，《诗篇》特别让我觉得困惑，因为许多既像祷文，又不像祷文。喻之于人可能有助于理解《诗篇》。经常请来为某些书或学生站台的人都知道，对他的赞美，既可能是妙思或反省，也可能是背叛。

《诗篇》中的上帝安慰众生，无论他们是在犹豫不决的深谷，还是在死亡阴影下的深渊。但他慰藉不了我，因为我不知道在一个感恩的王国里如何思考。今年八月，我因昏厥在医院住了九天，出院后，我重温了莎士比亚，而没有选择《圣经》。在莎士比亚笔下，人生和文学密不可分。考虑到美国的政治，考虑到我们在国外的圣战激情,我们需要让《圣经》远离我们现在的生活。

比起《摩西五经》或大卫王传奇,研究《诗篇》所需的文学能量和知识要多很多,这是一个更需要勇气、更加复杂的领域,因为古代希伯来诗歌好像难以翻译成现代美国英语。《钦定本圣经》中的《诗篇》,语言风格我们耳熟能详,或令人宽慰或令人生畏,几乎一直雄辩滔滔。但《希伯来圣经》中的《诗篇》风格很少这样;经过翻译后,这些《诗篇》已经变成了基督教的散文诗。对于这份有着两千年历史的赃物,我希望自己的态度更加苛刻。《旧约》是基督教取得胜利之后顺手拖走的战利品。犹太《圣经》才是最初的立约;《新约》实际是后来的立约。当我的犹太学生谈到《旧约》时,我就禁不住皱眉头。或许现在有一千四百万自称为犹太人的在世者,而基督徒明显有大约二十三亿。我数学不好,要是上帝支持庞大的队伍,那么他似乎已经放弃了他的"圣书之民"。

比起安东尼·吉尔贝(Anthony Gilbey)和他的《日内瓦圣经》同好,比起《钦定本圣经》中吉尔贝的那些修正者,廷代尔是更优秀的作家。吉尔贝也是一个卓越的散文诗人。他的希伯来语言很好,但他的目的是学理而非美学。希伯来语惊人的突兀和简约在翻译中传递给了我们,但结果有时显得怪异。我现在就谈谈廷代尔的翻译。廷代尔翻译了第18章《诗篇》(包含在《撒母耳记(下)》第22章)和第105、第96和第106三章《诗篇》的部分(包含在《历代志(上)》第16章)。下面是廷代尔翻译的《诗篇》第18章的开头:

And he said: The Lord is my rock, my castle and my deliverer.

God is my strength, and in him will I trust: my shield and the horn that defendeth me: mine high hold and refuge: O my Saviour, save me from wrong.

I will praise and call on the Lord, and so shall be saved from mine enemies. For the waves of death have closed me about, and the floods of Belial have feared me. The cords of hell have compassed me about, and the snares of death have overtaken me. In my tribulation I called to the Lord, and cried to my God. And he heard my voice out of his temple, and my cry entered into his ears. And the earth trembled and quoke and the foundations of heaven moved and shook, because he was angry.

Smoke went up out of his nostrils, and consuming fire out of his mouth, that coals were kindled of him. And he bowed heaven and came down, and darkness underneath his feet. And he rode upon Cherub and flew: and appeared upon the wings of the wind. And he made darkness a tabernacle round about him, with water gathered together in thick clouds. Of the brightness, that was before him, coals were set on fire.

The Lord thundered from heaven, and the Most High

put out his voice. And he shot arrows and scattered them, and hurled lightning and turmoiled them. And the bottom of the sea appeared, and the foundations of the world were seen, by the reason of the rebuking of the Lord, and through the blasting of the breath of his nostrils. He sent from on high and fetched me, and plucked me out of mighty waters.

大卫说，耶和华是我的岩石，我的山寨，我的救主。

他是我的力量，我的信仰。他是我的盾牌，是拯救我的角，是我的高台，是我的避难所。我的救主啊，你是救我脱离强暴的。

我要求告当赞美的耶和华，这样，我必从仇敌手中被救出来。曾有死亡的波浪环绕我，匪类的急流使我惊惧，阴间的绳索缠绕我，死亡的网罗临到我。我在急难中求告耶和华，向我的神呼求。他从殿中听了我的声音，我的呼求入了他的耳中。那时因他发怒，地就摇撼战抖；天的根基也震动摇撼。

从他鼻孔冒烟上腾；从他口中发火焚烧，连炭也着了。他又使天下垂，亲自降临，有黑云在他脚下。他坐着基路伯飞行，在风的翅膀上显现。他以黑暗和聚集的水，天空的厚云为他四围的行宫。因他面前的光辉炭都着了。

耶和华从天上打雷，至高者发出声音。他射出箭来，使仇敌四散；发出闪电，使他们扰乱。耶和华的斥责一发，鼻孔的气一出，海底就出现，大地的根基也显露。他从高天伸手抓住我，把我从大水中拉上来。(《诗篇》18：2-16)

这章《诗篇》历来被认为是大卫的胜利赞歌，廷代尔的译文不仅内容准确，而且捕捉到了原文的超自然力量和雄辩。这里的耶和华可能是耶和华，也可能不是，但他肯定是约翰·加尔文笔下的凶狠上帝。廷代尔如同一个着魔的人在书写，他被耶和华的力量震撼。《钦定本圣经》在这章《诗篇》的翻译中，减弱了廷代尔的力度，对他燃烧的加尔文教激情保持警惕。

《诗篇》吸引了许多诗歌翻译，译者中包括托马斯·坎皮恩、理查德·克拉肖、托马斯·卡鲁、约翰·弥尔顿等著名诗人。但他们的译文只有学者研读，我下面引用《钦定本圣经》中《诗篇》第137章的译文：

By the rivers of Babylon, there we sat down, yea, we wept, when we remembered Zion.

We hanged our harps upon the willows in the midst thereof.

For there they that carried us away captive required of us a song; and they that wasted us required of us mirth, saying,

Sing us one of the songs of Zion.

How shall we sing the Lord's song in a strange land?

If I forget thee, O Jerusalem, let my right hand forget her cunning.

If I do not remember thee, let my tongue cleave to the roof of my mouth; if I prefer not Jerusalem above my chief joy.

我们曾在巴比伦的河边坐下,一追想锡安就哭了。

我们把琴挂在那里的柳树上,

因为在那里,掳掠我们的要我们唱歌;抢夺我们的要我们作乐,说,给我们唱一首锡安歌吧!

我们怎能在外邦唱耶和华的歌呢?

耶路撒冷啊,我若忘记你,情愿我的右手忘记技巧。

我若不记念你,若不看耶路撒冷过于我所最喜乐的,情愿我的舌头贴于上膛。(《诗篇》137:1-6)

《钦定本圣经》的节奏毋庸置疑。谁不会选择"How shall we sing the Lord's song in a strange land? If I forget thee, O Jerusalem"[1] 这样的译文? 1611 年的这种措辞是风格的奇迹,见证了莎士比亚的时代。诗人、批评家约翰·霍兰德(John Hollander)对此盖棺论定道:

---

[1] "我们怎能在外邦唱耶和华的歌呢?耶路撒冷啊,我若忘记你。"

《希伯来圣经》里的诗歌很奇怪；诗篇和箴言的格律很复杂。

这不是字数的问题，也不是节拍或音节的问题。

它的音乐是进行曲，节奏依靠平行感。

一半的诗行在断言；另一半在解释；有时还有一部分在做变化。

一个抽象的陈述之后是一个例子，是的，就像一阵风吹过林间摇动的树叶。

在一条河的岸边听到另一条河的水流；

这种希伯来的诗歌形式就这样移植进了英语。

早在1850年，惠特曼开始写下后来变成了《草叶集》（1855）的雏形。但后来变成了该诗集中压轴之作《我自己的歌》的那些札记断片，是写于1853年。在纽约做了一段时间的记者之后，惠特曼回到了家人身边，回到了家乡长岛，当起了木匠和建筑工：

我是你的声音——它与你紧密相连——在我心中，它开始说话。

我歌颂我自己，歌颂每个活着的男女；

我松开系在他们身上的舌头，

它开始从我的口中说话。

我歌颂我自己，歌颂你：

> 我为每个活着的男女说同样的话。
> 我说灵魂并不比肉体伟大，
> 我说肉体并不比灵魂伟大。

这个断片开启了惠特曼那种惊人的诗歌立场和风格。他是我们被压制的声音，在承认、表现和尊重这三重意义上歌颂他自己和我们。惠特曼松开或解放了普遍的语词。他站在灵魂和肉体之间，呼吁他们和谐一体。但是，灵魂、假想的自我、内在的真我或自我的相会，却因性的强大力量而引起了混乱：

> 触碰一下我的缰绳，我所有的感官就会脱缰，
> 其他部位顿感愉悦，它们都心甘情愿地听令，
> 争先恐后地献身，交换为它们所做的一切。
> 每次都必须是触碰，
> 否则她会退位，只在感觉的边缘轻咬。
>
> 它们上上下下轻抚我的身体，
> 它们来来去去，带着贿赂来碰触我每个部位。——
> 来到我的嘴唇、我的手掌，以及我手里所握住的一切。
> 每次都带来她最喜欢的东西，
> 为每个爱上这种触碰的人。
> 我不奇怪一种感觉现在对我如此重要，

他摆脱了所有一切——快速孕育出它们的后代,比大坝还好。

现在,一次触碰一瞬间就让我读尽一座图书馆的知识。

我认为它闻起来像美酒和柠檬汁的香味,

我认为它尝起来像成熟的草莓和甜瓜——

我听到它用自己的语言对我说话,

它找到了听众,无论是在休息,还是被惊醒。

它使周围的人围上来,他们全站在岬角嘲笑我。

他们任我触摸,他们站在岬角。

前哨已从我身上其他部分离去。

他们抛下我无助地承受触摸的洪流。

他们全都来到岬角观看,还一起对付我。——

我醉醺醺蹒跚而行

我被叛徒出卖,

我胡言乱语失去理智,

我自己就是最大的叛徒。

我自己第一个走上岬角。

放开我,触碰,你在夺走我喉咙的呼吸!

放开你的闸门,你对我太过分

凶猛的摔跤手!你难道要把最有力的一摔留在最后?

你是不是在分手时还要给我最猛烈的一刺?

你是不是到了门口还要打斗，带着前所未有的美妙激情？

离开我是否会让你心痛？

你是否想向我证明，你以前做的比你现在微不足道？

你和其他所有人联合起来，都想看看我能忍受多少？

你愿意过就过；带着我生命的血点，如果那是你的追求

走向别人吧，因为我不再能包容你，

我没想到我抓住了那么多的狂热

也没想到轻轻能将其全部带走。

这是《我自己的歌》的真正起点，岬角是惠特曼愿意称之为景观或图腾中的第一个，是他主要的声音意象。当这个初出道的诗人悲叹："我自己就是最大的叛徒。我自己第一个走上岬角。"然后他承认自己太靠近悬崖边，没有帮助的话走不回来。实质上说，这指的是自慰，但自我满足象征了获得诗中人物化身的真实冒险。

这种冒险不是轻而易举的成就。在这种断片写作的阶段，惠特曼还没有想好如何将他零碎的内在才华融为一体。他承受着一系列矛盾情感的冲击。他自慰达到的高潮混合了羞耻和愉悦。当他说自己是最大的叛徒时，他背叛了谁？背叛了什么？第一个走向岬角的"我"是谁？

与他的大众诗人名声相反，惠特曼是一个很难懂的诗人。他的作品可能看起来平易，但这是一种欺骗。他真正原创的心灵景观很

大程度还没有被绘制。尽管他骇人的喜剧一直有人研究,但其巨大的体量还需进一步挖掘。这是他早期写的一个精彩的片段:

　　人们在澡堂裸着身,
　　你的眼光能否像牡蛎的眼光看见他们?
　　你能否把重力的吸引不当回事?
　　女黑人会生孩子吗?
　　这些孩子不会漂亮?不会成长?
　　饮酒过多的内阁官员,脸色就发青或变黄了吗?
　　我会不会用比随手写便条还轻松的条件接受精神财富?
　　谁会像检查一筐桃子或一桶咸鱼一样检查市场上的哲学?
　　谁会接受以传说为依据的化学?
　　光线落在主教或教皇身上,和其他人一样。
　　一只老鼠是一个奇迹,足以惊呆无数的异教徒。

　　紧随第一行"人们在澡堂裸着身"之后,是八个尖锐的问句,最后再用两行并列的句子结束:用惊呆无数异教徒的一只老鼠产生的奇迹,来折射对教会高层的鄙视。第二行中,读者的眼光让位于牡蛎的眼光,这只牡蛎因为意识到危险,所以卷曲身子进行防御。第三行是说要抛弃那种毫无意义的引力。第四行和第五行以挑衅的姿态歌颂黑女人生出了漂亮和成功的孩子,这在十九世纪五十年代,其意义比在今日的美国意义还大得多。最好的是第六行,在追问内阁成员饮酒过量之后脸色会不会发青或变黄。第七到第九行的最后三个问题是自问自答的反问。

这位不一样的惠特曼以美国基督的形象首次出场时,就大胆宣布了自己的复活。教会在他眼里不过是俗物,言下之意,人们该抛弃《圣经》:

> 钉子徒劳地穿透我的手。
> 我记得我十字架受难和血腥加冕。
> 我记得嘲讽者和反复敲打的侮辱。
> 墓穴和白色亚麻布已把我交出。
> 我又生活在纽约和旧金山。
> 两千年后我再次踏上街头。
> 不是所有的传说都能为教堂注入活力。
> 教堂是死的,只是冰冷的泥砖。
> 我也能轻易建起一座同样好的,你也能:——
> 经书不是人——
>
> 任何语言中都没有语词,
> 没有军队,没有象征形式,
> 传达他的执迷,
> 想要解释上帝的范畴和目的。

关于上帝，我们大概只有这点了解：他是人。

看，太阳；

它的光辉淹没了月亮，

只有晚上，月光才照亮

呼啸的风震动的混浊的水池；

有些疯狂抛掷的破碎火花，

它们的原型是太阳。

关于上帝，我不知道；

但我知道这一点；

我知道再没有比人更神奇的生命；

人，在其愤怒的激情面前，天国的风暴只不过是一口气，

在其任性面前，闪电是那么迟缓、没有那么致命，

不过是一口气；

人，一切造物之狂野、恐惧、美和力量的缩影，

在别的东西上找不到他的愚昧和邪恶。

你这尘土做成的躯体，我认为你不过是好的良肥，

只不过我闻不到你粪肥的味道，

我闻到你美丽的白玫瑰，

我吻你嫩叶一样的嘴唇，

我的手偷偷滑进你的衣衫，寻找棕色甜瓜一样的乳房。

宣称我们所了解的上帝不过是一个人，这坐实了惠特曼与布莱克之间有精神联系。事实上，惠特曼最终是会去读布莱克的。但是，对太阳的崇拜并不是布莱克的风格，更多是劳伦斯的风格。劳伦斯后期的诗歌深受惠特曼的影响。惠特曼把人描写为会因激情和任性而愤怒，充满狂野、恐惧、美和力量，但也不乏愚昧和邪恶；李尔王的悲剧就是因为其愚昧。在最后结束的几行，与大地做爱的惠特曼，如同埃及神话中的一个神，把他的精子撒进大地，这是一种创世的行为。

1855年版的《草叶集》（开篇就是《我自己的歌》）的开头部分，现在大家都耳熟能详，我们阅读它们时，需要倍加小心，要像当初爱默生读到惠特曼送的这本看起来奇怪的小册子时体验到的震惊：

> 我赞美我自己，歌唱我自己，
> 我承担的你也将承担，
> 因为属于我的每一个原子也同样属于你。
>
> 我闲步，还邀请了我的灵魂，
> 我俯身悠然观察着一片夏日的草叶。
>
> ……

屋里、室内充满了芳香，书架上也挤满了芳香，
我自己呼吸了香味，认识了它也喜欢它，
其精华也会使我陶醉，但我不容许这样。
大气不是一种芳香，没有香料的味道，它是无气味的，
它永远供我口用，我热爱它，
我要去林边的河岸那里，脱去伪装，赤条条地，
我狂热地要它和我接触。

我自己呼吸的烟雾，
回声、细浪、窃窃私语、爱根、丝线、枝丫和藤蔓，
我的呼和吸、我心脏的跳动，通过我肺部畅流的血液和空气，
嗅到绿叶和枯叶、海岸和黑色的海边岩石和谷仓里的干草，
我喉咙里迸出词句的声音飘散在风的漩涡里，
几次轻吻，几次拥抱，伸出双手想搂住什么，
树枝的柔条摆动时光和影子在树上的游戏，
独居，在闹市或沿着田地和山坡一带的乐趣，
健康之感，正午时的颤音，我从床上起来迎接太阳时唱的歌。

你认为一千亩很多了吗？你认为地球就很大了吗？

为了学会读书你练习了很久吗？

因为你想努力懂得诗歌的含意就感到十分自豪吗？

今天和今晚请和我在一起，你将明了所有诗歌的来源，

你将占有大地和太阳的好处（另外还有千百万个太阳），

你将不再第二手、第三手接受事物，也不会借死人的眼睛观察，

或从书本中的幽灵那里汲取营养，

你也不会借我的眼睛观察，不会通过我而接受事物，

你将听取各个方面，由你自己过滤一切。[1]

惠特曼这一惊人的宣告，一方面告诉我们，我们不需要他，另一方面他也主动提议做中间人。上述片段中最关键的一行诗就是最后这一行："你将听取各个方面，由你自己过滤一切。"

惠特曼用"过滤"这个丰富的隐喻，巧妙地预示了《我自己的歌》的结尾。这首史诗倒数第二个三韵体诗节点明了写作的源起：

你不清楚我是谁，我的含义是什么，

但是我对你说来，仍将有益于你的健康，

---

[1] 《我自己的歌》，赵萝蕤译，出自《草叶集》，上海译文出版社1991年版，本篇涉及该诗引文均采用赵萝蕤中译。

> 还将滤净并充实你的血液。

尝试一下阅读这段，就像在你之前没人读过。自从1965年来，哈罗德·布鲁姆就一直偷偷向爱默生学习，但他十分清楚，他成不了康科德的圣人。爱默生会像希伯来的先知提醒他，他的重任就是成为哈罗德·布鲁姆。现在是2017年11月27日，周一下午三点。困倦，饱受左膝关节炎的折磨，八十七岁的布鲁姆不安地坐在扶手椅上，轻轻吟诵惠特曼的诗句，请得力助手做好速记。

这首无与伦比的美国史诗以"我赞美我自己"开头。惠特曼故意与荷马和维吉尔的史诗开头针锋相对，《伊利亚特》的开头是："高歌吧！女神！为了珀琉斯之子——阿喀琉斯的愤怒！"《奥德赛》的开头是"告诉我，缪斯，那位聪颖敏睿的凡人的经历"；《埃涅阿斯纪》的开头是"我赞美一场战争，我讴歌一个人"。只有惠特曼敢于在他最重要的诗篇中一开头就赞美自己。

试想要是狄金森、史蒂文斯、艾略特在一首诗里用"我赞美我自己"开头。简直难以相信。哈特·克兰非常喜欢惠特曼，也深受惠特曼启发，他赞美布鲁克林桥是美国神话，但在写到自己时，他却摧毁了自己的生命，成为一个俄耳甫斯式的牺牲品。但惠特曼是来治愈我们的。

惠特曼崇拜范尼（弗朗西斯）·莱特（1795—1852），他读过她关于伊壁鸠鲁的小说《在雅典的几天》（1822）。我读过这本书不止一次，尽管美学价值不足，仍然发现它有用。莱特将伊壁鸠鲁的哲学作为崇高的唯物主义，代表劳工、女性主义和废奴运动的事业。惠特曼十七岁时听过她的演说，终生对她都很崇拜。他还读了最伟大的拉丁诗人卢克莱修的译本，吸收了伊壁鸠鲁哲学的精华。在《民主的愿景》（1871）中，惠特曼夸口他会超越卢克莱修：

> 罗马人卢克莱修为他的时代及后人所做的崇高而又过于温和、消极的追求，必然要由某个后来的伟大文人，尤其是诗人来主动去完成，这位诗人，在保持诗人本色的同时，将会吸收科学蕴含的一切，借助灵性，借助他自己的天才，他会创造伟大的死亡诗篇。

当然，说卢克莱修"温和"，这很荒唐。惠特曼最好的诗歌，创作于1855年到1865年间，其创作巅峰就是那首献给林肯的死亡挽歌"紫丁香"。惠特曼的观点中有一丝悲伤。在他这辉煌的十年中，他事实上一直是卢克莱修的劲敌，正如在他之前的雪莱和之后的史蒂文斯。

闲庭信步的惠特曼邀请他的灵魂观看一片夏日的草叶。"草叶"是一个著名的隐喻，内涵无穷无尽。"草叶"可能指惠特曼诗集的书页，或者象征惠特曼激进的新诗？在这里，我想起史蒂文斯的一个关键短语："叶喻"。惠特曼和史蒂文斯的这个比喻有着悠久的传统，开始于《圣经》和荷马，中经过维吉尔和但丁，再通过弥尔顿到柯尔律治和雪莱。

《圣经》中的先知以赛亚（34∶4）说：

天上万象都要朽坏，天被卷起，有如书卷，其上的万象尽都衰残；如葡萄树的叶子凋落，又如无花果树枯萎一样。

荷马在《伊利亚特》（第六卷第145—150行）中用落叶来比喻人的死亡：

……为什么问我的家世？
正如树叶的枯荣，人类的世代也如此。
秋风将树叶吹落到地上，春天来临，
林中又会萌发，长出新的绿叶，
人类也是一代出生，一代凋零……

维吉尔在《埃涅阿斯纪》（第六卷第310—319行）中模仿荷马，尽管赶不上荷马，但也气势恢宏：

恰似树林里随着秋天的初寒而飘落的树叶，
又像岁寒时节的鸟群从远洋飞集到陆地，
它们飞渡大海，降落到风和日暖的大地。
这些灵魂到了河滩就停了下来，纷纷请求先渡过河；

他们痴情地把两臂伸向彼岸。

但是那无情的艄公有时候让这几个上船,有时候让那几个上船,

而把另一些灵魂挡了回去,不让他们靠近河滩。[1]

但丁在《神曲》(《炼狱篇》第三章第 100—120 行)中用的落叶意象,超越了他喜欢的维吉尔,堪与荷马匹敌:

但是那些衰弱而赤裸的鬼魂,
一听到这些可怕的言语,
都变了色,牙齿格格作声。
他们亵渎上帝和自己的父母,
亵渎人类,亵渎那地点,那时间,
那传下了他们和他们的子孙的根源。
然后,他们痛哭着,
大家一起逐渐靠近那被诅咒的河岸,
这河岸等待每个不敬畏上帝的人。
有着燃烧的煤块似的眼睛的恶鬼
开隆召唤着他们,把他们赶在一起;
谁踟蹰不前的,他用桨就打。

---

[1] 《埃涅阿斯纪》,杨周翰译,译林出版社 2018 年版。

463

> 如同秋天的树叶一片接着一片
> 飘落下来，直到树枝看见
> 自己所有的猎获物都落在地上：
> 亚当的罪恶的子孙一个一个地
> 一见招手就从岸上纵身跳下船去，
> 好像听到呼唤的鸟儿一样。
> 他们就这样地在褐色的水上离开；
> 他们还没有登上对岸，
> 这边岸上又集合了新的一群。[1]

在多年前出的《误读之图》(*A Map of Misreading*, 1975) 这本书中，我把这些阴郁的片段并置在一起。但在那本书中，我关心的是弥尔顿和他的前辈，而在这里，我的兴趣是惠特曼的创新。我们就以《草叶集》的书名开始。惠特曼，作为贵格教派希克斯信徒的《圣经》读者，一直记着《以赛亚书》中的一个奇特比喻：

> 有人声说，你喊叫吧。有一个说，我喊叫什么呢？说
> 凡有血气的，尽都如草，他的美容，都像野地的花。草必
> 枯干，花必凋残，惟有我们神的话永远立定。

---

[1] 《神曲》，朱维基译，上海译文出版社 2013 年版。

相比于象征人之死的落叶，惠特曼更感兴趣将草叶比喻为血肉。惠特曼不惧怕死亡。死亡是人之属性，也是伊壁鸠鲁和卢克莱修的学说，他们认为，死的过程是真实的，可能很痛苦，但痛苦会终结，死亡也就不存在了。惠特曼对此学说抱持犹疑态度，但似乎最终停留在这个观念，我们会在自己的作品和他者充满爱的记忆中永生。作为人之即时性的先知，惠特曼强调的是永恒的现在。

作为治疗师的惠特曼能够用基督的口吻说话，正如基督像医师一样里里外外净化我们。伊壁鸠鲁式的基督，这个说法看起来自相矛盾，却让我们看到惠特曼的形而上的唯物主义的复杂性，这种形而上的唯物主义强烈反对爱默生的超验主义：

> 我曾听见过健谈者在谈话，谈论始与终，
> 但是我并不谈论始与终。
>
> 和现在一样，过去也从来未曾有过什么开始，
> 和现在一样，也无所谓青年或老年，
> 和现在一样，也决不会有十全十美，
> 和现在一样，也不会有天堂或地狱。

史蒂文斯让他笔下的惠特曼歌唱："没有东西是终结，他唱道。没有人会看见终点。"他极具洞见地阐释了惠特曼的哲学。作为先知，惠特曼的兴趣是此时此地，而不是终点。

冲动，冲动，冲动，
永远是世界繁殖力的冲动。

从昏暗中出现的对立的对等物在前进，永远是物质与增殖，永远是性的活动，
永远是同一性的牢结，永远有区别，永远是生命的繁殖。

多说是无益的，有学问无学问的人都这样感觉。
肯定就十分肯定，垂直就绝对笔直，扣得紧，梁木之间要对榫，
像骏马一样健壮，多情、傲慢，带有电力，
我与这一神秘事实就在此地站立。

"这一神秘"就是真我或我自己：

我的灵魂是清澈而香甜的，不属于我灵魂的一切也是清澈而香甜的。

缺其一，则两者俱缺，那看不见的由那看得见的证实，
那看得见的成为看不见时，也会照样得到证实。

指出最好的并和最坏的分开，是这一代给下一代带来

的烦恼,

认识到事物的完全吻合和平衡,他们在谈论时我却保持沉默,我走去洗个澡并欣赏我自己。

我欢迎我的每个器官和特性,也欢迎任何热情而洁净的人——他的器官和特性,

没有一寸或一寸中的一分一厘是邪恶的、也不应该有什么东西不及其余的那样熟悉。

我很满足——我能看见,跳舞,笑,歌唱;

彻夜在我身旁睡着的、拥抱我、热爱我的同床者,天微明就悄悄地走了,

给我留下了几个盖着白毛巾的篮子,以它们的丰盛使屋子也显得宽敞了,

难道我应该迟迟不接受、不觉悟而是冲着我的眼睛发火,

要它们回过头来不许它们在大路上东张西望,

并立即要求为我计算,一分钱不差地指出,

一件东西的确切价值和两件东西的确切价值,哪个处于前列?

惠特曼歌颂道,没有东西是终结的,没有人会看见终点。他和

此刻共享完美，他崇拜此刻和完美。在他的狂喜中，他开始跳舞、欢笑和唱歌，给了我们一个值得注意的上帝形象，一个可以同床共枕的可爱上帝，就像《白鲸》中的以实玛利和魁魁格的关系。对于这样一个为惠特曼留下几个盖着白毛巾的篮子、使他的屋子显得更加宽敞的上帝形象，我总是惊叹不已。但是接下来，这一部分变得更加狂野。惠特曼转向自身，似乎在责怪其自信有裂痕。这道裂痕被指认为是惠特曼的意识和存在的三个部分——他的自我、他的真我（或我自己）和他未知的灵魂——之间的冲突。作为惠特曼情人的上帝有着家常的魅力，慷慨地为他留下了几个盖着白毛巾的篮子。那时，惠特曼和他的兄弟姐妹都与父母同住，我们可以推测干净的毛巾严重不足。

  过路的和问话的人们包围了我，
  我遇见些什么人，我早年的生活，我住在什么地区，什么城市或国家对我的影响，
  最近的新闻、发现、发明、社会、新老作家，
  我的餐饮、服装、交游、容貌、事务、敬意、义务，
  我所爱的某一男子或女子是否确实对我冷淡或只是我的想象，
  家人或我自己患病，助长了歪风，失去或缺少银钱，灰心丧气或得意忘形，
  交锋，弟兄之间进行战争的恐怖，消息可疑而引起的

不安，时或发生而又无规律可循的事件，
　　这些都不分昼夜地临到我头上，又离我而去，
　　但这些都并非那个我自己。

　　虽然受到拉扯，我仍作为我而站立，
　　感到有趣、自满、怜悯，无所事事，单一，
　　俯视、直立，或屈臂搭在一个无形而可靠的臂托上，
　　头转向一旁望着，好奇，不知下一桩事会是什么，
　　同时置身于局内与局外，观望着，猜测着。

这里的最后五行提供了一个"我自己"的形象，它们的立场和韵律蕴含着一种美国式的魔力，预言了随后出现的美国诗人，从艾略特到约翰·阿什贝利。不像惠特曼（一个粗糙的美国人，一个外在的自我)，这个"我自己"是雌雄同体。它唤醒了我的记忆，回到七十年前，回到我的大学本科时代，那时，我喜欢上一个来自肯塔基的女孩，她就像是一个女性版本的哈克贝利·费恩。我那时就像现在一样笨拙，我喜欢她优雅的举止。站立时，她好像有一点失衡，总是弯着手臂要靠着别的东西一样，其实边上并没有可以依靠的东西。她侧着头，红色的长发闪着迷人的光芒，看上去既深情又淡然。我们都刚满十七岁，都满足于保持一种亲密的友情，没有想更进一步。我现在还能想起这个甜蜜的回忆，她带我到康奈尔大学的苹果园去捡掉落的苹果。按照她家的传统，她做了苹果烈酒，靠

着苹果烈酒,我们熬过了伊萨卡可怕的寒冬。二十年后,我到路易斯维尔做一场关于惠特曼的讲座。她来旁听,讲座完后,她邀请我到家里与她丈夫和孩子一起吃饭。我想,惠特曼可能会接受将他写关于"我自己"的这些神奇诗句与我的故事相联系:

　　回首当年我和语言学家和雄辩家是如何流着汗在浓雾里度过时光的,
　　我既不嘲笑也不争辩,我在一旁观看而等候着。

　　我相信你,我的灵魂,那另一个我绝不可向你低头,
　　你也绝不可向他低头。

灵魂和真我之间的关系复杂,其中有着微妙的平衡。看起来,这个"粗糙的"惠特曼或"我自己"的人格面具,其任务就是让灵魂和内在自我摆脱主奴冲突。惠特曼希望他的意识和存在的三个组成部分可以短暂地调和,但这种愿望现在经常遭到浅薄地误读,当成是同性恋间的性接触:

　　请随我在草上悠闲地漫步,拔松你喉头的堵塞吧,
　　我要的不是词句、音乐或韵脚,不是惯例或演讲,甚至连最好的也不要,
　　我喜欢的只是暂时的安静,你那有节制的声音的低吟。

我记得我们是如何一度在这样一个明亮的夏天的早晨睡在一起的,

你是怎样把头横在我臀部,轻柔地翻转在我身上的,

又从我胸口解开衬衣,用你的舌头直抵我赤裸的心脏,

直到你摸到我的胡须,直到你抱住了我的双脚。

这是最奇怪的拥抱。自我和我自己像修炼密宗一样奇怪地缠绕在一起,挑战了我们寻常的期望。

超越人间一切雄辩的安宁和认识立即在我四周升起并扩散,

我知道上帝的手就是我自己的许诺,

我知道上帝的精神就是我自己的兄弟,

所有世间的男子也都是我的兄弟,所有女子都是我的姊妹的情侣,

造化用来加固龙骨的木料就是爱,

田野里直立或低头的叶子是无穷无尽的,

叶下的洞孔里都是我的兄弟,所有的女子都是我的姊妹和情侣,

造化用来加固龙骨的木料就是爱,是褐色的蚂蚁,

还有曲栏上苔藓的斑痕,乱石堆,接骨木,毛蕊花和商陆。

惠特曼精确地区分了"我自己"与日常转瞬即逝的我。他的精神地图——我的灵魂、自我、真我（或我自己）——是我们的理解力要慢慢消化的难点之一。我曾经猜测，惠特曼提出精神存在的三个组成部分，是受爱默生的影响之后做出的反应，因为爱默生对大多数美国人的灵魂观念产生了影响。不过现在看来，这种推断还是太粗糙。当然，惠特曼的内在分裂感，有家庭传奇的因素。惠特曼在创作《我自己的歌》时，他的父亲正病入膏肓。《草叶集》出版不到一周，他父亲就撒手人寰了。

《草叶集》中的我是一个虚构的自我，而这个惠特曼是一个粗糙的美国人。这个外在的生机勃勃的自我，其重要性比不上那个同性恋的真我或我自己，但是，即使这个自白性的真我，其重要性最终也不如惠特曼的核心比喻：灵魂有四个成分，包含了夜晚、死亡、母亲和大海。

这一直是纵贯世界文学史的一个隐喻。惠特曼抓住了这个隐喻，却把自己置于危险之地，因为他像所有伟大诗人一样，想要宣称自己能够主宰死亡的世界。这个目标就连但丁、莎士比亚或者弥尔顿也不能如愿。外在的感觉总是压倒最强大的想象。《草叶集》第二版（1856）中的惠特曼和第三版（1860）中的惠特曼继续这场对抗深渊的诗歌之战。在诗集《鼓声》（1865）中，这个战士变成了包扎伤口的卫生员，声调虽然减弱，但依然雄辩。

林肯遇刺之后，惠特曼在《草叶集》中增加了一个《续篇》，包含他那首出色的挽歌《最近紫丁香在前院开放的时候》。这首崇高的挽歌既是献给受难的林肯，也是献给诗人自我，可以解读为惠特曼屈从于那无法阻挡的夜晚、死亡和母亲和大海的力量。但在《我自己的歌》中，我们听到以自己力量为自豪的惠特曼：

  一个孩子说"这草是什么？"两手满满捧着它递给我看；
  我哪能回答孩子呢？我和他一样，并不知道。

  我猜它定是我性格的旗帜，是充满希望的绿色物质织成的。

  我猜它或者是上帝的手帕，
  是有意抛下的一件带有香味的礼物和纪念品，
  四角附有物主的名字，是为了让我们看见又注意到，并且说，"是谁的？"
  我猜想这草本身就是个孩子，是植物界生下的婴儿。

  我猜它或者是一种统一的象形文字，
  其含义是，在宽广或狭窄的地带都能长出新叶，
  在黑人中间和白人中一样能成长，
  凯纳克人，特卜荷人，国会议员，柯甫人，我给他们同样的东西，同样对待。
  它现在又似乎是墓地里未曾修剪过的秀发。

我要温柔地对待你，弯弯的青草，
你也许是青年人胸中吐出的，
也许我如果认识他们的话会热爱他们，
也许你是从老人那里来的，或来自即将离开母怀的后代，
在这里你就是母亲们的怀抱。

这枝草乌黑又乌黑，不可能来自年老母亲们的白头，
它比老年人的无色胡须还要乌黑，
乌黑得不像来自口腔的浅红上颚。

啊，我终于看到了那么许多说着话的舌头，
并看到它们不是无故从口腔的上颚出现的。

我深愿能翻译出那些有关已死青年男女们隐晦的提示，
和那些有关老人、母亲，和即将离开母怀的后代们的提示。

你想这些青年和老人们后来怎么样了？
你想这些妇女和孩子们后来怎么样了？

他们还在某个地方活着并且生活得很好，
那最小的幼芽说明世上其实并无死亡，

即使有，也会导致生命，不会等着在最后把它扼死，
而且生命一出现，死亡就终止。

一切都向前向外发展，无所谓溃灭，
死亡不像人们所想象的那样，不是那么不幸。

在这关于草儿温柔而优雅的幻想曲中有着神奇而辉煌的东西。惠特曼从一开头就遵循伊壁鸠鲁的格言句式，询问"这草是什么？"，然后他给出了一连串的漂亮的比喻。这草儿从惠特曼乐观的绿色旗帜变成了上帝有意抛下的手帕。因为这个问题是孩子的问题，所以这草儿本身也就成了孩子。

孩子猜这草儿是统一的象形文字，惠特曼将之解释为种族、国家和社会阶级中实现平等的因素。在接下来一行诗中，说话者如同叶芝笔下拜占庭的公民，尽管没有口水和气息，但能召唤没有气息的声音："它现在又似乎是墓地里没有修剪的秀发。"荷马笔下没有这样的比喻，他很可能会暗自羡慕。被这神奇的一行诗点燃，惠特曼进入了狂想，热烈地庆祝他自己的欲望，讴歌有限的人生：

这枝草乌黑又乌黑，不可能来自年老母亲们的白头，
它比老年人的无色胡须还要乌黑，
乌黑得不像来自口腔的浅红上颚。

惠特曼意识到他在追随《圣经》的意合风格，也就是利用简单陈述句和并列连接词，不使用限定性的从句。上引精彩的三行诗句，包含了三十三个英语单词，只有五个是多音节词。单音节词的效果让人想起海明威，与惠特曼一样，海明威的风格也受《钦定本圣经》的影响。

至今，我依然未能完全明白为何要反复吟诵这个三韵体诗节。惠特曼可能是最神秘的诗人，在这里他听上去既陌生又熟悉。这里的幻想古怪而神圣。表面上看，似乎是超现实，既虔诚，又恭敬。我们的父母已经长眠于草地中，他们的声音微弱得难以听见。

《草叶集》既复杂又精彩。但其中有许多的惠特曼，即使在《我自己的歌》中，我也无法从中选择其一：

我为什么要祈祷？我为什么要虔诚又恭敬？

探索了各个层次，分析到最后一根毛发，向医生们请教，计算得分毫不差，
我发现只有贴在我自己筋骨上的脂肪才最为香甜。

在一切人身上我看到自己，不多也不差分毫，
我所讲到的我自己的好坏，也是指他们说的。

我知道我结实而健康，

宇宙间从四处汇集拢来的事物，在不断朝着我流过来，一切都是写给我看的，我必须理解其含义。

我知道我是不死的，
我知道我所遵循的轨道不是木匠的圆规所能包含的，
我知道我不会像一个孩子在夜间点燃的一支火棍所画出的花体字那样转瞬消失。

我知道我是庄严的，
我不去耗费精神为自己申辩，或求得人们的理解，
我懂得基本规律是不需要申辩的，
（我估计我的行为实在不比盖我那所房子时所用的水平仪更加高傲。）

我就照我自己这样存在已足矣，
如果世界上没有别人意识到此，我没有异议，
如果人人都意识到了，我也没有异议。

有一个世界是意识到了的，而且对我说来也最博大，那就是我自己，
不论我是否今天就能得到应得的报酬，还是要再等万年或千万年，

我现在就可以愉快地接受一切，也可以同样愉快地继续等候。

我的立足点是和花岗石接榫的，
我嗤笑你所谓的消亡，
我懂得时间有多宽广。

我是肉体的诗人也是灵魂的诗人，
我占有天堂的愉快也占有地狱的苦痛，
前者我把它嫁接在自己身上使它增殖，后者我把它翻译成一种新的语言。

我既是男子的诗人也是妇女的诗人，
我是说作为妇女和作为男子同样伟大，
我是说再没有比人们的母亲更加伟大的。

我歌颂扩张或骄傲，
我们已经低头求免得够了，
我是说明体积只不过是发展的结果。

你已经远远超越了其余的人吗？你是总统吗？
这是微不足道的，人人会越过此点而继续前进。

我是那和温柔而渐渐昏暗的黑夜一同行走的人,
我向着那被黑夜掌握了一半的大地和海洋呼唤。

请紧紧靠拢,袒露着胸脯的夜啊——紧紧靠拢吧,富于力和营养的黑夜!
南风的夜——有着巨大疏星的夜!
寂静而打着瞌睡的夜——疯狂而赤身裸体的夏夜啊。

微笑吧!啊,妖娆的、气息清凉的大地!
生长着沉睡而饱含液汁的树木的大地!
夕阳已西落的大地山巅被雾气覆盖着的大地!
满月的晶体微带蓝色的大地!
河里的潮水掩映着光明黑暗的大地!
为了我而更加明澈的灰色云彩笼罩着的大地!
微笑吧,你的情人来了。

浪子!你给了我爱情——因此我也给你爱情!
啊,难以言传的、炽热的爱情!

惠特曼发现只有贴在自己筋骨上的脂肪才最甜蜜,所以他不会尊重伪装成圣灵的那样"一口气",他既是肉体的诗人,也是灵魂的诗人,既是男人的诗人,也是女人的诗人,惠特曼是宇宙的情人。大地是他的浪子，回来与他这个美国诗人交换炽热的爱情。在《航行Ⅱ》中，当哈特·克兰对他的情人高呼"啊，我的浪子"时，他是在影射惠特曼这一段狂想。

尽管惠特曼看起来似乎一直在逃避他家的贵格派传统，但当《我自己的歌》突然高飞，大量地释放出长久压抑的欲望之时，这种传统再度凯旋：

  沃尔特·惠特曼，一个宇宙，曼哈顿的儿子，
  狂乱，肥壮，酷好声色，能吃，能喝，又能繁殖，
  不是感伤主义者，从不高高站在男子和妇女们的头上，或和他们脱离，
  不放肆也不谦虚。

  把加在门上的锁拆下来吧！
  甚至把门也从门框拆下来！

  谁侮辱别人就是侮辱我，
  不论什么言行最终都归结到我。
  灵感通过我而汹涌澎湃，潮流和指标也通过我。

  我说出了原始的口令，我发出了民主的信号，
  天哪！如果不是所有的人也能相应地在同样条件下得

到的东西，我绝不接受。

借助我的渠道发出的是许多长期以来喑哑的声音，
历代囚犯和奴隶的声音，
患病的、绝望的、盗贼和侏儒的声音，
准备和增大轮转不息的声音，
那些连接着星群的线索和子宫与精子的声音，
被别人践踏的人们要求权利的声音，
畸形的、渺小的、平板的、愚蠢的、受人鄙视的人们的声音，
空中的浓雾，转着粪丸的蜣螂。

通过我的渠道发出的是被禁止的声音，
两性和情欲的声音，被遮掩着的声音而我却揭开了遮掩，
猥亵的声音则我予以澄清并转化。

我没有用手指按住我的口，
我保护着腹部使它像头部和心脏周围一样高尚，
对我来说性交和死亡一样并不粗俗
我赞成肉体与各种欲念，
视，听，感觉都是奇迹，我的每一部分每一附件都是奇迹。

我里外都是神圣的，不论接触到什么或被人接触，我都使它成为圣洁，

这两腋下的气味是比祈祷更美好的芳香，

这头颅胜似教堂、圣典和一切信条。

如果我确实崇拜一物胜于另一物，那将是横陈着的我自己的肉体或它的某一局部，

你将是我半透明的模型！

你将是多阴凉的棚架和休止之处！

你将是坚硬的男性的犁头！

凡在我地上帮助耕种的也将是你！

你是我丰富的血浆！你的乳白色流体是我生命的淡淡奶汁！

贴紧别的胸脯的胸脯将是你！

我的头脑将是你神秘运转的地方，

你将是雨水冲洗过的甜菖蒲草根！胆怯的池鹬！看守着双卵的小巢！

你将是那蓬松、夹杂着干草的头、胡须和肌肉！

你将是那枫树的流汁，挺拔的小麦的纤维！

你将是照亮又遮住我脸的蒸汽！

你将是那流着汗的小溪和露！

你将是那用柔软而逗弄人的生殖器摩擦我的风！

你将是那宽阔而肌肉发达的田野，常青橡树的枝条，
在我的羊肠小径上留恋不去的游客！

你将是那我握过的手，吻过的脸，我唯一抚摸过的生灵。

我溺爱我自己，我包含许多东西，而且都特别香甜，
每时每刻，不管发生了什么，都使我欢喜得微发抖。

以下部分值得再引一次。它应该融入美国人的心灵。可惜它还从未融入：

借助我的渠道发出的是许多长期以来喑哑的声音，
历代囚犯和奴隶的声音，
患病的、绝望的、盗贼和侏儒的声音，
准备和增大轮转不息的声音，
那些连接着星群的线索和子宫与精子的声音，
被别人践踏的人们要求权利的声音，
畸形的、渺小的、平板的、愚蠢的、受人鄙视的人们的声音，
空中的浓雾，转着粪丸的蜣螂。

通过我的渠道发出的是被禁止的声音，

> 两性和情欲的声音，被遮掩着的声音而我却揭开了遮掩，
> 猥亵的声音则我予以澄清并转化。

在惠特曼衰残的老年，他在新泽西的卡姆登日渐憔悴，他自己也忘记了这些诗行，毫无意义地谈论着关于黑人和工人的话题。那不再是作为美国诗人和先知的惠特曼。在此，我将如何表达这首伟大诗歌的庄严和激情？它的一部分力量在于，看起来不像只有一个人在说话。这里有大众的和声。这个惠特曼可能是弥迦、阿摩司或第一以赛亚。区别在于，惠特曼超然地意识到几乎我们所有人都会认为不值得注意的东西：

> 畸形的、渺小的、平板的、愚蠢的、受人鄙视的人们的声音，
> 空中的浓雾，转着粪丸的蜣螂。

除了惠特曼和狄金森，没有人会同时赞美浓雾和蜣螂。对于我们大多数人来说无足轻重的东西，对于瓦尔特来说却是无价之宝。凭借对他者的爱，惠特曼能够面对并克服大自然的挑战：

> 竟看到了破晓的光景！
> 小小的亮光冲淡了庞大、透明的阴影，
> 空气的滋味是美好的。

在天真地玩耍着的转动着的世界的主体在悄然出现，
汩汩地渗出一片清新，
忽高忽低地倾斜着疾驶而过。
某种我看不见的东西举起了色情的尖头物，
海洋般的明亮流汁布满了天空。

大地紧贴着天空，它们每天都接连在一起，
那时我头上升起了在东方涌现的挑战，
用嘲讽的口气笑说，看你还是否做得了主人！

耀眼而强烈的朝阳，它会多么快就把我处死，
如果我不能在此时永远从我心上也托出一个朝阳。

我们也要像太阳似的耀眼而非强烈地上升，
啊，我的灵魂，我们在破晓的宁静和清凉中找到了我们自己的归宿。

《白鲸》中的亚哈船长吼道，如果太阳胆敢侮辱他，他就会把太阳暴揍一顿。惠特曼特别持重和自信，他采取了另一种方式。还有哪一个诗人会像他这样，从心上也托出一个朝阳，来问候朝阳？敢与太阳媲美，惠特曼变成了耶和华，在破晓的宁静和清凉中找到了灵魂的归宿。

我的声音追踪着我目力所不及的地方,
我的舌头一卷就接纳了大千世界和容积巨大的世界。

语言是我视觉的孪生兄弟,它自己无法估量它自己,
它永远向我挑衅,用讥讽的口吻说道:
"沃尔特,你含有足够的东西,为什么不把它释放出来呢?"
好了,我不会接受你的逗弄,你把语言的表达能力看得太重。

啊,语言,难道你不知道你下面的花苞是怎样紧闭着的吗?
在昏暗中等候着,受着严霜的保护,
污垢在随着我预言家的尖叫声而退避,
我最后还是能够摆稳事物的内在原因,
我的认识是我的活跃部分,它和一切事物的含义都保持一致,
幸福,(请听见我说话的男女今天就开始去寻找。)

我绝不告诉你什么是我最大的优点,我绝不泄漏我究竟是什么样的人。

请包罗万象,但切勿试图包罗我,
只要我看你一眼就能挤进你最圆滑最精彩的一切。

文字和言谈不足以证明我,
我脸上摆着充足的证据和其他一切,
我的嘴唇一闭拢就使怀疑论者全然无可奈何。

这是惠特曼最强大之处。这里最重要的一行诗是:"我的认识是我的活跃部分,它和一切事物的含义都保持一致。"

这种一致性,无论是名义上还是实质上,都会变成惠特曼声音的主要意象。他的活跃部分或生殖器,通过自体性行为的刺激,将告诉我们他最大的优点。

我听见那有修养的女高音(我这项工作又怎能和她相匹配?)
弦乐队带着我旋转,使我飞得比天王星远,
它从我身上攫取了连我自己都不知道我怀有的热情,
他使我飘举,我赤着双脚轻拍,承受着懒惰的波浪的舔弄,
我受到了凄苦而狂怒的冰雹的打击,我透不过气来,
我浸泡在加了蜜糖的麻醉剂中,我的气管受到了绳索般的死亡的窒息,

最后又被放松,以体验这谜中之谜,
即我们所谓的存在。

以随便什么形式出现,那是什么?
(我们绕着圆圈转,我们都这样做,而且总是回到原地,)
如果发展仅止于此,那么硬壳中的蛤蜊也足够了。

我身上的却并非硬壳,
不论我是动是静,我周身都是灵敏的导体,
它们攫取每个物体,并引导它安全地通过我身。

我只要稍动,稍按捺,用我的手指稍稍试探,我就幸福了,
让我的身体和另一个人接触已够我消受。

这种自渎的狂热带来令人眼花缭乱的狂想意象。不过,惠特曼正在走向危机:

那么这就是一触吗?在抖颤中我成了一个新人,
火焰和以太朝着我的血管冲过来,
我那靠不住的顶端也凑着挤过去帮助它们,
我的血和肉发射电光以便打击那和我自己无多大区别

的一个，
　　引起欲念的刺激从四面八方袭来，使我四肢僵直，
　　压迫着我心的乳房以求得它不肯给予的乳汁，
　　向着我放肆地行动，不容我抗拒，
　　像是有目的地剥夺着我的精华，
　　解开着我的衣扣，搂抱着我赤裸的腰肢，
　　使我在迷茫中恍若看见了平静的太阳和放牧牛羊的草地，
　　毫不识羞地排除了其他感官，
　　它们为了和触觉交换地位而施加贿赂并在我的边缘啃啮，
　　毫不考虑，毫不照顾我那将被汲干的力量或我的憎恶，
　　召集了周围余下的牧群以享受片刻，
　　然后联合起来站在岬角上干扰我。
　　我的哨兵全都撤离了岗位，
　　他们让我在凶恶的掠夺者面前束手无策……

　　这里将我们带回到惠特曼早期用岬角的意象来传递自我满足的那个断章。

　　我懂得英雄们的宽阔胸怀，
　　那种当代和一切时代所表现的勇敢，

那船长是怎样看见那拥挤的、失去了舵、遇了难的轮船的,而死神则是在风暴里上下追逐着它,

　　他又怎样紧紧把持着一寸也不后退,白天黑夜都一样赤胆忠诚,

　　还在一块木板上用粉笔写着偌大的字母:"振作起来,我们决不会抛弃你们!"

　　他又怎样跟着他们和他们一同抢风行驶,一连三天未尝失去希望,

　　他又怎样终于救出了漂泊着的人群,

　　在用小船载着她们离开已经掘下的坟墓时,那些瘦长、穿着宽舒大袍的妇女又都是什么样子,

　　那些沉默的、面目像老人的婴儿,那些被扶起的病人,那些嘴唇刺人的、未曾剃须的男人又都是什么样子;

　　所有这些我都吞咽下去了,味道很美,我很喜欢,它成了我自己的东西,

　　我就是那人,我蒙受了苦难,我在现场。

　　烈士们的轻蔑和镇静,

　　过去曾有作母亲的被判为女巫,用干柴把她烧死,子女们在一旁看着,

　　那被紧紧追赶的奴隶在奔跑时力竭了,他倚靠着栅栏,喘着粗气,满身是汗,

他腿部和颈部的针刺般的剧痛，那足以致命的大号铅弹和子弹，
这些我都能感受，我就是这些。

我是那被追赶的奴隶，狗来咬我时我畏缩，
地狱和绝望临到了我头上，射击手射出了一发又一发的子弹，
这些我都能感受，我就是这样。

我一把抓住了栅栏的栏杆，我的血滴着，血浆因皮肤渗出的液体而变得稀薄，
我跌倒在杂草和石子堆里，
骑马人鞭策着不愿前进的马匹，逼近我身边，
在我眩晕的耳畔辱骂着，并用鞭杆猛击我的头。

剧痛是我替换的服装中的一件，
我不去盘问受伤者他如何感觉，我自己已成为受伤者，
我倚在杖上细看时我的伤口显得又青又紫。

我是那被压成重伤的救火员，胸骨已经断折，
倒塌的墙壁把我埋葬在瓦砾中，
我吸进了热和烟，我听见我的伙伴们在大声喊叫，

我听见远远传来镐和铲的咔嚓声,
他们已经挪开了横梁,他们把我轻轻地抬了出来。

我穿着红衬衫躺卧在夜空中,为了照顾我四处是一片沉寂,
我并不疼痛,只是力竭地倒着,但也不是很不愉快,
我周围那些人们的脸又白又美丽,头上已摘去了救火帽,
那跪着的人群随着火炬的亮度渐渐看不见了。

遥远的和死去的又重新复苏,
他们看来像钟的表面,移动着的像是我的两手,我自己的就是那台钟。

"剧痛是我替换的服装中的一件",这句惊人的诗解释了惠特曼那个奇特的意象:他自己就是那台钟。对受害奴隶和被遗弃妇女的过分认同,在另一行同样精彩,但更具直接性和人性化的诗句中得到了补救:"我就是那人,我蒙受了苦难,我在现场。"

我踏上的是一次永恒的旅行,
我的标志是一件防雨大衣,一双耐穿的鞋,从树林里砍来的一根手杖,
我没有朋友坐在我椅子上休息,

我没有椅子，没有教堂，没有哲学，
我没有带过人到饭桌旁，图书馆，交易所，
但是你们中的每个男女我都引着去一个小山头，
我的左手钩住你的腰，
我的右手指着各个大陆的景致和那条康庄大道。

我不能，也没有谁能代替你走那条路，
你必须自己去走。

路并不远，在你的能力范围之内，
也许你出世以后曾经走过，只是自己不知道，
也许水上、陆上到处都是它。

扛起你的衣服吧，亲爱的儿子，我也扛着我的，让我们快些向前走吧，
我们沿途会路过美妙的城市和自由的国土。

如果你累了就把两个包都给我，把你的手掌放在我的腰际，
到了适当的时候你也会同样为我服务，
因为我们出发以后就再也不会躺下休息了。
今天在破晓之前我登上了一座小山……

这种激情洋溢地对美国求索精神的宣告是无与伦比的。我们在其中听到了一代代美国人的歌声和奋斗。结尾处"我登上了一座小山",又带我们回到一座山上之城的意象,即美国的新耶路撒冷。

过去和现在凋谢了——我曾经使它们饱满,又曾经使它们空虚,
还要接下去装满那在身后还将继续下去的生命。

站在那边的听者!你有什么秘密告诉我?
在我吸进黄昏的斜照时请端详我的脸,
(说老实话吧,没有任何别人会听见你,我也只能再多待一分钟。)

我自相矛盾吗?
那好吧,我是自相矛盾的,
(我辽阔博大,我包罗万象。)

我对近物思想集中,我在门前石板上等候。

谁已经做完他一天的工作?谁能最快把晚饭吃完?
谁愿意和我一起散步?

你愿在我走之前说话吗？你会不会已经太晚？

那苍鹰从我身旁掠过而且责备我，他怪我饶舌，又怪我迟迟留着不走。

我也一样一点都不驯顺，我也一样不可翻译，
我在世界的屋脊上发出了粗野的喊叫声。

白天最后的日光为我停留，
它把我的影子抛在其他影子的后面而且和其他的一样，抛我在多黑影的旷野，
它劝诱我走向烟雾和黄昏。

我像空气一样走了，我对着那正在逃跑的太阳摇晃着我的绺绺白发，
我把我的肉体融化在漩涡中，让它飘浮在花边状的裂缝中。

我把自己交付给秽土，让它在我心爱的草丛中成长，
如果你又需要我，请在你的靴子底下寻找我。

你会不十分清楚我是谁，我的含义是什么，

但是我对你说来，仍将有益于你的健康，
还将滤净并充实你的血液。

如果你一时找不到我，请不要灰心丧气，
一处找不到再到别处去找，
我总在某个地方等候着你。

惠特曼溶解了自己，他的肉体化为空气，他的身份化为草芥。他将永远走在我们前面，这个美国基督在等待他的弟子们追上他。这证明是非常准确的预言。

弗莱彻、惠特曼和美国崇高
Fletcher, Whitman, and The American Sublime

安格斯·弗莱彻 1930 年 6 月 23 日出生于纽约。十八天后，我出生在东布朗克斯区。我们是在 1951 年 9 月就读耶鲁研究生时相识的，直到弗莱彻 2016 年 11 月 28 日在新墨西哥州的阿尔布开克去世，我们都是密友。在我同代的文学批评家中，我与弗莱彻最志同道合。他的辞世，我无法接受。无论在我写作、阅读还是教学中，他都如影随形。

弗莱彻出版了七部作品，其中第一部《讽喻：象征模式理论》（1964，2012）最为不凡。他另外六部著作是《预言时刻：论斯宾塞》（1971）、《超验的假面舞会》（1972）、《心智的色彩：对文学思维的猜想》（1991）、《美国诗歌新理论：民主、环境和想象的未来》（2004）、《莎士比亚时期的时间、空间和运动》（2007）、《拓扑想象：空间、边际和岛屿》（2016）。他还留下一部将近完成的书稿，用物理学中的波浪理论来解释莎士比亚等人诗歌想象力的涨落。

弗莱彻的思想不断在探索且充满原创性。纵观整个现代文学批评领域，我认为弗莱彻堪与威廉·燕卜荪、肯尼斯·伯克和诺思罗普·弗莱相提并论。像他们一样，他也开拓了新境。

在长达六十五年的友谊中，我们都热衷于那些最富有想象力的文学。渐渐地，我们的焦点落在了莎士比亚和惠特曼身上。此外，我们还共同喜爱其他神圣的著作：伯顿的《忧郁的解剖》、托马斯·布朗爵士的作品、斯宾塞、弥尔顿、英语《圣经》，以及英美诗歌的整个浪漫主义传统——从布莱克和华兹华斯，雪莱和济慈，勃朗宁和丁尼生，一直到华莱士·史蒂文斯、哈特·克兰和约翰·阿什贝利。

弗莱彻特别赞赏约翰·克莱尔的诗歌，他认为克莱尔的诗代表了人类地平线（human horizon）的特殊视野，惠特曼和阿什贝利的诗歌也是如此。这里所谓"地平线"，弗莱彻是指实际的地平线而非思想的疆界。正如他的研究，地平线是引向自然局限的指南，不是通向渴望的闸门。

只是现在，在弗莱彻去世之后，我才开始明白我们之间的根本差异。我在自然界中从没有如家的感觉。弗莱彻不同，他的童年和青年时代在长岛度过，因此对自然环境的壮丽和它们可能的消逝十分敏感。

弗莱彻认为，惠特曼摆脱了高浪漫主义，回到类似十八世纪的描写性诗歌。《美国诗歌新理论：民主、环境和想象的未来》中有一句精彩的话："美国人是有点苦恼于这个事实，自然真的比我们强大,因此我们必须以人为的方式获得同样的强大。"我在这句话中听出惠特曼的声音,尽管弗莱彻和我一致认为,惠特曼的身上有他自己或读者还不能理解的东西。我在惠特曼身上发现的是他永远在成长的内在自我。弗莱彻认为,惠特曼对日常经验的关心与他内在自我的不断成长保持着平衡。弗莱彻的惠特曼不像是荷马,而更像是写《工作与时日》的赫西俄德。

弗莱彻和我之间这场爱的争论最终体现在对美国崇高之本质的看法上。我们都同意,美国的崇高具有一种魔力。不同的是,弗莱彻强调审慎,防止打破所有启蒙后的尺度和平衡。但这种魔力正是我从《希伯来圣经》和威廉·布莱克那里获知的。你必须打破尺度和平衡,才能完全恢复完整的人类形象。爱默生和梅尔维尔、梭罗和狄金森,尽管他们有种种不同,但都和布莱克一样努力,渴望永不堕落的美国亚当和夏娃。正如弗莱彻提醒我的那样,惠特曼的辩证色彩要少一些,因为他就代表了包含一切的大众。

我写下这些文字时,弗莱彻已去世七个多月了。十周前,我出了一次可怕的事故,导致髋骨骨折。刚动完大手术,一周后,我又做了一次胃肠道手术。我现在还在家康复,我想念弗莱彻。

我希望通过这篇短文,能让我再次感受到他的魅力和温暖。其实,弗莱彻对我来说一直是个挑战。几十年来,我们一直在讨论惠特曼,受他影响,我对《草叶集》的解读发生了变化,现在仍然在变化。

在《典型的岁月》(*Specimen Days*)中,惠特曼回忆了一次坐火车穿越洛基山脉的旅程：

"我发现了我自己诗歌的法则"，当我一个小时接一个小时地穿过这些阴森而喜悦的被抛弃的元素，我心头涌现出这种还没有说出口但越来越坚定的感觉——这些充沛的物质，完全没有人力的痕迹，原始自然的巧夺天工——这些天沟地缝，峡谷绝壁，晶莹的山洞，重复的乐章，绵延几百英里——这些大手笔和小细节——精彩的形式，沐浴在透明的棕色、淡红色和淡灰色中，有时高耸一千英尺，有时甚至两三千英尺——在它们的顶峰，时而人头攒动，置身于云雾，只有笼罩在淡紫色薄雾中的轮廓可见。(《一个自我中心主义者的"发现"》)

弗莱彻认为，这是一种美国崇高的体验，接近于雪莱之《勃朗峰》和华兹华斯之顿悟的体验。他认为，惠特曼的美国梦融合了自然的崇高观念与真正狂野的美式想象形式。结果就产生了这种"环境诗"，《我自己的歌》是其杰出代表，A. R. 阿蒙斯和约翰·阿什贝利的一些长诗是其优秀的后裔。

虽然弗莱彻把大量精力投入《美国诗歌新理论：民主、环境和想象的未来》，阐释他所谓的环境诗，但他观念中的一些东西我却拿捏不准。弗莱彻还写了这样精彩的句子："惠特曼笔下的声音在围绕我们。"这在我看来非常正确。惠特曼的戏剧性有赖于一种奇特低吟的嗡鸣效果：

> 请随我在草上悠闲地漫步，拔松掉你喉头的堵塞吧。
> 我要的不是词句、音乐或韵脚，不是惯例或演讲，甚至连最好的也不要，
> 我喜欢的只是暂时的安静，你那有节制的声音的低吟。

我想到史蒂文斯在《走向最高虚构的笔记》中提到"被逃避的思想之嗡鸣"。弗莱彻的环境诗是一种嗡鸣声波，那里充满了疆界、边缘和地平线，但它们又不断在变形。它增加了知识，但这只是对事实的次要学习：

> 环境诗，通过关注自然的循环系统，确保生命过程中有生机的一面有一席之地。在古代，诸如艾丽斯（Iris）为彩虹的拟人化形象，借助说出或想象她在不同世界之间传递信息的能力，为物质和精神世界的思想搭建了桥梁。拟人化的人物一般防止事实有最后的发言权，似乎利用这种手法的诗人知道，假如没有精神的、在某种意义上是象征性的派生物，任何事实都是不够的。正如新柏拉图主义者声称，诗歌和戏剧，像两种流溢模式，都是对同样的现象进行模仿性的编码，正如我们现在知道，所有的生物都依靠遗传密码从自己的身份中溢流出来。

这样做的一个问题是，诗歌总是处于等待的状态。惠特曼以惊人的天赋，说服读者相信诗人就在前头的某个地方，等待我们赶上。弗莱彻和所有伟大的批评家一样，在为诗歌辩护。他是想要证明，当我们以讽喻的方式思考时，会产生什么样的思想和行为。在 2012 年版《讽喻》的后记中，他思考了他所谓的"衡量标准的危机"。他发出了预警，任何崇高的超越感都得在我们的科技世界中消失。正在到来的是没有思想的空洞讽喻。

弗莱彻认为，诗人的出发点总是地平线。没有人知道地平线之外是什么。弗莱彻赞美他所认为的具有自然极限的伟大诗歌，如约翰·阿什贝利的《波浪》或惠特曼的《一路摆过布鲁克林渡口》。尽管我认为阿什贝利和惠特曼在他们最强大的地方接近于超验，但我仍会与我这位逝去的朋友一样对此表示赞美。美国的崇高依然幸存，与之一道存在的是超越自然极限的希望。

最后的新鲜感：华莱士·史蒂文斯的《胡恩宫里茶话》
The Freshness of Last Things: Wallace Stevens, "Tea at the Palaz of Hoon"

接下来，我会回顾一系列诗歌，从我少年时代一直到现在，它们都一直萦绕于心。有些我在之前的书中谈过，但我相信，最后的新鲜感会给它们带来新的视角。我会从以下一首常常情不自禁吟诵的诗歌开始：

> 莫以为我身着紫衣降临西天，
> 穿越你所谓极致孤单的空气，
> 我就一定会少了一点我自己。
>
> 滴落在我胡须的膏药是什么？
> 鸣响在我耳畔的颂歌是什么？
> 席卷过我身子的潮汐是什么？

> 我的心境下着金色的香油雨,
> 我的耳里回旋着颂歌的风声,
> 我自己就是汪洋大海的罗盘:
>
> 我自己就是那个漫游的世界,
> 我的所见所闻皆源于我自己;
> 那儿我感到我更真实更陌生。

史蒂文斯为这首诗选用了一个诙谐的标题《胡恩宫里茶话》。他在给我的同事诺曼·霍尔姆斯·皮尔森的信中说,"胡恩"是一个暗码,意思是浩瀚的天宇。我的理解是它在暗指惠特曼,惠特曼这个"世界"在此化身于落日以十足随意的口吻言说。这也是威廉·布莱克所谓的我们每个人心中的"白痴提问者",用"滴落""鸣响""席卷"之类的动词,消减了这种帝王般降临的光环。惠特曼或"胡恩"用大手笔将这些动词转变成了"下"雨"吹"风,以及这句精彩的诗行"我自己就是汪洋大海的罗盘"。这首诗里四次重复了"我自己",这是对《我自己的歌》的影射。在《我自己的歌》的第25节,惠特曼挑战了升起的太阳:

> 耀眼而强烈的朝阳,它会多么快就把我处死,
> 如果我不能在此时永远从我心上也托出一个朝阳。

每当我朗诵或默念"胡恩"的断言,我总是想起惠特曼在史蒂文斯笔下精彩的显现:

在遥远的南方,秋天的太阳在逝去
如同沃尔特·惠特曼独自沿着红海岸行走。
他在吟唱属于他的事物,
这个世界过去是、将来也是死亡和日子。
没有东西是终极,他吟唱。没有人会看到终点。
他的胡须是火的胡须,他的拐杖是跳动的火焰。

为我叹息吧,晚风,在橡树喧嚣的叶间。
我累了。为我而眠吧,山上的天国。
为我欢呼吧,大声、大声地欢呼,欢快的太阳,当你升起。

最后三行诗是又一次献给惠特曼的献词,因为它们有意模仿了惠特曼的精神和节拍。路易·阿姆斯特朗之于美国爵士乐的意义,正如惠特曼之于美国诗歌的意义:他既是奠基者,也是保存者。默念这首关于"胡恩"的诗歌,默念史蒂文斯的献词,加剧和放大了我子夜的不安和这寂静的时辰,直到一个异常寒冷的八月末的黎明,穿透了纽黑文的一个寻常夜晚。

华莱士·史蒂文斯：《雪人》
Wallace Stevens: "The Snow Man"

三分之二个世纪前，我与华莱士·史蒂文斯有过一次单独谈话，那是他在耶鲁一次小型朗诵会上读了《纽黑文的一个寻常夜晚》的简版之后。我那时还是一个古怪桀骜的十九岁学生，大多数时间我在听，但也的确问了几个关于雪莱的问题。让我惊讶的是，史蒂文斯对《阿特拉斯的女巫》和《解放了的普罗米修斯》中许多段落都能脱口而出。如果我能够回到 1949 年，我一定会问他《西风颂》的树叶会不会哭泣。尽管他对这首诗了然于心，但我猜想他会回答说会。

史蒂文斯在七十一岁时创作了《感悟细节的程序》，这是他一生迷恋树叶意象的顶峰：

今日树叶哭泣，挂在风吹的枝头，
冬天的空无几乎没有少。
它依旧充满冰影和成形的雪。

树叶哭泣……一个人站在仅闻哭声之地。

这是杂乱的哭声，关乎另一个人。

尽管一个人说自己是万物的一部分，

但这里有一个矛盾，这里包含了一种抵抗；

成为一部分是一种衰亡的努力：

一个人真正感受到赋予生命之物的生命。

树叶哭泣。这不是神灵专注的哭声，

不是自大的英雄的飘移烟，不是人的哭声。

那是超越不了自身的树叶的哭泣，

在幻想曲缺席时，没有别的意义，

除了它们在于耳朵的最终发现之内，在于那事物

本身，直到，最终，那哭声与任何人都无关。

我现在将近九十岁。当我不断地听到业已不在之物的声音时，我就惊慌不安。史蒂文斯在四十二岁时写下了《雪人》：

一个人必须要有一颗冬天的心

来旁观寒霜和结着

雪壳的松枝；

要冰冷很久

来注视因冰凌而零乱的刺柏

和在远远闪烁的一月阳光中的

粗放的云杉；而不想起

任何苦难，在风的声音里，

在几片叶子的声音里，

那是大地的声音，

充满同样的风，

在同样空旷的地方，

为那听者而吹，他在雪中倾听，

空无的他，注视

不在场的空无，和在场的空无。

　　这首诗共十五行，是一个简单句。表面看上去，它好像完全符合约翰·罗斯金所谓的"拟人谬化"（pathetic fallacy）的模式，也就是对客体赋予人类感情和生命。罗斯金肯定知道他自相矛盾，因为他把诗人定义为客体言说的对象。史蒂文斯天生就是一个弗洛伊德主义者，他希望依据现实原则而活，接受我们需要与必将到来的死亡为友。但是，史蒂文斯身上总有一种矛盾，他既像是济慈，也像是雪莱和惠特曼。济慈的光辉之处在于他勇敢地抛弃了一切幻象：死亡是绝对的、即将到来的。雪莱的怀疑论被他的理想主义所调和，而惠特曼的伊壁鸠鲁主义精神仍包含了超验的渴望。《雪人》的思路重又回复到原处，结尾的虚空堪与哈姆莱特的虚空相提并论。

在《感悟细节的程序》中，树叶哭泣了三次。史蒂文斯听到了哭泣，想拼命抵制。在七十一岁时，这种成为万物的一部分的努力在衰退："一个人真正感受到赋予生命之物的生命。"[1]这一句完全由单音节词构成的诗行，本应使那神秘的哭泣平息下来，但它不能。当诗中的说话者坚持说这不是人的哭声时，不管是我们还是史蒂文斯都不相信他的话。有趣的是，他自相矛盾地写道："那是超越不了自身的树叶的哭泣。"缺乏超越性的树叶是不可能哭泣的。这一感悟细节的程序中，人的哭泣，最终意味着我们死亡时都会体验到最终的发现："直到，最终，那哭声与任何人都无关。"

雪莱的死亡思想像枯叶一样被诗人骄傲的意志驱散。雪莱骨子里有普罗米修斯一样的革命精神，他带来了火，带来了预言的火花。一个具有普罗米修斯心灵的休谟式的知识分子，他只听到现实的声音，但渴望人类的革新。史蒂文斯永远在呼应雪莱的《为诗辩护》，他以挑衅的姿态加入了先驱的行列，声称雪莱一样的星光最终会改变世界。

1　原文为：One feels the life of that which gives life as it is.

华莱士·史蒂文斯:《蒙哈榭花园》
Wallace Stevens: "Montrachet-le-Jardin"

华莱士·史蒂文斯的《蒙哈榭花园》似乎是在1942年年初写的。史蒂文斯喜欢法国文化和勃艮第红酒。法国沦陷于纳粹的铁蹄之下,令他倍感消沉。尽管他拒绝写战争诗歌,但在这首隐晦的诗歌中,他深刻地把握住了瞬间和永恒的维度。

这首诗有一个拐弯抹角的开场白,这个开场白以这声宣告"人必须成为他自己世界的英雄"结尾。随后,史蒂文斯巧妙地影射了莎士比亚戏剧《辛白林》中的歌词:

> 不用再怕骄阳晒蒸,
> 不用再怕寒风凛冽;
> 世间工作你已完成,
> 领了工资回家安息。
> 才子娇娃同归泉壤,
> 正像扫烟囱人一样。

不用再怕贵人嗔怒,
你已超脱暴君威力;
无须再为衣食忧虑,
芦苇橡树了无区别。
健儿身手,学士心灵,
帝王蝼蚁同化尘埃。

不用再怕闪电光亮,
不用再怕雷霆暴作;
何须畏惧谗人诽谤,
你已阅尽世间忧乐。

无限尘寰痴男怨女,
人天一别,埋愁黄土。

没有巫师把你惊动!
没有符咒扰你魂魄!
野鬼游魂远离坟冢!
狐兔不来侵你骸骨!
瞑目安眠,归于寂灭;
墓草长新,永留追忆!(第四场第二幕)

我们且看史蒂文斯的以下两个诗节：

不怕野蛮云朵或冬日停歇
任汪洋的水腹咆哮，
任他人咒骂也无动于衷，

既然在我们前去的英雄国土，
每经过一群人就更接近一分，
我们前往那里，如同进入磨出刃角的平原。

两者之间鲜明的对比令我想起在努力康复期间纠缠我痛苦夜晚的片刻幻景：

有片刻，我梦见
天堂之地，有秋天的河水，绿色的丛林，
貌似神圣的高耸的雪山，

但在那梦里，一种沉甸甸的差异
渐渐苏醒，一种悲伤的意识
在徒劳地寻找生命的季节或死亡的元素。

这种"沉甸甸的差异"也源自《辛白林》中的那首歌。正如他如此经常所为，史蒂文斯求助于他的缪斯，"脑海中神思的极光生物"。再次，这是史蒂文斯的特点，他以即兴的方式结束了这首诗歌：

> 然而昨日的虔诚有什么用？
> 我作证，然后在午夜，那只大猫
> 从火炉边一跃而起消失。

这并不是说史蒂文斯借助条件限定来否认他的断言。这首诗歌在肯定。像他真正的前辈惠特曼一样，史蒂文斯是肯定者，不是反讽者。尽管他并非总是能够直面他自己的惠特曼精神，但这种精神拒绝把他抛下。

在诗集《秩序的理念》(*Ideas of Order*)中，《挥手，别了，别了，别了》("Waving Adieu, Adieu, Adieu")这首诗的开头是一个否定：

> 那会是挥手，那会是哭泣，
> 哭泣，叫喊，真的是别了，
> 眼里的别了，心底的别了，
> 只需要静立，不需要挥手。

> 在没有天堂可追随的世界，
> 停留是结束，比离别酸楚，
> 那是说别了，一再说别了，

只需在那里，只需要注目。

你可以将之称为接受我们的死亡或欢快的绝望。这种轻快活泼的曲调与忧伤的意识形成对照。在史蒂文斯内心深处，那种惠特曼式的精神冉冉升起：

要成为独特的自我，鄙视
产出和获得如此少、少到
无须关心的生命，求助于
永远欢欣的天气，去啜饮。

"永远欢欣的天气"战胜了学说和迟疑：

人们喜欢这种练习，练习
充足，为了天堂。在这里，
除了永远欢欣的天气，我
还有什么自太阳外的精神。

惠特曼和史蒂文斯是在为大地而不是为天国操练而作。我们不妨将"永远欢欣的天气"看成是对惠特曼的直接致敬。天气是风的运动，是太阳的缺席或在场。史蒂文斯笔下的诗人，正如在惠特曼那里，总是在太阳下。对雪莱和哈特·克兰来说，起风是关键的驱动力。正是在明媚的阳光下，惠特曼和史蒂文斯的视野变得恢宏。

尽管进入残年，我对史蒂文斯《在思想学院演说之摘录》这首诗的兴趣丝毫未减：

一个人

所信之物至关重要。在一个人的自我
与天气及气候变化之间的迷狂的认同，
就是相信他的自然环境，
偶然的重逢，深思后的
投降，一再说
别无所有，只要
相信天气，相信气候变化中的人和事，
相信自我，作为其中一部分，
也就够了。因此，假如一个人去了月球，
或是更远的地方，去了一个不同的环境，
他也许会淹没在不同的空气中，
失去信仰之力，在不同的空气中溺毙。
然后从月球返回，要是他呼吸到
寒夜，没有任何香气或任何
女人影子，看见最微弱的光
和最遥远、单一的色，即将变化，
没有任何幻象，陷入贫穷、

陷于极度贫穷，要是此时
他呼吸到寒夜，那么，最深的呼吸
或许会来自回到这微妙中心。

史蒂文斯笔下的"贫穷"是想象的需要。"微妙中心"是对天气敞开的自我。"迷狂"是惠特曼最欢欣时刻的全部演出。在史蒂文斯笔下，当"心灵中被逃避的思想之嗡鸣"时，我们听到了迷狂。

埃德温·阿灵顿·罗宾逊:《卢克·哈弗格尔》
Edwin Arlington Robinson, "Luke Havergal"

埃德温·阿灵顿·罗宾逊在《卢克·哈弗格尔》(1896)中像雪莱一样对落叶进行了成功的虚构。我在此引用的是他修订后的版本。罗宾逊一生未婚,因为他迷恋自己的嫂子,他把这份感情深埋于心,他对嫂子终生尊敬,待之以礼。1914年,他发表了忧伤的抒情诗《暴君爱神》("Eros Turannos")。这首诗描写了他的哥哥和他那可望而不可即的嫂子之间的艰难婚姻:

> 落叶为她
> 惶惑的统治加冕;
> 她幻觉的挽歌
> 回响着击打的波浪;
> 激情生死的家,
> 变成她藏身之地,
> 整个小城和港湾

与她的幽居一起跳动。

轻拍着额头
我给你们讲这个故事应该的样子，
就像讲过
或可能讲过的一个家的故事；
在她和我们所见之间，
我们不会有善意的面纱，
就像我们猜到她过去、
现在或将来的所见。

我们不会伤害，因为他
在和一个神争斗，
听不到我们的话语，
他得到的是这个神给的东西；
尽管它可能像浪花一样破碎，
或者像一棵变化的熟悉树木，
或者像把盲人赶下大海的
那一段台阶。

　　这首诗一共六个诗节，以上节录的是后面三个诗节，共二十四行。尽管口吻惊人的冷静，《暴君爱神》却表现出罗宾逊无尽的绝望和坚韧的决心。他在迎接内心的禁欲挣扎时,激情达到了顶峰。"一棵变化的熟悉树木"类似于华兹华斯的用语,令我们联想到《永生的信息》中那一句"然而,有一棵老树,在林间独立"。结尾的比喻是罗宾逊的创造,总是让我想起《战舰波将金号》(The Battleship Potemkin)中的恐怖场景。在这部电影中,导演谢尔盖·爱森斯坦描绘了敖德萨台阶上的屠杀场面,受害者从那里被赶下大海,葬身鱼腹。

《卢克·哈弗格尔》是一首我一直在默念的诗。在这首抒情诗里,罗宾逊化身为那个独白者:

> 去到西方之门,卢克·哈弗格尔,
> 那里,深红色的葡萄藤爬满墙壁,
> 黄昏时分等待着将要到来的东西。
> 树叶在那里耳语着关于她的消息,
> 一些树叶像飞舞的语词,落下时,
> 撞击着你;但是去吧,只要你听,
> 她就会召唤你:卢克·哈弗格尔,
> 去到西方之门,卢克·哈弗格尔。

西方之门,或许就是通向世外的门。《西风颂》萦绕在罗宾逊心头,如同雪莱那个著名的比喻:逝去的思想如枯叶般催生新的生命。罗宾逊忧伤地想象他心爱之人的死亡,但我总想知道这首诗歌里的说话者是谁。

> 不,东方的天空里没有黎明
> 撕开你眼中火热的夜晚;
> 但那里,西天的黑暗在聚集,
> 甚至可以说,黑暗将会终结黑暗:
> 上帝用每一片飞舞的树叶自杀,
> 地狱不只是半个天堂。
> 不,东方的天空里没有黎明——
> 东方的天空里。

  这个无名的说话者在催促哈弗格尔前往西方,接受"上帝用每一片飞舞的树叶自杀"的世界。在下一个诗节中,我们得到启示,催促哈弗格尔走向西方之门的向导已经死去:

> 走出坟墓,我来告诉你这件事,
> 走出坟墓,我来扑灭
> 这个用火光点燃你额头的吻,
> 火光让你看不见你必须走的路。
> 是的,还有一条路到她那里去,
> 那是苦路,信仰绝不会错失的路。
> 走出坟墓,我来告诉你——
> 告诉你这件事。

我们无从得知这个告诫者的动机。罗宾逊似乎一直沉浸在他的嫂子曾经在他的额头赐予的一个圣洁的吻中。我总是好奇，为什么要扑灭那个吻的火焰，我不相信这个说话者。但是，最后一个诗节抵达了一个接近崇高的认知乐章：

> 去到西方之门，卢克·哈弗格尔，
> 那里，深红色的葡萄藤爬满墙壁，
> 去吧，风正撕扯掉葡萄藤，——
> 不要想破译死者的话语，
> 也不会再感知到它们的掉落；
> 但是去吧，只要你信任她，
> 她就会召唤你：卢克·哈弗格尔，
> 去到西方之门，卢克·哈弗格尔。

雪莱在深红色的葡萄叶、风、死者的话语和飘落的意象中转世。他在场的迹象如此明显，我禁不住想，那个声音就是来自这个普罗米修斯一样的诗人，他的怀疑论也包含了一种充满洞见的唯心论，将尘土归于尘土，同时赞美纯粹的精神回归"燃烧的喷泉"或"不熄的炉火"，那里栖息着比活人更加真实的"本相"。

破译死者的话语可能是徒劳的，但罗宾逊诗歌的光彩超越了其难解之谜。诗歌的情节之谜在他精心建构的重复所产生的累积效果面前不过是小巫见大巫，尽管爱欲失落，但这些累积的效果为这位姗姗来迟的诗人赢得了雪莱一样的胜利光环。不过,罗宾逊终究是书写失败的诗人,《卢克·哈弗格尔》的真正尾声是在《树叶的怜悯》(1897)这一首诗里:

> 一阵凄凉而悲伤的寒风呜呜地吹来,
> 带着报复心穿过十一月寒冷的旷野,
> 夹杂着祖先的羞愧发出尖利的叫声,
> 也得到回荡在孤独走廊的尖声应答,
> 这个老人听到了风声;或许他听到
> 不再言说的嘴唇中发出的语词——
> 那些摇荡这个老人面颊的昔日语词,
> 如同死去但记得的旧地板上的脚声。
> 然后还有如此折磨着他的那些落叶!
> 瘦小的黄叶,带着令人寒战的呜咽,
> 悄悄滑过外面石头。它们时而停歇,
> 驻足在那里——只是为了让他知道,
> 它们怎样死去;倘若听到老人惊叫,
> 它们就像世上枯萎的游魂突然飞走。

这首苍凉的十四行诗歌的一大标志就是哀鸣。它预见了罗伯特·弗罗斯特的出现。罗宾逊和弗罗斯特相互都很尊重。雪莱,作为大诗人中最优秀的读者,可能会微微皱起眉头,抱怨这首诗缩减了他那个充满预言的比喻:枯叶催促了新生。

威廉·卡洛斯·威廉斯：《齐鸣》
William Carlos Williams, "A Unison"

  我至今仍然感到遗憾，二十世纪六十年代初，我婉拒了肯尼斯·伯克的提议，前往他在新泽西州安多弗的家中，与威廉·卡洛斯·威廉斯见面。威廉斯于1963年去世；我直到二十世纪七十年代中才第一次去安多弗。

  我到很晚才开始全面品读威廉斯的作品。他的《帕特森》（*Paterson*）第一卷出版于1946年，五年后我才开始读这部作品，自此我对威廉斯的看法才有了改变。我接着读了他1923年的诗集《春天及一切》。这是美国真正具有原创性的诗歌。如同大多数读者，我立刻喜欢上了开头那首精彩的同名抒情诗：

> 去传染病院的路旁
> 凛冽的寒风——从东北方
> 赶来阵阵汹涌
> 斑驳的阴云。远处，

空旷泥泞的荒野上
枯黄的杂草,东歪西倒

……

沿途到处是灌木
小树,半紫半红
枝桠交叉纠结一团
底下散落着枯死的叶子
光秃的藤蔓——

外表毫无生气,呆滞的
春天茫然地来临——
它们赤条条进入新世界,
浑身冰凉,对一切迷惘不清
只知道进入。它们周围
依旧是那熟悉的寒风——

今日是野草,明朝
便有野萝卜坚挺的卷叶
一个接一个,万物都要成长定形——
速度在加快:明晰,叶儿的轮廓

可此刻，进入还是那样艰难

但它们不屈不挠——而深深的变化

已经发生：既已扎下根，它们

竭力往下攫，并开始悟醒。[1]

这首诗有一种强烈而艰苦的萌芽意识，它指涉了婴儿、植被和美国诗歌的气息。作为产科和儿科医生，威廉斯接生和照料了一代代的婴儿。在以下三行优雅到近乎神奇的诗句里，我们听到他对自己劳作的热爱：

它们赤条条进入新世界，

浑身冰凉，对一切迷惘不清

只知道进入。

在《春天及一切》中的一个散文诗段落里，威廉斯宣告："世界全新如斯。"美国诗歌中，这样的宣告源于惠特曼：

我曾听见过健谈者在谈话，谈论始与终，

但是我并不谈论始与终。

和现在一样，过去从来未曾有过什么开始，

---

[1] 郭洋生译。

和现在一样,也无所谓青年或老年,

和现在一样,也决不会有十全十美,

和现在一样,也不会有天堂或地狱。[1]

现在,我想谈谈威廉斯最打动我的一首篇幅短小一些的诗歌《齐鸣》("A Unison")。这个标题糅合了"unison"的多种含义:两个或更多说话者同时说出同样的话语;音乐中的同调;和谐、一致、协调或八度音阶组合的乐部:

芳草碧绿,我的朋友,

凌乱,像是你孙子的——

脑袋,不是吗?那座山,

我们二十年前爬过的

山(我写到此时想起了

你)就像锯齿,和过去一样

直抵天边——那里还有

一座老谷仓在山巅,注定

背靠青天。它在那里,

我们无论如何,

不能移它、变它、

---

[1] 《我自己的歌》,赵萝蕤译,出自《草叶集》,上海译文出版社 1991 年版。

分析它或改动它。

听！你难道没有听到

它们？歌唱？它在那里，

我们最好承认它，

用那样的方式写下它。

不要扭曲文字表达

我们应该说的，而是要表达

——不能逃离的东西：

骑着下午的山，

脚下织成碧绿、碧绿的

芳草，空气，以及——

腐烂的木头。听！听见它们！

不朽之物。山的两端低斜，

中间隆起，

你还记得，一片虬结的

枫林，在空旷的草场中间，

神圣，当然——为何原因？

我不能说。田园诗一般！

那里有一座神殿，树木

环绕，肯定还有乐声！

齐鸣，舞蹈，一起加入

这场葬仪：有点像

蜕下的蛇皮，初生的

黄花。或者，最好是，一块白石，

你已经看到：马蒂尔达·玛丽亚·福克斯

——在大地的嘴唇边，

几乎完全无法破译的，用拉丁文写成的

"九岁"——仍然在那里，青草

滴着昨夜的雨——

欢迎！稀薄的空气，附近

清澈的溪水！——不能，

死了，不能；逃避

空气和湿淋淋的青草——

穿过它们，明天，戴着珠宝的

大太阳会升起——强加给它们的

这不变的山——

它们接受，甘愿！

石头，不同的石头，

按部就班地加入。听！

听到它们声音的齐鸣……

威廉斯出道以来就分别受到两位重要前辈的影响，他们是济慈和惠特曼。起初，他把从这两位前辈那里获得的灵感记在不同的笔记本里。后来，随着他创作的演化，出现了把两者风格融合的迹象。这个漫长过程的高潮就是《齐鸣》，在这首诗里，惠特曼的《我自己的歌》和雪莱的《海伯利安》两个片段巧妙地融合在一起。当一个孩子问道："这草是什么？"惠特曼吟唱出了一支神奇的幻想曲，奇妙地预言了海明威的风格：

> 这枝草乌黑又乌黑，不可能来自年老母亲们的白头，
> 它比老年人的无色胡须还要乌黑，
> 乌黑得不像来自口腔的浅红上颚。

威廉斯借用了这个隐喻。开头一句中的"芳草碧绿"接受了惠特曼的暗示，即"碧绿"的草在死亡的阴影中变得"乌黑"。但是，威廉斯意识的更深处是雪莱，《齐鸣》把我们带回《海伯利安》第一部分的土星神殿。"神圣，当然——为何原因？"这个问题对于威廉斯来说或许难以回答，但"那里有一座神殿，树木／环绕，肯定还有乐声"暗示了济慈典型的安置方式，一种既是自然的也是美学的雕刻。济慈对凡人和死去的诗人做出了承诺，但惠特曼坚持认为："那最小的幼芽说明世上其实并无死亡。"与这两位师长不同，威廉斯呼吁我们听见他所听见的"声音的齐鸣"。我们现在是不是不仅听到济慈和惠特曼的齐鸣？

《齐鸣》很有说服力，事实上，我们听到了威廉·卡洛斯·威廉斯本人的真实声音。尽管那个声音一直无穷无尽地被人模仿，但它的秘密仍然还未公开。他诗歌的阐释者小视了他，他们不可思议

529

地夸张说，他的诗歌创造了一种新现实。这没有用，他们忘记了他不是莎士比亚或但丁。我们只需要说威廉斯创造了一种真正美国的新声音，这就足矣，而且绰绰有余。在 2016 年这个寒冷的春天，我如此多的朋友刚刚离世或即将离世，他的诗歌《那些人》既令我心碎，也给我安慰：

> 那些人的房间，
> 冷得难以想象，
>
> 我们爱的那些人走了，
> 床空着，沙发
> 潮湿，椅子再没人坐……

阿奇·伦道夫·阿蒙斯：《空间》
Archie Randolph Ammons, *Sphere*

1968年8月，我和妻子带着我们的两个儿子，六岁的丹尼尔和三岁的戴维，每天下午到纽约州伊萨卡的卡尤加湖旁边的斯图亚特公园玩耍。在那里，我们第一次遇见了阿蒙斯夫妇和他们五岁的儿子约翰。我依然记得，我走向他们，做了自我介绍。我们一见如故。但那时，我对阿奇·伦道夫·阿蒙斯诗歌的了解仅限于刚阅读了他的诗集《科森湾》(*Corsons Inlet*, 1965)。

我们邀请他们一起回到我们在卡尤加附近高地的住所同住。这是我们当年从诺曼和李·马尔科姆夫妇手中租的，租期一年。阿蒙斯的妻子菲利斯性格外向。我们两家的三个小男孩那一整年都相处和谐，玩得很开心。阿蒙斯却很内向，话不多。我那时三十八岁，很健谈。他是一个很好的倾听者。但相处了几周之后，他的话匣子开始打开，让我松了一口气。那一整年，从1968年8月到1969年8月，我几乎每天都和阿蒙斯相处几个小时。我和家人回到纽黑文之后，我和阿蒙斯的友谊越来越深，我们经常写信和打电话。

多年来，阿蒙斯在耶鲁大学做了多次诗歌朗诵会。1973 年，他婉拒了做耶鲁住校诗人的邀请。他在 2001 年 2 月 25 日去世。三十多年来，我们的关系一直很亲密。至今，他仿佛都还在我身边，当我重读和教授他的诗歌时，这种感觉尤其强烈。

他和约翰·阿什贝利彼此倾慕，与阿什贝利一样，阿蒙斯也是惊人的多产。他的许多诗歌我都经常想起，以至于不免踌躇，如何开始落笔写关于他的追忆文字。我最终决定还是以他的长诗《空间》的这段献词开头，这段献词已经成为我内在生命的一部分：

> 我走向山峰，站在赤裸的高处：
> 风撕扯这一条
> 或那一条道路，在迷乱中，我听不到
> 它的话语，我也不能对它说话：
> 我仍然像是对自我身上的那个外人说话，
> 我现在没有对风说话：
> 因为自然将我带到这么远，
> 我已经脱离自然，
> 这里没有东西向我显示我自己的形象。
> 对于"树"这个词，这个地方向我显示了一棵树，
> 对于"石"这个词，这个地方向我显示了一颗石，
> 对于"溪流""云彩"和"星星"这些词，
> 这个地方提供了坚实的含义和回答，

但在这个地方,"渴望"这个语词的形象在哪里:

所以,我抚摸岩石,它们有趣的表面:

我剥掉发育不良的冷杉的树皮:

我望向太空,望向太阳,

没有东西回答我"渴望"这个词:

我说,再见,再见,如此辉煌

沉默的自然,你的舌头

已愈合成一体,

你已关闭,你把我关在外面:在这里

我就像一个初来乍到的外国游人:

所以我走下山,收集起泥土

用手做出一个代表"渴望"这个词的形象:

我带着这个形象到了山顶:首先

我把它放在这里,放在岩石顶上,但它

什么都没有完成:然后,我把它

放在那些斜斜的矮小的冷杉中,

它还是不合适:

所以我回到城里,建了一座房子,

将这个形象放在里面,

人们走进我的房子,说

这就是代表"渴望"这个词的形象,

一切都将不再是原样。

我已故的朋友约翰·霍兰德非常喜欢阿蒙斯，他认为这是一首关于"restitution"的诗歌。我不明白霍兰德所指何意，是指归还（失物）？还是指赔偿（损失）？还是指恢复（原貌）？霍兰德是大学才子、强劲诗人，他可能意指这三层含义。对于这样一首崇高的诗歌，哪怕是悉心研究阿蒙斯作品的阐释者，必然也会众说纷纭。我读到它后，什么都没有恢复，也不可能恢复。诗里的风，对于阿蒙斯这个永恒的朝圣者，如同维吉尔一样的向导，不再对他说话，他也不能对风说话。在想象的高山之上，他站在自然之外，找不到惠特曼式的自我形象。这种热烈的欲望，不是为了追求自我，而是为了追求威廉·布莱克所说的流溢，是近乎耶和华从红泥中造成亚当的那样一种"渴望"。我认为这不是戏仿而是悲叹。出生于北卡罗来纳的阿蒙斯不是基督徒，但从童年开始一直到去世，他都在《圣经》中浸泡。

"渴望"这个语词的形象无处安放。山顶、矮小的冷杉、城里建造的房子或庙宇：都格格不入。我们读到阿蒙斯这首诗，只遇见渴望的幽灵。读到结尾"一切都将不再是原样"时，我感觉到最终放弃的味道。双重的异化成了一种负担。我们离开自然，最终进入一个意象。我们渴望坚定的暗示和回答，但在这个不属于我们的地方，我们却得不到它们。

阿蒙斯抵制他自己超验的冲动。他想在日常世界中保持稳定。作为读者，我总是希望他能放任自我，让我们听到他内心中伟大的声音。如今，我认为这不是一个好的建议。他真正的主题不是追求诗歌的化身，恰恰相反，他致力于解决身上的异己。甚至他最早的诗歌都在倾听风声，那是自古以来无数诗人的习惯做法。

我在教阿蒙斯作品时，我喜欢从《碎石跑道》("Gravelly Run")开始：

> 我不知为何似乎足以
> 看见和听到来来往往的一切，
> 把自我输给胜利的
> 石头和树木，
> 弯曲的采沙场湖泊，月牙般
> 一丛丛的矮松：
>
> 因为认知自我
> 并不像它可以借助
> 银河和松果来认知，
> 似乎生从未发现过它，
> 而死也不能将它终结：
>
> 沼泽的缓流沿着
> 碎石跑道而下，吹拂着
> 石头抓住的水藻
> 长发，在高速桥梁的肩膀之间

变窄为小股的激流。

冬青生长在那里林间的边坡,
雪松簇拥的哥特式
尖顶,在冬天的骨子里
制造出绿色的宗教:

我这样凝望和沉思,但这空气的玻璃
监狱将一切封存进它的实体;

哲思在这里无用:
我在冬青里没有
看见神,我在雪压倒的枯草里没有
听到歌声:黑格尔不是这松林间的
冬黄:阳光从未听闻
林木的消息:屈服的自我置身
不受欢迎的诸相之间:异乡人,
扬起你的背包,沿着此路而下。

  我的朋友哈里·福特在 1999 年去世。有一次与他共进午餐时,我给他看了这首诗歌。他是出色的图书设计师兼诗歌编辑,他编辑过的著名诗人包括詹姆斯·梅里尔、理查德·威尔伯、W. S. 默温、马克·斯特兰德、安东尼·赫希特和爱德伽·鲍尔斯。他读完这首诗，皱着眉头对我说："哈罗德，我每次读阿蒙斯，都有这种感觉，像是在看一件毛衣脱线。"我后来把这句话转给了阿蒙斯，他听后似乎不太高兴。福特是十足的形式主义者，我明白他在抱怨什么。不过话说回来，《碎石跑道》是一首惊人的原创作品。惠特曼几乎总是萦绕在阿蒙斯的作品里，但在这里他被排除在外。《碎石跑道》的韵律节拍是必然的选择，因为它契合这样一首诗，这首诗试图挑战理解自我这一不可能的任务，似乎自我可以通过外部空间和某个自然物体来认识。阿蒙斯信守我所谓的美国宗教。内在的自我还未出生，所以不知道死亡。如果自我屈服，也就没有任何形式迎接它。从我第一次读到它，《碎石跑道》的音乐性似乎一直都很神秘。它甚至不会屈服于爱默生式的阐释者。

《向导》（"Guide"）是一首更有力的诗歌，初看之下，它看起来好像可以解释，但这是错觉。阿蒙斯所有的作品都在推崇一种运动形式，尽可能回避起源：

> 你不可能抵达"一"却持住物质性：
> 因为感知不等于感知者：
> 当你抵达时
> 你已经走得太远：
> 起源处的你，在死亡的嘴里：

在绝对中

你无法

转身：无入口也无出口

无仓促的形式

来火钳般对付无形式之物：

无选择的自由：

为了存在

你必须终止非存在，并从

"是"中挣脱，进入"流动"

此即你为之哭泣与赞美的原罪：

起源即你的原罪：

你渴望的那回归，将减你的罪过

让你得以渴望：

那阵风是我的向导，它说：它

应该知道

将一切放弃给永恒的存在

方向：

我如何说我既快乐也忧伤：然而一个人

抬一只脚放另一只脚：

智慧，智慧

同时快乐并忧伤，此即"一"

与死亡：

智慧，智慧：一朵桃花在特定时日

开在特定的树上：

"一"在特殊中无能为力：

这些是你想让我思考的吗，我说

但风已消失，再无更多知识。[1]

尽管我们都渴望从家族传说的起源处回归，但重要的诗人不会有这种渴望。阿蒙斯不肯向永恒的生命屈服，他对于智慧的渴慕和追求令我振奋。我写了一本名叫《何处寻找智慧》(Where Shall Wisdom Be Found) 的书，援引了这首《向导》作为题记。如果智慧某一天在某一棵树上开花，它可能根本不是智慧。阿蒙斯渴求知识，却一无所获。风继续吹，像一个向导，在与《指令》("Directive") 这首诗中的罗伯特·弗罗斯特竞争：

……如果你让一个向导指引你

他的心里只关心你的迷失……

---

[1] 冯冬译。

弗罗斯特是反讽；阿蒙斯不是。

在阿蒙斯众多的作品中，我想起几首对我的人生产生影响的诗歌。《城市边际》("The City Limits")就是其中之一：

当你细察那道光，它并不收敛
自己而是将丰沛的光不加选择地注入每一个
未被掩盖或隐藏的角落和缝隙；当你细察

鸟的骨头对着那道光并不发出可怕的声响而是
隐匿在光里如同至高的见证；当你细察
那道光，它会研究编织之心

最愧疚的突然偏转并对它们产生影响，
不会退缩进伪装或变暗；当你细察
如此丰沛的光，照亮苍蝇

蓝辉色的身子和一束金光般的翼翅，它们挤在
一场自然屠宰的丢弃的内脏或一坨屎而绝不
畏避这慷慨的风暴；当你细察

空气或真空，雪花或页岩，枪乌贼或狼，玫瑰或苔藓，

都被这丰沛的光尽量接纳,于是
心运动的空间更广,人站立四顾,那片

叶并不在草上增加,最深的
细胞的隐秘工作与五月的灌木同调,
如此宏阔点燃的恐惧平静地化为了赞美。

"细察"(consider)的词源是拉丁文"consideráre",字面意思是审视或思考星辰。这个动词的词义很广泛,但这里意指考虑某种东西从而做出判断。"当你细察"在这首诗里重复了五次,作为引出那道光辉的预述。那道光辉的到来是大度的、慷慨的。世俗的恩慈毫无保留地降临我们。我从未忘怀这两句令人惊叹的诗行:

鸟的骨头对着那道光并不发出可怕的声响而是
隐匿在光里如同至高的见证;

我笨拙地弯下腰身,免得面对这道光辉时弄出可怕的响声,我承认,我不能低伏在光下,作一份至高的见证。我们的偏转在继续,并产生了这道光辉,慷慨的风暴落在生命的每一个角落和缝隙。我在微物的救赎中听到惠特曼的声音:

空气或真空,雪花或页岩,枪乌贼或狼,玫瑰或苔藓,都被这丰沛的光尽量接纳。

这就是阿蒙斯,当他伫立环顾四周,他的心灵在遨游。阿蒙斯和我谈论过《草叶集》这个书名,它包含多种意义,这取决于中间那个奇怪的介词"of"。惠特曼应该同意,"草"和"叶"是同义反复。阿蒙斯是焦虑诗学的大师,他将对死亡的恐惧转化为了赞美。赞美什么?在那里,我触摸到我的边际,事实上也是城市的边际。阿蒙斯来自乡下,他是爱默生式的实用主义者,他懂得新的克制和冷静。

今天是 2017 年 12 月 22 日,星期五。上面这些关于阿蒙斯的回忆文字,是大约四年前写的。2013 年,我收到一本书,名叫《代表渴望的意象:阿蒙斯的书信和日记选(1951—1974)》,编辑是凯文·麦吉尔克。阿蒙斯于 2001 年 2 月去世,享年七十五岁。他的书信和日记许多是写给我的,尽管有些并没有发送给我。读到他这些文字,我仍然悲伤不已,甚至痛到麻木。收到那本书四年后,我的悲伤仍然强烈。现在,与我同代的诗人和批评家朋友,几乎全都去世。悲悼如此多朋友的故去并不会淡化一个人的悲伤,但的确使这种悲伤看起来没有那么急迫。

昨晚,我开心地收到了《阿蒙斯诗歌全集》,编辑是罗伯特·M. 韦斯特,序言出自我的老朋友海伦·文德勒。阿蒙斯是多产的诗人,这个两卷本篇幅长达两千页。创作了如此庞大体量的优秀诗歌,我唯一想到可以与之媲美的是维克多·雨果。

当我通读这套全集时,其中绝大多数诗歌我熟识。这是一种幸福的震撼,尽管我们天人两隔,如今我们以这样的方式再度重逢。我回想起,在1997年,阿蒙斯送给我一首诗,名叫《与巨人争辩》("Quibbling the Colossal"):

我刚刚萌生最好笑的想法:这是
我如此喜欢的威尔士人和鲸鱼在

歌唱:要是你在威尔士,听到过
这些人群,这些煤矿工人,教民

歌唱,你就知道:将要深深地、甜蜜地
毁灭,监听:骨瘦如柴的鲸鱼

站起、尖叫、怒吼,
它们的咏叹调,对于爱和猎物的

掠夺——当我们认真研究它们的心思
它们对我们打定了主意:我不能

形成世界观或复杂联系的
原因是,我看书时,才到第二段

就入睡:还有,我的诗歌是以
错位增量形式到来,因为打字时

肩胛骨之间的脊柱就开始痛:
还有,由于坐着不动,脚肿了:但

当世界朝一边倾斜,它会朝另一边
矫正,也就是说,我新近

断裂的诗歌摧垮了影响的
乌云和防护罩,带来了清新的

光,超过了剩下的那一点点,
在最遥远的天际的一点银光:呼吸、

伸展、毫不在乎的空间,收紧
语词的军队,或者安营

扎寨的空间:通过烟雾
直抵云天,利用破镜清晰地

看见高悬于最古老时代的

开端：但严肃地说，你知道，这种

看事物的方式，只是看事物的一种方式：
时间不是某个累积设计师的逐渐

增长，而是每天像一杯热咖啡
滤煮：哈罗德，如果这是

夜晚之地，当它在记忆里
成为别的，所有的文明时光就是

一切时间中又一次文明时光，上帝，
我们全都刚到，还没有来得及洗耳，

头发还没有收拾，牙齿才做了根管：
获月在继续朗照、朗照：电脑

在打字，有史以来最伟大的早晨的
云彩悬挂在天上。

投下阴影

我评论过此诗，错把题目中的巨人认成惠特曼。阿蒙斯说，他指的是我。尽管诗中明确提到了"哈罗德",这不是惠特曼的名字,但我拒绝对号入座。暂且将这个问题抛在一边,我还是喜欢这首诗歌的立场。阿蒙斯可能非常有趣。我认为,他在这里是告诉我,我必须让那道光照在我身上,使我能够呼吸和伸展,让我这个宣扬影响的焦虑之人更接地气。

今天是 2017 年 12 月 23 日,星期六,天气阴沉,我写下这篇文字。我从来没有保存过写给朋友的信的副本,因为它们全都是手写的。年纪大了,我不会去康奈尔大学档案馆,看阿蒙斯存档的我写给他的信,也不会去哈佛大学档案馆看我写给约翰·阿什贝利的信。我身体太虚弱,没有办法去耶鲁大学贝涅克珍本和手稿图书馆,看我写给罗伯特·潘·沃伦的大量信件。他们写给我的信件,我放在阁楼上,我再也没有时间和精力重读。罗杰·吉尔伯特关于阿蒙斯的传记问世后,我认为我会对与阿蒙斯的通信有更好的理解。我想把这篇纪念文字余下的篇幅用来谈论他的长诗《空间》,所以我想再次回到他的诗集《代表渴望的意象》。前面我虽然谈论过《空间》的献词,但没有好意思给出它的题目《致哈罗德·布鲁姆》。它可能是阿蒙斯最好的作品,尽管还有很多其他诗可以选。下面是他 1974 年 1 月 25 日写给我的一封信的片段:

> 我如此需要这些美言,你也许不会相信。任何像我一样如此需要美言的人,都应该被毙掉。这是对国家能量的耗费。

我用"我走向山峰"作为给你的献诗,所以我希望你真心地说喜欢这首诗,是因为你被它打动。(你是否有过这样的感觉,你做的一切都是泡影,都是虚无?我的确有这样的感觉。)

信不信由你,我们享受了一天的阳光,但现在,天上重又乌云密布。

……

我知道,你对《空间》这首诗有一些严厉的没有说出的保留意见,但你很喜欢其中的某些部分,所以对其他部分保持沉默。现在,我不能改变任何东西,(或许再等一年,我能做些改变)——所以,如果你继续告诉我最严厉的批评,也没有关系。我觉得这是一首因为别离而疯狂之后写的诗,我真的不喜欢提供不好的作品给没有怀疑能力的大众,他们没有足够的感知,辨别好坏(我也不能)——但很奇怪的是,自从写完这首诗后,我感觉到与人类现实有着如此密切的关系,这种感觉是前所未有的。我希望我能有此自信,这首诗歌对于其他人也有同样的影响。

……

我想,今年夏天我们还会在大洋城再见。这次你必须来,我不会接受婉拒的姿态。我会四处看看,为你找个好住处。我会开车去接你。到时,要是你脚上沾了一点泥土，嘴里进了一点沙粒，我就立马开车送你回纽黑文。我已决定从现在开始就订房。你有任何意见，尽可畅言。

我没有去过大洋城，但我一辈子对于沙滩海岸都很恐惧。这一点上，我和过世的父亲很像：他曾经把放我在太阳下晒了一个小时，我晒得像一只红色的龙虾。阿蒙斯曾经和我开玩笑，他可以把自己的诗集命名为《影响的焦虑》。关于《空间》，我没有对他表示任何保留意见，因为在我看来，这是他最好的长诗。但是，哪怕我本人都没有意识到，阿蒙斯却能神秘地感到，我对他的某首作品可能会感到批评的疑虑。

阿蒙斯和我一样，认为惠特曼的《我自己的歌》是过去一百五十年来最伟大的长诗。在我看来，《空间》是阿蒙斯诗歌中最像惠特曼风格的作品。它简直就是阿蒙斯的《我自己的歌》，气势堪比惠特曼。阿蒙斯在四十八岁时就有此自信，凭着激情和幽默，传承惠特曼的衣钵。

122

……我不能理解我的读者：
他们抱怨我的抽象，似乎美国
是一种虚荣：他们问为什么我如此吹牛：

许多问题,他们看不到一个:我的读者:他们指望

从我这样出生和成长在以"合众为一"为信条的国家之人

得到什么:我只不过像惠特曼一样,设法将关于美国之事

保持半直:我的读者问,所有

变化和延续是什么:既然我们有两党制,

一方致力改革,另一方致力团结:

123

双方都想从中间抓出一块:我们

要么调和对立,或要么搁置半个国家,任其

不满和疏远:他们想知道,我所谓的象限

是什么意思,既然我们有东南、东北、西南

和西北,还有那些被密西西比河和梅森-迪克森线

分隔成的东西南北:我认为自己是真正最好的

精确的诗人,正如惠特曼可能说:

他们问我,我的读者,我什么时候要去参政,

549

成为激进派或公众人物,而我在这里坐了很多年

独自歌唱这些地域和克利夫兰或辛辛那提
这些中部坐标的插曲:我一方面赞美
树叶下霉菌的多样性和差异性

124

另一方面清扫一切,进入彻底虚无的
宁静:我的读者感到迷惑
无言可说(即使有话要说),我不知道如何看他们

为他们做什么:某种意义上,我为此奖励他们:固执:
铺排出许多峡谷和深渊
普通道路或高速公路都无法抵达:尽管我

也像高速公路一样,那同样流动的
不知疲倦的河系:我的祖国:我的祖国:不能停止
它的咝咝作响,进入我的"运动"和"停歇":

当我认同我的自我,我的工作,我的国家,你可能
认为我最终获得了辉煌:但要测验中心

你必须双向而行：从最微小

到最宏大：我的意思不是谈论我的诗歌，而是
告诉他人如何做诗人：我对你感兴趣，
我想你成为一个诗人：我想，像惠特曼一样，找到

爱的联邦，不是酷儿而是诗人之爱的联邦，它们
有区别：也就是，来吧，做一个诗人，不管你是
酷儿或直男，广告人或牛仔，图书馆员或药瘾者，

家庭主妇或荡妇：（我在某月刊看到一个宇航员
在写诗——朋友，这就是我的意思）：现在，首先
写诗之道就是开始动笔：就像

学走路、学游泳或学骑自行车，你只管
开始：这是学习的事情，在比你大的那些力、
重力、浮力和心潮中，学会保持平衡

前进：你依靠前进之力
避免溺毙，而是随着宇宙的种种可能性

不费力气地飘荡:你可以终日

坐着,谈论,但你在开始走路前
决不会走钢丝:一旦你学会走路,你会发现
没有理由解释:的确怕掉下来,因为

掉下来不会让你出彩,让你
看起来神奇和无畏:但别太害怕:
掉下来几次就明白,你不会死:啊,同胞,

歌唱你的焦虑和羞辱,自由放进脱节的
歌声(你知道,当他们从另一条道
回来时,可以借此连接上):啊,同志!……

每当念及英国诗人兼评论家唐纳德·戴维,我都充满敬意。他的一些诗歌仍然萦绕在我的脑海。关于英语诗歌的句法和炼字,他写了两本精彩的著述,让我受益匪浅。尽管我们是老相识,但我记得,有一次我尽了全力,也没有让他喜欢上阿蒙斯。当《空间》这首长诗让他信服的时候,我高兴不已:

我真是后知后觉,直到现在才认识阿蒙斯。我知道为什么;过去我听到关于他的一切,都表明,他不是我会喜欢的诗人。（英伦习语说"不是某人的茶"的确很到位。）我以为，他只是一个对世界说"哦"或"啊"的诗人，他对自然中事物的多样性和自然变化的无所不在感情泛滥；因此，他是一个喜欢流动性的诗人；必然也是"开放形式"的实践者——对于我的品位而言，这种"开放形式"最终不舒服地接近于术语矛盾。总之，他是哈罗德·布鲁姆称颂的"重要的想象诗人"。这样的赞语，即便没有引起我的勃然大怒，肯定也让我起一身鸡皮疙瘩。

我听到的一切都是真的。想象一下吧！一首长达1 860行的诗歌，只有一个句号，出现在最后一行；我自认为擅长诊断句法，专注于句子结构切分，居然容许这样的作品摆在我面前！无论理想读者的反面是什么，就这首诗歌而言我还能有别的什么反应。看到它，除了被激怒，深表怀疑，确信自己受愚弄，确信自己受威胁，我还可能会是什么反应？可是，为何我偏偏就喜欢上它呢？我的心肠为何变软了呢？我为何会有近似宗教的皈依？我应该屈膝跪在圣人一样的布鲁姆的脚下忏悔？不。我依然怀疑，就像怀疑阿蒙斯最初的假设和重要的关注。我仍然渴望句子和句号，我渴望在语法和节奏上能起到精确作用的冒号，而不是像阿蒙斯一样把冒号变成包下所有事务的女仆。他的秉性与我不合，我想应该是这样。但我不能否认我感官和我感情的证据——他这首诗歌没有一页不让我觉得赏心悦

目。(《纽约书评》,1975 年 3 月 6 日)

唐纳德·戴维真正的批评和诗性感受力压倒了他的先入之见。在某种意义上,我应该以他为榜样,年岁越高,越有能力抛弃先入之见。经常在夜晚感到疲惫的时候,我会轮番默念艾略特的《小吉丁》("Little Gidding")和《哭泣的姑娘》("La Figlia Che Piange")。尽管我从来不喜欢艾略特,但阅读到他最精彩的诗篇时,他还是给了我许多安慰。对于阿蒙斯,无论是作为诗人还是人,我都是一见如故。我阅读和教学《空间》时,都是将之与《我自己的歌》放在一起。当然,我也赞同,阿蒙斯还不能与惠特曼比肩,在美国诗人中,只有狄金森可以。

阿蒙斯告诉我,我所谓的"影响的焦虑",其实就是他所谓的"等级"(hierarchy)。"等级"这个语词对于古希腊人来说意味着"祭司的统治"。我们往往用它来指按照阶层、权威或能力分类的个体或群体:

……诸神在我们中间来来去去
(或者说我们让他们来来去去),如此长久,以至于
他们把一些天上的事情告诉了我们,使我们

觉得，在分路的地方，我们真正的道路，也是

通往天上，在那里，对于尚未出生的诸神，我们可能知道，

没有进一步的死亡，不需要进一步的探访：或许会

改变的，是在未来，我们有力量保持
这些变化是世俗的变化：这个人：许多问题，集合论，
能指符号：金字塔，（诸神和人的）万神庙，

部落的尊卑秩序、粗人、长老，
家庭、村庄、军队、教堂、公司，
行政部门、财富、才华的等级——任何地方

对于地位、权力、利益、安全、光荣的抢夺，高于
芸芸众生的代表性的位阶数字；不抢占头名，
就是失败：金字塔的等级和孤独的个人：等级

必须与知识和法律相关，孤独
必须与巫术、魔法、咒语相关：失败者或变节者
依靠这个结构，用想象，用召唤，

用干净的燃烧的语词，将之融化：或者，顶上的人可能

拒绝这个等级，按照自己的方向走开：

与此同时，削片机和锉刀回到这个等级，

打磨一起飞奔的石头……

"等级"是一个隐喻，代表认知秩序，代表自然中根本不存在的尖锐的界限。阿蒙斯的诗歌几乎都在表现心灵的冲突，心灵一方面坚信它能把自然融于己身，但另一方面，它也知道自然永远无法满足己身。在最后几组诗中，《空间》积聚力量，奏出了磅礴之声，阿蒙斯再次有意让我们联想到《我自己的歌》收笔时的惠特曼。

149

走过空旷的田野，松果在燃木中

轻快地打开，弹出松子：蕨类植物唤醒

地下的卷根：鸟儿接受食物区的灌木

边界，老鹰巡查出于任性的新行为：

谨小慎微的诸神，草神，

喧鸣神到来，森林的旧神

开始把一切又带走：从其他星球，

正如从这里看其他星球，我们起起落落，我们的在场，

缩减为光，当太阳落下时，在黑暗中

可见：缩减为光，隔着距离，我们的兄弟情谊
构成了我们闪亮的地形、大海、颜色
包含进明亮的宣告：我们独自在海上

150

拍岸浪花飞溅，遮蔽了大海，只有不断
前进，海浪才能退后，开始新一波攻击：
丰沛的虚无！用冠状编织的方式播下

如此稀少的种子，以裸体做布料：
我们遥远的朋友冥王星掠过如此美、如此远
海湾，数千万、数亿万年算得了什么——

如果拯救在别处，我们迷失得有多远：但，光，
从任何距离或我们遇见它的地点，以累积效应
照亮肯定的边界，让我们看见抵达闪亮中心处

黑色滚筒的边缘，在数百万年相遇中
碰撞的银河，其他生成的星系，自由

以螺旋形式打开：火，冷空，黑色的浓缩：

151

我会（以我强大的胡言乱语）谈到和谐，尽管
主要是引起注意十分普通、至少伸展过度的
经验中收到冷落的部分：沿着边缘，

凸起的边界，不停地打磨，我们打造出
国家，令之臣服：如果这些国家
不断掉进一小群，越来越小的

焦点（然后是长久的分裂，如此昂贵），我们仍会
制衡，将同样多的罪和恩慈融入
每一块土地，让活动之物保持流动，一起，

每一次摇摆幅度，正好像风一样偶然，全面
蘸染、提升、传递，通过网络
表达它的位置，从网络的总和

152

接受公平的调整：是的，我们得到这一切，

无论千山万水，炎热或严寒，包容
万殊，我们认为人与人相同的东西

只存在于身内高度的体格构成，或者
身外对于邻人的防御，一种极端，极端的怜悯，
毕竟只有很少的团结在中间：仍然，

它在既定的严酷中保持和移动：现在，以
同样的打磨和呻吟，我们竭力将国族
社群放在一起，在那里，也只有把脆弱的极端

连在一起，承认个体的尊严
高于联合的国家：我们祈祷这或能成功
纠正在脱节和抽象的黑暗边缘的

153

许多罪恶：最近，我们从回应中
刨除了大量的现世的音乐，尽管这里的一种罪
像过去一样，这些星球继续服从神圣的道路：

银河在这里，几乎多到难以言说，明智地

巨大地服从它的转动：我们的确有一些东西
保持一致，朝它前进：不是同质的布丁

而是统一的差异，表面的差异表达了每个人和民族
共同的、潜在的希望和命运，聚集起来
进入一个包含千差万别的地方，每种文化

有其自己的衣服、风格、语言和步伐，每种文化，
像地球一样，有共同的矿脉核心和多样的表面，
按照精确的后果设计出来，抽象

154

表达形式和内容之间可见的、具体的和谐，
力量涌入，洗净无数人的脸、手、
耳朵、嘴巴、眼睛：仍然意识到不断地

穿过和停留所有的抽象，差异
渐渐缩小成共同的感情潮流，这样一来，差异
难以硬化成攻击，仇恨不会与时俱进，

差异不是被吞没，而是明白地躺在

表面，作为表面，不是从表面升起
变得比连续体更加明显可见和尖锐：

一首团结有力的诗，一个团结有力的心灵，一个团结
有力的国家，一个团结的国家！有力、灵活、柔软、
包容，在每个人的利益中追求所有人的利益：

155

浮起这个天体，或者暗示这个天体在浮起：带着
至此伴随的心灵，自由飘浮：这个天体飘浮，一个蓝绿色的
奇迹：触摸其结构，打散之后做成筏子

显示潮流：许多筏子可乘，潮流形成了一个
可去的地方：我们走吧，注意这结构，六星形的
复活节百合，担当得起赌注的豆荚：我们在滑动：

我们正在滑动：宇航员问，如果你不相信：
但作为时空总结的运动在滑过我们：有一阵子，
我们可能骑上那样的力：然后，我们必须下来：但现在

它敲打到了海边的游乐场:我们的摩天轮,好大一座
摩天轮:我们的过山车,弯腰攀爬的数学:把我的名字
缝在我的帽子上:我们清楚:我们是我们自己:我们
在航行。

惠特曼在《我自己的歌》的结尾抛弃了过去,与未来认同。这种代价是当下。因为惠特曼在我们前面某个地方等着,我们需要赶上找到他。阿蒙斯保留了当下,但没有为我们带来解放。阿蒙斯与我们一起航行。他一路漂泊,眼看就要丢掉他的帽子。惠特曼可能会说,仅仅给我们空洞的崇高是不够的。在早期的长诗《冬眠场所》("Hibernaculum")中,阿蒙斯有几个非同寻常的诗节,向我们展示了他最强大的力量和他最终的脆弱:

16

……依靠信仰,这个瘦弱的语词到来,
每个范围都适应貌似真实的东西:驯化了
夜晚的那声小小的哭泣,来到通过删除

17

而空置了世界的心:如果夜晚是

宜居的,如果黎明是从中诞生,如果白日
在被解救的人身上变得明媚,这个语词

会顺着小溪而行,整夜躺在冰冷的外面,
沿着雪的四肢,用渴望的枯草书写,直到
枯草站起,懂得石头的耐心和渺小:

我对空虚的空间说话,那里住着
被废黜的神:这是神性:对它说出的
渴望,承载着古代的

18

法术:因为这个神是作为空虚得以再造,
直到力量和仪式充满和扼杀
他的生命,然后,他必须再次作为空虚诞生:我

跟这个空虚搭讪,说让所有人转眼
看着这个允许崇拜生活的空虚:
那是我全部的话,尽管我没有打算
停止谈论:我们眼下的停止是岩石,
但岩石的停止是运动:运动,那种精神!

新柏拉图主义和卡巴拉主义的古老宗教法术，在阿蒙斯的身上出人意料地回归了，和惠特曼一样，阿蒙斯也像一个巫师。借助法术，他召唤来一个神，为其续命，或者加强一种日渐衰弱的神性。面对这个神灵曾经住过的空虚之地，阿蒙斯只希求作为空虚的神灵再生。我想到最富想象力的美国诗人哈特·克兰，他祈求他的布鲁克林桥借一个神话给上帝。克兰是想象的绝对论者，他追求圆满，悲悼空虚。阿蒙斯是后来者；克兰不可能接受他自己姗姗来迟。我将阿蒙斯拿来与惠特曼或克兰比较，对阿蒙斯没有任何好处。惠特曼和克兰是造物主一样的美国诗人。阿蒙斯满足于做一个世俗之人，尽管他从来没有放弃过超验的暗示。

哈特·克兰:《附体》
Hart Crane: "Possessions"

在终身阅读的过程中,早年萦绕于心的东西都具有特别的光环。十二岁时,我经常背诵哈特·克兰的一首诗,尽管那时我完全不懂:

> 此刻,见证这种信任!雨
> 轻轻悄悄移动方向,
> 钥匙,准备出手——筛选
> 一瞬(最可怕的)牺牲,
> 穿越一千个夜晚,肉身
> 径直突袭那一直
> 隐藏的闪电,——没有指引,
> 像天空,穿越黑色泡沫,顾不上
> 这块固定的欲望之石……

积累这样的瞬息直到一小时：
分析这个不寒而栗的表目的总额。
我知道屏蔽，远处飞翔的轻敲，
摇晃刺人的杂合——
还有女性的恩慈，停留，
仿佛早有准备。

我，进入，拿起这块石头，
能够使一个人像你一样安静……

在布利克街，仍然感受锐利的虚空，
因忧虑的伤害而无言，
我举起它抵抗一碟光——
我，转身，打开烟熏分叉的塔尖，
城市顽固的生活，欲望。
扔到号角上，血已干，
除了因为怜悯，允许溅洒
在书页，其盲目的总和，最终焚烧
愤怒与部分食欲的记录。
纯粹的附体，这片心灵是火、
包容一切的云，将到来——那白色的风将抹去
一切，只留下我们欢快的游戏中的明亮石头。

我那时还是一个孩子，没有意识到结尾中的"明亮石头"是影射《启示录》（2:17）：

> 圣灵向众教会所说的话，凡有耳的，就应听。得胜的，我必将神乐园中生命树的果子赐给他吃，并赐他一块明亮石头，石上写着新名，除了那领受的以外，没有人能认识。

当然，我那时也不知道"这块固定的欲望之石"指的是男性生殖器。当克兰再次拿起这块石头时，这个动作暗示的是，他的同性恋冲动驱使他夜出，在格林威治的街头寻找同性伴侣。《附体》是一首如此痛苦的诗，以至于其反讽在两极间摇摆，一边是极简的性现实，一边是兰波式的幻想。哈特·克兰结束这首痛苦的诗时，用自己的名字"Hart"玩了一个文字游戏：当《启示录》中的明亮石头在涤去情欲之罪的白色的风中幸存时，谁的心（Heart）是火，谁就会到来。

作为一个有意识置身于惠特曼传统的诗人，哈特·克兰拿起这块"石头"作为计数或声音意象。克兰是一个异常细心的匠人，他把整首诗建立在与"计量"含义有关的语词上，诸如，"筛选""一千个夜晚""积累""分析""总额""表目""杂合""盲目的总和""记录"。他想用尽这些数据，直到数据只剩下微弱的回声。

克兰为什么用复数的"Possessions"而不是单数的"Possession"作为诗歌标题？我先前说过，英语词"possession"的根本含义是"潜能"。这首诗里，第一种是性欲的附体："没有指引，像天空"。第二种是纯真的附体，也就是《启示录》中基督的附体。克兰不是基督徒，但他有着强烈的天主教徒情节，要是他追求的性情允许他皈依罗马天主教，或许他的生活会美好一点。但他只相信诗歌，只和诗歌生死与共。

哈特·克兰:《致布鲁克林桥》
Hart Crane: "To Brooklyn Bridge"

惠特曼与写下《白鲸》的梅尔维尔一起代表了美国的崇高。我们所说的激情,不是亚哈船长的激情,就是惠特曼的激情。或许,范围尚可扩大。尽管没有人会谈到史蒂文斯或威廉斯的激情,但确实可能谈到艾略特的激情。最重要的是,我们能够肯定哈特·克兰的激情。

在《白色建筑群》(*White Buildings*, 1926)这部让人幽暗共鸣的抒情诗和沉思录,许多部分是在召唤一个无名的神。在那首充满幻想的经典之作《桥》(*The Bridge*, 1930),克兰站在布鲁克林桥黄昏时的阴影中召唤神下来,令人记忆犹新:

> 哦,狂想熔铸的竖琴和祭坛,
> (单靠辛劳怎能调准你合奏的弦!)
> 先知所预言的可怕的门槛,
> 漂流者的祈祷,情人的哭泣——

汽车灯光又掠过你流畅的
不间断的语言，星星洁净的叹息，
珠连起你的路径——凝聚的永恒：
我们看到夜被你的手臂托起。

我在桥墩旁，在你的影子里等待，
在暗处你的影子变得十分清晰。
城市燃烧的包裹全解开了，
白雪已经淹没铁的岁月……

哦，你无眠，就像你身下的水流，
穹盖着大海，和草原做着梦的土地，
有时你猛降到最卑微的我辈身上
用一种曲线性把神话借给上帝。[1]

布鲁克林桥既是巨大的竖琴，也是新神的祭坛。作为一道门槛，它矗立在故去的安格斯·弗莱彻所说的迷宫和神庙之间。迷宫里回荡着情人的哭泣和漂流者的祈祷，还有走向神庙的先知的誓言。"我们看到夜被你的手臂托起"，这一行诗中蕴含着一幅优美的圣母怜子图。

---

[1] 《桥》，赵毅衡译，出自《美国现代诗选》，外语教学与研究出版社 2019 年版。

哈特·克兰没有见过《十字若望的基督》这幅画（1951），但我们都有他这种神秘的体验。结尾之处，我们听到惠特曼的"紫丁香"挽歌的回声，听到更古老的《圣经》中的《诗篇》的回声。哈特·克兰的精神颂歌最终转向布鲁克林桥的巨大飞跃，并祈祷它的曲线能为迫切需要"新词"的上帝带来神话。

康拉德·艾肯:《成了》
Conrad Aiken, "Tetélestai"

1963 年的一天,我和康拉德·艾肯在共进晚餐时,我把朋友埃尔文·费曼的一份诗稿交给他看。这份诗稿就是 1964 年出版的《序言及其他诗》(*Preambles and Other Poems*)。艾肯的诗歌总是让我大受感动。在我的要求下,我们讨论了费曼的这首作品。艾肯在 1973 年去世,享年八十四岁。生前最后十年,他回到了故乡萨瓦纳。他去世三十年后的 2003 年,我为他的新版《艾肯诗选》写了篇序,希望能让他的作品复活。我不会说我的努力是白费,但他很大程度上仍然是一个受到冷遇的大师。

艾肯的父母是定居新英格兰的移民,艾肯是家中长子,童年生活非常凄惨。他的父亲是一个著名的外科医生,由于精神病发作,杀害了他自己的妻子,然后自杀。十一岁的艾肯发现了父母的尸体,留下了一生的精神创伤。安葬了父母之后,艾肯和弟弟妹妹被带到北方,由不同的亲戚收养。艾肯,这个未来的诗人,由他的叔父监护。那时,他的叔父是哈佛大学图书馆的馆员。

艾肯1907年入读哈佛，开始以诗人自居。艾略特和艾肯是哈佛本科同学，交情匪浅，但从一开始，两人的思想就有差异。最终，艾肯完全无法忍受艾略特的新基督教理念，因为艾肯一直是一个卢克莱修式的诗人。

艾肯最好的作品是他的两卷"序曲"：《门农序曲》（1931）和《石中时间》（1936）。《门农序曲》又名《态度序曲》。标题里的"态度"，我的理解是指立场：

> 冬天暂时占据了心灵；雪
> 落下，飘过弧光；冰柱守护一面墙壁；
> 风呻吟，穿过窗缝；
> 一朵热情的霜花贴在窗棂。
> 只是一瞬间；正如春天也可能吸引它，
> 以沃土中的一株番红花，或一对鸟；
> 或夏天，以热草；或秋天，以黄叶。
> 冬天在那里，在外面，在我这里：
> 用雪装饰星球，加深月亮上的冰，
> 让已经是黑暗的黑暗变得更加黑暗。
> 心灵也有它的雪，它滑溜的路，
> 墙上武装了冰雪，树叶冰封。
> 这里是沉默的房间，当风从大角星吹来，
> 你回到这里：这里是火

> 温暖你的手,点燃你的眸子;
> 钢琴,你触摸它寒冷的最高声部;
> 五音,像破碎的冰柱,然后是沉默。

这个内化的冬天也是宇宙的冬天。大角星是北半球最明亮的恒星,它把太空的风吹向诗人。而诗人的耳朵记录下吹拂的风声。在这第一支序曲结束时,它升华了卢克莱修式的严肃:

> 这是悲剧,在扭曲的镜子里,
> 你的姿态变得伟岸;
> 眼泪涌现,从你美丽的眼睛落下,
> 你额头高贵,嘴巴如同上帝的嘴巴。
> 这是上帝,在追寻他的母亲混沌——
> 困惑寻求解决,生命追寻死亡。
> 这是玫瑰,在向冰柱求爱的玫瑰;是冰柱,
> 在向玫瑰求爱。这是沉默中的沉默,
> 它梦见变成了一个声音,这个声音
> 将在沉默中走向完美。所有
> 这些东西只是来自虚空的突涌,
> 天使和魔鬼的翅膀,献给死亡的
> 深渊的声音。这就是你。

艾肯终身执迷于沉默。这一点与我先师格肖姆·肖勒姆一样。肖勒姆认同瓦尔特·本雅明的观点，坚信沉默是未堕落的标志。在艾肯的想象中，"你"和伊壁鸠鲁的神灵几无区别。这支序曲结尾处的深渊感，模仿了雨果晚期诗歌的风格，这种感觉在第十四序曲中再次出现：

> 我看见自己和上帝。
> 我看见上帝居住的废墟：
> 虚无缥缈：世界散落的残骸：
> 悲伤深不可测：痛苦无边无际。
> 我听到痛哭，我也听到欢笑。
> 我看到废墟，我也看到鲜花。
> 我看见仇恨，我也看到爱……
> 因此，我看见自己。

> 只有这？
> 只有这在等待你，当你胆敢
> 到那悬挂恐惧的边缘，靠着落石
> 颤抖；俯瞰，
> 搜寻那个黑暗的王国，你走向的是自我，——
> 那是上帝。那是种子的种子：
> 留给充满灾难的不朽的世界。

这是没有问题会追寻的答案。

艾肯了解多少古代的灵知主义我不清楚。雨果熟谙神秘主义传统，我怀疑艾肯也熟谙。在瓦伦丁教派的灵知思辨中，种子的种子，既是自我，也是上帝。变化的幽灵缠绕着艾肯，构成了他摇摆不定的自我。在第三十三序曲里，诗人再次走到边缘：

然后，我走到沉默的无岸之岸，
那里，没有夏天，没有树荫，
没有水声，没有甜蜜的日光，
只有虚无，虚无之岸，
在头上，在脚下，在周围，在我心里：

那里，没有白天，没有黑夜，没有空间，没有时间，
没有鸟鸣，除了关于他的记忆，
泥土上没有脚印，引导
我暂停的步伐；我吓得转身，
徒劳地追寻我思想的北极星；

那里，它被吹到缥缈的云中，
转瞬即逝，我想不起
它失落的形象，迷失了方向；

我独自靠在混沌那棕色而悲伤的边缘，
在这个苍白无力的夜晚，永远是夜晚的夜晚；

然后，我闭上了望向虚无大海的眼睛，
记忆带回了一片更加明亮的大海，
带着长长的光浪，和转瞬即逝的太阳，
随风摇摆的好树；
站着，直到因为那个梦而变得晕眩……

　　沉默和虚无是这段消极性顿悟反复表达的要义。"撕掉的日历，立下并遵守的约定／或者立下但违背的约定……"在意识到这两行诗句的任意性时，艾肯陷入了迷惘。在即将结束这场无望的追求之时，这个版本的勃朗宁的罗兰公子以漫不经心但依然雄辩的声音退场：

因此，心缩期对心舒期言说，——
带着悲伤重负的紧缩的心
对悲伤重负消逝之后的松弛的心言说。

因此，星星对枯叶言说；因此，悬崖对大海言说：
因此，夏日的蜘蛛
对陷落在蛛网中的明亮的蓟花冠毛言说。

没有语言像闪电跃过这道深渊：
这里没有缓和的信息，
从厄瓜多尔吹到格陵兰岛；这里只有

吹响的号角，召唤死者拿起武器；
花岗石对白云的怜悯；
时间对空间的低语。

"然而我还是无畏地把号角举向嘴唇/吹响了"，罗兰公子呼应的雪莱式的预言号角，现在召唤死者拿起武器，这让人想起勃朗宁看见的那一帮失败的找寻者和在火焰映衬下站在罗兰公子周围的诗人。艾肯没有点明他的前辈，或许是因为他的前辈众多：雪莱、济慈、柯尔律治、惠特曼和勃朗宁，等等。联想修辞是艾肯的风格，遗憾的是，也是他的缺点。他没有求新，只是依靠浪漫传统的主要诗人加固了根基。下面这首诗是一个有力的例子，体现了他的伟大和局限：

这是清晨，先林说，而在清晨
当光从百叶窗隙露水般滴入，
我起身，面向朝阳，
做我祖先们学着做的事。

屋顶上紫霭里的星星

在郁金色的迷雾中苍白欲绝，
而我自己在一个疾倾的星球上
站在镜前打我的领结。

藤叶轻叩我窗，
露滴对着园石歌唱，
知更鸟在樱桃树上啁啾
重复三个清晰的音调。

这是清晨。我站在镜前
再一次打我的领结。
当远处波浪在浅玫瑰色的微曦里
冲击着白沙的岸滩。
我站在镜前，梳理头发：
好小好白呀我的脸！——
绿色的地球穿刺气团
沐浴于太空的烈焰。

有屋悬在星上，
有星悬在海底。
而远处一个寂壳里的太阳
为我装饰四壁。

这是清晨，先林说，而在清晨
我不该在光中稍息以怀神祇？
我屹立于一个不稳的星球上
他广漠，孤独如云
我将献此刻于我镜前
给他一人，为他，我将梳理我的头发
接受这卑微的奉献，静默的云！
我将想起你当我步下阶梯。

藤叶轻叩我窗，
蜗迹在石上闪耀，
露滴自樱桃树上坠降
重复两个清晰的音调。

这是清晨，我从寂静的床上醒来，
光辉地我自无星的睡海里起身。
四壁依然包围着我一如黄昏，
我还是我，依然保有同样的名字。
地球同我旋转，但不曾移动分毫，
星星在珊瑚色的空中恹恹欲灭。
在啸鸣的虚空里我站立镜前，
漠然地，打我的领结。

有马在远处的山岗嘶叫
抖着长而白的马鬃，
而山在玫瑰白的迷蒙中闪动，
它们的肩被雨淋黑。

这是清晨。我站在镜前
再一次让我的灵魂惊奇；
蓝色的空气在我天花板上驰过，
众多的太阳在我地板底下。

……这是清晨，先林说，我从黑暗中起身
乘长风离去向我不知的何处，
我的表已上好发条，钥匙在我口袋里，
而天空阴暗，当我步下阶梯。
阴影在窗间，云在天上，
神在星际：而我将离去
想他正如我可能想起破晓
且哼我知道的一个曲调。

藤叶轻叩我窗，
露滴对着园石歌唱，
知更鸟在樱桃树上唧啾

重复三个清晰的音调。[1]

这首《先林的晨歌》出自长篇组诗《先林传》。先林是艾肯的另一个自我,正如罗宾逊是威尔登·基斯的另一个自我。尽管先林的命运云遮雾绕,但他却是温柔得多的守护神。这段时间,黎明的时光很难熬,我打量着镜中苍白憔悴的面容,脑海里回想着先林的晨歌。我快八十八岁了。我不敢说我在黎明的曙光中停下来想起了上帝,但死神就在附近不安地徘徊。

艾肯从来没有摆脱爱伦·坡的影响,当我默念《先林的晨歌》时,爱伦·坡的韵律节奏会突然冒出来。除了最精彩的部分,艾肯可能只是一个回声室。作为他的拥趸,我现在准备谈谈他真正的伟大杰作《成了》("Tetélestai")。这首长诗有五个部分,标题出自耶稣在十字架上最后的遗言:"成了"。这首诗与艾略特的《荒原》形成了对照,两者都创作于 1922 年:

1

我们应该怎样赞美高贵的死者,
谦卑的伟人,化为尘土的骄傲自大之徒?
有无一只号角,我们应该骄傲地吹奏,

---

[1] 《先林的晨歌》,非马译,出自《让盛宴开始:我喜爱的英文诗》,书林出版社 1999 年版。

为了我们中间最卑贱的人,他爬过自己的岁月,

守护他的心灵免受打击,默默无闻地死去?

我不是君王,没有王国抛荒,

没有俘虏他国王子,没有让哭泣的女人

用排成长墙的号角吹奏出凯歌;

毋宁说,我不是一个人,或一个原子;

毋宁说,两个伟大的神,在充满星光的穹庐,

玩棋,冥思苦想,棋终时,

一枚棋子,一抖,掉在地上,

滚到最黑暗的角落;那枚棋子

遗忘在那里,一动不动,它就是我……

毋宁说,我没有名字,没有天赋,没有力量,

只是沉默的芸芸众生中的一个;

一个有眼、有手和有心的人,来到世上,

看见美,爱上美,然后离开美。

毋宁说,时空的命运让我默默无闻,

借给我一千条通向痛苦之路,令我困惑,

用丑陋,将我包裹;像巨大的蜘蛛

随心所欲地打发我……好吧,然后呢?

当我躺倒在尘埃,我会否听到,

光荣的号角吹奏在我的葬礼之上?

面对生命的终结，我们都渴望在葬礼上吹奏起光荣的号角。特别是诗人，都想活在忠实读者的记忆里。在漫长的一生中，艾肯尽心竭力，结果只觅到寥寥知音。在一次晚宴上，他对我说："人们都以为我死了。"那时他才七十四岁，离他悄无声息地离世还有十年。艾略特说，《荒原》是个人的悲悼，但其他人却当成是文化衰败的想象。尽管《成了》这首诗无论过去还是现在都有强大的虚无色彩，但我还是渴念其中的崇高之声，正如以下第二部分：

2

晨昏在我身上打开和关闭：
房子建在我身上；树木把黄叶
掉落在我身上，像鬼魂的手；
雨把银箭射在我身上，
瞄准我的心；风对我咆哮，将我抛掷；
音乐用长长的蓝色的音波载着我
像无助的杂草，冲到没有想过的无言之岸；
时间，在我头上，在我身内，敲锣打鼓，
发出可怕的警告，筛出死亡的尘土；
我在这里躺着。现在，用力吹奏你光荣的号角，
吹过我的肉身，你的树木，你的河流！
你的星星和太阳，老人星，天津四，参宿七，

>让我，像这样躺下，躺在此地的尘埃里，
>
>听，远处，你低声的致敬！
>
>现在，你的风在我逐渐腐朽的肉身之上咆哮，
>
>卷出你大地的芬芳，掠过这具身体，告诉我
>
>蕨类植物、死水池塘、野玫瑰、山坡！
>
>雨，在为我涂抹圣水，让你的银箭
>
>咔嚓一声穿透这具艰难的肉体！我是为你命名的人，
>
>我活在你身上，现在，我在你身上死去，
>
>我是你的儿子，你的女儿，音乐的踩踏者，
>
>四分五裂地躺着，被征服……让我不要陷入沉默。

艾肯记得，罗伯特·勃朗宁在《波琳》中向雪莱致敬，称之为踩踏太阳的人：

>踩踏太阳的人啊，生命和光明永远属于你！
>
>你离我们而去……

作为音乐的踩踏者，艾肯不奢望生命和光明永远属于他，但无论光荣的号角在他的肉身上吹得多么凄厉，他都渴望至少能有一句轻声的致意。我没有写过诗，但作为诗歌解读者，我还是应该停下来乞求：让我不要陷入沉默。隐秘的自我是普世现象，他为第三个诗节注入了动力：

3

我坐立不安；不断转圈；
星星的牧人，不能捕捉
自我的秘密；我欺负弱者，
打击孩子；摧毁女人；败坏
纯真梦想；嘲讽美；我
听见音乐容易感伤落泪，
容易为爱迷惑心碎；我绝望地看着
内心中欲望与欲望的战争，爱与恨的
战争，恐惧与饥渴的战争；我
笑，却不知道为何而笑，我成长，
却不希望成长；我是自己身体的仆人；
毫无理由地爱着一个女人的笑声和肉体，
忍受寻觅她的折磨！我最终
变得脆弱，虚弱地挣扎，放松了目标，
为了胜利，选择了更容易的目标，回首
先前的征服；或者，陷入落网，突然
绝望而空洞地高叫，"成了！"
现在，可怜我吧！我这个傲慢自大之徒，求求你！
当我躺下时，请告诉我，我是勇士，
现在，当我摇摇晃晃地消逝，请吹奏胜利的号角。

用我坟墓上的号角打碎天空。

艾肯无法吹响预言的号角。他更像《自然的吹流》("Elemental Drift")中沃尔特·惠特曼的风格：

> 从风暴中走来，漫长的平静，黑暗，涌浪；
> 凝想，沉思，呼吸，咸泪，一点液体或泥土；
> 像从深不可测的原理，发酵，抛起；
> 一两朵无力的花，撕裂，正如在海浪上，听任自流；
> 如同，自然献给我们的抽泣的挽歌；
> 如同，当我们到来，云朵的号角嘹亮……

用号角打碎天空是雪莱和惠特曼的风格，不大像艾肯的风格。我默念《成了》的第三部分，想到我自己的人生就要走到尽头。我们中间，有些人是勇士，有些则不然。我们回首岁月，都想知道自己是不是一个勇士。艾肯从来没有陷入愚蠢的战斗，但我认识的人中，很少有人能从战斗中全身而退。基督受难时是三十三岁，艾肯也在三十三岁受到了召唤，接受了彻底失败的命运：

4

……看！这具肉身，怎样化为尘土，被风吹走！

这些骨头，怎样被大理石一样的霜雪碾压，消于无形！

这头颅，多么渴望黑暗中一点时间的火花，

切莫笑，莫看！它被阳光的钉锤敲碎，

双手被毁……按倒，穿过茉莉花叶，

挖通交错的根——你再也找不到我；

我不过是尘土，你代替不了我……

把这柔软的尘土放在你的手心——它会跳动吗？它会歌唱吗？

它有口和心吗？它会张开眼睛望着太阳吗？

它会跑吗？会做梦吗？会带着秘密燃烧吗？或因为怕死而战栗吗？会因为重大决定而痛苦吗？……

听！……它说："我靠着河流。柳树

抽出了黄芽；但它们不能让我的心阴暗，

我心中像星星一样的脸也不能……雨落在水面

倾泻而下，激起银色涟漪。柳树闪闪发亮，

燕子在屋檐下呢喃；但我心中的那张脸

是秘密的音乐……我在雨中等待，沉默。"

再听！……它说："我劳作，我累了，

铅笔在我手中变得迟钝：我透过窗子

看见一堵堵有窗子的墙，人脸在窗子后面，

烟飘向天空，飞升的海鸥。

我累了。我徒然地挣扎，我的决定没有结果，我为何还要等待？既然黑暗如此容易在手边！……
　　但明天，或许……我会等待和忍耐，直到明天！……"
　　或者，再听！它说："天黑了。已经做了决定。
　　生活的恐惧战胜了我。冰冷的墙在我周围
　　慢慢上升。我没有勇气。我被抛弃。
　　我大叫一声，'成了！'……这是沉默的应答……"

尽管这首诗前面部分令我欣喜若狂，但其第五部分，也就是最后一个部分却令我感到伤悲：

5

　　听它如何唠叨！——把你手中的尘土吹走，
　　带着它的声音和想象，踩踏它，忘记它，走回家，
　　心里有梦……这就是谦卑之人，无名之人——
　　爱人，丈夫，父亲，与影子的搏斗者，
　　这个人在喧嚣的叫声中走下来，这个柔弱的人
　　喊出他"被抛弃"，像在渐渐黑暗的山顶的基督！……
　　当他慢慢陷入沉默，这个人在乞求
　　光荣的号角齐鸣……我们中间哪一个敢拒绝他？

声音和想象，这些真正诗歌的重要馈赠，随风吹散，化成创造

出亚当的尘土。在《荒原》的《雷霆的话》中,艾略特以截然不同的方式唤起被抛弃的基督:

> 在火炬红红地照上流汗的脸之后
> 在严霜的寂静降临在花园之后
> 在乱石丛生的地方受苦之后
> 又是叫喊,又是呼号
> 监狱,宫殿,春雷
> 在遥远的山麓上回响
> 他曾是活的现在已死
> 我们曾是活的现在正死
> 以一点儿耐心 [1]

尽管艾略特在五年之后的1927年才正式接受洗礼,但他几乎是一开始就具备新基督徒的气质。艾肯一直是一个怀疑论者,他在《门农序曲》的第61节戏仿了艾略特的《灰星期三》("Ash Wednesday"):

> 那么,我们是否要演奏伤感的停顿,
> 吹奏温柔怀旧的乐曲,祈祷

---

[1] 《雷霆的话》,裘小龙译,出自《荒原:艾略特文集·诗歌》,上海译文出版社2012年版。

死去的男女记住我们,
虚构的神灵怜悯我们?

说吧,
父亲,我们不值得被铭记,
母亲,我们不值得被铭记,
啊,泥块,记住我们,我们从你们出来——

我们会不会用草和风作为祭坛
乞求夜晚:
我们会不会用水和沙作为祭坛
召唤变化:
我们会不会渴望未知前来言说
忘记已知?

艾肯选择不抱任何精神希望地走向死亡。当他渐渐陷入沉默时,他的确在乞求光荣的号角。可惜,他没有得到。我不会断言,他像弗罗斯特、史蒂文斯、艾略特和克兰一样卓越,但在我看来,他至少可以比肩威廉·卡洛斯·威廉斯、玛丽安·穆尔、约翰·克罗·兰色姆和罗伯特·潘·沃伦,在美国诗歌传统中永远占有一席之地。

理查德·埃伯哈特：《如果我只能近乎疯狂地活着》
Richard Eberhart, "If I Could Only Live at the Pitch That Is Near Madness"

我第一次遇到理查德·埃伯哈特，是在二十世纪六十年代末前往盖恩思维尔的佛罗里达大学做讲座的时候。他是那里的住校诗人。我在那里住了一周，讲弗洛伊德。我历来欣赏埃伯哈特的诗歌，至今仍甘之如饴。埃伯哈特是个有趣的人。如果我没记错，那时，他有六十五六岁，我大约三十九岁。他身材健壮，浑身散发着温和的光芒。他活了一百零一岁，人生可谓圆满。现在他的诗歌少有人读，这让我悲伤，但我相信，他的一些诗终将流传。

二战期间，埃伯哈特是海军预备役少校。这段经历被写入他的佳作《愤怒的空袭》("The Fury of Aerial")：

你以为愤怒的空袭

会唤醒上帝保持温和；但茫茫的大地

仍然沉默。他看着震惊窥探的脸。

就连历史也不知道何意。

……

人类难道是生来愚昧,要目睹自己的愚昧?
上帝顾名思义就是冷漠,超然于我们之上?
灵魂的争斗莫非就是永恒的真理,
在那里,野兽在疯狂贪婪地劫掠?

……

这是对上帝和人类的严厉指控。冷漠的上帝超然于我们人类之上,而我们人类因为灵魂的争斗而欢欣鼓舞。最后一节的辛辣总令我念念不忘。

埃伯哈特是非常有创意的自然神秘主义者。我经常想起他下面这首诗:

如果我只能近乎疯狂地活着,
当一切像我童年时候那样,
充满暴力,历历在目,无穷可能:
太阳和月亮在我头顶爆裂。

那么，我会从树木和田野中铸造出时间，
我会纯洁地屹立在自我中；
我会满怀喜悦地看着世界，
现实就是我眼中的完美。

埃伯哈特记忆中的童年，糅合了人类和神灵。《土拨鼠》（"The Groundhog"）是他最具代表性的两首经典作品之一：

六月，在金色的田地中间，
我看见一只土拨鼠躺在地上，死了。
它死了；我浑身一震，
心灵长出赤裸的脆弱。
在这生机勃勃的夏天，在那里，
它无足轻重，身体开始了毫无知觉的变化，
我的感官飘摇黯淡，
看见自然在它身上的凶残。
仔细检查它身上蛆虫的力量，
它沸腾的生命坩埚，
半带厌恶，半带奇怪的爱，
我用一根愤怒的棍子戳它。
热能升腾，化成火焰，
生机包围了天空，

太阳中的巨能,

一道没有阳光的战栗穿透我的身躯。

我的棍子既没有行善,也没有作恶。

我默默地站在太阳下,

观察这只土拨鼠,正如从前;

保持我对知识的尊重,

极力控制,呼吸平静,

压制住血脉的激情;

直到我弯下膝盖,

祈祷看到毁灭中的快乐。

然后,我离开。在秋日严厉的眼睛中,

我回来看见

土拨鼠耗尽了元气,

只留下湿漉漉的残骸。

但这一年已经失去了意义,

在知识的链条中,

我失去了爱恨,

禁闭在智慧的墙里。

又一个夏天占领了田野,

茫茫燃烧,无限生机,

我碰巧路过同样的地方,

这里只剩下一点毛发,

阳光下的白骨
如美丽的建筑；
我看着它们，像是几何图形，
我折下一枝白桦，做手杖。
如今，三年已逝。
再无这只土拨鼠的踪影。
在这恍惚的夏天，我站在这里，
抬手向一颗枯萎的心致敬，
我想起了中国，想起了希腊，
想起了营帐中的亚历山大；
想起了塔楼中的蒙田，
想起了悲痛欲绝的圣特蕾莎。

　　这首狂野而有说服力的狂想曲，让人想起梭罗和爱默生，想起威廉·布莱克的梦幻诗歌。我现在仍然记得，突然看到以下几句诗带来生命顿悟之时的惊喜：

热能升腾，化成火焰
生机包围了天空，
太阳中的巨能，
一道没有阳光的战栗穿透我的身躯。

在最后一次回来见到这只土拨鼠的一点遗骸时,埃伯哈特的诗句堪称伟大。他世俗性的顿悟超越了时间,包含了不同时空中的人物:亚历山大大帝、伟大的怀疑论者蒙田、西班牙神秘主义者圣特蕾莎。最后几行诗的节奏和用语有极其令人信服的品质,我觉得这是永恒的诗歌才具有的品质。

埃伯哈特另一首经典诗作是《灵魂渴望回到它出发的地方》("The Soul Longs to Returns Whence It Came")。在这首诗里,诗人重访了一座孩提时令他害怕的墓园。这是一个凉爽的秋日,他发现与一度令它惊骇的事物之间产生了新的关系:

> 我扑倒在地上,
> 完全趴在大地上,
> 我哭出了人类之爱的黑暗重负。
> 我以异教的崇拜,崇拜大地。

他站起身,突然,一道疯狂的火焰占据了他:

> 心灵不会接受鲜血。
> 太阳和天空,树木和青草,
> 低语的树叶,会接纳
> 它们寻常的品性。我慢慢离开,
> 惊喜,激动,我说,我说,

母亲，伟大的生命，啊，生命之源，
我们明智地回到你这里，
请再次接受这个谦卑的仆人。

许多年来，这首诗蕴含的元气活力一直让我激动不已，至今未减。甚至超过了《土拨鼠》那首诗，埃伯哈特在这首诗里发现了他真正的精神立场。我不赞同他的自然神秘主义，但我发现，要忘掉他所呈现的滔滔雄辩是不可能的。

我仍然清晰地记得我在佛罗里达大学与埃伯哈特共同度过的那一周愉快时光。他执意要带我去看校园里的鳄鱼。校园里的确有一片沼泽地，我们一起来到那里。站立了片刻，我对他说："狄克，我没有看见鳄鱼。"他不无幽默地说："哈罗德，你可能没有看到它，但它正看着你。"我再次定睛一瞧，原以为是一根湿漉漉木头的东西，突然长出了恶毒的眼睛，正看着我。我吓得拔腿就跑，回到埃克哈特的车里，上气不接下气。埃克哈特笑着上车。我说我不喜欢这个玩笑，他回答说："这将是文学批评史上一个多么神奇的时刻！批评家被鳄鱼吃了。"这句话至今令我不寒而栗，我不觉得这只是个玩笑。

威尔顿·基斯:《罗宾逊的种种面相》
Weldon Kees, "Aspects of Robinson"

威尔顿·基斯出生于1914年。他可能是自杀身亡，终年四十一岁。他的同代人包括伊丽莎白·毕肖普、梅·斯文森、约翰·贝里曼、西奥多·罗特克、罗伯特·洛威尔。这些人中，毕肖普堪称与众不同，其他人中最有才华的就当数基斯。我在1951年见过基斯一次，是在纽约哈莱姆的明顿爵士酒吧。我记得介绍我们认识的人是诺曼·格兰兹。当时，我们谈论了巴德·鲍威尔。那天晚上，鲍威尔带着他的三人乐队进行了表演，科里·拉塞尔是吉他手，马克斯·罗奇是鼓手。直到我购买和阅读了基斯的《诗集：1947—1954》，我才知道，他这个爵士音乐批评家也是一个独特的诗人。

我想起初读《罗宾逊的种种面相》时的困惑：

罗宾逊在阿尔岗昆圆桌上玩牌；一缕稀薄的
蓝光再次穿过百叶窗投射下来。
穿着外套的灰色的人，像吹过门口的幽灵。

出租车在街上疾驰，留下黄色、橙色和红色的条纹。
罗宾逊先生，这是中央车站。

……

忧心忡忡的罗宾逊，醉酒的罗宾逊，抽泣的罗宾逊，
与莫斯太太上床的罗宾逊。在家的罗宾逊；
要做决定：看汤因比，还是吃鲁米诺？太阳出来时，
罗宾逊穿着宽松的花裤子，眼睛望着
浪花。夜深了，罗宾逊在东城区的酒吧。

罗宾逊穿着格兰格子夹克和碎石压花粒纹鞋子，
打着黑色的活结领带，穿一件牛津领扣式衬衣，
戴着钻石无声自动手表，提着皮箱，
手拿轻便大衣，浑身与春天契合的衣裳，盖住
他悲伤而寻常的心，干枯如一片冬叶。

　　罗宾逊就是基斯，像鲁滨逊·克鲁索一样，是一个孤独的精灵。在我耳边一直回荡着的声音，与其说是艾略特笔下的普鲁弗洛克的情歌，不如说是康拉德·艾肯笔下的先林的晨歌。基斯和艾肯有通信往来。基斯曾经向年岁稍长的艾肯坦言自己婚姻不幸和精神虚无。艾肯多年后在席间告诉我，他担心基斯命不长。与基斯命运

相似的是英国诗人马尔科姆·劳瑞。基斯去世两年后，拉里也撒手人寰，年仅四十七岁。拉里死于酒精和毒品。他到底是自杀，还是被疯癫的妻子杀害，依然是一个谜。

《罗宾逊的种种面相》需要反复阅读，它是基斯生动而又冷漠的自画像：在生活的死海中漂流。基斯既在乎，又不在乎。无论是在充满文学意象的阿尔岗昆圆桌上玩牌，还是在布鲁克林高地的聚会，或是在公园独自漫步，他的另一个自我都在悲悼虚度的人生。与一个已婚之妇上床，他感到害怕，所以喝得酩酊大醉，痛哭失声。在家，无论是读书，还是吸毒，生活同样平淡。白天游泳，晚上喝酒，罗宾逊穿戴整齐，赴春天之约，可他的心灵并没有从冬天复苏。最后一行是孤独的胜利："他悲伤而寻常的心，干枯如一片冬叶。"这里的"寻常"用得恰到好处，令人绝望。绝望，这种修道士的痼疾，是抑郁之人在甜蜜的空气中易犯的罪，这在《神曲·炼狱篇》第七章得到经典呈现。

我还想谈谈关于罗宾逊的另外三首诗。下面是第一首：

> 罗宾逊走后，这条狗儿不再出声。
> 他的动作结束。这个世界是灰色的世界，
> 不是没有暴力，他在大钢琴下踢了一下，
> 噩梦一路在追赶。
>
> 来自墨西哥的镜子，挂在墙上，

没有什么东西可照。镜面变黑。
只有罗宾逊提供了罗宾逊的形象。

……

罗宾逊读过的书，书页一片空白。
那是他喜欢坐的椅子，
如果罗宾逊在这里，椅子就会在这里。

电话响了一天。可能是罗宾逊
在打电话。他在这里时，电话从来不响。

外面，太阳染黄了白色的建筑。
外面，鸟儿不停地围着树木
飞翔，它们不休假。（《罗宾逊》）

这已不只是绝望。太阳照常升起，树木依然在原地生长，这些与罗宾逊恰成对照，他的行为，就像那条狗一样，已经结束。没有什么东西可照，镜子已经变黑。基斯巧妙地设计了彻底的虚无，以至于这首诗歌差一点写不下去，但它还是写成。有些批评家认为基斯是一个痛苦的诗人，这是准确的说法，不过需要补充一句，他把转喻做了浪漫化处理。他的痛苦（bitterness）是他的食物（bite）。

对于哈特·克兰，白色的建筑是对岁月的日渐回应。对于基斯，它们在默默地变黄。一种类似萨缪尔·贝克特的伏笔，是基斯的一个突出特征。

在下面这首更加辛辣的诗歌《在家的罗宾逊》中，我听到贝克特《莫菲》中的那种奇怪的先来音：

> 窗帘放下，门敞开。
> 整个漫长的冬天，看起来，开始
> 黯淡。但现在，月光和街道的味道
> 共谋，联手成为一个共同体。
>
> 这些是罗宾逊的房间。
> 光线将它们漂白，变得苍白、无色，似乎
> 这个春天所有模糊的破晓
> 在这里找到了避难所，或许只为罗宾逊一个人，
>
> 他在睡觉。如果更多的音乐从地板传来，
> 如果有不同的月光，
> 他可能醒来，听十点新闻，
> 微微令人震惊。
>
> 他是因为疲惫才睡，但他像这样

去死的古老欲望,已经知道在减轻。
现在,只有冷,他必须消磨。
但不是用睡觉。——细心观察的学者,旅人,

……

这些都是睡眠中的罗宾逊,当他转身,他含糊地说,
"这个疯人院里有某些东西,我象征——
这座城市——噩梦——黑色——"
他汗流浃背地醒来,
对着可怕的月光,对着可能是沉默的东西。
它嗡嗡作响,像房顶上的电线,
长长的窗帘吹进了房间。

有人可能认为,基斯不会陷入更深的深渊,但对于他来说,深渊之下还有深渊。他的月光是恐怖的;他的房间是褪色、苍白、无色的。因为疲惫而起的睡眠产生了一个疯狂城市的噩梦;表面的沉默,不过是嗡嗡的电流声,或是一阵风在轻轻吹过。我重读《在家的罗宾逊》时,在《恶之美学》第15节中想到了史蒂文斯:

我们可能想到眼力,但谁会想
它看到的东西,因为它看到了所有的邪恶?

言语发现了耳朵，因为它听到所有邪恶的声音，
但加重的斜体却无法表达……

他没人可以说话，也没人对他说话，没有东西需要阐明。家中的罗宾逊是在地狱中的罗宾逊。最终，在这一系列组诗的第四首《与罗宾逊有关》中，诗人分裂成两半，相互拒绝与对方认同：

初夏，在切尔西的某个地方；
黄昏，走向码头，
我以为走在前面的是罗宾逊。
在一个没有挂窗帘的二楼房间，收音机
正在放《有一家小酒店》，一只风筝
歪歪扭扭地飞上黑色的屋顶，慢慢远去的鸟儿。
那里只有我们两人，他和我，
在这空旷的街头。

在一个"自然开花"香烟招牌下，
当黄昏里的路灯温柔地从红色滴答成绿色，
他停下脚步，朝一扇窗望去，
那里有一张维纳斯的招贴画，模仿绞死的样子，
看着窗外朝东开的车辆。（但我知道，罗宾逊
不在城里：他在缅因一个地方避暑，

有时在火岛,有时在佛罗里达州角,
他六月离开,九月才回来。)
但是,我还是几乎喊出来,"罗宾逊!"

……

"我想,我看见了漩涡张开。
整夜踢着上闩的门。
你肯定从阿斯托广场就跟随着我。
最后,一片白纸飘下。
然后,如昨天一样巨大的一天,在我脸上
一对对地打开它的恐怖,
直到它关闭——"跑得汗流浃背,
到了码头,我转身
又看一眼。我不确定,
黑暗中,那是罗宾逊,
还是别人。

街上空荡荡。那个维纳斯,
沐浴在蓝色的荧光灯下,
正朝河边张望。我匆忙朝西走,
灯光从海湾对岸照过来,

>船在无声地移动，哨声低鸣。

这首诗让人想起其他描写双重人格的作品，诸如，爱伦·坡的《威廉·威尔逊》、亨利·詹姆斯的《欢乐的角落》、菲利普·罗斯的《夏洛克行动》、博尔赫斯的《死亡与罗盘》、陀思妥耶夫斯基的《双重人格》，尤其是 E. T. A. 霍夫曼的《沙人》。尽管这些作品也很神秘，但它们无一像《与罗宾逊有关》这首诗让我不安。基斯的笔下充斥这种奇怪的、具有魔力的强迫症，这种强迫症不断击打与罗宾逊有关的生活。他陷入漩涡，立刻毙命，来不及回顾一下他的人生。基斯对溺毙的念头一直挥之不去，这种艾略特式的幻想源于雪莱的人生和作品。基斯仔细思索过哈特·克兰为什么要选择魂归童年的水域。

看完罗宾逊的四首诗歌，我问自己，如此痛苦的诗歌，为何能给人愉悦。尼采在《道德的谱系》中教导我们，痛苦比快乐更值得回忆。清醒地凝望着深渊，是威尔顿·基斯的天赋。他的眼光磨砺到了纤毫毕呈的程度。我皱着眉头想逃离他，但又带着一分心动，想更靠近他那种凄凉的幻境。

梅·斯文森:《自然的肥臀》
May Swenson, "Big-Hipped Nature"

    我从 1954 年开始阅读梅·斯文森,只是从 1963 年起才深入阅读。约翰·霍兰德是我们共同的朋友,经他介绍,我们在 1965 年认识。自那之后,我们偶尔会相约在格林威治村的查姆利喝咖啡。尽管她看起来相当害羞,但我们的相处一直很愉快。我们主要谈论共同的朋友,不大谈到她的作品。

    作为诗人,梅·斯文森师承艾米莉·狄金森、格特鲁德·斯坦因、玛丽安·穆尔、伊丽莎白·毕肖普这一脉;她和毕肖普结下了深厚的友谊。她在 1989 年去世。我曾多次想促成她诗集的出版,但都未果,直到 2013 年,我教过的学生兰顿·哈默,才为她编辑出版了美国文库版诗集。

    梅·斯文森是真正具有原创性的诗人,她有着惊人的天赋。她 1913 年出生在犹他州的洛根,是家中长女,下面还有十个弟妹。她的父母是瑞典裔,信奉摩门教。她和家人关系亲密,也尊重他们的宗教,但她只信仰诗歌。二十三岁时,她移居格林威治村。此后,她会定期回到犹他探亲。

她很早就意识到自己的性取向是女同性恋,这对于摩门教来说是不可接受的。不过,抛开性取向不论,她无论如何也会离开犹他,因为她的激情是以文学为业。

斯文森最早让我非常喜欢的诗歌,是她致敬父亲的那一首《自然的肥臀》:

> 从森林的绿色血块之中,
> 从群山的髋骨缝隙之间,
> 自然的肥臀迸出神的头。
> 他靠大乳房的白云养胖,
> 他在大海婴儿床上摇晃。

> ……

> 迅捷盘旋的野兽穿着火衣,
> 无精打采盲目的黑色巨蟒,
> 在夜晚一样黑暗的心灵中,
> 表达他的敬畏、愤怒和惊奇。

> 我们无论怎么看他的眼睛,
> 都深邃无底,四周

是田野和森林,悲哀的月光
用泪水放大了他的瞳仁。

在火焰中他大步而行,
在瀑布中,
他盘绕他光亮的四肢,
在风中,他穿上衣服,
走过林立的高楼,
岩石是他的脸,
花是他腹部的肉,
他的头发随着草儿四散,
每一片染上彩虹的壳,
咆哮着他低声的咒语。

在酣睡的时候,他手掌的巨大阴影落下,
我们的舌头打开一声祈祷,静下
我们滴答作响的心和麻雀一样的恐惧,
我们赤身躺在他的巢穴,
他神秘的闪电在我们身上演奏。

这是一个长女眼中的父亲形象,将梅·斯文森和她的读者带回到我们心目中关于父辈最早的神话记忆。这首诗发表时她已四十一岁，但应该是多年前写成。

梅·斯文森的父亲名叫丹·斯文森。这个男人既勇武又善良，有点像原人亚当或神人，他的身上包含了天堂和人间的一切。在女儿的眼里，这个父亲是神奇的，一切自然的声音都好似从他那里发出。

我想起二十世纪六十年代末有一次和梅·斯文森讨论《自然的肥臀》。这是我们见面时讨论过的她唯一的作品。我特别喜欢最后一个诗节，在那里，还是孩子的梅·斯文森和她的弟弟妹妹在父亲手掌的巨大阴影下熟睡。我没有问她知道多少关于卡巴拉的知识，但诗歌中最后这个意象的确属于犹太神秘主义传统。这个保护子女、像人类始祖亚当一样的父亲散发着光芒，照在熟睡的孩子们身上，他令人泪目的爱仿佛悲伤的月光，看到孩子躺在这片月光里，他陷入了沉思。

德尔摩·舒瓦茨:《第一个秋夜和秋雨》
Delmore Schwartz, "The First Night of Fall and Falling Rain"

德尔摩·舒瓦茨一直深受叶芝的影响,尽管有时混杂了艾略特和乔伊斯的痕迹,后者是舒瓦茨的偶像。舒瓦茨死于 1966 年 7 月 11 日,年仅五十二岁。那天碰巧是我三十六岁生日。二十世纪五十年代末到六十年代初,我听过他在格林威治村的白马酒馆举办的五六次诗歌朗诵会。尽管他经常酩酊大醉,但他口若悬河,讲话略带反讽。早先,我只在文学刊物上读过他的作品,直到 1959 年我才买了他的《诗选:夏日知识》(*Selected Poems: Summer Knowledge*)。这部作品让我亦喜亦忧。从一开头,就有忧虑在其中,哪怕是在他最热情奔放的诗作中。我对他的生平知之甚少,直到他死后,我和德怀特·麦克唐纳、阿尔弗雷德·卡津和索尔·贝娄谈起他,我才对他有所了解,我发现这三人都脾气古怪,让人不快。现在舒瓦茨为人所知可能主要因为他是贝娄小说《洪堡的礼物》(1975)中主人公冯·洪堡·弗莱谢尔的原型,但在我看来,贝娄塑造这个人物形象，是对舒瓦茨忘恩负义的嘲讽，因为贝娄最初是以舒瓦茨的弟子身份出道的。

1943 年，舒瓦茨和结婚六年的第一任妻子离婚。他和第二任妻子的婚姻也只持续了六年。两任妻子都是文学同道，都同样漂亮，也都同样受尽煎熬，因为舒瓦茨日渐偏执。他的身心垮掉，最终在纽约一家旅馆孤独弃世；三天后才为人发现。

舒瓦茨有二十来首诗堪称伟大。我最喜欢的是他 1962 年写的《第一个秋夜和秋雨》("The First Night of Fall and Falling Rain")：

> 寻常的雨，再次到来
> 斜斜的，无色，苍白，无名，
> 在第一次认知的这个真正秋天的
> 第一夜，轻轻飘落，
> 漫长的夜光慢慢收起
> 逐渐黯淡遥远的乌木一样的云天，
> 直到，如黄昏，自我的感觉消退，
> 一种弱化的虚无，既不会把茶，
> 也不会把一个小时后加冰的威士忌
> 终止、减少、拒绝或放在一边，
> 然后是一片怡人的红光，一次燃烧，
> 第一次跳跃的柴火
> 自从五月的一个寒夜，过了太久，

不过是一个冰冷而鲜活的记忆。
茫然地凝视，什么也不想，
只有无故悲伤的情绪的升腾的烟雾，
突然，所有的意识同时欢快地跳起；
不假思索地知道（外面到处）在下雨
外面到处都以缓慢、缠绵、持续的跳动
敲打窗子，落在屋顶，流进沟渠
再次，唤醒意识到我们身外的一切，
超越感情，因为超越了这玩具一样的城市
那膨胀的扭曲的光影，
超越了苏醒意识的名利场！

如果说这里并不完全是舒瓦茨的一种声音，那就是惠特曼更克制的反思和迷茫时刻。这首诗里的重复技巧运用得非常成功，和声构成的哀号交织在诗中，让人联想起舒瓦茨心目中的圣经《芬尼根的守灵夜》。诗中一连串的动名词，斜斜（slanting）、黯淡（fainting）、降落（falling）、弱化（weakening）、燃烧（burning）、跳跃（leaping）、凝视（staring）、升腾（rising）、知道（knowing）、思索（thinking）、下雨（falling）、敲打（tapping）、落在（streaking）、流进（running down）、唤醒（waking），汇合成了陷入绝境中的意识流。

让人感伤的是，这场秋雨"寻常"不过，诗歌以重新意识到外在的自我结尾，超越了诗人的痛苦和他枯竭的情感。的确，这种"超越"是一种扭曲，纽约是玩具一样的城市，是班扬笔下的名利场，是苏醒后的茫然。但是，舒瓦茨摒弃了自怜或任何迫害感。自我在退场，但关于春寒的记忆依然闪光。诗人对于自己欢快的青春充满怀旧，但他凭借对语词精湛运用而产生的欢愉，挡住了消沉和疯狂。

我现在的年纪，比舒瓦茨去世时的年岁还要大三分之一个世纪。我惊叹于他对记忆的运用，他通过记忆获得哈姆莱特式的解放，但并不冷漠超然。他令人敬畏的天赋，就是运用记忆超越个人的经历。沃尔特·佩特把美学定义为"再次更加全面地看见"，乔伊斯继承了这份遗产，并发扬光大。在《第一个秋夜和秋雨》中，有着一种高贵的放弃或克己。舒瓦茨当然比不上乔伊斯那种对于岁月尽头的洞察力，毕竟在这方面只有贝克特才能与乔伊斯相提并论。不过，最佳状态下的舒瓦茨延伸了惠特曼那种美国式的壮观，这样说绰绰有余。惠特曼能够用"无论你是谁，现在我把我的手放在你的手里，你就是我的诗歌"这种激情，平衡他势如破竹的自我意识。虽然施瓦茨达不到这样的境界，但他甘于冒无数风险去追求，也值得拍手称奇。

埃尔文·费曼:《朝圣高地》
Alvin Feinman, "Pilgrim Heights"

我回想起在二十世纪六十年代某个时候阅读威廉·卡洛斯·威廉斯的《我想写一首诗》(1958)。我亲近的那些诗人,如罗伯特·潘·沃伦、约翰·霍兰德、阿奇·伦道夫·阿蒙斯、马克·斯特兰、杰伊·麦克弗森、约翰·阿什贝利等,现在大多数都走了。还有那样美好的旧识,如理查德·埃伯哈特、詹姆斯·梅里尔、安东尼·赫希特、梅·斯文森、罗伯特·菲茨杰拉德等,也都走了。他们和与我交好的在世的著名诗人,如威廉·默温、杰伊·赖特、亨利·科尔、约瑟夫·哈里森、彼得·科尔、玛莎·西帕斯等,都想写诗。我也回想起我的密友,已经过世十载的哲人理查德·罗蒂和刚刚去世的文学评论家安格斯·弗莱彻。与那些诗人一样,他们同样想写诗。

自从几年前我摔了一跤之后,就接连不断地摔跤。在那以前,我喜欢拿笔在账本上写字。摔跤之后,我的右手没法再用,只能口述,至今我还不太习惯。尽管如此,我继续探索文学的欲望依然强烈。

我最亲密的朋友之一是诗人埃尔文·费曼（1929—2008）。他是一个极为出色的大师，尽管很大程度上还没有得到公认。费曼一生的诗歌创作很少，所作无一例外都非本愿。他不想写诗。他心思缜密，哪怕诗写得再精致，他依然担心传达不了他思想的深度和精度。他对弥尔顿和华兹华斯推崇备至，对他来说，他们就是诗的化身。自然，对于二十世纪的诗人来说，这样的诗歌标准是致命的。

关于费曼，我已写过两篇短论，一篇收录在《塔楼里的敲钟人》（*The Ringers in the Tower*, 1971），另一篇是我为《沦落于歌：费曼诗歌全集》（*Corrupted into Song: The Complete Poems of Alvin Feinman*, 2016）写的序言；以下内容是我对这两篇文章的修订。

1951年9月，我第一次见到费曼。见到他的第二天，我又结识了一位青年才俊安格斯·弗莱彻。他们都成了我的终生挚友。费曼当时二十二岁，比我和弗莱彻大一岁。那时，我和弗莱彻在耶鲁念本科，学的是文学，费曼在读研，修的是哲学。他们至今仍与我如影随形。我每天都会想到他们，继续努力向他们学习。

二十二岁的费曼已经是一位个性鲜明的诗人：他笔下出现的声音，如同在兰波和克兰的笔下一样，立刻清晰可辨。我想起在1951年10月的某天读到他三首"遗物"诗的第一首：

  我会看见她站在

离高台的边缘半步之遥
或者在城市公园中一棵光秃秃的树边
或者坐在我身前,膝盖对着我,面朝着窗

而她两手的指尖总是
在手帕里撕扯
像可爱的死鸟,撕扯一个活物
试图拆解一个结构精巧但莫名其妙组合起来的东西。

一个月后,在纽约,费曼介绍我认识了这位美丽热情的女孩。他们虽是恋人,但看起来却很疏远。我注意到她的双手一直在撕扯手帕,暗自感叹这首只有八行、被准确命名为"遗物"的抒情诗的语调之冷静。

六十年来,我经常吟诵这首诗,渐渐明白它和艾略特写给艾米莉·黑尔的赠别诗的关系:

站在楼梯顶的平台上——
靠着花盆——
织啊,在你的头发里编织阳光——
痛苦而惊奇,你把花抓起
扔到地上,转过身
眼中含着难以猜透的怒意,

> 但是织啊，在你的头发里编织阳光。[1]

费曼的诗主要受到哈特·克兰、华莱士·史蒂文斯、艾略特、瓦莱里、兰波、格奥尔格·特拉克尔，以及早期里尔克的影响。我这样排列顺序，是按照他们在形塑费曼的风格和立场中的重要性而定。费曼最初的老师是哈特·克兰，与这位写下《白色建筑群》和《桥》的诗人一样，费曼最早的一部诗集是抒情诗，虽有许多闪光之处，但晦涩难懂。然而，费曼毕竟不是克兰，他缺乏更宏大的浪漫想象，这种缺失注定了他这部佳作乏人问津。

《序言及其他诗》总令我想起很多事。我曾带着这本小书，去牛津大学出版社找我的编辑、现已去世的惠特尼·布莱克，劝说他出版这部诗集，那时其中的诗歌还没有一首见刊。惠特尼发现了这些诗具有很高的价值，答应出版，条件是我找些诗人和评论家来背书。于是，我就找了康拉德·艾肯、爱伦·退特、刘易斯、约翰·霍兰德、杰弗里·哈特曼一起来支持初出茅庐的费曼。哈特曼写了一段让人印象深刻的评论：

> 没有泛化猜测，思想就会毁于一旦。它在寻找不会满足的东西……费曼的诗对于"命定而无能的推理"完全悬置，只余下走向序言的蹒跚。面对如此严厉的理性，写诗

---

[1] 《哭泣的姑娘》，赵毅衡译，出自《美国现代诗选》，外语教学与研究出版社 2019 年版。

> 必然如同跨过魔鬼驻守的门槛……

瑞士评论家马塞尔·雷蒙德（Marcel Raymond）曾把瓦莱里的《年轻的命运女神》（"The Young Fate"）和《海滨墓园》（"The Marine Cemetery"）看作是绝对意识与接受自然变化之间永无止境的竞争：

> 在这两首诗里，存在着两种截然相反的态度的斗争：一方面，是纯粹（绝对）的态度，即意识固守自身，以邻为壑；另一方面，是相反或不纯粹的态度，即心灵接受生活、变化、行动，放弃绝对完善的梦想，承认自己会被事物蒙蔽，会被不断变化的事物形态迷惑。

这两种态度可视为完全的出世和完全的入世。在瓦莱里那里，两者同时存在。但在费曼这里，完全出世的自由是以失去五光十色的世界为代价。他写得最好的诗歌都惊人的清晰，但映照出来的，与其说是整个形象，不如说是昂贵的躯干。

费曼艰难地弥合出世和入世的两种态度，导致读者难以判断，他笔下哪些是真实的视觉所见，哪些是纯粹的幻觉所致：

> 这道光，唤醒的鼎盛期的空气
> 低吟、清唱、远扬，

一束光，现在将点燃

笼罩最为金黄的号角，

或突然进入林间空地

照到一个站着的、惊异的、暴露的……

我漫游的那些日常的街道

像夕照下平躺的田野，像狭窄的渠道

即将为燃烧的河流打开；

所有的墙砖和窗子，明亮但静默

仿佛画在死水上，

不准车马随意冲散……

此刻穿过公园，跨过

寒冷的冷酷色彩的屋顶，

靠近脱光的树，

只有一片吝啬的叶子，

保持其最根本的优雅，

光是极其严格的善，

那条干枯但永远威武的河流

净化万物回归本原，

杂烩和石头，都得到净化，

回归其恰当的牧歌……
　　　　我坐着
抽烟，消磨欲望。
知道一闭眼，仍会听见
让我整晚无眠的
她的呼吸，还有一直下的雨，
似乎落在辽远的寂静，
落在池塘边低处的宽叶，
一滴滴落进漆黑的水里。(《十一月星期天早晨》)

　　我想不起费曼还有别的诗像这样欢快，尽管净化万物的光是这种欢快的全部基石。我第一次读到费曼递给我的这首诗，正好是感恩节前的那个星期天的早晨，它勾起了我关于青春的记忆，那时我会一大早在家附近游荡，突然对熟悉到生厌的街道有了新认识。那时我对这种灵光乍现的超验的时刻还无以名之，也没有感动到要写诗的地步，因为我没有任何写诗的冲动。诗就是我不断阅读，萦绕于记忆，想要慢慢消化的东西。至少在我这里，文学批评家的诞生，要远离诗意的化身。

　　《十一月星期天早晨》是一首关于光的赞美诗，这首诗让我想起费曼高声朗诵弥尔顿《失乐园》第三卷中的祈祷。我曾对朋友说，他没有像惠特曼和史蒂文斯那样以太阳为中心，而是以光为中心。他所理解的自然光，似乎脱离了太阳的轨道，无视尼采的查拉图斯特拉和所有从尼采阴影下出来的诗人。对于费曼来说，光的意义在于洗涤万物，打开认知之门。柏拉图不会把光看作"极其严格的善"。费曼也并非柏拉图主义者。《十一月星期天早晨》是一首严苛而谨慎的诗，它只提供了一种自我设限的超验。如此狭小的视域，却能成就一首如此超凡的诗，我反复默念了几十年，依然令我赞叹不已。

我记得费曼对科德角的朝圣高地的迷恋。他给我看这首诗时，我说可以起个史蒂文斯式的诗题《我是大海的罗盘》("I Was Myself the Compass of That Sea")：

某种东西，某种东西，这颗心在此
思念，它知道所需的某种东西
不能蒙福——风吹过；
一道更加迅疾的影子扫过芦苇，
心里涂抹上更寒冷的对照。

这愚昧的朝前的肚子
挤压在灯芯草中，对着
长长斜坡的沙丘，上演冲动
下面，从蓝到深蓝的元素，
这杯大胆包含一切的空气

以及无名，一种长度，混合了
海岸的低吟隐约倾诉的
匮乏与浑然——一支翅膀
干燥的中枢强调的某种东西，
雕刻于寂静和刺目的不毛之地：

光中的光，赤裸的结束，
光对于刀锋与战栗多余的拥抱
偷走了慷慨的目光的掠夺
正如被肺热驱逐的呼吸，
失落在作为插入成分的空气。

突袭裸露的暗处，鹰
恢复了它柔顺的平衡，它的影子
游过田野，漫过黄沙，
这狭窄的边缘喂给光，
喂给大海永远如舌头在舔的单色。

这愚蠢的臀部，肘部立在
变潮的垫子上的擦伤，
凌乱的野草转身，还没有上房，
晕头的血，再次嘀咕——

> 移离，向下，迷惑的目光捕捉到
>
> 一个灰暗的影子突然丈量
> 折叠的巨浪留下白色浪花的地方；
> 这颗心从高地跃下，
> 游进它知道所需的
> 不能蒙福的极乐。（《朝圣高地》）

在这首诗里，费曼近乎唯我的狂喜部分来自史蒂文斯笔下惠特曼式的胡恩；胡恩发现，唱出另一支《我自己的歌》会更真诚也更陌生。他给我这首诗时，我最初的感觉是惊讶，这应该是到那时为止费曼写出的最好作品。六十多年后，对于他来说构成了孤独精神的那种狂喜感觉，在我的理解中变得更加辩证。那个打破了诗人幻想的"灰暗的影子"，带回了外部世界的阴影。费曼用诗心需要的极乐，抵消认同的代价；认同是一种立场，排除了赐福他者的力量，无论这力量在人身上，还是在鹰柔顺的平衡身上。这首诗着力于获得对他者的慷慨，但是却知道，力所未逮。

费曼的诗歌中另一个挥之不去的前人是威廉·巴特勒·叶芝。叶芝相信，驱除悔恨就能获得一种受到万物蒙福的感觉，于是看见万物就会给予祝福。将心灵视为不息的活动，拆解与它连在一起的万物。这种痛苦的活动没有任何希望得到祝福，即使心灵有战胜死亡世界的力量。

费曼的主要诗作《序言》是一次与受到限制的漫思之间的强硬博弈。这首诗的开头一直萦绕于我的记忆：

> 流浪者，回来吧，我漫思的目光
> 坦荡的畸形，正如穿着
> 一个死者的外衣或长裤
> 或如习惯，有点确信的味道。

> 甚至宇宙，开阔的果园
> 数不清的树。或一条河，
> 眼前的河岸
> 单调的绿，以及谈起印象深刻的
> 理想，止于空谈。我会引用
> 被风扭曲的空间，漫不经心地
> 倾听破碎的墙。

这首诗虽然分成三个部分，但彼此之间衔接流畅，没有断裂感，这增加了讨论每一节诗的难度。因此，"被风扭曲的空间，漫不经心地 / 倾听破碎的墙"的蒙太奇手法引出了更加伤痕累累的比喻：

> 还有逼近角落的正午
> 我们的生活游乐其中，诸如

瓦解的开头那样的东西，限制
或者并置最长的视野

一只欢快的鸟，扑向它的意念
扑向那只每日
被受损的决心
剥夺了力量的手。本原

借助崩塌的技艺传播
像肿胀的苹果悬挂
在河里，见证
凝结的沉默的真理。所有

如此注定但无能的漫思
更高现实的
相片。灵魂
对细节可悲的厌恶。

在这首诗的前景，我感受到哈特·克兰《河的安详》（"Repose of Rivers"）的气息，感受到他那首《星期天早晨的苹果》（"Sunday Morning Apples"）的影子，费曼喜欢把这首诗背诵给我听。然而，克兰并没有向我们展示作为《序言》基质的那种认知困难。哈特·克兰笔下的记忆会将诗人的苦难转化为歌；但在费曼这里，记忆总是受阻。他搜索的目光因为范围过大导致他伤痕累累，现在它们回到自身，把他变成与变形、扭曲、漫不经心、瓦解、限制、剥夺、凝结等形态相关的隐喻。拆解结构精巧但莫名其妙组合起来之物，这种意象是他的核心隐喻。

在这首诗的第二部分，似乎是为了缓解诗中令人难以忍受的紧张，这里插入了一个慢板，尽管黑暗凝聚，但并没降临：

> 于是
> 通过每一道光，雕像
> 保持住严肃的有说服力的
> 坦率的步态。于是
> 它加入存在于万物中的精神，
> 然后又拼命地赎回，
> 扮演自己意图的牺牲品。

华莱士·史蒂文斯在《圣约翰和背痛》("Saint John and Back-Ache")这首诗中，让"疼痛"（我认为这是我们每个人的衰亡史）向圣约翰抱怨：

> 精神是世上最可怕的力量，父亲，
> 因为，总之，只有它能

防御自己。受其摆布,我们

有赖于它。

1955年,我和费曼一起去德文郡和康沃尔郡旅行。我记得当时跟他说,史蒂文斯警告过,费曼的《序言》如此写,对于他这个后起之秀来说是绝境。费曼这首杰作的最后一部分就以敏捷却自毁的雄辩表现了这种绝境。

这些黄昏之爱的反驳
正如每样被割断之物的反驳

只有瞥见,只有双手
或者坚硬,水光
或者灯光,一种被中断的东西
在真空中穿着衣服,被杀

成为没有手脚的美人。拿走
那里的破烂财物,
那里,你恳求你真相的
阴郁之光。归因
于你的睡眠,你的清醒
从步伐的内部

走过的足迹，

落叶归于泥土的游戏。

　　割裂的意象总是否认着费曼从华兹华斯和史蒂文斯那里承继来的微光或光芒。对于华兹华斯而言，日常生活之光最终融入他光荣而清新的诗意之梦。史蒂文斯也曾欢呼："在这里，/ 除了永远欢欣的天气，我 / 还有什么自太阳外的精神。"他的诗歌创作以惠特曼的方式一以贯之，对风、天气尤其是太阳敞开自我。我感到难过的是，早在二十世纪五十年代中期，费曼就因与诗性幻想格格不入的禁欲精神毁掉了他卓越的天赋。

　　《序言及其他诗》出版于 1964 年，《序言》是其中最好的一首，在费曼后来的诗歌中，我找不到一首堪与之并论。唯一深深打动我的另一首是《晨祷》("Matinal")，最初题为"献给驯马师的晨歌"("Morning-Hymn for the Breaker of Horse")。我不知道费曼是什么时候写的。初读起来，我感觉像是对自我的戏仿，后来我才逐渐开始欣赏它，但还是持一些保留意见，因为它高调的风格相当夸张。费曼一定意识到《晨祷》深受叶芝的影响：

神御的狂野恐怖

让我被雷打的脉搏狂喜；不是我，

而是一些在场的被鞭笞的石头，醒来

操弄，加快，鼓舞

> 这电流般的战栗和热情，朝天
> 涌去，那里，太阳斩伐的天国迸裂，
>
> 吟诵被扼杀的精神的缰绳
> 套在骨头上，就像绑在焦虑的
> 漂亮的套索，
> 你安装好的炮火，射穿
> 魔法的挑战，
> 耳聋淹死了暴风雨的凯歌……

无论是在科德角还是在康沃尔，只要站在或靠近有岩石的海滩，就是费曼最开心的时候。他特别喜欢看着黎明到来，大浪拍岸令他激情澎湃。当风声在岩壁之间回荡并散射新一天的光明时，他苦行僧一样的灵魂就得到抚慰。在他永别于世九年之后，我仍然会感到惋惜，因为他是我的挚友，因为他未展的才华。在2017年9月这样一个哀婉的季节，我写下这篇文章，仍对《晨祷》中最后四行赞叹不已：

> 过去的意义，犹如一浪毁灭一浪，
> 过去的力量，传递着现在的气息，
> 啊，没有生没有死的史诗般节奏，
> 像炸药一样捆绑在你敬重的血液。

这里正被释放的某些东西是费曼一直压抑的。他先前逃避的叶芝、史蒂文斯和克兰笔下的波涛汹涌的风格,现在似乎在对他进行报复。他最后的诗歌和断章不是彻底的断断续续,就是迟迟不想表达他内心的这种伟大声音。我莫名地被其中一首感动:

　　　　太阳打在他的脑袋
　　　　一只猫没精打采地坐在木材堆
　　　　恶心的苍蝇在热浪中飞

　　　　他掌握着三个永恒的参数
　　　　他的眼睛重复
　　　　他具体化的那些形状

　　　　让寂静令其疼痛沉默

　　　　这里只有一个红色的小脑袋,
　　　　其他什么也没有

　　　　苍蝇掉在木材堆中化脓
　　　　那只猫儿准备重新生龙活虎

　　　　似乎可移动的东西可以移动

甚至不可能移动的阳光后移

　　似乎在大脑的血液凝块中
　　是构成一个世界的空间或太阳（《霍博肯，夏日后院》）

我不知道这首具有浓厚史蒂文斯风格的诗歌是什么时候写的。费曼生前没有发表。这很难算是人们会喜欢的一首诗。但它只可能出自费曼之手。费曼有独特的力量，甚至比毕肖普的力量还强大，足以调动视觉和幻觉，导致两者的边界消失。他的意识是一个充满物质的空间（plenum），能够创造一个异质的世界，在那里，空间和太阳可能构成了另一个世界。

　　费曼弥留之际，他的妻子底波拉·多芙曼（Deborah Dorfman）对他朗诵了他的诗歌《早晨，影像提讯》("Morning, Arraignment with Image")：

　　那道波浪那大转弯
　　那一度不像
　　那一度没有被记住的未来——
　　现在苏醒，完全征召，足以
　　留下一屋子不受打扰的岁月……
　　除了这短短的黎明前的车声，
　　这季节的兵营已不复存在；

你想要提供一个正义的形象

但现在那道波浪的跌落

但现在那道波浪的卷起

是心碎恐惧和狂妄,知道

那仇恨你的正义

你的眼睛是它的眼睛和我们的羞耻。

我一直认为这是一首忧伤的杰作,但从来没有喜欢过它。我听费曼的学生、作家詹姆斯·吉尔里(James Geary)讲,弥留之际的费曼问妻子:"这是谁写的?"多芙曼曾经是我的学生,她以为丈夫是在说,写这首诗的那个人已经走了。她说,费曼的遗言是:"我成了过去时。"

因为友情的缘故,难以对这样一个诗人及其作品做出全面的判断。费曼的诗歌中,有十余首会流传。我希望他少一些苦行精神。但若真是那样,他也就不成其为费曼。《十一月星期天早晨》《朝圣高地》《序言》,这些作品证明了他的严谨和纯正。我认为,它们在诗坛足以与史蒂文斯和克兰的作品比肩。

约翰·阿什贝利:《在北方农庄》
John Ashbery, "At North Farm"

我开始读阿什贝利的诗歌是在 1956 年,那时我在纽黑文的一家书店购买了他的诗集《一些树》(*Some Tree*)。我没有保存书信副本的习惯,所以不能准确回忆起我在仔细读完这部诗集之后立刻给阿什贝利写信的内容。无疑,我给阿什贝利的信保存在他在哈佛的档案资料里。他写给我的信放在我家阁楼上,我身后会转藏于耶鲁。

我们的友情持续了六十来年。我刚刚打电话给他,他住在惠提尔康复中心,由于双肺感染,他在那里慢慢康复。作为同道,他和阿蒙斯惺惺相惜。他们在泽西海岸某个地方一起办了个诗歌朗诵会。在我看来,他们与已去世的詹姆斯·梅里尔是同时代人中最重要的诗人。

关于弗兰克·奥哈拉,阿什贝利缄默不语。他们在哈佛求学时结下深厚友谊,直到奥哈拉 1966 年在火地岛上意外身亡。在所谓的"纽约诗派"中,说到阿什贝利的同道,我认识的肯尼斯·柯克,主要是通过在纽黑文和纽约一些介绍他的诗歌朗诵会。詹姆斯·斯凯勒、芭芭拉·盖斯特和弗兰克·奥哈拉,我只略知一二。

我喜欢反复阅读奥哈拉的诗歌,但他与盖斯特一样,都和我疏远了。斯凯勒是一个很重要的诗人,值得一直研究。

但在这些人中,阿什贝利脱颖而出。我首先想到的是《乡间的夜晚》("Evening in the Country")。这首诗歌出自他非常精彩的第四部诗集《春天的双重梦幻》(*The Double Dream of Spring*):

> 我仍十分快乐。
> 我继续把获胜的决心
> 抛出,因太阳的升起
> 而激动。鸟和树,房子
> 这些只是我身上将晚点关闭的
> 新的生命迹象的站台,
> 在太阳落下,黑夜来临
> 笼罩周围的田地和山峦很久以后。
> 倘若呼吸能够杀人,那就不会有
> 这么轻松的时刻,重新把人禁闭
> 在烟囱林立和腐化堕落的城里。
> 现在,当我质疑而敬慕的目光延伸
> 到宏伟的边哨,我对这些视野的纪念品
> 不像我行走在自己最远的产业那样自如,
> 这些幻象沉入每件事物实际的"生命"中,
> 树桩或灌木,它们带我进入

静静地探索一件事物可能多密,

多轻,但在探索开始前就结束,

留下我精神焕发,稍显年轻。

夜已经布置下可怕的力量

对付这种状态:一万个戴着头盔的步兵,

一只绵延到天边的西班牙无敌舰队,全都

一动不动,直到发动进攻的时刻。

但我觉得没有什么可说或可做,

这些东西终将自行解决,

休憩,呼吸新鲜空气,户外活动,看美景。

因而我们可以忽略这些,进入我们

关注的真正主题,也就是,

既然危险已被消除,

你真的开始进入你感受到的情境吗?

光洒在你的肩上,像是洒在它的道路,

净化的过程愉快地继续,

不受阻拦,但将会摇动你的头颅、

将焦急光线射向房间布满灰尘的角落、

最终射出来、铺满爆裂的星空的

那种运动开始了吗?因为我们只知道

空间是一口棺材,天空将扑灭光亮。

我看见你热情地盼望它是道,

如果靠得足够近，我们或许加入其中：
无论你的努力是成是败，都将打上卓越的印记。
那种知识都会增长，
我们可能仍在这里，小心翼翼，然而
在边缘之上，自由自在，当它转动一眼不眨的战车
进入浩瀚的长空，那不可思议的暴力与百依百顺的
动荡，就将是我们的路途。

我主持过许多场阿什贝利的朗诵会，但都没有说服他把这首诗歌包含进去。这首诗像那首著名的诗歌《最快速修补》（"Soonest Mended"）一样，似乎也是受到好友奥哈拉之死的刺激而写。以下是《最快速修补》中一段忧伤诗节的结尾：

那么这就是谈话的风险，
虽然我们知道谈话是冒险而非其他
几乎四分之一世纪之后，你才明白
规则的透明性，但你仍然感到震惊。
他们是游戏者，而我们这些努力游戏的人
却仅仅是观众，虽然心系其兴衰
与它一同离开悲痛的竞技场，最后，把它放在肩上。[1]

1　《最快速修补》，马永波译，出自《阿什贝利自选诗集》，人民文学出版社 2019 年版。

最后一行含混难解：肩上扛出来的是竞赛的牺牲品还是胜利者？

《乡村的夜晚》是一首写身体康复的诗歌，一开头就以平静的口吻谈到创伤：

> 我仍十分快乐。
> 我继续把获胜的决心
> 抛出，因太阳的升起
> 而激动。

阿什贝利温柔地想要把这种景观读解为新的生命标记，但威胁依然存在。在创伤性的事件和即将到来的动荡之间的边缘，这首诗歌把那道边缘比喻成"一眼不眨的马车"。这个意象融合了叶芝笔下无情的空茫和不妨称之为像神一样的马车。我想到阿什贝利如今正从重病中康复，想到我自己由于心衰的原因每天早晨都要挣扎。阿什贝利以敏锐的眼光和卓越的远见捕捉到了人们对于即将到来的创伤的焦虑期待。

《船屋的日子》（*Houseboat Days*, 1977）是阿什贝利第七部重要诗集，也是他最好的三四部诗集中的一部。我在1976年一次耶鲁的朗诵会上介绍他时，第一次听到《潮湿的窗户》（"Wet Casements"）就大吃一惊。在朗诵会结束后，我要了一份诗稿，在接下来的几天里我反复阅读：

爱德华·拉班穿过走廊,来到门口时,他看到天正在下雨。雨下得不大。

——卡夫卡,《乡村婚事》

概念是有趣的:就像从淌水的窗户
去看别人映在里面的表情
通过他们自己的眼睛。他们自我分析的态度
给你留下的准确印象,被你
幽灵般透明的面孔覆盖。你置身于
某个遥远又不太遥远的时代的荷叶边,化妆品,
溜尖的鞋子中间,漂移着(你漂了多久;我渴望那件事就有多久)
像浮沉子朝向一个永远抵达不了的表面,
永远不能穿透此刻那永恒的能量
它对这些事情会有自己的观点,
那是对过程的一个认识论快照
最初提到你的名字是在很久以前
一个拥挤的鸡尾酒会上,有人(不是讲话那个)
偷听到了,他把那名字装在钱夹中
到处转,许多年钱夹破了,账单
滑进滑出。我今天非常需要那信息,

无法拥有它，这让我愤怒。
我要用我的愤怒建一座
阿维尼翁那样的桥，人可以在上面跳舞
感受在桥上跳舞的滋味。我终会看见我完整的脸
不是投影在水中，而是在我这磨损的石头桥面上。

我将保守秘密。
我不会重复别人对我的评论。[1]

这首诗歌本身就是关于其作者的认识论快照。阿什贝利的心中似乎回荡着莎士比亚的黑色喜剧《特洛伊罗斯与克瑞西达》，回荡着阿喀琉斯和沙狐一样的尤利西斯的一段对话：

阿喀琉斯：……怎么！难道我的功劳都已经被人忘记了吗？

尤利西斯：将军，时间老人的背上负着一个庞大的麻袋，那里面装满着被寡恩负义的世人所遗忘的丰功伟绩……

在《潮湿的窗户》里，阿什贝利提到了投影、水流、幽灵般的透明、漂移，准备过程的坍塌和滑坡，最后是诗人的名字受到湮没

---

[1] 《潮湿的窗户》（译名略有改动），马永波译，出自《阿什贝利自选诗集》，人民文学出版社 2019 年版，本篇涉及该诗引文均采用马永波中译。

的威胁。时间如同一个偷听者,他背上负着一个麻袋,那里面装满世人所遗忘的丰功伟绩。我经常和阿什贝利通话,我们都知道再也见不到面。有时,在搁下电话前,我会给他念《潮湿的窗户》结尾处他直抒胸臆的几行:

  我今天非常需要那信息,

  无法拥有它,这让我愤怒。
  我要用我的愤怒建一座
  阿维尼翁那样的桥,人可以在上面跳舞
  感受在桥上跳舞的滋味。我终会看见我完整的脸
  不是投影在水中,而是在我这磨损的石头桥面上。

  我将保守秘密。
  我不会重复别人对我的评论。

  对于我来说,这几行诗挥之不去。过去的几天晚上,我一直在做一个噩梦,在梦里,我走了很远的路,我叫了一辆的士,把我送回到已经被遗弃的格林威治村的这间阁楼里。我只有几个硬币在身上作为报酬,却遭到了诡异的禁闭惩罚。在梦里,我背诵了阿什贝利这首诗歌的结尾一段,来平息暴怒的司机,但没有用。我凄凉地醒过来,寻思我会不会害怕,再也不能完整地看见我这张脸反射在

任何我能够建造的东西里。阿什贝利的伟业是建造了一个逃避自恋的通道，进入不断有读者往来的港湾。

《船屋的日子》是一部丰富多元的诗集。其中一首精彩的诗歌是《丁香花》("Syringa")，这是一首别具一格的俄耳甫斯挽歌。"Syringa"与"Syrinx"有相同的拉丁词根，后者源于希腊语，原意是"渠道"或"水管"，也可以指"排箫"。这首诗以轻松、明快的风格开篇，俄耳甫斯的神话也被脱口而出：

> 俄耳甫斯喜欢天空下的事物
> 那可爱的个性。当然，欧律狄刻就在其中。
> 随后有一天，一切都变了。他用挽歌
> 把岩石撕裂。溪谷，山冈
> 无法忍受它。天空在地平线之间
> 颤抖，几乎准备全部放弃。
> 那时，阿波罗悄悄地告诉他："把它留在地上吧。
> 你的竖琴，有什么要紧？为什么在一个很少有人
> 愿意应和的沉闷的孔雀舞会上演奏，
> 除了一些羽毛肮脏的鸟，
> 过去的表演都不生动。"可为什么不呢？
> 所有其他事物也必须改变。
> 季节不再是曾经的那样，
> 但是，只被看见一次是事物的本质，

643

当它们发生，撞击别的事物，和睦相处。

那就是俄耳甫斯出错的地方。

欧律狄刻当然消失在暗影中；

即使他没有回头，她也会这样。

像一件灰石托加袍那样站着根本没用

当历史的车轮闪过，惊呆了，说不出话来

对其中最能激发思想的因素也发不出一句机智的评论。

只有爱留在大脑中，这些人，

这些其他人，叫做生活的东西。准确地歌唱

以便曲调径直从暗月的井中

攀升，与闪耀的黄色小花匹敌

它们长在采石场边缘，压缩

事物不同的重量。[1]

  阿什贝利笔下的阿波罗是独特的。当下的读者不过是诗中几只羽毛沾满灰尘的鸟，看起来已经过时了，哪怕俄耳甫斯式的冲突，也难以与过去生动的表演相提并论。阿什贝利漫不经心地问"可为什么不呢？"，他拥抱了赫拉克利特所言的万物如流。俄耳甫斯和阿波罗都错了。阿什贝利将信仰放在准确的歌唱，因此，他追随的是《走向最高虚构的笔记》中的史蒂文斯：

---

[1] 《丁香花》，马永波译，出自《阿什贝利自选诗集》，人民文学出版社 2019 年版，本篇涉及该诗引文均采用马永波中译。

它必须是抽象的。

9

……但神化不是
这个大人物的起源。他到来,

穿着坚实无敌的箔衣,来自理性,
在午夜被勤勉的眼睛点亮,
裹在梦里,他是

心灵中被逃避的思想之嗡鸣的对象,
隐匿,远离其他思想,他躺在
因那触摸而永远珍贵的乳房,

为了他,美好的四月温柔地掉落,
掉落,雄鸡在那时啼鸣。
我的女人,为这个人唱精确的歌。

只不过,阿什贝利比史蒂文斯更温和,他狡猾地追溯了这个小人物的起源,他退到一边,知道这必须改变:

但是，只是继续歌唱

这是不够的。俄耳甫斯认识到了这点

并不太在意他在天堂的回报

酒神的女祭司在把他撕碎之后，她们

被他的音乐逼得半疯，这就是他的音乐。

有人说这和他对待欧律狄刻有关。

但也许音乐与这件事的关系更大，还有

音乐进行的方式，生命的标记

你无法从中孤立出一个音符

说它是好是坏。你必须

等它结束。"结尾冠绝一切，"

同样意味着那"戏剧性局面"

是错的。因为，尽管记忆，比如对一个季节的记忆，

融入了一张快照，但那停止的瞬间

是人无法守卫和珍惜的。它也在流动，飞逝；

它是一幅流动的图画，风景，虽然生动，但终有一死，

在它上面生硬地展开一个抽象的行动，

粗糙的笔触。多过于此的要求

就是要变成摇摆的芦苇，在缓慢，

有力的激流中，这飘动的叶子

被顽皮地拖曳着，但对这个行动的参与

不过如此。然后在低低的龙胆属的天空

闪电的抽搐先是明显地变暗，然后爆发成
奶油色闪光的阵雨。每一匹马
都目睹了一份真理，尽管每一匹都认为，
"我没打烙印。这种事不会落在我头上，
虽然我可以理解鸟的语言，
我完全清楚陷入暴风雨的灯光的路线。
它们的比赛在音乐中结束了
就像夏日暴雨后风中的树木那样更轻松地移动
现在，日复一日，正在沿岸树木花边状的阴影中发生。"

这里，阿什贝利再次想起了莎士比亚的《特洛伊罗斯与克瑞西达》：

尤利西斯 将军，我那时候早就向您预告后来的事情了；我的预言还不过应验了一半，因为那座屏障贵邦的顽强的城墙，那些高耸云霄的碉楼，都必须吻它们自己脚下的泥土。

赫克托 我不能相信您的话，它们现在还是固若金汤；照我并不夸大的估计，打落每一块弗里吉亚的石头，都必须用一滴希腊人的血做代价。什么事情都要到结局方才知道究竟，那位惯于调停一切的时间老人，总有一天会替我们结束这一场纷争的。

俄耳甫斯和阿什贝利一样，都对流光飞逝的时光感到悔恨。用具有雄辩意味的耸肩，两人都否认终极性，都陷入了默许。时间让悔恨变得多余：

可是为这一切悔恨已经太晚，甚至
心怀悔恨也总是太晚，太晚！
对此，俄耳甫斯，一朵带白边的蓝云彩，
回答说这些当然不是悔恨，
而仅仅是在谨慎、博学地记下
不成问题的事实，沿途鹅卵石的一份记录。
无论这一切如何消失，
或者抵达它要去的地方，它不再是
一首诗的材料。它的主题
过于重要，但还不足以，无助地站在那里
当诗歌飞驰而过，它的尾巴着火，一颗坏彗星
尖叫着恨和灾难，可是就此向内转
那意义，无论好坏，也永远不能
为人所知。歌手在思考，
建设性地，在进步的阶梯上建造他的圣歌
像一座摩天大楼，但在最后的时刻离开了。
歌曲马上被吞灭在黑暗中
黑暗必随后泛滥整个大陆，

因为它看不见。歌手

那时必从视野中消失,甚至摆脱不了

词语罪恶的负担。能够熠熠生辉的

只是少数,而且很晚才出现

那时,这些人及其生活的所有记录

都已消失在图书馆中,成为微缩胶片。

有些人仍对它们感兴趣。"但是诸如此类

又如何呢?"偶尔还会有人这么问。但是它们

僵硬地躺着,不可企及,直到一个武断的合唱队

说起一个有类似名字的完全不同的事件

其中的故事便是隐藏的音节

关乎很久以前发生的事

在某个小镇,某个平常的夏天。

在这首诗的开头,当准确的歌声传送出足以与闪耀的黄色丁香小花匹敌的曲调,阿什贝利使用了"syringa"的双关意义,既指"丁香",也指"排箫"声音。在这里,俄耳甫斯变成带白边的淡蓝色云彩一朵,与阿什贝利一起拥抱一个惠特曼式的对等物,哪怕它可能不是一首诗的材料。但是,惠特曼应该对阿什贝利在此的幻象感到震惊:诗歌的尾巴着了火,像一颗内转的坏彗星,那意义永远不能为人所知;歌声和歌手都被吞没在黑暗中。

爱默生预言、惠特曼实现的俄耳甫斯一样的诗人,如同几乎

所有的诗人，都已消失在图书馆中。我记得1954年在剑桥大学听过罗伯特·格雷夫斯的系列讲座，格雷夫斯为之取了个愤怒的标题《啊，以色列，这些是你的神！》，出自《出埃及记》(32:8)。当格雷夫斯谴责叶芝、艾略特等偶像时，我皱起了眉头。讲座之后的提问环节，我仗着与格雷夫斯是相识，于是口无遮拦地问："你对华莱士·史蒂文斯怎么看？"格雷夫斯先是一脸茫然，接着说："呃，沃克·史蒂文森，我听说他不错。"我接过话茬说，"但愿如此。他现在七十五岁了。"格雷夫斯将我们时代这个伟大的美国诗人和一个广告商搞混在一起。讲座后，在锚点酒吧喝酒的时候，这个讴歌白色女神的诗人承认，史蒂文斯早期的一些作品给他带来过愉悦。

我举这个例子，是因为我告诉过阿什贝利这件轶事，因为"但你对某某如何看？"这样的问句，总让我想起格雷夫斯讲座的那个时刻。诗歌死亡的悲伤，蕴含在这苍凉的一句诗里，"它们僵硬地躺着，不可企及"，直到一个错误重新点燃记忆。当我想到阿什贝利的风格和气质，我发现它们浓缩在隐藏的音节：

　　关乎很久以前发生的事
　　在某个小镇，某个平常的夏天。

这个美国式的结尾引我走向阿什贝利的第十部诗集《波浪》(1984)，开篇的《在北方农场》就具有浓烈的威胁意味：

某个地方有人狂暴地向你而来,

以难以置信的速度,日夜兼程地旅行,

穿过大风雪和沙漠的炎热,越过急流,穿过狭窄的通道。

但是他知道去哪里找你吗,

他看见你时能认出你吗,

给你他为你带来的东西?

几乎没有什么能在这里生长,

但是谷仓因谷物而胀裂,

成袋的谷物一直堆到大梁。

急流流淌着甜蜜,肥美的鱼;

鸟群遮暗了天空。这样够吗

牛奶盘夜里放在外面,

我们有时想起他,

有时和始终,带着混杂的情感?

《卡勒瓦拉》这首芬兰史诗对于阿什贝利具有特别的影响。北方农场接近地狱的边缘。英雄们前去那里赢得他们的新娘,而这些新娘要抗拒,因为她们是女巫。阿什贝利曾经告诉我,他在农场上长大,农场没有带给他任何欢乐。《在北方农场》以一个信使开头,他有点像卡夫卡笔下那个信使,不可能找到你。这里有讽刺性的暗示，影射希罗多德笔下波斯人用马车传递信息的系统：

> 据说，整个过程要走许多天，沿途要用许多人和马，跑一天就换一个人和一匹马；无论雨雪、寒暑、白天还是黑夜，这些人马都要拼命狂奔，完成指定任务。

我们都知道，这番话其实是美国邮政系统的座右铭的由来，只不过，现在成了一种嘲讽。

开头的六行诗没有直接影射北方农场。但我们还是担心这个信使想给我们的东西。那会是我们的死讯吗？接下来的八行诗加剧了我们默默等候的恐惧。这里几乎没有什么能够生长，却有许多肉、鱼和鸟。当我们把牛奶盘放在屋外辟邪，用以缓和不安的心情时，那个悬而未决的问题更加强烈。这足以挡住即将到来的东西吗？

开头的六行诗和接下来的八行诗都以开放性的问题结尾。我喜欢阿什贝利的诗歌，热爱这位诗人已有六十年，我至今还是想知道，这种开放性是不是最微妙地暗示了他那种美国人独特的消极崇高性。

写下以上文字时，阿什贝利仍然在世。他在九十岁时去世。自1956年我就认识他。在我们长达六十年的友谊里，我们主要靠电话和书信保持联系，尽管我经常主持他在纽黑文和纽约的诗歌朗诵会。我们也曾经一起去过葡萄牙，还一起去过巴黎一两次。

阿什贝利到了国外好像就变了一个人。一路上他暗自欢喜，唯一担心的只是住的旅馆和游览的日程。当我想到他和阿蒙斯的时候，我意识到，外表冷静的阿蒙斯在某些时刻更是充满了巨大的焦虑。阿什贝利表面上看焦虑不安，但总体来说，他还是更适应这个世界。无论是作为诗人，还是作为人，我都非常喜欢他们俩，但我更接近阿蒙斯，对阿什贝利则更加敬畏。他们两个都是大诗人，都是美国诗歌传统的中坚。现在，在 2018 年 1 月初，我意识到阿什贝利的时代结束了，正如在 1955 年 8 月初（一个月后，我开始了在耶鲁的教学生涯，一直到今日），史蒂文斯的时代结束了一样。

约翰·惠尔莱特:《鱼食》
John Wheelwright, "Fish Food"

在哈特·克兰自杀之后仅仅三年,约翰·贝里曼在其早期的一首诗歌中,深情地哀悼了他的前辈:

> 定格时日的碎光,哀悼
> 圆满阳光留在这里的第一个传奇。
> 慢慢而温柔地踏着沉寂,当尘灰
> 扬上天空,挡住外面的声音。

> 碎语:在光线范围之外
> 在一切建筑之外,在最后的暗礁之外,
> 他默默地藏在黑夜中的大海——
> 沉思着上面肖然不动的大桥。

写这首诗时,贝里曼才二十一岁,结尾的几行,其韵律颇得克兰的神韵。"碎光"与"碎语"辉映。克兰变成了一个神，对着大海和他讴歌的大桥沉思。

献给克兰的挽歌有很多，写法多样。杰弗里·希尔的这首挽歌写得特别让人不适，却有一些永恒的价值：

> 公布他的名字，流亡的汇款人，
> 把我们引向书本，感化我们的浪子。

伊沃·温特斯曾是克兰的朋友，他在其挽歌中任性地颠覆了高浪漫主义时期诗人对俄耳甫斯形象的想象：

> 但里拉琴上的手指
> 像报复的火焰一样张开。
> 不朽的舌头，从扭曲的
> 空洞身体伸出，
> 从破碎的血梦中惊醒，
> 沿着溪流高唱没有意义的歌声。

说克兰的歌声"没有意义"，这太荒谬，不值一驳。我们最好还是看看那些纪念克兰的有诗歌价值的挽诗。

> 他跳起来，看见一个岛，像一只手，

他在岛上生活过,那些手都不友善。
这个岛跳起来抓住他:最后
他所有的东西都看不清。

这是英国一个不太著名的诗人朱利安·西蒙斯在 1942 年写的一首挽歌。克兰的朋友马尔科姆·考利在其诗歌《大海里的鲜花》也向克兰致敬。这首诗歌影射了克兰《航行 II》中那个神奇的比喻:用一朵飘浮的鲜花,瞬间就包围。除了约翰·布鲁克斯·惠尔莱特的《鱼食:献给哈特·克兰的悼词》——我在后面打算更加详细地赏析——这类挽歌中,写得最好的,是罗伯特·洛威尔诗集《生活研究》中的《致哈特·克兰》:

当普利策奖雨点般落在一些用肥皂水
冲刷我们干渴的嘴唇的傻子或怪人身上,
没有人考虑我为什么喜欢
跟踪水手,撕碎山姆大叔
虚假的镀金的桂冠,抛撒给鸟儿。
因为我知道我的惠特曼,这个美国的陌生人,
像一本讲述我的国度的书:我,
红头发的卡图卢斯,一度愤怒的
格林威治村民和巴黎客,习惯扮演
同性恋的角色,像狼一样扑食

迷失在路易十五广场的饥饿的羊羔。
我的收益是一个破了洞的口袋。
谁要求我,我这个年纪的雪莱,
为了吃住,必须得把心掏出来。

这首不规则的十四行诗,尖锐地把哈特·克兰视为再生的卡图卢斯和我们时代的雪莱。将之与杰弗里·希尔挽歌结尾的反讽对比,更能给人教益。一如既往,我不太愿意承认杰弗里·希尔是自托马斯·哈代和劳伦斯以来的主要英国诗人。相比之下,在我看来,洛威尔的起点很高,中间有个急坠的过程,然后又反复积蓄力量,重新起飞。我宁愿相信,洛威尔诗中的说话者就是克兰,尽管其散漫的话语方式与克兰的隐喻诗学相抵牾。作为惠特曼和梅尔维尔的真正传人,这种崇高的隐喻诗学明显是克兰几乎所有作品的特征。

惠尔莱特也是爱默生和惠特曼的传人,也与克兰是好友。克兰去世八年之后,惠尔莱特在波士顿遭遇车祸,被一个醉酒的司机撞死,年仅四十三岁。他出身高贵,是一个托派分子,在被社会党开除后,他帮助建立了社会主义工人党。尽管他明确倡导禁欲,但他可能是双性恋。他生前是波士顿文化圈的中心。除了与他的远亲、令人畏惧的艾米·洛威尔经常发生冲突,他和罗伯特·菲茨杰拉德、奥斯汀·沃伦、著名的布莱克研究专家 S. 福斯特·达蒙(也是他的妹夫)、昆西·豪、约翰·皮尔·毕肖普、马尔科姆·考利、霍拉斯·格雷戈里等文学名流关系亲密。

如今,惠尔莱特几乎已遭遗忘,但我同意约翰·阿什贝利的看法,这位波士顿革命者是一位重要诗人。无论是在其文学作品还是在生活中,他都是浮夸炫耀、肆无忌惮。无论什么天气,他都喜欢穿一件浣熊毛皮的旧大衣,站在临时演讲台上,面对波士顿的工人,宣传托洛茨基的思想。惠尔莱特为他的血统感到骄傲,他是约翰·惠尔莱特牧师的后代。早在殖民地时期,约翰·惠尔莱特牧师就因为支持他嫂子安妮·哈钦森的唯信仰论,遭到马萨诸塞湾区神权社会的驱逐。我年轻的时候,结识了奥斯汀·沃伦,我对他十分敬重。他认为约翰·布鲁克斯·惠尔莱特是新英格兰的圣徒。在宗教上,惠尔莱特属于英国圣公会教派的一脉,这个教派深受犹太卡巴拉等神秘主义学说的影响。

惠尔莱特献给克兰的挽歌,取材于古挪威语的托尔神话:托尔猛饮连着大海的酒杯,海平面就下降了;托尔举起一只猫,驱赶抱住大地的海龟,海龟只好悄悄地离开它习惯的地方:

> 当你像托尔一样猛饮,是否想起喝奶或酒?
> 当你饮着咸腥的海水,你是不是想到喝血?
> 或用让你变得更加愤怒的目光,透过光影
> 看见鲨鱼、海豚、海龟?你看见那只猫吗,
> 托尔提起它,离开了立体的大地?
> 你会喝干那深不见底的酒杯,用真空来解渴——

大海的奶头在给你喂奶，你深深地沉入
泡沫一样的梦，在摇摆的闪电般内在惊奇的
半透明的藤蔓之下。老鹰现在不能
抓到你身体的任何部位，掠过杯子一样的山
作为他们愤怒的标志，点燃对于其他惊奇的
自我仇恨的余烬，展开白色的燃烧的风景。

鱼现在看着你，它们的眼睛不会说长道短。
它们不会惊奇。它们会啄食你，
会吻你；每个吻都带走你一点点肉，
直到只有你的骨头会跟随湾流翻卷。
正如啄食你的鱼，那些诋毁者、吹捧者
都随心所欲地咬噬你声名的尸体。现在
在中午的浪潮中，你不再思想的结构的骨头
如你所愿在闪光。正午用小小的磁石一样的
头痛拉扯你的眼睛；意志从你的血中渗出。
意义的种子从思想的豆荚中进出。你掉落。
时间无形的搅动改变了珍珠色的大海；
像一颗珍珠般的雨滴，从巨大的水钟
掉落；滴答，滴答。你掉落。

水接纳了你。我们在死亡中出生的水溶解了你。

现在你有这意愿，愿接受这伟大的洗礼。
正如母亲或爱人带走你的痛苦，洗净
你的悲伤，你走了，你睡了，没有打鼾。
静静地躺着。你的愤怒随着明亮的洪流
远去；正如，一个坏朋友伸出他的手时，
你说，"不要再说了。我知道你没有恶意。"
你的愤怒来自何地，谁像石头一样
充耳不闻密西西比河流动的私语？
你掉落时看见了什么？你入水时听见了什么？
你的耳朵会因此而沉醉？
我不再追问。你没有看到或听到任何邪恶。

  惠尔莱特喜欢运用长长的诗行，这是一首六音步诗歌，有时他甚至会使用布莱克式的七抑扬音步。"鱼食"这个即兴的标题背后，暗藏的是势大力沉、充满预言性诱惑力的玄机。我自童年时第一次读到此诗，就喜欢上了，如今已入衰年，它仍然像一个谜。克兰冷静的时候，总是彬彬有礼，温柔和善。尽管他自称那首灼热的诗歌《附体》是"愤怒和部分欲望的记录"，但即便这首地狱之火一样的抒情诗，依然以"我们欢快的游戏中的明亮石头"结尾。在这首诗里，为什么惠尔莱特要提到克兰加剧的愤怒？当克兰原谅了他这个挽歌作者的错误时，他又谈到了克兰愤怒的平息。但在结尾几行，的确再次提到了克兰的愤怒。这几行影射的是克兰的诗集《桥》中的一个篇章《河流》：

> 你不会像大海一样听到它；甚至石头
> 不会因为重力而更加沉默……但慢慢地，
> 正如不情愿做更多致敬——逐渐倾斜，
> 像一个眼睛早就被埋葬的人。

约翰·阿什贝利十分崇拜惠尔莱特和克兰。他那首杰作《潮湿的窗户》的结尾几行，总是萦绕在我的记忆中：

> 无法拥有它，这让我愤怒。
> 我要用我的愤怒建一座
> 阿维尼翁那样的桥，人可以在上面跳舞
> 感受在桥上跳舞的滋味。我终会看见我完整的脸
> 不是投影在水中，而是在我这磨损的石头桥面上。
>
> 我将保守秘密。
> 我不会重复别人对我的评论。[1]

我想起与阿什贝利的一次谈话，我告诉他，我认为这首诗与哈

---

[1] 《潮湿的窗户》，马永波译，出自《阿什贝利自选诗集》，人民文学出版社2019年版。

特·克兰的《布鲁克林桥》和惠尔莱特对于克兰的看法有关。阿什贝利的愤怒缘于要为我们的审美愉悦建一座桥，正如惠尔莱特公正地将创作的愤怒归咎于幻想建一座桥的克兰。我还联想到艾略特在《干燥的塞尔维吉斯》开头献给哈特·克兰的悼词：

> 关于众神，我知道得不多，但我认为那条河流
> 是个强壮的、棕色的神——神情阴郁，桀骜不羁，
> 耐心有限，起先作为新的领域被人认知；
> 作为商业的运输者，有用，却无法信赖；
> 接着只是作为修桥者面对的一个问题。[1]

阿什贝利拒绝扮演纳喀索斯，最终在磨损的石头桥面上看见了自己完整的脸，因为我们这些人——它诗歌中的舞者和诗歌的读者——已经把桥当成一面自我之镜。惠尔莱特笔下的克兰有更严酷的命运，因为他的桥的结构在他身后依然闪光。在问出这些开放性的问题时，《鱼食》提升到了近似于克兰自身的那种难以解释的雄辩高度：

> 你掉落时看见了什么？你入水时听见了什么？
> 你的耳朵会因此而沉醉？

---

[1] 《干燥的塞尔维吉斯》，裘小龙译，出自《荒原：艾略特文集·诗歌》，上海译文出版社 2012 年版。

我不再追问。你没有看到或听到任何邪恶。

无论是我们还是惠尔莱特,都不知道克兰掉进加勒比海时看见或听到了什么。我们知道这点就够了,这位最有天赋的美国诗人,至少是惠特曼和狄金森之后最有天赋的美国诗人,毫无征兆地回到了生来就有的力量:

> 大海陡立,像钟楼……我听到风
> 分享咸水,飞旋出圆柱状的吻
> 像倾盆暴雨,巨浪拍岸,切开
> 我们的心胸——我——她,切开我们生来就有的力量……[1]

这是克兰在1926年到1927年间写的一个片段,惠尔莱特不可能读到这个片段,他也不需要读到。作为克兰的读者,我读他的时间超过了四分之三个世纪。关于克兰独特的魅力,我从惠尔莱特那里学到的东西超过了所有其他人,除了几个批评家同行。

---

[1] 《归来》,赵毅衡译,出自《美国现代诗选》,外语教学与研究出版社2019年版。

詹姆斯·梅里尔：《伊夫雷姆书》
James Merrill, *The Book of Ephraim*

我第一次遇到詹姆斯·梅里尔是在 1959 年，此后不久就开始阅读他的诗歌。直到二十世纪九十年代初，我们主要靠写信和打电话保持联系，但我们的友谊与其说是私谊，不如说是文学情谊。他温柔、善良、彬彬有礼，但我们性情迥异，彼此都很困惑。

直到 1976 年我阅读和评论了他的诗集《神曲》（*Divine Comedies*）之后，我才大致上有资格崇拜他的作品。但有几首是例外，如《镜子》《致普鲁斯特》《1964 年的时光》，这些是我误打误撞上的。不过，这一切都因《神曲》的出现而改变，这部诗集在 1976 年刚问世，我就写下了评论。其中的《失落在翻译中》和《伊夫雷姆书》令我大受震撼。

梅里尔的回应令我惊叹不已，他以狡黠的口吻暗示，我是宙斯，他是盖尼米得。一年后，他定期给我邮寄正在创作中的《米拉贝尔：数字书》（*Mirabell: Books of Number*）和之后的《神谕录》（*Scripts for the Pageant*）。当我请求他给我更多的诗作并少用一些全是大写字母构成的长长段落时，他以忧伤的语调严肃地责备我说，为诸神斟酒的美少年盖尼米得失宠了。我后悔不迭，但说实话，我依然喜欢《伊夫雷姆书》，可从来没有喜欢过《米拉贝尔》和《神谕录》。

在 1976 年到 1978 年间，我和梅里尔有过持续的交流，有时面对面，更多时候是打电话。我们讨论了叶芝的《幻象》、诺斯替宗教，以及叶芝与雪莱和布莱克的关系。在诗歌影响的观念上，我们针锋相对，但我们避免了冲突。我愉快地笑对《神谕录》中那句明显可见的攻击："邪恶的布鲁姆们在高层次上挑起敌对。"

梅里尔临终之日经历了漫长的煎熬。他在 1995 年 2 月 6 日去世，要是再活一个月，他会迎来六十九岁生日。他最后岁月写的一些诗歌很优秀，如《1994 年的时光》，歌颂了"从星星到星星的会心眼神／老朋友的笑声"。

如果节选一些部分来讲，《伊夫雷姆书》会失去很多魅力，所以我这里把重点放在《镜子》、《失落在翻译中》（这是保罗·瓦莱里的《棕榈树》另一神奇的版本）和船歌《萨莫斯》（我认为这是《神谕录》中最优秀的一首）。

相对说来，《镜子》是梅里尔早期的作品，却是他诗人心灵的自我辩护书：

> 我在强烈的质疑目光下
> 老去。扯淡，

我想说，我不能教你们这些孩子
如何生活。——如果不是你，谁会？
其中一个大声问，抓住我镀金的
镜框，直到世界摇晃。如果不是你，谁会？
在他们来访之间，这张桌子，桌上布置的
圣经、蕨类植物、桌布的漩涡纹图案，所有过去的改变，
都做得很好。如果我曾经觉得奇怪
对于他人忍受的东西，
穿过客厅，你提供了例子，
大大张开，充满阳光，与我格格不入的
一切。你拥抱一个完整的世界，从未在乎
让它有序。那引人深思。那里
有些东西被挑选出来。那张红白色的印花大手帕
入了我的心。一个英俊的年轻人
骑马经过。现在，门关上。海斯特
偷偷告诉我她第一件不愉快的事。
你知道，这些要不是我，从来不会
拉扯在一起。那么，到底是为什么
他们越来越冷落我？昨晚，又是一个无眠的
仲夏夜，我尽力想用五张纸条
堵住你的呼吸。不，那个守寡的表妹说，
让它们出去。我照办。

房间里充满了灰色的声响,全都是

你梦中涌进的女人……

现在,多年后,两个长大的孙辈

坐在窗台边埋头看小说,

满足于沉思你的高度的透明,

你的云,棕色的大地,远处的柿子

和近处的柏树。一个人在说话。这些

表象多么肤浅! 自从那以后,似乎一条鱼

打破了我反思的完美的银器,

我走神。我怀疑

身后的目光,那里根本没有什么,冷冷的目光

穿过我心灵的盲点。随着时日,

随着数十年拉长,这幻象

铺开,变黑。我不知道那是谁的目光,

但我认为它在注视我最后的银器

被生活毒打、弄晕、吹散的树叶,不断朝下

碾磨哑然的比喻,直到停止

从那里,甚至你也不能在我身上弹奏出任何漂亮的

和声,那时,我顺从于没有面容的意志,

我的回声。

一面镜子的戏剧性独白并不是什么新鲜事,但我想不起哪一

面镜子有这里的镜子如此雄辩,这面镜子是日渐衰败的美感意识的自我写照,它固定在一个地方,正对一扇朝经验敞开的窗。年深日久,无人光顾,这面镜子的作用减少,自豪磨灭。在梅里尔笔下,当两个成年的孙辈对着高大透明的窗子沉思,其中一个打破了这面镜子意识的容器时,危机就出现了:

> 一个人在说话。这些
> 表象多么肤浅!自从那以后,似乎一条鱼
> 打破了我反思的完美的银器,
> 我走神。我怀疑
> 身后的目光,那里根本没有什么,冷冷的目光
> 穿过我心灵的裂缝。随着时日,
> 随着数十年拉长,这幻象
> 铺开,变黑。

梅里尔神奇地从肤浅的表象中捕获了一条鱼,但这条鱼似乎打破了他反射的镜子。走神的镜子中进入了一丝偏执。一切都有代价,诗人的心灵悄悄地出现了裂缝(flaw),如同突然风卷起来的雪花。梅里尔在这里借助词源玩弄了一个双关,"flaw"既指"裂缝",也指"一阵狂风"。梅里尔用精彩的策略,以预叙的手法,将不断朝下碾磨、最终陷于沉默的诗性奇喻和这面银镜映照的遭到毒打、失去知觉、最后四处飘飞的树叶联系在一起。衰败镜子的独白在没

有露面的意志中回荡，令人联想到叶芝的笔触。这首诗神奇地用"我顺从"来结束。在这里，"顺从"这个丰富的语词诠释了其全部的含义。镜子或梅里尔是顺从的、可以规训的、可以引导的，但首先是可以验证的和判断的。

我是在他的诗集《神曲》出版后，才读到两年前发表在《纽约客》上的《失落在翻译中》这首诗。这首诗写得非常直观，深深地打动了我，尤其是其结尾：

> 为了翻译《棕榈树》，过去几天
> 我还洗劫了雅典。
> 无论是歌德故居，还是国际图书馆
> 似乎都不能发掘它。但我不能
> 只凭想象。我看见过它。知道
> 里尔克自己放弃了多少
> 太阳催熟的原创的幸福，
> （他喜欢法语词——果园、墙、香气）
> 为了表现其潜在的意义。
> 知道在他那种语言
> 多少痛苦，多少庞大而单一的真理
> 遮蔽了一个接一个诗节的对称的
> 押韵的有车辙的街道。知道留下来的
> 崇高而荒凉的平面图，温暖的传奇

一块石头接一块石头地黯淡、冷却；
有凿痕的名词，由于余晖中树叶雕刻的大写字母
而变得更高，比生活还孤独。
小猫头鹰停止了窥看和比开元音还高的
叫唤。雨后
星际充满了深沉的回响。

这是失落，还是埋葬？另一首失落的诗作？

但没有东西失落，或者说：一切都是翻译
我们的每一点都失落在翻译中
（或者发现——我时而会穿越
S 的废墟，沉思着宁静）
在那失落中，一棵忘我的树，
语境的颜色，肉眼看不见，
与它的天使一起沙沙响，将废物
变成影子和纤维，牛奶和记忆。

《失落在翻译中》的献词是里尔克翻译的瓦莱里诗歌《棕榈树》第七节的头四行。梅里尔将它们翻译成了流畅优雅的英语：

These days which, like yourself,

Seem empty and effaced

Have avid roots that delve

To work deep in the waste.

这些日子像你一样，

看似空洞和忘我

却有热切的根，深插

进入废墟耕耘。

找寻里尔克的译本，是《失落在翻译中》这首诗的一种意义，但这种意义只是梅里尔想表达的诸多失落意义之一。如果一切都是翻译，我们都失落在翻译中，那么，我们会想起叶芝在《1919年》中的悲叹：

但是可有什么慰藉可以找到？
人深陷爱欲，且喜爱消逝的东西，
还有什么可说的？[1]

一直喜欢叶芝诗歌的梅里尔，转向瓦莱里寻找不同的慰藉：

---

[1] 《1919年》，傅浩译，出自《叶芝诗集》，上海译文出版社2018年版。

在那失落中,一棵忘我的树,
语境的颜色,肉眼看不见,
与它的天使一起沙沙响,将废物
变成影子和纤维,牛奶和记忆。

这里的树是棕榈。瓦莱里和史蒂文斯可能知道什叶派的这个神话,即造完亚当之后,还剩了一点红土。真主安拉就用这一点余料,捏了一棵棕榈树,作为亚当的妹妹。我想,在二十世纪九十年代初,我告诉梅里尔这个神话之前,他是不知道的,但这并不重要,因为他毫不吃惊。

像叶芝、普鲁斯特和卡瓦菲斯一样,梅里尔是我们失落的爱欲天堂中的诗人。我能够听到他欢快吟诵他写给普鲁斯特的赞歌:"被爱的人总是离去。"我怀疑,叶芝可能不会喜欢梅里尔的诗歌,但普鲁斯特和卡瓦菲斯可能会喜欢。

在《伊夫雷姆书》接近结尾时,梅里尔近乎抵达了某种真正的崇高:

我应该更加轻松地走向那春潮
知道它肯定在没有向导下测量?
没有任何人,沿着这些诗行没有任何东西
或者那些,他们的写作,不无公平地说,
直到现在,映照和包含了一些引导的力量,

不能简单勾销。无论是在这个世界的诗歌

　　还是这首诗歌的世界，我

　　都学会了为自己思考。一闪闪的

　　洞见伤害或迷惑了肉眼，没有

　　计量透镜聚焦它们，没有命运

　　遮蔽如严肃的有韵律的声音，服从那些眨眼

　　带着狂喜充斥了姐妹星系。

　　缪斯和造物主，都不知所措……

　　这首诗歌的肌理神奇地交织在一起，没有丝毫停顿的空隙。如同前面那首诗歌中的镜子，这也是一个缩影。浓烈而危险的机智，走向了嘲讽的边缘，随后又退回。一种轻盈而强烈的知觉暗示它受到蒲柏和拜伦的影响。

　　梅里尔最好的抒情诗可能是船歌《萨莫斯》。我经常吟诵这首诗，我想，即使《神谕录》中其他诗都消亡，这首诗歌依然会流传：

　　整夜在海上，我们仍然有落日的

　　感觉，金色的油泼在水面，

　　抚慰着它的起伏，让睡眠者觉得

　　那种内在的羊膜一样的在家的感觉

　　在摆渡他到一个岛——现在借助梦火，

　　我们人体的每个器官（都感觉到）

在里面燃烧,现在借助船的雷达的
冷静的第六感或绝不有错的星光指引。
我们在这里。大海和大陆这对孪生兄弟
起伏了几个小时——色彩、声音、香味——
在眼前放了一块发光的
羊角面包:那是散发着温暖的粉红色光的港口。

一缕缕火在为海石编织一网兜的
光。多么让人心动的色感!
斑岩,雪花石,橄榄石,
在白昼死去的半透明的石头,
只要求在热水里快速浸泡
为了真正的圣徒带着光辉前来——
照亮的水晶思考着光,
折射着光,灰色的棱镜状的火
或者黄灰色的大海稀释了的蓝色……
波长每日深刻地记下织机和车轮
留在大陆的母题。
对于那些谛听的人,这就是应许之地。

今日有一点眩晕?泥泞的内路
在刺痛神经的光里摇晃旋转,

跳着大地古老的舞蹈，
那里的老人，像用银色与大地性交的
橄榄树一样扭曲——他们像刀锋一样
感到奢侈和贫穷，这大地
如果不是面包，就是坟墓——他们
庄重地直立在悲观之上。我们饮用
当地的酒，像喝水一样"喝酒"，
拍手要求更多，声称就是这个岛，
周身被白色的咸咸的火舌舔遍，
就是正午跳动的余烬，被火把耙起，

现在只知道土、风、水、火！
因为曾经跳出煎锅，掉落在
永恒的无时间性的火里！
血的最小红色单片眼镜，这只伟大眼睛的
放大镜，只用自己的光线，
在"这世界的魔火"中看见更多
有音节和意义的图片，
不只是舞台上精明的交叉火力，来来去去，
我们想要无意的远足和登山，
渴望朝上荡漾的火圈，
朝外荡漾的水圈（足矣！）……

（现在一些细节——这怎么能自圆其说？）

我们房间高出于洗白的滨水区的三段楼梯，
毕达哥拉斯在那里诞生。一条天蓝色
铁铸的逃生通道朝下延伸到水里。
游艇在镜子一样的泊位上吱吱作响，
来自瑞士或索马里兰的声音掠过水面，
告诉这个人或那个人如何跨过水面
到以弗所，然后与厕所水一起回来，
还有一盒两千克重的土耳其手信——
乳脂松糕。它们在记忆里
闪着纯粹的光，甚至它们，那流泪的眼睛，
正如与落日，或天真，
一起黯淡的事物，难道会有特别的意义？

萨莫斯。我们不断地想要理解
我们能理解的东西。我们不是第一段
水域的灵魂，尽管我们乘风蹈火，
我们将是另一个大地的灰尘
在这里播下的种子为人所知之前。

这一首船歌让我们想到但丁、彼特拉克、薄伽丘。这种歌曲起

676

源于十一世纪的普罗旺斯，先后在意大利和西班牙流行。通常它有五个诗节和一个结尾乐段，它没有副歌部分，取而代之的是五个押韵词的形式。梅里尔在这里成功地利用了"意义""水""火""土"和"光"这五个语词的互动。萨莫斯是爱琴海东部的一座岛，因为是毕达哥拉斯和伊壁鸠鲁的出生地而出名。萨莫斯生产的酒在古代很珍贵，现在仍然可以饮用。

对于梅里尔，萨莫斯是应许之地。叶芝笔下的拜占庭萦绕于此诗，但却不着痕迹。当梅里尔高呼要与萨莫斯融为一体，就像叶芝笔下火焰点燃的火焰，这时，那种逃避出现了动摇。结尾是颂扬：

> 萨莫斯。我们不断地想要理解
> 我们能理解的东西。我们不是第一段
> 水域的灵魂，尽管我们乘风蹈火，
> 我们将是另一个大地的灰尘
> 在这里播下的种子为人所知之前。

赞美是多余的。梅里尔的面容有着奇怪的辛酸，他的眼神如狂风吹起的海浪溅沫，凝望失落的天堂。我吟诵着这段结尾，为他的离去痛惜不已。

杰伊·麦克弗森:《告别方舟》
Jay Macpherson, "Ark Parting"

我曾到多伦多大学讲学多次,在那期间,加拿大诗人、学者杰伊·麦克弗森成了我亲密的朋友。麦克弗森比我小一岁,尽管她害羞,但我们还是很快惺惺相惜。我一直喜欢她的诗歌,我至今引以为傲的是,当初是我坚持要出版她那部出色的诗集《孤独的精神》(*The Spirit of Solitude*, 1982)。我最后一次去多伦多做系列讲座时,就客居她家。她在 2012 年去世,我十分悲伤。她是一颗稀世的心灵,我找不到任何相识的人可与她相提并论。

杰伊·麦克弗森是詹姆斯·麦克弗森的直系后裔。詹姆斯·麦克弗森曾宣称,他翻译出了古苏格兰的游吟诗人莪相的作品手稿。人们从来没有见过这批手稿,事实上,所谓的莪相也就是詹姆斯·麦克弗森。杰伊·麦克弗森将《孤独的精神》题献给了父亲,她的父亲与詹姆斯·麦克弗森同名,他一直相信莪相实有其人。

杰伊·麦克弗森的诗歌与众不同。她的诗歌表面上看很天真,其实大有玄机。我最喜欢的一首是《美人鱼》("Mermaid"):

> 这个长着鱼尾、奉上乳房的女士
> 没有别的东西可给。
> 如果挤,她只会挤出盐水,
> 没有人可以喝,可以维生。
>
> 她有一面魔镜,魔力
> 使骨头看起来很白。
> 行人爱说,她白天唱歌,
> 她晚上哭泣。

这种顿悟的寒意,让我挥之不去。这种神秘的语调,是杰伊·麦克弗森的特色。《约伯漂亮的女儿》("The Beauty of Job's Daughters")在我看来是她的经典之作,在这首诗里,神秘的语调提升到了崇高的境界:

> 这个瞎眼的疯老头有天下最美的女儿。
> 看看约伯:指控他的人晚上派来野兽,
> 扛起他的房子使劲摇晃;他不在那里,
> 他上了年纪,需要内向的女儿们照顾,
> 世上再也见不到比她们更漂亮的女人。
>
> 天使和上帝之子是他的近邻,

指控他的人也愿意回转心意,
和约伯散步,让他女儿开心:
敞亮的房间在晚上更加温馨,
屋外的花园散发出隐秘香气。

无论凡人的欺骗,还是神灵的嫉妒,
无论世上的财富,还是天堂的珍宝,
都夺不走约伯的漂亮女儿,
夺不走他的石头花园,音乐夜晚,
和他那大家都来分享的满满酒杯。

或许我们路过她们?在黄昏,或夜晚,
我们还肯定地以为只是沙漠中的树桩,
不是他的女儿,事实上我们怀疑她们
住过那里。这个瞎眼的老疯子的女儿,
世上从来没有见过比她们更美的女人。

  《约伯记》令我着迷,也令我忧伤。我记得杰伊·麦克弗森把这首诗歌的抄本给我看时,我立刻表达了崇拜和困惑。约伯的子女全都遭到指控他的人杀害,而指控他的人是得到耶和华允许的。《约伯记》的结尾插了一段虚伪的废话。我们从中得知,他又生了一堆子女,跟死去的那些子女一样好。杰伊·麦克弗森这首诗歌里有一个专属于她的约伯,尽管也受到一丝威廉·布莱克的影响。"内向的女儿们"是一个温柔的反讽,但也可能不止于此。

在三个神秘而华丽的诗节之后,诗人揭示了这首作品的奥秘。约伯的美丽女儿不过成了沙漠里的树桩,或者说她们根本不存在。"世上从来没有见过比她们更美的女人",这一行余音绕梁的叠句使得诗歌的其他部分都服从于作者异想天开的转化,把什么都没有证明的一种所谓的神正论转换成她自己版本的晚期浪漫文学。杰伊·麦克弗森心目中的晚期浪漫文学,强调的是牧歌和挽歌的倾向,时间跨度是从弥尔顿的《科马斯》到托马斯·曼的《威尼斯之死》。我喜欢和她一起吟诵她对弥尔顿笔下夏娃的改写:

> 痛苦短暂的行为。在荒凉的岸边
> 夏娃看见每个珍贵的特征,装饰了羽毛的树,
> 明亮的青草,清新的春天,与之前一样的
> 野兽,躺在那牢不可破的镜子之下。

> 那个在海下失踪的女孩在那里
> 打理她不死的果园,再也不抬眼
> 看一下盐壳滩,这个人类的母亲
> 躺着做白日梦的地方。

> 这张可爱的脸走出了视线,

在排山倒海的血潮中污损：

亚当在冷夜，

荒原和废木材中行走。(《对影沉思的夏娃》)

正如在弥尔顿笔下，坠入凡尘成为纳喀索斯式的沉思，夏娃在沉思中看见了自我，爱上了她所见。诗人巧妙地利用了英文诗题"Eve in Reflection"中"Reflection"的双关语义，既指"沉思"，也指"纳喀索斯的镜子"。比起再也不回望她在盐壳滩上的白日梦，更加反讽的是，在海下失踪的夏娃依然要打理她的果园。

夏娃的自我反思突然消失，从该隐到我们当下时刻而来的血潮将之击碎。一个异化的亚当行走在荒原中，寒冷和黑暗取代了温暖的伊甸园。杰伊·麦克弗森在她的诗歌《梦乡》("The Land of Nod")中继续描绘了这种黑暗：

自从第一次逃跑之后

该隐注定了永远

在炙热的、把人都要

灼伤的太阳下跑，

或者在寒冷的石头中

在冻成玉柱的溪流中狩猎。

只有在亚伯的梦里

那压碎一切的车轮才开启。

因为亚伯的缘故,这个
上帝宠爱的死去的牧羊人,
该隐在梦乡
才盖住他可怕的头。

当亚伯的手托着脸,
在银色的月华下睡觉,
一个方舟一样的月亮,
照亮平静的羊圈和安静的大地;

尽管他的兄弟的监护人
如此靠近上帝的心,
也不会有审判降临,
将睡眠的人和睡眠的人分开。

  杰伊·麦克弗森师从诺思罗普·弗莱,但她的诗歌主要受威廉·布莱克的影响。她从布莱克身上继承了一种复杂的唯信仰论的立场和表现这种立场的反讽模式。《梦乡》最后四行诗的重负让人想到布莱克式的模棱两可。喜欢亚伯胜于该隐的上帝,不会对两个进入梦乡的人做出判决。布莱克说过,在模棱两可的世界里,沉浮是模棱两可的。

杰伊·麦克弗森对诺亚方舟的喜爱，胜过对诺亚的喜爱。在那一首独特的抒情诗《方舟》("The Ark")中，她这样开头：

知更鸟和雌鹡鸰
老鹰和云雀，
布谷鸟和孵蛋母鸡，
天堂在说
在方舟中结伴：

鹈鹕一脸虔诚，
孔雀神色骄傲，
鸱鹠没有满足，
长了胸毛的新娘
匍匐在床上。

孵化器盖子上
原来坐着乌龟和乌鸦。
我听说，大水赶走了乌龟，
大火赶走了乌鸦，
只是不发生在我们的时代。

诺亚、他的妻子和他的儿子的性狂欢转移到了方舟中所有的鸟类。维纳斯认为神圣的斑鸠在大洪水之后不再神圣。只有在最后的大火中，乌鸦才会被赶走。麦克弗森最后一言以蔽之："只是不发生在我们的时代。"

杰伊·麦克弗森对诺亚方舟的故事很入迷。在她第一部诗集《船工和其他诗歌》（*The Boatman and Other Poems*）中，《船工》（"The Boatman"）就以高超的技艺彻底改写了大洪水的故事：

> 你可能认为这很容易，
> 一个造物主只要不是太懒，
> 就可以让温柔的读者进入方舟：
> 但这要一个心甘情愿的弟子（pupil）
> 接受蚊虫和骆驼——
> 冷静地接受所有必须登舟的乘客。

> 当大洪水在我身后来临，
> 你在四处张望寻找避难，
> 躲过上帝化成大雨倾盆而下的怒气，
> 然后你带上这个温柔的圣灵，
> 你记住，就是读者，
> 你把他从他的肚脐拉出来。

然后在他的体外找到他的野兽，
因为它们必须登上他身体的方舟，
正如上帝的指令，成双成对。
当你拿着它们的船票（tickets），
当你赶着它们前进，穿过他的眼窝（sockets），
让暴风雨打碎上帝创造的世界：注意不是你。

因为你乘着时速近九十的
高高的飓风，
身下有一个牢固的底部——那就是他。
他的肉身提供了防御体，
你会一直找到快乐，
无论在过去、现在或将来。

  这首充满激情的欢快诗歌给人快感。杰伊·麦克弗森的韵律，既有吉尔伯特和苏利文诗歌的乐观精神，也有刘易斯·卡罗尔和爱德华·李尔诗歌的荒谬特点。我们将会变成她的方舟。诗中使用的"pupil"一词是个巧妙的双关，既指"弟子"，也指"瞳孔"，促使我们想起一则关于耶稣的寓言。

  杰伊·麦克弗森将我们从圣灵的肚脐中拉出来，把我们从大洪水中拯救出来。然后，我们的野兽将登上我们身体的方舟，"tickets"（船票）和"sockets"（眼窝）这些押韵的字眼增加了急促

感和华丽感。我们显化的野兽登上我们这具身体的"方舟",我们与它们都安全地避开了风暴。读者坚实的肉身变成了防御体。所有的存在——无论过去、现在还是未来——都取决于我们这些扮演诺亚的读者。

接下来,这艘方舟唱了八首抒情小诗。最好的是最后那一首《告别方舟》:

你梦见了它。从我在的地方,
你抬高了洪水,抬高了那些恐惧。
除了淹死的,其他生灵
都逃脱了你的泪井。

清新的河岸在外面闪光,
在新洗净的眼中非常清晰。
再见。我将再也不会
从你的梦中升起。

这首小诗有着强大的轰鸣。我在其中听到一种独一无二、永不消逝的声音。

艾米·克兰皮特:《隐士夜鸫》
Amy Clampitt, "A Hermit Thrush"

对于艾米·克兰皮特,我只略知一二,尽管她的人生伴侣、法学家哈罗德·柯恩(Harold Korn),曾是我在康奈尔大学读书时的本科密友。1983年,她的诗集《鱼王》(*The Kingfisher*)出版之后,我立刻对她的诗歌赞赏有加,部分原因是,她擅长书写保罗·弗塞尔命名的"美国海岸颂"。这一文学传统开始于书写"海流"挽歌的惠特曼,继承人有史蒂文斯、艾略特、克兰、毕肖普、斯文森、阿蒙斯和詹姆斯·赖特。我认为,克兰皮特的《海滩玻璃》足以跻身这一行列。在《影响的剖析》中,我写过《海滩玻璃》的评论,在此不再赘述。艾米·克兰皮特最重要的作品是《向西》(1990)和她的绝笔之作《沉默打开》(1994)。不过,她最动人的一首诗还是诗集《古风人像》(*Archaic Figure*, 1987)中的《隐士夜鸫》:

没有东西是确定的。在这最漫长的一天,
穿过没有低潮覆盖的地峡,爬上

高潮时将会再次成为岛屿的
碎石坡。

自从幸福赌完之后的十年,
那个未经预谋的渺小要求,年复一年
把我们带回这里,拖着
准备再一次野炊的东西——

黄瓜三明治,海风净化的
无花果——没有人知道这磅礴的
大海和另一个冬天的狂风
可能会做什么。但仍然在那里,

……

像我们拉长的依恋,抓住不放。
无论什么道德教训可能得到认同,
得出一个没有用,
这里什么都没有

可以继续抓住,代表任何所谓的美德
(尽管身处逆境,或许也要继续抓住)

或者任何只不过是人的倾向——
比如，固执地坚持

完全错误的信条。尽管无论如何
继续抓住意味把越来越少的东西
视为当然，还是有几样东西看起来可以
肯定，正如这最漫长的一天

将会再次到来，好像屏住了呼吸，
几个月长的日渐衰减的呼吸
将会再次开始。昨夜，你弄醒我，
叫我看一眼木星，

那巨大的余烬目不转睛地
在银河的浴缸里转动。我们一边看，
一边担心所有的东西都不可能
继续抓住——

没有点是固定的，没有立脚点，
只有漫游，摆脱了系钩线，
摆脱了海员的绳结，摆脱了
支索和拉线，它们

主要都是我们自己搞出来的。从那样一个
苍天，天使般冷漠的导师怂恿我们
鄙视一切依恋，
鄙视任何牵连，认为它们

终究不可靠。尽管是基础，
一年又一年，
大地疼痛的肌肤
缝缝补补，尽其所能。

……

最终不能缝补的东西，盐雾
会将其擦亮、提纯：大量修剪的
向海的云杉丛在岁月的磨洗中
闪亮，像银色的树木。

没有东西是确定的，除了限制住我们的
海潮，仍然为每一次野炊
限定条件——今天，我们再次
停留太久，鞋都湿了——

一切依恋可能最多能证明

一件破败的、多次缝补的东西。眼看

这最漫长的一天藏身于

这僧帽一样的阴云之下,

在雷电和风雨中,我们等待,

然后丢下一切倾听,像一只

隐士夜鸫,净化它破碎的、

迟疑的、但最终

绝不会断裂的歌声。从什么源头(我们身外

或身内的井?),那种看透的联系到来——

如此不折不挠、简直没有一点人性的

递减序列——几乎

没有留下一个语词表示惊奇,在这种人生,

在这样一件粗制滥造、大而笨重、

经常缝补、不是不满意的东西中,

我们有如此多的不确定。

  艾米·克兰皮特非常熟悉惠特曼的诗歌《最近紫丁香在前院开放的时候》和艾略特的诗歌《荒原》中的《隐士夜鸫》。但是,将笔下的《隐士夜鸫》最终绝不会断裂的歌声，放在这无限温柔、见证永不终结的依恋之情的证言结尾，艾米·克兰皮特悄悄地绕开了她那些杰出的前辈。与笔下《隐士夜鸫》破碎的迟疑的歌声形成对照的，是艾米·克兰皮特和丈夫哈罗德·柯恩的婚姻生活：努力坚持、重新包扎、反复破裂、经常缝补，但依然不离不弃。

一个学生对我说过，这首一共七十六行的诗歌，哪怕是为了赞颂一生的爱恋，看起来还是太长。我现在不记得当初是怎么回答的，但由于当时我已年过八旬，我有时会想，六十年后，我的学生可能就不再同意自己的说法了。即便哈罗德·柯恩不是我年轻时的密友，我仍然相信《隐士夜鸫》会令我觉得辛酸。

现在我想谈谈《航行》（"Voyages"）。这是同名组诗中第八首抒情诗，标题是对约翰·济慈的致敬：

> 1932 年 4 月 27 日，哈特·克兰
> 走到"奥里萨巴"号的船尾栏杆，
> 脱下外套，跳入大海。十七岁时，
> 一个矮小丑陋的孩子，来自
>
> 俄亥俄平原的玉米地、轮胎橡胶厂、
> 钢铁厂，那里漫不经心地生养了他，
> 在第一次迷人的远航中，他凝视着
> 槽形的加勒比海，称它是自己的家。

回到他从未自在的地方后，有一次
他看到南大街下起清晨的骤雨——
希腊移民急于当美国人——
他极力想象波弗罗在阿克伦城

（希腊语中指"高地"）；窗扉，挂毯，
编织的爱巢，日常的雨夹雪，
老鹰，一瘸一拐的兔子，冰雪覆盖的草，
济慈经常做的温暖的梦——

他常常觉得冷冷，他渴望的眼睛看着
铁匠的炉火："多么光彩啊"，他写道，
（像史蒂文斯一样）哆哆嗦嗦，看见星星
缠上闪亮的腰带：那种寒冷，

是怎样的灾难？盐雾即将来临？那种寒冷——
一个长时间的终生的雪人都不知道。
在涅瓦河边，曼德尔斯塔姆写到了 12 月里
寒冷的雾蒙蒙的列宁格勒。或者（他写道）

推开亚得里亚海的一扇窗！一扇窗，
献给被剥夺的读者，献给没有自由

呼吸的人，甚至没有自由呼吸莫斯科的臭气。
但在这扇永恒冰冻的窗格上，

……

温暖的梦，破旧的货
太迟送到意大利，只有一捧可怕的
血（海水浸透了他的心）：
这次航行，每次航行，最终都是残酷。

1937年2月，从流亡回到平原城市
沃罗涅什，类似阿克伦城，曼德尔施塔姆
以一种几乎是死后才用的耳语，写到
蓝色的环港，突发的航行——离开的场景

正如现在，他朝更残酷的无名的海底
开始航行，终点只是长满假发一样海草的
失事的内陆船只才会标记的地方。
没有开启的航行，遗忘河一样的寒冷，几乎

难以忍受的抵达！济慈饥渴的目光凝视着
梦寐已久的那不勒斯湾。精神灭绝。

拍岸海浪的闲聊，在西班牙台阶边一晚上
无眠。信没有人打开。

艾米·克兰皮特用了十二个四行体诗节，巧妙地将克兰、济慈、史蒂文斯、曼德尔施塔姆编织进去。这份才华令我惊讶。济慈温暖的梦变成了曼德尔施塔姆的梦，并与哈特·克兰在十七岁时到了加勒比海有如回家的感觉相联系，与华莱士·史蒂文斯看见极光转化成了星光灿烂相联系。"海水浸透了他的心"，这是荷马《奥德赛》第五卷中对奥德修斯一个遇难船友的描述，艾米·克兰皮特在这里直接引用了乔治·查普曼动人心魄的译文，查普曼这句译文点燃了济慈的渴望，他想成为这句诗歌所写人物的化身。

艾米·克兰皮特在诗歌和生活中找到了她的温暖。无论是作为系列组诗的《航行》，还是作为组诗中最后一首同名抒情诗的《航行》，都描绘了她自己回到前辈身边的归航。她将自己的散文集取名为《前辈及其他》(*Predecessors, Et Cetera*)。但是，作为她作品的忠实读者和景仰者，我和她一样意识到，济慈、克兰、史蒂文森、曼德尔施塔姆构成了她无法加入的星河。她的执着和永恒属于另一个等级秩序。她喜欢的是霍普金斯（济慈和惠特曼的绝佳合体），她不会奢望与其赫赫威名比肩。不过，我还是会继续回到她的诗歌中。

结语
追忆似水年华

我从十九岁开始就一直阅读普鲁斯特，此前写过他三次，我在此继续写他，因为在我动手撰写此书六年之后，我才恍然大悟，相比其他人，除了莎士比亚和约翰生博士，他才是我这项写作计划背后的关键。普鲁斯特笔下最重要的是那些特权时刻，即突然的顿悟带来的狂喜。你可以用许多不同的方式去数那些时刻，但在我看来是数不胜数的。

我们大多数关于时间和记忆的理论溯其主要源头恐怕在圣奥古斯丁身上。奥古斯丁认为，认知和爱都依靠记忆的活动。当然，你可以把奥古斯丁看成基督世界中最伟大的柏拉图主义者，但这主要还是因为他把基督等同于上帝的智慧。彼得·布朗（Peter Brown）在伟大的传记《奥古斯丁》（*Augustine of Hippo*, 1967）中指出，奥古斯丁的童年与我们的想象大相径庭。公元四世纪没有十字架。那时，基督就是上帝的智慧。

布莱恩·斯托克（Brian Stock）在《奥古斯丁读本》（*Augustine*

the Reader, 1996）中有力地论证了是奥古斯丁发明了阅读,因为奥古斯丁相信,只有上帝才是真正的读者。也就是说,用心阅读,就是在效仿上帝和天使。

奥古斯丁认为,阅读是皈依基督之路。这使他怀疑读者是否有正确解读的能力。但是,通过发明自传性的记忆,奥古斯丁最先宣称,只有书才能够滋养记忆和思想。

智慧和信仰与智慧和文学有很大的不同。如果把它们集中在奥古斯丁的著作中,那么在埃里克·普日瓦拉（Erich Przywara）编辑的《奥古斯丁全集》第154节中有一句大声的疾呼:

> 这些日子没有真正的存在;它们尚未到来,几乎就已消逝;即便到来,也不能持续;它们,互相进逼,互相追逐,身不由己。过去的东西,不能再次召回;期待的东西将要再次流逝;因为尚未到来,也就无所谓拥有;即便到来,也不能保留。因此,圣诗的作者问:"我还有多少日子"（Ps. xxxviii, 5）,他问的是还有多少日子,不是说,没有多少日子;（这让我越来越困惑）既有,也没有。因为我们既不能说,那是有,因为不能持续,也不能说没有,因为在到来和流逝。我渴望的,正是那绝对的有,真正的有,严格意义的"有",那种在耶路撒冷的有,上帝的新娘……在那里,日子才不会流逝,而将永在,这样的一天,没有昨日取代,也无明日驱逐。换言之,我"有"的

那些日子，是让我知道你。

当普鲁斯特用这种方式沉思时，他把信仰寄托于艺术上。奥古斯丁是维吉尔的终生读者和爱好者，但他选择了耶路撒冷，上帝的新娘。《忏悔录》创作于397年到400年间，在这部用拉丁语写的作品中，奥古斯丁开创了西方用自传方式书写内心生活的传统。这部作品直接的言说对象是上帝。其题材是记忆。奥古斯丁区别了他的两种意志：旧的身体意志和新的精神意志。

奥古斯丁开创了追忆似水年华的先河。他追求的是记忆中的事实，但他充分意识到，回忆性的自我总是打断了过去。奥古斯丁认为记忆形同迷宫。他提到记忆，就如一个没有明确地点之地。他提出了三种极难区分的时间：过去事物的现在、现在事物的现在和将来事物的现在。对于文学传统来说，最重要的是奥古斯丁所谓的精神启迪的时刻，正如他说，这一时刻在"惊鸿一瞥"间到来。我们在此遇到一个重要隐喻的诞生，它有不同的说法，如顿悟的时刻、美好的时刻，或特许的时刻。

奥古斯丁和他的母亲莫妮卡曾经谈起上帝的永恒之光。在灵府洞明的刹那，永恒智慧的光芒会突然让他们眩晕。这道智慧之光转瞬即逝，但它不仅对奥古斯丁和他的母亲，而且对无数迄今以来的世俗和教会的作家，都产生了影响。

让-雅克·卢梭在未竟之作《一个孤独漫步者的遐想》（*Reveries of a Solitary Walker*, 1776—1778）中或许首创了世俗的顿悟。从此，许多德国浪漫主义诗人和哲人,如席勒、歌德,尤其是荷尔德林,都纷纷效仿。荷尔德林等人将奥古斯丁所谓的"精神启迪"时刻称为"der Augenblick",也就是灵魂回到狂喜状态的自由时刻。

威廉·布莱克有"每日撒旦找不到的时刻"的说法。他说,那一刻只要"放置妥当",就会"革新每一天的时光"。他还谈到了"诗作完成时的脉动,那一刻"的顿悟(《弥尔顿》35.42-45,29.1-3)

威廉·华兹华斯是现代诗歌的先驱,他也是顿悟世俗化的关键。他利用打开他所谓"时点"的记忆神话创造出世俗的顿悟。这些"时点"犹如黑暗背景上的明亮火花。它们证明了诗人的精神力量可以战胜死亡的世界。在某些时刻,它们暗示了精神才是主人,感官不过是精神意志的仆人。

已故的托马斯·威斯克尔是我过去的学生,也是我的友人。他强调"时点"惊人地接近于死亡和濒死的意象和记忆。但在这些美好的显灵中还是有一种梦幻般的悲伤。人之必朽的忧伤,催生出幻梦的力量。浪漫主义的崇高依然是世俗的崇高,即便浪漫主义诗人宣称信仰基督教,这种崇高不能依靠道成肉身和基督复活。

人文主义的特许时刻,除了自身的雄辩和回响,别无其他支持。英语世界中,华兹华斯是仅次于莎士比亚和弥尔顿的伟大诗人,他有非凡的天赋遣词造句。尽管他从两个前辈那里受惠良多,但他还是努力运用被带到尘世的话语,像我们言说它们一样,这些话语也会言说我们。这种理想似乎有点自欺的味道,因为华兹华斯更接近弥尔顿而非莎士比亚。许多大诗人认为,他们应该用所有人都可用的清新语言。通常情况下,这只是一厢情愿。沃尔特·惠特曼是最伟大的美国诗人,他希望普通的、没有受过教育的读者都能读他的作品。但他依然是一位精英型诗人,作品微妙、复杂、难懂。

莎士比亚虽然总是例外,但他仍然是一个难以解释的奇迹。随后,"美好的时刻"被约翰·罗斯金和罗伯特·勃朗宁转化,继而遗传给沃尔特·佩特。佩特的"特许时刻"深刻影响了我们习惯称为的现代主义的所有诗人。佩特的后代有奥斯卡·王尔德、威廉·巴特勒·叶芝、詹姆斯·乔伊斯、弗吉尼亚·伍尔夫,以及 T. S. 艾略特(尽管艾略特否认)。美国的华莱士·史蒂文斯和哈特·克兰也都深受佩特的影响。

萨缪尔·贝克特论普鲁斯特的那本专著,其中到处都有他老师乔伊斯的身影,除了遍布他老师乔伊斯的身影,还隐含了一个传承,从华兹华斯到罗斯金再到写出《追忆似水年华》的普鲁斯特。贝克特相当尖刻地把普鲁斯特的"特许时刻"称为"恋物"。他举了十一个例子,但承认还不完善。我的朋友罗杰·沙塔克(Roger Shattuck)于 2005 年去世,享年八十二岁。比起大名鼎鼎的贝克特,他是更加可靠的向导,帮助我们理解普鲁斯特的顿悟。在《普鲁斯特的双筒望远镜》(*Proust's Binoculars*, 1963)中,他有一段精彩的评论:

现在,或许可以把《追忆似水年华》看成是把一套道德和认知的真理加以戏剧化；但这种看法的最大的缺点在于"戏剧化"一词。普鲁斯特的戏剧节奏缓慢，首尾之间拖拖拉拉，甚至渐渐减弱，我们使用这个词，只是一种有限的、几乎东方艺术的意义，就如用高度程式化的姿势表现的内心戏。《追忆似水年华》受东方艺术的影响很深。在我们的人生之路上，有着大量的意象、规则和一闪而过的启迪，但是，只有持续自律地在内心中追求自我，只有真正活过的人生才能催生智慧。作为西方小说传统中最伟大的成就之一，《追忆似水年华》也加入了把沉思和启蒙带入神秘人生的东方文学作品的传统。随着年岁渐长，理解能力日增，我们就能越来越深入地阅读。在巴黎度过了半生一心一意的世俗生活之后，普鲁斯特开始深入到养育他的文化之后，深入到天主教、犹太教和唯心主义哲学之后，不断探索。

与沙塔克一样，我不会暗示普鲁斯特读过《薄伽梵歌》。我不会梵文，只有依靠翻译和注解。R. C. 策纳（R. C. Zaehner）在其 1969 年译本中根据原文资料增加了细致的注解。我喜欢芭芭拉·斯托勒·米勒（Barbara Stoler Miller）1986 年的译本。《薄伽梵歌》博大精深，我能理解的少之又少。暗自思量我所领悟的那点《薄伽梵歌》知识，我往往想起这三重境界：澄明、激情和浑噩。《薄伽梵歌》认为，记忆就是超越个体的经历，觉悟到过去。记忆不是召唤过去发生的事情，而是复活遭到先前认知所抛弃的潜在印象。《薄伽梵歌》中的时间也意味着死亡。

在《追忆似水年华》结尾，普鲁斯特也从浑噩进入激情，最终进入澄明。他寻求失落的时间，与《薄伽梵歌》非常近似。同样，对于普鲁斯特，时间既是解放，也是死亡。我有必要完整引用其中最值得注意的"美好时刻"：

> 我心力交瘁，整个儿全乱了套。第一夜，便累得心脏病发作，我极力忍住疼痛，小心地慢慢弯腰去脱鞋。可刚一碰到高帮皮鞋的第一只扣子，我的胸膛便猛地鼓胀起来，一个神圣、陌生的人出现并充满了我的心田，我浑身一震，啜泣开来，眼泪像溪水一般夺眶而出。这位前来搭救我，助我摆脱精神干涸的人，就是数年前，在一个我处于同样孤寂、同样绝望的时刻，在一个我心中空空无我的时刻，潜入我的心扉，把我还给了我自己的那一位，因为这人就是我，但又超越了我（容器大于内容，又给我带来内容），我在记忆中刚刚发现了外祖母那张不安、失望、慈祥的面庞，对我的疲惫倾尽疼爱，我来此的第一个夜晚，外祖母就是这副形象；这并不是我那位徒留其名的外祖母的面孔，我对她很少怀念，连自己也感到吃惊，并为此而责备自己；这是我那位名副其实的外祖母的脸庞，自从她在香榭丽舍大街病发以来，我第一次从一个无意但却

完整的记忆中重又看到了外祖母活生生的现实形象。对我们来说，这种现实形象只有通过我们思维的再创造才可能存在（不然，凡在大规模战斗中沾过边的人个个都可成为伟大的史诗诗人）；就这样，我狂热地渴望投入她的怀抱，而只有在此刻——她安葬已经一年多了，原因在于年月确定有误，此类错误屡屡出现，致使事件日历与情感日历往往不一致——我才刚刚得知她已经离开了人世。打从这一时刻起，我常常谈起她，也常常念及她，但在我这位忘恩负义、自私自利、冷酷无情的年轻人的言语与思想中，过去从未有过任何与我外祖母相像的东西，因为我生性轻浮，贪图享乐，她生病，我竟视若家常便饭，心中对她过去保留的记忆仅处于潜在状态。无论在何时审视我们的心灵，它整个儿只有一种近乎虚假的价值，尽管它有洋洋大观的财富清单，因为时而这一些，时而那一些财富皆是无权处理——无论是实在的财富，还是想象的财富——就以我为例吧，盖尔芒特家族古老的姓氏也罢，对我外祖母的真实回忆也罢，两种财富概莫能外，而后一类财富要重要得多。因为心脏搏动的间歇是与记忆的混乱密切相关的。对我们来说，我们的躯体就像一个坛子，里面禁闭着我们的精神，无疑是我们躯体的存在才诱使我们做出如此假设，我们内心的财富，我们往昔的欢乐和我们的一切痛苦都永远归我们所有。如果认为这些财富消失了或重现了，这也许同样不准确。无论怎样，倘若说它们存在于我们体内，那么大部分时间则都隐藏在一个陌生的区域，对我们起不到任何作用，甚至最常用的财富也往往受性质不同的记忆所抑制，在意识中排斥了与它们同时产生的任何可能性。但是，如果存储财富的感觉范围重新控制在手，那么它们自己也便拥有同样的能力，驱逐出与它们水火不相容的一切，独自在我们身上安置下感受了它们存在的我。然而，正因为我方才骤然重现的那个"我"，打从我抵达巴尔贝克后外祖母为我脱衣的那个久远的夜晚以来，一直未曾存在，所以自然而然，刚才我介入的外祖母朝我附身的那一分钟，不是发生在"我"不知晓的现实日子之后，而是——仿佛时间具有各不相同而又并行不悖的时刻——不经接续，紧接往昔的那第一个夜晚。当时的那个"我"，它早已失之天涯，如今却再一次近在咫尺，以致我似乎还清晰地听到了在此之前刚刚脱口，但忽然间已经成梦的那番话语，犹如一位似醒非醒之人，仿佛听到了梦境的响声，而梦却已消逝。我只不过是这样一个人，试图躲进外祖母的怀抱，吻她，亲她，以此抚平她痛楚的伤痕，近段时间来，不同的"我"像走马灯似的在我心头显现，当我属于其中这个或那个"我"时，我曾迫切需要回想这个人物，然而谈何容易，犹如现在我白费心机，试图重新感受某个"我"的快意与欢乐，至少是一度时间吧，当然，我已经不再是那个"我"了。我渐渐记起,在外祖母身着晨衣,朝我的皮靴俯下身子的一个小时前,我在闷热的马路上游荡,在那位糕点师傅面前,我多么想亲亲我外祖母,心想这一小时她不在我身边,我无论如何也等不了。现在,同样的需要重又萌生,我知道我可以几小时又几小时地永久等下去,也知道她再也不可能依偎在我的身旁,而我只不过发现了这一需要,因为我平生第一次感觉到活生生的、真实的外祖母,她把我的心都要胀裂了,我终于又见到了她,然而,却在这时,我得知自己已经永远失去了她。永远失去了;我简直无法理解,于是,我试着承受这一矛盾带来的痛苦:一方面,正如我所感受到的那样,这是在我心中幸存的一个生命,一份慈爱,也就是说这是生就为我准备的,这是一份爱,在这份爱里,一切都在我心间臻于完善,达成目的,认准其始终不渝的方向,爱之所至简直无所不灵,以致在我外祖母看来,伟人们的天才,自创世纪以来可能存在的一切聪明才智,简直不如我的一个小小的缺点;而另一方面,我一旦重温了像现在这样的至福,便确确实实感受到了它的来临;感到它像一种旧病复发的痛苦,从子虚乌有飞跃而出,虚无曾抹尽了我保留的这种慈爱的形象,摧毁了这一存在,在回首往事时,取消了我们相互注定的命运,在我仿佛在镜子里重新见到我的外祖母的时刻,将她变成一个普普通通的外人,只是一个偶然的原因，使她得以在我身边生活了若干年，就像这一切也可以在任何他人身边发生一样，但在这另外一个人看来，我过去不过是子虚，将来也只能是乌有。[1]

《心灵的间隙》，第一章和第二章间

《索多玛和蛾摩拉》，第二部分

十五年前，我评论过这段文字，那时我坦白承认，它伤害到了我。我们心爱之人的死亡，会让我们立马陷入哀伤，但是除非继续转化为积郁，我们的哀伤往往会随着时间的流逝而痊愈。普鲁斯特的洞见更加细致。他描写了遗忘导致的内疚，描写了突然回忆起哺育他的一份爱时的惊喜交加。我记得我那时非常迷惑，普鲁斯特用非常独特的方式传递出非常普遍的东西。

那时我七十二岁，我已失去了许多亲友，如今我八十七岁，我真的觉得我已被我爱的那些同辈们遗弃。他们全都走了，或许进入了一个光明的世界，或许进入了终极黑暗的世界。就在上个月，又走了一个伟大的诗人和一个杰出的批评家，他们都是我相交六十余年的朋友。

我喜欢普鲁斯特，可惜不具备他的智慧。他是巴黎的荣耀，也应该是法国的欢乐。有时在晚上，我会梦到我的父母。他们已过世三分之二个世纪。阅读普鲁斯特时，我想领悟到心灵的间隙，但我

---

[1] 出自《追忆似水年华》第四卷《索多姆与戈摩尔》，许钧、杨松河译，译林出版社 2012 年版，本篇涉及《索多姆与戈摩尔》引文均采用此中译。

做不到。但丁认为，最好的年岁是八十一岁，九个九。但丁死于五十六岁。如果他活到八十一岁，他是希望一切都圆满，但事与愿违。我记得我八十一岁那年，因为背伤，有四个月住在医院。我今年八十七岁，最近动了几次手术，正在努力恢复。有时，我忍不住想，如果我到了九十岁，我会不会开始明白至今我还不明白的许多东西。遗憾的是，我只是一个读者，一个教师，不是上帝。维柯说过，我们只知道我们创造的东西。

普鲁斯特的知识尽藏于《追忆似水年华》之中。我反复阅读了七十年，仍然不能完全把握其中要义。重读普鲁斯特，如同再次经历但丁、塞万提斯、蒙田、莎士比亚、托尔斯泰和乔伊斯。普鲁斯特的不同之处在于，他的主要人物夏吕斯、莫雷尔、阿尔贝蒂、斯万、盖尔芒特公爵夫人、圣卢小姐、弗朗索瓦斯、奥黛特、希尔贝特、布洛克、马塞尔的母亲，以及所有未曾指名但最终表明都是马塞尔的叙事者，对我来说，甚至超过了莎士比亚笔下的伟大角色。《追忆似水年华》中的视角像在走马灯。我们看见和听见夏吕斯男爵，这样一个文雅的贵族，最终沦为受虐幻想的可悲牺牲品。有时他看起来荒诞不经，有时又能感受到他残余的辉煌。如今重读，在我曾经觉得深为同情的地方，我不禁潸然泪下。

我意识到，我现在仍然徘徊于激情和浑噩之间。在《重现的时光》结尾，当叙述者和马塞尔融为一体，作者的声音抵达了澄明之境：

    坐在椅子上的德·盖尔芒特公爵，我望着他，钦羡过他，尽管他的年龄比我大那么多，却并不见他老多少，我刚弄明白这是什么原因了。一旦他站起身来，想要站住的时候，他便颤颤巍巍，两腿直打哆嗦，像那些老迈年高的大主教的腿脚，年轻力壮的修院修士向他们大献殷勤时，在他们身上只有那个金属十字架仍是牢固的。当他要往前走，走在八十四岁崎岖难行的峰巅上，他非颤抖得像一片树叶不可，就像踩着不断增高的活高跷，有时高过钟楼，最终使他们的步履艰难而危险，并且一下子从那么高摔落下来。我想我脚下的高跷恐怕也已经有那么高了，我似乎觉得自己已经没有力气把拉得那么远的过去继续久久地连结在自己身上。如果这份力气还让我有足够多的时间完成我的作品，那么，至少我误不了在作品中首先要描绘那些人（哪怕把他们写得像怪物），写出他们占有那么巨大的地盘，相比之下在空间中为他们保留的位置是那么的狭隘，相反，他们却占有一个无限度延续的位置，因为他们像潜入似水年华的巨人，同时触及间隔甚远的几个时代，而在时代与时代之间被安置上了那么多的日子——那就是在时间之中。[1]

和许多同龄人一样，我每次起身准备走路，总是怕摔倒。我好几个朋友都是这么离开人世的，我自己也严重地摔了四次。普鲁斯

1　出自《追忆似水年华》第七卷《重现的时光》，徐和瑾、周国强译，译林出版社 2012 年版，本篇涉及《重现的时光》引文均采用此版本中译。

特结尾的这段话在多个层面上打动了我。除了个人情感的层面，它还使我不禁想到自己渴望继续教书和写作的心愿，在某种意义上，这也是普鲁斯特寻找失落的时光的一个例子。普鲁斯特的母亲虽然是犹太人，但在我看来，他既不是基督信徒，也不是犹太信徒。他的智慧是他自己的智慧。他像莎士比亚一样，游离于基督教和犹太教。我认为，他事实上更接近印度教。这里有一个奇怪的难点。普鲁斯特笔下的一切始于情欲关系，但这一切立刻又被弃绝或抛弃。话说回来，没有这些情欲关系，《追忆似水年华》也不可能创作出来。正如马塞尔说，阿尔贝蒂用不幸浇灌了他。

反复阅读之后我们会发现，普鲁斯特本质上是一个伟大的喜剧家。他认为友谊"介于身体疲惫和精神厌倦之间"。他还认为恋爱"就是惊人的明证，现实对于我们可有可无"。他颂扬"完美的谎言"，认为这是我们揭开惊喜的唯一机会。他说，死亡治愈了我们对于不朽的渴望；这让我醍醐灌顶。

克里希纳在《薄伽梵歌》中的最后教诲，是教导勇士阿周那，人和神所具有的自然品性：

> 阿周那，何为快乐？
> 找到快乐有三条路
> 只有勤加练习，
> 才不会再有痛苦。

一是澄明的快乐，
来自平静的自知，
起初看来像毒药
最终看来像珍馐。

二是激情的快乐，
当感官碰到对象，
初看起来像珍馐。
最终看来像毒药。

三是浑噩的快乐，
好似蒙头在大睡，
懒散马虎不努力，
从头到尾在自欺。

世上没有这样的人，
天上没有这样的神，
可以摆脱这三种境，
它们都是自然品性。
（英译，芭芭拉·斯托勒·米勒）

显而易见，这是普鲁斯特的核心。但是，如果我们把马塞尔的成长，看成是从浑噩与激情的交织，到明确无疑的惊人的澄明，这既是洞见，也是盲视。因为普鲁斯特笔下那一群人物，许多并不遵循这样如此明晰的模式。马塞尔终将成长为普鲁斯特，但我们永远不能准确看到他到底是如何走出自我的迷宫。

我教莎士比亚六十多年，我经常觉得或情不自禁地想，我对莎士比亚笔下的那些重要角色，如哈姆莱特、福斯塔夫、克利奥帕特拉、李尔、伊阿古和麦克白，既了如指掌，又一无所知。我虽然从来没有讲授过普鲁斯特，但我一直在读他，思考他。那么，对于叙述者马塞尔、夏吕斯男爵、斯万、奥黛特、希尔贝特、阿尔贝蒂、圣卢小姐、马塞尔的母亲和外祖母、弗朗索瓦斯、布洛克、贝戈特、科塔德、埃尔斯蒂尔、盖尔芒特公爵和公爵夫人、诺布瓦、莫雷尔、维尔迪兰夫人和维尔巴西斯夫人这些人物，我又知道多少呢？尽管不能说一无所知，但对于他们至关重要的一切是谈不上了解的。

普鲁斯特的研究者们往往都认为，要理解其人物，心理还原毫无用处。这是普鲁斯特很像莎士比亚的重要特征之一。用普鲁斯特式的方式解读弗洛伊德，比用精神分析法研究夏吕斯或阿尔贝蒂更有成效。我找不到任何字眼来形容莎士比亚对于他笔下人物的立场。你可以说他客观公正，但那种客观公正是非常有限的。普鲁斯特热爱他的人物，甚至热爱夏吕斯男爵。《索多姆和戈摩尔》第一部分中就有雄辩的一段：

他们的名声岌岌可危，他们的自由烟云过眼，一旦罪恶暴露，便会一无所有，那风雨飘摇的地位，就好比一位诗人，前一天晚上还备受各家沙龙的青睐，博得伦敦各剧院的掌声，可第二天便被赶出寓所，飘零无寄，找不到睡枕垫头，像推着石磨的参孙，发出同样的感叹："两性必将各自在不同地方消亡。"在遭受巨大不幸的日子里，受害者会受到大多数人的同情，就好比犹太人全都倒向德雷福斯，但一旦不再倒霉，他们甚至再也得不到一丝怜悯——有时被社会所不容——遂被同类所唾弃，暴露无遗的真实面目引起他人的厌恶，在明镜中原形毕露，镜子反射出的不再是美化他们真相的形象，而是把他们打心眼里不愿看到的各种丑态和盘托出，最终使他们醒悟，他们所称其为"爱"的玩艺儿（他们玩弄字眼，在社会意义上把诗歌、绘画、音乐、马术、禁欲等一切可以扯上的东西全称其为自己所爱）并非产生于他们认定的美的理想，而是祸出于一种不治之症；他们酷似犹太人（唯有少数几位只愿与同种族的人结交，嘴边总是挂着通用的礼貌用语和习惯的戏谑之言），相互躲避，追逐与他们最势不两立，拒绝与他们为伍的人，宽恕这些人的无礼举动，被他们的殷勤讨好所陶醉；但是，一旦遭到排斥，蒙受耻辱，他们便会与同类结成一伙，经历了类似以色列遭受到的迫害之后，他们最终会形成同类所特有的体格与精神个性，这些个性偶尔也惹人高兴，但往往令人讨厌，他们在与同类的交往中精神得以松弛（有的人在性情上与敌对种族更为贴近，更有相通之处，相比较而言，表面看去最没有同性恋之嫌，尽管这种人尽情嘲讽在同性恋中越陷越深的人们），甚至从相互的存在中得到依赖，因而，他们一方面矢口否认同属一伙（该词本身就是莫大的侮辱），而另一方面，当有的人好不容易隐瞒了自己的本来面目，他们却主动揭开假面具，与其说是为了加害于人（这种行为为他们所憎恶），倒不如说是为了表示歉意，像大夫诊断阑尾炎那样刨根问底，追寻同性恋的历史，津津乐道于告诉别人苏格拉底是他们中的一员，就好比犹太人标榜耶稣为犹太人，却不想想，如果连同性恋也是正常的事，那么世间也就不存在不正常的东西了，无异于基督降生之前，绝不存在反基督徒；他们也未曾想过，唯有耻辱酿成的罪恶，正因为它只容许那些无视一切说教，无视一切典范，无视一切惩罚的人存在，依仗的是一种天生的德性，与他人格格不入（尽管也可能兼有某些高尚的道德品质），其令人作呕的程度远甚于某些罪恶，如偷盗、暴行、不义等，这些罪恶反而更能得到理解，因此他更容易得到普通人原谅；他们秘密结社，与共济会相比，其范围更广，效率更高，更不易受到怀疑，因其赖以支撑的基础是趣味、需求与习惯的一致，他们所面临的风险，最初的尝试，掌握的学识，进行的交易，乃至运用的语言都完全统一，在他们这个社会中，希望别相互结识的成员凭着对方一个自然的或习惯的，有意的或无意的动作，就可以立即识别同类……

这奇特的一段是对同性恋和犹太人这两大失落军团的赞歌。第一句话中提到的那个诗人是奥斯卡·王尔德，他是一个惊人的天才、永远的殉难者。把王尔德形容为在加沙地带推着石磨的参孙，这种意象引用自阿尔弗雷德·德·维尼（Aflred de Vigny）的《愤怒的参孙》（"La Colère de Samson"）："两性必将各自在不同地方消亡！"普鲁斯特认为，两性并无区别，即便在不同地方消亡。

普鲁斯特逐渐相信，在时间的毁灭和创造中，他找到了自己对意义的求索。理解死亡，就是理解他作为小说家的职业。他立刻看到，精神是在爱与痛的融合中呈现。如叔本华，普鲁斯特抛开了纯粹的观念。维特根斯坦以叔本华的方式指出："唯我论者说的是错的，但他的意思是对的。"只有在这种意义上，普鲁斯特才是唯我论者。他追求的是作为意志和观念的世界，创造的是作为表象的新世界。

叔本华说，艺术家独立地思考受理性法则支配的世界，萨缪尔·贝克特将普鲁斯特的艺术与此话联系在一起。贝克特由此得出结论：在普鲁斯特那里，意志并没有崩溃。普鲁斯特的意志里还有某种微妙的因素，他拒绝对小说进行阐释。

阿尔贝蒂过世许久之后，马塞尔想起她，同时也禁不住自我剖析："我不只是一个人，也可以说是一支混合部队中的分列式，在这支部队中,有激情满怀的男人——嫉妒的男人,他们中间无一会嫉妒同样激情满怀的女人。"无论是普鲁斯特身上的嫉妒,还是我们生活中的嫉妒,都没有解药。把马塞尔的从他黑暗的浑噩和无用的激情中拯救出来的,是在他"特许时刻"到来时的澄明:

然而有时,恰恰就在我们感到山穷水尽的时候,一线生机豁然出现;我们敲遍一扇扇并不通往任何地方的门扉,唯一可以进身的那扇门,找上一百年都可能徒劳无功,却被我们于无意间撞上、打开了。

我怀着刚才说的绵绵愁思,走进盖尔芒特公馆的大院,由于我心不在焉,竟没有看到迎面驶来的车辆,电车司机一声吼叫,我刚来得及急急让过一边,我连连后退,以至止不住撞到那些凿得粗糙不平的铺路石板上,石板后面是一个车库。然而,就在我恢复平静的时候,我的脚踩在一块比前面那块略低的铺路石板上,我沮丧的心情溘然而逝,在那种至福的感觉前烟消云散,就像在我生命的各个不同阶段,当我乘着车环绕着巴尔贝克兜风,看到那些我以为认出了的树木、看到马丹维尔的幢幢钟楼的时候,当我尝到浸泡在茶汤里的小马德莱娜点心的时候那样,对命运的惴惴不安,心头的疑云统统被驱散了。刚才还在纠缠不清的关于我在文学上究竟有多少天分的问题,甚至关于文学的实在性问题全都神奇地撤走了。

我还没有进行任何新的推理、找到点滴具有决定意义的论据，刚才还不解，像那天品味茶泡马德莱娜点心时那样甘于不知其所以然。我刚感受到的至福实际上正是那次我吃马德莱娜点心时的感觉，那时我没有当即寻根刨底。纯属物质的不同之处存在于它们所唤起的形象之中。一片深邃的苍穹使我眼花缭乱，清新而光彩艳艳的印象在我身前身后回旋飞舞。只是在品味马德莱娜点心的时候，为了攫住它们，我再也不敢挪动一下，致力于使它在我心中唤起的东西直至传达到我身上，这一次却继续颠簸着，一只脚踩在高的那块石板上，另一只脚踩出这一步的时候，它对我依然一无裨益。可是，倘若我能在忘却盖尔芒特府的下午聚会的同时，像这样踩着双脚找回我已曾有过体验的那种感觉的话，这种炫目而朦胧的幻象便重又在我身边轻轻飘拂，它仿佛在对我说："如果你还有劲儿，那就趁我经过把我抓住，并且努力解开我奉上的幸福之谜吧。"于是，我几乎立即把它认了出来，那是威尼斯，我为了描写它而花费的精力和那些所谓由我的记忆摄下的快镜从来就没有对我说明过任何问题，而我从前在圣马克圣洗堂两块高低不平的石板上所经受到的感觉却把威尼斯还给了我，与这种感觉汇合一起的还有那天的其他各种不同的感觉，它们伫留在一系列被遗忘的日子中，等待着，一次突如其来的巧合不容置辩地使它们脱颖而出。犹如小马德莱娜点心使我回忆起贡布雷。然而,为什么贡布雷和威尼斯的形象竟能在此时或彼时给予我如同某种确实性那样的欢乐,足以使我在没有其他证据的情况下对死亡都无动于衷呢?

我一边思考着这个问题并且下决心今天要弄它个水落石出,一边步入盖尔芒特公馆,因为我总是把我们外表上在扮演的角色置于我们内心所需要完成的工作之前,而那天,我的角色是宾客。但是当我来到二楼的时候,一位膳食总管让我进一个毗邻餐厅的小书房客厅里稍候,要我等到那首正在演奏的乐曲告终,乐曲演奏的时候亲王夫人不允许任何人开门进去。也就在这个时候,第二个提示出现了,它前来加强那一高一低两块铺路石板给予我的启迪,激励我继续坚持自己的探索。其实是一个仆人把汤匙敲在碟子上了,他竭力不要发出声响却又总是做不到。与高低石板所给予我的同一类型的至福油然产生。那些感觉仍来自酷热,但迥然不同,热气中混合着烟味,它已被森林环境中清新的气息所冲淡。我发现,使我感到如此赏心悦目的仍然是那行树木,那行因为我要观察和描绘而令我厌烦的树木,我曾在那行树木前打开我带在车厢里的一小瓶啤酒;刚才,一时间迷迷糊糊,那实在是汤匙敲击在碟子上的声音使我产生错觉,在未及清醒之前,我还以为那是当初我们在那片小树林边停车的时候铁路员工用锤子捶打车轮调整什么东西的声音。这一天,当使我摆脱气馁、恢复文学信念的好兆头，真可以说是一心一意地纷争沓来。一位在盖尔芒特亲王府帮佣多年的膳食总管认出了我，他给我端来各式精美的小花式蛋糕，送到我所在的那个书房，免得我到餐厅里去。我用他给我的餐巾擦了擦嘴巴，立即在我眼前呈现出又一个太虚幻影，犹如《一千零一夜》中的那位人物，无意中正好做完那种神秘仪式，于是一名只有他才能够看见的驯顺的精灵显身现形，随身准备把他送往遥远的地方。然而这片苍穹纯净、蕴含盐分，它高高鼓起像一个个蔚蓝的乳房，这种印象是那么地强烈，使我觉得那曾经经历的时刻就是即时即刻。那天我怀疑盖尔芒特亲王夫人是否真的会接待我，会不会功亏一篑，今天我更愚钝。我依稀觉得仆人刚才打开了朝向海滩的窗户，天地万物召唤我下去沿防洪堤散步，我拿来擦拭嘴巴的餐巾恰恰又上了浆，那么硬，就像我刚到巴尔贝克那天在窗前用过的、老擦也擦不干的那条。而现在，面对着盖尔芒特亲王府的这间书房，它在每一个角、第一条褶口上像孔雀尾巴般地展开大海洋的绿莹莹、蓝莹莹的羽翎。我不只感到这种色泽上的享受，而是享有我生命的整整一个瞬间，它无疑曾是对那些色泽的向往，也许是某种倦怠或忧伤的感觉妨碍了我在巴尔贝克就享有它们。而现在，它已摆脱外界感知中的不足，纯净飘逸而无物质之累赘，使我的内心充满喜悦。(《重现的时光》)

普鲁斯特的顿悟，亦喜亦悲，它们与此前的所有顿悟都不同，莎士比亚除外。从马塞尔的角度来看，它们是恩典，但马塞尔还不是普鲁斯特。圣奥古斯丁、歌德、华兹华斯、罗斯金、沃尔特·佩特，他们会从不同柔软程度的餐巾中获得什么？乔伊斯、贝克特和卡夫卡，或许更接近于普鲁斯特的"特权时刻"，因为他们也是描绘心灵苏醒的悲喜剧家。

在我漫长的人生中，我只能够回想起青年时期突然获得灵光的两三个瞬间。现在看来，它们就像是异端的暗示，让我得到失传的悟性。普鲁斯特的关键启迪来自约翰·罗斯金那感知不朽的天赋。

普鲁斯特为什么能在罗斯金身上发现了早期的自我？罗斯金于1900年去世。罗斯金那本优美但破碎的自传《昔日》(*Præterita*)是在去世八年之后出版。普鲁斯特读过这部作品。他对罗斯金的了解非常透彻，甚至买过罗斯金那本价格不菲的《空中女王》(*The Queen of the Air*)。在罗斯金的作品中，《昔日》是最具普鲁斯特风格的作品。这部作品还告诉我们，唯一的天堂是我们失去的天堂。

听到罗斯金的死讯，普鲁斯特的反应是说："当我看见这个死者还有多么强大的活力……我就知道死亡是多么渺小。"普鲁斯特翻译了两部罗斯金的作品。他极力说服友人相信，罗斯金远胜于沃尔特·佩特。他对罗斯金的崇拜从未终结；他说了这样一番妙语：他不会声称懂英语，但他会声称懂罗斯金。

《昔日》的结尾是罗斯金最后正式发表的文字：

86. 事物如何混合纠缠在一起！我最后一次看见特雷维喷泉，是从亚瑟父亲的房间——约瑟夫·塞文的房间。1872年，我们带着乔安妮去看望他。这个老人为他漂亮的儿媳画了一幅可爱的素描，现在，这幅素描还挂在她的学校。那时，他正急于完成他最后一幅画《迦南的婚礼》。他在葡萄藤下作画，自得其乐，画的是从希腊花瓶中流出的细流，颜色不断变化，从晶莹剔透到闪耀红宝石之光，最后变成了红酒。我和查尔斯·诺顿最后一次见到布兰达喷泉，是在但丁看见它的同样的拱廊之下。我们一起饮了喷泉水，那天晚上一起上山，灌木丛传来阵阵香气，灌木丛中的萤火在朦胧的夜色中时隐时现。它们是怎么闪光的啊！就如细碎的星光透过棕色的树叶。它们是怎么闪光的啊！三天前，我来到锡耶纳，正值夕阳西下，山间白云还悬在西天，透过城门——门上有几个金色的大字"你的心比老人还硬"——可以看到金色而宁静的长空，夜色渐浓，开始响起了雷声，空中萤火虫飞舞，云起云落，夹杂着闪电，气氛比星夜紧张。

布兰特伍德
1889年6月19日

二十五年前，我的朋友威廉·阿洛史密斯（William Arrowsmith）去世，享年六十七岁。他写了一篇雄文《罗斯金的萤火虫》（"Ruskin's Fireflies"，1982）。他强调，罗斯金特别喜欢使用萤火虫的意象，这个意象象征着快乐和危险。罗斯金对少女罗莎那种受挫的爱欲，逐渐把萤火虫内化成但丁的"炼狱"，在《炼狱》的第17章，放高利贷的人被火烧死。在普鲁斯特的《追忆似水年华》中，我想不起什么地方出现过萤火虫。不像罗斯金，他没有对但丁的念念不忘。如果有任何前辈让他感到焦虑，那应该是波德莱尔。在晚期的一篇文章中，普鲁斯特把波德莱尔和阿尔弗雷德·德·维尼并列为十九世纪最强大的诗人。波德莱尔笔下的巴黎可能激发了普鲁斯特的突然转向，选择了贵族阶层作为他的创作环境，从而与波德莱尔形成鲜明对照。无论是波德莱尔还是普鲁斯特，都必然逃不过他们与母亲的关系，不同的是，普鲁斯特能够独享母爱。

就精神而言，普鲁斯特用超越了焦虑的辉煌段落，结束了《追忆似水年华》：

> 随之，我还注意到，在我虽尚未有意识地下定决心，却感到自己已准备着手进行的艺术作品的创作中将会遭遇巨大的困难。因为我将不得不使用适合于构成早晨的海滨或午后的威尼斯的回忆迥然不同的素材制作作品的各个连续部分，倘若我想描绘在里夫贝尔度过的那些夜晚，描绘在门窗朝花园打开的餐厅里，暑热开始解体、衰退、离

去，淡淡的余晖尚映照着饭店墙上的玫瑰，天边还能看到日光最后的几抹水彩的话，我将使用清晰新颖的，具有一定的透明度、特有的响亮度、厚实、醒人耳目和玫瑰色的素材。

我在这一切上匆匆而过，因为我更迫切地需要寻找这种至福的起因、使这种至福势在必行的可靠诗性的来源，这是从前未及进行的探索。而这个起因，我在用那些最令人愉快的感受进行比较的时候猜测到了它，那些感受正具有这一共同之点，我在即刻和某个遥远的时刻同时感受到它们，直至使过去和现在部分地重叠，使我捉摸不定，不知道此身是在过去还是在现在之中。确实，此时在我身上品味这种感受的生命，品味的正是这种感受在过去的某一天和现在中所具有的共同点，品味着它所拥有的超乎时间之外的东西，一个只有借助于现在和过去的那些相同处之一到达它能够生存的唯一界域、享有那些事物的精华后才显现的生命，也即在与时间无关的时候才显现的生命。这便说明了为什么在我无意间辨别出小马德莱娜点心的滋味时我对自身死亡的忧虑竟不复存在的原因，因为此时，这个曾是我本人的生命是超乎时间的，他对未来的兴败当然无所挂虑。这个生命只是在与行动无关，与即时的享受无关，当神奇的类似使我逃脱了现在的时候才显现，才来到我面前。只有它有本事使我找回过去的日子，找回似水年

华，找回我的记忆和才智始终没有找到过的东西。(《重现的时光》)

回过头来思考普鲁斯特与其他同道如托尔斯泰和惠特曼的关系，立刻就可以看出差异，普鲁斯特一直涌动，没有退潮的时期。《追忆似水年华》开始看起来就像是滚滚直奔汪洋的大河，没有什么故事发生。这部作品不断变换视角，让我们惊叹于它那神奇的光学效果：

> 发现外界的现实和内心的感情都是怎样一种能引起万千猜测的陌生事物，这是嫉妒心的能耐之一。我们总以为我们对事物和对人的思想都了如指掌，唯一的理由是我们并不关心这些事。然而当我们像那些好嫉妒的人一样产生了解它们的愿望时，便会发现一个什么都无法看清的令人晕眩的万花筒，阿尔贝蒂是否欺骗了我，和谁，或哪幢住宅，在哪一天，哪天她对我说了什么事，哪天我记起来我白天说了这件事或那件事，这一切我都一无所知。她对我的感情如何，这些感情是出自对物质利益的考虑还是出自爱，对此我更是不胜了了。我会猛然忆起某一件无足轻重的事，比如，阿尔贝蒂想去圣马丁，说她对这个地名感兴趣，也许无非是因为她认识那里的某个农家女。不过埃梅把淋浴场女侍告诉他的这件事通报我也无妨，因为阿尔

贝蒂永远也不知道他通报了我，在我对他的爱情里，我什么都想知道的需求总是被我想向她显示我什么都知道的需求所压倒，这虽然消除了我俩不同的幻觉之间的分界线，却从没有取得她更爱我的结果，倒是恰恰相反。然而自她去世以后，第二种需要和第一种需要所取得的结果合二为一了；我以同样快的速度想象出一场我希望向她通报我所了解之事的谈话和一场我想向她打听我不了解之事的谈话；即是说我看见她待在我身边，听见她亲切地回答我，看见她的双颊又变得丰满了，眼睛也失去了狡猾的光而变得哀伤了，也就是说我还爱着她而且在孤独和绝望中我已忘记了我疯狂的嫉妒之情。永远也不可能告诉她我所了解的事而且永远不可能把我们的关系建立在我刚发现的真相的基础之上（我之所以能发现恐怕只是因为她已经死了），这令人痛心的不可能之谜以它的哀伤取代了阿尔贝蒂的行为的更令人痛心的谜。怎么？我那么希望阿尔贝蒂知道我已了解淋浴场的故事，这时阿尔贝蒂却不复存在了！我们需要思考死时，却除了生以外什么也不可能去考虑，这又是我们面临的不可能性的结果之一。阿尔贝蒂没了；然而对我来说，她仍旧是向我隐瞒她在巴尔贝克和一些女人幽会的人，仍旧是自以为已成功地让我对那些事一无所知的人。当我们在思考我们死后发生的事情时，我们此时的错觉不是仍然会使我们想到活着的我们自己吗？说来说去为一个去世的女人不知道我们已了解她六年前的所作所为而遗憾这是不是比我们希望一个世纪以后我们死了还受到公众好评滑稽得多呢？即使第二种假设比第一种有更多的实际依据，我这马后炮式的嫉妒心引起的遗憾却仍然和那些热衷于身后荣耀的人的看法错误如出一辙。不过如果从我和阿尔贝蒂的分离中得出的庄严的最后印象暂时取代了我对她那些错误的考虑，这印象也只能赋予这些错误以无法挽回的性质从而使它们变得更加严重。我看见自己在生活中那些不知所措就好像我独自站在无边无际的海滩上，无论我走向何方都永远不能与她相遇。[1]

普鲁斯特的问题是：他最初是否真的遇见过她？杰曼·布里（Germaine Brée）于 2001 年去世，终年九十三岁，他一针见血地指出，普鲁斯特剥夺了人物身上任何可以解释的东西，所以我们必须面对他们内在的本质，这种行为只能由美学的视野来表现。直到《重现的时光》结尾，叙述者才抵达高潮。

我一辈子敬仰普鲁斯特，他创造人物的能力，我认为堪比莎士比亚。只不过莎士比亚创造的人物形象更加丰富，更令人叹为观止。普鲁斯特笔下的人物是隔绝的，而莎士比亚的人物是开放的。在莎士比亚的世界里，遍布了友谊、爱、争斗、悔恨和自毁。我们

---

1 出自《追忆似水年华》第六卷《女逃亡者》，刘方、陆秉慧译，译林出版社 2012 年版。

从他那里知道，我们每个人都是自己最大的敌人。但普鲁斯特却有意排除了这一切。莎士比亚不是在寻找逝水年华。

普鲁斯特的一切都是时间祭坛上的祭品。他崇拜一个无名但可知的上帝。奇怪的是，比起莎士比亚，甚至托尔斯泰，普鲁斯特更像是《圣经》作家。部分原因或许是，索多姆和戈摩尔的命运纠缠着他。他按时间顺序记录了离开这两座毁灭之城的流亡者的嫉妒，暗示这些嫉妒比异性恋者的色情嫉妒更加猛烈、更具创造性。当他描写的是圣卢小姐这样的双性恋者时，情况就更复杂了：

> 像圣卢那样的同性恋者的阳刚理想并不相同，但却同样是约定的和虚假的。他们的虚假在于这样一个事实，即不愿了解肉体的欲望是感情的基础，他们认为感情起源于别的东西。过去，德·夏吕斯先生厌恶女子的阴柔。现在，圣卢欣赏小伙子的勇敢，骑兵部队冲锋时的陶醉，男人之间纯洁无瑕的友谊在智力上和道德上的崇高，有了这样的友谊，他们可以为朋友牺牲自己的生命。战争爆发后，那些首都里剩下的只有女人，这就使同性恋者感到绝望，但实际上却与此相反，使同性恋者经历充满激情的奇遇，只要他们生性聪明，善于异想天开，而不是把这些事看得太穿，看出它们的根源，并对自己做出评价。因此，当某些青年只是本着在体育运动中仿效别人的精神而入

伍，就像有一年大家都玩"扯铃"那样，在圣卢看来，战争不止是他在想象中追求的理想，他追求理想的欲望要具体得多，但夹杂着意识形态，这种理想是和他喜欢的人们一起提出来的，是在一种纯男性的骑士会中，在远离妇女的地方，在那儿，他可以冒着生命的危险去救自己的勤务兵，可以用自己的死去唤起士兵们狂热的爱。这样，在他的勇敢中虽说还有许多其他的成分，他是大贵族这一事实却在其中显现出来，同时又以一种难以辨认、理想化的形式显示出德·夏吕斯先生的想法，即一个男人的本质是没有任何阴柔的女子气。此外，就像在哲学上或艺术上那样，两种类似的想法只会因其阐述的方式而显示自己的价值，并会因它们由色诺芬或柏拉图提出而具有很大的差别；同样，我虽然知道圣卢和德·夏吕斯先生在做这件事时十分相似，但我极为欣赏的是要求到最危险的地方去的圣卢，而不是不愿戴浅色领带的德·夏吕斯先生。（《重现的时光》）

普鲁斯特憎恶公共暴力，我好奇，他为什么允许叙述者崇拜士兵的勇气，而不是美学的感受力，无论后者多么颓废？部分答案肯定是，普鲁斯特既是蒙田那样的古典道德家，也是传道书式标准传统的智慧作家。他珍视各种类型的勇气，即便他自己的人生和作品只建立在个人人生经历所特有的胆识上。他对自己的犹太母亲的依恋是绝对的。她总是担心自己走后儿子会怎么办,因为他对她百般依赖。

任何活到八十八岁高龄的人,都很可能失去了双亲。我的父亲活了七十三岁,母亲活了八十九岁。他们走后,我身上有些东西就变得麻木。某种活力就消失了,不再回来。普鲁斯特只活了五十一岁,死于肺炎,他终生饱受哮喘的折磨。他人生的三分之一时光是在他母亲去世后度过的,其标志就是他勇敢创作出《追忆似水年华》,这部作品的写作始于1909年,结束于1922年。这堪称英勇,因为他是在疲惫、疾病和对母亲的无穷哀思中创作的。威廉·C.卡特写了一部出色的《普鲁斯特传》(*Marchel Proust: A Life*),其中有一段话很醒目:

> 九月二日,普鲁斯特写信给安娜·德·诺阿依,谈到了他母亲之死:"她五十六岁就去世了,但看起来只有三十岁,因为生病,她身材瘦削,尤其因为她还没有进入哀伤之年,所以死亡留住了她青春岁月的面容;她没有一丝白发。但她带走了我的人生,正如父亲带走了她的人生。"普鲁斯特的解释是,因为他的母亲"嫁给他父亲时没有放弃犹太信仰,因为她认为信仰犹太教表示对她父母的尊重,所以她死后,不会在教堂举办葬礼(只是明天周四中午十二点在家里举办追思)……不会葬入公墓……今天,她去世了,静静地躺在那里,我还拥有她,她还能接

受我的拥吻。从明天开始，我就永远失去她了"。雷纳尔多·哈恩是普鲁斯特的朋友。奇怪的是，他的回忆录中对这个著名友人闭口不谈。他只记下了普鲁斯特在他母亲遗体身边哀悼的场景："我仍然记得他坐在母亲临终的床边，望着她的遗体，一会儿哭，一会儿笑。"

有时，我在阅读普鲁斯特的间歇，会回头去看弗洛伊德那篇精彩的文章《悲悼与抑郁》("Mourning and Melancholia")。原本这两者之间的对话，最后变成了一个人的独白。《追忆似水年华》最终成了一部悲喜剧，但在更直接的意义上，它表现的是悲悼。这不仅是对普鲁斯特母亲的悲悼。这也是对于事物面貌的庆祝性悲悼：

> 某些喜爱神秘的人愿意相信在各种物品上保留着观望过它们的目光中的什么东西，呈现在我们面前的纪念碑和图画无不戴着情感的帷幕，这是几个世纪中无数崇拜者用爱和瞻仰的目光织成的。如果他们把这个奇谈怪想搬移到各人唯一现实的范畴、自身感觉的范畴中去的话，那它就会变成真实的了。是的，在这个方面，也只有在这个方面（然而它大得多），一件我们从前观望过的东西，如果我们再次看到它，会把我们从前注视过它的目光连同当时把它装得满满的所有形象送还我们。那是因为事物——一部红封面的书或别的任何东西——在我们看到它们的时候就变

成某种非物质的东西留在我们心中,与这一时期我们各种各样的挂虑或感觉性质相同,并与它们不可离析地掺杂在一起。从前在一部书里读到的某个名字,在它的音节间包藏着我们阅读这部书的时候刮过的疾风和灿灿的阳光,以至满足于"描写事物"、满足于只是可怜巴巴地给一些事物的线条和外表做些记录的文学,虽则自称为现实主义,却离现实最远,它最能使我们变得贫乏、可悲,因为它突兀切断现时的我与过去、未来的一切联系,而过去的事物保持有本质,未来,它们又将促使我们去重新品味这种本质。正是这种本质才是配称作艺术的艺术所应该表现的内容,而且,如果它表现失败,我们还能从它的虚弱无能中引出教训(在现实主义的成就中却丝毫都汲取不到),须知这个本质部分地是主观的和不可言传的。(《重现的时光》)

这里的"本质"将印象转化成为知识。普鲁斯特继承的罗斯金遗产在不会磨灭于时光中的记忆中得到肯定和超越。叙述者对于老年的真诚尊重就是直接的后果:

现在,我才明白衰老是什么东西了——衰老,在所有的现实中,它的纯抽象概念也许是我们这辈子保留得最久的一个,望着日历,给信件署上日期,看到朋友们结婚,朋友的孩子们结婚,或者出于恐惧,或者出于怠惰,不明白这意味着什么,直至有一天我们瞥见一个陌生的身影,像阿让库尔先生那样的身影,它告诉我们现在已经生活在一个新的世界里了;直到有一天,我们的一位女朋友的孙子,这个我们本能地愿以志同道合相待的年轻小伙子朝我们莞尔一笑,以为我们在嘲弄他,因为我们看上去倒像他的祖父时为止;这时我才明白死亡、爱情、心灵的欢乐、痛苦的效益、感召等等意味着什么。因为,倘若那些姓名对我来说已丧失它们的个性,词语却为我们揭示出它们的全部涵义。形象的美驻留在事物的后部,观念的美则在前部。以至当我们达到形象的时候,它们的美已不可能再引起我们的赞叹,然而我们又只能在超越观念之后才能理解观念的美。

  无疑,我刚才发现的那个残酷无情的东西只能在关于我作品的素材本身方面给予我帮助,既然我已决定素材不能单由真正充实的印象、与时间无关的印象构成,在我打算用来镶嵌那些印象的真实中,与时间有关的,与人们、社会、民族在其中沉浸、在其中变易的时间有关的真实将占有重要的地位。我不会只注意给人们外表上的那些变异一个位置,我每时每刻都能举出新例的变异,因为,即在考虑我的作品的同时,虽说一开始撰写便已相当明确它中途不会因短暂的分心而辍笔,我却继续在向熟人问好,同他们交谈。(《重现的时光》)

在我晚年，我发现所有读过的小说中，最杰出的两部是塞缪尔·理查森的《克拉丽莎》(1748)和普鲁斯特的《追忆似水年华》。它们对于人性的理解同样深刻。如果非要在两者中做出最佳选择，我会选前者，只是因为《克拉丽莎》中的克拉丽莎和强暴了她最后死于其亲人复仇之剑的洛夫莱斯，比《追忆似水年华》中的叙述者（或马塞尔）、斯万、夏吕斯、阿尔贝蒂和其他精彩人物，都更有生命力。

面对法国的小说传统，普鲁斯特没有焦虑。他崇拜司汤达、巴尔扎克和福楼拜，但他从罗斯金那里学到的最多。普鲁斯特笔下的真相混合了洞见、非自主性记忆、印象主义、对精神意义的追求，以及一种无神论的神秘主义：

> 然而，过了一会儿，在我想到记忆的那几次起死回生之后，我发觉有时，并且已曾在盖尔芒特那边的贡布雷出现过这样的情况，某些模模糊糊的印象曾以另一种方式撩拨我的思维。它们似隐约的回忆，但并不隐藏往昔的某个感觉，而是一条新的真理，一个我力求揭露的可贵形象。我想着我们为回忆起什么东西而做的那种努力，似乎我们那些最美的想法像一首首乐曲，即使从来没有听到过的也会油然而生，我们努力聆听，力求把它们破译出来。我心情愉快地进行回忆，因为这说明我此时已是当初的那个人，说明它在恢复我本性中的一个基本特征；然而当我想

到自那以来我一直没有进步，想到即在贡布雷我就已经小心翼翼地在脑海中固定我被迫正视的形象，一片云、一个三角形、一座钟楼、一朵花、一块砾石，感到在这些迹象下也许还隐藏着什么与我应该力求发现的截然不同的东西时，一种思想，它们以象形文字的方式表达的某种思想，我们原以为它们只是代表着一些具体的东西，现在想到此我又不免悲哀。要把它们破译出来当然很难，但也只有如此才能让我们读到什么真理，因为，由智慧直接地从充满光照的世界留有空隙地攫住的真理不如生活借助某个印象迫使我们获得的真理更深刻和必要，这个印象是物质的，因为它通过我们的感官进入我们心中，然而我们却能从中释放出精神。总之，不管是在什么情况下，不管是涉及如马丹维尔诸多钟楼的景致给予我的那种印象，还是如两格踏步高低不平的感觉或马德莱娜点心的味道给我留下的模糊回忆，我都必须努力思考，也就是说使我所感觉到的东西走出半明不明的境地，把它变换成一种精神的等同物，从而把那种感觉解释成那么多的法则和思想的征兆。而这种在我看来是独一无二的方法，除了制作一部艺术作品外还能是什么呢？此时，种种推论已经涌上我的脑海，因为不管是模糊的回忆，诸如餐叉的碰击声，或者马德莱娜点心的滋味，或者借助我力求探索其涵义的那些外形，在我的头脑里组成一部绚丽复杂的天书的钟楼、野草之类的外形书写下的那条条真理，它们的首要特性都是我没有选择它们的自由，它们全部以本来面目呈现在我眼前。而我感到这大概就是它们确实性的戳记。我没有到那个大院里去寻找那两块绊我脚的高低不平的铺路石板。然而，使我们不可避免地遭遇这种感觉的偶然方式恰恰检验着由它使之起死回生的过去和被它展开的一幅幅图像的真实性，因为我们感觉到它向光明上溯的努力，感觉到重新找到现实的欢乐。这种感觉还是由同时代的印象构成的整幅画面的真实性的检验，这些同时代的印象是它以记忆或有意识的观察永远都不可能得知的，它们按光明和阴影、突出与疏漏、回忆与遗忘之间的那种绝不会错的比例随它之后再现。(《重现的时光》)

普鲁斯特并非轻易就获得他清晰的立场："因为，由智慧直接地从充满光照的世界留有空隙地攫住的真理不如生活借助某个印象迫使我们获得的真理更深刻和必要，这个印象是物质的，因为它通过我们的感官进入我们心中，然而我们却能从中释放出精神。"这句话既代表了西方的智慧，也代表了东方的智慧。它既信守奥古斯丁顿悟的传统，也与那部印度经文共鸣。

以下是普鲁斯特式顿悟的另一个例子，来自《在斯万家那边》：

我虽流连在山楂花前，嗅着这无形而固定的芳香，想把它送进我不知所措的脑海，把它在飘动中重新捕捉住，让它同山楂树随处散播花朵的、洋溢着青春活力的节奏相协调——这节奏像某些音乐一样，起落不定——而且山楂花也以滔滔不绝的芳香给我以无穷的美感，但它偏偏不让我深入其间，就同那些反复演奏的旋律一样，从不肯深入到曲中的奥秘处。我暂且扭身不顾，用更新鲜的活力迎向花前。我纵目远望，一直望到通往田野的陡坡；那陡坡在花篱以外，一株迷路的丽春花和几茎懒洋洋迟开的矢车菊，以稀稀落落的花朵，像点缀一幅挂毯的边缘似的点缀着那片陡坡，挂毯上疏朗的林野图案一定显得格外精神吧；而更为稀疏的花朵像临近村口的孤零零的房舍宣告村落已近似的，告诉我那里有无垠的田野，起伏着滚滚的麦浪，麦浪之上是暧曃的白云。而在田野边缘，孤然挺立的丽春花，凭借一堆肥沃的黑土，高举起迎风燃烧的火炬，我一见到它心头便怦然跳动，就像远游的旅人在一片洼地瞅见嵌缝工正在修理一艘曾经触礁的船只，还没有见到大海便情不自禁地喊一声："大海！"

然后，我又把眼光落到山楂花前，像观赏杰作似的，总以为暂停凝视之后再回头细看才更能领略它的妙处。但是，尽管我用手挡住周围的东西，只给眼前留下山楂花的倩影，但花朵在我内心所唤起的感情却依然晦暗不清，浑浑噩噩，苦于无法脱颖而出，去与花朵结合。那些山楂花无助于我廓清混沌的感情，我又无法仰仗别的花朵。这时，我的外祖父给了我这样一种愉快，其感觉好比我们看到我们所偏爱的某位画家的一幅作品，它同我们所熟悉的其他作品大不一样；或者我们忽然被人指引，看到那么一幅油画，过去我们只见过它的铅笔草图；或者听到那么一首配器华丽的乐曲，过去我们只听过它的钢琴演奏。外祖父指着当松维尔德花篱叫我，他说："你是爱山楂树的，看看这株桃红色的刺山楂，多漂亮！"确实，这是棵刺山楂，但它是桃红色，比白色的更美。它也穿了一身节日盛装，是真正的节日盛装啊！只有宗教节日才算真正的节日，不像世俗节日随便由谁胡乱定在某一天，既无节可庆，基本上又无庆可言的；然而，它那身打扮更富丽，因为层层叠叠缀满枝头的花朵，使满树像洛可可风格的花哨的权杖，没有一处不装点得花团锦簇，而且，更因为这些花是"有色"的，所以根据贡布雷的美学观点，它们的质地更为优良，这从市中心广场各家商店乃至于加米杂货铺的售价贵贱即可窥见一斑：桃红色的饼干不是比别的饼干贵些么。我自己也一样，认为抹上红色果酱的干酪更值钱，其实这无非是他们答应把捣烂的草莓浇在干酪上面罢了。而眼前的这株山楂偏偏选中了这样一种食品的颜色，这样一种使节日盛装更加艳丽的颜色（因为它让节日盛装显得品位更高雅)。这类颜色因为艳丽,在孩子们看来,仿佛格外美丽,也正因为如此,他们才觉得比别的颜色更充满生气,更自然,即使他们认识到颜色本身既不能解馋,也不会被裁缝选作衣料。自不待言,看到这些山楂花,我除了更加惊喜之外,同看到白色的山楂花一样,分明地感觉到它的喜气洋洋中并无丝毫的矫揉造作,没有人为加工的痕迹,全是大自然自发的流露,那种天真可掬之态,可与村中为在街旁搭一张迎圣祭台而奔忙的女商人,把满树堆砌,弄得既豪华又有乡土气的颜色过于娇艳的花朵相比。树冠的枝梢,像遇到盛大节日供在祭台上的,外面裹着纸质花边的一盆盆盆栽玫瑰,细长的梢头缀满了千百颗淡红的蓓蕾,有的已含苞初绽,好比一盏桃红色的石杯,让人绰约地看出杯心的一点殷红,它们比花朵本身更透出刺山楂的特殊的精神和不可违拗的品性,它不论在哪里发芽,不论在哪里开花,只能是桃红色的;它挤在花篱之间跟盛装的姑娘跻身于只穿家常便服、不准备外出的妇女们之中一样;它已经为迎接"玛丽月"做好一切准备,甚至仿佛已经成为庆典的一部分;它穿着鲜艳的浅红色盛装,那样光彩奕奕,笑容可掬——这株信奉天主的、娇美可爱的小树啊![1]

---

[1] 出自《追忆似水年华》第一卷《在斯万家那边》,李恒基、徐继曾译,译林出版社 2012 年版,该篇涉及《在斯万家那边》引文均采用此版本中译。

普鲁斯特虽然人到中年就去世了，但他一生从来没有放弃过童稚的眼光，若非那些令人难以置信的习惯（如抛弃常识进行荒唐的自我治疗，拒绝睡眠，常吃冰淇淋，喝冰啤却不食他物）导致的慢性自杀，他可能到老都会一直保持这种童稚的眼光。在他最后的岁月里，他日夜兼程，完成了这部巨作，真的是成就了人生的伟业。我想起了五十一岁就去世的巴尔扎克，死因是过劳，缺少睡眠，饮用了大量的浓咖啡。他也为我们留下了卷帙浩繁的《人间喜剧》。当普鲁斯特以孩子的眼光打量美丽的鲜花时，最见其本色：

这些花儿准确地选择了一些可吃的美味儿的颜色，或者说选择了出席重要宴会穿的服饰的可爱配饰的颜色，因为这些花儿摆明了比其他的要好看，所以它们的漂亮在孩子的眼中是最明显不过的，正是如此，比起其他色彩的花儿，它们总是看起来更鲜艳、更自然，哪怕孩子后来意识到，它们没办法当美食，裁缝也不会选来做衣服。（《在斯万家那边》）

普鲁斯特笔下童稚的眼光总是伴随着幻境或梦乡，正如以下用喜剧的手法描写斯万短暂的谵妄状态：

他错了。几个星期以后，他还见到她一次。那是在他熟睡之际，在梦乡的暮霭之中。他正跟维尔迪夫人、戈达尔大夫、一个他认不出是谁的戴土耳其帽的年轻人、画家、奥黛特、拿破仑三世和我的外祖父一起散步。他们走的那条路俯瞰大海,一侧是悬崖,有时壁立千仞,有时仅及数尺,行人不断上坡下坡;正在攀登的人们就看不见已经下坡的游客,落日的余晖渐渐黯淡,看来黑夜立即就要笼罩四野。浪花不时溅到岸上,斯万也感到面颊上溅上冰冷的海水。奥黛特叫他擦掉,可是他办不到,因此在她面前他感到尴尬,何况他身上穿的还是睡衣。他但愿人们因为天黑而发现不了这个情况,然而维尔迪夫人却以诧异的目光久久凝视着他,而他只见她脸庞变形,鼻子拉长,还长上了一部大胡子。他转过脸去看奥黛特,只见她脸颊苍白,脸上长了小红疙瘩,面容疲惫,眼圈发黑,然而她还是以充满柔情的目光看着他,双眼似乎要像泪珠一样夺眶而出,他感到他是如此地爱她,真想马上把她带走。奥黛特忽然转过手腕,看了一下手表,说一声"我该走了",就以这同样的方式跟所有的人道别,也没有把斯万叫到一边,告诉他当晚或者哪一天在什么地方再见。他不好意思问她,他真想跟她一起走,却又不能不扮出一副笑容回答维尔迪兰夫人的问题,连头也不敢向奥黛特那边转去,可是他的心突突地跳得可怕,他恨奥黛特,真想把刚才还如此喜欢的她那两只眼睛抠掉,把她苍白的面颊抓烂。他继续跟维尔迪兰夫人一起上坡,也就是一步一步更远离在相反的方向下坡的奥黛特。时间才过了一秒钟，却仿佛她已经走了几个钟头。画家告诉斯万，她刚走不久，拿破仑三世也不见了。"他们肯定是商量好的，"他说，"他们准是要在崖脚下相会，却又顾到礼仪，不好意思两个人一起跟咱们道别。她是他的情妇。"那不相识的年轻人哭起来了。斯万竭力安慰他。"她还是有道理的，"他说，一面为他擦拭眼泪，一边给他摘了土耳其帽，让他更自在些，"我都劝过她十多次了。干吗难过呢？那个人是会理解她的。"斯万这是自言自语，因为他原先没能辨认出来的那个年轻人就是他自己；就像有些小说家一样，他是把自己的人格分配给了两个人物，一个是做梦的那个人，另一个是他所看见的站在他面前戴着土耳其帽的那个人。(《在斯万家那边》)

拿破仑三世和奥黛特构成了值得沉思的一对，但对我来说，他们的魅力还是赶不上那个戴着土耳其帽、受到成年后的斯万劝慰的少年斯万，成年后的斯万劝慰他，只有那个面目模糊的皇帝才能理解奥黛特。这里我们再次可以看见，普鲁斯特是描写心灵的喜剧家。

普鲁斯特有深邃的心灵，能够把内在自我的生存与建立在仁慈基础上的世界相连。以下是《女囚》中小说家贝戈特之死：

> 他是在这样的情况下去世的：尿毒症的轻微发作是人

们建议他休息的原因。但是一位批评家在文章里谈到过的维米尔的《代尔夫特小景》（从海牙美术馆借来举办一次荷兰画展的画）中一小块黄色的墙面（贝戈特不记得了）画得如此美妙，单独把它抽出来看，就好像是一件珍贵的中国艺术作品，具有一种自身的美，贝戈特十分欣赏并且自以为非常熟悉这幅画，因此他吃了几只土豆，离开家门去参观画展。刚一踏上台阶，他就感到头晕目眩。他从几幅画前面走过，感到如此虚假的艺术实在枯燥无味而且毫无用处，还比不上威尼斯的宫殿或者海边简朴的房屋的新鲜空气和阳光。最后，他来到维米尔的画前，他记得这幅画比他熟悉的其他画更有光彩更不一般，然而，由于批评家的文章，他第一次注意到一些穿蓝衣服的小人物，沙子是玫瑰红的，最后是那一小块珍贵的黄色墙面，犹如小孩盯住他想捉住的一只黄蝴蝶看。"我也该这样写，"他说，"我最后几本书太枯燥了，应该涂上几层色彩，好让我的句子本身变得珍贵，就像这一小块黄色的墙面。"这时，严重的晕眩并没有过去，在天国的磅秤上一端的秤盘盛着他自己的一生，另一端则装着被如此优美地画成黄色的一小块墙面。他感到自己不小心把前一个天平托盘误认为后一个了。他心想："我可不愿让晚报把我当成这次画展的杂闻来谈。"

他重复再三："带挡雨披檐的一小块黄色墙面，一小块黄色墙面。"与此同时，他跌坐在一张环形沙发上；刹那间他不再想他有生命危险，他重又乐观起来，心想："这仅仅是没有熟透的那些土豆引起的消化不良，毫无关系。"又一阵晕眩向他袭来，他从沙发滚到地上，所有的参观者和守卫都朝他跑去。他死了。永远死了？谁能说得准呢？当然，招魂术试验和宗教信条都不能证明人死后灵魂还存在。人们只能说，今生今世发生的一切就仿佛我们是带着前世承诺的沉重义务进入今世似的。在我们现世的生活条件下，我们没有任何理由以为我们有必要行善、体贴，甚至礼貌，不信神的艺术家也没有任何理由以为自己有必要把一个片段重画二十遍，他由此引起的赞叹对他那被蛆虫啃咬的身体来说无关紧要，正如一个永远不为人知，仅仅以维米尔的名字出现的艺术家运用许多技巧和经过反复推敲才画出来的黄色墙面那样。所有这些在现时生活中没有得到认可的义务似乎属于一个不同的，建筑在仁慈、认真、奉献之上的世界，一个与当今世界截然不同的世界，我们这个不同的世界出来再出生在当今的世界，也许在回到那个世界之前，还会在那些陌生的律法影响下生活，我们服从那些律法，因为我们的心还受着它们的熏陶，但并不知道谁创立了这些律法——深刻的智力活动使人接近这些律法，而只有——说不定还不止呢——愚蠢的人才看不到它们。因此，贝戈特并没有永远死去这种想法是真实可信的。

  人们埋葬了他，但是在葬礼的整个夜晚，在灯火通明的玻璃橱窗里，他的那些三本一叠的书犹如展开翅膀的天使在守夜，对于已经不在人世的他来说，那仿佛是他复活的象征。[1]

  普鲁斯特十分崇拜维米尔，在这场美丽的幻想中，他与贝戈特不谋而合。我此刻已垂垂老矣，这是我最喜欢的普鲁斯特的几个段落。普鲁斯特真是伟大，他既是无神论者，也是神秘主义者。他在这里为自己写下了挽歌。《追忆似水年华》在灯火通明的商店橱窗里继续闪闪发光，这是普鲁斯特复活的信息。

  一个作家的不朽与读者在亲友的离世及自己的将死时能否得到安慰之间是否存在关系？在此，我引用塞缪尔·约翰生的一席话，我知道他是最好的向导：

  最明显的是，年龄的衰退必须以死亡告终；然而，图利说，没有人不相信自己还能再活一年；也没有人根据同样的原则，不希望自己的父母或朋友再活一年：但这个谬论会被及时发现；最后一年，最后一天，一定要来。它已

---

[1] 出自《追忆似水年华》第五卷《女囚》，周克希、张小鲁、张寅德译，译林出版社 2012 年版。

经来了，而且已经过去了。使我自己的生命快乐的生命已经结束，死亡的门也关在我的前途上。

失去了一个心意坚定的朋友，每一个愿望和努力都向他倾注，这是一种凄凉的状态，在这种状态下，心灵向外张望，对自己不耐烦，除了空虚和空虚，什么也找不到。无可指摘的生命，朴实的温柔，虔诚的朴素，谦逊的顺从，耐心的病痛，平静的死亡，被记住只是为了增加损失的价值，为无法弥补的加重遗憾，为无法回忆的加深悲伤。

这些都是天意使我们逐渐脱离对生活的热爱的灾难。坚忍也许会击退其他的邪恶，希望也许会减轻；但无法弥补的贫困却没有留下任何东西可以让人下定决心或平淡期望。死者再也回不来了，我们这里只剩下憔悴和悲伤。

然而，这是自然规律，谁活得长，就必须比他所爱和尊敬的人活得长。我们现在的生存状态就是这样，生命必须有一次失去它的联系，地球上的每一个居民都必须独自一人，毫无顾忌地走向坟墓，没有任何欢乐或悲伤的伙伴，没有任何对他的不幸或成功感兴趣的见证。

他也许还会感到不幸，因为人类苦难的根源在哪里？但对于一个没有享受成功的人来说，成功是什么呢？幸福不是在自我沉思中找到的，只有当它从另一个人身上反映出来时，它才会被感知。

我们对逝去灵魂的状态知之甚少，因为这样的知识对美好的生活不是必需的。理性把我们遗弃在坟墓的边缘，不能给我们更多的智慧。启示录并非完全沉默。"天上的天使，对一个悔改的罪人，是有喜乐的。"当然，这种喜乐，对于那些脱离肉体，被造得像天使的灵魂，是不能隔绝的。

　　因此，让希望来决定，什么启示不会混淆，灵魂的结合可能仍然存在；我们那些正在与罪恶、悲伤和虚弱作斗争的人，可能在那些已经完成了他们的过程，现在正在接受他们的奖赏的人的关注和仁慈中有我们的一部分。(《漫谈者》，41)

　　约翰生的这段挽歌一直萦绕着我的记忆，但我并不经常背诵。我尊敬他，但我们还是分了手，不仅仅因为他是虔信的基督徒。对于现在的我来说，活着，不过就是哀悼。我们心爱的那些人死了，只有把他们化为日常的所思、所感，他们才继续活着。当我们死后，我们是否会继续活着，仰赖于我们多大程度上改变那些后来者的生活。

　　昨日，两个新生来看我，一个女生，一个男生，他们带给我莫大的慰藉，因为他们聪明、勤奋，精神独立。他们从国外回来，给我带了一些小礼物。我把去年完成的《莎士比亚的人物》(*Shakespeare's Personalities*) 系列的前三卷各送了一套给他们。我仍然要坐轮椅，之前动了两次大手术还没痊愈，容易疲惫。但我昨夜入睡前，还是为他们的归来而开心。

我今天像做了一天的噩梦，只是回想起来才觉得好笑。因为左膝盖关节炎发作要到医院做CT。早上，我和妻子还有护工一道出门，护工早早把门就关了，忘了带钥匙，结果我们只好待在屋外。在医院做完检查回家，我在车里蜷缩了四十五分钟，等锁匠来开门。等我挪着脚步坐到轮椅上，已经疲惫不堪。过了三个小时，我才缓过气来继续写这本书。将近八十八岁了，我难免会想时日无多，对来日又知之甚少。

无疑，这样更好。预言未来可能是灾难性的。约翰生博士是我一生敬仰的英雄，但此刻，普鲁斯特给我更多的安慰。普鲁斯特与莎士比亚一样教导耐心，教导从容的审美觉醒。约翰生的需求更加迫切。他艰难的平衡总有危险之虞。抑郁隐现，约翰生博士会与闲散和倦怠抗争。你很难比约翰生博士更清醒，谁有力量与之媲美呢？他在告别散文写作生涯时写道：

> 尽管"漫谈者"和读者之间没有结下亲密的友谊，但彼此或许都不愿意分开。只有完全邪恶的东西，我们才可以心安理得地说："到此为止吧！"那些永远达不成一致意见的人，因为相互不满和抱怨，最终决定分道扬镳之时，也会潸然泪下。那些经常去过的地方，虽然熟视无睹已无兴趣，但作别之时心情仍会觉得沉重。"漫谈者"虽然心

如止水,但念及面前写的是最后一文,也难免不动情。

此刻隐秘的恐惧,与这样的想法脱不了关系:人生苦短,死亡可惧。我们总是偷偷地比较部分和整体。人生任何阶段的结束,都提醒我们生命本身有其终点。我们最后一次做某事时,我们会不由自主地想,分配给我们的那些日子中有一部分已经过去了,过去的日子越多,剩下的日子就越少。

衷心地感谢上苍,每一个生命中,都会有一些停顿和中断,它们强迫粗心的人思考,强迫轻浮的人庄严;它们是时间的节点,一次行动结束了,另一次行动开始了。命运的悲欢离合,职业生涯的沉浮,地点的改变,友谊的消散,面临这些节点,我们只好说:"到此为止吧!"

接近人生的终点,由于恐惧,人生的调式难免失去平衡和稳定。很少人从变化来看待人生的延续。人们期待今日的生活重复昨日的生活;期待明日的生活就如今日的生活,很容易把时光看成一个圆圈,不断地重复自身。但是,境遇的千变万化,往往让人觉得,人生如寄,漂泊不定;只有发现人生变化万千,我们才会想起它的短暂。

然而,无论每次留下多深的印象,这种观念时刻在我们心中隐退。一部分是由于新的印象势不可挡地侵入,一部分是由于我们主动地排除了不受欢迎的想法,我们再次陷入常见的谬误。我们必须最后一次做另一件事,然后

才会认为,再也不做任何事情的时刻近在眼前了。(《漫谈者》,103)

我发现这几段话澄明到近乎痛苦的地步。如果说停顿或中断是危险的事故或疾病,那么,需要约翰生博士的力量来称呼它是一种幸运的降落。反复无常是把双刃剑。虽然我们无疑因此而感到警觉,但正如约翰生博士强调的,这种预感是结局的先兆。最后一次做某件事,就像是目送心爱的人离去。一个年近九旬的老人,看不见,听不见,动不了,这样的日子近在眼前。

附录
人名译名对照

A

A. C. 布拉德利	A. C. Bradley
A. D. 纳塔尔	A. D. Nuttall
A. R. 阿蒙斯	A. R. Ammons
阿比盖尔·斯托奇	Abigail Storch
阿尔弗雷德·德·维尼	Alfred de Vigny
阿尔弗雷德·丁尼生	Alfred Tennyson
阿尔弗雷德·卡津	Alfred Kazin
阿尔杰衣·查尔斯·斯温伯恩	Algernon Charles Swinburne
艾米·克兰皮特	Amy Clampitt
阿吉巴·本·约瑟	Akiba ben Joseph
阿吉巴拉比	Rabbi Akiba
阿莱克斯·拉尔森	Alexis Larsson

阿奇·伦道夫·阿蒙斯	Archie Randolph Ammons
阿维拉的特蕾莎	Teresa of Ávila
埃德加·鲍尔斯	Edgar Bowers
埃德蒙·斯宾塞	Edmund Spenser
埃德蒙·沃勒	Edmund Waller
埃德温·阿灵顿·罗宾逊	Edwin Arlington Robinson
埃尔维斯·普雷斯利	Elvis Presley
埃尔文·费曼	Alvin Feinman
埃里克·普日瓦拉	Erich Przywara
埃利斯·肯尼	Alice Kenney
埃洛尔·麦克唐纳	Erroll McDonald
埃米莉·黑尔	Emily Hale
艾米·洛威尔	Amy Lowell
爱德华·菲茨杰拉德	Edward FitzGerald
爱伦·退特	Allen Tate
爱默生	Emerson
安德鲁·马维尔	Andrew Marvell
安东尼·伯吉斯	Anthony Burgess
安东尼·赫希特	Anthony Hecht
安东尼·吉尔贝	Anthony Gilbey
安格斯·弗莱彻	Angus Fletcher
安娜·莱堤西亚·巴勃尔德	Anna Laetitia Barbauld

安娜贝拉·米尔班克	Annabella Milbanke
安妮·哈钦森	Anne Hutchinson
奥尔森·威尔斯	Orson Welles
奥斯卡·王尔德	Oscar Wilde
奥斯汀·沃伦	Austin Warren

B

布鲁内托·拉蒂尼	Brunetto Latini
布莱恩·斯托克	Brian Stock
布莱恩·P. 科彭哈弗	Brian P. Copenhaver
碧昂丝	Beyoncé
彼得·科尔	Peter Cole
彼得·布朗	Peter Brown
本特尼·卡尔森	Bethany Carlson
本·琼生	Ben Jonson
鲍勃·迪伦	Bob Dylan
保罗·弗塞尔	Paul Fussell
拔示巴	Bathsheba
芭芭拉·盖斯特	Barbara Guest

巴力   Baal
巴达萨雷·加卢皮   Baldassare Galuppi

C

C. S. 路易斯   C. S. Lewis

D

D. H. 劳伦斯   D. H. Lawrence
达希尔·哈米特   Dashiell Hammett
大卫·丹尼尔   David Daniell
大卫·休谟   David Hume
戴维·哥尔德斯坦   David Goldstein
丹·斯文森   Dan Swenson
丹尼尔·C. 马特   Daniel C. Matt
丹尼尔·门德尔松   Daniel Mendelsohn
但丁·加布里埃尔·罗塞蒂   Dante Gabriel Rossetti

底波拉·多芙曼	Deborah Dorfman
德尔摩·舒瓦茨	Delmore Schwartz
德怀特·麦克唐纳	Dwight Macdonald
底波拉	Deborah
多塞特	Dorset

F

范尼·莱特	Fanny Wright
菲利普·锡德尼	Philip Sidney
菲利斯	Phyllis
费迪南德·弗洛斯基	Ferdinando Flosky
芬顿	Fenton
弗兰克·奥哈拉	Frank O'Hara
弗兰克·克默德	Frank Kermode
弗雷·路易斯·德·莱昂	Fray Luis de León
弗雷德里克·阿尔伯特·波特	Frederick Albert Pottle

G

G. K. 切斯特顿　　　　　　G. K. Chesterton
盖伦·哈特利　　　　　　　Glen Hartley
格奥尔格·特拉克尔　　　　Georg Trakl
格特鲁德·斯坦因　　　　　Gertrude Stein
格肖姆·肖勒姆　　　　　　Gershom Scholem

H

哈里·福特　　　　　　　　Harry Ford
哈罗德·戈达德　　　　　　Harold Goddard
哈罗德·柯恩　　　　　　　Harold Korn
哈罗德·詹金斯　　　　　　Harold Jenkins
哈特·克兰　　　　　　　　Hart Crane
哈伊姆·纳赫曼·比亚利克　Hayyim Nahman Bialik
海伦·文德勒　　　　　　　Helen Vendler
汉娜·阿伦特　　　　　　　Hannah Arendt
汉斯·约纳斯　　　　　　　Hans Jonas

赫伯特·马克斯	Herbert Marks
亨利·科尔	Henri Cole
亨利·沃利斯	Henry Wallis
亨利·詹姆斯	Henry James
华莱士·史蒂文斯	Wallace Stevens
惠特尼·布莱克	Whitney Blake
霍拉斯·格雷戈里	Horace Gregory

J

杰弗里·哈特曼	Geoffrey Hartman
杰弗里·希尔	Geoffrey Hill
杰拉德·曼利·霍普金斯	Gerard Manley Hopkins
杰曼·布里	Germaine Bree
杰西卡·布兰奇	Jessica Branch
杰伊·麦克弗森	Jay Macpherson

K

凯文·麦吉尔克	Kevin McGuirk
康拉德·艾肯	Conrad Aiken
考文垂·帕特莫尔	Coventry Patmore
克拉布·罗宾逊	Crabb Robinson
克拉拉·米德尔顿	Clara Middleton
克里斯蒂娜·罗塞蒂	Christina Rossetti
克里斯托弗·斯马特	Christopher Smart
克里希纳	Krishna
肯尼斯·格罗斯	Kenneth Gross
肯尼斯·伯克	Kenneth Burke
肯尼斯·柯克	Kenneth Koch
昆西·豪	Quincy Howe

L

拉尔夫·理查森	Ralph Richardson
拉瓦德	Ravad
莱斯利·布里斯曼	Leslie Brisman

兰顿·哈默	Langdon Hammer
劳伦·史密斯	Lauren Smith
李·马尔科姆	Lee Malcolm
理查德·埃伯哈特	Richard Eberhart
理查德·克拉肖	Richard Crashaw
理查德·罗蒂	Richard Rorty
理查德·威尔伯	Richard Wilbur
莉莲·海尔曼	Lillian Hellman
利特尔顿	Lyttelton
林恩·朱	Lynn Chu
刘易斯·卡洛尔	Lewis Carroll
卢克莱修	Lucretius
路易·阿姆斯特朗	Louis Armstrong
罗伯特·M.韦斯特	Robert M. West
罗伯特·勃朗宁	Robert Browning
罗伯特·菲茨杰拉德	Robert Fitzgerald
罗伯特·弗罗斯特	Robert Frost
罗伯特·潘·沃伦	Robert Penn Warren
罗伯特·骚塞	Robert Southey
罗杰·兰斯戴尔	Roger Lonsdale
罗杰·沙塔克	Roger Shattuck
罗斯康门	Roscommon

M

M. H. 艾布拉姆斯	M. H. Abrams
马丁·普莱斯	Martin Price
马尔科姆·考利	Malcolm Cowley
马尔科姆·劳瑞	Malcolm Lowry
马克·斯特兰德	Mark Strand
马塞尔·雷蒙德	Marcel Raymond
玛丽·艾伦·皮科克	Mary Ellen Peacock
玛丽·戈登	Mary Gordon
玛丽安·穆尔	Marianne Moore
玛莎·西帕斯	Martha Serpas
迈克尔·德雷顿	Michael Drayto
迈蒙尼德	Maimonides
梅·斯文森	May Swenson
米克·贾格尔	Mick Jagger
摩什·艾德尔	Moshe Edel
摩西·德·莱昂	Moses de Leon
摩西·科多弗罗	Moses Cordovero

N

娜塔莉·罗斯·施瓦茨	Natalie Rose Schwartz
尼各老三世	Pope Nicholas Ⅲ
尼古拉斯·汤姆森	Nicholas Thomson
诺曼·霍尔姆斯·皮尔森	Norman Holmes Pearson
诺斯罗普·弗莱	Northrop Frye

P

庞弗雷特	Pomfret
珀西·毕希·雪莱	Percy Bysshe Shelley

Q

乔希·布鲁斯特·丁克尔	Chauncey Brewster Tinker
乔治·查普曼	George Chapman
乔治·赫伯特	George Herbert

| 乔治·梅瑞狄斯 | George Meredith |
| 乔治·威尔逊·奈特 | George Wilson Knight |

R

R. A. 福克斯	R. A. Foakes
R. C. 策纳	R. C. Zaehner
R. J. 茨维·韦伯洛夫斯基	R. J. Zwi Werblowsky
R. W. B. 刘易斯	R. W. B. Lewis

S

萨巴泰·泽维	Sabbatai Zevi
萨缪尔·贝克特	Samuel Beckett
塞琳娜·斯皮格尔	Celina Spiegel
塞缪尔·理查森	Samuel Richardson
塞缪尔·泰勒·柯尔律治	Samuel Taylor Coleridge
塞缪尔·约翰生	Samuel Johnson

塞普雷斯	Cypress
舍布赖那	Sabrina
十字架的圣约翰	Saint John of the Cross
斯普拉特	Sprat
斯忒普尼	Stepney
索尔·贝娄	Saul Bellow

T

T. S. 艾略特	T. S. Eliot
泰隆·鲍华	Tyrone Power
唐纳德·戴维	Donald Davie
托马斯·伯内特	Thomas Burnet
托马斯·布朗	Thomas Browne
托马斯·格雷	Thomas Gray
托马斯·卡鲁	Thomas Carew
托马斯·坎皮恩	Thomas Campion
托马斯·洛夫·皮科克	Thomas Love Peacock
托马斯·洛弗尔·贝多斯	Thomas Lovell Beddoes
托马斯·曼	Thomas Mann

托马斯·威尔金森	Thomas Wilkinson
托马斯·威斯克尔	Thomas Weiskel
托马斯·沃顿	Thomas Warton
托尼·库什纳	Tony Kushner

W

W. S. 默温	W. S. Merwin
瓦尔特·布朗特	Walter Blount
沃尔特·惠特曼	Walt Whitman
沃尔特·佩特	Walter Pater
威尔顿·基斯	Weldon Kees
威廉·C. 卡特	William C. Carter
威廉·阿洛史密斯	William Arrowsmith
威廉·埃尔顿	William Elton
威廉·布莱克	William Blake
威廉·巴特勒·叶芝	William Butler Yeats
威廉·布朗	William Browne
威廉·福克纳	William Faulkner
威廉·黑兹利特	William Hazlitt

威廉·卡洛斯·威廉斯	William Carlos Williams
威廉·柯林斯	William Collins
威廉·燕卜荪	William Empson
威廉·詹姆斯	William James
维多利亚·皮尔森	Victoria Pearson

X

希斯罗普·格劳利	Scthrop Glowry

Y

雅各布·布克哈特	Jacob Burckhardt
雅各布·弗兰克	Jacob Frank
亚尔登	Yalden
亚伯拉罕·艾布拉菲亚	Abraham Abulafia
亚伯拉罕·本·大卫	Abraham ben David
亚哈	Arab

亚历山大·蒲柏	Alexander Pope
亚瑟·格林	Arthur Green
亚瑟·亨利·哈拉曼	Arthur Henry Hallam
耶洗别	Jezebel
伊沃·温特斯	Yvor Winters
以利沙·本·阿布亚拉比	Rabbi Elisha ben Abuya
以撒·卢里亚	Isaac Luria
以赛亚·蒂什比	Isaiah Tishby
犹大·哈列维	Judah Halevi
约翰·阿什贝利	John Ashbery
约翰·班扬	John Bunyan
约翰·贝里曼	John Berryman
约翰·布鲁克斯·惠尔莱特	John Brooks Wheelwright
约翰·德莱顿	John Dryden
约翰·多恩	John Donne
约翰·弗莱彻	John Fletcher
约翰·霍兰德	John Hollander
约翰·济慈	John Keats
约翰·克莱尔	John Clare
约翰·克罗·兰色姆	John Crowe Ransom
约翰·罗斯金	John Ruskin
约翰·皮尔·毕肖普	John Peale Bishop

约翰·斯图尔特·密尔	John Stuart Mill
约翰·E. 伍兹	John E. Woods
约瑟夫·哈里森	Joseph Harrison

Z

詹姆斯·吉尔里	James Geary
詹姆斯·麦克弗森	James Macpherson
詹姆斯·梅里尔	James Merrill
詹姆斯·斯凯勒	James Schuyler
朱利安·西蒙斯	Julian Symons
朱莉娅·沃尔德·豪	Julia Ward Howe

书名、剧作名及其他专有名词译名对照

A

《阿尔比恩女儿们所见》　　　*Visions of the Daughters of Albion*

《阿尔弗雷德·厄乌瓜伊夫人》　　"Mrs. Alfred Uruguay"

《阿里斯托芬的申辩》　　*Aristophanes' Apology*

《阿蒙斯诗歌全集》　　*The Complete Poems of A. R. Ammons*

《阿摩司书》　　*Amos*

《阿特拉斯的女巫》　　"The Witch of Atlas"

《安东尼和克利奥帕特拉》　　*Antony and Cleopatra*

《奥古斯丁》　　*Augustine of Hippo*

《奥古斯丁读本》　　*Augustine the Reader*

B

《八月》	"August"
《巴托罗缪市集》	*Bartholomew Fair*
《白色建筑群》	*White Buildings*
《暴风雨》	*The Tempest*
《暴君爱神》	"Eros Turannos"
《悲悼与抑郁》	"Mourning and Melancholia"
《薄伽梵歌》	*Bhagavad Gita*
《波阿斯入睡》	"Boaz Asleep"
《波浪》	*A Wave*
《波琳》	*Pauline*
《勃朗峰》	"Mont Blanc"
《不断前进的塔米里斯》	"Thamuris Marching"

C

《草叶集》	*Leaves of Grass*
《传道书》	*Ecclesiastes*
《超验的假面舞会》	*Transcendental Masque: An Essay on*

	Milton's Comus
《朝圣高地》	"Pilgrim Heights"
《潮湿的窗户》	"Wet Casements"
《沉默打开》	*A Silence Opens*
《晨祷》	"Matinal"
《成了》	"Tetélestai"
《城市边际》	"The City Limits"
《迟疑的卡巴拉主义者的十四行诗歌》	*The Reluctant Kabbalist's Sonnet*
《出埃及记》	*Exodus*
《船工》	"The Boatman"
《船工和其他诗歌》	*The Boatman and Other Poems*
《船屋的日子》	*Houseboat Days*
《创世记》	*Genesis*
《创造之书》	*Sefer Yetzirah*
《春天的双重梦幻》	*The Double Dream of Spring*
《春天及一切》	*Spring and All*
《纯真的状态和人的堕落》	*The State of Innocence, and Fall of Man*

D

《大地的神圣理论》	The Sacred Theory of the Earth
《大海里的鲜花》	"The Flower in the Sea"
《代表渴望的意象：阿蒙斯的书信和日记选（1951—1974）》	An Image for Longing: Selected Letters and Journals of A. R. Ammons, 1951–1974
《带我到你的羽翼下》	"Bring Me In Under Your Wing"
《悼念集》	In Memoriam
《地狱的箴言》	"Proverbs of Hell"
《第一个秋夜和秋雨》	"The First Night of Fall and Falling Rain"
《典型的岁月》	Specimen Days
《冬眠场所》	"Hibernaculum"
《冬天的黑色白桦》	"A Black Birch in Winter"
《冬天的童话》	The Winter's Tale
《对影沉思的夏娃》	"Eve in Reflection"

E

| 《恶之美学》 | "Esthétique du Mal" |

《噩梦隐修院》　　　　　　　　*Nightmare Abbey*

F

《方舟》　　　　　　　　　　　"The Ark"
《芬尼根的守灵夜》　　　　　　*Finnegans Wake*
《愤怒的参孙》　　　　　　　　"La Colère de Samson"
《愤怒的空袭》　　　　　　　　"The Fury of Aerial"
《讽喻：象征模式理论》　　　　*Allegory: The Theory of a Symbolic Mode*
《浮士德博士》　　　　　　　　*Doctor Faustus*
《符号之书》　　　　　　　　　*The Book of the Sign*
《附体》　　　　　　　　　　　"Possessions"
《复乐园》　　　　　　　　　　*Paradise Regained*

G

《〈光辉之书〉导论》　　　　　*A Guide to the Zohar*
《〈光辉之书〉的智慧》　　　　*Wisdom of the Zohar*

《感悟细节的程序》	"The Course of a Particular"
《干燥的塞尔维吉斯》	"The Dry Salvages"
《羔羊颂》	*Jubilate Agno*
《告别方舟》	"Ark Parting"
《鸽翼》	*The Wings of the Dove*
《共和国战歌》	"Battle Hymn of the Republic"
《孤独的割麦女》	"The Solitary Reaper"
《孤独的精神》	*The Spirit of Solitude*
《古风人像》	*Archaic Figure*
《鼓声》	*Drum-Taps*
《关于几个描述和讽喻主题的颂歌》	*Odes on Several Descriptive and Allegorical Subjects*
《关于卡巴拉的十条非历史的格言》	"Ten Unhistorical Aphorisms on Kabbalah"
《关于犹太神学的反思》	"Reflection on Jewish Theology"
《国王的叙事诗》	*Idylls of the King*

H

《忽必烈汗》	"Kublai Khan"

《海滨墓园》	"The Marine Cemetery"
《海伯利安》	*Hyperion*
《海伯利安的陨灭》	*The Fall of Hyperion*
《海滩玻璃》	"Beach Glass"
《航行》	"Voyages"
《航行 II》	"Voyages II"
《何处寻找智慧》	*Where Shall Wisdom Be Found*
《河的安详》	"Repose of Rivers"
《赫莎》	"Hertha"
《亨利五世》	*Henry V*
《洪堡的礼物》	*Humboldt's Gift*
《狐狸》	*Volpone*
《狐狸王子》	*Prince of Foxes*
《胡恩宫里茶话》	"Tea at the Palaz of Hoon"
《欢呼与再会》	"Ave Atque Vale"
《幻象》	*A Vision*
《荒原》	*The Waste Land*
《灰星期三》	"Ash Wednesday"
《挥手,别了,别了,别了》	"Waving Adieu, Adieu, Adieu"
《火焰天使》	*Angel of Fire*
《霍博肯,夏日后院》	"Backyard, Hoboken, Summer"

J

《基围斯特的秩序观》	"The Idea of Order at Key West"
《基要》	"The Key"
《解放了的普罗米修斯》	*Prometheus Unbound*
《精神漫游者》	"The Mental Traveller"
《镜子》	"Mirror"
《决心与自立》	"Resolution and Independence"
《加卢皮的托卡塔曲》	"A Toccate of Galuppi's"

K

《卡巴拉诗歌》	*The Poetry of Kabbalah*
《卡勒瓦拉》	*Kalevala*
《科马斯》	*Comus*
《科森湾》	*Corsons Inlet*
《空间》	*Sphere*
《空中之音》	"The Voice in the Air"
《空中女王》	*The Queen of the Air*
《哭泣的姑娘》	"La Figlia Che Piange"

| 《快乐的人》 | "L'Allegro" |

L

《浪漫的崇高：论超验的结构和心理》	*The Romantic Sublime: Studies in the Stucture and Psychology of Transcendence*
《老水手行》	"The Rime of the Ancient Mariner"
《雷霆的话》	"What the Thunder Said"
《泪，空流的泪》	"Tears, Idle Tears"
《冷酷的妖女》	"La Belle Dame sans Merci"
《李尔王》	*King Lear*
《力士参孙》	*Samson Agonistes*
《历代传说集》	*The Legend of the Ages*
《利己主义者》	*The Egoist*
《利西达斯》	*Lycidas*
《炼金术士》	*The Alchemist*
《亮星》	"Bright Star"
《灵魂的暗夜》	*The Dark Night of the Soul*
《灵魂渴望回到它出发的地方》	"The Soul Longs to Returns Whence

	It Came"
《灵视一族》	The Visionary Company
《龙论》	Treatise on the Dragons
《卢克·哈弗格尔》	"Luke Havergal"
《鲁拜集》	The Rubaiyat of Omar Khayyam
《沦落于歌：费曼诗歌全集》	Corrupted into Song: The Complete Poems of Alvin Feinman
《论律法的毁灭》	"On the Destruction of the Law"
《论乔叟和斯宾塞》	"On Chaucer and Spenser"
《罗宾逊的种种面相》	"Aspects of Robinson"
《罗兰公子来到了暗塔》	"Childe Roland to the Dark Tower Came"
《罗兰之歌》	The Song of Roland
《罗斯金的萤火虫》	"Ruskin's Fireflies"

M

《马可福音》	Gospel of Mark
《麦克白》	Macbeth
《梅利斯尔达》	"Meliselda"

《美国诗歌新理论：民主、环境和想象的未来》	*A New Theory for American Poetry: Democracy, tbe Environment, and the Future of Imagination*
《美人鱼》	"Mermaid"
《魅影求爱者》	*The Phantom-Wooer*
《门农序曲》	*Preludes for Memnon*
《蒙哈榭花园》	"Montrachet-le-Jardin"
《梦乡》	"The Land of Nod"
《弥尔顿》	*Milton*
《弥尔顿传》	*Life of Milton*
《弥尔顿的上帝》	*Milton's God*
《米拉贝尔：数字书》	*Mirabell: Books of Number*
《民主的愿景》	*Democratic Vistas*
《冥界的那伊阿得丝之歌》	"Song of the Stygian Naiades"
《莫菲》	*Murphy*
《墓园挽歌》	*Elegy Written in a Country Church-Yard*

N

《那些人》	"These"

《难忘的记忆》 "Memorabilia"
《年轻的命运女神》 "The Young Fate"
《纽黑文的一个寻常夜晚》 "An Ordinary Evening in New Haven"

P

《磐石的影子》 *The Shadow of a Great Rock*
《帕特森》 *Paterson*
《皮埃蒙特晚近大屠杀抒愤》 "On the Late Massacre in Piedmont"
《珀伊曼德热斯》 "Poimandres"
《普鲁斯特的双筒望远镜》 *Proust's Binoculars*
《普鲁斯特传》 *Marchel Proust: A Life*

Q

《启示录》 Revelation
《恰尔德·哈洛德游记》 *Childe Harold's Pilgrimage*
《前辈及其他》 *Predecessors, Et Cetera*

《彻科鲁瓦山致它的邻居》	*Chocorua to Its Neighbor*
《切维的追逐》	"Chevy Chase"
《齐鸣》	"A Unison"
《秋颂》	"To Autumn"
《秋天的极光》	"The Auroras of Autumn"

R

《日内瓦圣经》	*The Geneva Bible*
《如果我只能近乎疯狂地活着》	"If I Could Only Live at the Pitch That Is Near Madness"
《如何读，为什么读》	*How to Read and Why*

S

《拉塞拉斯》	*Rasselas*
《撒旦的终结》	*The End of Satan*
《萨巴泰·泽维：神秘的	*Sabbatai Sevi: The Mystical Messiah,*

弥赛亚（1626—1676）》	1626-1676
《萨莫斯》	"Samos"
《瑟尔之书》	The Book of Thel
《莎士比亚的人物》	Shakespeare's Personalities
《莎士比亚时期的时间、空间和运动》	Time, Space, and Motion in the Age of Shakespeare
《神谕录》	Scripts for the Pageant
《生活研究》	Life Studies
《生命的凯旋》	"The Triumph of Life"
《圣约翰和背痛》	"Saint John and Back-Ache"
《失乐园》	Paradise Lost
《诗歌之梦：来自穆斯林统治时期和基督教统治时期西班牙的希伯来诗歌》	The Dream of the Poem: Hebrew Poetry from Muslim and Christian Spain
《诗集：1947—1954》	Poems 1947-1954
《失落在翻译中》	"Lost in Translation"
《诗人传》	The Lives of the Poets
《诗性颂》	"Ode on the Poetical Character"
《诗选：夏日知识》	Selected Poems: Summer Knowledge
《十一月星期天早晨》	"November Sunday Morning"
《石中时间》	Time in the Rock
《士师记》	Judges

《抒情歌谣集》	*Lyrical Ballads*
《树叶的怜悯》	"The Pity of the Leaves"
《水晶屋》	"The Crystal Cabinet"
《死亡的笑话》	*Death's Jest Book*
《四天神》	*The Four Zoas*
《碎石跑道》	"Gravelly Run"
《碎塔》	"The Broken Tower"

T

《塔楼里的敲钟人》	*The Ringers in the Tower*
《塔木德》	Talmud
《塔纳赫》	Tanakh
《拓扑想象：空间、边际和岛屿》	*The Topological Imagination: Spberes, Edges, and lslands*
《唐璜》	*Don Juan*
《特洛伊罗斯与克瑞西达》	*Troilus and Cressida*
《提托诺斯》	"Tithonus"
《土拨鼠》	"The Groundhog"
《托拉》	Torah

W

《威廉·威尔逊》	"William Wilson"
《维纳斯和阿多尼斯》	*Venus and Adonis*
《为诗辩护》	"Defence of Poetry"
《文汇》	*Encounter*
《我是大海的罗盘》	"I Was Myself the Compass of That Sea"
《我叔叔的单片眼镜》	"Le Monocle de Mon Oncle"
《我一见彩虹高悬天上》	"My Heart Leaps Up"
《我自己的歌》	"Song of Myself"
《误读之图》	*A Map of Misreading*

X

《昔日》	*Præterita*
《西风颂》	"Ode to the West Wind"
《夏洛克即莎士比亚》	*Shylock Is Shakespeare*
《仙后》	*Faerie Queen*
《先林传》	"Senlin: A Biography"
《先林的晨歌》	"Morning Song of Senlin"
《先贤篇》	Pirke Aboth

《闲谈者》	*The Idler*
《献给驯马师的晨歌》	"Morning-Hymn for the Breaker of Horse"
《乡村的夜晚》	"Evening in the Country"
《向导》	"Guide"
《向西》	*Westward*
《小狐狸》	*The Little Foxes*
《小吉丁》	"Little Gidding"
《心智的色彩：对文学思维的猜想》	*Colors of the Mind: Conjectures on Thinking in Literature*
《辛白林》	*Cymbeline*
《星期天早晨》	"Sunday Morning"
《星期天早晨的苹果》	"Sunday Morning Apples"
《序言及其他诗》	*Preambles and Other Poems*
《雪人》	"The Snow Man"

Y

《1964 年的时光》	"Days of 1964"
《押沙龙，押沙龙》	*Absalom, Absalom!*

《雅歌》	Song of Songs
《亚瑟王之死》	"Morte d'Arthur"
《耶路撒冷》	Jerusalem
《夜莺颂》	"Ode to a Nightingale"
《一报还一报》	*Measure for Measure*
《一个孤独漫步者的遐想》	*Reveries of a Solitary Walker*
《一个自我中心主义者的"发现"》	"An Egotistical 'Find'"
《一路摆过布鲁克林渡口》	"Crossing Brooklyn Ferry"
《一些树》	*Some Tree*
《伊夫雷姆书》	*The Book of Ephraim*
《以弗所书》	Ephesians
《以赛亚书》	Isaiah
《以西结书》	Ezekiel
《隐秘伊甸园的珍宝》	"Concealed Treasure of Eden"
《隐士夜鸫》	"A Hermit Thrush"
《影响的焦虑》	*The Anxiety of Influence*
《永生的信息》	"Ode: Intimations of Immortality from Recollections of Early Childhood"
《忧郁的解剖》	*Anatomy of Melancholy*
《忧郁颂》	"Dejection: An Ode"
《幽思的人》	"Il Penseroso"
《尤利西斯》	"Ulysses"

《鱼食：献给哈特·克兰的悼词》	"Fish Food: An Obituary to Hart Crane"
《鱼食》	"Fish Food"
《鱼王》	*The Kingfisher*
《愚人的悲剧》	*The Fool's Tragedy*
《与罗宾逊有关》	"Relating to Robinson"
《预言时刻：论斯宾塞》	*The Propbetic Moment: An Essay on Spenser*
《约伯记》	Job
《约伯漂亮的女儿》	"The Beauty of Job's Daughters"
《越过子午线之歌》	"A Ballad of Past Meridian"
《约瑟和他的兄弟们》	*Joseph and His Brothers*

Z

"作为艺术家的批评家"，《意图》	"The Critic as Artist", Intentions
《在埃及的以色列人》	*Israel in Egypt*
《在北方农庄》	"At North Farm"
《在家的罗宾逊》	"Robinson at Home"
《在思想学院演说之摘录》	"Extracts from Addresses to the Academy of Fine Ideas"

《在雅典的几天》	A Few Days in Athens
《在月亮友善的寂静中》	Per Amica Silentia Lunae
《赞美诗和疑虑》	Hymns & Qualms
《早晨,影像提讯》	"Morning, Arraignment with Image"
《战舰波将金号》	The Battleship Potemkin
《真理福音》	"Gospel of Truth"
《指令》	"Directive"
《致布鲁克林桥》	"To Brooklyn Bridge"
《致哈罗德·布鲁姆》	"For Harold Bloom"
《致哈特·克兰》	"Words for Hart Crane"
《致普鲁斯特》	"For Proust"
《致云雀》	"To a Skylark"
《秩序的理念》	Ideas of Order
《朱利安和马达洛》	"Julian and Maddalo"
《自然的肥臀》	"Big-Hipped Nature"
《棕榈树》	"Palme"
《最近紫丁香在前院开放的时候》	"When Lilacs Last in the Dooryard Bloom'd"
《走向最高虚构的笔记》	"Notes Toward a Supreme Fiction"
《最快速修补》	"Soonest Mended"
《佐哈尔》	Zohar
《作为意志和表象的世界》	The World as Will and Representation